Lucy Score es una autora best seller cuyos libros han estado entre los más vendidos de *The Wall Street Journal* y *The New York Times*. Se crio en una familia de amantes de la literatura y ahora se dedica a escribir a tiempo completo desde su casa en Pennsylvania, que comparte con el Señor Lucy y su gata, Cleo. Cuando no está pasando las horas inventando héroes rompecorazones y heroínas de armas tomar, se la puede encontrar en el sofá, en la cocina o en el gimnasio. Su sueño es poder escribir algún día desde un velero, una casa en primera línea de playa o una isla con una buena conexión a internet.

Papel certificado por el Forest Stewardship Council®

Título original: *By A Thread*

Primera edición en B de Bolsillo: mayo de 2025
Segunda reimpresión: marzo de 2026

Printed in Spain – Impreso en España

ISBN: 978-84-10381-34-6
Depósito legal: B-2.781-2025

Compuesto en Llibresimes
Impreso en Liberdúplex
Sant Llorenç d'Hortons (Barcelona)

BB 8 1 3 4 6

El amor pende de un hilo

LUCY SCORE

Para ti. Por confiarme tu corazón
y tu presupuesto para libros

1

Dominic

Una editora júnior me hablaba con entusiasmo al oído de vestidos de verano amarillo canario y sesiones de fotos en Cuba, mientras el viento de enero se abría paso entre mis numerosas capas de ropa con sus dedos gélidos. Crucé la acera enterrado en medio metro de algo que en su momento había sido nieve y que ahora era una especie de masa gris transformada en terrones congelados, sucios y deprimentes.

Me sentía identificado con esos pedazos de hielo.

Había un tío acurrucado en la esquina de un escaparate abandonado, un vagabundo, a juzgar por las zapatillas rotas y el abrigo raído. Tenía un perro envuelto en una de esas mantas de forro polar baratas que los grandes almacenes prácticamente regalaban en Navidad.

Mierda. No soportaba que tuvieran perros.

Yo nunca había tenido ninguno, pero recordaba con cariño a Fonzie, el labrador negro de mi novia del instituto. Era el único buen recuerdo de esa curiosa relación.

Señalé al hombre con la cabeza y mi chófer, Nelson, asintió. Conocía el procedimiento. Yo no lo hacía porque tuviera buen corazón. Carecía de bondad y también de corazón. Simplemente, lo consideraba una especie de compensación por el hecho de ser un capullo.

Nelson desapareció detrás del todoterreno y abrió el maletero. Él se ocupaba de las compras y la «distribución», y yo me encargaba de financiar toda la operación.

Cuando yo regresara, el tío tendría un abrigo nuevo, los bolsillos llenos de tarjetas regalo y las direcciones de los refugios y hoteles más cercanos que admitían animales. Y aquel chucho peludo, que miraba a su humano con una adoración ciega, llevaría puesto uno de esos jerséis ridículos y calentitos para perros.

Me dirigí a la puñetera pizzería que se le había antojado a mi madre. Bajar al Village desde Midtown un martes por la noche con un frío que pelaba no era mi pasatiempo favorito, pero obligarme a hacer cosas que no quería era el pasatiempo favorito de mi madre.

Si había alguien en el mundo por quien yo era capaz de hacer por voluntad propia cosas que no quería hacer, esa era Dalessandra Russo. Había tenido un año difícil. Qué menos que concederle una pizza grasienta y un poco de atención, antes de que Nelson me llevara de vuelta a casa al Upper West Side, donde seguramente me pasaría otras tres horas delante de la pantalla del ordenador antes de irme a dormir.

Solo.

Proteger la reputación de la familia y salvar el negocio familiar no me dejaba mucho tiempo para actividades extraescolares, precisamente. Tal vez debería plantearme tener un perro.

Con el abrigo ondeando bajo el viento helado, fui hacia el cochambroso cartel naranja del restaurante mientras la directora de arte me hablaba de sus ideas sobre las prendas de diseño para la portada de mayo.

El invierno en Manhattan era deprimente. Yo no era muy fan de los jerséis y del chocolate caliente. Esquiaba, porque si eras de buena familia no te quedaba otra, pero prefería pasar un par de semanas en el Caribe en enero que acercarme a las pistas de esquí. Al menos en mi antigua vida.

Abrí de un tirón la puerta de cristal empañada de George's Village Pizza. Una campanilla tintineó sobre mí, anunciando mi llegada. Lo primero que noté fue el calor, seguido por el olor a ajo y a pan recién horneado. Puede que no me pareciera tan mal que mi madre me hubiera hecho ir hasta allí.

—¿Qué le parece, señor Russo? —me preguntó la redactora júnior.

No soportaba que me llamaran «señor Russo». Tampoco soportaba no poder echarle la bronca a la gente por ello. Esa era la peor parte: no poder soltar la mala leche que llevaba acumulando durante más de un año.

Unas curvas y un pelo ondulado captaron mi atención.

Su dueña se alejó de la mesa de al lado de la puerta, mientras se guardaba la propina en el delantal manchado de harina. Cuando sus ojos se posaron sobre los míos, sentí algo... interesante. Como si la hubiera estado buscando. Como si hubiera ido a verla a ella.

Pero no nos conocíamos de nada.

—Me parece bien —dije al teléfono.

—Puedo prepararle un collage de ideas —se ofreció amablemente la redactora júnior.

—Te lo agradecería mucho —dije, sintiéndome aliviado porque esta vez hubiera salido de ella y no hubiera tenido que pedírselo.

Por fin empezaban a acostumbrarse al hecho de que necesitaba ver todo junto para decidir si funcionaba o no. Esperaba que también se estuvieran haciendo a la idea de que yo no era mi puñetero padre.

La chica de las curvas y las ondas era una de las camareras, a juzgar por el polo con las iniciales GVP que llevaba puesto sobre una camiseta térmica de manga larga. Sus vaqueros eran normalitos y debería haber jubilado las zapatillas hacía al menos dos años, aunque había dibujado algo artístico con rotulador en la parte blanca. Era unos centímetros más baja y con más curvas que la mayoría de las mujeres con las que yo había salido últimamente.

En el último año, me había vuelto inmune a las modelos veinteañeras, patilargas y delgadas como sílfides. A decir verdad, ya iba siendo hora, considerando que tenía cuarenta y cuatro años. Había algo que me llamaba la atención de aquella mujer que me miraba señalándome el cartel de PROHIBIDO EL USO DE TELÉFONOS MÓVILES que estaba clavado en el corcho, justo al lado de la puerta.

Tenía una cara interesante, más suave y redondeada que los pómulos afilados como diamantes que adornaban las páginas de la revista, además de unos labios carnosos y unos grandes ojos marrones dulces como la miel. Llevaba el pelo, también en tonos marrones y castaños, cortado a la altura de la mandíbula, y sus ondas grandes y naturales me hicieron imaginarme hundiendo las manos en él mientras ella susurraba mi nombre debajo de mí.

No podía dejar de mirarla.

—Lo tendrá a primera hora de la mañana —me prometió la redactora júnior.

No recordaba su nombre (porque era un capullo), pero sí su expresión seria y solícita. Era la típica empleada que se quedaba en la oficina hasta medianoche sin rechistar si se lo pedían.

—Basta con que esté mañana al mediodía —respondí, disfrutando de la mirada que Pelo Sexy me dedicó mientras yo seguía ignorando el cartel.

Pelo Sexy se aclaró la garganta de forma exagerada, extendió un brazo más allá de mí y golpeó el cartel con fuerza. Llevaba un trío de pulseras baratas hechas de cuentas de colores en la muñeca. Pude percibir su olor a limón, alegre y luminoso, mientras se me acercaba.

—Si quieres usar eso, hazlo fuera, colega —me soltó directamente, con voz áspera.

«¿Colega?».

Estaba claro que no se dejaba intimidar por un gilipollas vestido de Hugo Boss y con un corte de pelo que costaba más que todo su outfit. Me agradó su desdén. Me hacía sentir muchísimo más cómodo que las miradas aterrorizadas y los «ahora mismo, señor Russo» con los que me topaba en los pasillos de la oficina.

Cubrí el teléfono con la mano. Odiaba los auriculares y me negaba rotundamente a usarlos.

—Hace frío. Solo es un momento —le solté de forma cortante, sin darle opción a rechistar.

—Yo no he inventado las estaciones ni la política telefónica. Fuera. —Lo dijo como si yo fuera un niño rebelde de tres años, señalando con el pulgar hacia la puerta.

—No. —No lo dije como un crío enrabietado. Lo dije como un cliente irritado y molesto que esperaba que lo trataran con respeto.

Destapé el teléfono y seguí con la conversación. Era consciente de que me estaba comportando como un cabrón retorcido.

—Como no dejes el puñetero teléfono, te arrepentirás —me advirtió ella.

La gente estaba empezando a mirarnos, pero a ninguno de los dos nos importaba.

—¿No tienes mesas que atender? —le espeté—. ¿O tu especialidad es gritar a los clientes?

Sus ojos parecían casi dorados bajo la luz fluorescente y me pareció que contenía una sonrisa.

—Muy bien, tú te lo has buscado, colega. —Vino de nuevo hacia mí, acercándose de forma excesiva para un neoyorquino que valoraba su espacio vital. Su coronilla me quedaba a la altura del hombro—. Caballero, ¿viene por los resultados de las pruebas de las ETS o por la de las hemorroides? —gritó al lado de mi móvil.

¡Menuda idiota!

—Ahora os llamo —dije por el teléfono antes de colgar.

Pelo Sexy me dedicó una sonrisa falsa.

—Bienvenido a George's Village Pizza. Imagino que esta noche cenará solo.

—Era una llamada de trabajo —repliqué con frialdad.

—Es increíble que puedas ser así de capullo y, simultáneamente, tener un trabajo.

Hacía demasiado tiempo que no le cerraba la boca a un subordinado irrespetuoso y me moría de ganas de hacerlo. Además, ella parecía capaz de soportarlo e incluso de disfrutarlo.

—Dominic.

Miré por encima del hombro de Pelo Sexy y vi a mi madre saludando desde un reservado con bancos de vinilo verde que había en una esquina. Parecía que se lo estaba pasando pipa.

Pelo Sexy nos miró a ambos.

—Es demasiado buena para ti —declaró, pegándome con la carta en el pecho antes de marcharse.

—Mamá. —La saludé, agachándome para besarla en una mejilla perfecta antes de sentarme frente a ella en el reservado.

—Menuda entrada triunfal —comentó, apoyando la barbilla en la palma de la mano.

Era la viva imagen de la autoconfianza, con un jersey marfil que le dejaba los hombros al descubierto y una falda roja de cuero. Llevaba el pelo al natural, con sus canas plateadas, cortado a la taza. Tanto el corte como la esmeralda gigante que tenía en el dedo corazón derecho habían sido un regalo que se había hecho a sí misma el día después de echar a mi padre de la casa del Upper East Side, con unas cuantas décadas de retraso.

Mi madre era guapísima. Siempre lo había sido. Había empezado su carrera a los quince años como personaje de la alta sociedad reconvertida en modelo, con su mirada inocente y sus piernas infinitas, antes de decidir que prefería el mundo de los negocios. Ahora, a sus sesenta y nueve años, hacía tiempo que había dejado atrás la mirada inocente en favor de una mente aguda y una lengua viperina. Se sentía cómoda en la industria, siendo a la vez querida y temida.

—Ha sido superborde —dije, observando como Pelo Sexy entablaba una conversación trivial con los clientes de otra mesa, al otro extremo del raquítico restaurante.

—Tú sí que has sido superborde —replicó mi madre.

—Es mi trabajo —dije, abriendo la carta para echarle un vistazo.

Intenté ignorar el mal genio que se sacudía en mi interior como un dragón dormido que acababa de despertar. Llevaba trece meses encerrado, portándome lo mejor posible, y estaba empezando a flaquear.

—No empieces otra vez con ese rollo de que eres un gilipollas. —Mi madre suspiró y volvió a ponerse las gafas de leer.

—Tarde o temprano, tendrás que renunciar a la esperanza de que en el fondo sea un ser humano con un corazón de oro.

—Eso nunca —replicó ella, con una sonrisa pícara.

Decidí rendirme.

—¿Por qué hemos venido aquí?

—Porque quería estar un rato con mi único hijo, la luz mi vida, fuera de la oficina.

Nuestra relación laboral era tan antigua como su nuevo corte de pelo.

Y no era ninguna coincidencia.

—Lo siento —dije con sinceridad—. He estado muy ocupado.

—Cariño —respondió ella, con una ironía justificada.

Nadie estaba más ocupado que Dalessandra Russo, exmodelo y actual redactora jefa de *Label*, una revista de moda que no solo había sobrevivido al inicio de la era digital, sino que había encabezado la transición a esta. Todos los meses, mi madre supervisaba cientos de páginas de moda, publicidad, entrevistas y consejos, por no hablar de los contenidos en línea, para hacerlas llegar a lectores de todo el mundo.

Si la fotografiaban con unos zapatos o unas gafas de sol, se agotaban en cuestión de horas. Si se sentaba en primera fila en un desfile, todos los compradores se hacían con la colección. Conseguía que los diseñadores, modelos, escritores y fotógrafos fueran importantes, que tuvieran éxito. Construía carreras laborales. O las destruía, si era necesario.

Y ella no había pedido, ni se merecía, el drama del año anterior.

Esa era otra cosa que yo tenía que compensar.

—Lo siento —repetí, inclinándome sobre la mesa para darle un apretoncito en la mano. La esmeralda brilló bajo las luces fluorescentes.

—¿Puedo ofrecerles algo de beber? —La borde de Pelo Sexy volvía a la carga.

—No lo sé. ¿Puedes? —le espeté.

—Nos hemos quedado sin sangre de bebé, Satanás. ¿Qué tal algo acorde con tu personalidad? —me propuso amablemente. Casi con dulzura.

—Quiero un…

—Té helado sin azúcar —dijo ella, acabando la frase por mí. Amargo. Aburrido. Soso.

—¿Es este uno de esos sitios en los que pagas para que traten mal? —le pregunté a mi madre.

—Por favor, cielo. Lo hago gratis. —Pelo Sexy me miró, batiendo sus densas pestañas.

Abrí la boca con intención de destruirla.

—Tomará agua. Del grifo está bien —intervino mi madre.

—Perfecto. ¿Y para cenar? —Pelo Sexy le dedicó a mi madre una sonrisa sincera.

—He oído muchos rumores sobre la masa de vuestra pizza —respondió esta con timidez.

Pelo Sexy se acercó a ella, como una amiga a punto de compartir un secreto.

—Son todos ciertos. Es una maravilla —aseguró. El olor a limón volvió.

—En ese caso, tomaré una pequeña con cebolleta y aceitunas negras.

—Un gusto excelente —declaró la impertinente de la camarera—. ¿Y para el Príncipe Azul? —preguntó.

—Una de peperoni. Pequeña. —Cerré la carta y se la entregué sin mirarla.

—Qué creativo —bromeó.

Puede que me pasara de la raya. Obviamente, ella no tenía ni idea de que estaba metiendo el dedo en la llaga. Ignoraba que yo todavía no confiaba en mi capacidad para ser creativo, para hacer bien el trabajo que mi madre necesitaba que hiciera. Pero dijo lo que dijo. Y yo reaccioné.

—¿A tu edad no deberías tener ya un trabajo de verdad, Maléfica? Porque está claro que esto no es lo tuyo.

Todo el local se quedó en silencio. El resto de los clientes permanecieron inmóviles, observando nuestra mesa. Pelo Sexy me miró fijamente durante un buen rato. Dios, qué gustazo dejar salir parte de las ganas de pelea que había estado acumulando durante tanto tiempo.

—Ya que me lo pide tan amablemente, pondré especial atención en su pedido —prometió. El guiño que me hizo fue tan insolente que casi salgo del reservado para perseguirla hasta la cocina.

—Ni se te ocurra —dijo mi madre, agarrándome de la mano para impedirme salir corriendo.

—No pienso dejar que se salga con la suya. Somos clientes, estamos pagando —dije.

—Quédate ahí sentado. Sé educado. Y cómete lo que le dé la gana de traerte —me ordenó mi madre.

—Vale. Pero si me envenena, la demandaré a ella y a toda su familia. Hasta sus bisnietos sentirán mi ira.

—¿Quién te ha hecho pupa, cariño? —Mi madre suspiró de forma teatral.

Era una broma. Pero ambos sabíamos que la respuesta no tenía ninguna gracia.

2

Ally

Decorar la pizza del Príncipe Azul fue lo más divertido que había hecho en…, uf. Da igual.

Digamos que últimamente la vida estaba siendo una mierda. Y putear a un tío gruñón que parecía salido de las páginas de una revista de moda masculina —¿por qué había tanto gilipollas hoy en día, por cierto?— era sin duda algo significativo. Lo que decía mucho de mi situación actual.

No tenía tiempo de pararme a pensar en las consecuencias de haberme echado a la espalda demasiadas responsabilidades. Mi crisis vital era de las que se superaban a base de esfuerzo.

Cuando todo acabara, me iría de vacaciones a una playa donde solo tuviera que preocuparme por que mi pajita fuera lo bastante larga para llegar al fondo de mi cóctel helado.

—La mesa doce quiere la cuenta, Ollie —gruñó mi jefe, George, el viejo italiano más cascarrabias que había conocido en la vida, como si me hubiera pasado las últimas cuatro horas ignorando a los comensales en lugar de atendiéndolos.

Ni siquiera se había molestado en aprenderse mi nombre, cuando había empezado hacía tres semanas. Y yo tampoco me había molestado en enseñárselo. Ese tío abusaba tanto de los camareros como los padres primerizos de las toallitas de bebé.

Al menos la señora George extendía los cheques con el nombre correcto. Y eso era lo que importaba.

—Voy —dije.

«Un margarita de mango», decidí, levantando los platos mientras empujaba las puertas de vaivén de la cocina. Para cuando estuviera con ese cóctel en la mano, probablemente tendría sesenta años, en lugar de treinta y nueve (gracias por recordármelo, Príncipe Azul). Pero solucionaría lo que tenía que solucionar. No me quedaba otra opción.

El comedor, aunque necesitaba urgentemente una renovación total y puede que también una limpieza profesional, era cálido y acogedor.

¿Y si me ofrecía a hacer horas extras limpiando, por un par de pavos más?

—Aquí tienen —dije, poniéndoles las pizzas delante.

A la mujer de la falda de cuero para morirse y el corte de pelo cañero le hizo gracia la carita sonriente que había dibujado con los ingredientes en la suya. Se rio como solo lo hacían las personas de buena familia. Discretamente y sin resoplar lo más mínimo.

El Príncipe Azul, sin embargo, frunció el ceño al ver su pizza. Tenía la cara perfecta para ello. Apretó los dientes, marcando todavía más su prominente mandíbula, y entrecerró aquellos ojos de hielo que yo no conseguía decidir si eran azules o grises.

Uf. Tenía unas patitas de gallo para comérselas.

¿De repente me ponían los tíos bordes y maleducados? Por lo visto, a mi chichi sí.

No hacía tanto tiempo que no le daba una alegría, pero al parecer ahora tenía debilidad por los cabrones bien vestidos. Genial. Menos mal que de momento no me quedaba más remedio que matarme a trabajar y no tenía tiempo para ponerme a explorar sus nuevas e inapropiadas preferencias.

—¿Desean algo más? —les pregunté, derrochando amabilidad.

—Ya está bien —dijo el Príncipe Azul, dejando la servilleta sobre la mesa y saliendo del reservado—. Tú y yo vamos a tener una pequeña charla sobre cómo tratar a los clientes con respeto.

Se levantó y me agarró por la muñeca con sus largos dedos.

Sentí una especie de fogonazo inesperado. Tuve la certeza de que él también lo había notado. Fue como tomar un chupito de whisky o meter un dedo en un enchufe. O quizá como las dos cosas a la vez. En un arrebato de locura, se me pasó por la cabeza la posibilidad de que fuera a darme unos cachetes y me planteé si permitírselo o no.

—Dominic, por el amor de Dios, compórtate —suspiró exasperada la mujer.

En lugar de decir nada, él giró la pizza para que su madre pudiera leerla.

Ponía «Que te den» escrito con peperoni grasiento.

—¿Hay algún problema, caballero? —pregunté con una cortesía almibarada.

—Caray —dijo la mujer, antes de taparse la boca con la mano para intentar reprimir una carcajada. Esa vez de las de verdad.

—No tiene gracia —le soltó él.

—Desde mi punto de vista, sí —comenté.

—Eres camarera. Tu trabajo es actuar como tal y servirnos —dijo.

Menudo capullo.

—Y tú eres un ser humano. Y tu trabajo también es actuar como tal —repliqué.

Cualquier otro día, probablemente lo habría dejado pasar. Sabía que no debía poner en peligro mi sueldo. Pero había entrado justo después del turno de la comida y me había encontrado a una camarera de diecinueve años limpiándose unos lagrimones con servilletas de papel en la trastienda porque un cabrón trajeado que tenía un mal día se había desahogado con ella. El puto imbécil de George me había pillado intentando consolarla y me había gritado: «¡En la pizza no se llora!».

—Quiero hablar con el jefe —bramó el cabrón trajeado número dos.

—Dominic, ¿es necesario? —suspiró su acompañante.

—Por supuesto que sí —dije yo.

Lo había calado. Ese tío era una de esas personas que creían que todos los que estaban por debajo de ellas existían solamente para servirles. Apostaba a que tenía un asistente personal y ni siquiera sabía que era humano. Seguro que lo llamaba a las tres de la mañana y le hacía bajar corriendo a la tienda a comprar lubricante u ojos de tritón.

—Me alegra que estés de acuerdo —dijo secamente. Continuaba agarrándome por la muñeca. Aquel zumbido electrizante seguía recorriendo todo mi cuerpo. Entornó los ojos como si también pudiera sentirlo.

Los de la mesa doce, una pareja de veinteañeros, tenían pinta de querer largarse sin pagar. Estaban inquietos y me miraban de reojo.

—Voy a llevar la cuenta a esa mesa y luego seguimos con la batalla campal —dije, apartándole la mano.

—Vuelve a sentarte —insistió la amiga del Príncipe Azul, tirando de él hacia el reservado—. Estás montando una escena.

Los dejé allí, cogí la cuenta de la mesa doce y establecí contacto visual con sus ocupantes de forma exagerada mientras les agradecía profusamente que hubieran venido. La propina no iba a ser buena. Tenía instinto para esas cosas desde que ser camarera de sala y barra se había convertido en mi principal fuente de ingresos. Pero al menos no se irían sin pagar.

—Puedo cobraros ya, si queréis —me ofrecí.

El chico sacó de mala gana una cartera con cadena y la abrió.

—Quédate con el cambio —dijo.

Dos dólares. Era probable que no pudieran permitirse más y lo entendía perfectamente. Necesitaba encontrar un trabajo de verdad... como el que tenía hacía seis meses.

—Gracias, chicos —dije alegremente, guardándome el dinero en el delantal.

El Príncipe Azul estaba sentado de brazos cruzados mirando fijamente la pizza «Que te den», que permanecía intacta, mientras su acompañante cortaba con delicadeza la suya en trocitos del tamaño de un bocado.

—George, los de la mesa ocho quieren hablar contigo.

—¿Qué coño has hecho ahora? —gruñó este, dejando caer el tenedor sobre la ración doble de pasta primavera que se había preparado.

Estaba reaccionando como si yo no le diera más que problemas y consideré la posibilidad de hacerle una pizza personalizada. ¿El molde de treinta centímetros sería lo bastante grande como para escribir en él «gilipollas» con salchichas?

—Ese tío estaba siendo un capullo —le dije, sabiendo de sobra que a George le daría completamente igual. De todas formas, se pondría de su lado. A los gilipollas les gustaban los otros gilipollas.

Levantó su voluminoso cuerpo de aquel taburete desvencijado que cualquier día dejaría de luchar contra sus ciento treinta kilos. Con su metro y medio de estatura, George parecía un balón de playa con mala leche.

—Vamos. Y compórtate, joder —dijo, limpiándose las manos en el delantal manchado de salsa. George cruzó pesadamente las puertas de vaivén, conmigo detrás—. Gracias por venir a George's Village Pizza. Soy George —dijo, con una amabilidad tan untuosa como el aceite de oliva. El tío era un capullo con sus empleados y sus proveedores. Qué coño, hasta con su mujer. Pero con los clientes de cartera abultada, George era casi hasta amable—. Tengo entendido que ha habido algún problema.

Sin mediar palabra, el Príncipe Azul giró el plato de la pizza.

George entornó los ojos.

—¿Esto es una broma, Ollie?

Genial. Se le había hinchado la vena del cuello. No era una buena señal. Ya lo había visto así dos veces. Una cuando había despedido a un repartidor por pararse para ayudar a dirigir el tráfico en un accidente y otra cuando una camarera había resbalado en la trastienda con una mancha de grasa y se había hecho un esguince en la muñeca. La había despedido en el acto y le había dicho que si intentaba cobrar la indemnización por accidente laboral, le quemaría la casa a su madre.

La camarera era su sobrina. Su madre era la hermana de George.

Me encogí de hombros.

—Puede que el peperoni se colocara así por casualidad.

—Este tipo de servicio es inaceptable —declaró el Príncipe Azul.

—Por supuesto. Por supuesto —dijo George, deshaciéndose en disculpas—. Y le garantizo que solucionaremos el problema.

—Debería despedirla —sugirió el Príncipe Azul, mirándome con frialdad—. Es perjudicial para su negocio. Yo no pienso volver aquí.

Estaba claro. Me había quedado sin trabajo.

—Genial. Deberías limitarte a torturar a los camareros del centro de la ciudad —le solté.

—¡Eh! ¡Ni se te ocurra hablar así en mi restaurante! —bramó George.

Su tercera barbilla vibró de rabia. Si no me largaba de una vez, podría provocarle un infarto y no quería cargar con ese peso sobre mi conciencia. Tampoco quería verme obligada a hacerle el boca a boca, así que tomé la sabia decisión de cerrar el pico.

—Yo creo que es una reacción un pelín exagerada —dijo la mujer con suavidad.

—No. De eso nada —replicaron a la vez George y el Príncipe Azul. Podrían hacerse unas sudaderas en las que pusiera: «Equipo de los Gilipollas».

—Ollie, recoge tus cosas. Estás despedida.

El muy hijo de puta ni siquiera iba a dejarme cerrar mis mesas. Tenía pendientes por lo menos otros treinta pavos en propinas. Tal vez debería quemarle la casa a su madre, pero aquella mujer hacía unos cannoli buenísimos y, cuando venía, me ponía al día de *Hospital General*. Mejor quemarle la casa a George.

—No creo que sea necesario —dijo la mujer.

—Lo es —replicó el Príncipe Azul.

—Está despedida y le traeré otra pizza. Invita la casa —anunció George—. ¿Le parece bien?

El Príncipe Azul, que seguía mirándome, pero ahora con una sonrisita triunfal en sus labios rencorosos, asintió con energía.

—Perfecto.

Tenía claro que George descontaría el precio de las dos pizzas de mi último sueldo. Imbécil.

Sin mediar palabra, volví a la cocina. Cogí el abrigo del perchero, saqué el dinero del delantal, me quedé con mi paga y con las propinas y tiré el resto sobre la pasta primavera de George. Chúpate esa.

—¿Te ha despedido? —me preguntó el cocinero desde el

otro lado de la encimera de acero inoxidable en la que estaba extendiendo la masa.

—Sí —dije, encogiéndome de hombros bajo el abrigo.

Él asintió.

—Qué afortunada.

Le sonreí con ironía.

—Pues sí. Con un poco de suerte, tú serás el siguiente. A George le encantaría tener que hacer y servir él mismo las pizzas.

El cocinero se despidió de mí haciendo un gesto con dos dedos harinosos, mientras yo me ponía la mochila y volvía al comedor. Podría haber salido por la puerta de atrás al callejón, pero ya me habían despedido, así que no había problema en montar una escena.

—A vosotros dos no os vendría mal aprender a tratar a la gente —dije, señalándolos a ambos con el dedo. Físicamente, no podían ser más distintos. George con su cuerpo en forma de tonel, el pelo grasiento y un polo demasiado pequeño. Y el Príncipe Azul con su traje a medida y sus botas elegantes. Seguro que se hacía la manicura y tratamientos faciales y luego acusaba al personal del spa de mirarlo a los ojos—. Puede que esto os sorprenda a ambos, pero nosotros también somos personas. No estamos aquí solo para serviros. Tenemos vidas, familias y objetivos. Y vuestra existencia podría empezar a ser muchísimo mejor si recordarais eso.

—Largo de aquí, Ollie —bufó George, espantándome con sus manos sebosas.

El Príncipe Azul me sonrió, burlón.

—A lo mejor me equivoco. A lo mejor lo tuyo ya no tiene solución —le dije. Conocía a los de su calaña. Bueno, no personalmente, sino más bien desde la barrera—. Rico, desgraciado, vacío. Nada ni nadie está nunca a la altura de tus expectativas. Ni siquiera tú mismo.

Él apretó su escultórica mandíbula, haciéndome saber que había dado en el blanco. Bien.

—¡Fuera! —gritó George—. ¡Y no vuelvas por aquí!

—Ni se te ocurra no pagarme, colega. Sé dónde vive tu madre.

George se puso de un preocupante tono morado y decidí

que era hora de salir por patas. Fui hacia la puerta, orgullosísima de mi discurso.

—Toma. Te lo mereces. —Las chicas de la mesa dos me pusieron en la mano un billete de veinte nuevecito—. Antes éramos camareras.

Ojalá no me hiciera falta. Ojalá pudiera salir de allí con la dignidad intacta y la cabeza bien alta. Pero necesitaba hasta el último centavo.

—Gracias —les dije en voz baja.

La parejita joven de la mesa doce me abrió la puerta.

—Toma. Íbamos a ir al cine, pero te lo has ganado —dijo el chico, tendiéndome unos cuantos dólares arrugados.

—Cógelos —insistió su novia, sonriendo. Y me di cuenta de que si me quedaba con sus últimos siete pavos se sentirían mejor que si los rechazaba.

No podía permitirme tener orgullo.

—Gracias, chicos.

—Hoy por ti, mañana por mí —dijo el chaval.

Contuve la rabia, el miedo y el bocado de stromboli que me había comido de extranjis hacía una hora.

Tenía razón. Algún día, yo también podría ayudar a otros.

3

Ally

Le cedí el sitio en el banco de acero de la parada del autobús a un tío desgreñado que llevaba un plumas rojo acolchado con la etiqueta de la talla todavía puesta y que iba acompañado por un perro con un jersey rosa de cuello alto.

Tenía tres horas por delante antes del siguiente curro: un turno de noche en la barra de un local cutre de Midtown. La mayoría de los clientes eran turistas que pagaban quince pavos por un cosmopolitan, pero las propinas eran buenas. No tenía tiempo de volver a Jersey y echarme una siesta en casa, que era lo que me gustaría. Pero podía ir a la biblioteca y buscar otro trabajo de camarera, o consultar la página web de autónomos para ver si había conseguido algún proyecto.

Por favor, virgencita.

Cuando llegué a la ciudad, creía que sería fácil encontrar trabajo como diseñadora gráfica. En Boulder había montado una pequeña empresa y me había ido bien. Pero resultó que a las empresas neoyorquinas no les gustaba arriesgarse con una diseñadora autodidacta que necesitaba un horario flexible por «problemas familiares».

Sin embargo, a los dueños de los restaurantes y los bares les importaba una mierda el horario que eligieras, siempre y cuando aparecieras cuando te tocaba. Aceptaba proyectos como autónoma cuando los conseguía y tenía cinco trabajos más a tiempo parcial.

O más bien cuatro. Gracias, Príncipe Azul. Y George.

Me permití tener una pequeña fantasía.

Me imaginé como una poderosa emprendedora irrumpiendo en el despacho del Príncipe Azul, porque era obvio que tenía uno, y despidiéndolo en el acto porque me había cabreado tanto que acababa de comprar su empresa. Si estuviera montada en el dólar, haría ese tipo de cosas. Claro que también haría otras para compensar. Rescataría perros. Erradicaría el cáncer. Cuidaría ancianos. Compraría trajes para que las mujeres que necesitaran trabajos mejores fueran a las entrevistas. Abriría un spa donde las mujeres pudieran recibir masajes y, a la vez, hacerse revisiones ginecológicas, mamografías y limpiezas dentales. Con bar.

Y, para divertirme, compraría empresas y despediría a gilipollas.

Me pondría un vestido rojo como las llamas del infierno y unos taconazos y haría que el personal de seguridad los sacara a rastras de sus sillas. Luego daría a todo el mundo una semana extra de vacaciones pagadas por el mero hecho de haber tenido que aguantarlos.

Finalizada la fantasía, canalicé toda mi energía mental en elegir la mejor ruta de autobús para ir a la biblioteca. Necesitaba reemplazar urgentemente las cuatro perras que sacaba con las pizzas.

El viento me acuchillaba la piel que llevaba al descubierto como un millar de dagas diminutas.

Hacía un frío de la leche. Aunque mi rabia más que justificada intentaba calentarme tanto como podía, Manhattan en enero era como el Polo Norte. Además de deprimente. La última nevada había sido bonita durante cinco minutos. Pero los embotellamientos y el amasijo gris de aguanieve se habían impuesto al manto blanco. Además de convertir mi viaje hasta la ciudad en una pesadilla todavía mayor.

Ajusté las correas de la mochila para subirla un poco. Mi viejo portátil pesaba tanto como un bebé dormido.

—Disculpa. —Me planteé hacer que no la había oído. Los neoyorquinos no entablábamos conversación en las paradas de autobús. Nos ignorábamos los unos a los otros y fingíamos vivir en burbujas personales insonorizadas, a prueba de contacto visual. Pero reconocí el cuero rojo bajo un abrigo de invierno de lana de color marfil precioso—. ¿Ollie? —preguntó tímidamente la acompañante del Príncipe Azul. Era muy alta, y no solo porque llevara unas botas de ante por las que yo sería capaz de vender un riñón.

Piernas largas. Pómulos prominentes. Corte de pelo modernillo. Esmeralda del tamaño de un sello de correos en el dedo corazón.

—Ally —la corregí con recelo.

—Soy Dalessandra —dijo ella, hurgando en un bolso de mano que derrochaba estilo—. Toma.

Era una tarjeta de visita. «Dalessandra Russo, redactora jefe de la revista *Label*».

Vaya. Hasta yo había leído *Label* alguna vez.

—¿Para qué es esto? —pregunté, mirando fijamente la tarjeta de visita con textura de lino.

—Acabas de perder un trabajo. Y yo tengo otro para ti.

—¿Necesita una sirvienta? —quise saber, todavía sin entender nada.

—No. Pero me vendría bien alguien con tu... personalidad. Preséntate en esta dirección el lunes por la mañana. A las nueve. Pregunta por mí. Jornada completa. Buenas prestaciones.

Mi corazón optimista empezó a entonar un aria digna de una diva, el muy idiota. Mi padre siempre decía que debería ser menos Pollyanna y un poco más señor Darcy.

—¿Acaba de conocerme y ya me está ofreciendo trabajo? —dije presionándola y tratando de sofocar la esperanza que florecía en mi interior.

—Sí.

Eso no me aclaraba nada.

—Oiga, señora. ¿No tendrá otro trabajito ahí dentro para mí? —le preguntó esperanzado un tipo corpulento que llevaba unos pantalones cargo rotos y un gorro de lana naranja fosforito anticazadores. Tenía una barba impresionante y las mejillas enrojecidas por el viento. Su sonrisa era extrañamente cautivadora.

Ella lo miró de arriba abajo.

—¿Sabes escribir a máquina? —Él hizo una mueca de dolor y negó con la cabeza—. ¿Y clasificar paquetes? ¿O entregar cosas?

—¡Eso sí sé hacerlo! Trabajé durante dos años en la paquetería del instituto —respondió el tipo, aunque tenía pinta de haber dejado atrás el instituto hacía treinta años. Otro Pollyanna. Era de los míos.

Dalessandra sacó otra tarjeta y, con un bolígrafo que parecía hecho de oro puro, garabateó algo en el reverso.

—Preséntate aquí el lunes y entrégales esta tarjeta. Jornada completa. Buenas prestaciones —repitió.

El hombre cogió la tarjeta como si fuera un billete de lotería premiado.

—¡Mi mujer no se lo va a creer! ¡Llevo seis meses en paro! —Lo celebró abrazando a todas las personas de la parada, incluso a nuestra maravillosa benefactora y a mí. Olía a tartas de cumpleaños y a deseos cumplidos.

—Nos vemos el lunes, Ally —dijo la mujer, antes de echar a andar y subirse al asiento trasero de un todoterreno con los cristales tintados.

—¿No es este el mejor día de tu vida? —me preguntó el tío Pollyanna, dándome un codazo en las costillas.

—El mejor —dije, repitiendo sus palabras.

No tenía muy claro si me había tocado la lotería o si aquello era una trampa. Después de todo, esa mujer había tenido una cita con el cerdo asqueroso del Príncipe Azul.

Pero, literalmente, no podía permitirme no arriesgarme.

4

Dominic

—Buenos días, Greta —dije, entregándole a mi asistente su capuchino diario.

—Buenos días —respondió ella, sometiéndome al examen habitual, antes de recostarse en la silla y cruzarse de brazos—. ¿Qué pasa? —me preguntó, levantando una de sus cejas nórdicas. Tenía sesenta y pico años, no se andaba con tonterías y era leal de una forma obstinada. Yo sabía perfectamente que no la merecía.

La única vez que había mencionado la palabra «jubilación», le había concedido un aumento de sueldo tan indecente que había aceptado quedarse conmigo hasta los sesenta y cinco. Cruzaríamos esa frontera en menos de seis meses. Y, llegado el momento, estaba dispuesto a doblar mi oferta.

No quería tener que acostumbrarme a otro asistente, verme obligado a conocer a alguien nuevo.

Mi círculo era pequeño y cerrado. Greta formaba parte de ese círculo y había permanecido a mi lado contra viento y marea. A las duras y a las maduras.

Ya trabajaba para mí en mi antigua empresa y era un vestigio de mi vida anterior, de la época en la que yo asumía riesgos y disfrutaba de la libertad de gritarle a la gente. Nadie se lo tomaba como algo personal. No tenía que andar pisando cáscaras de huevo. Yo era yo. Y ellos eran… pues eso, ellos. Y todo iba bien.

Ahora nada iba bien y aquí las cáscaras de huevo eran tan afiladas que cortaban.

Pero Greta estaba conmigo. Y con ese hilo conductor, con esa persona en la que podía confiar plenamente, me las estaba apañando como podía en el antiguo puesto de trabajo de mi padre. Tratando de hacerlo lo mejor posible para demostrar que la sangre de Paul Russo no me estaba envenenando por dentro.

—Nada —respondí, poniéndome a la defensiva. Nada, salvo que mi madre me había echado una buena bronca por el incidente de la pizzería. Y aunque no me lo había dicho directamente durante la regañina, sabía lo que estaba pensando.

Era algo que mi padre podría haber hecho perfectamente. Abusar de su posición de poder para que despidieran a alguien que se había atrevido a enfrentarse a él.

Y eso lo empeoraba.

No estaba orgulloso de ello, pero no había podido contenerme. Tras un año de frustración reprimida, finalmente el vaso se había desbordado. Aunque aquella mujer tampoco era una víctima inocente. La testaruda y curvilínea Maléfica no tenía nada de víctima.

Si obviábamos lo del despido, yo diría que ambos habíamos disfrutado de la discusión.

—Mentiroso —dijo Greta con cariño.

Teníamos confianza, pero no hasta ese punto. Por regla general, yo no le contaba mis cosas a nadie. Ni a mi madre. Ni a Greta. Ni siquiera a mis mejores amigos. Así éramos los Russo. Hacíamos lo que fuera necesario para salvaguardar la reputación de la familia.

Aunque eso significara no admitir nunca que algo iba mal.

Una mujer de piernas larguísimas con un vestido entallado pasó trotando con una bandeja de zumos que hacían daño a la vista en una mano y cuatro bolsos de Hermès en la otra. Iba en línea recta hacia la sala de conferencias cuando me vio. Abrió los ojos de par en par, como si fuera un cervatillo ante los faros de un coche sufriendo una descarga de adrenalina a causa del miedo. Entonces tropezó y la punta del zapato se le enganchó en la alfombra.

Miré hacia otro lado mientras un zumo de color verde putrefacto se derramaba sobre uno de los bolsos.

Ella gritó y salió corriendo.

Otro día, otra empleada aterrorizada.

Al principio, suponía que acabarían acostumbrándose a mí. Pero, al parecer, había supuesto mal. Yo era la Bestia y mi madre la Bella. Yo era el monstruo y ella la heroína. Cuando me miraban, veían a mi padre.

—Tal vez si sonrieras de vez en cuando… —me sugirió Greta.

Puse los ojos en blanco y saqué el móvil.

—Cuando sonrío, creen que les estoy enseñando los dientes.

—Grrr —se burló ella.

—Bébete ese veneno, anda —refunfuñé.

—Puede que algún día tú también madures y empieces a beber café —comentó Greta, batiendo las pestañas.

—Cuando el infierno se congele. —Yo era un bebedor acérrimo de té, aunque mi preferencia no tenía nada que ver con la bebida en sí. Había sido el primero de mis numerosos actos de rebeldía.

Greta señaló la ventana con la cabeza. Allá fuera, Nueva York tiritaba y se congelaba.

—Parece que ya lo ha hecho.

Me apoyé en su escritorio, echando un vistazo a la bandeja de entrada en el móvil.

—¿Qué tengo hoy a primera hora?

—Publicidad a las diez y revisión de las pruebas de imprenta a mediodía. Irvin quiere saber si puedes sustituirlo en una reunión presupuestaria a las dos de la tarde y Shayla necesita que le dediques cinco minutos cuanto antes.

Greta señaló con la cabeza hacia detrás de mí y me di cuenta de que la redactora de Belleza ya estaba allí. Percibí su halo permanente de leve irritación.

Me giré.

Me vinieron a la mente las palabras «imponente» y «severa». Shayla Bruno había ganado el título de Miss América Adolescente a los diecisiete años y había disfrutado de una breve carrera como modelo antes de ponerse detrás de las cámaras. Era unos años mayor que yo, su gusto para las joyas era exquisito, tenía tres hijos con su mujer y, en mi opinión, estaba desperdiciando su talento como redactora de Belleza.

Para su desgracia, el puesto que codiciaba era el que yo ocupaba actualmente.

—Buenos días, Greta. ¿Le viene bien ahora, señor Russo? —preguntó Shayla, en un tono que dejaba claro que le importaba una mierda si me venía bien o no.

—Dominic —le recordé por enésima vez—. Por supuesto —dije, señalando mi despacho.

Al menos con Shayla no tenía que fingir ser algo que no era. Como amable o atento. Ni interesarme en lo más mínimo por su vida. Ella sabía perfectamente que era un cabrón insensible.

Mientras colgaba el abrigo, Shayla fue hacia la pizarra de cristal de la esquina y puso en ella la maqueta de una página.

Así que iba a ser una de esas reuniones.

—No están bien —dijo, golpeando la pizarra con una mano de ébano de dedos largos. Unos anillos de oro cepillado brillaron sobre el cristal iluminado.

—¿En qué sentido? —Me reuní con ella delante de la pizarra y me crucé de brazos. Se trataba de una serie de imágenes de productos que salían en una sesión fotográfica de dos modelos en un estudio. Había algo que no encajaba, pero no era capaz de precisar qué. Y, obviamente, no pensaba demostrar mi ignorancia jugando a las adivinanzas.

—La foto de la modelo. Es demasiado pequeña. Es ella la que debe resaltar, no la chaqueta de lana y el cinturón. Las personas siempre son lo más importante, aunque hablemos de los productos —me aleccionó—. Las personas son la historia.

Emití un sonido neutral. Había delegado los detalles artísticos en el diseñador de la página —o más bien se los había encasquetado— y le había dejado hacer porque yo no tenía ni puta idea.

Si había algo que odiaba más en la vida que equivocarme, era no saber qué coño estaba haciendo.

—Hay que repetirlo. Dalessandra no lo aprobará tal y como está —dijo Shayla.

—¿Tienes alguna otra sugerencia? —le pregunté.

—Supongo que el director creativo de la segunda revista de moda más grande del mundo no necesitará ninguna aportación. —No lo dijo sarcásticamente. No tenía por qué. Era un hecho.

Nos miramos durante un buen rato.

—Di lo que estás pensando —le pedí.

—No deberías estar en este despacho —me soltó—. No te lo has ganado. Tú no llevas media vida trabajando en este sector, leyendo estas revistas, empapándote del mundo de la moda. Así que necesitas una niñera.

—¿Y esa niñera eres tú? —pregunté con frialdad—. ¿Forma parte de tu trabajo dar tu opinión sobre la maquetación de las fotografías de moda?

—No. Pero del tuyo, sí. Y si no eres capaz de hacerlo, la labor debe recaer sobre alguien que pueda. —Ojalá se equivocara. Ojalá no me hubiera dado un golpe directo en el ego, que ya estaba tocado de antemano. Lo estaba pasando muy mal en ese trabajo y me molestaba que los demás se dieran cuenta. No soportaba que se me diera mal algo. No soportaba fracasar. Y tampoco soportaba que me lo reprocharan—. Hago mil cosas al día que en teoría no forman parte de mi trabajo. Todos deberíamos hacerlas —continuó, hablando a toda velocidad. La frialdad finalmente dio paso al fervor iracundo que había debajo—. Somos un equipo cuyo objetivo es hacer que cada contenido tenga la mayor calidad y sea lo más llamativo posible. No deberías tomar estas decisiones si no estás preparado para ello. No deberías estar en esa mesa.

Decidí combatir el fuego con hielo.

—Lo tendré en cuenta. ¿Algo más?

Tuve la sensación de que Shayla fantaseaba con empujar mi silla y lanzarme volando por los ventanales que tenía detrás.

Era ambiciosa. Y tenía razón al enfadarse. Pero su cabreo no cambiaba nada. Yo era el director creativo de *Label*. Y encontraría la forma de hacer ese trabajo.

—Cambia esto antes de que lo vea tu madre. —Había añadido «tu madre» para joder.

Lo sabía porque yo habría hecho lo mismo.

Estaba a punto de pedirle alguna sugerencia, o al menos alguna recomendación, sobre un diseñador que tuviera mejor instinto que el primero cuando alguien dio unos golpecitos en la puerta abierta.

—Dominic, chaval. ¿Tienes cinco minutos para un viejo?

El redactor jefe, Irvin Harvey, entró en mi despacho con traje, corbata y una sonrisa en la cara. Ese hombre era el único compinche de mi padre que había sobrevivido a su abrupta destitución. Hacía quince años que trabajaba en *Label*, desde que mi madre —muy influenciada por mi padre— se lo había birlado a una casa de modas. Tenía sesenta y cinco años y era el típico ejecutivo de Manhattan. Cobraba una pasta, era un maestro de las relaciones públicas y del golf, y todo un experto en el arte de relacionarse. Conocía a todas las personas del sector que merecía la pena conocer, desde diseñadores hasta fotógrafos, pasando por compradores y publicistas.

Mi padre había sido el padrino de Irvin en su tercera boda.

La única razón por la que seguía con nosotros era que nunca nadie lo había denunciado y porque le había jurado a mi madre que no tenía ni idea de lo que se traía entre manos su viejo amigo Paul.

Yo no estaba tan dispuesto a creerle. Pero entendía que buscar un sustituto para otro de los puestos más importantes no habría hecho más que aumentar la pesadilla de mi madre.

—¿Hemos terminado? —pregunté.

—Sherry, ¿puedes traerme un café?

—Shayla —replicó ella con frialdad.

Pude percibir su rabia.

Seguro que ese hombre era de los que llamaban a los camareros en los restaurantes chasqueando los dedos.

Me acordé de la pizza de peperoni y de la mujer que me la había servido, e hice una mueca de dolor.

—Sí, vete tú mismo uno de la máquina —le dije a Irvin, señalando con la cabeza la barra de bebidas que había al lado de la puerta. Hasta hacía poco, su función principal había sido exponer botellas de champán y whisky. Ahora albergaba una zona para preparar té y una máquina de café expreso. Aunque seguía contando con el vino blanco favorito de mi madre y con una botella de bourbon para los días más duros.

—Nunca he sabido manejar esos trastos —dijo alegremente Irvin, guiñándole un ojo a Shayla, antes de sonreírme.

—Luego seguimos hablando, Shayla —le dije, despidiéndola. Estaba dispuesto a preparar yo mismo el puñetero café, si eso me evitaba ingeniármelas para limpiar las manchas de sangre de la alfombra.

Ella se despidió fríamente de ambos haciendo un gesto con la cabeza y se fue.

—¿Qué puedo hacer por ti, Irvin? —le pregunté, empezando a prepararle un expreso.

—Anoche estuve tomándome unas copas con los compradores de Barneys. Nos estuvimos poniendo al día, cotilleando como unas adolescentes. —Se acercó a las ventanas para admirar el horizonte—. Ya sabes cómo es Larry —dijo, como quien no quiere la cosa. Yo no sabía quién era Larry. Pero esa había sido la tónica general de mi relación con Irvin desde que había asumido el cargo. Para él, yo era un sustituto de mi padre. Imaginaba que los dos habían compartido muchos whiskies en esta misma habitación. Pero yo no era mi padre y no tenía tiempo para cotilleos. Le pasé el café. En ese momento se dio cuenta de que yo no era Paul—. En fin, que después de unos martinis con ginebra, Larry se soltó. Se fue de la lengua. Dijo que había oído ciertos rumores sobre tu madre y el divorcio. ¿Está saliendo con alguien nuevo? —Irvin arqueó sus cejas canosas con elocuencia.

Yo no tenía ni idea. Y tampoco tenía muy claro si debía saber si estaba saliendo con alguien o no.

—Ya —dije, ignorando la pregunta. Una cosa era que yo supiera si mi madre volvía a salir con alguien y otra totalmente distinta que lo supiera el bocazas cotilla de Irvin.

Ni mi madre ni la revista necesitaban que la sombra de Paul Russo les causara más daño. Todas las preguntas y los interrogantes sobre lo sucedido habían sido respondidos con un silencio estoico. Esa era la filosofía de los Russo. Proteger nuestro apellido a toda costa.

Aunque eso implicara proteger a uno de los malos.

—En fin. Pensé que te gustaría saberlo. Solo son rumores —dijo Irvin, bebiendo delicadamente un sorbito de café—. Los olvidarán en cuanto surja algo más jugoso.

—Lo tendré en cuenta —respondí.

5

Ally

Gracias a la diosa del wifi, ese día había conexión a internet en Foxwood.

Exultante, saqué los dedos congelados de las mangas de las sudaderas de doble capa y me conecté a «FBI Furgón de Vigilancia 4».

Era sábado por la mañana y disponía de tres horas enteritas antes de coger el tren a la ciudad.

Ya me había tirado una hora lanzando escombros por la ventana del segundo piso al contenedor que ocupaba el minúsculo jardín delantero de mi padre en su totalidad.

Después había dedicado otra hora al diseño de un logotipo como autónoma. Era para una carnicería familiar de Hoboken y me pagaban en total doscientos dólares, pero gracias a eso podría permitirme el lujo de subir el termostato un par de grados durante unos cuantos días. Han oído bien, damas y caballeros: ¡Podría quitarme ropa y quedarme solo con una capa! Así que la Carnicería de los Hermanos Frances iba a tener el puñetero logotipo más bonito que fuera capaz de diseñar.

Aprovechando el wifi prestado, busqué «Dalessandra Russo» y «revista *Label*» en internet y me salté los resultados que ya había visto. Al parecer, *Label* había pasado por un periodo de «transición» hacía poco. Había mucha información sobre la estupenda y maravillosa Dalessandra. Era una exmodelo que se había convertido en un personaje influyente de la industria de la moda y en la redactora jefa de una de las mayores revistas del sector que seguían existiendo en el país. El que había sido su marido durante cuarenta y cinco años, un tal Paul, había «renunciado» al puesto de director creativo de la revista hacía unos trece meses.

La versión oficial había sido que se separaban personal y profesionalmente. Sin embargo, en los blogs de cotilleos se hablaba de un escándalo más siniestro y se mencionaba el éxodo de varios empleados más durante la misma época. Sobre todo mujeres. Los blogs se cuidaron mucho de esquivar el tema, pero uno o dos insinuaron que las relaciones extramaritales de Paul habían influido en el cese de las relaciones personales y profesionales de la pareja.

Me reconfortaba el hecho de que la gente también pudiera aprovecharse de una mujer tan lista e inteligente como Dalessandra.

Pasé la mirada de la pantalla del portátil a la bañera de porcelana de cuarenta toneladas con patas de garra que seguía apalancada en el salón. Y luego al enorme agujero del techo.

Pues sí. Hasta a las personas listas e inteligentes las puteaban de vez en cuando.

—¡Toc, toc! —saludó alegremente una mujer con un marcado acento rumano entrando por la puerta principal.

Necesitaba con urgencia cambiar la cerradura y empezar a usarla.

—Señora Grosu —dije, cerrando el portátil y resignándome mentalmente a seguir investigando después de mis dos turnos como camarera. Si el wifi aguantaba.

—Hola, vecina —respondió ella, entrando a toda prisa con un plato amarillo lleno de estofado en las manos.

La señora Grosu era viuda y vivía al lado, en una pulcra casa de ladrillo de dos plantas con un seto tan perfecto que parecía podado con láser. Tenía cuatro hijos y siete nietos que venían a comer todos los domingos. La adoraba.

—Te he traído un estofado típico amish —dijo alegremente.

Mi querida, adorable y anciana vecina tenía dos grandes amores en la vida: alimentar a la gente y Pinterest. Había decidido que este año se dedicaría a la exploración cultural culinaria y que yo la acompañaría en su viaje.

—Gracias por el detalle, señora Grosu —dije.

A pesar de lo mal que iba todo lo demás en mi vida, con los vecinos de mi padre me había tocado la lotería. Eran superdivertidos y absurdamente generosos.

Ella chasqueó la lengua.

—¿Cuándo piensas sacar esta bañera del salón?

—Pronto —le prometí. Ese mamotreto debía de pesar ciento cincuenta kilos. No era una tarea para una sola mujer.

—Si quieres, puedo decirles a mis hijos que vengan a ayudarte.

Los hijos de la señora Grosu tenían casi sesenta años y no estaban como para levantar peso.

—Ya me las apañaré —dije.

Ella puso los ojos en blanco y fue hacia la cocina.

—Voy a guardar esto. Las instrucciones están en el pósit —me informó con su fuerte acento.

—¡Gracias! —grité, saliendo de mi madriguera de mantas mientras se alejaba.

—Gracias a ti por haberme llevado la compra la semana pasada, cuando tenía los pies hinchados como sandías —replicó ella, volviendo al salón mientras me levantaba del sofá.

Habíamos iniciado una cadena interminable de favores de la que yo disfrutaba bastante. Era agradable poder dar algo, fuera lo que fuera, cuando los recursos se agotaban.

Chasqueó la lengua al ver el termostato.

Esta casa está más fría que las pelotas de un muñeco de nieve —se quejó.

—No es para tanto —aseguré.

Avivé el fuego de la chimenea de ladrillo que mi padre casi nunca utilizaba. Tenía un tronco más asignado para la mañana y luego encendería la caldera para mantener la casa a unos agradables diez grados mientras estaba trabajando. Aunque nunca antes había sido pobre, me daba la sensación de que estaba empezando a pillarle el tranquillo.

—¿Por qué no aceptas mi dinero? —me preguntó la señora Grosu con un mohín, cruzando los brazos delante de sus pechos gigantescos. Todo en ella era suave y blandito. Salvo su tono maternal.

—Ya ha pagado el contenedor de obra —le recordé.

—¡Bah! —replicó, agitando la mano como si no hubiera sido nada desembolsar unos cuantos cientos de dólares para cubrir el coste de un adefesio que estaba rebajando el valor de su propia vivienda.

—Este desastre es mío, así que yo lo arreglaré —declaré—. Usted necesita el dinero para las cestas de Pascua de sus nietos y para su crucero de solteras.

—¿Te he dicho que vamos a ir a un cabaret masculino en Cozumel? —me preguntó, echando la cabeza hacia atrás para soltar una carcajada.

Lo había hecho. Y yo seguía sin poder quitarme la imagen de la cabeza. Una vez al año, la señora Grosu y cinco de sus mejores amigas hacían un viaje de chicas. Era increíble que nunca las hubieran detenido. Pero siempre les quedaba Cozumel.

—Creo que lo había mencionado —respondí, metiendo las manos en el bolsillo de la sudadera.

—Muy bien. Venga, vamos —dijo, entrelazando su brazo con el mío y tirando de mí hacia la puerta.

—¿A dónde? —le pregunté—. Estoy descalza y no tengo dinero.

—Pues ponte unos zapatos. Y no necesitas dinero.

Esa sí que era buena. Lo necesitaba, desesperadamente.

—Tengo que trabajar —dije, intentándolo una vez más.

—No. Siempre tienes que trabajar. En el cuadrante de la nevera pone que no entras hasta las tres. Tardas cuarenta y cinco minutos en llegar al trabajo. Por lo tanto, tienes tiempo para venir conmigo. —Ya había discutido con ella en otras ocasiones y siempre perdía—. Lo que estás haciendo por tu padre está muy bien y es muy bonito, pero no vamos a permitir que pases por esto sola —declaró, poniéndome a la fuerza el abrigo de invierno.

Me calcé las botas y busqué a tientas el bolso.

—No sé qué quiere decir con eso. ¿Y a quiénes se refiere?

—El lunes empiezas en un sitio nuevo. El señor Mohammad y yo vamos a llevarte de compras a esa tienda de segunda mano que tanto te gusta para que busques ropa adecuada para el trabajo.

Hinqué los talones sobre el contrachapado destrozado, asegurándome de evitar la tira de tachuelas de la moqueta.

—De eso nada.

La señora Grosu me había hablado en alguna ocasión de sus hermanos mayores y de sus proezas en el mundo de la lucha libre. Pues parecía que le habían enseñado un par de cosas, porque me sacó de allí en un periquete. El señor Mohammad, un inmigrante etíope que había llegado a Estados Unidos varias décadas antes de que yo naciera, me saludó desde su automóvil de veinte años.

—Ay, no. Ha traído el coche.

—¿Ves lo importante que es esto? —dijo la señora Grosu.

Pocas cosas eran capaces de convencer al señor Mohammad para que sacara el coche del garaje. El vehículo debía de tener como mucho mil trescientos kilómetros, porque a su sonriente y bigotudo propietario le encantaba caminar. Antes de jubilarse, siempre recorría a pie los tres kilómetros que lo separaban del supermercado en el que trabajaba como supervisor. Después de retirarse, siguió andando, pero lo hacía para ir a la iglesia todos los domingos y a jugar al bridge en el centro cívico los miércoles.

Mi padre había sido compañero de bridge del señor Mohammad. Juntos se habían convertido en los reyes del centro cívico, a base de gestos sutiles y de un lenguaje corporal indescifrable.

Cuántas cosas habían cambiado en tan poco tiempo. Ahora, en lugar de cuidar de mi padre, sus vecinos cuidaban de mí.

—No te resistas. Tenemos unos vales de la seguridad social que nos queman en el bolsillo y es el Día de la Tercera Edad en la tienda —declaró la señora Grosu, obligándome a subir al asiento de atrás.

—Hola, Ally —canturreó el señor Mohammad. Era la persona más alegre que conocía.

—Señor Mohammad, no puedo permitir que hagan esto.

—Tranquila, niña. Lo hacemos con gusto —aseguró.

Era cierto. Lo hacían de buena fe. Parecía que todo el barrio de mi padre seguía la máxima de «Ama al prójimo como a ti mismo». Cuando consiguiera vender su casa, cuando todo esto terminara, se lo compensaría. Y los echaría muchísimo de menos.

—Vale —dije, suspirando—, pero se lo devolveré.

El señor Mohammad y la señora Grosu se miraron desde sus asientos delanteros y pusieron los ojos en blanco.

—No nos hagas sentir incómodos, Ally —dijo el señor Mohammad, dándole caña al casete de Billy Joel.

6

Ally

Las oficinas de *Label* ocupaban las plantas cuarenta y dos y cuarenta y tres de una reluciente torre metálica de Midtown. Era un edificio sofisticado en el que personas sofisticadas tenían trabajos sofisticados.

Yo llevaba una falda lápiz de una tienda de segunda mano sobre unas medias de encaje que había comprado a precio de saldo y que hacían que las piernas me picaran. Me las había arreglado para añadir mi propio toque personal con los dos gruesos coleteros de colores que llevaba en ambas muñecas. Prácticos y modernos. Y, casualmente, mucho más baratos que una pulsera de diamantes.

Mientras el ascensor subía a toda pastilla, el corazón estaba a punto de salírseme del pecho por los nervios. Se me daba genial empezar en trabajos nuevos. Tenía un gran don de gentes. Pero entrar en aquel ascensor con mujeres que me sacaban quince centímetros y pesaban diez kilos menos que yo fue una experiencia impactante. Como también lo fue ver a un tipo empujando un carrito con dos docenas de bolsas de regalo de Chanel. Allí el aire olía a cosas caras, como sutiles perfumes de marca, lociones y cremas de lujo. Yo, en cambio, olía a champú barato de limón.

La bandeja llena de tazas de café que sostenía la gacela que estaba a mi lado se balanceó. Ella logró estabilizarla, pero su móvil salió volando. Lo recogí del suelo porque era la que estaba más cerca. Seguramente cualquiera de esas glamurosas amazonas tardaría diez segundos en descender con elegancia desde las alturas para llegar hasta él.

—Toma —le dije, devolviéndoselo.

—Gracias —susurró—. Con lo torpe que soy y encima me hacen bajar a por café.

Medía casi dos metros con aquellos tacones de ante de color rubí. Parecía medio nativa americana, medio japonesa. En cualquier bar de la ciudad la considerarían despampanante. Allí, era la chica del café. Me pregunté si estaría a punto de enterarme de que mi nuevo trabajo consistía en fregar retretes.

Me daba igual. Aun así, lo aceptaría.

Además, estaba claro que ninguna de esas personas comía ni bebía. Seguramente nadie usaba los baños y estaban impolutos.

—¿Eres una modelo que se ocupa de ir a buscar el café? —le pregunté.

Ella me miró, parpadeó y se rio, hasta que la bandeja volvió a tambalearse.

Como medida de seguridad, se la quité.

—Qué mona —dijo, sonriendo—. Formo parte del equipo de asistentes de *Label*.

—Pues pareces modelo —dije, señalando su cara con la mano que tenía libre—. ¿Es que *Label* tiene tal excedente de mujeres dignas de ser portada que las reparte por otros departamentos?

—Escribo rapidísimo y la organización es mi religión. Y si alguien me pusiera delante de una cámara, me caería de bruces. Además, no soy capaz de sonreír cuando me lo piden. —Levantó el carnet de la empresa. La foto estaba borrosa y salía en ella como si estuviera escondiendo la cabeza en un caparazón de tortuga invisible—. ¿Trabajas en el edificio? —preguntó.

—Casi. Es mi primer día.

—Qué guay. ¿En qué empresa?

—En *Label* —respondí.

—¡Pues somos compañeras! —exclamó encantada—. Por cierto, soy Gola. ¿En qué departamento?

—Yo soy Ally, y no tengo ni idea. Dalessandra me dijo que me pasara por aquí y preguntara por ella.

Gola se quedó boquiabierta.

—¿Dalessandra Russo? —Pronunció el nombre con asombro y temor a partes iguales.

—Sí.

—Tengo un montón de preguntas —declaró.

—Pues ya somos dos.

La campanilla del ascensor sonó y las puertas se abrieron en el piso cuarenta y tres. Salimos juntas.

—Ven, te acompaño a recepción —se ofreció, cogiéndome la bandeja de los cafés.

—Gracias. Eres muy amable —dije, abriéndole una de las puertas de cristal.

—Primera lección: ni todas somos modelos, ni todas somos unas arpías. Aunque las hay que son las dos cosas —me informó Gola, yendo hacia un mostrador de cuarzo brillante en forma de herradura. La mujer que estaba detrás era una pelirroja de piel de marfil con un elegante vestido entallado de cuadros escoceses. Me sentí como si me hubiera presentado en el baile de graduación en pantalón de pijama—. Ruth, esta es Ally. Ha venido a ver a Dalessandra por un trabajo —dijo Gola, arqueando una ceja.

—¿Qué tipo de trabajo? —preguntó Ruth, la pelirroja, sujetándose la barbilla delicadamente con la mano.

—Eso es lo mejor: ¡no tiene ni idea!

—Desde luego, para modelo de portada no es —bromeé—. Me dio esto y me dijo que preguntara por ella. —Saqué la tarjeta de visita de Dalessandra del bolsillo del abrigo y se la entregué.

—¡Qué emocionante! —exclamó Ruth—. Esta es la segunda contratación aleatoria de hoy.

Señaló una pequeña sala de espera. Las sillas bajas de cuero blanco parecían más modernas que cómodas. Había unos tiestos dorados con llamativos helechos verdes delante de unos ventanales que enmarcaban el sombrío horizonte de Midtown. El tipo de la parada de autobús estaba sentado con recelo en una de las pretenciosas sillas, sacudiendo la pierna nervioso. Se había cortado un poco el pelo y la barba y llevaba un jersey naranja que le marcaba la barriga y le hacía parecer una calabaza. Parecía tan feliz que me dio lástima.

—¡Hola, soy el del bus! —exclamó, saludándome con la mano.

—Hola. —Le devolví el saludo y le envié todas las buenas vibraciones que pude. Las malas personas se zampaban a las almas cándidas como él para desayunar.

—¿Os conocéis? —me preguntó Gola—. Esto es cada vez más intrigante.

Me giré hacia las dos mujeres.

—¿Queréis decir que esto no sucede a menudo? —No sabía si Dalessandra solía ir por ahí haciendo de hada madrina del trabajo con desconocidos.

—Nunca —respondió Ruth—. Puede que sea una especie de crisis de la mediana edad.

—Tiene sesenta y nueve años —le recordó Gola.

—Si alguien puede vivir hasta los ciento cuarenta y seguir estando estupenda, esa es Dalessandra —declaró Ruth.

—Tengo que irme —dijo Gola, haciendo malabarismos con los cafés—, pero podemos quedar para comer. Así me cuentas todos los detalles de cómo conociste a Dalessandra.

—No hay mucho que contar. El ligue con el que había salido a cenar hizo que me despidieran.

Gola y Ruth volvieron a mirarse.

—¿El ligue con el que había salido a cenar? —susurró Ruth, entusiasmada.

—Mi extensión está en el directorio de la empresa. Soy la única Gola.

—Llámame a mí también —dijo Ruth—. ¡Necesito enterarme de lo del ligue!

Amigas para salir a comer. Bien. La cosa no pintaba nada mal.

—Estupendo.

Gola atravesó un segundo par de puertas de cristal y suspiré aliviada al ver que el café había sobrevivido.

—Deja que vuelva a llamar al despacho de Dalessandra para que sepan que estás aquí —dijo Ruth, descolgando el teléfono.

Una mujer muy seria, vestida con un traje de color gris medio, se acercó a mi compañero de parada de autobús. Él se levantó y le sonrió. Ella lo miró con el ceño fruncido.

—Acompáñeme —la oí decir sin entusiasmo.

Mi amigo me miró levantando el pulgar de una mano mientras con la otra sujetaba contra el pecho la bolsa del almuerzo.

—Por favor, que los de mensajería sean majos —murmuré.

—Ally, Dalessandra ya está disponible —dijo Ruth, colgando el teléfono—. Ve por esa puerta y sigue el pasillo hasta el final. Es el último despacho a la izquierda. Verás a dos asistentes aterrorizados sentados delante.

Genial.

—Gracias, Ruth.

—¡Buena suerte! Nos vemos a la hora de la comida.

Si sobrevivía hasta entonces.

Encontré el despacho —y a los dos asistentes, uno de los cuales tenía pinta de estar muerto de miedo— sin necesidad de pedir más indicaciones. Y menos mal, porque todas las personas que me crucé por el pasillo parecían estar yendo a la guerra. Había una sensación de agobio generalizada en toda la planta y la gente tenía aspecto de estar al borde de un ataque de nervios.

O puede que yo estuviera pasándome de analítica y ese fuera el ambiente normal de cualquier oficina. *Label* era una gran empresa y eso suponía mucho dinero, poder e influencia. Y también, probablemente, un alto índice de úlceras de estómago.

—Hola, soy Ally —dije, sobresaltando al asistente más cercano, que estuvo a punto de caerse de la silla. Consiguió evitarlo, pero su bolígrafo salió volando.

Se llevó una mano al pecho.

—Ay, madre.

—Venga ya, Johan —se quejó la segunda asistente—. Si ya sabías que habían enviado a alguien desde recepción. —La mujer se levantó mientras Pitufo Miedoso se apresuraba a recoger el boli—. Soy Gina —dijo—. Ven conmigo, por favor.

Me acompañó al santuario acristalado que tenía detrás.

Dalessandra Russo se encontraba de pie tras una elegante

mesa de trabajo con patas de metal arqueadas de un azul tan oscuro que casi parecía negro. Las paredes estaban cubiertas por un papel con un exquisito estampado de helechos y hojas en tonos crema y verde claro. Había fotos con marcos de plata de la mujer en cuestión con famosos y otras personas con pinta de importantes colgadas de una forma demasiado agradable a la vista como para ser casual.

Ella y un hombre delgado con gafas estaban examinando algo en la mesa. Dalessandra levantó la vista por encima de unas delicadas gafas de lectura. Llevaba un vestido cruzado de punto de color marfil y azul grisáceo de manga larga que hacía resaltar su pelo canoso y una gruesa gargantilla rígida de oro salpicada por pequeñas piedras preciosas que alguien más entendido en moda seguramente consideraría un complemento único.

Si yo llevara algo así, me daría con él en la cara y me partiría un diente la primera vez que me agachara.

—Ally. Me alegra que hayas podido venir hoy —dijo.

—Y yo me alegro de estar aquí —respondí con recelo.

Todavía estaba esperando la conversación de «he cambiado de opinión».

—Ally... ¿Cuál es tu apellido? —me preguntó.

Eso captó la atención del hombre que estaba a su lado, que levantó la vista, desconcertado.

—Morales —respondí.

—Ally Morales, te presento a nuestro jefe de producción, Linus Feldman.

Linus me miró de arriba abajo y me di cuenta de que se estaba preguntando qué hacía la chica de la falda de segunda mano en el despacho de Dalessandra Russo.

—Hola —dije.

Linus era bajito, delgado, negro y, a juzgar por el salto que pegaron sus preciosas cejas peludas, un poquito prejuicioso.

Normal. Yo tampoco tenía ni idea de lo que pintaba allí.

—Hola... —respondió él, dejando la palabra en el aire como si esperara una explicación.

—Ally va a unirse a nuestro equipo de asistentes —dijo Dalessandra.

Uf. Menos mal. Al final sí que había un trabajo.

Linus también se mostró aliviado con la explicación.

—Te deseo suerte —dijo, apilando enérgicamente los papeles—. Voy a llevar esto al departamento de Edición.

—Gracias, Linus. Por favor, cierra la puerta al salir —le pidió Dalessandra, sentándose en la silla que había detrás del escritorio.

Señaló uno de los sillones de color marfil que estaban frente a ella. Linus volvió a levantar las cejas casi hasta el nacimiento del pelo mientras hacía lo que ella le había ordenado. La mirada que me lanzó al cerrar las puertas de cristal era más de «cuidadito» que de «buena suerte».

Me senté con las rodillas pegadas. Hacía mucho que no me ponía una falda. Me sentía como si estuviera haciendo un curso acelerado para volver a aprender a sentarme como una adulta.

—Bueno, Ally —dijo Dalessandra, entrelazando los dedos—. Bienvenida a *Label*.

—Gracias. ¿Por qué estoy aquí?

Ella no se rio, pero sonrió con calidez.

—Por eso —dijo, señalándome.

¿Por mi pelo? ¿Por mi entrañable estupefacción? ¿O acaso le recordaba a su mejor amiga del campamento de verano, a la que había perdido hacía tiempo?

—Me temo que tendrá que ser más específica.

Esa vez sí se rio y oí cómo las sillas de los asistentes se giraban hacia nosotras allá fuera.

—Te estoy contratando para que formes parte del equipo de asistentes. Cada día se te asignarán diferentes tareas. Puede que tengas que ayudar a buscar información o a verificar datos. Puede que te pidan que tomes notas en reuniones o que gestiones la agenda de un proyecto en concreto. O que hagas de enlace con el equipo de un diseñador para ayudar a coordinar sesiones fotográficas. También podríamos pedirte que sustituyas a algún asistente personal, que organices el catering, que vayas a por café, etcétera.

—Vale. —Parecía bastante factible.

—Pero… —Dalessandra dejó la palabra flotando en el aire entre nosotras. Esperé el carísimo tacón de aguja que estaba a punto de ensartarme—. Me interesa saber qué impresión te han dado hasta ahora nuestras oficinas —añadió.

—¿En los tres minutos que llevo aquí?

—Sí.

Genial. Primera prueba. Sabía que buscaba una respuesta en concreto, solo que yo ignoraba cuál.

—Todos parecen... —dejé la frase en el aire, sin saber hasta qué punto debía ser sincera.

—Dilo —me pidió ella.

—Aterrorizados. Como cervatillos delante de los faros de un coche.

Dalessandra suspiró y golpeó el escritorio con el bolígrafo.

—Hemos pasado hace poco por... una transición difícil.

—Hum —respondí, negándome a reconocer que las había investigado en internet a ella y a su empresa.

—Durante la transición, destituimos, perdimos y reemplazamos a varios empleados clave. Nos deshicimos de los que ya no encajaban con... nuestros valores —dijo finalmente—. Se habían convertido en una especie de lastres. Por desgracia, también perdimos a varios miembros valiosos del equipo. —Detrás de ese vocabulario de relaciones públicas se escondían un montón de cosas—. Mi marido se aprovechó de mi generosidad y abusó de su poder aquí. Yo era consciente de algunos de sus... defectos, pero no de lo inmoral que se había vuelto. —Su tono era duro y rezumaba rabia. Esperaba que se hubiera quedado con las pelotas de ese tío en el divorcio. Guardé silencio y me tragué como pude el millón de preguntas que tenía—. Estaba tan centrada en crear una marca, en la transición digital y en disfrutar de las ventajas de ser una mujer poderosa en un sector apasionante que no me paré a analizar a mi propia familia, a mi propia empresa. O puede que no quisiera hacerlo.

—Pero todo eso ha quedado atrás, ¿no? —aventuré.

Ella asintió.

—Con demasiados años de retraso. Se podría haber evitado tanto daño... Pero lo pasado, pasado está. Eso no tiene nada que ver con el presente, ni con el futuro. Contraté a mi hijo para que ocupara el lugar de su padre y le asigné la tarea, quizá injusta, de arreglar su desaguisado. Como pudiste ver la semana pasada, la tensión está empezando a afectarle.

Estaba ocupada preguntándome qué era exactamente lo que

Dalessandra no me estaba diciendo cuando aportó ese último dato.

«Mierda».

—¿El Príncipe Azul es su hijo?

Mi pregunta le sorprendió.

—¿Quién creías que era?

—Un ligue. De hecho, le dije que usted era demasiado buena para él —comenté.

Dalessandra se rio de nuevo. Volví a oír las sillas girándose al otro lado del cristal.

—Dominic es mi hijo.

Puede que fuera capaz de sentir un mínimo de empatía hacia el hombre al que habían llamado para solucionar ese lío familiar, pero, aun así, yo también estaba en una situación peliaguda y no era una gilipollas con los demás por ello.

—Entonces, ¿por qué estoy en su despacho en mi primer día como asistente? —le pregunté. Tenía la sensación de que me faltaban algunas piezas importantes del puzle.

—Porque mi hijo te debe un puesto de trabajo y los Russo siempre saldan sus deudas.

Más misterios. Esa mujer era una cámara acorazada llena de secretos.

—Vale... —dije, alargando la palabra al estilo Linus.

Dalessandra se apoyó en los codos.

—Y si de paso consigues tomarle el pulso al personal y averiguar si hay algo que yo pueda hacer para que el ambiente sea más apacible... —Dalessandra levantó las palmas de las manos—, espero que te animes a comentármelo.

Ahí estaba mi cometido. Y era bastante impreciso. Me sentía como si estuviéramos hablando en clave... y solo una de nosotras la conociera. La otra era yo.

—Haré lo que pueda... —Parecía más bien una pregunta que una afirmación, pero era la respuesta que buscaba mi nueva jefa.

—Bien. Si necesitas algo, no dudes en comunicármelo —dijo ella, cogiendo las gafas de lectura para ponérselas.

—Tengo unas cuantas dudas.

Dalessandra me miró por encima de la montura.

—Dime.

—¿El Prín…, su hijo puede despedirme? —pregunté.

Ella esbozó una sonrisa felina.

—No. Dominic no puede despedirte.

—Vale. ¿Y tengo que ser amable con él?

Dalessandra se recostó en la silla, pensativa.

—Creo que deberías tener con mi hijo la relación con la que te sientas más cómoda.

7

Dominic

Los asistentes de mi madre estaban pendientes de lo que ocurría en su despacho y no vieron que me acercaba. Murmuré un saludo y uno de ellos se llevó tal susto que se le cayó el agua encima de la camisa de cuadros.

—Señor Russo, su madre está reunida —dijo la asistente menos aterrorizada, una tal Gina o Ginny, levantándose mientras yo posaba la mano sobre la manilla de la puerta.

Mi madre se estaba riendo con la persona que tenía sentada enfrente. Fruncí el ceño.

—¿Quién está ahí dentro?

—Ah, una nueva empleada —graznó el asistente empapado, secándose con unas servilletas.

Hacía tiempo que no oía a mi madre reírse así.

Ella y su visita se pusieron de pie, y decidí que era tan buen momento como cualquier otro para interrumpir.

—Hablando del rey de Roma... —dijo mi madre cuando entré en su despacho.

La otra mujer se dio la vuelta. Estaba sonriendo. Era... ¿ella?

—No —gruñí.

Oí un golpe detrás de mí y supuse que el ayudante asustadizo se había caído mientras intentaba escuchar a hurtadillas.

—Sí —replicó con suficiencia la chica del «que te den» en la pizza.

—No —repetí yo, sacudiendo la cabeza.

—Dominic, te presento a Ally. Ally va a unirse a nuestro equipo de asistentes. Ally, Dominic es el director creativo de *Label*.

—Tenemos que hablar, madre —dije. No podía ir por ahí ofreciendo puestos de trabajo a personas que eran demasiado maleducadas como para conservarlos. Esa chica se había pasado tres pueblos conmigo.

—Lo siento, cariño. No tengo tiempo. Hazme el favor de acompañar a Ally a Recursos Humanos —replicó ella, cogiendo el teléfono—. Ponme con Naomi.

Nos estaba echando. Pero, en cuanto tuviera la oportunidad, me iba a oír.

Me detuve junto a la mesa de la asistente e intenté recordar su nombre.

—Gina, prográmame una cita con mi madre lo antes posible. Dile que es una reunión presupuestaria para que no intente cancelarla. —Ella se me quedó mirando. Abrió la boca y luego la cerró. Mierda. Debería haberme decantado por «Ginny»—. ¿Algún problema?

—Sabe mi nombre.

—Claro que sé tu nombre —le solté, tratando de disimular mi alivio.

—Tu don de gentes es impresionante, Príncipe Azul —dijo secamente Ally detrás de mí.

Me giré hacia ella.

—No te molestes en ponerte cómoda aquí —le advertí.

—¿Por qué? ¿Vas a volver a dejarme sin trabajo?

—Ambos sabemos que merecías que te echaran —dije—. No puedes ser así de grosera con los clientes y luego sorprenderte cuando te llaman la atención.

—Y tú no puedes ser así de grosero con la gente sin que nadie te llame la atención —replicó ella.

—Empezaste tú —masculé.

—Porque te creíste que estás por encima de las normas.

Vale. Puede que tuviera una pizca microscópica de razón.

—Era una llamada importante —mentí.

—Ah, ¿sí? —exclamó ella, arrugando la nariz en un gesto

exagerado de incredulidad—. Pues el resto del restaurante no tuvo ningún problema en cumplir las normas.

—Esa norma es una mierda.

—¡Pues claro! —exclamó ella, levantando las manos—. George también tenía otras normas absurdas como que los camareros solo podían comer media porción de pizza por cada turno de seis horas. ¡Y los ingredientes se pagaban aparte! Y solo podías hacer una pausa para ir al baño en cada turno.

—Si era tan terrible, ¿por qué te molesta tanto que te despidieran?

—¡Porque me echaron por tu culpa! —gritó—. ¡Y necesito el dinero, payaso!

Nadie me había llamado «payaso» en toda mi vida. Por lo menos a la cara. Y yo diría que tampoco a mis espaldas. «Gilipollas» sí. Y «cabrón hijo de puta» también, por supuesto.

—¿«Payaso»? —repetí, con una sonrisa burlona.

—Déjame. Estoy cabreada.

«Bien».

—Deberías darme las gracias —dije, metiendo el dedo en la llaga.

—¿Has perdido completamente la cabeza, Príncipe Azul?

El ayudante asustadizo de mi madre, de cuyo nombre no tenía ni la más remota idea, ahogó una exclamación detrás de mí, recordándome que teníamos público.

Agarré a la camarera por el codo para llevármela a una pequeña sala de reuniones, lejos del despacho y de los mirones. La sensación fue la misma que cuando la cogí de la muñeca en el restaurante. Una especie de alerta, de hormigueo en las venas.

—¿Me has metido aquí para descuartizarme? —preguntó, dándome un sopapo en la mano.

La solté de mala gana.

Nos encaramos igual que en el restaurante. Volví a percibir el olor a limón. Y, a pesar de lo enfadado que estaba, me di cuenta de que me encantaba que alguien me mirara a los ojos mientras me insultaba.

Como tuviera que mantener una sola conversación más con una mujer de la oficina mientras se miraba los zapatos o fijaba la vista en algún punto lejano por encima de mi hombro, acabaría volviéndome loco de remate.

—Gracias a mí, has conseguido un trabajo de jornada completa con buenas prestaciones del que no sales oliendo a ajo y en el que puedes hacer tantas pausas para ir al baño como necesites —le expliqué.

—Vaya. Gracias, Príncipe Azul. —Sus palabras rezumaban tal sarcasmo que me sorprendió que no empezara a gotear en el suelo.

—De nada —respondí.

Ella se acercó más a mí.

—No me caes nada bien.

—Yo tampoco soy tu fan número uno.

Estábamos demasiado cerca. Sobre todo teniendo en cuenta que éramos jefe y empleada. Además, no me extrañaría que sacara un cuchillo y me apuñalara con él.

Retrocedí un par de pasos para protegerme.

—Bien —dijo ella.

—Genial —repliqué yo.

Parecía que Ally, ese impertinente grano en el culo, era la única mujer del edificio, aparte de mi madre, lo suficientemente valiente como para mirarme a los ojos. Qué suerte la mía. ¿Y en qué coño estaba pensando mi madre?

—Escucha, Príncipe Azul. ¿Qué tal si intentas actuar como un adulto? Esta es una empresa muy grande. Lo más seguro es que no nos veamos nunca.

Tamborileé un *staccato* con el pulgar sobre la pierna.

—Estás despedida.

Ella esbozó una sonrisa diabólica que me resultó sorprendentemente atractiva.

—Tendrás que discutirlo con tu madre —dijo—. Me parece que no tienes autoridad para echarme —añadió, dándose unos golpecitos con el dedo en la barbilla.

—Eso es algo que pienso remediar, Maléfica —prometí.

—¿Ves lo bien que nos llevamos ya? Si hasta tenemos apodos cariñosos el uno para el otro. Ya solo nos falta ir a hacernos las uñas juntos. Ahora, si haces el favor de decirme dónde está Recursos Humanos, te dejaré en paz y, con mucha mucha suerte, no volveremos a vernos nunca más.

Me habría encantado señalarle una ventana abierta.

O, al menos, creía que esos eran mis sentimientos. Me confundía el hecho de que mi entrepierna pareciera estar cobrando vida por su culpa.

—Tú quédate en tu lado del infierno y yo me quedaré en el mío —dije.

—Me parece perfecto —replicó ella, abriendo de un tirón la puerta de la sala de reuniones—. ¿Recursos Humanos? —preguntó, en un tono mucho más amistoso, a los asistentes de mi madre, que casualmente pasaban por allí.

—Voy contigo —se ofreció Gina.

Se dispuso a acompañar a Ally, no sin que esta antes me dedicara una mirada de profundo desdén por encima del hombro.

8

Ally

—Necesitas un contacto de emergencia. —La misma mujer que había fulminado con la mirada a mi compañero de parada de autobús nada más conocerlo daba golpecitos impacientes con una uña en la pantalla, mientras yo rellenaba los formularios de contratación.

El departamento de Recursos Humanos de *Label* estaba formado por cinco mujeres muy estilosas sentadas detrás de unas mesas decoradas con esmero y ubicadas de una forma que tenía toda la pinta de cumplir con las exigencias del feng shui. Ninguna de las otras integrantes del equipo parecía tan cabreada como la que me habían endilgado a mí.

—Ah... —dije, aturullada.

—¿No tienes familia en la ciudad? —preguntó, como si el hecho de mostrar algún interés pudiera matarla.

—Nadie con quien poder contar en caso de emergencia —respondí lacónicamente.

—Pues elige a algún amigo —replicó ella, exasperada—. Alguno tendrás, ¿no?

Supuse que estaba proyectando sus problemas en mí.

Introduje los datos de contacto de mi mejor amiga, Faith, y rogué a los dioses de las emergencias laborales para que, si alguna vez Recursos Humanos necesitaba llamarla al trabajo, esta encantadora dama tuviera el placer de escuchar: «Club Damas y Caballeros, disponemos de tetas y chorras». Faith era copropietaria de uno de los clubes de striptease más irreverentes de la ciudad.

Acabé de rellenar el papeleo con los molestos suspiros de la mujer de Recursos Humanos y el repiqueteo de sus uñas sobre el reloj como música de fondo. Cuando vi el sueldo que figuraba en la descripción del puesto estuve a punto de caerme de culo. No era una cantidad como para poder permitirme un apartamento de una habitación en Manhattan, pero sí como para necesitar solamente tres curros por horas más para ir tirando. E «ir tirando» era una situación mucho mejor que en la que me encontraba esa mañana al despertarme.

Hice cálculos mentales y decidí que continuaría con las clases de baile, con los turnos de camarera mejor pagados y aceptaría un par de servicios de catering a la semana. Seguiría sin tener demasiado tiempo para las reformas, pero se trataba de un avance considerable.

Si pudiera aguantar en el puesto hasta acabar la obra y poner la casa a la venta...

—Mira hacia aquí.

Levanté la vista justo a tiempo para que el flash de una cámara me hiciera fruncir el ceño. La imagen se cargó en la pantalla del ordenador que la mujer tenía al lado. Parecía que estaba estornudando. De repente pude imaginar quién había hecho la foto de la tarjeta de identificación de la empresa de Gola.

—¿En serio vas a poner eso en mi identificación? —pregunté, verdaderamente impresionada por la actitud de aquella mujer, a la que parecía que todo le importaba una mierda.

—No me da la vida para organizar sesiones de fotos y complacer a las nuevas asistentes —me espetó.

—Pues muy bien. Me quedo con la del estornudo, entonces. Será una buena forma de romper el hielo.

Resultaba bastante liberador saber que todo eso era temporal y que no tenía que preocuparme por encajar, por causar una buena impresión o por esforzarme para conseguir un ascenso.

«Acabar las reformas. Vender la casa. Margarita de mango».

La impresora escupió mi credencial, que hacía las veces de tarjeta llave. La mujer de Recursos Humanos me la entregó con suficiencia. Era todavía peor fuera de la pantalla.

—El equipo de asistentes está en la planta cuarenta y dos. Pregunta por la supervisora.

Dicho lo cual, me despidió sin miramientos.

Busqué las escaleras y bajé un piso, utilizando mi flamante tarjeta llave nueva para entrar en las oficinas. El ambiente era parecido al de la planta cuarenta y tres. Mucho ajetreo y bastante mal rollo.

La buenísima noticia era que en esa planta no tendría que apechugar con la gruñona de Recursos Humanos, ni con el Príncipe Azul.

Le pregunté al primer pibón de dos metros que vi dónde estaba el equipo de asistentes. Resultó que me encontraba en medio de él. La segunda planta de oficinas de *Label* era un espacio abierto inundado por un mar de cubículos con separadores bajos que ocupaban una superficie considerable, rodeado por dos lados de despachos acristalados. Todo el mundo era guapísimo, o al menos iba perfectamente peinado y llevaba unos accesorios ideales.

Le pedí a una morena deslumbrante que se estaba volviendo loca intentando doblar una especie de tejido de seda de color verde lima para meterlo en una caja de cartón blanca que me indicara dónde estaba la supervisora y abordé a la mujer en su mesa, entre llamada y llamada telefónica.

Según su placa identificativa, se llamaba Zara. Llevaba el cabello, largo y negro, recogido en una elegante trenza. Tenía el escritorio lleno de pósits de todos los colores, organizados en pequeñas y meticulosas hileras.

Se quedó mirando mi ropa.

—¿Eres nueva? Ponte en una mesa vacía, marca la extensión del departamento de Informática y pídeles un nombre de usuario y un correo electrónico.

—Gracias —dije, preguntándome qué tendría que hacer después.

Pero su teléfono no dejaba de sonar y su ordenador pitó seis veces seguidas con notificaciones de chat y correo electrónico.

—Joder —murmuró, cogiendo uno de los dos iPhone que tenía sobre la mesa cuando ambos empezaron a vibrar.

Me escabullí, dejándola con los pitidos y las vibraciones, y di una vuelta rápida en busca de una superficie plana y despejada. Encontré una al fondo, en el anillo exterior de cubículos, que no podía estar más lejos de las ventanas. Pero, a caballo regalado… Me abrí paso entre los escritorios y la gente ocupada y reclamé mi nuevo territorio con el bolso, el abrigo y un recipiente con la última ración de pollo coreano a la barbacoa de la señora Grosu.

—Vale —susurré.

Probé la silla y me pareció bastante cómoda. A decir verdad, en el resto de los trabajos que había tenido durante los últimos seis meses no había ni sillas, ni oportunidad de sentarse en ellas. Así que tener una era un gran avance.

El monitor del ordenador era una pantalla plana divina de última generación y los únicos objetos que había sobre el escritorio eran un teclado blanco y fino y un teléfono. Levanté el auricular y eché un vistazo a los botones, en busca del departamento de Informática.

—¿Eres nueva?

Asomé la cabeza por detrás de la pantalla gigante en la que aparecía el logotipo de *Label* y vi a una mujer mirándome. Tenía el pelo brillante, del color de un campo de trigo, con sutiles reflejos plateados. Lo llevaba recogido en una cola baja de la que ni un solo mechón se atrevía a escaparse. Su rostro era absolutamente perfecto, con unos pómulos prominentes, un maquillaje aplicado con pericia y una nariz diminuta que seguramente otras mujeres fotografiaban y enseñaban a sus cirujanos plásticos. Sería espectacular si no se hubiera pasado con el relleno de labios y no tuviera tanta pinta de mala persona.

—Hola —respondí—. Sí. Soy Ally. He empezado hoy.

Ella soltó un bufido burlón que, curiosamente, sonó femenino.

—No te interpongas en mi camino.

—Tú debes de ser el comité de bienvenida —comenté, ladeando la cabeza. No sabría decir si tenía veintiocho años o treinta y ocho.

—Todos los encargos que lleguen para Dominic Russo son míos, ¿entendido?

Me eché a reír. Era la pareja perfecta para mí.

—Todo tuyo. Prefiero a los hombres con corazón.

Sus labios se volvieron infinitamente más planos y me preocupó que fueran a reventar.

—¿Haciendo amigos, Malina? —Gola se acercó y se sentó en el borde de mi mesa.

La mujer en peligro de sufrir una explosión de relleno labial miró con frialdad a mi nueva amiga.

—Estoy poniendo a la nueva al corriente de lo esencial.

—Se llama Ally, y nadie va a interponerse en tus delirios —dijo Gola. Varias cabezas asomaron por encima de las paredes de los cubículos que nos rodeaban, como perritos de las praderas olfateando el peligro. Gola se volvió hacia mí—. Malina aspira profesionalmente a obligar al menos a un Russo a firmar un acuerdo prenupcial. La primera vez no acabó de funcionar, ¿verdad? —dijo, arrugando la nariz con falsa lástima.

Qué interesante.

—Ándate con ojo, Gola —murmuró Malina—. Y quita tu culo gordo de en medio.

—No me obligues a volver a perrearte en toda la cara, Mal. —La sonrisa de Gola era perversa. Sin mediar palabra, Malina se echó la coleta por encima del hombro y se marchó indignada—. Veo que ya conoces a la chica mala —se burló Gola.

—Parece muy simpática.

—Es un encanto. Todos dicen que Malina es la mejor persona del equipo.

—Qué suerte haber elegido el puesto que está justo detrás del suyo —dije con un suspiro.

—¿Bajamos a comer en treinta minutos? —propuso Gola, dando un golpecito en la mesa con la carpeta que llevaba en la mano y tirando su contenido al suelo.

—Perfecto —respondí, ayudándole a recoger los papeles y las muestras de tela.

Aquella era la cafetería más sofisticada que había pisado nunca. A diferencia de la de mi instituto, con sus taburetes de vinilo y su olor a salsa marinara de lata chamuscada, allí los suelos eran de mármol blanco y había unas jardineras gigantescas llenas de plantas naturales que creaban un ambiente zen, como de jungla urbana. Y, definitivamente, no olía a salsa marinara.

Se parecía más a un patio interior, o a un invernadero, que a una cafetería. Hasta la comida era sofisticada. Yo no podía permitírmela, pero eso no me impidió echar un vistazo al expositor de sushi y al «Rinkón Keto».

Gola y yo nos sentamos en un hueco libre que había entre un tiesto con una palmera y otra mesa llena de mujeres altas y delgadas que picoteaban lechuga y charlaban de forma animada sobre una pelea entre un fotógrafo y una maquilladora.

Gola sacó un vaso de zumo verde y un cuenco de caldo y los puso en la mesa, delante de ella.

—Estoy haciendo una limpieza —dijo, al pillarme mirando su cuestionable «almuerzo»—. Tienes que probarlo. Te deja la piel radiante.

—Yo es que soy más de ayunos accidentales —bromeé.

—El ayuno intermitente está muy de moda —comentó ella, asintiendo sabiamente.

—Me refería más bien a quedarme sin comida y tener que ayunar hasta el próximo sueldo.

—¿Vas mal de dinero? —me preguntó Gola, con más interés que lástima.

—Podría decirse que soy temporalmente pobre.

Gola vio a Ruth entre el gentío y le hizo señas para que se uniera a nosotras. La pelirroja dejó sobre la mesa una ensalada de col rizada y se sentó en la silla de enfrente.

—¿Me he perdido el principio del interrogatorio? —preguntó, jadeando.

—No, justo está a punto de empezar —repuso Gola.

—Queremos saberlo todo de ti, incluyendo cómo conociste a Dalessandra, cómo conseguiste este trabajo y si de verdad le llamaste a Dominic Russo «monstruo megalómano» a la cara —dijo Ruth, antes de meterse en la boca un poco de ensalada y masticarla con entusiasmo.

—Pues...

—Vale. Empieza por cómo conociste a Dalessandra —dijo Gola.

—¡Hola, colega de parada de autobús! —Mi amigo del jersey naranja apareció al lado de la mesa, aferrándose a su bolsa de papel arrugada. Sonrió esperanzado—. ¿Os importa que me siente con vosotras?

—Por favor —dije, señalando las sillas libres. Luego me volví hacia Gola y Ruth para darles una explicación—. Nos conocimos en la parada de autobús en la que Dalessandra nos dio trabajo a los dos.

—Es absolutamente imprescindible que te sientes con nosotras —declaró Ruth, dando unas palmaditas en la silla que tenía al lado.

Suspiré aliviada.

—Gracias —dijo él—. Soy Buddy, por cierto. —Extendió una mano regordeta y Ruth y Gola se turnaron para estrechársela.

—Y yo soy Ally —le dije.

Gola se revolvió en la silla.

—Vale, soltadlo de una vez, chicos. ¿Qué hacía Dalessandra Russo en una parada de autobús?

Buddy abrió la bolsa de papel y sacó un bocadillito monísimo, una bolsa de patatas fritas y un refresco light.

—Bueno, no sé qué hacía allí la señora Russo, pero yo acababa de terminar uno de mis trabajos de pintura clandestinos en el Village. Estaba allí sentado en la parada de autobús y vi a Ally hablando con la señora Russo. La señora Russo se estaba disculpando por algo y luego le dio una tarjeta de visita y le dijo: «Ven a verme el lunes y te daré trabajo» —dijo, como si sacara una tarjeta invisible. Ruth y Gola estaban embelesadas, así que le hinqué el diente al pollo—. Yo pensé: «Esta es la mía». Era una de esas cosas que solo pasan una vez en la vida. Tenía que decir algo. Si no, me arrepentiría eternamente. Así que le pregunté: «¿Tiene algún trabajo más de esos?». Ella me miró, pero no en plan estirada. Y me dijo: «¿Qué sabes hacer?». Yo le dije: «Lo que necesite que haga». Y aquí estoy. Ahora soy el último fichaje de mensajería. Tengo una mesa. No tengo que pintar nada. Y en cuanto tenga seguro médico, llevaré a mi mujer directamente al fisioterapeuta.

—¿Por qué necesita tu mujer ir al fisio? —preguntó Gola. Otro punto a mi favor. Ahora les interesaba más la historia de Buddy que los jugosos cotilleos de la oficina.

—Se lesionó trabajando hace un año. Era operario, o mejor dicho operaria de mantenimiento de las líneas eléctricas. Total, que se cayó mientras trabajaba. Desde cinco metros de altura. Y aterrizó de espaldas sobre el hormigón. —Hice una mueca de dolor—. Lesión grave de columna. Está en silla de ruedas. No pudo seguir trabajando. La empresa se negó a darle una indemnización. Yo perdí mi empleo por faltar tantos días después del accidente. Sin un buen seguro médico, no podíamos seguir con la rehabilitación. Y eso era lo único que le daba esperanza, ¿entendéis?

—Buddy, eso es tremendo —dije.

—Ha sido una época difícil —reconoció él—. Pero siempre supe que habría una luz al final del túnel y mírame ahora: aquí sentado con tres chicas guapísimas, un trabajo en una empresa importante y un seguro médico por estrenar.

Me entraron ganas de abrazarlo y me emocioné mucho cuando Ruth lo hizo por mí.

—Eres un tío genial, Buddy —dijo Gola, extendiendo un brazo para apretarle la mano.

Él soltó una carcajada.

—¡Ya veréis cuando se lo cuente a mi mujer!

9

Ally

Buddy se zampó a toda prisa el almuerzo y volvió corriendo a la sala del correo, deseando demostrar su valía desde el primer momento.

—Eso ha sido lo más bonito que he oído en mi vida —suspiró Ruth—. Creo que me he enamorado de él.

—Ponte a la cola —dijimos Gola y yo al unísono.

—Muy bien, bonita. Ahora vamos con tu historia —anunció Gola—. ¿Qué hacía Dalessandra Russo contigo en una parada de autobús?

—Disculparse. Porque su hijo, que en ese momento yo creía que era su ligue, había hecho que me despidieran —respondí.

Gola derramó sin querer el resto del zumo verde.

—¿Qué ha hecho ahora el señor Estatua de Hielo de la Perfección? —preguntó Ruth, pasándole un montón de servilletas.

—El Príncipe Azul…, es decir, Dominic, quedó con Dalessandra para cenar en la pizzería en la que yo trabajaba. Estaba siendo un maleducado, así que le pagué con la misma moneda y le escribí un mensaje no muy correcto con los ingredientes de la pizza. Típico de mí.

Gola me miraba como si me hubiera transformado en Tina Turner delante de sus narices.

—Definitivamente, voy a necesitar el mensaje no muy correcto enterito —decidió Ruth.

—«Que te den».

—¿Le dijiste «que te den» a Dominic Russo? —exclamó Gola, anonadada.

—Bueno, se lo escribí con peperoni, pero sí.

—¿Y él qué hizo?

—Montó un pollo. Y se puso a gritar.

Ruth y Gola intercambiaron una mirada incrédula.

—¿A gritar?

—Sí, a gritar. Luego empezamos a insultarnos y él exigió hablar con el gerente.

—Sabía que había un volcán bajo ese iceberg —dijo Gola, dando una palmada sobre el montón de servilletas empapadas—. ¿No te lo había dicho?

Ruth asintió.

—Pues sí. Me lo dijiste.

Gola se inclinó hacia delante.

—Dominic Russo ha sido como el Rey de la Noche con todo el mundo desde que llegó, hace más de un año —comentó en voz baja. Seguramente las palmeras oían.

Qué interesante. Mi limitada experiencia con el Príncipe Azul era por completo opuesta. Lo que yo había visto no era hielo: eran las llamas del infierno.

—¿Quién iba a imaginar que una pizza de peperoni sería la gota que colmaría el vaso? —reflexionó Ruth.

—Vale, volvamos a la historia. Tú le dices «que te den», él pide hablar con el gerente —recapituló Gola, acercando peligrosamente la mano al té caliente de Ruth.

—Así que George salió de la cocina, echó un vistazo a la falda de cuero rojo de Dalessandra y al elegante abrigo de Dom y me despidió en el acto.

—¡No! —exclamaron las dos.

Ese par era un público genial.

—Sí. Cogí el abrigo y el bolso y volví al comedor para dar un discurso sobre que todos somos humanos y que la gente como él no debería tratarnos como si no lo fuéramos. Y luego me largué. —Gola y Ruth estaban inclinadas hacia delante, pendientes de cada una de mis palabras—. Así que allí estaba yo, en la parada de autobús, tratando de decidir qué hacer hasta el turno en el bar...

—Ally es pobre —le explicó Gola a Ruth.

—Vale —dijo Ruth, asintiendo.

—Dalessandra apareció para disculparse por lo de Dominic y de repente me ofreció trabajo. Yo no sabía ni quién era, ni en qué consistía el puesto. Y aquí estoy. —Decidí omitir todo lo de descubrir qué podría mejorar el ambiente de la empresa y esas cosas.

—Y aquí estás —repitió Ruth, asombrada—. Es el lunes más emocionante que he tenido en mucho tiempo.

—Su mesa está detrás de la de Malina —dijo Gola, informando a Ruth.

—Uy, qué divertido. —Ruth hizo una mueca de dolor.

—¿De qué va esa tía, por cierto? —les pregunté.

Ellas intercambiaron otra de esas miradas largas y penetrantes.

—Era la novia del padre de Dominic —dijo Gola, bajando la voz para pronunciar la palabra «novia», antes de mirar hacia atrás.

—Más bien la amante —susurró Ruth.

—¡Ruth!

—¿Qué? Es verdad. —Ruth acercó más la silla—. Paul Russo, el marido de Dalessandra y padre de Dominic, era el director creativo de la empresa. Pero, al parecer, se aprovechaba de su posición para pescar en el estanque de la oficina, no sé si me entiendes.

Por supuesto que la entendía.

—Y no todos los peces querían ser pescados —añadió Gola. «Menudo notición».

—Básicamente, era un baboso —susurró Ruth—. El personal lo sabía y se rumoreaba que había despedido a algunas de sus víctimas menos complacientes. Así que, si querías conservar tu trabajo, tenías que dejar que te tocara el culo.

—¡Será broma! —exclamé.

Ambas sacudieron la cabeza.

—En absoluto —dijo Gola.

—¿Y Dalessandra no hizo nada al respecto?

—No sabemos si estaba al corriente. Dudo que le hubiera dejado salirse con la suya —dijo Ruth—. Pero nadie quería demostrar la teoría de que creería antes a una becaria o a una redactora júnior que a su propio marido.

—Y luego estaban las que eran como Malina —añadió Gola—. A ella no le importaba nada encerrarse con él en su despacho para echar un polvo rápido. Hasta se la llevó al extranjero a algunas sesiones de fotos y eventos.

—Estaba convencida de que sería la próxima señora Russo —dijo Ruth.

—Pobre y estúpida cazafortunas —se burló Gola.

—En fin, no sabemos realmente cómo sucedió, pero dicen las malas lenguas que al final Paul tropezó con la chica equivocada. Y se lio una buena —continuó Ruth.

—¿Qué pasó? —pregunté.

—Un día llegamos y Paul había desaparecido. Sin un comunicado oficial ni nada. Solo estaban Dominic y un asistente vaciando la oficina de su padre. Por cierto, también se rumorea que encontraron tres cajas de condones y un bote de lubricante en el escritorio.

—Dominic cambió todos los muebles, porque puaj —intervino Gola.

—Una semana después, Recursos Humanos publicó una flamante «Política de Acoso y Confraternización Laboral», lo que más o menos vino a confirmar los rumores.

—Paul consiguió inmediatamente otro trabajo en *Indulgence* —dijo Ruth, nombrando otra revista de moda—. Aquí todos los altos cargos tienen acuerdos de no competencia, así que vete tú a saber cómo lo hizo.

—¿Y las mujeres? —pregunté.

Ambas se encogieron de hombros.

—No sabemos muy bien lo que pasó. Se fueron casi una docena de personas. Eso también fue supersecreto. Hay unas cuantas que siguen por aquí, como Malina —dijo Gola—. Ninguna de ellas ha respondido nunca a ninguna pregunta directa.

—Yo me enteré por el conocido del amigo de un amigo de

que habían llegado a algún tipo de pacto con acuerdos de confidencialidad férreos —explicó Ruth.

—Caray.

No se me ocurría nada más que decir. No era de extrañar que el ambiente estuviera tan enrarecido. No sonaba a solución, sino más bien a encubrimiento.

—Pero las cosas han mejorado —declaró Ruth—. La política de acoso sexual ya no es de los años cincuenta. Y la de confraternización añade más protección, en cierto modo.

—¿De qué va? —pregunté.

—Básicamente, prohíbe las relaciones entre los altos cargos y sus subordinados —dijo Gola.

—No dice eso exactamente —discrepó Ruth.

—Bueno, ese es el espíritu de las normas. Intentan evitar relaciones con dinámicas de poder desequilibradas. Aunque suena un poco a «nosotros la hemos cagado y ahora os toca a vosotros apechugar» —suspiró Gola.

—Le molesta porque está enamorada de un cargo intermedio júnior del departamento de Moda —se burló Ruth.

—Estaba. Y yo creo que simplemente me ponía —la corrigió Gola.

—Es muy mono —reflexionó Ruth—. Pero no tanto como para perder el trabajo por él.

Cogí el tenedor y corté el último bocado de pollo por la mitad, con la esperanza de que durara más. Empezaba a tener claro dónde se había equivocado Dalessandra.

—¿Y tú por qué eres pobre? —preguntó Ruth alegremente.

—Es una historia muy muy larga —suspiré.

Sentí como si una brisa gélida me recorriera la espalda y levanté la vista.

Dos mesas más allá, el Príncipe Azul me miraba fijamente mientras cogía una silla para sentarse con ese tal Linus que yo había conocido en el despacho de Dalessandra por la mañana. Sostuve su mirada virulenta con una sonrisilla y lo saludé con un movimiento de dedos.

—Tía, eres la persona más valiente que he conocido en mi vida —susurró Gola sin mover los labios.

—Debes de tener un chichi de acero —comentó Ruth.

—¿No son todos así? —El temporizador de mi teléfono sonó y suspiré—. Bueno, señoritas. Hay que volver al trabajo.

Yo era organizada por naturaleza. Cuando no había ningún plan, las cosas se perdían o no se hacían. Para mí, comprometerse significaba hacer lo que decía que iba a hacer.

El problema era que estaba comprometida con un montón de cosas. Así que planificaba a diestro y siniestro. Había decenas de alertas diarias programadas en mi teléfono.

Coreografía de clases de baile.
Ir a clases de baile.
Dar clases de baile.
Comprar más ramen.
Ir al bar.
Trabajar en el bar.
Salir del bar.
Coger el tren a casa.
Enviar la factura del diseño.
Pagar una deuda astronómica.
Irme a la puta cama.
Levantarme de una puta vez.
Empezar otra vez desde el principio.

Si no programaba todas y cada una de las tareas, estas podían traspapelarse bajo algún mueble metafórico y acabar siendo recordadas meses después en plena noche. Y si alguien contaba conmigo, tenía que cumplir.

—Podríamos tomarnos unas copas al salir —sugirió Ruth—. Tengo la sensación de que tenemos muchos más cotilleos que contar.

Sonreí, poniéndome en pie.

—Yo no puedo. Porque soy pobre y porque esta noche trabajo.

—¿Tienes otro curro? —me preguntó Gola.

—Tengo cuatro más.

—Chica, necesitas unas vacaciones.

«Y un margarita de mango».

10

Dominic

Odiaba ese tipo de reuniones.

Eso de hacer una lluvia de ideas presencial era una mierda. ¿Cómo coño iba yo a saber qué diseñador debía vestir a nuestras modelos en una sesión de fotos de moda de otoño para la oficina? ¿O qué productos de maquillaje lo estaban petando en las redes sociales?

Las sesiones de fotos y todo lo que las precedía eran más tensas, políticamente hablando, que una reunión de la ONU. Diseñadores que se enfrentaban con modelos. Fotógrafos que no querían fotografiar a ciertos diseñadores. Malentendidos con el inventario. Demasiadas opiniones por parte de los redactores. Representantes de ventas que hacían promesas que no debían. Desastres de última hora con las localizaciones.

Y se suponía que yo debía tomar las decisiones de la forma más diplomática posible. Sí, claro. Estaban de puta coña.

—¿Preparado? —me preguntó Linus, el sarcástico jefe de producción, reuniéndose conmigo en el pasillo y colocándose las gafas.

—Preparado.

Odiaba que algo no se me diera bien. A los doce años, me habían expulsado de un partido de béisbol por lanzar el bate por encima de la valla cuando volvieron a eliminarme. El béisbol no era lo mío.

Mi padre —que en su día había sido una estrella del béisbol en el instituto y que, por alguna razón inexplicable, había ido al partido aquel día— me había recomendado que me centrara en algo que se me diera bien..., como ver la televisión o quejarme.

Cuando le dije que iba a ocupar su puesto en la empresa, tuvimos una conversación parecida. Él había hecho la misma mueca de desdén que hizo entonces y me había deseado suerte a la hora de ocupar su sillón. Yo le había dicho que prefería quemarlo junto con todo lo demás que había en su puto despacho.

No era una competitividad sana lo que me había llevado a ocupar su sitio. No, era una necesidad acuciante de demostrarme a mí mismo que era mejor que el hombre que nunca se había ganado la lealtad que yo le había brindado tan generosamente.

Era lo mismo que había hecho con el béisbol. Practicaba todas las puñeteras noches. Me tiraba horas en jaulas de bateo y entrenando. Al final, acabé siendo lo suficientemente bueno como para que me dieran una beca para jugar en la universidad. Algo que mi padre nunca había logrado. Para mí, esa fue una prueba de éxito más que suficiente. Una vez superado el reto y cumplido el objetivo, lo dejé y no volví a coger un guante.

Igual que iba a hacer aquí: me obligaría a superar mi incapacidad innata, a hacerlo lo mejor posible y, cuando todo acabara, no volvería a echar la vista atrás.

—Recuerda lo que hemos hablado —me dijo Linus, deteniéndose delante de la puerta de la sala de reuniones.

—Vale. —En ese momento, por alguna razón absurda, me acordé del apasionado discurso de despedida de Ally en el restaurante. Lo de que la gente merecía que la trataran mejor y todas esas chorradas—. Gracias —dije.

Linus abrió los ojos de par en par detrás de sus gafas de carey.

—De nada —respondió al cabo de un instante.

Yo lo llamaba el «gilipollómetro». De vez en cuando lo ponía en práctica y, si alguien me miraba flipando en colores cuando le daba las gracias porque, al parecer, eso era algo que no hacía en la vida, entonces ya tenía una prueba irrefutable de que yo era un gilipollas.

Me detuve bruscamente en el umbral de la puerta.

Ella estaba allí. Se encontraba organizando el café y la bollería —que nadie se iba a comer porque los carbohidratos eran el demonio— como si eso fuera su trabajo y no algún tipo de broma del destino.

Todos los demás estaban ya sentados alrededor de la mesa e interrumpieron sus conversaciones. Ese era el efecto que yo solía causar al entrar en una habitación.

Ally levantó la vista y puso los ojos en blanco, sin molestarse en disimularlo.

—Genial —murmuró en voz baja.

Ya, bueno, yo tampoco me alegraba de verla, precisamente. La ignoré y ocupé mi asiento en la cabecera de la mesa.

—Gracias por venir —dije con brusquedad—. Empecemos.

Por la forma en la que me miraron todos, ellos tampoco estaban acostumbrados a oírme pronunciar la palabra que empezaba por ge. Ahogué un suspiro.

Ally se sentó al fondo de la mesa, detrás de un ordenador portátil del periodo Jurásico. Llevaba puestos un jersey corto de cuello alto de un alegre color fucsia y unos pantalones negros, además de unas pulseras de tela —tal vez vaquera— enrolladas en la muñeca derecha.

—Nos gustaría saber su opinión sobre los tutoriales de maquillaje de otoño, señor Russo. —Shayla, la redactora de Belleza, ya me estaba provocando de nuevo.

Ally levantó una ceja inquisitiva mientras tecleaba. Nuestras miradas se cruzaron y me di cuenta de que también había captado aquel tonito. Ya solo me faltaba tener dos como ella.

—Echemos un vistazo —dije. Todo el mundo buscó en sus dosieres la página sobre la que íbamos a hablar. Yo no me molesté en hacerlo. Ya me habían aleccionado—. Creo que, en general, está bien, pero es un error no incluir algún producto bronceador. Es una temporada de transición y no todas las mujeres tienen por qué estar preparadas para abandonar el look bronceado.

Mi perversa tomadora de notas arqueó ambas cejas, sorprendida.

Shayla se hizo la interesante.

—¿Tiene alguna sugerencia?

—Esa no es mi especialidad —le recordé—. Seguro que el que tú elijas será adecuado.

«Adecuado», no «perfecto». Esos pequeños enfrentamientos sutiles y constantes eran tremendamente aburridos y molestos. En mi antiguo trabajo, nos encerrábamos en un despacho, nos gritábamos durante veinte minutos y salíamos de allí con una solución. Aquí las cosas se enquistaban. La cuestión era que daba igual que Shayla quisiera que yo estuviera allí o no, porque lo estaba, estaba al mando y no nos quedaba más remedio que asumirlo.

—Sigamos —dijo Linus, volviendo a reconducirnos suavemente hacia el orden del día.

No dejé de mirar a Ally durante toda la reunión. Parecía que le resultaba imposible estarse quieta, tecleando mientras se balanceaba de un lado a otro al ritmo de una música que solo ella oía.

Nuestras miradas se cruzaron y se quedaron enredadas varias veces sobre la pantalla gigantesca de su portátil.

No intercambiamos ningún tipo de mensaje. Ni un «que te den», ni un insulto velado. Solo unas largas miradas penetrantes. Sus ojos parecían más marrones que dorados con esa luz. Aunque llevaba el pelo recogido en una coleta corta, este seguía teniendo aspecto como de recién despeinado por las manos de un hombre, con las ondas escapándose alrededor de su cara. Y sus labios estaban permanentemente curvados, como si siempre estuvieran dispuestos a burlarse o a sonreír. No me fiaba de la gente que sonreía.

Ella me sacó la lengua.

Como quien no quiere la cosa, yo levanté la mano y me froté el ojo con el dedo corazón.

Definitivamente, ahora sí que estaba sonriendo.

—Perdona un momento —dije, interrumpiendo a un redactor—. ¿Te importaría hacer menos ruido al teclear? Parece que estás apuñalando la mesa.

Todos se volvieron para mirar boquiabiertos a Ally.

Ella levantó la vista. Sonrió. Y de repente me morí de ganas de ver qué haría a continuación.

—Lo siento mucho —dijo con dulzura.

Me sentí decepcionado.

Pero solo momentáneamente. En cuanto todos volvieron a enzarzarse en el debate de si el fondo quedaba mejor en melocotón o en rosa, Ally empezó a machacar desagradablemente el teclado, cada vez más fuerte.

Linus parecía a punto de tragarse la lengua. Shayla carraspeó y miró al techo. El resto del equipo que estaba alrededor de la mesa se alejó lo máximo posible de Ally, como para evitar que los pillara algún tipo de fuego cruzado.

—¿Alguien podría conseguirle a Dedos de Salchicha una forma más silenciosa de tomar nota la próxima vez? —dije para toda la sala en general.

Varias personas inhalaron bruscamente de forma audible.

—Y si alguien pudiera conseguirle al Príncipe Azul una personalidad más agradable para que se la pusiera durante las reuniones, sería genial —replicó ella.

Linus se atragantó con el chicle y el resto de la sala empezó a ponerse morada de tanto contener la respiración.

—Prosigamos —dije, ya un pelín más animado.

La conversación volvió a empezar. Puede que fueran imaginaciones mías, pero todo el mundo parecía un poco más relajado.

El siguiente punto del orden del día era una marca de cosmética que nos estaba tocando las narices exigiéndonos un posicionamiento privilegiado para sus productos, tras haberse echado atrás en un contrato publicitario.

Casi me caigo de la silla cuando una redactora de Belleza júnior me preguntó:

—¿Tiene alguna sugerencia, señor Russo?

Respiré hondo y la miré fijamente a los ojos.

—Llámame Dominic. Por favor.

Ella parpadeó con rapidez varias veces, estupefacta.

De hecho, sí tenía una sugerencia. Esa era mi especialidad. Valoración de riesgos. Gestión de egos excesivos. Aplicar la presión adecuada en el momento adecuado. Tenía un montón de experiencia personal en eso.

—Diles que hemos decidido ir en otra dirección. Deja caer el nombre de Flawless —añadí, mencionando otra empresa de cosmética.

—Hace años que trabajamos con La Sophia —me recordó Shayla, aunque yo diría que no le parecía mala idea.

—Pues puede que vaya siendo hora de dejar de hacerlo —repliqué.

Aquello le hizo sonreír de oreja a oreja. Lo normal era que me mirara con desprecio; apenas era capaz de evitar poner los ojos en blanco cuando le hacía sugerencias estúpidas o, directamente, se limitaba a fruncir el ceño cuando nos cruzábamos por los pasillos. Pero ahora me miraba con aprobación.

—Llevaba mucho tiempo deseando hacerlo —confesó.

—Pues lo dejo en tus manos.

—¿Quiere que me ponga en contacto con Flawless o que simplemente finja haberlo hecho? —me preguntó ella.

—Si hay alguna marca con la que quieras trabajar y que creas que encajaría bien con nuestras lectoras, adelante.

Shayla sonrió todavía con más ganas y noté que el contador de mi «gilipollómetro» bajaba unos cuantos puntos. No estaba mal para un martes.

En torno a la mesa se inició un debate sorprendentemente acalorado sobre la mejor forma de ilustrar los resultados de las encuestas online de la revista en las que se valoraba lo que las lectoras buscaban en las chaquetas de primavera.

—¿Por qué no hacéis gráficos animados? —soltó una voz irritante desde el otro lado de la mesa.

—Porque esta es una revista impresa. Eso significa que es en *papel* —dije, rezumando sarcasmo.

Ally puso los ojos en blanco.

—Pulla recibida, Dom. Pero me refería a vincular los gráficos impresos con uno digital animado. Queréis que haya más tráfico cruzado entre el contenido impreso y el digital, ¿no? Pues podéis hacer algo mono, como esto… —Se levantó y fue hacia la pizarra. Centré mi atención en dos cosas: el culo que le hacían aquellos pantalones y lo bien que dibujaba. Hizo un esbozo tosco de una gabardina con varias flechas que señalaban diversas partes de la hechura y luego otra versión que simulaba el movimiento. Era una puta monería. Eso me molestó—. Luego, aquí abajo, podemos poner una etiqueta inteligente personalizada que el lector pueda escanear con el teléfono y que lo lleve a la página web. Lo enlazamos con una animación o con unos vídeos reales de modelos que lleven puestas las prendas y hablamos de su estructura, de las mejores formas de llevarlas y de dónde comprarlas a diferentes precios.

Linus estaba frunciendo los labios y sacándoles brillo a las gafas, lo cual indicaba que le gustaba la propuesta.

—Es una idea…

—Pasable —dije, acabando la frase por él.

—Gracias —respondió Ally con frialdad.

—¿Podrías hacer un boceto de las ilustraciones? —preguntó Shayla—. ¿Algo de ese estilo?

Ally se encogió de hombros.

—Sí, claro.

Acabamos diez minutos tarde. Toda una novedad. Normalmente, mis reuniones terminaban pronto porque todo el mundo tenía prisa por dejar de estar en la misma sala que yo.

Me quedé un momento echando un vistazo a los mensajes que tenía en el móvil y salí a propósito detrás de Ally.

—¿«Dedos de Salchicha»? —susurró ella.

No la soportaba. Pero pelearme con ella había hecho que aquella reunión que me habría resultado interminable fuera un poco más interesante. Además, había algo… tentador… en su fresco aroma a limón.

—Tecleas como un caballo percherón.

—¿Sabes? Estarías mucho más guapo si sonrieras de vez en cuando —murmuró ella, batiendo las pestañas.

No me extrañaba que las mujeres odiaran que los hombres les dijeran eso.

—No tengo tiempo para sonreír.

—«No tengo tiempo para sonreír» —se burló, con una vocecilla molesta.

—Tu madurez alcanzó su punto máximo en preescolar.

—Oh, no, ¿he herido los sentimientos del Rey de los Pucheritos?

—Estás despedida, Maléfica.

—Más quisieras, Príncipe Azul —replicó ella, yendo hacia las escaleras.

—¡No le cojas mucho cariño a este sitio! —le grité.

Hasta que una maquilladora se me quedó mirando boquiabierta cuando pasé junto a ella y chocó contra una puerta de cristal, no me di cuenta de que estaba sonriendo.

11

Dominic

La zona donde estaba el equipo de asistentes era un lugar que solía evitar. Era ruidoso, caótico y en su día había sido el coto de caza favorito de mi padre para acosar a sus empleadas. Seguramente, para él solo eran unas chicas guapas sin poder. Las víctimas perfectas.

Sin embargo, para mí eran unas minas antipersona en potencia. Unas mujeres muy ocupadas que hacían el trabajo sucio relacionado con todo lo que ocurría dentro y fuera de nuestras oficinas. Un paso en falso y toda la columna vertebral de nuestra empresa se cabrearía conmigo. Era más seguro evitarlas y dejar que fueran a lo suyo, en lugar de recordarles que había otro Russo varón en el edificio.

Era la hora de comer de Ally, pero no la había visto en la cafetería. Tampoco es que la estuviera buscando. Ni que hubiera comprobado su horario en el sistema. Bueno, puede que sí lo hubiera hecho.

Me negaba en rotundo a pensar en mis motivaciones para entregarle en persona una solicitud oficial de búsqueda de información. Siempre hacía que Greta las enviara por correo electrónico, manteniendo las vías de comunicación claramente definidas, pero se me había ocurrido que, si bajaba a entregarla yo mismo, de paso podía comprobar si Ally estaba dispuesta ya a dimitir.

Tamborileando con un dedo en la carpeta que llevaba en la mano, eché un vistazo a la sala. La mayoría de los cubículos estaban vacíos, pero los vi a ella y a su jersey rosa al fondo de la habitación. Tenía los auriculares puestos y movía rítmicamente los hombros mientras movía los labios, cantando en silencio.

Volví a tamborilear con el dedo en la carpeta, vacilando. Qué coño. Podía permitirme unos minutos para discutir.

Ella seguía bailando en la silla cuando me acerqué por detrás. Inexplicablemente, mi entrepierna reaccionó a su proximidad, algo que me cabreó. Tenía cuarenta y cuatro años. No era un adolescente con granos en una fiesta de piscina. Y, a diferencia de mi padre, yo tenía autocontrol.

La espié por encima del hombro y estuve a punto de matarla del susto.

—¡Joder, Príncipe Azul! —Ally se quitó los auriculares, que se le enredaron en el pelo—. ¡Ay! —gritó, tirando con fuerza.

—Para —le dije, agarrando los cascos y dándole un manotazo para que se apartara—. Que te vas a quedar calva. —Le desenredé el pelo de los auriculares.

—Te daría las gracias, pero es culpa tuya que me esté quedando calva.

—Veo que estás trabajando en algo personal durante el horario laboral —comenté, mirando la pantalla. Al parecer, estaba diseñando varias versiones de un logotipo para una carnicería.

Ella cogió el teléfono —un smartphone cutre que parecía a punto de desintegrarse— y me enseñó el temporizador en la pantalla.

—Estoy en la hora de la comida, Míster Simpatía. Y este es mi portátil personal.

—Estás usando mi wifi. ¿Y de dónde has sacado ese trasto que finge ser un móvil?

Ally me miró con cara de «¿por qué no te vas a tomar por culo un rato?», antes de girarse hacia su ordenador prehistórico y desconectar internet.

—¿Contento?

Y tanto. Me encantaba discutir con ella. Al menos no se iba a llorar a un rincón si la miraba mal.

Eché un vistazo a su escritorio. Había un plátano al lado del teléfono.

—¿Ese es tu almuerzo?

—Pues sí. ¿Te gustaría criticarme por algo más? ¿Quizá por mi ropa o porque estoy respirando demasiado alto? ¿O puedo volver a mi pausa para comer?

—Tomarse un plátano no es comer.

Llevaba el tiempo suficiente en la industria de la moda como para saber que los trastornos alimenticios estaban a la orden del día. Pero había visto a esa mujer zamparse dos magdalenas de arándanos durante la reunión de la mañana.

—Si eres pobre temporalmente, sí.

—¿Cómo que «pobre temporalmente»? —repetí.

—Tranquilo, Dom, no es contagioso —replicó ella, en tono cortante. «Dom». No solo me estaba llamando por mi nombre de pila, sino que estaba usando un diminutivo... que no era ofensivo—. ¿Querías algo o simplemente has sentido la necesidad de extender tu nubarrón de pesimismo a otro piso? —preguntó.

—La mayoría de los empleados nuevos al menos fingen mostrar un mínimo de respeto hacia la directiva.

—La mayoría de los empleados nuevos no han perdido un puesto de trabajo la semana anterior por culpa de la directiva —replicó Ally.

—¿Me estás echando la culpa de tu pobreza temporal?

—No te atribuyas el mérito. Lo único que has conseguido es que sea todavía un poco más pobre.

—¿En serio solo tienes ese plátano para comer? —le pregunté.

—¿En serio tengo que hablar contigo fuera del horario de oficina? —me preguntó ella, cogiendo el plátano y pelándolo.

Como si los dioses estuvieran de mi lado, el temporizador de su teléfono sonó y sonreí con suficiencia.

—Parece que vuelves a estar en horario laboral. —Ella suspiró, guardó lo que estaba haciendo en el portátil y lo cerró.

—¿Qué puedo hacer por usted, jefe?

—Tú sigue siendo así de borde y, tarde o temprano, mi madre se dará cuenta de que ha cometido un error nefasto.

—No sé yo. Todavía no se ha deshecho de ti. —Ally mordió lentamente el plátano y yo me puse a mil al instante, como un idiota.

Volví a cabrearme. Aquello era absurdo. Nunca me había empalmado por hablar con una compañera de trabajo. Estaba claro que mi celibato autoimpuesto estaba durando demasiado si discutir con una mujer mientras comía fruta me excitaba.

Me incliné hacia ella.

—Renuncia.

—Oblígame.

—Es lo que pretendo.

—Genial. Ahora que está todo claro, ¿qué tal si te largas al infierno del que has salido y dejas que me gane el sueldo?

Me di la vuelta con intención de marcharme, pero estuve a punto de chocar con otra persona.

¿Malinda? ¿Matilda? Aquella rubia con labios a lo *Mujeres ricas de Beverly Hills* estaba casi pegada a mí. Era una de las pocas que habían aceptado el acuerdo y se habían quedado. Y también de las pocas que habían disfrutado de las insinuaciones de mi padre.

—Hola —susurró con vocecita de niña.

Como me llamara «papi», vomitaría.

—Perdona —dije bruscamente, tratando de esquivarla.

—¿Puedo hacer algo por ti? —me preguntó eme no sé qué, interponiéndose directamente en mi camino. Me miró de arriba abajo, deteniéndose en mi entrepierna.

Ally fingió una arcada muy realista detrás del escritorio, y puede que yo enviara una señal de socorro en su dirección.

—No —le dije a… ¿Melissa? ¿Magenta?

Ella se acercó un poco más. Me incliné de tal forma hacia atrás cuando empezó a acariciarme la corbata con un dedo que podría haber ganado un campeonato de limbo.

—Lo que necesites. Cualquier cosa —insistió.

Retrocedí hasta el tabique del cubículo, apretando los dientes. Yo no era como mi padre y el hecho de que ella pensara que sí me ponía enfermo.

—Oye, Mal, ¿por qué no intentas acosar sexualmente a los hombres en tu tiempo libre? —dijo Ally, asomando la cabeza sobre su separador—. Algunas estamos intentando comer y ese numerito de mantis religiosa es asqueroso.

Mal... inda pasó de desear que le hiciera un bebé a transformarse en arpía en un abrir y cerrar de ojos. La mirada que le lanzó a Ally estaba tan llena de desprecio que me interpuse entre ellas de inmediato. Sí, la mera existencia de Ally me ponía de los nervios, pero eso no significaba que fuera a dejarla morir a manos de una compañera psicótica por protegerme.

—No necesito nada —repetí, esa vez con mayor frialdad.

Ella pareció captar la indirecta. Levantó la barbilla y se alejó como un cocodrilo escabulléndose en un pantano.

—Ha estado cerca —comentó Ally, dándole otro bocado al plátano—. Casi se queda con tus pelotas.

—Sí. Después de partirte la cara para cogerlas. —Ella se me quedó mirando y soltó una risita.

«Joder».

—Eso ha sonado fatal. No quería insinuar que tu cara estuviera cerca de...

No fui capaz de terminar la frase. Mierda. Solo llevaba cinco minutos en aquella sala y, además de empalmarme, había insinuado que una empleada tenía la cara cerca de mis huevos. Yo no era así.

Ally volvió a reírse, esa vez con más ganas.

—Relájate, Dom. Puede que seas un gilipollas, pero sé que no pretendes echarme un polvo —me dijo, y yo bajé la carpeta para ocultar lo que ya se había convertido en una erección en toda regla porque, por supuesto, me lo estaba imaginando. Me odiaba a mí mismo—. No como Malina, que va a intentar por todos los medios echártelo a ti. No te vendría mal un cinturón de castidad, o un repelente de tiburones —sugirió.

—Creo que deberías volver al trabajo —murmuré, antes de abandonar la sala lo más rápido que pude sin ponerme a correr.

Cuando volví a mi mesa, ya con la polla bajo control (más o menos), hice una petición a Recursos Humanos. Mientras esperaba a que me enviaran la información, llamé a Greta.

—Hazme un favor y pide que lleven unos aperitivos a la sala de asistentes esta tarde.

—¿Unos aperitivos? —repitió ella, como si se lo hubiera dicho en otro idioma.

—Sí. Comida. Algo con proteínas, por ejemplo.

—¿Para todo el equipo? —preguntó con curiosidad.

—Para todos. Paga con mi tarjeta. —Entonces vi la solicitud de búsqueda de información sobre la mesa. La que no me había molestado en entregar—. Ah, ¿y podrías meter por mí en el sistema una solicitud de búsqueda de información?

Cinco minutos después, me recosté en la silla y empecé a leer la ficha de Ally Morales.

12

Dominic

Llevaba evitándola desde el martes solo para demostrar que era capaz de hacerlo. Solo para demostrar que no pensaba con la polla. Que yo no era un calco de Paul Russo.

No sabía exactamente qué narices estaba sucediendo, pero desde que la había conocido en aquella puñetera pizzería, hacía una semana y media, había perdido más tiempo pensando en Ally Morales que en cualquier otra cosa que de verdad mereciera mi atención.

Eso sí que era un problema.

Y, como era tan listo, decidí que, ya que había demostrado que podía pasar de ella, lo siguiente que tenía que demostrar era que podía estar cerca de Ally... sin querer follármela.

La había investigado.

Me dije que no era para tanto, mientras volvía a mirar el reloj. No era la primera vez que investigaba a un asistente. Aunque la mayoría eran menos molestos y sabía que no se irritarían ni harían ruiditos raros si les hacía una pregunta directa.

Investigar a Ally no significaba nada. No me interesaba. Al menos de esa forma. Yo no me acostaba con personas que me ponían de los nervios y me tocaban las narices. Aun así, sentía curiosidad por ella.

¿Qué podía haber ocurrido para que una diseñadora gráfica con cierto éxito en Colorado se fuera a Nueva York para ser camarera y vivir a base de plátanos? Su solvencia no era precisamente buena. Según el informe crediticio, en los últimos tres meses había acumulado un montón de deudas en las tarjetas de crédito. Aunque al ver su vivienda en el callejero —vale, sí, había buscado su dirección y tampoco estaba orgulloso de ello— había descubierto que se trataba de una casa unifamiliar que estaba en un buen barrio de una ciudad dormitorio bastante decente, en Jersey. Ally no era la dueña de la casa y me había faltado poco para enviar una solicitud oficial al registro de la propiedad para enterarme de a quién pertenecía. También había tenido que contenerme una docena de veces para no buscarla en las redes sociales.

Yo no era un tío impulsivo. La curiosidad que sentía por saber más cosas sobre ella me irritaba. Ni siquiera me caía bien, aunque su foto de empresa me había hecho reír. Volví a mirarla en la pantalla y sonreí. ¿Estaba estornudando?

Alguien dio unos golpecitos en la puerta abierta y di un bote en la silla.

Ally estaba allí, con un abrigo colgado del brazo y una mochila al hombro.

—¿Preparado, Príncipe Azul? ¿O necesitas un par de minutos más de porno?

Cerré su fotografía y me levanté.

Ella me miró boquiabierta, abriendo los ojos de par en par.

Miré hacia abajo, preguntándome si me habría olvidado de subirme la cremallera de los pantalones, o algo así.

«No. Cremallera subida».

—¿Qué? —pregunté. Ally negó con la cabeza, en silencio. Volví a mirar hacia abajo. No había ninguna mancha. Seguía con la corbata anudada y el chaleco abrochado—. ¿Tienes algún problema? —dije, articulando con claridad cada palabra.

Ella volvió a sacudir la cabeza.

—No. Ninguno —me aseguró finalmente, esquivando mi mirada. Al parecer, la alfombra le resultaba fascinante. Sus mejillas estaban adquiriendo un interesante tono rosado.

—Intenta recuperarte de lo que sea que te esté dando antes de la reunión —le sugerí, dejándola atrás.

Greta me estaba esperando al lado de la mesa con el abrigo y el maletín.

—Pórtate bien —me ordenó. Ally ahogó una carcajada detrás de mí.

—Yo siempre me porto bien —gruñí, metiendo los brazos en las mangas del abrigo.

Las dos mujeres se rieron de mí.

—Qué gracioso eres, Dom —dijo Ally, dándome una palmada en el hombro. Parecía que ya se había recompuesto del ataque o del brote psicótico que la había dejado muda—. Encantada de conocerte, Greta.

—Buena suerte, Ally —respondió ella, guiñándole un ojo. La muy traidora.

En el ascensor no cruzamos ni una palabra e hicimos todo lo posible por fingir que el otro no existía. Pero, a medida que iba entrando más gente, me iban arrinconando contra ella. ¿Qué era esa molesta descarga eléctrica que sentía cada vez que nos tocábamos? Incluso a través de varias capas de ropa, seguía notando perfectamente su hombro contra mi brazo.

Joder, si ese tío de la planta veintitrés me estaba rozando la manga con el codo mientras jugaba al Tetris en el móvil y apenas me estaba dando cuenta. Había una tensión entre Ally y yo que nos envolvía y rebotaba entre ambos.

No me gustaba nada.

Las puertas se abrieron por fin, dándonos una vía de escape, y salimos al vestíbulo. Me adelanté para tratar de alejarme un poco de ella y no percibir aquel aroma a limón que me estaba volviendo loco.

—¡Hola, Ally! ¿Cómo te va?

Un hombre con unos pantalones cargo marrones y una gorra, que en otra vida debía de haber sido una criatura del bosque, agitó la media docena de bolsos de Dior que llevaba en la mano para saludarla. Ella sonrió de oreja a oreja.

Había visto su sonrisa burlona. Había sido testigo de su mala leche. Incluso la había visto reír un par de veces. Pero lo que pasó entonces era algo completamente distinto.

Se le iluminó la cara de alegría. ¿Acaso nadie le había dicho que la alegría no tenía cabida en esta oficina? Quería que se sintiera tan molesta e incómoda con mi presencia como yo con la suya. Quería que fuera incapaz de trabajar.

—¡Buddy! ¿Has ido de compras? —bromeó.

Él soltó una carcajada burlona que parecía un rebuzno, demasiado estridente como para ser decorosa.

—¡Pues sí! He ido a recoger unas cosillas para una sesión de fotos elegante —vociferó—. ¿Y tú?

—Me voy a una reunión elegante —dijo ella, guiñándole un ojo.

—¡Nos vemos mañana a la hora de la comida! —gritó el hombre mientras se cerraban las puertas del ascensor.

Ally seguía sonriendo cuando nos subimos al todoterreno.

—Buenas tardes —dijo Nelson, sentándose detrás del volante—. Me he tomado la libertad de traer unos batidos de proteínas para el viaje.

Los ojos del chófer se encontraron con los míos en el espejo retrovisor, interrogándome en silencio. Hasta ese día, nunca le había pedido que fuera expresamente a buscar nada para comer o beber antes de un trayecto de treinta minutos.

—¡Vaya, gracias! —dijo Ally, cogiendo uno de los batidos.

Cogí el mío, fingiendo que me apetecía.

—¿Quién era ese tío? —le pregunté.

—¿Quién? ¿Buddy? —respondió ella, asomándose al interior del vaso.

Vi cómo se le iluminaban los ojos y, por muy molesta que esa mujer me pareciera y por mucho que disfrutara de nuestro tira y afloja, el hambre que vi en su cara hizo que se me encogiera el corazón. Me entraron ganas de preguntarle por qué. ¿Por qué pasaba hambre, teniendo un trabajo de jornada completa bien pagado?

—¿Se llama Buddy? —le pregunté, en lugar de ello.

—Me sorprende que no lo sepas. Tu madre lo contrató en la misma parada de autobús que a mí. Ya sabes, después de que hicieras que me despidieran.

—Tú misma hiciste que te despidieran. —Observé por la ventana el paisaje frío y húmedo de Manhattan, deseando estar en algún lugar cálido y tropical. Lejos de todo.

—Tengo una idea. Ya que no nos queda más remedio que trabajar juntos, ¿por qué no probamos a aceptar nuestras diferencias? —propuso Ally.

Negué con la cabeza.

—Eso nunca funciona.

—Muy bien. Vale. ¿Y si en vez de ser enemigos acérrimos hacemos un esfuerzo por no ser desagradables el uno con el otro?

—No me siento cómodo haciendo promesas que no puedo cumplir.

Ally sonrió. No como le había sonreído a Buddy, pero aun así me gustó.

—¿Cuánto dura el trayecto? —preguntó con un suspiro.

—Unos treinta minutos, señorita —respondió Nelson desde el asiento delantero.

—Me llamo Ally —dijo ella.

—Encantado de conocerla, Ally. Yo soy Nelson.

—Treinta minutos es demasiado tiempo para estar atrapada en un coche con un tío como Dom —le susurró al chófer.

Nelson sonrió con la mirada.

—A todo se acostumbra uno.

—Así que no podemos fingir ser amigos y tú no puedes prometer que no te comportarás como un capullo —dijo Ally, recapitulando—. ¿Y si ponemos las cartas sobre la mesa? Podemos decirnos todo lo que no nos gusta del otro. Empiezo yo.

Estaba bromeando, pero la idea tenía su punto. No me caía bien. No podía caerme bien. Ambos necesitábamos recordarlo.

—Tu actitud —dije, empezando con mi lista—. Tus zapatos. Tus ojos, que son demasiado grandes para tu cara. Que te cuesta recordar que eres una empleada y deberías actuar como tal. Y que siempre llevas el pelo como si acabaras de estar en la cama. —«Con un hombre».

Ella parpadeó. Dos veces. Y su risa inundó el coche.

—Debes de haber pensado mucho en esa lista para tenerla tan clara.

—Solo son obviedades. No invierto mi tiempo en pensar en ti, Maléfica. —«Mentira».

Ally me miró con arrogancia.

—Por supuesto que no, Dom.

—No es solo que no seas mi tipo, es que estás tan lejos de serlo que estás al nivel de mi tía abuela Rose. —«Otra mentira».

Aunque sí tenía una tía abuela por parte de padre que se llamaba Rose. Ella también era un ser humano detestable. El ADN de esa rama de la familia era lo peor.

Ally se rio.

—No empieces a hacerte el gracioso, Príncipe Azul. Me gustan los hombres con sentido del humor —me advirtió.

—Pues tendrás que luchar contra tus bajos instintos y resistirte a mí —refunfuñé.

Ella extendió el brazo y me dio unas palmaditas en la mano que tenía apoyada sobre el muslo.

—Tranquilo, Dom. Tú tampoco eres mi tipo. —Resoplé para que se diera cuenta de que sabía que era un farol. Ally se giró en el asiento para mirarme a la cara. El movimiento hizo que la puñetera falda que llevaba se le subiera un poco más por el muslo—. Eres despiadado, grosero, sueles estar de mal humor y seguramente te cuesta anteponer los sentimientos de los demás a los tuyos propios. —La tía había dado en el clavo—. Además, eres adicto al trabajo, algo que no tiene por qué ser malo. En mi opinión, la ética laboral es positiva. Pero a ti no te gusta lo que haces, así que deduzco que o bien eres demasiado terco o bien estás demasiado asustado como para hacer un cambio. Y a mí no me resulta atractivo ni lo uno ni lo otro.

Entorné los ojos, hinchando las fosas nasales.

—Tú no sabes cómo soy.

—Pero sí sé que no eres mi tipo —replicó ella con descaro. Ya le gustaría que no fuera su tipo—. Eres de los que entran en las pizzerías y hacen que despidan a los camareros.

—Me gustaría modificar mi lista para añadir que eres incapaz de superar las cosas —dije, fingiendo fascinación por el correo electrónico sobre el tráfico de la página web que me acababa de llegar.

—Dependía de ese trabajo, Dominic.

—Y ahora tienes uno mejor. De nada.

Ally gruñó. Gruñó literalmente, de hecho.

—Las acciones tienen consecuencias, Dominic Russo. Y pienso asegurarme de que una de las que tú tengas que sufrir sea la de arrepentirte del día en que tu madre me contrató.

—Pues misión cumplida. ¿Por qué no dejas el trabajo de una vez y vas a joderle el día a otro?

—Por favor —se burló Ally—. Si solo soy un pececito minúsculo dentro de tu enorme estanque. Ni siquiera te enteras de que estoy en el edificio.

Ahora ella era la ilusa.

Nos quedamos en silencio durante un buen rato. Dejé de fingir que leía correos electrónicos y me puse a mirar por la ventanilla el triste y gélido Manhattan.

—Dime qué te hizo quedarte sin habla durante cinco minutos seguidos allá arriba —dije finalmente.

Esa petición repentina la descolocó y vi que volvía a mirarme de reojo.

Entonces, su lenta sonrisa hizo que mi corazón frío y muerto hiciera algo raro en mi pecho.

Se acercó un poco más para que Nelson no la oyera. En ese momento me di cuenta de muchas cosas. Ally no me caía bien. No quería que me cayera bien. No tenía intención de tratarla como algo más que un incordio. Y, sin embargo, nada de eso aplacaba mi deseo de estar cerca de ella.

—Es que… —empezó a decir tímidamente. Contuve la respiración. No quería que el martilleo de mi corazón ahogara lo que iba a decir a continuación. Al ver que no seguía hablando, me quedé mirándola—. Los chalecos son mi debilidad —reconoció, bajando la vista hacia el mío.

—Si yo no soy tu tipo —repliqué.

Ella sonrió con picardía.

—Con chaleco lo eres un poquitín más. Pero no te preocupes, Dom. Prometo resistirme.

13

Ally

El tráfico de los viernes por la tarde en Manhattan era una locura. No entendía que alguien prefiriera coger el coche en lugar de ir en metro. Y, sin embargo, ahí estaba, ganando dinero simplemente por estar repantingada sobre un asiento de cuero ultrasuave en la parte de atrás de un todoterreno chulísimo.

Casi lo estaba disfrutando. *Casi*. El tío taciturno con chaleco sexy que iba sentado a mi lado estaba saboteando mi capacidad de relajarme.

—Zara no me ha contado mucho. ¿De qué es la reunión? —pregunté por encima de las bocinas de dos taxis que intentaban esquivar a un camión de reparto. Varios dedos corazones se agitaron en el aire.

—Deberías aprender a informarte —dijo Dominic. Estaba siendo sarcástico de nuevo y tuve la esperanza de que su asquerosa actitud redujera un poco mi fascinación. Pero mis partes femeninas seguían dándole una puntuación perfecta de diez.

—Venga, enróllate —insistí.

—Christian James es un diseñador que va a lanzar su propia marca. Trabajaba en una de las grandes casas de moda. Ascendió en el escalafón. Dio un nuevo giro a los diseños originales que le otorgó un nombre en la industria. Y entonces conoció a mi madre.

Me picó la curiosidad.

—¿Es su mentora? —pregunté.

Dominic asintió, mirando por la ventana como si la conversación le aburriera y prefiriera estar en cualquier otro sitio menos allí.

—Le presentó a los contactos adecuados, a los proveedores adecuados y a las personas del mundillo adecuadas. Mi madre cree en su talento. Así que *Label* va a hacer un reportaje sobre él, su carrera y sus diseños.

—Ve potencial por todas partes —reflexioné.

—No siempre —replicó Dominic, lanzándome una mirada mordaz.

Me reí.

—No, no siempre. En mi caso, vio la posibilidad de enmendar un error. Pero tiene un instinto increíble. Como con Buddy, por ejemplo.

—No sé yo si alguien llamado Buddy estará hecho para la alta costura. Ni siquiera para el departamento de mensajería.

—Eres un esnob —dije, suspirando.

Él no se molestó en negarlo.

—E imagino que querrás explicarme por qué ese tal Buddy es tan buen fichaje para *Label*.

—Pues sí, aunque imagino que no te importará —dije con suficiencia. Lo puse al corriente de los momentos estelares de Buddy—. Hasta a Linus le cae bien.

—A Linus no le cae bien nadie —replicó Dominic.

—Buddy, sí. Es imposible que le caiga mal a alguien. A alguien que no seas tú, quiero decir. Seguro que a ti te suele caer bien la gente. Pues a Buddy le pasa todo lo contrario. Le cae bien todo el mundo de buenas a primeras, sin necesidad de que le demuestren nada. Su actitud es admirable, teniendo en cuenta lo que tiene en casa.

Dominic cerró los ojos y apoyó la cabeza en el asiento.

—Sé que me voy a arrepentir de esto, pero ¿qué tiene Buddy en casa?

Le conté lo de su mujer. Lo del accidente y lo del seguro. Él se quedó callado.

—Y tu madre le dio una oportunidad. A un desconocido que estaba en la parada del autobús. Se me pone la piel de gallina —reconocí—. Mira —dije, levantándome la manga y extendiendo el brazo hacia él.

Cuando sus ojos se posaron sobre mi piel, se me volvió a poner el vello de punta, como si me hubiera tocado.

—Tu sentimentalismo es irritante —declaró.

—¿Piensas añadir eso a mi larga lista de defectos?

—A lo mejor sería más rápido hacer una lista de las cosas que me gustan de ti — reflexionó.

—A lo mejor no deberías pensar tanto en mí —le espeté—. No vaya a ser que empieces a apreciarme y a disfrutar de mi compañía.

Él resopló con sorna, sin dignarse a hacer ningún comentario.

Christian James Designs estaba ubicado en un moderno almacén del Meatpacking District. Subimos en un montacargas hasta la tercera planta y, cuando las puertas se abrieron, nos encontramos en medio de un caos maravilloso y lleno de color.

—Por favor, dime que vamos a hacer una sesión de fotos aquí —le supliqué, fascinada. La mezcla de texturas era absolutamente increíble. El ladrillo. Los suelos de madera rayados. La luz que entraba por los enormes ventanales arqueados—. Es tan bonito que da asco.

—Pero ¿a ti qué te pasa? —exclamó Dominic, sacudiendo la cabeza.

Supuse que él solo veía el desorden.

—Imagínate ese vestido de ahí en una modelo de piel oscura, para que la tela resalte, de pie delante de una de esas mesas de trabajo enterradas en telas rojas y naranjas —dije, señalando un vestido de cóctel largo y ceñido que parecía bañado en oro—. Con el ladrillo visto del fondo. Y el sol entrando a raudales por un lateral. —Él me miró como si me hubiera salido una segunda cabeza y le estuviera pidiendo que se lo montara con mis dos caras—. Venga, Dom. Déjame el móvil para que pueda hacer algunas fotos —le pedí, extendiendo la mano.

—No pienso dejarte mi teléfono. Usa el tuyo.

Saqué mi móvil barato, de prepago y no demasiado inteligente.

—De verdad, ¿qué coño es eso? —preguntó él—. ¿Una calculadora?

—Cállate y déjame el tuyo —insistí. Él lo sacó del bolsillo—. Cámara —dije. Puso una cara de cabreo monumental, pero desbloqueó el teléfono y activó la cámara. Lo cogí e hice unas cuantas fotos—. Hay que estudiar bien la iluminación —comenté, haciendo algunas más—. Me gusta lo de resaltar los colores vivos, porque parece que trabaja mucho con ellos. Y dependiendo de cuándo se publique el artículo, se podría jugar con el verano, el fuego y todo eso. Y, si fuera en invierno, se podrían fotografiar un montón de grises claros y azules marinos delante de esa pared de estuco blanco.

Revisé las fotografías, asintiendo. Sin querer, me pasé de largo y en vez de la imagen de un estudio de diseño vi un selfi de Dominic con cara de mala leche, haciendo una peineta con el dedo. ¿Por qué coño iba a tener el frío e insensible Dominic Russo un selfi gracioso en el móvil? Me costó mucho disimular la carcajada que se me escapó.

Él me miró de reojo. Inocentemente, fingí estar concentrada en un perchero lleno de trajes de pantalón.

—Señor Russo, Christian está acabando de atender una llamada. —Una mujer con pantalones cargo y un jersey grueso de cuello vuelto se acercó a nosotros. Llevaba la melena, larga y oscura, recogida en una coleta desaliñada y las gafas se le resbalaban por el puente de la nariz—. Soy Agnes.

—Ally. —Le tendí la mano.

Tenía la aplicación de una agenda digital abierta en el iPad.

—Christian ha reservado una hora para la reunión de hoy. Después tiene que llamar a un proveedor.

—¿Qué aplicación es esa? —le pregunté a la mujer, echando un vistazo a la pantalla. Me encantaban las agendas.

Agnes y yo estuvimos intercambiando opiniones sobre apps de organización durante un rato, mientras Dominic nos ignoraba a ambas.

Cuando una alerta sonó en su móvil, ella arrugó la nariz.

—Los acompañaré a la sala de reuniones —dijo, con la mente ya puesta en la siguiente tarea.

Nos condujo a una sala de conferencias acristalada. Había varias fotos enmarcadas en blanco y negro de modelos, vestidos e imagino que personalidades del mundo de la moda apoyadas en las paredes, todavía desnudas. En medio de la larga mesa de madera había un centro de plantas crasas.

Dominic me ofreció una silla y me senté con cuidado y cierto recelo, por si le parecía gracioso apartarla de repente. Para mi sorpresa, se sentó a mi lado. Aunque no se cansaba de repetir lo mucho que le molestaba e incomodaba, no parecía tener ninguna prisa por alejarse de mí.

Saqué el portátil e ignoré su mirada crítica. Mi situación económica no me avergonzaba en absoluto. Simplemente era un obstáculo que debía superar. Un reto en el que no tenía intención de fracasar.

—Deberías tener en cuenta que representas a *Label* —comentó cuando Agnes abandonó la sala.

—No me digas —lo desafié, introduciendo mi clave de usuario.

Aquella reliquia tardaba al menos cuatro minutos en cobrar vida.

—Las apariencias son el motor de esta industria —declaró, echando un vistazo a mi ordenador y a mi ropa de segunda mano.

—Si a *Label* le preocupan tanto las apariencias, que me den ropa o que no me pongan de cara al público. Es solo una sugerencia —dije, exasperada—. Hay asistentes mucho más atractivos capaces de tomar notas.

Abrió la boca para responder, pero nos interrumpió un hombre tan guapo que casi me dio infarto.

—Dominic, gracias por reunirte conmigo. Y tú debes de ser Ally.

El tío que acababa de entrar en la habitación estaba buenísimo. Su sonrisa era tan cálida que parecía capaz de derretir la nieve de enero. Sus ojos, de color verde claro, estaban enmarcados por unas gruesas pestañas y tenía el cabello oscuro, corto y rizado. Llevaba unos vaqueros caídos y una camiseta ajustada de manga larga. Y un chaleco.

Sonreí.

Dominic me dio un golpecito con la pierna por debajo de la mesa.

—Intenta controlarte —murmuró secamente, antes de levantarse y estrecharle la mano al diseñador.

Christian era un tipo entusiasta con grandes aspiraciones. Cuando nos acompañó personalmente a visitar el local, quedó claro que todo lo que hacía era fruto de su pasión. Para Christian James, la vida era color, textura, belleza y diversión. Era obvio por qué Dalessandra se había fijado en él. Es decir, aparte de porque estaba buenísimo.

Mientras Dominic era ceñudo y malhumorado, Christian tenía hoyuelos y era encantador. Mientras Dominic era frío, Christian era cálido.

—¿Qué es eso? —le pregunté, señalando un maniquí que llevaba unos pantalones anchos todavía sin acabar.

Christian me sonrió y me permití disfrutar de esa agradable calidez, ignorando la gélida mirada de Dominic.

A ver, tal vez mi situación en el exterior de ese edificio fuera un completo desastre, pero en ese preciso instante, disfrutando de la compañía de aquellos dos hombres tan atractivos —que encima llevaban chalecos sexis—, podía permitirme ver la vida un poquito de color de rosa.

—Son parte de un proyecto personal —me explicó—. Una línea de inclusión.

—Soy nueva en el sector —me disculpé.

—Seguro que ya se ha dado cuenta —comentó Dominic, implacable.

Me volví hacia atrás para fulminarlo con la mirada y él se las arregló para esbozar un amago de sonrisa. Se me volvió a poner la piel de gallina. Me sentía como un bocata de Ally, entre esos dos tíos que estaban más buenos que el pan.

—Una línea de inclusión es una serie de diseños creados para personas con discapacidad —me explicó Christian, haciéndome un gesto para que lo acompañara. Me enseñó la cinturilla elástica oculta.

—¿Por qué es un proyecto personal? —le pregunté, intrigada.

—Porque no hay demanda —dijo Dominic, respondiendo una vez más a una pregunta que yo no le había formulado a él.

—Todavía —dijimos Christian y yo a la vez.

Eso me hizo ganarme otra de sus sonrisas y una mueca por parte de Dominic.

Christian me tendió una de las perneras del pantalón y yo acaricié el tejido.

—Qué pasada. —El material era suave y sedoso, como de lujo.

—Todo empezó con mi madre. Una neuropatía diabética la dejó sin sensibilidad en los dedos. Le cuesta abrochar los botones y las cremalleras, pero eso no ha hecho que deje de querer vestirse bien. Estoy experimentando con prendas que faciliten que las personas con discapacidades o movilidad reducida puedan vestirse sin renunciar al estilo. Hacemos costuras ocultas para personas con problemas sensoriales. Cierres magnéticos, tallas inclusivas…, todo ello con tejidos de calidad y colores vivos.

—Debe de estar muy orgullosa de ti —comenté.

Él sonrió.

—Se lo pregunto todos los domingos, pero dice que está esperando a que me case y tenga hijos para sentirse oficialmente orgullosa. Reminiscencias de su alma cubana. ¿Tú estás casada, Ally? —me preguntó, guiñándome un ojo pecaminosamente coqueto.

—Volvamos a las prendas que piensas usar para la foto de doble página —dijo Dominic, reconduciendo la conversación. Cuando Christian se dirigió a otra habitación, él volvió a pasarme el móvil—. A lo mejor si te entretienes haciendo algunas fotos dejas de babear por el diseñador —refunfuñó.

Yo le sonreí, solo para cabrearlo.

—Lo dudo, Dom. Lo dudo mucho.

14

Dominic

Odiaba admitirlo, pero Ally tenía un ojo fastidiosamente magnífico. Me pasé una hora recibiendo clases sobre colores y texturas de la excamarera de una pizzería que, sin duda, tenía demasiadas opiniones para ser una asistente. Encima, Christian James parecía encantado de escucharlas. Le sonreía. Elogiaba su buen gusto. Y no me hacía ninguna gracia la forma en la que miraba el dobladillo de su minifalda de punto.

Si yo no estuviera allí, no me habría sorprendido que intentara convencerla para salir a tomar algo, cenar y echar un polvo rápido. Ni siquiera habría tenido que esforzarse demasiado. Era un donjuán, y parecía que Ally disfrutaba dejándose engatusar. Y eso me ponía de los nervios.

Tomé nota mentalmente de no volver a llevarla a ninguna otra reunión con él. Ya solo me faltaba ese tipo de distracción.

—¿Por qué *Label* no usa la línea de inclusión en el artículo? —quiso saber Ally mientras Nelson acercaba el todoterreno.

La falda se le subió de forma indecente al montarse en el coche. Intenté no fijarme, pero el deseo de ponerla boca abajo sobre el asiento y levantársela era tan fuerte que tuve que esperar un momento y respirar una bocanada de aire invernal para tranquilizarme antes de sentarme a su lado.

—No es para nuestro público objetivo —respondí breve y lacónicamente, con la esperanza de que me dejara en paz.

—Eso ya lo sé —replicó—, pero ¿qué hay de malo en incluirla?

Sus preguntas constantes me molestaron.

—Lo que caracteriza a la moda no es, precisamente, que sea inclusiva, sino todo lo contrario. La gente compra para sentirse exclusiva y especial.

—Pero las cosas están cambiando, ¿no? —insistió, claramente interesada en el tema—. Otras marcas de lujo lo están haciendo. La población está envejeciendo. ¿No sería lógico que hubiera más gente dispuesta a comprar ropa que le permitiera mantener su independencia?

—¿Has leído alguna vez *Label*?

—No seas borde. Le estoy haciendo una pregunta seria al director creativo. Si el objetivo de vuestra revista es destacar lo especial, estáis dejando pasar el tren al ignorar la línea inclusiva de Christian. Es una cuestión de interés humano. De hacer hincapié en la diversidad de los compradores. Y os da la oportunidad de incluir a un par de modelos que no sean las típicas perchas para la ropa. Es la realidad.

—La gente no quiere realidad —argumenté—. Quiere fantasía. Quiere el vestido que le va a cambiar la vida. Quiere ropa que le haga sentirse guapa, sexy, especial y única.

—¿Y no puedes sentir eso si estás en una silla de ruedas?

—¿Estás intentando cabrearme a propósito?

—Puede. También estoy intentando averiguar si de verdad crees lo que dices o si simplemente te gusta discutir conmigo.

—Tienes demasiadas opiniones.

—Háblalo con tu madre —replicó ella alegremente.

—¿Por qué no jugamos a guardar silencio durante todo el viaje de vuelta?

Ally sonrió y arrugó la nariz.

—Solo quería poner de manifiesto que *Label* siempre ha estado a la vanguardia del cambio. Liderasteis la transición a la era digital sin caer en barrena. ¿Por qué no considerar la inclusividad como vuestro siguiente hito histórico?

—Nosotros vendemos fantasía. Unas prendas que hacen que las lectoras piensen en enfermedades o discapacidades no son fantasía. Son la vida real, y de eso ya tienen bastante. —Ally frunció el ceño, pensativa. No me gustaba defender la marca *Label*. Y menos cuando todavía estaba aprendiendo todos sus matices. La fantasía y la imagen eran esenciales para nuestra marca—. ¿No tienes otra cosa que hacer, como buscar una nueva víctima para arruinarle la vida? —le pregunté, cambiando de tema.

—Hablas mucho, Príncipe Azul, pero creo que no me odias tanto como pretendes —me soltó ella tranquilamente.

—¿Quieres apostar? —respondí, suspirando.

—Lo siento. Estoy sin blanca.

Un timbre estridente surgió de las profundidades de su mochila.

—Dios, ¿qué es eso? —pregunté, mientras el sonido me perforaba el tímpano.

Ally no respondió. En lugar de ello, se puso a rebuscar desesperadamente en el bolso.

—¿Sí? —dijo, sosteniendo afanosamente aquel trasto absurdo. Todo su cuerpo se puso rígido mientras escuchaba—. ¿Está bien? —preguntó. Los dedos con los que sujetaba el teléfono pegado a la oreja se pusieron blancos. Palideció mientras se pasaba una mano por el pelo—. Vale. ¿En qué hospital? ¿Es por precaución o...? —asintió, sin acabar la frase—. Estaré ahí en... —se acercó a Nelson para ver la pantalla del GPS—. Una hora. Dos como máximo. ¿Hola? ¿Me oye? —Apartó el teléfono de la oreja para mirar la pantalla—. ¡Mierda! Se ha apagado, cómo no.

—¿Qué pasa? ¿A dónde tienes que ir? —pregunté.

Agarró la manilla de la puerta como si se fuera a lanzar a la carretera en medio del tráfico y le puse una mano en la rodilla para impedírselo. Estaba temblando, y yo no podía soportarlo.

—Ally.

—Emergencia familiar —me explicó, con voz entrecortada—. Nelson, ¿puedes parar? Tengo que coger el metro.

—Estamos a cinco manzanas de la estación más cercana —dije.

—Puedo ir andando. Necesito caminar. —Con movimientos bruscos y erráticos, cerró la cremallera de la mochila e intentó echársela al hombro.

—Llévate el coche, Ally.

Dejó de hacer lo que estaba haciendo y me miró. Me miró de verdad. Con sus ojos marrones muy abiertos. Parecía asustada y llegué a la conclusión de que no podía aguantar verla así.

Le apreté la rodilla con fuerza.

—Respira —le ordené.

Ella inhaló despacio y luego soltó el aire.

—No puedo llevarme el coche. Tengo que ir a Jersey —dijo, un poco más calmada.

—A Nelson le encanta Jersey —le aseguré.

—Sí, señor, me apasiona —confirmó este.

Eso le arrancó una sonrisa temblorosa.

—Te llevará a Jersey. Y luego te esperará para dejarte en casa —dije.

Ella empezó a temblar de nuevo y agarró el picaporte.

—No puedo. El metro será más rápido. Pero gracias.

—Ally —repetí. No podía dejar que saltara del coche y desapareciera.

—No pasa nada. Estoy bien. —Su tono no me reconfortó lo más mínimo.

Nelson puso el intermitente mientras cambiaba de carril para acercarse a la estación de metro.

—Toma —dije, sacando la cartera para darle un billete de cincuenta—. Coge un taxi cuando llegues a Jersey.

Miró el dinero que le había dejado en el regazo y empezó a sacudir la cabeza. Era temporalmente pobre, pero seguía siendo absurdamente testaruda.

—No...

—Como lo siguiente que salga de tu boca sea un «no puedo», te acompañaré en persona a tu destino —la amenacé.

Ally bajó de nuevo la vista hacia el billete que tenía en el regazo y luego me miró. La reté a que me desafiara.

—Te lo devolveré —dijo con voz tensa, y me dio la impresión de que sus ojos dorados estaban un poco llorosos. No quería que se fuera.

—Como lo hagas, te despediré. Llévate el coche. Por favor —añadí, sin gustarme cómo sonaban aquellas dos palabras en mi boca.

—El tren es más rápido.

Nelson se acercó a la acera y se bajó del coche.

—¿Seguro que estás bien? —le pregunté una vez más.

—No pasa nada. En serio —aseguró ella—. Gracias, Dom.

No me esperaba el agradecimiento. Ni el beso casto que me dio después en la mejilla.

Nelson le abrió la puerta y Ally saltó por encima de mí para salir.

Me quedé mirándola hasta que ella y su dichosa mochila desaparecieron escaleras abajo.

—¿Volvemos a la oficina, señor? —preguntó Nelson, poniéndose de nuevo al volante.

Yo todavía seguía mirando el espacio vacío que habían dejado Ally y su mochila.

—Antes tengo que hacer una parada.

15

Ally

—¿Papá?

Asomé la cabeza por la cortina, que proporcionaba algo de intimidad en la pequeña habitación. Era como cualquier otro cuarto de hospital. Azulejos beige, paredes de color gris claro y ese olor a antiséptico y enfermedad que te revolvía las tripas.

La cama de mi padre estaba junto a la ventana. Observaba con desgana el mundo gris que había al otro lado, mientras una enfermera se ocupaba de él. Estaba consciente y sentado. El nudo de la garganta se me aflojó un poco.

Tenía delante una bandeja intacta.

Su compañero de habitación emitió un ronquido trémulo al otro lado de la cortina, por encima del episodio de *La jueza Judy* que había dejado puesto a todo volumen.

Menos mal que teníamos seguro médico. A juzgar por las vías intravenosas y la férula que mi padre llevaba en la pierna, si no ya estaríamos arruinados.

—¿Señor Morales? —dijo la enfermera. Esa vez mi padre levantó la vista.

Su pérdida de peso se había ralentizado, por suerte. Pero nunca volvería a ser el hombre agradablemente regordete que era hacía solo unos años. El bigote que siempre había tenido también había desaparecido. En la residencia se lo afeitaban todas las semanas.

Echaba de menos al hombre que era antes, aunque intentaba construir una nueva relación con el de ahora. Esa nueva dinámica tenía mucho de agria y muy poco de dulce.

—¿Reconoce a la persona que ha venido a verlo? —le preguntó la enfermera.

Mi padre me echó un vistazo rápido y se encogió de hombros con despreocupación.

—¿Debería?

Lógicamente, yo sabía que se trataba de una enfermedad. Pero, cada vez que el hombre que me había criado, que me había cosido a mano lentejuelas en la chaqueta vaquera en quinto de primaria y que había reunido a seis vecinas en el salón el día que me había venido la regla no me reconocía, era como si perdiera otro pedacito de ambos.

El hombre que más me quería en el mundo se había ido. Y la mayoría de los días me borraba de sus recuerdos. Como si nuestra historia nunca hubiera existido. Como si yo nunca hubiera estado allí.

—Hola, señor Morales —dije, esbozando una sonrisa falsa—. Solo he venido a ver si necesitaba algo de casa.

—¿De casa? —gruñó.

Asentí y esperé.

Él se encogió de hombros.

—Mira si Bobby ha cortado el césped. Le pago a ese chaval diez dólares por semana y lo que hace no vale ni cinco. Ah, y tráeme los trabajos del trimestre. Al menos podré corregir los finales mientras estoy aquí metido.

Era un día casi de notable bajo. Estaba de mal humor, pero no demasiado inquieto. En el mundo de mi padre, si existía una Ally Morales, tenía ocho años y era casi verano.

—Vale —respondí—. ¿Quiere alguna cosa para picar? ¿O algo de música?

No contestó. Volvió a mirar por la ventana, al otro lado de la cual había empezado a caer una llovizna lenta y gélida.

La enfermera señaló con la cabeza el pasillo y la seguí.

—¿Cómo está? —pregunté.

—Se ha caído de la cama esta mañana y ha sufrido una fractura de tibia —me explicó.

—¿Se ha roto algo más? —dije, recostándome contra la pared.

Las caídas eran especialmente peligrosas con el diagnóstico de mi padre.

—Tiene algunos hematomas y contusiones, pero ninguna otra rotura —respondió.

Gracias, diosas de la gravedad.

—¿Y tiene dolor?

—En los pacientes con demencia, es difícil saberlo.

Había acabado aprendiendo que todo era difícil en los pacientes con demencia.

—Le estamos administrando dosis bajas de analgésicos cada pocas horas y vigilándolo. Ha dormido un poco desde que llegó y estamos haciendo todo lo posible por mantenerlo en la cama, por ahora. Nuestros equipos de fisioterapia y terapia ocupacional vendrán a evaluarlo mañana por la mañana.

—¿Cuánto tiempo estará aquí? —pregunté. En nuestra situación, las facturas hospitalarias inesperadas podían llevarnos a la ruina.

—Es difícil saberlo, de momento. Depende de los equipos terapéuticos —explicó.

—¿Dónde está mi mujer? —preguntó mi padre desde el interior de la habitación.

Hice un gesto de dolor. Hacía décadas que yo había dejado de preguntarme lo mismo.

—¿Va a venir tu madre a verlo? —quiso saber la enfermera.

Negué con la cabeza.

—No. No va a venir.

—Le dejaré quedarse un rato. Intente no desanimarse si está inquieto —comentó, dándome una palmadita en el brazo.

—Gracias.

Volví a aquella habitación en la que era una extraña. Mi padre estaba de nuevo mirando por la ventana y la comida seguía intacta.

—Qué buena pinta —dije, señalando la sopa de la bandeja.

Él refunfuñó entre dientes.

Saqué el móvil y puse la lista de reproducción de mi padre. Siempre había habido música en nuestra casa. Las raíces latinas de papá combinadas con su amor por BB King, Frank Sinatra y Ella Fitzgerald habían dado lugar a la banda sonora de mi infancia. Tocaba bien el piano y la guitarra un poco peor, pero lo compensaba con su entusiasmo. Él me había enseñado a apreciar la música. Entre muchas otras cosas.

Y ahora yo le estaba fallando.

Los dedos de mi padre tamborilearon al ritmo de *Take Five*, de Tito Puente. Al menos eso era algo que la enfermedad no había podido robarle.

—¿Sabías que Tito Puente estuvo en la Marina durante la Segunda Guerra Mundial y se pagó los estudios en Julliard con la pensión de veterano de guerra? —me informó mi padre.

—¿En serio? —dije, acercando la silla al cabecero de la cama.

—Me suenas mucho. ¿Eres la hija de la señora Vacula? —preguntó.

—Sí —mentí alegremente, ruborizándome.

La señora Vacula había sido nuestra vecina de enfrente durante veinte años y había soportado con elegancia cientos de bromas sobre Drácula antes de mudarse a Mesa, en Arizona. Yo había aprendido muy pronto que corregir a mi padre y recordarle las cosas que ya no sabía solo servía para hacernos daño a ambos.

—Tu madre hace la mejor sopa de verduras con carne del mundo —dijo.

—Pues sí. A ver si esta receta está a la altura —respondí, cogiendo la cuchara para acercársela.

Ya era muy tarde cuando entré en casa de mi padre. Bajé el termostato un par de grados y fui hacia la cocina, donde me serví un cuenco de ramen y un bagel rancio que había cogido en el trabajo el día anterior. Unos carbohidratos de emergencia que había birlado antes de que tiraran las sobras. Creía que en una revista de moda solo habría zumos depurativos. Pero la ingente cantidad de comida que había, ya solo en mi departamento, era lo único que evitaba que por las noches tuviera demasiada hambre como para dormir.

Bostecé. Lo superaría. No me quedaba otra y tampoco tenía sentido lamentarse.

Subí las escaleras, salté por encima del punto peligroso del rellano y seguí hasta la habitación de mi infancia. Demasiado cansada para preocuparme por el orden, dejé la ropa amontonada en el suelo. Tenía las piernas enrojecidas por el frío y me picaban por el encaje sintético de las medias.

Después de ponerme unos pantalones de chándal, una camiseta de manga larga y una sudadera con capucha, me metí bajo las sábanas de la cama de noventa.

Agotada, saqué el móvil y le envié un mensaje al jefe del catering, disculpándome de nuevo por no haberme presentado al turno de esa noche. Sin duda me iba a doler haber perdido ese dinero.

Debería encender el portátil. Ver si me habían pasado alguna factura. Revisar la cuenta bancaria y ver con cuánto tendría que apañarme la semana siguiente. Aunque tampoco me hacía falta. Sabía perfectamente el dinero que tenía, hasta el último céntimo. No era difícil llevar una cuenta de tres cifras.

Al menos, las facturas del hospital tardarían semanas en empezar a llegar. Como no recibiría el sueldo de *Label* hasta dentro de un par de semanas, había hecho una estimación a la baja por si me había equivocado al calcular los impuestos o las retenciones del seguro médico.

Tener un sueldo de jornada completa lo cambiaría todo. Solo tenía que aguantar hasta el día de cobro y luego podría replantearme la situación y trazar un nuevo plan.

De momento, me apretaría el cinturón un agujero más.

El teléfono me sonó en la mano.

Era un mensaje de un número desconocido: «Has llegado a casa? Soy el Príncipe Azul, por cierto».

Me quedé mirando el mensaje mientras masticaba el bagel rancio. ¿Qué demonios hacía Dominic Russo, ese tío que tanto me odiaba, escribiéndome a las once de la noche?

Puede que se hubiera equivocado. Tal vez el mensaje fuera para otra persona. Para otra persona que también le llamaba Príncipe Azul.

Mientras valoraba las posibilidades, llegó otro: «A Nelson le pareció fatal que no le dejaras acompañarte a Jersey. Le debes una disculpa».

Me quedé a cuadros. El tío me estaba mandando mensajes. A propósito.

Me pregunté si el taxi que me había pagado me habría llevado accidentalmente a otra dimensión temporal en la que los Dominic Russo y las Ally Morales se llevaban bien.

> Siento haber defraudado a Nelson
> Espero que me perdone

Me planteé agradecerle a Dom lo del dinero del taxi, pero decidí que era más seguro devolvérselo, simplemente. Uf. Otro gasto inesperado. No obstante, lo último que quería era estar en deuda con un hombre como Dominic Russo.

> Qué tal la emergencia familiar?

> Todo controlado
> Por qué eres tan amable?

> No soy amable
> Solo quiero saber si ya has decidido renunciar

Acabé el bagel y me desplomé sobre la almohada.

> Eso ya tiene más sentido
> Me preocupaba que hubieras activado tu alma

> Hay que tener alma para poder activarla

Esbocé una sonrisa mientras miraba la pantalla. ¿Se estaba haciendo el gracioso? ¿A propósito?

> Estás borracho? O es que solo tienes
> personalidad cuando oscurece?
> Espera, eres Greta?

Eres insufrible

Greta, eres tú? Estás borracha?

Vas a venir a trabajar el lunes o no?

Siempre y cuando prometas no volver
a ponerte un chaleco
No te cargues mi fetiche, Príncipe Azul,
o te odiaré eternamente

Temes no poder resistirte a mí, Maléfica?

No eres en absoluto mi tipo..., pero por
si acaso deshazte de los chalecos

Me lo pensaré. Has cenado?

Puse los ojos en blanco y levanté una cucharada de ramen. Ese hombre estaba obsesionado con la comida.

Sí

Has vuelto a casa en taxi?

Sí. Gracias. Tengo que darte el cambio

Deja de decir chorradas y vete a dormir

No tenía ni idea de a qué estaba jugando, pero estaba tan agotada que le obedecí.

16

Ally

El lunes llegué a trabajar hecha polvo. Mi outfit, negro de pies a cabeza, era un fiel reflejo de mi estado de ánimo. El único rastro de mi «yo» divertido y enérgico eran los pendientes de aro dorados con pequeñas cuentas de colores, un regalo de Navidad que me había hecho mi padre hacía unos años.

—Hola, guapa —dijo Gola, que apareció en mi cubículo bebiendo un batido verde—. ¿Qué tal el finde? ¿Y la reunión fuera de la oficina con ese tío tan frío que quema?

El fin de semana había sido un caos. Había combinado las escapadas al hospital con los turnos de camarera, las clases de baile y un trabajo de catering de última hora que me había ofrecido mi jefe. Ni siquiera había cogido una escoba, ni había visto ningún tutorial de YouTube sobre «cómo poner tú mismo el pladur». Llevaba tanto retraso en el plan que, solo de pensarlo, me entraban ganas de hiperventilar dentro de una bolsa de papel.

Para colmo, la última visita a mi padre había sido de las desagradables. Podía soportar que no me reconociera. Podía soportar que me llamara por el nombre de mi madre. Joder, hasta podía soportar que se quedara mirando al infinito inexpresivamente. Pero lo que no soportaba era que el hombre al que había conocido y querido toda mi vida se pusiera agresivo. Sucedía de vez en cuando. Algo le hacía ponerse nervioso y el hombre feliz, bueno y encantador desaparecía para ser sustituido por un desconocido agresivo y violento.

—La reunión, bien. El diseñador era genial. Y me he pasado todo el fin de semana trabajando —respondí—. ¿Y tú?

—He conocido a un chico —dijo ella, a punto de sacarse un ojo con la pajita mientras intentaba llevársela a los labios.

—Ah, ¿sí? —Yo no estaba en el mercado, pero eso no significaba que no pudiera vivir a través de mis amigas.

—Te cuento a la hora de la comida. Definitivamente, voy a necesitar más detalles sobre tu viaje en el asiento de atrás con cierto cascarrabias buenorro en medio del tráfico de Midtown —me advirtió.

—Y yo quiero saberlo todo sobre ese tío —declaré.

Gola se despidió con un movimiento de dedos y se fue a su mesa.

Encendí el ordenador y estaba sacando los auriculares del bolso cuando Zara y sus pósits aparecieron a mi lado.

—No te pongas muy cómoda —dijo esta con indiferencia.

—¿Ya me han despedido?

Maldito Dominic Russo.

—Tienes una nueva tarea —dijo, despegando una nota y dejándola sobre mi escritorio—. Linus necesita ayuda esta semana y has sido la asistente agraciada. Estarás temporalmente en una mesa al lado de su oficina, en la planta cuarenta y tres, hasta el viernes.

—A la orden —repliqué, volviendo a guardar los auriculares en la mochila.

—De paso ve al departamento de Informática. Tienen que darte una cosa.

Fruncí el ceño.

—¿Qué cosa?

—¿Cómo quieres que lo sepa? A mí nadie se molesta en contarme nada —se lamentó—. Venga, ahora haz algo productivo y deja caer que tu supervisora le ha echado el ojo al nuevo bolso de Marc Jacobs, por si Linus necesita buscarle un nuevo hogar después de la sesión de fotos de mañana.

Aquella sala parecía una mazmorra, una especie de cueva llena de criaturas infelices con ropa informal. Me presenté a la más cercana, que estaba al otro lado del mostrador que protegía al personal de los encuentros con humanos.

La chica tenía el pelo negro azabache recogido en dos coletas en lo alto de la cabeza y llevaba puesta una sudadera de capucha rosa holgada en la que ponía: «Prueba a desenchufarlo». Sus vaqueros de marca estaban desgastados en todos los puntos estratégicos.

—No podemos ayudarte con ningún problema informático personal sin una solicitud de asistencia —dijo tajantemente, clavando sus oscuros ojos sin alma en los míos, mientras me pasaba un iPad—. Rellena esto y te atenderemos cuando te toque. —Si el aburrimiento fuera un ser humano, lo tendría delante de las narices.

—Ya. En realidad, he venido a recoger algo —dije. Ella parpadeó a cámara lenta—. Soy Ally Morales, del equipo de asistentes. Mi supervisora me ha dicho que tenía que venir a recoger una cosa —añadí, intentándolo de nuevo.

—Ah.

La chica de las coletas se alejó y yo me quedé allí plantada, sin saber si debía seguirla o esperar a que otro robot me hiciera caso. Todavía seguía dudando cuando volvió con dos cajas.

—Toma —dijo, empujándolas sobre el fino mostrador.

—¿Qué es esto?

Volvió a parpadear lentamente.

—Un portátil y un móvil. Son versiones más pequeñas y manejables de...

Levanté las manos, rindiéndome a su sarcasmo.

—Me refiero a que por qué me los dan —dije, convencida de que había habido un error.

Sobre todo porque el portátil era un modelo de última generación que tenía un montón de pijadas ideales para el diseño gráfico. Hacía unas cuantas semanas, en una tienda de electrónica, había estado babeando delante de un modelo similar y lo había añadido a la lista «Ally Futura». Justo debajo del margarita de mango con pajita larga.

—¿Quieres que te diga por qué necesitas un ordenador y un móvil para hacer tu trabajo?

Tenía la impresión de que la chica de las coletas estaba a punto de desenchufarme.

—Da igual —dije, cogiendo las cajas y dando un paso atrás. Si era un error, alguien acabaría comunicándomelo tarde o temprano. Mientras tanto, podría divertirme haciendo una incursión en el universo de las nuevas tecnologías—. Gracias.

La chica de las coletas no respondió.

El despacho de Linus estaba en el mismo pasillo que el de Dalessandra y, por desgracia, también se encontraba dos puertas más allá de la gélida guarida de irascibilidad de su hijo. Pero no tenía tiempo para preocuparme por Dom ni para fantasear con él. Linus, que también llevaba unos pantalones y un jersey negro de cuello alto, ambos negros —me tragué sabiamente el chiste de que parecíamos gemelos que tenía en la punta de la lengua—, me proporcionó unos generosos veinte segundos para dejar mis cosas en la mesa vacía antes de obligarme a seguirlo.

Luego empezó a lanzarme instrucciones por encima del hombro mientras esquivábamos a asistentes, maquilladores y repartidores. Había un montón de modelos medio vestidas con ropa de deporte haciendo pucheros para los maquilladores y moviendo los pulgares como locas sobre las pantallas de sus móviles, mientras los estilistas les arreglaban el pelo. Y todavía más gente organizando innumerables percheros rodantes de ropa.

—Necesito que localices las Nike del número cuarenta porque aquí mi amiga el Coloso de Rodas ha mentido sobre el pie que usa —dijo, señalando con un gesto de desdén a una modelo descalza que llevaba unas mallas de correr y un top corto. Su peinado podía clasificarse como estilo Beyoncé en medio de un vendaval. «Número cuarenta»—. Después, ve a buscar el pedido del café para el equipo. Necesitan un buen chute de cafeína.

—«El pedido de café». Esa era fácil.

Aunque parecía que todos los allí presentes se habían tomado ya varios cafés expresos.

El estudio fotográfico era un circo. Las abejas obreras desplegaban fondos de color blanco, mientras los fotógrafos y sus asistentes hacían pruebas de iluminación y daban órdenes a gritos. Había varias mesas dispuestas en forma de ele en medio de la sala, con todos los productos de peluquería y maquillaje conocidos por la humanidad. En la pared del fondo había otra mesa con unos tristes aperitivos bajos en carbohidratos.

—¿Y cuándo comemos? —pregunté esperanzada.

Linus se detuvo en seco y choqué contra él.

—Ally, esta gente no come. Bebe, fuma y trabaja muy duro. Y luego se va a casa para seguir bebiendo y fumando un poco más.

—Nada de comida. Entendido.

Él siguió andando, abriéndose paso entre una multitud de asistentes de modelos. Me di cuenta de que eran asistentes porque, aunque iban vestidas y maquilladas a la última, no dejaban de enfocar a sus jefas con los móviles.

—Después tienes que ir a esta dirección, recoger cuatro perros y llevarlos a Balcony Bridge, en Central Park, antes de las dos de la tarde. Ni se te ocurra cagarla. Repito: ni se te ocurra.

—Un momento —dije—. ¿Perros?

Linus se giró en redondo y puso los ojos en blanco con elegancia.

—No estás aquí para encontrar respuesta a todas tus dudas existenciales. Estás aquí para tachar tareas pendientes de mi lista.

—Perros. Linus, no tengo coche. ¿Qué quieres que haga? ¿Llevarlos en metro?

Sacó un pañuelo de seda negra de un bolsillo y se secó la frente con delicadeza.

—Intenta no ser un cero a la izquierda, asistente Ally. Usa uno de los todoterrenos de la empresa. Preferiblemente alguno que no vayan a utilizar mañana, para que el conductor pueda limpiarlo antes de que a alguien importante se le peguen pelos de perro al vestido de noche. Irás a esa dirección, recogerás a los perros y los llevarás a…

—Central Park. Sí, esa parte me ha quedado clara —repliqué con frialdad.

Vi una caja de zapatillas Nike debajo de una de las mesas de maquillaje y me agaché para cogerla.

Número cuarenta.

Triunfante, le pasé la caja a Linus. Él levantó las palmas de las manos.

—No me las des a mí. Dáselas al Coloso y fulmínala con la mirada por habernos dado unas medidas falsas. Luego ve a por el café. Y luego a por los perros.

—¿Algo más? ¿Un pastelito rico para acompañar el café?

—Lárgate, mujer.

Había dado tres pasos cuando oí susurrar a Linus.

—Un bollito de arándanos.

Sonreí y me puse manos a la obra.

17

Ally

Las bambalinas de las sesiones fotográficas editoriales de *Label* eran lo suficientemente emocionantes y absorbentes como para hacerme olvidar mi bajón.

Ante mí, cinco modelos se acicalaban y posaban para el fotógrafo en un decorado construido a base de cajas blancas. La música retumbaba por los altavoces, sobre nuestras cabezas. El redactor responsable de la sesión mordisqueaba nervioso el capuchón de un boli detrás del fotógrafo. Había un tipo barbudo con vaqueros lavados a la piedra cuyo único trabajo parecía consistir en agitar un gran trozo de cartón al lado de las modelos para que parecieran despeinadas por el viento.

Linus sacó el móvil del bolsillo e hizo varias fotos rápidas, una detrás de otra.

—¿Para qué son? —le pregunté.

Miró el reloj y me empujó hacia la puerta.

—Somos niñeras de élite —me explicó, enviando un mensaje de texto y guardándose el teléfono en el bolsillo.

—Estás informando a Dalessandra —dije, dándole un sorbo al capuchino que me había pedido para mí con la tarjeta de la empresa. La cafeína y el azúcar me ponían eufórica.

—Pues sí. La tranquilizo asegurándole que todos están haciendo su trabajo para que ella pueda concentrarse en el suyo.

Normalmente es una mentira como una catedral y estamos todos pendiendo de un hilo.

Me aparté mientras un asistente pasaba entre ambos empujando un perchero con ruedas.

Cuando desapareció, Linus ya estaba en medio de la sala. Chasqueó los dedos de camino a la puerta.

—¿A dónde vamos? —le pregunté, mientras trotaba para seguirle el ritmo.

Me miró con desdén de arriba abajo.

—A hacer algo con ese calzado espantoso. Y puede que con los pantalones, si nos da tiempo.

Una falda de Carolina Herrera me golpeó en toda la cara. Apenas vi venir los pantalones rojos de cintura alta que llegaron a continuación. Estábamos en la zona de la planta cuarenta y dos a la que llamaban el Armario. Era una sala enorme llena de estanterías y baldas rigurosamente organizadas. Miles de muestras de diseñadores vivían en esa habitación.

El corazón me dio un vuelco al identificar los leggings de cuero con los que habían fotografiado a Cher el año anterior.

—Esto también. —Un cinturón de cadena dorado voló hacia mí. Tenía los brazos llenos de prendas de marcas de lujo que estaba haciendo llover sobre mí un hombre que, al parecer, había perdido la cabeza.

Linus le dio la espalda a la estantería y sostuvo delante de mi pecho un jersey de punto color crema.

—No está mal —murmuró.

—¿Para qué es todo esto, exactamente? —le pregunté mientras escupía un pedazo de seda verde.

—Para ti y tu vestuario de mísera adolescente, asistente Ally.

—No puedo permitirme nada de esto —exclamé, mientras él ponía en lo alto del montón un par de zapatos de ante morado que me hicieron babear. Estaba empezando a inclinarme hacia atrás.

—Es todo de hace varias temporadas. Nadie lo necesita. Salvo tú, Miss Tienda de Segunda Mano 1998.

—Linus, no tengo dinero. Para que te hagas una idea: si veo un centavo en el suelo, me agacho a cogerlo.

—No seas petarda. Considéralo un regalo de un Papá Noel negro gruñón.

—¿Es una broma? —La mitad de los objetos que sostenía se me cayeron al suelo.

Él puso los ojos en blanco y recogió un vestido de estampado floral.

—Intenta mostrarle a Tracy Reese un mínimo de respeto.

—¿Estás de coña? Que sepas que como me digas que puedo quedarme con todo esto gratis y luego te des la vuelta y me sueltes que era broma, me echaré a llorar y seguramente te quemaré la casa.

—¿«De coña»? —repitió él, con desdén—. Ya nos preocuparemos más tarde de tu vocabulario. Ahora vamos a centrarnos en lo más importante: tu aspecto.

Un portátil. Un smartphone. Y un vestuario nuevo de diseño.

—¿Estamos en Navidad? ¿Me he colado sin querer en el plató de *La ruleta de la fortuna*? —pregunté, todavía sin querer hacerme ilusiones.

—¿Tengo pinta de hermanita de la caridad? No son regalos. Son herramientas para hacer tu trabajo. No puedo tenerte por ahí danzando en las sesiones de fotos de Central Park con pinta de haber ido de compras al rastrillo de la iglesia el día de las ofertas a mitad de precio.

—Tus palabras me hieren, Linus —dije, babeando al ver los botines para caerse de culo de ante de color caramelo que estaba señalando.

Me daban ganas de montármelo con ellos.

—Me da igual. No soporto ese jersey amorfo ni un segundo más. Me estás haciendo palpitar las venas de la frente.

—Tú no tienes venas en la frente.

—Gracias al bótox. Así que no las obligues a cruzar la barrera del botulismo. Ve a ponerte cualquier cosa menos ese outfit y coge uno de los abrigos de Burberry al salir.

—A mí no me engañas —dije por encima del montón de prendas que llevaba en los brazos.

—No sé a qué te refieres —replicó Linus, resoplando.

—Aunque intentes disimularlo con tus ingeniosas maldades, eres un buen tío.

—Lárgate, terrorista de la moda.

—Haré que te sientas orgulloso —prometí mientras me dirigía al baño más cercano.

—Lo dudo —me espetó él—. Cámbiate rápido. Tienes veintitrés minutos para comer antes de ir a por los perros.

Bajé corriendo a la cafetería con el almuerzo —arroz frito con ternera de la señora Grosu— y me senté en una silla al lado de Ruth.

—Tengo tres minutos antes de salir corriendo a recoger cuatro galgos afganos de pura raza.

—Qué pasada de jersey —dijo Gola.

—Y de botas —susurró Ruth.

—Acabo de contaros que voy a dirigir una operación de tráfico de perros, ¿y os ponéis a hablar de trapitos? —bromeé.

—Bienvenida a *Label* —se burló Gola—. Una vez tuve que esperar cinco horas en urgencias para recoger media docena de jerséis de un mensajero que iba en bicicleta al que había atropellado un taxi. ¿Cómo es la vida en la planta cuarenta y tres?

—Emocionante y caótica. Tenemos que ponernos al día —dije, mientras destapaba la comida. No me daba tiempo a calentarla.

—Vamos a tomar algo después del trabajo —sugirió Ruth.

—No puedo —respondí, con la boca llena de arroz—. Esta noche tengo que dar una clase de baile.

—¿Dónde? Nos apuntamos —dijo Gola, encantada.

—No es de ballet —les advertí.

—¿Es de hiphop? —preguntó Ruth—. ¿Puedo llevar calentadores? Me muero por tener una excusa para ponerme unos.

—Los calentadores te irán de perlas. Y es de pop, hiphop y R&B. Una especie de perreo para ponerse en forma.

—¡Genial! —exclamó Ruth, aplaudiendo—. Es la mejor noticia del día.

—Y después nos tomamos un vino —decidió Gola.

—Invitamos nosotras —dijo Ruth, antes de que me diera tiempo a recordarles que era pobre.

—Solo una copa. Tengo que acabar la presentación de un proyecto que estoy haciendo por mi cuenta. —Que con suerte me haría ganar unos cuantos cientos de dólares.

—Hecho —dijo Ruth.

Mi precioso teléfono nuevo emitió un sonido de arpa angelical. La señal para salir pitando.

—Mierda. Me tengo que largar. —Cogí el abrigo nuevo, la mochila vieja y los restos de arroz frito—. Hasta luego, chicas.

—¡Estás guapísima! —me gritó Gola.

Levanté una mano en el aire y me abrí paso hacia la entrada del edificio.

Me alegró encontrarme a Nelson esperándome en la acera.

—¿Te importa que me siente delante? —le pregunté.

—En absoluto —respondió él, abriéndome la puerta.

Fuimos charlando durante todo el camino. Nelson tenía mujer, dos hijas y tres nietas. Los fines de semana iba a partidos de fútbol y ferias de ciencias.

Los dioses del tráfico nos sonrieron y llegamos con quince minutos de antelación. Me bajé delante de un edificio de arenisca de tres plantas y subí corriendo las escaleras, con el elegante abrigo nuevo enrollándose agradablemente a mi alrededor como la capa de una superheroína.

Si me hubiera aplicado más con el peinado y el maquillaje por la mañana, casi me sentiría como una mujer con estilo. Con estilo, con todo controlado y, básicamente, petándolo en su trabajo nuevo.

Pulsé el timbre y esperé el triunfo con suficiencia.

—Nelson, tenemos un problema —dije, cerrando la puerta y buscando el móvil en el bolso.

—Veo que ha vuelto sin ningún pasajero de cuatro patas —comentó él.

—Ha habido un lío con las fechas. Los perros están en un concurso pijo en Connecticut.

—Qué rabia me da cuando pasa eso —replicó él.

Finalmente encontré el teléfono y le envié un mensaje a Linus.

Tenemos un problema

No me incordies con problemas
Deslúmbrame con soluciones

Es de los grandes

Lo digo muy en serio: estoy de desastres
hasta mis cejas perfectas
Cómo pueden tres modelos tener
conjuntivitis al mismo tiempo?
Da igual, no contestes
Resuelve el problema o no te molestes
en volver

Estaba convencida de que se arrepentiría de haber dicho eso. Yo era perfectamente capaz de resolver problemas. Pero puede que las soluciones no estuvieran a la altura de sus expectativas.

Vale
La sesión de fotos
Cuál es el rollo?

Jardines marchitos
Solo que menos deprimentes y con más moda
Y ahora déjame en paz

Podría arreglármelas.

—Nelson, tenemos que hacer una paradita.

18

Dominic

—¿Dónde están los perros? —me preguntó Linus, llamando con unas palmadas a un asistente de vestuario—. Tú. Dime cómo se supone que vamos a hacer esto sin perros.

El asistente de vestuario intentó sabiamente desaparecer en un seto.

Hacía un frío de cojones. Febrero estaba a la vuelta de la esquina y, si había algo más gélido y húmedo que el mes de enero en Nueva York, era el puto febrero.

Claro que al mundo de la moda no le importaban las temperaturas bajo cero. Qué va. La moda tenía sus propias reglas al margen del tiempo, el espacio y la temperatura. Bajamos a Central Park con un equipo de cuarenta personas. Ni siquiera era para la revista. Era contenido digital para el canal de YouTube y la página web.

Las modelos, envueltas en mantas y abrigos, se apiñaban alrededor de las estufas de exterior que el personal había llevado hasta allí. Había cables y alambres por todas partes, excepto en los cuatro metros de lúgubre telón de fondo natural donde se suponía que íbamos a fotografiar a las modelos con los perros. Todo el mundo llevaba parkas, gorros de lana y guantes que les impedían trabajar. El cielo era de un color gris apagado y seguramente nevaría por la noche, pero nosotros no estábamos buscando un bonito manto blanco de nieve. Queríamos fotografiar estampas florales sobre un fondo triste y muerto. Como el agujero de mi pecho en el que debería haber un corazón.

Todo ello me había parecido estupendo y no completamente disparatado hacía cinco meses, cuando se había planteado en una reunión editorial. Cuando estábamos a cubierto y no luchando contra la congelación. Removí el té que había pedido para llevar, ahora frío, añorando fervientemente la época en la que mis principales preocupaciones en lo que a moda se refería eran qué gemelos ponerme y si debía llevar tirantes o chaleco.

—Ya que estás aquí y que la sesión de fotos está yendo fatal, ponte un rato delante de la cámara mientras busco a Ally para despedirla —me pidió Linus.

—No. De eso nada. Y ya te gustaría a ti poder despedirla.

Precisamente, ella era la razón por la que estaba allí. No es que estuviera preocupado por la emergencia que había tenido el viernes, solo sentía curiosidad. Lo cual era muy diferente, y reconozco que tal vez ligeramente ambiguo.

—De eso *todo* —replicó él—. Y espera a ver cómo lo hago. ¿Qué te trae por aquí, por cierto? —preguntó, deteniéndose como si acabara de reparar en mí. «Pues ver cómo le va a una asistente irritantemente atractiva». Por suerte, Linus no estaba de humor para esperar una respuesta—. No importa. En realidad, me da igual —dijo, chasqueando los dedos—. Tú, la de la cámara. Mueve el culo y entrevista al señor Russo sobre lo que sea que estemos haciendo.

La mujer de la cámara de vídeo corrió hacia mí mientras yo maldecía entre dientes. Un tío del equipo de Comunicación, envuelto en una bufanda que le llegaba hasta los ojos, se acercó trotando tras ella.

Miré fijamente la luz roja de la cámara.

—Nos gusta mantener el tono informal, señor Russo. —La explicación del tío de la bufanda se vio amortiguada por varias capas de rayas azules y blancas—. Háblenos de lo que estamos haciendo aquí.

—Nos estamos congelando el culo en Central Park —dije.

El tío de la bufanda se rio, confundiendo mis malos humos con sentido del humor. Pero estaba decidido a enmendar su error y a hacer que Linus se lo pensara dos veces antes de volver a ponerme delante de una cámara. Abrí la boca para soltar un discurso mordaz sobre lo que me diera la gana cuando alguien gritó «¡quieto!» detrás de mí.

—Madre mía —dijo la mujer de la cámara, enfocando por encima de mi hombro.

Me di la vuelta y contemplé el espectáculo.

Ally, con una gabardina de tweed ondeando al viento detrás de ella, era arrastrada en mi dirección por cuatro perros enormes de dudosa ascendencia.

Había echado un vistazo a las notas de la sesión de fotos antes de salir de la oficina. Esos no eran galgos afganos majestuosos y bien cuidados. Eran chuchos inquietos y sin adiestrar.

—¿Dónde están los galgos afganos? —chilló Linus.

—¡Conflicto de agendas! —gritó Ally, intentando infructuosamente clavar los tacones de aguja en la acera para detener a la jauría antes de que se abalanzaran sobre él—. ¡Bruno, siéntate!

Un basset hound con jersey de cuadros escoceses se detuvo bruscamente y se sentó.

Cogí una de las correas antes de que aquellos perros maleducados que parecían empeñados en olisquear cosas en lados opuestos del parque partieran a Ally en dos. Acabé con un labrador psicótico de color chocolate que se lanzó sobre mí. Me dio con las patas delanteras en el abdomen, pero no contento con haber llegado tan alto saltó de inmediato del suelo a mis brazos. Una lengua larga y rosada me lamió la cara.

—¿Pero qué co...? —Un beso con lengua perruno ahogó mis palabras. Esquivé el siguiente asalto y el labrador apoyó la cabeza en mi hombro, suspirando.

—Uy. Cree que es usted amante de los perros —dijo la operadora de cámara.

—Yo no soy amante de nada —refunfuñé, apartándome de la alegre lengua del can. Unos ojos castaños bobalicones se clavaron en los míos.

Ally tiró de las correas restantes para ir hacia Linus. El de las patas largas era un interesante gris moteado y tenía pinta de haber sido criado para ser un galgo de los que persiguen al conejo en el canódromo. El último era un pitbull enorme atigrado con unos hombros del tamaño de un tanque.

—¿De dónde has sacado estas monstruosidades caninas? —preguntó Linus, que extrajo una petaca del bolsillo de la chaqueta con la mano que tenía libre—. ¿De los cubos de basura de un callejón?

—De la protectora Amigos Peludos, de Midtown. Les prometí mencionar el nombre de la asociación, el de los perros y poner un enlace a los que están en adopción —respondió Ally, guardándose con cuidado una mano en el bolsillo.

—¿Estos bichos están en adopción? —pregunté. Parecían capaces de destruir un piso en menos de dos minutos.

—No son tan malos —aseguró ella, ingenua.

El basset hound trotaba alegremente alrededor de Linus, enredando con eficacia sus piernas en la correa, mientras este gritaba. Ahogué una carcajada. Tenía que admitirlo: puede que el perro que tenía en brazos estuviera echando a perder un abrigo de cachemira nuevecito, pero merecía la pena tan solo por el hecho de ver a Linus fuera de sí.

Ally me sonrió y me olvidé del abrigo, de Linus, del frío y de la lengua de perro.

El tío de la bufanda vino corriendo y me quitó de los brazos aquellos veinte kilos caninos.

—Me lo llevaré antes de que… —Dejó la frase a medias y se fue corriendo.

¿Antes de qué? ¿Acaso tenía pinta de ir por ahí pateando perros sin hogar? Por favor.

—Toma. Sujeta a este —me ordenó Ally, poniéndome en las manos una cosa diminuta, desaliñada y temblorosa. Al menos ella no pensaba que fuera a devorarlo.

—¿Qué coño es esto, un hámster?

Ally apretó los labios.

—En la protectora me dijeron que era un perro, pero no estoy muy convencida. Más bien parece algo que ha escupido uno de los más grandes. Se llama Juguetón y es amigo de ese pitbull tuerto de ahí que está recuperando el tiempo perdido con tus modelos.

El enorme perro atigrado les estaba haciendo ojitos —perdón, «ojito»— a las chicas.

—¿Quién es el perrito más guapo del mundo? —le dijo canturreando Kata, una modelo de Croacia.

—Se llama Pirata —me susurró Ally.

—No podemos hacer la sesión de fotos con estos mutantes. Que alguien me traiga un Xanax y una pizza —se lamentó Linus.

—Te toca aguantar el sermón —dije, empujando a Ally hacia adelante.

Me sonrió y juraría que mi propia boca la imitó.

—Dijiste que querías soluciones y aquí las tienes —alegó ella, agarrando al hombre por los hombros—. Ahora demuéstranos que puedes hacer que esto funcione. Haz que funcione, Linus, o un perro sin hogar habrá vomitado en el Cadillac Escalade de *Label* para nada. Haz que valga la pena.

La bolita rubia volvió a echarse a temblar, así que la pegué contra mi pecho y la tapé con el abrigo.

—Tu colega está ahí mismo —le dije a Juguetón señalando a Pirata, el pitbull, que se había acurrucado sobre una de las mantas de una modelo y le enseñaba la barriga. Ella estaba encantada. La bola de pelo sacudió la cola de rata alegremente.

Linus se pellizcó las cejas con los dedos.

—Esto es imposible. No funcionará. Seremos el hazmerreír del sector. —Esperé a que continuara—. A menos... —dijo Linus, levantando la cabeza.

—¿A menos que qué? —preguntó Ally.

—Voy a necesitar jerséis, chicos. Con flores. Y cinturones. Dorados y largos. ¡No os quedéis ahí plantados!

19

Ally

—Dímelo sin rodeos. ¿Estoy despedida? —le pregunté a Linus, desplomándome sobre el asiento de cuero.

Él estaba recostado a mi lado mientras un coche que no había paseado a cinco perros por toda la ciudad nos llevaba a la oficina.

—No tengo energía para despedirte —suspiró.

—Yo creo que ha ido bien —comenté—. He hablado con el equipo de contenidos online y tienen un vídeo del labrador dándole un morreo a Dominic.

Eso le arrancó una sonrisa.

—No ha sido el peor desastre de la historia de mi carrera —dijo con magnanimidad.

—Has logrado combinar la moda, el arte y el buen karma en una sola sesión. Acéptalo, Linus. Eres un genio.

La directora del refugio había ido a recoger a los perros personalmente para llevárselos de vuelta y yo había visto a la modelo croata acorralándola para pedirle una tarjeta de visita. Tenía la sensación de que Pirata y Juguetón estaban a punto de encontrar un hogar maravilloso.

—¿Un genio? Sí, ya. Simplemente tengo suerte. —Linus sacó una petaca de la chaqueta y le dio un buen trago antes de ofrecérmela.

—Gracias, pero no puedo. Tengo que dar una clase de baile.

Él agitó la botella.

—No es alcohol. Es una superfórmula vegetal. Aparento cuarenta y cinco, pero en realidad tengo ciento siete.

Me picó la curiosidad y bebí un sorbo que me hizo estremecer.

—Para presumir hay que sufrir —bromeó él.

—Y beber cosas amargas, al parecer —dije, devolviéndole la petaca.

—Hablando de amargados: parece que tú y Dominic os lleváis muy bien.

—Ah, ¿sí? —pregunté con inocencia, fingiendo no darme cuenta de que estaba lanzando la caña, a ver si picaba.

—Venga ya, asistente Ally. —Linus sonrió. Las comisuras de sus labios se curvaron, las nubes se abrieron y los ángeles cantaron mientras un rayo de sol lo iluminaba.

Yo me reí.

—¿Seguro que eso no lleva alcohol?

—Lo que te estoy diciendo es que ese hombre ha sido un cabrón deprimente desde que llegó a *Label*. Pero cuando te mira...

No pensaba morder el anzuelo.

—... parece que quiere cometer un asesinato. No congeniamos. No nos caemos bien. Pero me gusta provocarlo.

—Bueno, pues sigue provocándolo. Es agradable verlo divertirse un poco, para variar.

—Es muy serio —comenté, molesta conmigo misma por querer sacarle información.

—Le hicieron venir para arreglar un lío muy grave —dijo Linus—. Y se toma muy en serio la familia y los negocios.

—También se toma muy en serio la colocación de los peperoni.

Linus enderezó la espalda.

—¿No es un rumor?

Negué con la cabeza.

—No. Se portó como un gilipollas. Le escribí «que te den» en la pizza. Hizo que me despidieran, y Dalessandra me ofreció trabajo.

—No eres ni de lejos tan aburrida como pareces, asistente Ally.

—Es por el abrigo —bromeé, quitando un mechón de pelo de perro de aquella lana preciosa.

—Eres la única lo suficientemente valiente como para gritarle.

—No es que sea valiente. Lo que pasa es que no puede despedirme y esto es algo temporal. Cuando todo se arregle, me largaré de aquí.

Él abrió los ojos de par en par tras sus gafas de búho.

—¡Si esto es el sueño de cualquier chica!

—El mío no.

—¿Por eso los ogros guaperas como Dominic no te asustan?

—Ni las Medusas de dientes afilados como Malina.

Linus se estremeció.

—Es una de las peores personas que he conocido en mi vida. Y trabajo en el mundo de la moda.

Nos quedamos callados durante unos minutos.

—Gracias por el teléfono y el portátil, por cierto —dije. Él entornó los ojos detrás de sus gafas—. ¿No se los pediste al departamento de Informática? Como esta semana me han puesto contigo, suponía que habrías sido tú.

—No sabía que eso se podía hacer —reflexionó—. A lo mejor puedo pedir un pañuelo nuevo de Dior.

—Si no has sido tú y Zara no ha tenido nada que ver, ¿de dónde han salido?

—Puede que Dalessandra esté haciendo de Papá Noel —sugirió Linus.

—¿Suele hacerlo? Con cosas que no sean puestos de trabajo, quiero decir.

—Dalessandra hace muchas cosas que los demás ignoramos.

Eran casi las seis y la planta cuarenta y tres empezaba a vaciarse. Unos cuantos asistentes, presas del pánico, se empleaban a fondo realizando tareas de emergencia para la revista en cubículos y salas de conferencias. Algunos de los altos cargos se estaban reuniendo al lado del ascensor con vestidos largos y esmóquines. Una noche de lunes más.

Me cambié para ponerme el uniforme de baile habitual —unas mallas de cintura alta y un top corto de tirantes— y me senté en mi mesa para revisar los correos electrónicos mientras escuchaba la lista de reproducción de ese día antes de irme a clase.

El sueldo del estudio no era ninguna maravilla, pero me gustaba tanto el baile que me permitía el capricho de dar dos clases por semana, en lugar de coger trabajos por horas mejor pagados. Me encantaba moverme, sudar y sentir la música dentro de mí. Era como celebrar la vida. Las clases que impartía no daban tanta importancia a la técnica como a moverse de forma que una se sintiera fuerte y sexy.

Taylor Swift me canturreaba al oído mientras yo seguía el ritmo con los hombros y enviaba un correo electrónico.

Mi viejo teléfono cutre vibró entrecortadamente sobre el escritorio. Era un mensaje de mi vecino, el señor Mohammad: «He ido a ver a tu padre. Hemos comido gelatina y hemos visto La jueza Judy». Había añadido un gif de dos mujeres luchando entre gelatina. Me arrepentí de haber instalado el teclado de los gif en su teléfono.

Le di las gracias y le pasé mi nuevo número del trabajo, dejándole bien claro que era solo para emergencias.

Él respondió con un gif de unos pulgares animados.

—¿Haciendo horas extra? —Incluso amortiguada por Taylor Swift, reconocí aquella voz.

Dominic estaba de pie justo delante de mi cubículo, con las manos en los bolsillos. Tenía el abrigo lleno de huellas de barro de distintos tamaños. Me gustaba esa imperfección. Le daba un aspecto menos intimidatorio. Más humano.

Me quité los auriculares.

—Solo estoy poniéndome al día con el trabajo antes de marcharme para seguir trabajando.

Él se fijó en mi atuendo y sentí el calor de su mirada como si fuera un contacto físico real.

Necesitaba urgentemente salir con alguien. O, al menos, que me dieran un abrazo.

—Déjame adivinar —dijo, mientras sus ojos azules se detenían un instante en la franja de piel que llevaba al aire, entre la parte inferior del top y la cintura de los pantalones—. ¿Kickboxing?

—Casi. —El teléfono del trabajo me recordó que tenía que mover el culo y me levanté—. Clases de baile —respondí, poniéndome la sudadera y guardando los dos móviles en la mochila.

—¿La emergencia familiar se ha resuelto? —preguntó.

Lo miré, sorprendida de que hubiera vuelto a pensar en ello.

—Ah. Todavía no, pero casi. Está todo controlado.

—Me alegro. —Se quedó allí plantado y me pregunté si pretendía que me sincerara y se lo contara todo. Lo más probable era que esperara que cerrara el pico y me largara—. ¿Móvil nuevo? —preguntó.

Levanté la vista. Su expresión era inescrutable.

—¿Has tenido algo que ver con que las hadas de la informática me colmaran de regalos hoy?

—¿Tengo pinta de hacer esas cosas? —replicó.

—No. Aunque las huellas de patas te hacen parecer un poco más blando.

Bajó la vista hacia el tejido de cachemira destrozado.

—Recuérdame que haga que Linus te despida.

Sujeté un coletero entre los labios y me recogí el pelo en una pequeña cola de caballo.

—No cuela. Además, creo que le caigo bien —dije, con el coletero en la boca—. Tú también deberías probar y dejar un poquito de lado ese odio atroz.

Me puse el coletero alrededor del pelo y tiré de él.

—Yo no te odio, Ally —dijo Dominic tranquilamente, con frialdad.

No sabía muy bien cómo había sucedido, pero de repente estábamos demasiado cerca.

Nada bueno podía salir de esa extraña atracción. Y, aun así, no podía evitarla. Se suponía que era un tipo frío. Sin embargo, estando tan cerca de él, parecía de todo menos eso.

—Me alegro. Que sepas que soy irresistible, así que ya puedes ir dejando de pelear.

—No puedo permitirme encontrarte irresistible —me soltó.

No nos estábamos tocando, pero era como si el espacio que había entre nosotros estuviera cargado de electricidad. Era como un desfibrilador para mi corazón.

Me recordé a mí misma que no me caía bien. Pero, obviamente, eso no significaba que no lo deseara. Al parecer, me había convertido en una mujer capaz de quitarse la ropa encantada y lanzarse al cuello de un tío al que no soportaba solo porque estaba buenísimo.

Ese pensamiento dio paso a una desafortunada fantasía sobre cómo follar con Dominic Russo. Encima. Debajo. Inclinado sobre mí. Contra la pared. Entre las sábanas.

—¿Qué? —dijo.

Fue como si alguien hubiera arañado una pizarra.

Seguramente, mi cara era un poema.

—Nada —respondí con un hilillo de voz—. Tengo que irme.

Necesitaba dar un largo paseo bajo el frío aire nocturno para tranquilizarme y dejar de tener pensamientos muy pero que muy guarros. Sin embargo, él no se movió cuando yo lo hice y acabamos casi rozándonos. Podía sentirlo. Aunque seguía teniendo las manos dentro de los bolsillos del abrigo, el calor que desprendía su cuerpo era extraordinario.

Pensé en lo que sentiría si deslizaba las palmas de las manos sobre su pecho. Podía imaginar perfectamente la textura de su camisa almidonada luchando contra ese calor corporal que parecía desesperado por escapar.

Notaba su aliento en mi pelo. Habría apostado cualquier cosa a que él también podía oír mi corazón desbocado, porque desde luego yo sí lo hacía. Todo mi cuerpo percibía su presencia. Mi sangre caliente latía acelerada.

Dominic se inclinó hacia mí y, por una fracción de segundo, creí que aquellos labios firmes iban a aplastar los míos en un beso de esos a los que nadie sobrevive. Pero extendió un brazo más allá de mí y volvió a poner la espalda recta.

—Toma —dijo, entregándome los auriculares que me había dejado sobre el escritorio.

Cerré los dedos sobre ellos, pero los suyos no los soltaron. Nos quedamos así durante un momento. Mirando los auriculares y nuestras manos, que casi se rozaban.

Él seguía sin tocarme, pero yo me sentía como si me hubiera desnudado y me hubiera tumbado para contemplarme.

Devorarme.

Destrozarme.

¿Él también lo sentía? ¿O simplemente yo era la típica rarita incapaz de salir de su cubículo sin liarla?

Levanté la vista hacia él. Aquellos ojos azules se clavaron en los míos. Parecía frustrado. Enfadado. Hambriento.

—¿Has comido hoy? —le pregunté.

Él parpadeó, como si estuviera saliendo de un trance.

—¿Que si he hecho qué?

—Comer —repetí—. Tienes cara de hambre.

—Es mejor que te vayas, Ally —dijo, dando un paso atrás con firmeza.

Y así, sin más, se llevó su calor con él.

Cogí el abrigo que tenía en el respaldo de la silla y me envolví en él como si fuera una capa protectora antes de marcharme sin mediar palabra.

Me bajé del metro una parada antes para poder respirar aire fresco y calmar mi mente acelerada. No acababa de sentir ningún tipo de conexión con Dominic. Ni de coña. Él no era de los que conectaban con nadie. Y había dejado muy claro que no solo yo no era su tipo, sino que le costaba horrores comportarse de forma civilizada conmigo.

Estaba cansada. Distraída. Había malinterpretado por completo todas las señales. Él no se sentía irremediablemente atraído por mí. Solo estaba siendo educado. O irritante.

Me recordé a mí misma que no me había tocado. Ni siquiera cuando me había dado los auriculares.

No estaba dispuesta a caer en barrena por culpa del guaperas del instituto. Puse a todo volumen «Single Ladies», de Beyoncé, y me negué a permitirle a mi cerebro reproducir aquel instante de conexión inexistente.

El estudio se encontraba en la primera planta de un edificio bien conservado con unos originales ventanales arqueados ubicado en el distrito histórico de Cast Iron. Los cristales estaban empañados por la última clase. Los alumnos se solaparon en el pasillo. Los que se iban estaban sudorosos, relajados y sonrientes. Los que llegaban estaban tensos y helados. Deseando salir de sus mentes y entrar en sus cuerpos.

Gola y Ruth aparecieron vestidas con ropa de deporte de diseño y las acompañé a su sitio sobre el brillante suelo de madera. La clase estaba abarrotada y sentí cómo la energía iba en aumento a medida que la gente empezaba a olvidarse de los acontecimientos del día. Eso era lo que más me gustaba. La transformación de trabajador a persona. De padre a bailarín. De cargos y responsabilidades a un cuerpo dispuesto a ser utilizado.

La pequeña multitud gritó cuando bajé las luces y subí el volumen de la música.

—Muy bien, damas y caballeros. ¡En marcha!

20

Dominic

—Greta, necesito que busques paseadores de perros —dije, apoyándome en su mesa, desde donde por casualidad podía ver directamente a Ally en su nuevo puesto de trabajo.

La habían trasladado arriba de forma temporal para evitar que la cabeza de director de producción de Linus estallara durante esa semana. Y yo estaba... distraído por su presencia.

Ese día llevaba puestos unos pantalones de diseño de tiro alto de color rojo tomate y una especie de blusa negra de encaje que bien podría ser victoriana, de no haber sido porque se le veían los tirantes del sujetador. Era un outfit bastante recatado comparado con lo que se solía ver en los pasillos de *Label*, pero aun así bastaba para hacerme imaginar todo lo que había debajo. Además, llevaba unas cuantas pulseras plateadas y de color turquesa en una de las muñecas y unos pendientes de aro clásicos. Me molestaba sentir el impulso de hacer inventario de todas las prendas que llevaba puestas.

Sentía el impulso de hacer muchas cosas en lo que se refería a Ally.

Evitarla.

Ignorarla.

Inventarme razones para hablarle.

Discutir con ella.

Tocarla.

El lunes, cuando me la encontré en su mesa al salir, la tuve al alcance de la mano. Me costó mucho más de lo que debería no extender el brazo y acariciarle con un dedo el labio inferior o la franja de piel que asomaba por debajo del dobladillo de su top de tirantes.

Aquello no tenía sentido. Cuando estaba cerca de ella, me sentía fuera de control, una sensación que detestaba.

Cada vez que hablábamos, que me la cruzaba en el pasillo o que me sentaba frente a ella en una reunión, deseaba más.

Ojalá pudiera echarle la culpa a Ally. Pero en parte empezaba a preguntarme si lo llevaba en la sangre. Si mi padre había sido un hombre normal hasta que un día había estallado.

—¿Paseadores de perros? —preguntó Greta.

Era la tercera vez que me acercaba a su mesa en lugar de llamarla, enviarle un correo electrónico o simplemente gritarle a través de la puerta abierta, que era lo que solía hacer antes de que la mujer en la que no podía dejar de pensar se mudara a la planta de arriba.

Mi asistente se giró en la silla sin demasiada sutileza para ver qué era lo que estaba mirando. Luego volvió a girarse y arqueó una ceja. Sabía que no podía engañarla. Ni siquiera podía engañarme a mí mismo.

—Paseadores de perros. Cuanto antes, mejor —le dije con brusquedad.

—Me ocuparé de ello después de comer —dijo—. ¿Algo más? —añadió, inclinando descaradamente la cabeza cubierta de cabello rubio hacia donde estaba Ally.

Greta llevaba años ocupándose de mi agenda. Sabía con qué tipo de mujeres solía salir. Me había criado entre modelos, fotógrafas y diseñadoras. Era natural que… intimara más con personas así. Sin embargo, desde que había aceptado ese trabajo, me había tomado un año sabático en cuestión de relaciones.

Nada de citas.

Nada de sexo.

Necesitaba demostrarme a mí mismo que no era como él. Y, sin embargo, allí estaba, deseando a una mujer que ni siquiera me caía bien. A lo mejor no me estaba pillando por Ally. A lo mejor solo se trataba de la necesidad biológica de follar.

Ese pensamiento me levantó el ánimo. Llevaba un año sin hacerlo. Un año sin sentir a una mujer debajo de mí. Un año sin acariciar una piel suave y bonita. Era una puta eternidad.

No es que yo fuera ningún monje: simplemente estaba decidido a no cometer los mismos pecados que mi padre.

—Solo lo de los paseadores —respondí, esforzándome por ignorar la forma en la que Ally movía los hombros de un lado a otro, bailando al ritmo de la música de sus auriculares. Me pregunté qué estaría sonando en sus oídos en ese momento—. Gracias.

Volví a refugiarme en mi despacho. No me había molestado en redecorarlo al asumir el cargo. No me había parecido una prioridad. Me había limitado a ir un domingo y a coger todas las fotos enmarcadas, todos los recuerdos y todos los galardones resplandecientes y tirarlos a la basura. A la mañana siguiente me habían enviado una mesa y una silla nuevos, unos muebles que mi padre no había tocado.

No había sido tanto un nuevo comienzo como una toma de poder hostil.

Me senté detrás de la mesa y saqué la maqueta de las páginas que se suponía que tenía que aprobar. Pero Ally volvió a venirme a la mente.

Desde aquel momento de debilidad tremendamente estúpido que había tenido con ella el lunes por la noche, cuando su piel desnuda me había cautivado de tal forma que había estado a punto de tocarla, no era capaz de pensar en otra cosa. Podía imaginármela moviéndose a un ritmo frenético con aquellas mallas. Con el sudor brillando sobre su vientre desnudo.

Ya se me había vuelto a poner dura.

De puta madre.

Me revolví en el asiento, negándome a ceder esa vez.

El día anterior me la había encontrado en la escalera. Le había pedido educadamente que se quitara de en medio. Ella se había ofrecido —menos educadamente— a ayudarme a bajar los peldaños de cabeza. Entretanto, yo solo podía pensar en inclinarla sobre la barandilla y levantarle hasta la cintura aquella falda que llevaba. Había vuelto a mi despacho, me había encerrado en el baño y me había masturbado pensando en ella.

En pleno día. En mi propio despacho.

Me había corrido con tal intensidad que me habían fallado las rodillas. Al acabar, no había sido capaz de mirarme al espejo. Temía que no fuera mi reflejo lo que viera en él.

Hoy iba a mantener las putas manos lejos de la puta polla y la puta mente alejada de la puta Ally. Fin de la historia.

Hice acopio de fuerza de voluntad y me concentré en las páginas que tenía sobre la mesa. Mi terquedad se impuso y no salí de mi ensimismamiento hasta pasados treinta minutos, cuando llamaron a la puerta.

Harry Vandenberg, agente de inversiones, un tío elegante, padre de dos hijos y que ostentaba el título de mi mejor amigo, estaba zanganeando en mi puerta. Era alto y larguirucho. Yo le sacaba varios centímetros y unos cuantos kilos, pero él tenía una sonrisa que embobaba a las mujeres. Era encantador. Yo era... menos efusivo.

—Estás vivo —bromeó Harry, entrando en mi despacho. Sacó el móvil y me hizo una foto.

—¿Qué haces? —pregunté, levantándome para saludarlo.

Nos estrechamos la mano y luego nos abrazamos.

—Es una prueba de vida para el resto de los chicos —respondió Harry, mientras enviaba un mensaje de texto. Me sonó el móvil y me di cuenta de que era un mensaje de grupo.

—No ha pasado tanto tiempo —repliqué, apoyándome en la mesa.

Él se sentó en la silla que estaba frente a mí.

—Hace un mes que no te veo. La última vez que saliste con nosotros todavía estaba puesto el aire acondicionado.

Hacía trece meses que había dejado un trabajo que me encantaba en Dorrance Capital, desconcertando a mis compañeros de banca de inversión con la decisión.

—He estado ocupado —dije.

—Siempre estás ocupado. Qué coño, yo también estoy ocupado siempre, pero eso no es excusa. Vamos a comer.

Lo de la comida era una buena idea. Salir de esa oficina era una buena idea.

Cogí el teléfono, al que ahora no paraban de llegar mensajes. Imaginé las gilipolleces que estarían diciendo mis antiguos compañeros de trabajo.

—¡No es justo, Príncipe Azul! —gritó Ally, irrumpiendo en mi despacho con un portatrajes de plástico transparente en alto.

Estuve a punto de esbozar una sonrisa. A punto.

—¿Qué problema tienes ahora, Maléfica?

Sabía perfectamente cuál era su problema. En esa bolsa había cuatro chalecos nuevecitos que había encargado exclusivamente con intención de torturarla.

Que me demandara. Ya que su mera presencia me torturaba a mí, lo mínimo que podía hacer era asegurarme de que ella también sufriera.

Se volvió hacia Harry.

—Perdón. ¿Es una reunión importante? ¿Prefieres que vuelva más tarde para gritarle a este capullo? —le preguntó.

Harry sonrió.

—Hace mucho tiempo que soy amigo de este capullo. Puedes insultarlo todo lo que quieras delante de mí.

—¡Genial! Gracias —replicó Ally, tirando la bolsa sobre mi mesa—. Te diré cuál es mi problema. Se llama Dominic Russo y es un grano en el culo.

—Soy Harry, por cierto —dijo el idiota de mi amigo. Estaba disfrutando demasiado para mi gusto.

—Déjate de presentaciones. La señorita Morales no estará mucho más con nosotros. Es solo cuestión de tiempo que mi madre entre en razón y la despida, ya que parece incapaz de comportarse de forma profesional.

Ally me fulminó con la mirada. Me crucé de brazos y puse cara de aburrimiento.

—¿Has terminado? —pregunté.

Apuntó con un dedo hacia la bolsa y luego hacia mí.

—Espero que sepas lo que estás haciendo, porque esto supone la guerra.

—No empieces algo que no puedas ganar —le advertí tranquilamente.

Sí, era un gilipollas. No quería tenerla cerca, pero era incapaz de dejarla en paz, y tendría que aceptarlo. Había merecido la pena pagar cinco cifras por esos chalecos, simplemente para verla cabreada. Además, me gustaban.

—No tengo ninguna intención de perder, Príncipe Azul. —Ally dio media vuelta y me entraron ganas de pegarme un puñetazo en la cara por fijarme automáticamente en cómo le marcaban el culo esos putos pantalones de color rojo tomate—. Harry, encantada de conocerte. Soy Ally —añadió.

—Un placer, Ally —dijo él, derrochando encanto.

Se levantó y le tendió la mano. Yo apreté los dientes.

Él podía tocarla y no significaba nada. Yo, en cambio, dudaba que pudiera sobrevivir siquiera al contacto más básico. Ally solo estaría a salvo, al igual que mi alma, mientras yo no le pusiera un dedo encima.

—Lárgate, Maléfica.

Ella volvió a centrarse en mí y detesté el alivio que sentí.

—Recuerda que has empezado tú, Dom —me advirtió antes de marcharse.

Harry y yo nos quedamos mirándola mientras se iba.

—¿Quién es esa chica? —preguntó mi colega.

—Nadie. Vamos.

—¿Por qué no estás persiguiendo a esa mujer con un anillo de diamantes? —quiso saber Harry en cuanto el camarero se alejó de nuestra mesa.

—¿A qué mujer? —pregunté, fingiendo que no sabía perfectamente de quién estaba hablando.

—A Maléfica, Príncipe Azul. Tenías pinta de estar a punto de cargarte un par de empastes de tanto apretar los dientes.

—No es mi tipo. ¿Cómo va el informe sobre el mercado de deuda?

—Ah, no —dijo él, negando con la cabeza e ignorando mi salida por la tangente—. De eso nada. Nada de cambiar de tema. ¿Qué hay entre Ally y tú?

—Nada en absoluto —le aseguré, desenrollando la servilleta para sacar los cubiertos, por hacer algo.

Harry se quedó en silencio y levanté la vista. Estaba olfateando el aire.

—¿Hueles eso? —preguntó.

Sabía perfectamente a dónde quería llegar.

—No.

—Pues yo sí. Por aquí apesta. Espera, ya verás —dijo, echando el aire hacia mí con las manos—. Huele a mentira podrida.

—Que no tenemos nada. Solo es una asistente del trabajo. Mi madre la contrató.

—Dalessandra Russo, icono de la moda y redactora jefa, no va por ahí contratando asistentes —señaló él.

—Cuando yo hago que las despidan de las pizzerías del Village, sí.

Harry me abucheó, pasándoselo en grande.

—Esto se pone interesante.

—Ni interesante ni leches. No hay nada entre ella y yo. Nada de nada.

—Tío, la última vez que vi saltar chispas de esa manera fue cuando mi suegro intentó calentar las sobras envueltas en papel de aluminio en el microondas. O estás en una fase profunda de negación o intentas mentirme descaradamente.

—No hay nada entre nosotros. Ni lo hay, ni lo habrá. Solo nos fastidiamos mutuamente —expliqué.

—¿Cuándo fue la última vez que una mujer te fastidió? —me preguntó él.

El camarero volvió con las bebidas y yo cogí la mía con desesperación.

La respuesta era «nunca» y Harry lo sabía.

—El principal requisito para que me interese una mujer es que no me saque de quicio.

—Hay una línea muy fina entre la irritación y las ganas de desnudar a alguien —señaló—. Cuando yo conocí a Delaney, no sabía si cargármela o arrancarle las bragas.

Delaney era la mujer de Harry. Era una abogada famosa por sus contrainterrogatorios agresivos. Se habían conocido en un bar y se habían pasado toda la noche discutiendo sobre vino y fútbol. Diez años y dos hijos después, seguían considerando que una buena discusión era el mejor juego preliminar.

—No todos estamos tan tarados como vosotros —le solté.

Él me ignoró.

—Estoy deseando contarle a Delaney que Dominic Russo por fin ha conocido a alguien que le saca de quicio.

—Tú me sacas de quicio.

—Sí, pero yo ya estoy pillado. ¿Y ella?

—¿Quién?

—No me vaciles, Russo.

—Está soltera —reconocí.

—Qué casualidad. Como tú.

—No va a pasar nada. Además de ser desquiciante, de su falta de profesionalidad y de que me cabrea cada vez que la veo, no salgo con empleadas.

—Pues quizá deberías plantearte cambiar de política. Porque es obvio que está interesada en ti.

¿Lo estaba? ¿O estaba interesada en lo que Dominic Russo representaba?

No sería la primera vez que a una mujer le atraían más mi apellido y los contactos de mi familia. Al fin y al cabo, había conseguido trabajo nada más conocerme.

—No me hagas volver a enviarte el selfi de la peineta —dije.

21

Ally

Los turnos de los miércoles no eran los ideales para hacer caja en el bar, pero eran mejor que nada. Además, había conseguido acabar un proyecto de diseño para un cliente —una serie de gráficos para Facebook, para el lanzamiento de un producto— entre el trabajo en *Label* y los turnos en Rooster's. La factura estaba enviada y el tarro de propinas medio lleno. En teoría, dentro de una semana me pagarían la primera nómina de *Label*. Esa misma mañana le habían dado el alta a mi padre y había vuelto a la residencia.

Las cosas iban por buen camino.

—Buenas noches, chicos —dije, despidiéndome de dos clientes que llevaban dos horas calentando los taburetes, discutiendo sobre literatura del siglo diecisiete y tonteando conmigo.

Me habían dejado un treinta por ciento de propina que había hecho que mi corazón de mercenaria tamborileara alegremente.

Ese tamborileo se convirtió en un agresivo solo de timbales cuando Dominic Russo se sentó en una de las banquetas libres.

Nos miramos fijamente mientras se quitaba el abrigo. Iba vestido de forma más informal que en la oficina, con unos vaqueros y un jersey gris ajustado que hacía que sus ojos azules parecieran más plateados. Llevaba las mangas subidas, dejando al descubierto los tatuajes que tenía en los antebrazos.

«Ñam».

¿Qué tenía este hombre que me hacía sentir... lo que fuera esto?

Sin mediar palabra, puse una servilleta en la barra, delante de él. El bar seguía lleno de ruido y de gente, pero todo ello se convirtió en una especie de fondo borroso mientras nos mirábamos fijamente.

¿A qué venía esto? ¿Qué pintaba aquí? ¿Por qué deseaba saltar por encima de la barra y sentarme en su regazo? Además de por las causas obvias, claro.

—¿Qué desea, jefe? —le pregunté, optando por un tono informal, casi indiferente. Pero, al escucharlas, mis propias palabras me sonaron a proposición. «¿Una cerveza? ¿Un bourbon? ¿A mí?».

Señaló una cerveza artesanal de barril y apoyó los antebrazos en la barra. Se la serví y se la puse delante.

—¡Oye, Al, ponnos una ronda de chupitos para una despedida de soltera! —gritó una de las camareras desde el fondo de la barra. Yo era lo suficientemente mayor como para ser su jovencísima tía.

Aliviada, les di la espalda a aquellos ojos que me estaban perforando y arranqué el tique de la impresora. Me puse a trabajar, fingiendo que cada fibra de mi ser no estaba concentrada en el hombre que tenía detrás.

Preparé seis Orgasmos Escandalosos, serví cuatro cervezas más y mezclé dos martinis antes de volver con Dominic.

—¿Tienes hambre? —le pregunté.

—¿Puedes tomarte un descanso? —me dijo él, empujando el vaso vacío hacia mí. Su mirada se entretuvo en las pulseras de cuentas de mi muñeca.

—Tengo quince minutos —respondí, preguntándome qué podría querer con tanta urgencia como para presentarse allí y sentarse en mi barra.

—¿Te apetece picar algo conmigo? —me preguntó.

Me puse nerviosa. Estaba siendo amable y educado. Me fiaba mucho más de su versión gruñona y malhumorada que de la civilizada.

—Vale —dije.

Tuve la sensación de que se sentía aliviado.

—¿Otra? —le pregunté, cogiendo el vaso.

—Sí.

Veinte minutos después, estaba sentada frente a mi jefe en una mesa alta demasiado íntima, escondida en un rincón muy oscuro.

Nuestras diferencias eran imposibles de ignorar. Él llevaba trapitos de diseño. Yo iba vestida como una vaquera barata. Él había pedido un filete y yo estaba cenando una hamburguesa con descuento de empleada.

—¿Qué pasa? No habrás venido a hacer que me despidan, ¿no? —Corté la hamburguesa por la mitad para guardar una parte para la comida del día siguiente.

Él no sonrió. Si acaso, se puso aún más serio.

—¿Cuántos trabajos necesitas? —me preguntó.

—Todos los que pueda.

—¿Tiene algo que ver con tu emergencia familiar?

Preferí darle un bocado a la hamburguesa en lugar de contestarle. Dominic cogió aire por la nariz y volvió a fulminarme con la mirada. Por lo menos eso ya me parecía un comportamiento más normal.

—Harry cree que hay algo entre nosotros —dijo lentamente, mirando el filete que tenía delante, en vez de a mí.

—¿Además de una rabia asesina? —le pregunté.

Entonces me miró.

—Cree que nos sentimos atraídos el uno por el otro. —Yo no dije nada. Era una cuestión de supervivencia. No pensaba admitir ni de coña lo que me provocaba ese hombre—. No sé cómo hablar de esto sin ponerte en una situación incómoda —declaró.

¿Desde cuándo a Dominic Russo le importaba hacerme sentir incómoda?

—Vale. Ahora sí que estás empezando a preocuparme —dije—. ¿Por qué no eres sincero? Escúpelo. Arráncate la tirita. Somos adultos y no estamos en el trabajo.

—Vale. —Cogió aire y me miró fijamente a los ojos—. ¿Te sientes atraída por mí?

Me reí. Él frunció el ceño con fuerza.

—¿Qué? Esa pregunta es ridícula.

—Pues dame una respuesta ridícula —gruñó él.

Puse los ojos en blanco.

—Sí, Dom. Me atraes físicamente. Como a la mayoría de las mujeres, supongo, y también a muchos hombres.

Levantó la mano de una forma autoritaria y desagradable.

—No seas frívola.

—¿Cuál es el problema? —le pregunté.

—Que soy tu jefe.

—En realidad, tengo como unos cien jefes —dije, corrigiéndolo.

—Da igual. Hay una política…

—Sé que hay una política. ¿Me estás acusando de saltármela?

—¿Qué? No. —Cerró los ojos un instante y los volvió a abrir—. Lo que estoy tratando de decir es que no estoy dispuesto a infringir esa política.

—Un momento. Dom, ¿me estás diciendo que tú te sientes atraído por mí? —le pregunté con incredulidad.

Él me miró, enfadado.

—No tienes un pelo de tonta, Ally.

—Al parecer, sí. ¿Te sientes atraído por mí? —Lo miré fijamente y, por primera vez, vi una tormenta en aquellos ojos azules. Se estaba librando algún tipo de batalla interna—. Dom…

Apretó los dientes un par de veces, antes de responder.

—Me siento atraído por ti, Ally. Mucho —dijo, con voz grave y áspera.

«Ay, madre». Las hormonas entraron en mi torrente sanguíneo a tal velocidad que me dio un vahído.

—Ah. —Esa fue la única palabra que logré articular mientras un tsunami de confusión y lujuria incandescente me arrollaba.

—¿«Ah»? —repitió él, con cara de fastidio.

—Dame un minuto —le pedí—. Lo estoy procesando. Creía que me odiabas.

—Ya te lo he dicho antes. Yo no te odio —dijo con desdén—. Lo que odio es que me gustes.

Y así, sin más, las hormonas se transformaron en una rabia candente.

—¿Me has seguido hasta mi tercer trabajo para decirme que odias que te guste? —pregunté lentamente, asegurándome de repetir lo que él acababa de decir con la cantidad adecuada de «eres un hijo de puta» en la voz.

—Lo que quiero decir es que no va a pasar nada entre nosotros.

—Tienes toda la razón, no va a pasar nada, capullo imbécil y creído. ¿Crees que estoy tan desesperada como para aceptar que me echen un polvo rápido por pura rabia? ¿Que tengo la autoestima tan baja como para lanzarme a los brazos de alguien que no me merece? —Me estaba debatiendo entre aplastarle la hamburguesa en la cara o clavarle un tenedor en la mano.

—Ally, me has entendido mal —dijo Dominic con frialdad.

—¿Te he entendido mal o te has expresado mal?

Parecía incómodo. Tremendamente incómodo.

—Solo quiero dejar claro que no pienso liarme contigo.

La arrogancia de ese tío casi resultaba cómica. Definitivamente, me decantaba por el tenedor.

—En primer lugar, jefe, soy yo la que decido con quién me lío. No tú. Y, sinceramente, ahora mismo preferiría acostarme con cualquier ser humano de este bar antes que contigo. Estás el último en la lista. Ese es tu puesto. Que te encontrara físicamente atractivo no significa que quisiera acostarme contigo.

Hice hincapié en el verbo en pasado para dejar claro mi punto de vista, ignorando el hecho de que eso era exactamente lo que significaba hasta hacía cuarenta y cinco segundos, cuando decidió abrir esa bocaza de gilipollas.

—Cómete la cena, Ally —dijo.

Le lancé una mirada que debió de convertirle las pelotas en pasas.

—Escúchame bien. No pienso permitirte que te presentes aquí para comportarte como un capullo en mis narices cuando estoy trabajando para otra persona. Puedes hacerlo cuarenta y pico horas a la semana en la oficina, pero aquí no.

Empecé a arrastrar la silla hacia atrás, pero él me agarró por la muñeca. Su mano parecía un grillete. Un grillete cálido, duro e irrompible.

Y detestaba que me gustara.

Me quedé mirando aquellos dedos que me rodeaban y me sentí como si hubiera entrado en otra dimensión en la que el contacto físico casual con un hombre que acababa de ofenderme profundamente podía dejarme sin habla.

—Ally —repitió. Su voz sonó áspera.

Era humillante constatar que, aunque aquel hombre me insultara a la cara, mi cuerpo seguía deseando verlo desnudo. ¿Acaso había perdido también la autoestima, junto con los ahorros de toda una vida?

—Me he explicado mal —dijo.

—No creo que haya una forma de explicarle bien a una persona que te atrae, pero que la mera idea de acostarte con ella te da náuseas —le espeté—. ¿Eres la reencarnación del señor Darcy?

Me apretó con más fuerza.

—Lo que pretendía decirte antes de cagarla es lo siguiente: quiero que sepas que, a pesar de que me pareces interesante, inteligente, exasperante y muy muy atractiva, no pienso buscar ningún tipo de relación contigo. Quiero que te sientas segura en el trabajo. No quiero que pienses que voy a arrastrarte a una sala de fotocopiadoras para follarte contra los muebles de oficina. No quiero que tus compañeros de trabajo cuchicheen a tus espaldas porque tuviste la mala suerte de llamar mi atención. No quiero que destrocen tu reputación solo porque quiera verte desnuda. Y, sí, pienso en ello a menudo. Y no, no debería estar diciéndotelo.

Lo soltó todo sin disminuir la presión de sus dedos, como si el contacto físico y las palabras se fundieran en un solo mensaje. «Deseo».

¿Follarme contra los muebles de oficina? Decidí archivar aquella idea en la carpeta: «Obsesionarse con eso más tarde».

Nos quedamos callados durante un largo instante. Él seguía agarrándome la mano. Yo seguía mirándolo como si acabara de contarme que tenía cuatro testículos y que su sueño era criar burros en miniatura.

—Quería aclarar las cosas —dijo Dominic una vez más—. Si Harry ha notado algo raro entre nosotros, los demás también lo harán. Y en *Label* no nos interesa ese ambiente. Ya no.

—Mi cerebro no era capaz de asimilar su discurso. Allí había algo auténtico, había vulnerabilidad, y necesitaba varios días seguidos para procesarlo todo—. Di algo —me exigió bruscamente.

—Bueno, lo primero que se me ocurre es que estoy estupenda desnuda —le solté.

Cuando el pobre apoyó la cabeza sobre la mesa, estuve a punto de echarme a reír.

—Mierda. Lo sabía —dijo, afligido.

—¿Dominic Russo acaba de soltar una broma?

—Puede. No lo sé. Estar cerca de ti es como un combate de boxeo interminable en el que no paro de recibir golpes en las pelotas.

Entonces sí que me reí.

—Esto se te da muy pero que muy mal, por cierto.

—Lo siento —dijo con frialdad, mientras levantaba la cabeza—. Nunca había tenido una conversación así.

Giré la mano y le rodeé yo a él la muñeca con los dedos.

—Creo que lo estás haciendo más difícil de lo que debería ser.

—Si alguien está complicando demasiado las cosas, eres tú —replicó él, malhumorado.

—Deja de lloriquear. Que nos sintamos atraídos mutuamente no significa que debamos hacer nada al respecto. Somos adultos, no adolescentes salidos a los que les dan igual las consecuencias. Yo no soy tu tipo y tú no eres el mío, aunque en otras circunstancias no me importaría ampliar horizontes. —Gruñó y sonreí—. Ninguno de los dos queremos agitar las aguas en el trabajo. Me gusta lo que hago. Y yo no me tiro a tíos a los que no les caigo bien. No pienso entrar en tu despacho, cerrar la puerta e insinuar que no llevo ropa interior.

—Joder —murmuró Dominic, pasándose la mano libre por la cara.

Parecía atormentado. Eso me gustaba.

—En toda mi vida adulta, las ganas nunca se han apoderado

tanto de mí como para impedir que me controlara. Y seguro que a ti te pasa lo mismo —adiviné.

—No sobreestimes mi autocontrol ni subestimes tu atractivo, Ally.

Y así, sin más, volví a la ciudad de Métemela Hasta el Fondo.

—Caray, Dom.

—Lo estoy diciendo en serio —aseguró—. No quiero cargarte con ninguna responsabilidad, pero estoy obsesionado contigo y dedico demasiado tiempo a pensar en... cosas que no pienso verbalizar.

Me moría por saber qué tipo de cosas eran esas.

Cogí aire y lo solté lentamente.

—Ambos pensamos igual. —Él entrecerró los ojos y me lo imaginé abriéndome la camisa de un tirón y subiéndome la falda hasta la cintura. Por un momento, tuve la sensación de que a él se le había cruzado la misma idea. La temperatura del aire que nos rodeaba aumentó hasta volverse abrasadora—. Me refiero a que ninguno de los dos está dispuesto a tener un rollo en el trabajo —añadí, aclarándome la garganta—. Por lo tanto, no lo tendremos. Así de sencillo.

—¿Y si sigo llevando chalecos?

Me acerqué a él y vi que miraba fijamente el primer botón cerrado de mi camisa.

—Aprenderé a controlarme. Aunque como no dejes de llevarlos, yo dejaré de llevar ropa interior.

Dominic apretó los dientes y tragó saliva.

—Déjate de tonterías y cómete la cena —dijo bruscamente, soltándose de mi mano.

Cogí la media hamburguesa, que ya estaba fría. No por ser obediente, sino porque, después de las propinas, la comida era lo mejor de ese trabajo.

—¿Cómo vuelves a casa desde aquí? —me preguntó.

—En metro —respondí, dando un bocado.

Sacó la cartera.

—Prefiero que cojas un taxi.

—No.

—¿No? —repitió, como si no pudiera creer que fuera así de tonta e impertinente.

Puse los ojos en blanco.

—No soy nada tuyo, Dom. No hace falta que te preocupes por mí, ni que juegues a ser mi protector. Eres mi jefe y yo soy tu empleada. A menos que pienses dar a todos los asistentes de la empresa crédito para servicios de taxi o Uber, la respuesta es no. Nada de trato especial. Nada de sexo de extranjis. Nada de intentos de seducción. Nada de tonteos. Tema zanjado.

Dominic me clavó la mirada durante un buen rato, con unos ojos tremendamente tristes.

Era justo lo que él quería. Entonces, ¿por qué parecía tan hecho polvo?

22

Ally

A primera hora de la mañana, me colé por la puerta lateral de la residencia Goodwin Childers aprovechando que salía otra familia. Estaba tensando demasiado la cuerda con el departamento de Facturación y no me apetecía tener otra conversación con Deena La Recepcionista, sobre la importancia de la puntualidad en los pagos.

Aquella residencia tenía el mejor módulo de demencia en un radio de ochenta kilómetros, y mi padre se merecía lo mejor. Aunque no pudiera permitírmelo.

Evitando el pasillo que conducía a recepción, me escabullí por la alegre zona de los apartamentos tutelados para llegar a las puertas de seguridad del Módulo de Memoria. Braden, uno de mis enfermeros favoritos del pabellón, me saludó a través del cristal, invitándome a pasar.

—¡Ally! Me alegro de volver a verte —dijo—. Os echábamos de menos por aquí a ti y a tu padre.

—Yo también me alegro de estar de vuelta —respondí—. ¿Cómo se encuentra?

—Hoy tiene un día muy bueno —declaró con una sonrisa.

—¿En serio?

—Tanto que ni siquiera está en la habitación. Ha ido al salón.

—¿Me tomas el pelo?

Braden levantó un dedo en el aire. Agucé el oído. Las tenues notas de «Home Cookin», de Hilton Ruiz, llegaron hasta mí, tirando de las cuerdas de mi corazón mientras un centenar de recuerdos me inundaban.

Él sonrió.

—Venga, voy contigo.

Acompañé a Braden, que era como un armario empotrado, a lo largo de una cristalera que daba a un patio interior de césped y hormigón. La fuente estaba vacía y, aunque el colorido del verano y el otoño había desaparecido, los árboles de hoja perenne estaban adornados con lucecitas navideñas de colores durante todo el invierno, lo que daba a los residentes algo de lo que disfrutar.

El piano fue subiendo de volumen a medida que nos acercábamos a unas puertas dobles abiertas que daban a un puesto de enfermeras.

Y allí, mirando hacia una pared acristalada, con la silla de ruedas aparcada cerca, se encontraba mi padre al piano.

—¡Ally, mi niña!

Su alegre exclamación al verme entrar en el salón derritió los últimos rastros de frío. Una ola de amor inmediata e intensísima me inundó.

—¡Papá! —Me acerqué a él y lo abracé con fuerza, encantada de que me devolviera el abrazo meciéndose de un lado a otro de aquella forma tan característica que una vez me había resultado tan familiar.

—Siéntate —dijo, dando una palmadita en el banco, a su lado—. Cuéntamelo todo.

Se había abierto una pequeña ventana temporal y tenía que aprovecharla al máximo. Como no quería perderme ni un segundo, le envié un mensaje a Zara: «Voy a llegar tarde. Emergencia familiar. Prometo recuperarlo».

Trabajaría todos los días hasta medianoche si eso me permitía disfrutar de mi padre siendo él mismo.

—Vamos a hacernos un selfi antes de que me tenga que ir a trabajar —le pedí. Me hacía uno con él todos los días buenos, ahora que sabía lo preciosos que eran realmente esos momentos.

Me pasó obedientemente el brazo por los hombros y apreté el botón mientras posábamos para la cámara. Me dio un beso en la cabeza antes de apartarse.

—¿Dónde me habías dicho que trabajabas? —preguntó, frunciendo el ceño al tropezarse con la laguna de su memoria.

Me aclaré la garganta.

—Es un trabajo nuevo. En una revista de moda.

—Caray, qué maravilla. ¿Te gusta? —Mi padre era de los que opinaban que tenías que hacer lo que más te gustara durante la mayor cantidad de tiempo posible. Y el trabajo no era ninguna excepción.

Me lo pensé un momento y luego asentí.

—Pues sí. Es divertido, dinámico y la gente es... interesante.

—¿Hay alguna Miranda Priestly? —preguntó, dándome un golpecito en el hombro.

—¿Cuándo has visto tú *El diablo viste de Prada*? —dije, riéndome.

—He leído el libro.

—Qué listillo —dije con cariño—. La Miranda de mi trabajo se llama en realidad Dalessandra y es encantadora. No como su hijo.

—Cuéntamelo todo —me pidió, improvisando una melodía de Sammy Davis Jr.

—¿Sobre qué?

—Sobre ese hijo suyo. ¿Es malvado? —me preguntó, tocando una melodía dramática con el piano.

Me reí y pensé en Dominic.

—¿Malvado? No. Más bien, un grano en el culo.

—A veces los granos en el culo hacen la vida más interesante. ¿Te acuerdas de esta? —dijo, acariciando las teclas con los dedos para tocar otra de sus canciones favoritas.

Sonreí y apoyé los dedos en mi lado del teclado. Lo recordaba todo. Y ahora lo atesoraba.

Me quedé una hora más antes de dejar delante del piano a mi padre, que se había ofrecido a enseñarle a otro residente una cancioncilla en clave de jazz. Siempre me costaba saber cuándo marcharme. Si me iba mientras él seguía presente, estaba desperdiciando un tiempo valioso a su lado. Pero si me quedaba demasiado y su ánimo decaía, la subsiguiente desaparición de mi padre era devastadora.

Estaba tan absorta que no me di cuenta del peligro hasta que lo tuve prácticamente encima, con un jersey de chenilla rosa.

—Señorita Morales, espero que haya venido a pagar las cuotas atrasadas.

«Mierda».

Deena La Recepcionista, heraldo de los retrasos en los pagos, estaba agazapada justo en la puerta del Módulo de Memoria. Tenía unos labios finos y planos que siempre pintaba de rosa fucsia. Su pelo rojo hacía que me recordara a Ronald McDonald… si Ronald hubiera tenido debilidad por las joyas. Ese día llevaba cuatro anillos de diamantes, un colgante con varias piedras de nacimiento que sugerían que, sorprendentemente, esa mujer tenía familia, y unos pendientes de diamantes de un tamaño considerable pegados a los lóbulos de sus largas orejas.

Me daba pavor.

—Ehhh… —Ni siquiera había articulado una palabra como tal y ya me estaba poniendo roja como un tomate.

—Cinco mil trescientos veintisiete con noventa y cuatro —dijo, pronunciando una cantidad que yo también me sabía de memoria. Exactamente la que se interponía entre mi padre y otro mes en ese centro.

—Ya lo sé. Creo que vence el próximo sábado. —También había memorizado ese dato, que figuraba en el aviso de desahucio en treinta días que tan amablemente me había enviado. Era el día siguiente a mi primer sueldo en la revista. Y necesitaba hasta el último céntimo de ese salario para hacer frente al pago.

Deena apretó los labios todavía más, haciendo desaparecer por completo el rosa fucsia, y entornó los ojos tras las gafas de montura morada.

—No me gustaría nada tener que decirles a los cuidadores que empezaran a empaquetar las cosas de su padre. —Su tono sugería lo contrario.

—No será necesario —aseguré.

Entonces me sonó el teléfono. Era hora de volver a la oficina a ganarme el sueldo.

23

Ally

Esa tarde, mientras Linus estaba fuera haciendo lo que fuera que solía hacer, me convocaron para una reunión con el equipo gráfico. Llegué pronto y me sorprendió encontrar café, té y magdalenas perfectamente dispuestos en la modernísima mesa de conferencias de cristal.

Estaba cogiendo una magdalena de chocolate cuando la puerta se abrió detrás de mí y Dominic entró en la sala.

—Hola —dije, soltando la magdalena con sentimiento de culpa.

Después de las confesiones durante mi turno en el bar, no estaba muy segura de cuál era nuestra situación.

—He oído que hoy has llegado tarde —comentó él, metiéndose las manos en los bolsillos—. Por otra emergencia.

—Esa era de las buenas. Algo que no quería perderme. —Me miró en silencio y me di cuenta de lo mal que debía de haber sonado aquello. Empezó a golpear la pernera del pantalón con el pulgar en un tamborileo minúsculo—. Me tomo mi trabajo muy en serio, Dom. No pienses que he faltado por cualquier chorrada.

—Debe de haber estado muy bien para renunciar a dos horas de sueldo.

Me puse tensa y levanté los hombros hasta las orejas.

—¿Por qué no me dices cuál es tu problema en lugar de irte por las ramas, Príncipe Azul?

—Quiero saber qué está pasando.

—No es asunto tuyo. No somos amigos. Ni novios. Trabajo para ti. Nuestra relación es meramente profesional. Lo decidimos juntos, ¿recuerdas?

—Has faltado al trabajo. Estaba preocupado.

—¿Por qué? Mucha gente falta al trabajo. Voy a recuperar las horas.

—¿Qué quieres que te diga, Ally? ¿Que me importa?

Sacudí la cabeza con vehemencia. Definitivamente, no quería que dijera eso. Y mucho menos que lo dijera en serio.

—Hoy no estoy de humor para jueguecitos. Y mucho menos contigo.

—Entonces dime qué está pasando.

—¿Por qué te importa tanto? No soy ningún misterio que tengas que resolver. Soy una persona reservada a la que ahora mismo le están pasando un montón de movidas que a ti no te afectan.

—Me afectan si te impiden venir a trabajar. —Su frustración chisporroteaba como si estuviera agarrando un cable eléctrico.

—Esta conversación es absurda.

—Tú sí que eres absurda —replicó él.

—No pienso compartir mi vida privada contigo. No te lo tomes como algo personal. Me resulta más fácil gestionar lo que me está pasando que hablar de ello. Además, recuerda la conversación de anoche: no queremos tener ningún tipo de relación fuera del trabajo.

—Ahora mismo estamos trabajando —señaló Dominic con obstinación, cruzándose de brazos.

—Malina ha faltado medio día esta semana. ¿Has hablado con ella para averiguar por qué?

—Pues claro que no.

—¿Por qué?

—Porque ella no me importa —replicó Dominic.

Tras esa declaración, ambos nos quedamos un momento en silencio.

—Dom… —empecé a decir.

—Déjalo. Olvídalo. No he querido decir eso.

—Qué bien. El señor Darcy ha vuelto —comenté con frialdad.

—¿Qué significa eso?

—Pfff. Otra razón por la que nunca dejaría que me desnudaras. No has leído ni visto *Orgullo y prejuicio*.

Dominic se sentó en una silla al otro lado de la mesa, frente a mí. Incluso con todo ese cristal y el montón de magdalenas que nos separaban, podía sentir su frustración.

—Es increíble hasta qué punto eres capaz de fastidiarme. ¿Qué tiene que ver *Orgullo y prejuicio* con que no exploremos esto, sea lo que sea?

Me senté frente a él.

—El señor Darcy le declara su amor a Elizabeth con un discurso insultante sobre lo mucho que le gusta, a pesar de ser tremendamente inadecuada, pobre y ridícula.

—Yo no te estoy declarando mi amor —me espetó.

—¿No te advertí que era irresistible? —bromeé. Parecía tan enfadado que me preocupaba que fuera a arrancarle los brazos a la silla. Me compadecí de él—. Mira, Dom. Dado que no pretendemos tener ningún tipo de relación fuera de este edificio, ni desnudos ni vestidos, creo que será mejor que sepamos lo mínimo posible el uno del otro.

Me fulminó con la mirada.

—Discrepo.

«Cómo no».

—Vale. ¿Por qué?

—Porque somos polos opuestos. ¿No sería lógico que, cuanto más nos conociéramos, menos nos atrajéramos?

Parecía una estupidez, pero...

—Hum.

—Me gustan los retos, Ally —me advirtió—. Y, ahora mismo, necesito resolver la incógnita de tu misteriosa vida.

—¿Qué sugieres? —le pregunté, riéndome—. ¿Que nos hagamos amigos?

—Amigos, no —respondió—. Conocidos del trabajo.

—Ya lo somos.

—No, ahora mismo simplemente trabajamos en el mismo sitio —declaró.

—¿Estás borracho? ¿Tienes antecedentes de ictus en la familia?

—No a todo —dijo Dominic—. Piénsalo. Cuanto más me conozcas, menos atractivo te pareceré y, cuanto mejor te conozca yo a ti, más repulsiva me resultarás.

Me dio la risa. No pude evitarlo. De vez en cuando, el lado divertido de Dominic hacía acto de presencia para sorprenderme y hacerme disfrutar. Por suerte, el otro noventa y ocho por ciento de las veces era un capullo insufrible.

—Por favor. Ambos sabemos que, cuanto más sepas de mí, más rápido saldrás corriendo a buscar un anillo de compromiso con un diamante lo suficientemente grande como para sacarme un ojo.

Él puso los ojos en blanco.

—Ya te gustaría.

—Soy una persona encantadora —le aseguré.

—Eres una tocapelotas encantadora —replicó él.

Tamborileé con los dedos sobre la mesa que tenía delante.

—¿Has puesto la mesa entre nosotros a propósito?

—Sí —respondió de inmediato.

—¿Por mi bien o por el tuyo?

—Aún no lo he decidido.

—Actúas como si ninguno de los dos fuéramos capaces de controlarnos —me burlé.

Me miró con el ceño fruncido y se levantó.

—¿Qué haces? —pregunté mientras él rodeaba la mesa.

—Demostrarte una cosa.

Me puse en pie rápidamente, pero no llegué muy lejos porque él me acorraló contra la mesa. Y, aunque se cuidó mucho de no tocarme, era evidente la energía que había entre nosotros. La sangre se me calentó y oí cómo los latidos de mi corazón aumentaban el nivel de alerta.

—¿Qué nivel de alerta es peor, el uno o el cuatro? —pregunté con un hilillo de voz.

—El cuatro. Ahora dime que no ves el problema, Ally —dijo Dominic con frialdad.

En realidad estaba más interesada en sentir el problema... hasta que miré hacia abajo. No pude evitarlo. Estaba visiblemente empalmado. Parecía que se había metido un chorizo de Cantimpalos en los pantalones.

Él también bajó la vista, pero no hacia la silueta de su polla. No, él clavó los ojos en el relieve de mis estúpidos pezones carentes de amor propio que lo saludaban a través de la camiseta.

La puerta estaba cerrada, pero el equipo gráfico llegaría en cualquier momento. Alguien podía entrar y encontrarnos así.

—Este es el problema —declaró Dominic, con voz áspera.

—Pues es un problema muy grande —comenté, sin dejar de mirar su erección—. Y tiene pinta de incómodo.

—No me refería a eso —gruñó—. Esto es lo que pasa cuando estamos demasiado cerca.

—¿Y cómo propones que nos conozcamos sin acercarnos demasiado? —pregunté.

Mi voz sonó como si acabara de subir los cuarenta y tres pisos corriendo. Un pasito hacia delante y mis pezones, duros como diamantes, tocarían su pecho, y su erección rozaría mi vientre. Dominic se alzaba imponente ante mí, pero la sensación no era de amenaza, sino más bien de intimidad, de confianza, casi de seguridad. Me sentía como si deseara estar precisamente en ese lugar, con esa persona. Tenía que dejar los lácteos de inmediato. Eso tenía que ser algún tipo de efecto hormonal fruto de los atracones de queso que me pegaba. Se me pasó momentáneamente por la cabeza una imagen de Dom tumbándome boca arriba sobre la mesa de cristal (esperaba que reforzado), deslizando las manos bajo mi falda y bajándome las bragas por las piernas muy muy despacio. Empecé a ver borroso e inhalé entrecortadamente. Sus ojos se volvieron de un azul vidrioso y gélido. Tuve la sensación de que se estaba fraguando una tormenta en el estrecho espacio que nos separaba.

—Una pregunta por completo inapropiada —dije—. Si fueras a tocarme ahora mismo, ¿por dónde empezarías?

Su exhalación sonó como un gruñido.

—Por el pelo.

Me quedé perpleja.

—¿Por el pelo?

—Te agarraría de él con una mano y te acercaría a mí para besarte, antes de empezar a bajar por el cuello.

—Ah. —No fue tanto una afirmación como un gemido que se me atascó mientras tragaba saliva.

—Y esa es precisamente la razón por la que no vamos a hacer esto en persona —dijo en voz baja.

—Ah —jadeé de nuevo.

Sus labios, que dibujaban una línea firme y malvada, se curvaron ligeramente hacia arriba y sentí una explosión de hormonas lácteas en mi interior.

—Vale. Pues por correo electrónico —farfullé.

—Fuera del horario de oficina, desde nuestras cuentas de correo personales —dijo.

Sí que le había dado vueltas.

—Me parece bien.

—Sé sincera. No te cortes —me pidió—. Solo así podremos sacarnos esto de encima, sea lo que sea.

Quería sentirme ofendida por la idea de que llegar a conocerme fuera una gran desilusión para él. Aunque tenía clarísimo que, cuanto más supiera de Dominic Russo, menos lo desearían mis partes femeninas. ¿Qué podría salir mal?

—De acuerdo.

Levantó una mano de la mesa y ambos nos quedamos mirando cómo la acercaba lentamente a mi cara y a mi pelo.

«Por favor, diosas de las reuniones lujuriosas secretas, permitid que Dominic Russo me folle en esta mesa de conferencias ahora mismo».

—¿Puedes traerme un agua? —gritó alguien desde la puerta.

Nos alejamos bruscamente.

Empujé a Dominic —y a su mágica varita de follar— hacia la silla en la que estaba sentada antes de mi despertar sexual espiritual y retrocedí con sentimiento de culpa.

La puerta se abrió.

—Me da igual lo que digas. La temporada final de *Juego de tronos* no fue lo que la gente esperaba —declaré con rotundidad.

Dominic me miró como si me hubiera vuelto loca de remate.

—Vaya. Tengo que darle la razón a Ally, señor Russo —dijo

categóricamente Shelly, una diseñadora gráfica aficionada a los piercings faciales.

Mientras el resto del equipo iba entrando y se enzarzaba en una discusión de diez minutos sobre la serie y su desenlace, Dominic y yo intentamos controlar la tensión entre nosotros.

24

Dominic y Ally

Estimada Maléfica:

Ahora que sé lo que opinas sobre Juego de tronos, podemos pasar a otra cosa. ¿Por qué tienes tantos trabajos? ¿Tan mal te pagan aquí?

El Príncipe Azul

Estimado Príncipe Azul:

Pues no lo sé. Todavía falta una semana para que reciba mi primera nómina. ¿Qué querías ser de mayor? ¿O ser un magnate del mundo de la moda con chaleco es tu sueño hecho realidad?

Maléfica

Estimada Maléfica:

Este no era mi sueño. A decir verdad, se parece más a una pesadilla. Cuando tenía nueve años, quería ser profesor de matemáticas. ¿Cuántos trabajos tienes?

El Príncipe Azul

Estimado Príncipe de mis pesadillas:

Actualmente tengo cuatro trabajos. Cinco, si contamos el de diseñadora gráfica autónoma, en el que o te atiborras o te mueres de hambre, casi siempre lo segundo. Varios como camarera, algún que otro trabajillo esporádico de catering, el de profesora de baile y mi ilustre carrera como chica para todo en Label.

Necesito saber más sobre ese trabajo soñado de profesor de matemáticas.

Por ahora, pongamos el «por qué necesito setecientos trabajos» en la columna de «Temas Tabú».

La exprincesa de las pizzas

Estimada princesa de las pizzas:

El misterio de por qué Ally Morales necesita setecientos trabajos me está matando.

Tuve un buen profesor. El señor Meloy. A veces me ayudaba con los deberes después de clase. Le encantaban las matemáticas y enseñar a los niños a disfrutarlas. Me parecía muy guay ser profesor de matemáticas.

¿Qué querías ser tú de mayor? Supongo que ser camarera en una pizzería estaba en los primeros puestos de la lista.

El nerd encubierto

Querido nerd:

Esto no funciona. Me estoy imaginando al pequeño Dominic mirando al profesor con sus ojazos azules y pidiéndole ayuda.

Dime rápidamente las cinco cosas que más odias. (Este es el secreto para descubrir a una mala persona, por si te viene bien para entrevistar a futuras esposas o a candidatos para sacrificios humanos).

Yo quería ser bailarina desde que tenía tres años. Me di cuenta muy pronto de que no me interesaba hacer carrera en el mundo del ballet (me gustaban demasiado los carbohidratos, el alcohol y dormir hasta tarde), pero también me encantaban el diseño y el arte. Así que decidí hacer un poco de todo.

Ahora date prisa y repúgname.

El iceberg que se funde a marchas forzadas

P. D. ¿Por qué te ayudaba el señor Meloy con los deberes y no tus padres?

Queridísimo cambio climático:

¿Me estás diciendo que sabías lo que querías ser desde niña y que lo conseguiste? Eso sí que es raro. ¿Siempre eres tan tenaz? ¿Alguna vez te has planteado dedicarte a otra cosa?

Si no podemos hablar de por qué necesitas setecientos empleos, tampoco hablaremos de mis padres.

Cosas que odio:

Las personas que tiran basura al suelo.

Los cotilleos.

Que me cague un pájaro encima.

No poder dejar de pensar en ti.

A mi padre.

No voy a preguntarte qué es lo que odias tú, porque eres irritantemente incapaz de odiar.

El jefe odioso

Estimado jefe:

Malas noticias. Tu lista no me ha parecido nada odiosa. Ni siquiera un poquito. Y este experimento no está funcionando. Se supone que deberías odiar cosas como los cachorritos y los niños monos que cecean para que pueda dejar por fin de fantasear con verte desnudo.

Y no soy tenaz. Más bien soy fastidiosamente positiva y creo que las cosas acabarán saliendo como yo quiero.

Pollyanna

Estimada Allyanna:

Si no soy odioso, ¿por qué me tienen miedo todas las mujeres del trabajo?

El monstruo que acecha en los pasillos

Estimado monstruo:

No lo dirás en serio, ¿verdad?

La incrédula

Completamente.

Dom

Estimado Dominic Russo:

Zoquete tatuado y gruñón, ¿en serio llevas un año pensando que te odian? ¿Me estás tomando el pelo?

No me puedo creer que seas tan gallito como para acorralarme contra la mesa de una sala de conferencias y que luego vayas por los pasillos de Label lamentándote como un cachorrito abandonado porque crees que le caes mal a todo el mundo.

Ally mosqueada

Estimada Ally mosqueada:

¿Qué coño estás diciendo?

Para añadir a mi lista: 6. La gente que no va al grano.

Por cierto, ¿tienes algún tipo de fijación con los perros?

El jefe cabreado

Estimado señor Bombón:

Las mujeres de Label no te odian. Te desean. Estás tan bueno que das miedo. Tanto que la gente no se atreve a mirarte directamente a los ojos.

La ojiplática

Estimada ojiplática:

No digas tonterías. Lo que pasa es que creen que soy un calco de mi padre.

Dominic

Estimado Dom:

En primer lugar, creo que me merezco unos cuantos puntos por respetar tu tema tabú aunque me esté muriendo por profundizar más en por qué das por hecho que la gente cree que tú y tu padre estáis cortados por el mismo patrón. ¡Muchos puntos!

Eso es justamente lo contrario de lo que piensa todo el mundo en ese edificio. Puntúan tu aterrador atractivo en una escala del uno al diez y nunca bajas del trece. Se desmayan sobre las puertas de cristal cuando pasas a su lado por los pasillos.

La semana pasada le abriste la puerta a Nina la de Publicidad y le hicieron la ola. No me lo estoy inventando.

Ally

Estimada Ally:

Esto es una chorrada. No me gusta conocerte mejor.

Dom

Estimado Dom:

Lo mismo digo. Volvamos a ignorarnos.

Ally

25

Dominic

Ojalá pudiera decir que las cosas cambiaron después de nuestra conversación y de los correos electrónicos. Que cuando los ánimos se calmaron y Ally volvió al piso de abajo, a la sala de asistentes, por fin fui capaz de concentrarme en mi trabajo. Y, en cierto modo, sí habían cambiado: había enseñado mis cartas. Había reconocido mis pecados. Había confesado mis miedos.

Sin embargo, nada de eso me impedía salir a buscarla. Ni pensar en ella. Y mucho menos desearla.

Empecé a organizar los días en torno a Ally.

Le enviaba correos después del trabajo. Discutía con ella por cualquier gilipollez en la oficina. Nos chinchábamos el uno al otro constantemente.

Todo parecía bastante inocente. Salvo por el trasfondo.

Ahora había algo adictivo en nuestras interacciones. Como si cada palabra tuviera un doble sentido. Cada mirada era un mensaje codificado. Ambos nos sentíamos atraídos el uno por el otro. Sin embargo, también éramos adultos. Debería haber sido un mero ejercicio de autocontrol, pero la realidad era que luego tenía que encerrarme en mi baño privado para pelármela mientras me la imaginaba de rodillas delante de mí, o sobre mi mesa con las piernas abiertas, pidiéndome que le comiera el coño.

Todos los putos días.

Saber que Ally se sentía atraída por mí me hacía sentir a la vez menos culpable por el hecho en sí y más frustrado por estar masturbándome y no tirándomela a ella.

Básicamente, me estaba convirtiendo en un verdadero despojo, y esa mujer solo llevaba allí... Joder, menos de tres semanas enteras.

Algunos días aguantaba hasta que todo el mundo se había ido por la noche. Otros, apenas llegaba a la hora del almuerzo.

Y luego estaban los días como hoy.

A las nueve y cinco de la mañana, Ally entró tranquilamente en mi despacho con unas botas hasta los muslos y un vestido de Dolce & Gabbana. El vestido era de color burdeos. Su escote en uve no era en absoluto escandaloso, pero para un hombre salido, la insinuación de aquellas curvas de piel blanca como la leche era peligrosamente seductora. El vestido se le ajustaba a la cintura y volvía a abrirse, acabando justo un par de centímetros por encima de las suaves botas de ante.

—Fírmame esto —me dijo, dejando con fuerza una carpeta sobre mi mesa y sonriendo con descaro. Aparté la mirada de aquel centímetro de piel y me centré en los papeles que tenía delante—. De nada, por cierto —añadió—. Malina pretendía entregarte esto personalmente. Se lo he robado de la mesa.

—Gracias. ¿Qué coño llevas puesto?

Ella bajó la vista hacia el vestido antes de volver a mirarme.

—¿Por qué estás tan obsesionado con mi ropa?

—Es miércoles. Los miércoles te pones la falda lápiz azul marino.

La que le marcaba el culo. La que había fantaseado con subirle sobre aquellas caderas suaves y redondeadas cientos de veces. Joder, ¿por qué no era capaz de mantener la boca cerrada cuando esa mujer estaba cerca? A lo mejor necesitaba terapia. O un programa de desintoxicación.

—Si fuera un hombre y me pusiera lo mismo todos los viernes, no me dirías nada. Karen, la de Contabilidad, lleva los mismos pantalones negros y el mismo jersey negro constantemente, y aun así sigues insistiendo en prestarme una atención especial —dijo, batiendo las pestañas—. ¿Qué hemos dicho sobre lo de la atención especial, Dominic?

Me estaba provocando y me encantaba. Casi tanto como lo detestaba.

—Me estás cabreando. Lárgate —dije con desdén.

Pero en lugar de hacerlo, Ally se sentó en el borde de mi mesa y se puso a balancear los pies, como si tuviera todo el tiempo del mundo. Si giraba la silla unos centímetros hacia la derecha, podía separarle las rodillas y enterrar la cara entre sus piernas.

La sangre que me quedaba circulando por el cuerpo se rindió y bajó directamente hacia mi entrepierna, que ahora palpitaba como si tuviera migrañas.

—Firma el papeleo y desapareceré de tu vida el resto de la mañana —me prometió—. Y, por si te interesa, esta noche tengo una cita.

—¿Una cita? —Me sorprendió que el bolígrafo no se me partiera por la mitad en la mano. Sentí que algo oscuro y viscoso me inundaba por dentro—. ¿No tienes que trabajar?

No era capaz de identificar ese sentimiento que crecía en mi interior. ¿Furia? ¿Miedo? ¿Un odio cegador dirigido a un hombre que ni siquiera conocía?

—Que yo no sea *tu* tipo no significa que el resto de los hombres opinen lo mismo —bromeó—. Cobro el viernes, así que me voy a autorregalar una noche libre de verdad.

No confiaba lo suficiente en mí mismo como para abrir la boca en ese momento. Así que firmé los contratos, haciendo surcos en el papel con la punta del boli. El vestido le llegaba hasta los muslos y no pude evitar fijarme. La palabra «inapropiados» se quedaba corta a la hora de describir los sentimientos que se arremolinaban dentro de mí.

—¿Te vas a poner *eso* para una cita? —Me odiaba por querer hacer que se sintiera insegura. Por querer hacer que cambiara de idea y se rajara.

Ally bajó la vista, en absoluto preocupada por mi opinión.

—¿Qué tiene de malo? Linus lo ha aprobado.

Lo tenía todo de malo.

Empecé a sentir una opresión en el pecho. ¿Y por qué leches hacía tanto calor en esa puñetera habitación?

—Depende. ¿Qué tipo de cita es?

Para torturarme, me recosté en la silla y cambié el ángulo de visión. Simplemente eché un vistazo y luego miré hacia otro lado. Pero me bastó para saber que llevaba ropa interior a juego con el puñetero vestido.

Ally me miró arqueando una ceja, como si fuera un desafío silencioso. «Adelante, mira. Dime que no te interesa. Miénteme en mi cara bonita y arrogante».

Mierda. No debería haberla puteado el día anterior poniéndome un chaleco. Ella me había superado.

—Una primera cita. Para tomar unas copas —respondió.

—¿Unas copas? ¿Y ya está?

Me ofendí en su nombre. No había nada que insinuara más «sexo casual» que unas copas. No quería que se involucrara en una relación a largo plazo con nadie. Pero tampoco quería que tuviera un rollo.

No es que yo fuera un buen tío, pero cada minuto que pasaba sin que tirara a Ally al suelo para follármela era un minuto que seguía siendo mejor que mi padre.

—Es lo único para lo que estoy mentalmente preparada en estos momentos. Me siento tan oxidada que compadezco al próximo tío que se acueste conmigo —confesó.

En algún momento había empezado a hablarme como si fuéramos amigos. Como si aquel instante de sinceridad en el bar y aquellos correos electrónicos que habíamos intercambiado nos hubieran convertido en colegas, en cierto modo. Y aunque me moría por escuchar su siguiente confesión, me costaba soportar tanta intimidad. Tenía el corazón dividido. Por una parte, quería saber todo lo que había que saber sobre esa mujer; por otra, quería olvidar que existía.

Algo le llamó la atención y se bajó de la mesa para cruzar la habitación.

No soportaba cuando se alejaba de mí. Siempre tenía la sensación de que se llevaba la luz y el calor con ella.

Lo añadí a mi «Lista de Cosas que Odio».

Incapaz de contenerme, me levanté y la seguí hasta la mesa de luz, donde se había puesto a analizar una serie de fotos para un artículo de doble página. Yo había elegido dos que creía que podrían funcionar, con la intención de arrastrar a Linus hasta allí para que me dijera cuál de ellas tenía más sentido antes de enseñárselas a mi madre.

—Son divertidas. Me encanta ese vestido —susurró Ally, señalando a una modelo con un vestido largo de seda dorada—. ¿Tienes alguna en la que esté en movimiento?

Echó un vistazo a las siguientes fotografías y yo la acompañé, simplemente para estar más cerca de ella. Había algo en Ally que me atraía como si fuera una sirena, aunque también hacía que me sintiera… seguro, cómodo. Y que se me pusiera dura como una piedra.

Di unos golpecitos con el dedo sobre una foto que yo había apartado a un lado. Al principio me había llamado la atención, pero el objetivo de la sesión era doble: mostrar el Galliano de color rojo pasión en primer plano e incluir sutilmente a una modelo transgénero. La mujer de dorado.

—Hala, vaya fotaza —dijo Ally, quitándola del tablón para verla mejor.

La modelo del vestido dorado estaba girando hacia un lado y el aire del ventilador le daba en el pelo y en la falda, haciendo que ambos se levantaran. Ella era la única que se encontraba en movimiento. El vestido rojo seguía estando en primer plano, con la modelo sentada en el peldaño más bajo de una escalera. El resto de las modelos estaban en las típicas posturas que en la vida real parecían dolorosas y retorcidas, pero que a través del objetivo hacían destacar los cortes, los tejidos y los colores.

—¿Cómo lo conociste? —le pregunté. «Por favor, por el bien de mi salud mental, dime que en un grupo de la iglesia que promueve la castidad».

—¿A quién? —dijo, reorganizando las fotos y poniendo la del giro la primera.

—Al tío con el que has quedado.

—Ah. En una app de citas —respondió tan tranquila.

«Mierda».

—Toma. Echa un vistazo. Ahora cuentan una historia. Le estás dando al ojo un punto focal con el rojo. Aterrizará ahí, pero necesita un foco secundario. Es imposible no verla, vestida de dorado, girando y sonriendo. Sus labios rojos resaltan el vestido principal y hacen que el conjunto resulte visualmente atractivo. El titular iría aquí.

Lo que decía tenía mucho sentido y podría ser capaz de visualizarlo si no estuviera tan ocupado imaginándomela en alguna app para follar sin compromiso, buscando un rollo de una noche.

—¿Qué tipo de app? —quise saber.

Se alejó del tablón y puso los ojos en blanco.

—Lo sé. Lo sé. Gola insistió en crearme un perfil. Por cierto, en nombre de todas las mujeres: una fotopolla no es una buena forma de empezar una conversación.

Fantaseé con localizar a todas las putas sabandijas que le habían enviado una y darles una patada en los huevos.

—¿A dónde te va a llevar? —le pregunté, deseando ser capaz de estarme calladito. No soportaba tener la necesidad de saberlo.

—He quedado con él en un bar que se llama The Market. ¿Has estado alguna vez?

Más conocido como «el mercado de la carne». La iluminación era tenue; las bebidas, fuertes, y había dos hoteles en la misma puta manzana. Había estado allí.

—Sí. Pues a lo mejor nos vemos —dije, fingiendo volver a analizar los planos.

No podía prohibirle que fuera. Y, por más que quisiera, no podía inventarme una reunión falsa que requiriera su presencia a esas horas de la noche, al menos sin que ella se diera cuenta de que era una farsa.

—¿Vas a ir?

Parecía encantada y me entraron ganas de fastidiarla. De hacer que estuviera tan jodida como yo.

—He quedado allí con una persona. Con una chica —mentí.

Si yo tenía que torturarme pensando en ella liándose con un tío cualquiera que había conocido en una puñetera aplicación, la obligaría a presenciar mi cita con una mujer con verdadero potencial.

Ally entrecerró los ojos y me di cuenta de que aquello le olía a chamusquina.

—No lo tienes apuntado en la agenda.

—No apunto mis citas personales en la agenda del trabajo.

—Otra mentira. Yo no tenía vida personal. De hecho, ni siquiera era capaz de recordar la última vez que me había acostado con alguien. Lo que sí era capaz de recordar eran todas y cada una de las fantasías que había tenido con Ally.

—Entonces puede que nos veamos esta noche, sí —dijo, sonriéndome.

Me quedé mirándola mientras se marchaba.

Y, en cuanto la puerta se cerró, me metí en el baño. Lo único que podía ver era ese atisbo de tela roja entre sus piernas. Lo único en lo que podía pensar era en que iba a ser otro el que se lo arrancara.

Eran las nueve y media de la mañana y ya me estaba haciendo una paja, deseando que ojalá fuera su coño, húmedo y suave, lo que envolviera mi polla atormentada.

En ese momento, no podía pensar en ninguna cosa que tolerase de Ally Morales.

26

Ally

Austen era mono, inteligente y necesitaba urgentemente que le echaran un polvo después de haber dejado su relación o un poco de terapia. Sin embargo, yo no era capaz de apartar los ojos de la puerta del bar el tiempo suficiente como para decidir si me interesaba.

Porque estaba esperando a un hombre que deseaba fervientemente no desearme.

«Puf».

Me puse de espaldas a la entrada a propósito y centré mi atención en aquel ingeniero civil divorciado de cuarenta y dos años. Había pedido una copa de merlot y le había echado la bronca al camarero por la pronunciación. Yo había pedido una cerveza barata de barril, por si se le ocurría que pagáramos a medias. Me había contado quince cosas sobre su exmujer y yo había mencionado el nombre de Dominic dos veces. Desde mi punto de vista, ninguno de los dos éramos un buen partido.

Sentí su presencia en cuanto entró. El aire del bar se cargó de electricidad, como si un rayo estuviera a punto de caer sobre las botellas de alcohol. Me obligué a no girarme, a concentrarme en lo que decía Austen.

—Dios, seguro que piensas que soy un pringado —dijo, encorvando los hombros.

—¿Qué? ¿Por qué? —Apenas recordaba lo que había dicho. Estaba demasiado ocupada intentando fingir que escuchaba.

—Te he hablado más de mi exmujer que de mí mismo. Solo te he hecho una pregunta y ha sido para poder contarte otra historia sobre mi ex. No estoy preparado para esto.

—Únete al club —dije, levantando la cerveza hacia su copa de vino.

—Mis amigos dicen que necesito acostarme con cualquiera y ya —confesó. Luego se quedó cortado—. Creo que no debería habértelo dicho. Si estuviera en tu lugar, me parecería superofensivo. Esto se me da fatal. No estoy preparado para salir con nadie.

Se le daba tan mal que resultaba encantador.

—No te rayes —le dije, dándole un golpecito amistoso en el hombro—. Yo tampoco soy la más indicada para hablar.

—No nos vamos a enrollar, ¿verdad? —adivinó Austen.

Negué con la cabeza.

—No. Pero puedes contármelo todo sobre tu ex y tu divorcio, si quieres.

Eso lo animó. El muy simpático empezó por el principio. Segundo año de universidad.

Sentí un cosquilleo revelador entre los omóplatos. Ni siquiera di un respingo cuando una mano familiar se posó sobre mi hombro.

—Ally.

Cuando me giré, estuve a punto de atragantarme con mi propia lengua. Dominic se había quitado la chaqueta y estaba impresionante con las mangas remangadas y los tirantes a la vista. Por fin sabía lo que se sentía cuando una estaba a punto de desmayarse. Aunque en ese sitio no había ningún sofá para hacerlo con estilo.

Y luego estaba la otra complicación: la impresionante mujer de metro ochenta que parecía salida de la portada de *Label* y que llevaba un traje de pantalón de color perla. Tenía una piel morena impecable y el típico pelo corto que solo las mujeres muy muy seguras de sí mismas y con una excelente estructura ósea podían permitirse. El único maquillaje que llevaba era el de sus labios rojos perfectamente perfilados.

La acompañante de Dominic me ponía hasta a mí.

—Dom… Señor Russo —dije con un hilillo de voz.

Él entornó los ojos.

Era un juego absurdo. Yo le había dicho que iría allí. Él me había dicho que iría allí. Y aun así estábamos fingiendo sorprendernos.

—Austen, este es…

—Dominic Russo —se presentó Dom, tendiéndole la mano. Cuando el pobre incauto de Austen se la estrechó, me pareció oír un crujir de huesos—. Esta es Delaney —añadió, presentándonos a aquella mujer asquerosamente guapa—. Delaney, esta es Ally.

Delaney no solo tenía un cutis impecable, también tenía una sonrisa radiante. No sabía si deseaba más odiarla con todas mis fuerzas… o enrollarme con ella.

—Encantada de conocerte, Ally —dijo afectuosamente.

«¿Por qué no puede ser mala gente?», me lamenté para mis adentros.

Entonces caí en la cuenta: puede que solo fuera mala persona en la intimidad. Como los que aparcaban en las plazas de minusválidos y tiraban bolsas de comida rápida por la ventanilla del deportivo a los mensajeros que iban en bici.

—Ally y yo trabajamos juntos —comentó Dominic. Aunque la forma en la que lo dijo sonó un tanto siniestra. Como si hubiera mucho más detrás. Y, si yo fuera la espectacular Delaney, sospecharía de inmediato.

—En realidad trabajo *para* el señor Russo —lo corregí.

Estaba claro que a Dominic no le gustaba que lo llamara así. Lo que me hizo desear hacerlo más a menudo.

Delaney y Austen se presentaron ellos mismos, dado que Dominic y yo estábamos demasiado ocupados mirándonos como para hacerlo.

—¿Les tomo nota? —preguntó el camarero, interrumpiendo aquella situación incómoda.

Pidieron algo y Dominic cogió el puñetero taburete que estaba al lado del mío y se lo ofreció a Delaney.

La mujer incluso olía estupendamente.

El bar estaba lleno. Si Dominic Russo no se hubiera sentado

entre su acompañante y yo, me habría puesto a calcular las propinas del camarero. Pero solo podía pensar en la mano de mi jefe apoyada en el respaldo de mi asiento. Y en la pierna que tenía pegada a mi rodilla.

Era de lo más injusto que un hombre que no quería nada conmigo me pusiera a cien por el mero hecho de estar a mi lado. Tenía que ser el queso. Necesitaba empezar a comer menos queso de verdad, pero ya. Todo lo que Dom hacía me ponía cachonda.

Austen retomó el hilo del relato de la mayor tragedia de todos los tiempos con su propuesta de matrimonio el día que ambos se graduaron en la universidad.

Intenté concentrarme, pero Dom cogió la copa sin apartar la otra mano del respaldo de mi silla, como si yo fuera suya. Como si me estuviera reclamando.

Volví a sentir el relámpago. Solo que ahora parecía que el rayo venía directamente hacia mí y que, cuando me alcanzara, me explotaría la cabeza. No entendía qué tipo de sensación era esa. Lo único que sabía era que no tenía tiempo para explorarla, ni ganas de sobrevivir a ella. Quería que dejara la mano allí. Quería que me abrazara. Quería que clavara sus ojos azules en los míos y me susurrara al oído con sus labios carnosos y severos que quería llevarme a casa.

Quería respirar.

—¿Me disculpas un momento? —dije, cortándole el rollo a Austen.

—Ah, sí, claro. —Parpadeó para salir del baúl de los recuerdos.

Me bajé del taburete y tuve que pegar todo el cuerpo al costado de Dominic para poder salir. Sin molestarme en pedirle perdón, fui directa a los lavabos. Estaban al final de un pasillo larguísimo y, justo al lado del baño de chicas, había un hueco que conducía a una salida de emergencia.

Lo que me proponía demostrar tenía su lógica. Que era capaz de controlarme cuando estaba con él. Que, en lugar de tontear, podíamos limitarnos a ser amables. Y sin embargo, allí estaba, temblando de frustración sexual en el pasillo de un baño mientras el hombre en el que no podía dejar de pensar tenía una cita con el ser humano más bello del universo.

¿Qué coño me estaba pasando?

¿Sería posible que solo necesitara echar un polvo? ¿Acabaría eso con la tensión que sentía? ¿Acaso un par de orgasmos me harían inmune a él?

—¿Estás bien?

Di un respingo y me giré.

Dominic me estaba mirando como si no tuviera muy claro si quería descuartizarme o comerme a besos.

—¡No, no estoy bien!

—¿Qué pasa? ¿Ese imbécil te ha dicho algo? ¿Te ha hecho algo?

—¿Austen? —Me reí—. Qué va. Es majo. Sigue enamorado de su exmujer.

—Entonces, ¿qué pasa? —preguntó con cara de querer solucionarlo, fuera lo que fuera.

—Esto no tiene sentido, Dom.

—¿Así que vuelvo a ser Dom? —Se acercó un poco más y volví a sentir esa electricidad en mi interior.

—Calla. He entrado en pánico.

—¿Por qué? —La sombra de una sonrisa jugueteaba en la comisura de sus labios.

—Para empezar, creo que me he enamorado de tu acompañante. Es espectacular.

—Pues sí —replicó él, asintiendo como un bobo—. Es abogada de derechos humanos.

Adiós a lo de lanzar bolsas de comida rápida a los motoristas.

—Deberías volver con ella —dije, cruzando los brazos sobre el pecho.

—No hasta que me digas qué pasa. —Al ver que no contestaba, me agarró del brazo y me arrastró hacia el hueco. La señal de emergencia emitía una luz roja, como una alarma. Me pareció muy adecuada, dada la situación. Me encontraba acorralada entre la puerta y el enorme pecho de Dom. Este apoyó las manos a ambos lados de mi cabeza, aprisionándome entre sus antebrazos tatuados—. Suéltalo.

—No estoy mentalmente preparada para volver a sincerarme contigo —declaré.

—Te jodes. Escúpelo, Maléfica, o no te dejaré salir de aquí.

Era capaz de tenerme allí todo el fin de semana, reteniéndome pero sin tocarme, con tal de salirse con la suya.

—Vale. Puede que me atraigas más de lo que pensaba.

—¿Y? —dijo con arrogancia.

—Y no me apasiona verte con una mujer tan, tan, tan guapa e inteligente. —Sus ojos azules ya no eran fríos. En ellos ardía un fuego victorioso. Y yo era plenamente consciente de que me encontraba en una situación de peligro inminente—. Creo que necesito echar un polvo. Llevo demasiado tiempo a dos velas —le solté de repente—. Siento una extraña acumulación de libido y, como no le dé salida, acabaré liándola parda contigo o con cualquier otro pobre incauto.

Él se acercó mí, demasiado como para que solo se tratara de una insinuación. Me quedé inmóvil mientras me acariciaba la mejilla y la mandíbula con la nariz.

—Bien —susurró.

—¿*Bien*? —dije con voz ahogada. Quería odiarlo con todas mis fuerzas. Pero, al parecer, mi prioridad actual era desearlo.

—Quiero que sufras como sufro yo —susurró. Noté su aliento cálido en la oreja.

Tenía el corazón a punto de estallar. No sabía de dónde habría sacado esa víscera los cartuchos de dinamita, pero así estaban las cosas. Mis entrañas se habían convertido en lava… o en magma, no sabía cuál era la metáfora más apropiada. Y empezaba a sentir la entrepierna cada vez más y más húmeda.

—Esto no es sano, Príncipe Azul. Los amigos no quieren que sus amigos exploten.

—Nosotros no somos amigos —replicó él.

—¿Y qué somos? —le pregunté. Estaba temblando como un flan por estar tan cerca de él y, a la vez, no lo suficientemente cerca.

—Yo diría que enemigos. Uno de nosotros tiene que ganar y otro tiene que perder.

No quería desearme, pero, si no le quedaba más remedio, me iba a hacer sufrir con él. Cabrón.

Seguramente estaba en lo cierto, pero llevaba tal colocón de feromonas que me planteé que a lo mejor ambos conseguíamos lo que queríamos si nos acostábamos una vez. Enemigos con derecho a roce.

Me ardía la piel. Mi tanga rojo estaba empapado, y a mis partes bajas les estaba dando una especie de ataque. Como Dominic no se largara o introdujera alguna parte de su cuerpo dentro del mío de inmediato, ningún tribunal del país podría hacerme responsable de mis actos.

Extendí los brazos hacia él y ambos nos quedamos mirando mientras apoyaba las manos sobre su pecho. Era tan cálido, tan sólido. Tan indecentemente sexy.

—Tienes que dejar el trabajo, Ally.

Aparté los ojos de su pecho.

—¿Perdona?

—Deja el trabajo —repitió lentamente—. Si lo dejas, podremos hacer algo con esto.

—¿Quieres que dimita para echar un polvo y quitarnos esto de encima?

Así que eso era lo que se sentía al sufrir un aneurisma. Siempre me lo había preguntado.

Sus fosas nasales se hincharon y juraría que su erección creció un centímetro más de diámetro, aumentando en sus pantalones.

—Eso es exactamente lo que quiero.

Ahora estaba enfadada. Increíblemente excitada pero muy muy muy enfadada.

—Los dos hemos venido acompañados ¿y vas y me sueltas que si dejo mi trabajo, uno que es esencial para la supervivencia de mi familia, estarás encantado de follar conmigo? —resumí.

—Te buscaré otro —replicó, ignorando la parte de los acompañantes.

Menuda chulería, vaya forma de solucionar los problemas por sus cojones. Me daban ganas de pisárselos con los tacones de aguja más puntiagudos que encontrara.

—No puedo permitirme volver a empezar —susurré con la voz temblando de rabia. No me quedaba ni un centavo en la cuenta. Estaría con el agua al cuello hasta que cobrara el viernes. Tendría que bajar el termostato a diez grados durante los próximos dos días para poder pagarme la cerveza que acababa de tomarme. Y Dominic Russo se creía con derecho a exigirme que renunciara a mi trabajo por él—. Además, ¿quién ha dicho que merezcas tanto la pena? —le espeté.

Sus ojos azules brillaron y se acercó todavía más a mí.

Me entraron ganas de darme un puñetazo en la cara por la intensidad con la que mi estúpido cuerpo seguía deseando que me tocara.

—Los dos sabemos cómo sería si nos acostáramos.

«No. No. No. Ni de coña. Eso no va a pasar. No».

—Tengo una idea. ¿Qué tal si vuelves con tu cita antes de decir algo todavía más increíblemente ofensivo y absurdo? Aunque no creo que pudieras, por mucho que lo intentaras.

Alimentada por mi rabia femenina, le di un fuerte empujón. Él retrocedió, mirándome enfadado y apretando los puños a los costados.

Madre del amor hermoso. Su erección parecía empeñada en atravesar como una tuneladora aquellos pantalones tan caros.

Dominic me clavó la mirada y bajó una mano para colocarse el paquete.

«Ay, madre de mi vida». Estuve a punto de desmayarme. Nunca había hecho un gesto tan descaradamente sexual delante de mí.

Y me dejó con ganas de más.

Quería verlo desnudo, desplegado ante mí como un bufé.

Y a la vez no quería volver a verlo jamás.

Dio media vuelta y echó a andar hacia la barra. Me quedé mirando fijamente aquel culo maravilloso, preguntándome por qué tenía ganas de morderlo y al mismo tiempo de darle una patada. Entonces ese trasero injustamente atractivo se detuvo.

—Ah, Ally.

Hice una especie de ruido entre un «¿eh?» y un «pfff».

—Delaney no es mi cita. Es la mujer de Harry.

—Hijo de puta engreído. La has traído para joderme.

Su sonrisa era pura maldad.

—No soy un buen tío, Ally. Recuérdalo.

—Nunca lo he olvidado, capullo pretencioso.

Volvió a acercarse a mí y yo levanté las manos.

—No es justo, Dom. No me gusta que juegues así conmigo. Él se puso serio.

—¿Crees que a mí me *gusta*? ¿Crees que me gusta ser un gilipollas que, como no puede tenerte, no quiere que nadie más te tenga? ¿Tienes idea de cómo me he sentido todo el día sabiendo que te habías vestido para otra persona? ¿Que ibas a salir con otro? ¿Que otro hombre iba a tocarte esta noche?

Me entraron ganas de gritar de frustración.

—Esto es absurdo. No es que no *puedas* tenerme: es que no *quieres*. Podríamos irnos a casa ahora mismo, quitarnos esto de encima y mañana por la mañana todo volvería a la normalidad. Pero no te da la gana.

—Mientras ambos trabajemos para *Label*, eres intocable, Ally —dijo con una frialdad glacial—. Dimite.

Me entraron ganas de partirle su cara bonita.

—No —murmuré. Tenía más necesidad de un sueldo que de tener una polla insensible y condescendiente dentro de mí.

—Pues eso significa que no puedo ponerte un dedo encima. Y también que cada vez que tengas una cita, iré y me la cargaré, porque soy así de cabrón. —Ahora le tocaba a él dar salida a su rabia. Y, por alguna razón, seguro que debido a las hormonas del queso, no me pareció que fuera dirigida a mí.

No, en ese momento, Dominic Russo se odiaba a sí mismo. Por desearme.

—Sabes perfectamente que eso es una gilipollez. —Me estaba volviendo loca de atar. Esa era la única explicación para lo que estaba sucediendo.

—Soy consciente. Y lo siento. De veras —dijo, cerrando los ojos cuando me dispuse a replicar—. Esto no es justo. Ni remotamente sano. Créeme. Lo entiendo. No es culpa tuya. Pero no soy un buen tío, Ally, y la vida no es justa. Cuanto antes te des cuenta, mejor.

—Vale, mensaje recibido. ¿Y qué piensas hacer tú, exactamente, mientras yo no salgo con nadie? ¿Tirarte a todas las mujeres de Manhattan que no trabajen para ti?

Había vuelto a invadir mi espacio y pude sentir el pulso de su rabia. Estaba acompasado con el mío.

—Seguir haciendo lo que no he dejado de hacer desde que te conocí —dijo enfadado.

—¿Qué?

—Matarme a pajas pensando en ti.

Me fallaron las rodillas.

27

Ally

No había sido mi mejor noche.

Después de que Dominic me sujetara cuando había estado a punto de desmayarme sobre él, volví al bar. Con Austen. Al taburete que mi jefe custodiaba como una gárgola. Y fingí que todo iba bien.

Tenía urticaria en la urticaria del cuello.

Dominic no volvió a tocarme, pero siguió con la mano firmemente apoyada en el respaldo de mi silla. Para que quedara claro de quién era.

Ojalá tuviera el valor de coquetear con mi «cita» para mortificar a Dominic como él me había mortificado a mí, pero solo era capaz de mirar fijamente a Austen mientras este hablaba de su boda.

Me quedé allí sentada, sopesando mis opciones.

Dejar el curro y tirármelo.

O no dejarlo y joderme.

Por supuesto, pensaba elegir el camino más seguro. Mi situación exigía que conservara ese trabajo. Las circunstancias me obligaban a mantener la dignidad, aunque mi cuerpo no parecía capaz de ello.

A mi lado, Dominic soltó una sonora carcajada como respuesta a algo que dijo Delaney.

Yo estaba agotada. Y triste. Y enfadada. Había desperdiciado una noche libre. Podría haber ido a visitar a mi padre. Podría haber trabajado un turno de catering o haberme pasado toda la noche intentando arreglar el techo del salón. O haber hecho algo para empezar a avanzar de una vez en aquella tarea monumental que me proporcionaría cierto desahogo. Qué coño, podría haber llamado a mi mejor amiga, Faith, para ponernos al día.

Cualquiera de esas cosas era mejor que estar atrapada entre un hombre que no había superado lo de su ex y otro que me castigaba por no haber sido tan estúpida como para dejar el trabajo y pasar una noche loca con él.

¿Por qué era yo la que tenía que ceder? «Y una mierda».

Fantaseé con clavarle el codo en el torso, que, por cierto, estaba demasiado cerca, con tirarle la copa a la cara y luego darle un rodillazo en las pelotas.

Ahora mismo, lo odiaba. Lo detestaba.

Solo había una cosa que odiaba más que a Dominic Russo, y era el hecho de seguir deseándolo.

Era patético. Mi padre no me había criado para que fuera patética. Me había inculcado una confianza firme y profunda en mi propia valía. Merecía ser algo más que un juguete para entretener a un ejecutivo aburrido y salido. Merecía algo más que un polvo rápido.

Pero incluso mientras me decía eso a mí misma, mi ropa interior se humedecía cada vez más. Como si las hormonas hubieran destruido mi cerebro hasta tal punto que lo único que me importaba era que el hombre que tenía al lado me tocara.

Cada contacto, por inocente y platónico que fuera, adquiría un significado compuesto por varias capas, y cada una de ellas provocaba reacciones en cadena en la química de mi cuerpo. En ese momento, el roce de su pantalón contra mi pantorrilla estaba captando más mi atención que la historia de Austen sobre… Ay, madre. Su luna de miel.

Detrás de mí, Dominic charlaba con Delaney despreocupadamente, tan tranquilo. Los temas eran de lo más variopintos, desde la moda de primavera hasta los niños, pasando por una crisis humanitaria que el bufete de ella estaba siguiendo de cerca. Pero sentía su intensidad centrada en mí.

Ya había tenido bastante. Me sentía maltratada, agotada y

sexualmente frustrada. El hecho de seguir queriendo que me tocara me hacía dudar de mi capacidad para elegir. No me sentía tan hormonalmente inclinada a tomar una decisión tan mala desde el instituto.

Eso era Dominic Russo. Una puñetera decisión de mierda.

—¿Te apetecen unos palitos de queso? —me preguntó Austen de repente.

—La verdad es que he dejado de comer queso hace poco. —Hacía muy poco—. Y ha sido un placer conocerte, pero tengo que irme —dije.

Él se puso de un entrañable color rosado.

—La he cagado, ¿no?

Me bajé del taburete, apartando a Dominic con el culo. «Chúpate esa, capullo».

—Solo necesitas tiempo —le aseguré. «Y puede que un poco de terapia». Pero ¿acaso no la necesitábamos todos?—. No te sientas mal por concedértelo.

—Ha sido un placer conocerte, Ally —dijo, levantándose—. Gracias por escucharme.

Le puse la mano en el brazo y le di un beso en la mejilla.

—Todo irá bien, Austen.

Un campo de fuerza de desagrado me golpeó por la espalda. Me puse el abrigo y me giré hacia él.

—Buenas noches, *jefe*. —Para cualquier observador casual, esas palabras sonarían normales. Pero imprimí toda la maldad que fui capaz de reunir en la mirada que le lancé.

Nos miramos fijamente durante un instante largo y doloroso.

—¿No vas a cenar? —preguntó.

Me quedé perpleja. Era una pregunta tonta y extraña.

—No tengo hambre —repliqué, siguiendo mi camino—. Delaney, encantada de conocerte —añadí, yendo ya hacia la puerta.

El viento cortante me pareció maravilloso comparado con las llamas del infierno que había dejado atrás.

Todavía era temprano y no quería volver a mi casa fría y vacía a comer sobras envuelta en mantas. Podía volver a la oficina. Si acababa los cambios de Shayla en los gráficos y se los enviaba, no tendría que madrugar al día siguiente. Y eso significaba que podría pasar más tiempo con mi padre.

Pero antes tenía que hacer una cosa. Decidida, encorvé los hombros y eché a andar con el viento en contra.

El estudio estaba cerrado. No había mucha gente en Midtown interesada en ir a clases de baile después de las ocho de la tarde, pero yo tenía una llave y permiso para utilizar el local cuando me diera la gana.

Y esa noche me la daba.

Me enfundé la ropa de baile en los vestuarios, me recogí el pelo y puse la lista de reproducción «Que te den» en los altavoces. Apagué todas las luces excepto las que rodeaban los espejos.

Y lo eché todo fuera.

«Her Strut», de Gretchen Wilson, era justo lo que necesitaba para entrar en calor. Me acerqué al espejo, soltando los hombros con un contoneo. Mis caderas ya habían encontrado el ritmo y tenían intención de darlo todo.

Bailé, giré y me retorcí por todo el estudio, deteniéndome solo para encender la luz LED de discoteca.

Me invadió el ritmo implacable de Nine Inch Nails, seguido de Blondie. Estaba sudando. Mis músculos ya estaban calientes. Las patadas eran más altas. Las flexiones hacia atrás, más suaves. Pero esa rabia helada que sentía en el pecho aún no se había descongelado.

Por los altavoces sonó «So Hott», de Kid Rock, y me olvidé de todo lo demás, excepto de lo que sentía al moverme al ritmo de la música.

Todo había empezado en la clase de ballet de la escuela primaria. Ya de niña me resultaba demasiado rígido y limitado. Añadí claqué, y luego me enamoré de Patrick Swayze en *Dirty Dancing*. Practicaba las coreografías de los vídeos de la MTV en el salón mientras mi padre corregía trabajos en la mesa de la cocina. Cuando estaba en el instituto, iba a la ciudad dos veces por semana para ir a hiphop. Y también había tomado clases de danza durante la universidad. Hasta había probado los bailes de salón. Aprendía lo básico, el conteo, los pasos, y luego los mezclaba en una celebración del movimiento.

Después empecé a impartir clases. El baile me hacía sentir que festejaba mi cuerpo y mi vida. Daba color a mi forma de moverme por el mundo.

Sentí un cosquilleo en la base de la columna vertebral que ascendió hacia el centro de los omóplatos. Si alguien me estaba observando desde fuera, no podía verlo a través de las ventanas.

Y, de todas formas, me importaba una mierda. Estaba bailando para mí.

El ritmo cambió y me tiré al suelo con un lento estiramiento muscular. Avancé a gatas hacia los espejos, meciéndome y retorciéndome sobre las manos y las rodillas, antes de ponerme en pie y levantar la pierna en el aire con violencia.

El sudor me corría por el pecho y la espalda como un río zigzagueante. Varias ondas húmedas y despeinadas se me habían soltado de la coleta.

«All on My Mind», de Anderson East, me hizo bajar el ritmo. Empecé a hacer una coreografía estructurada que había estado montando y me permití fingir que no existía nada más al otro lado del cristal.

28

Dominic

Había pensado que no podía odiarme más a mí mismo de lo que ya lo hacía, pero entonces fui y superé mi propio récord de imbecilidad.

No me extrañaba que Ally quisiera asesinarme. Joder, después de lo de esa noche no estaba precisamente contento de tener que vivir conmigo mismo.

Delaney había intentado sonsacarme cuando Ally y Austen se marcharon... cada uno por su lado. Lo de que solo era una empleada no iba a colar, así que la acompañé amablemente al coche, le pedí a Nelson que la llevara a casa y decidí caminar tantas manzanas como fuera necesario hasta que se me pasara el cabreo o me entrara hipotermia.

La había cagado. Había cruzado tantos límites en aquel pasillo que no creía que pudiera volver a mirarme al espejo. Y luego había ido y había empeorado todavía más las cosas.

No esperaba encontrármela. Pero aun así me había pasado por allí.

Cuando llegué a la academia de baile que citaba en su solicitud de empleo, estuve a punto de hacer todavía más el ridículo. Ally estaba bailando en un estudio vacío, moviendo el cuerpo de una forma que me hizo desear que no hubiera ningún cristal entre nosotros, ninguna barrera. Podía oír el débil ritmo de la música latiendo en mi interior.

¿Sería así como se sentía mi padre? ¿Habría sido un hombre normal al principio, hasta que un día algo se había roto en su interior y no había podido contenerse? ¿Estaría destinado a seguir los pasos de Paul Russo, ese cabrón agresor e hijo de puta?

No podía dejar de mirarla. Bailaba como si fuera una compulsión. Como si necesitara hacerlo para seguir respirando.

Y yo entendía perfectamente esa compulsión, incluso me sentía identificado con ella. Solo que la mía no era un arte puro y hermoso. La mía no era una celebración, como la de Ally.

La mía era oscura. Sucia. Y me estaba ahogando con ella.

Me quedé allí mirándola, deseándola, mientras el frío de la noche me calaba lentamente hasta los huesos. Frío. Yo era un hombre frío. No era capaz de ser cariñoso. Romántico. Bueno. La mujer que estaba al otro lado del cristal merecía más de lo que yo podía ofrecerle, pero eso no me impedía desearla.

Ya había cogido antes cosas que no me correspondían. Pero no como mi padre. Nunca como mi padre.

Se me puso un nudo en la garganta al ver a Ally tirarse al suelo y gatear hacia el espejo.

Deseaba algo que no podía tener.

La deseaba hasta la desesperación. Y eso me hizo odiarme todavía un poco más.

La oficina quedaba más cerca que mi casa. Y no podía esperar.

Saludé con una breve inclinación de cabeza al guardia de seguridad del edificio y fui hacia mi despacho. La imagen de Ally gateando sobre las manos y las rodillas estaba grabada a fuego en mi cerebro, diluida en mi sangre.

Esa noche había hecho muchas cosas por las que odiarme. ¿Qué importaba una más?

La planta cuarenta y tres estaba vacía. Luché contra mis bajos instintos mientras la cruzaba lentamente. Retándome a no hacerlo. Deseando ser lo suficiente fuerte como para olvidarlo. Pero era una batalla perdida.

Me encerré en mi despacho, sin molestarme en encender las luces. Cuando fui hacia la puerta del baño, que estaba detrás del escritorio, ya me la había sacado de los pantalones.

Le di una patada a la puerta, sin molestarme en cerrarla del todo. Qué importaba. Tenía cosas más urgentes de las que ocuparme.

Cerré los ojos y me la agarré por la base, deseando que la acuciante necesidad disminuyera o desapareciera. Me apoyé en el lavabo con la mano libre e intenté no correrme allí mismo.

Así me ponía Ally todos los putos días. Nunca había deseado a nadie con esa intensidad que me revolvía las entrañas. Era como si mis neuronas estuvieran tallando monumentos en honor a esa mujer en mi cerebro.

—Joder —murmuré, recorriéndomela violentamente, con el puño apretado—. Ally…

Ojalá fuera ella. Ojalá la estuviera penetrando mientras me rodeaba con las piernas y me susurraba mi nombre contra los labios. Ojalá fuera mía.

Empecé a ver borroso mientras movía la mano de arriba abajo, con movimientos violentos y lujuriosos. No iba a aguantar mucho. Era imposible. Y menos enfrentándome a los suspiros imaginarios de los preciosos labios rosados de Ally. Viéndola gatear hacia mí, suplicándome con sus ojos marrones.

—¿Dom…? ¡Ay, Dios! Lo siento mucho.

«Joder. Joder. Joder».

La puerta del baño se abrió de golpe y allí estaba ella, otra vez con aquel vestido y aquellas botas. ¿Es que la había invocado, o qué? ¿Se trataba de una broma cruel?

—Sal de aquí, Ally —gruñí.

—Perdón —susurró ella—. Iba a dejarle una cosa a Shayla y como había algunos papeles que tenías que firmar, he cogido la llave y…

La miré en el espejo.

Seguía allí, con los ojos clavados en mí. Su boca formaba un círculo perfecto. Mi polla palpitante se sacudió y la sujeté con fuerza.

Estaba a punto de correrme, y ella estaba allí mismo.

Pero no era una fantasía: era la realidad. Había reglas.

Y yo era un puñetero monstruo. Desearla me había convertido en un monstruo.

—Dom —dijo en voz baja.

Cerré los ojos con fuerza.

—Ally, tienes que marcharte. —Me temblaba la voz.

—Has dicho mi nombre hace un momento —dijo, acercándose un poco más. Parecía aturdida.

Me había oído llamarla mientras me la pelaba.

—Ally, no aguanto más. Lárgate de aquí de una puta vez —le solté, con los dientes apretados. Sentí el sabor amargo de la desesperación en la boca.

Estaba justo detrás de mí. Podía oler su puñetero champú de limón.

—Si no te preocupara nada más, ¿te gustaría que me quedara? —me preguntó con suavidad.

—Lárgate ahora mismo —gruñí. Podía sentir el pulso a la vez en la cabeza y en la polla.

Ally me puso una mano en el hombro y casi me vine abajo.

—Contéstame, Dom.

—Joder. Por favor, Ally. —Se lo estaba suplicando. Si me soltaba la polla, me correría. Y ella se quedaría allí, mirando. Lo único que podía hacer era apretar con fuerza mi maldita erección y mirarla.

—¿Estás pensando en mí? —me preguntó.

—Sí —confesé, apretando los dientes—. ¿Contenta? Siempre estoy pensando en ti.

—Pero no me deseas lo suficiente como para saltarte las reglas.

La miré un momento. Tenía los párpados entrecerrados y los labios entreabiertos y húmedos como si acabara de lamérselos.

—Las reglas están para algo.

Pasó a mi lado y se situó entre el lavabo y yo. La punta de mi polla estaba a unos centímetros de su vientre.

—Así que puedes morirte de ganas de tocarme, de follarme, pero las reglas son más importantes.

El sudor me corría por la espalda.

—Algo así —jadeé. En ese preciso instante, mi propia lógica ni siquiera tenía sentido.

—Estoy muy cabreada contigo, Dom. Pero, al parecer, eso no significa que no quiera saber lo que se siente al tenerte dentro de mí. Y eso es algo que no soporto —reconoció.

—Pues ya somos dos —le solté.

Intenté pensar en las cosas más antieróticas del universo, pero nada conseguía alejar mis pensamientos de Ally. Y menos cuando esas botas que decían «fóllame» se separaron delante de mí y ella subió una mano hacia el dobladillo del vestido.

—Ni se te ocurra hacer eso —le advertí.

—¿Puedo enseñarte una cosa? Por favor. No lo haré si no quieres.

Lo deseaba más que nada en todo el puto universo. Más de lo que deseaba volver a mi antigua vida. Más de lo que deseaba que mi padre no fuera un monstruo. Más de lo que deseaba correrme.

—Joder. Sí.

Se levantó el vestido para enseñarme las bragas rojas que había visto antes. Estaban mojadas por la parte delantera. Estaba empapada.

—¿Es por mí? —Las palabras arañaron mi garganta como si fueran trozos de cristal.

—Yo también pienso en ti, Dom. Me encanta discutir y tontear contigo. Y, al parecer, que te comportes como un macho alfa gilipollas y prepotente también me pone. Y no me hace más gracia que a ti.

—No puedo estar contigo, Ally. No como tú quieres. No mientras trabajes aquí.

—Y yo no puedo renunciar —susurró ella.

Mi polla temblaba y se estaba poniendo de un preocupante color morado. Abrí la mano un milímetro, aliviado al ver que no me corría allí mismo, sobre ella.

Ally me miró, se metió los pulgares bajo la cinturilla de las bragas y se las bajó. No vi absolutamente nada porque el vestido me lo impidió, tapando la maldita tierra prometida. Algodón rojo sobre una piel suave, blanca como la leche. Mi miembro sufrió un espasmo y volví a apretarlo con fuerza.

Se las quitó y me las dio. Estaban calientes. Conseguí a duras penas contener el impulso de acercármelas a la cara y olerlas como un puto pervertido.

—Dame algo en lo que pensar esta noche, Dom. Por favor.

Me estaba regalando una puta fantasía. Y ese «por favor».

Esos ojos de miel líquida suplicantes me hicieron agarrar todavía con más fuerza mi erección.

Entreabrió aquellos labios rosados como pétalos mientras me miraba y me la imaginé de rodillas ante mí. No fui capaz de contenerme. No habría podido aunque lo hubiera intentado. Aunque toda la junta directiva entrara por la puerta en ese preciso instante. Me envolví su ropa interior en la mano y acaricié mi miembro maltratado lenta e intensamente.

Gruñí, pero el gemido que salió de su garganta me dio fuerzas para aguantar. Quería escuchar más sonidos como ese saliendo de ella. Los quería todos para mí.

Estábamos a unos centímetros de distancia en el baño y yo ya me había pasado un montón de veces de la raya. ¿Qué importaba una más? Pero esa era «la raya». Y mi padre la habría cruzado sin pensárselo dos veces. Por darse el gusto. Porque creía que se lo merecía.

Pero yo era diferente. Sabía que no me lo merecía. No merecía a Ally.

—Ally. No puedo. —Sacudí la cabeza, cerrando los ojos. No podía ser como él.

—Vale, Dom.

Parecía muy decepcionada y eso me hizo sentir todavía peor. Era el malo hasta cuando intentaba ser el bueno.

Oí el sonido de la puerta del baño cerrándose suavemente. Y, cuando abrí los ojos, estaba solo en el lavabo.

Solo otra vez.

Ni siquiera pude ir tras ella para disculparme, porque estaba demasiado ocupado masturbándome con aquellas bragas rojas. Mis huevos doloridos se tensaron y me di cuenta de que estaba a punto de acabar. En cuestión de segundos, me corrí con una fuerza brutal, observando con una fascinación amarga y perversa cómo mi orgasmo cubría la mancha de humedad de la que ella me había culpado. Seguí corriéndome intensamente, descargas enormes que un pedazo de algodón no podía contener. Pero me daba igual.

—Ally. —Su nombre me abrasó la garganta—. Ally.

29

Ally

El juego se llamaba «evita y vencerás».

Tras una larga noche en vela interrumpida no por una sino por dos duchas frías, interminables charlas mentales y varias búsquedas en internet de «técnicas de distracción», «cómo dejar de imaginarme a mi jefe desnudo» —no busquéis eso en Google, por cierto— y «cómo hacerse monja», había llegado a la conclusión de que mi única alternativa racional era fingir que Dominic Russo no existía.

Estaba cabreadísima con ese hombre. Hasta que había visto el monstruo marino de cabeza morada que tenía en los pantalones y me había puesto en plan repartidora de pizza de peli porno.

La cara de sufrimiento de Dom cuando lo había pillado se me había quedado grabada a fuego. Al igual que su imagen empuñando aquella erección imponente que asomaba por sus pantalones desabrochados.

En mí. Estaba pensando en mí. Y cuando le había dejado bien clarito que estaba a su disposición, que podía tenerme de verdad, me había dado con la puerta en las narices. Ese hombre se masturbaba fantaseando conmigo, y aun así no quería a la Ally real.

Lo único que tenía algún sentido era que se estuviera escondiendo detrás de las normas, usándolas como excusa.

Porque yo era Elizabeth Bennett y estaba tan por debajo de él que le daba asco pensar en estar conmigo de verdad.

Eso volvió a cabrearme.

A la mañana siguiente, entré a hurtadillas en la sala de asistentes, inspeccionando la habitación como una dulce criaturilla del bosque olfateando el aire en busca de... de lo que fuera que se zampara a las dulces criaturillas del bosque.

—Qué detalle por tu parte venir a trabajar —dijo Malina con sarcasmo.

Empezaba a pensar que esa mujer lo hacía todo con sarcasmo. Ese día llevaba puesto un vestido de color crema y el pelo recogido en un moño perfecto de tonos platino. Sus labios tenían pinta de haber sufrido un encontronazo con un enjambre de abejas el fin de semana o de haber recibido la visita de una jeringuilla cargada de bótox.

—Estás guapísima —respondí.

Ella puso los ojos en blanco con desprecio.

—Pfff. Déjame en paz.

Me encogí de hombros y me senté en la silla para encender el ordenador. Mientras arrancaba, me llegó un mensaje al flamante teléfono nuevo del trabajo:

Príncipe Azul
Tenemos que hablar

Mi cerebro se cagó en todo mientras mis partes femeninas se pusieron a celebrarlo de una forma de lo más inapropiada, las muy traidoras.

No pensaba exponerme a ver, oír, oler o estar a menos de cinco metros de ese hombre. No sabía qué tipo de problema biológico tenía, pero yo era una mujer adulta, por el amor de Dios. No una adolescente con las hormonas disparadas a la que le importaban un pito las consecuencias.

Lo único que había conseguido meterme en la cabeza durante la noche era que ese sueldo era lo único que hacía que mi padre siguiera estando donde tenía que estar. Y no pensaba hacer nada que lo pusiera en peligro. O al menos eso le había dicho a mi chichi anoche.

Me estremecí aterrorizada. Si él se presentaba allí y exigía verme, era capaz de hacer alguna estupidez, como darle un puñetazo en la cara o bajarle directamente la cremallera con manos ansiosas.

Por suerte, la salvación llegó de la mano de mi supervisora, Zara, que avanzaba a toda prisa por el pasillo entre las hileras de cubículos con los pósits en una mano y un rotulador en la otra.

—Necesito un voluntario para salir y...

—¡Ya voy yo! —dije, levantándome de la silla como un resorte.

Zara me miró como si fuera un bicho raro.

—Si ni siquiera sabes cuál es el recado.

—Da igual —respondí, desesperada—. Si es fuera del edificio, me apunto. Me apunto a todo lo que sea fuera del edificio.

—Fuera hace diez bajo cero y cae aguanieve —dijo Gola, apareciendo detrás de Zara. Parecía preocupada, y no era de extrañar.

—Me gusta el frío. Me encanta —aseguré. Nunca en mi vida había pronunciado juntas esas palabras.

—Bueno, eso me facilita las cosas —comentó Zara—. Ni siquiera he tenido que sobornar a nadie con el almuerzo. —Me dio seis pósits y apartó la mano cuando se los arranqué y me hice con ellos.

—¿A qué viene tanta prisa? ¿Hay descuentos en el comedor social? —se entrometió Malina, observando mi outfit con desagrado.

No iba vestida de marca de pies a cabeza, pero me había puesto guapa por si me cruzaba accidentalmente con cierta persona que había dejado de existir.

Llevaba una falda con vuelo de cuadros escoceses y unas medias de canalé, ambos grandes hallazgos de una tienda de segunda mano. Y Linus me había sacado del Armario unas botas hasta el muslo de la temporada anterior. El jersey de cuello alto era una reminiscencia de mi vida en Colorado, cuando me quedaban más de treinta y dos dólares en el banco después de pagar las facturas.

«Por favor, dioses del día de cobro, manifestaos y bendecid mi cuenta bancaria».

—Mal, los comedores sociales son gratis —dijo Gola, con un suspiro.

—¿Qué pasa, Malina? ¿No has encontrado ningún bebé al que patear de camino al trabajo esta mañana? —le preguntó Zara, reorganizando el resto de las notas.

Malina soltó una especie de silbido y regresó muy digna a su silla.

Cogí el bolso que había dejado en el suelo y fui hacia los ascensores. En realidad no creía que Dominic bajara a buscarme. Le iba más el rollo invocador. Pero aun así no estaba dispuesta a correr el riesgo.

—¿Qué te pasa? —me preguntó Gola, mientras acortaba rápidamente con sus largas piernas la distancia que nos separaba y yo abría de un tirón la puerta de cristal que daba a los ascensores—. ¿Va todo bien?

—Genial —le aseguré. Sentí que el rubor me subía por el cuello. Se me daba fatal mentir—. Estoy genial.

Parecía poco convencida.

—¿«Genial» en plan «a punto de volverme loca de remate»?

Pulsé con insistencia el botón de bajada del ascensor. Tres veces.

—Muy graciosa. Qué guapa estás hoy —dije.

La puerta de las escaleras se abrió al fondo del pasillo y el hombre que no existía apareció. Sus ojos fueron directamente a por mí.

Me di la vuelta y volví a pulsar con fuerza el botón.

—Ally, te digo esto desde el cariño: necesitas un masaje y un tratamiento facial —declaró Gola.

Podía sentir su mirada sobre mí. Era como un incendio arrasando mi piel. Tenía que salir de allí de inmediato.

El dios misericordioso de los ascensores de los rascacielos me iluminó con su amor divino y las puertas se abrieron con un digno tintineo. Entré, embutiendo mi cuerpo en el habitáculo, que estaba abarrotado. No podía permitirme esperar al siguiente.

—Luego te llamo —le prometí apresuradamente a Gola, mientras pulsaba el botón de cierre.

Las puertas se negaron a cerrarse con obstinación.

Dominic se acercaba, viniendo hacia mí con una mirada asesina y... ¿Llevaba puesto un puñetero chaleco? ¡Qué hijo de puta! Solté el botón, dispuesta a enfrentarme a él y a su chaleco. Justo entonces, las malditas puertas empezaron a deslizarse la una hacia la otra.

Sus ojos azules parecían gélidos y atormentados. Exactamente igual que la noche anterior, salvo porque, bueno, no se estaba masturbando con rabia ni susurrando mi nombre.

¿Era raro que en el momento más sexy de mi vida no hubiera incluido sexo propiamente dicho?

Las rodillas empezaron a flaquearme por un deseo tan carnal que temí morirme allí mismo.

—¿Puedo ayudarle en algo, señor Russo? —logró articular Gola mientras él seguía avanzando.

Lo fulminé con la mirada canalizando toda mi rabia —y puede que una pizca del calor que emitían mis bajos— por la ranura que quedaba entre las puertas, hasta que estas se cerraron y cortaron la conexión.

El resto de la gente del ascensor me estaba mirando, pero la ignoré. Una gota de sudor me recorrió la espalda mientras exhalaba un largo suspiro. Me sentía como si hubiera ganado. Como si acabara de escapar de un león hambriento. Esa gacela boba viviría para contarlo un día más. La sensación de triunfo me acompañó hasta que crucé el vestíbulo y salí a un mundo miserable, frío y gris.

Los recados consistían en una serie de recogidas, entregas y comprobación de localizaciones para varios departamentos.

Cuando iba por la mitad de la lista, sucumbí a la tentación y me metí en una cafetería. El interior era cálido y acogedor. Y estaba lleno de gente que me recordaba a mi antiguo yo: diseñadores y escritores apiñados frente a sus portátiles, con un horario liberal, tomando un café con leche espumoso que podían permitirse pagar.

Pedí un café solo y miré con envidia los pasteles de la vitrina. Luego recordé los treinta y dos dólares que tenía en el banco. No cobraría hasta el día siguiente. Tenía que aguantar hasta entonces. Había tensado demasiado la cuerda. Ya casi no me quedaba comida. Tenía que pagar la factura del gas. Y no podía retrasarme más con los pagos de mi padre. Contendría la respiración hasta que el ingreso llegara a mi cuenta a las doce y un minuto de la noche. Entonces, tras extender esos cheques, me tomaría un lingotazo de whisky. De los de los estantes inferiores.

La música de mis auriculares se interrumpió con un mensaje entrante.

Supe de quién era antes de mirar la pantalla.

No puedes huir eternamente
Tarde o temprano tendremos que hablar

Cogí el café de la barra y me senté en una silla en un rincón, mirando hacia la ventana de cristal empañada.

No

Dónde estás?

No puedes despedirme

No quiero despedirte
Quiero disculparme y prometerte que no
volverá a ocurrir
En todo caso, tú podrías hacer que me
despidieran a mí
Deberías hacerlo

Qué te pasa?

No lo sé
Recursos Humanos es un espacio seguro
Yo no te lo impediría

Decidí dejar de intentar enviar mensajes con los dedos todavía congelados y lo llamé.

—Ally. —La forma en la que dijo mi nombre hizo que mis partes femeninas se tensaran—. ¿Dónde estás? ¿Podemos hablar? No tiene por qué ser a solas. Puedo pedirle a alguien de Recursos Humanos...

—Pero ¿a ti qué coño te pasa? —pregunté. La mujer que estaba a mi lado estudiando atentamente la Biblia me fulminó con la mirada.

—Vas a tener que ser más específica —me dijo al oído.

—La puerta de tu despacho estaba cerrada, Dom —señalé, a un volumen más adecuado.

—No importa.

—La puerta de tu despacho estaba cerrada y era supertarde. Tú no me obligaste a ir allí, idiota. Iba a dejar unos archivos y cogí la llave de la mesa de Greta.

—Mi comportamiento fue inadmisible —replicó, con voz grave y áspera.

—Por favor —me burlé—. Deberías ver lo que yo soy capaz de hacer con un vibrador los sábados por la noche.

—Ally. —Pronunció mi nombre como si estuviera sintiendo dolor físico.

El tío del anorak amarillo limón que escribía mensajes en el móvil como si fuera un trabajo a tiempo completo me miró con interés.

—Ni lo sueñes, colega —dije.

Él siguió enviando mensajes y empezó a preocuparme que estuviera haciendo una de esas movidas de Twitter en directo: «Hola, Twitter, estaba sentado en una cafetería concentrado en mis cosas, cuando la tía de al lado ha empezado a hablar de vibradores»...

—¿Qué? —preguntó Dom.

—Tú no. Bueno, tú tampoco. No quiero acosarte, Dom. Solo quiero explicarte que todo el mundo actúa de forma inadmisible en su vida privada. Y yo irrumpí casualmente en la tuya. Tú no me has acosado. No me has agredido. Me has rechazado.

—Creo que no te das cuenta de la situación —replicó con frialdad.

—Ya, bueno, pues yo creo que a ti se te ha ido el tren. Has

tenido la oportunidad de quitarte esto de encima y has dicho que no.

—Soy tu *jefe*. Y estás siendo muy terca con lo de no dimitir.

—Llegados a este punto, me importa una puta mierda, Dominic.

La señora de los estudios bíblicos se aclaró la garganta contrariada y señaló a los adolescentes que tenía enfrente.

—Perdón —dije—. Mira, ya has tenido tu oportunidad. Y has dejado bien claro que no quieres... tomarte un café conmigo —le solté a Dominic.

—¿Un café?

—Es un eufemismo. Aquí hay gente estudiando la Biblia —susurré por el teléfono—. Supéralo.

—Vale. Creo que lo que he dejado bien claro es que me muero por arrancarte las putas bragas, Ally —gruñó él.

—Sí, ya. Pero no vas a actuar en consecuencia y bla, bla, bla. Y yo no pienso entrarte. Tú no me has acosado. Yo no te he acosado. A partir de este momento, no hay nada más que hablar.

—Entonces, ¿piensas evitarme durante el resto de tu vida?

—Eso es justo lo que pienso hacer. Porque merezco algo mejor. Merezco un tío al que no le horrorice sentirse físicamente atraído por mí.

—Eso no es...

—Cierra la boca, Príncipe Azul. Esto es lo que haremos de ahora en adelante: absolutamente nada. Seremos educados en el trabajo. No nos mandaremos mensajes, ni chatearemos, ni nos pelearemos. Nunca nos veremos a solas. Y nunca nos tomaremos un café.

—¿Te doy miedo, Ally?

—Lo que me da miedo es quedarme a solas contigo en una habitación y no poder controlarme.

Oí una respiración entrecortada a su lado de la línea y me pregunté si estaría estrujando el teléfono con la mano.

La señora de los estudios bíblicos se había puesto a hablar de un salmo a voz en grito, intentando ahogar mi voz.

—¿Controlarte? —preguntó Dominic, en un tono falsamente apático. Pero yo sabía perfectamente que no era así como se sentía.

—Sí, Dom. Me da miedo abalanzarme sobre ti y romperte la puñetera nariz.

Soltó una carcajada lúgubre, carente de humor.

—Eres tremenda, Ally.

—Y tanto que lo soy. Y tú te lo has perdido, por gilipollas.

—Pues sí —reconoció.

Pero yo no quería que me diera la razón por compasión. Quería fingir que él nunca había existido.

—Genial. Y ahora que está todo resuelto, fuera de mi teléfono.

30

Ally

El viernes por la mañana me pasé por el departamento de Contabilidad, tras asegurarme de que la citación no era una trampa de Dominic para obligarme a hablar con él.

En mi cabeza se reproducían en un bucle interminable todos los mensajes contradictorios y los rechazos de ese hombre. Eso debería haber bastado para aplacar cualquier tipo de deseo carnal. Pero cada vez que lo visualizaba con la polla en la mano y diciendo mi nombre, me fallaban un poco las rodillas.

Lo achaqué al síndrome de abstinencia del queso y me reafirmé en mi decisión.

Definitivamente, no pensaba ni de coña: *a*) lanzarme al cuello de ningún hombre demasiado tonto o testarudo como para disfrutarlo, o *b*) convertirme en una subordinada que acosaba sexualmente al jefe. Necesitaba ese trabajo. Necesitaba ese sueldo. No necesitaba que mi jefe me deseara y luego me hiciera sentir como una idiota. Me concentraría en el curro, me ganaría el sueldo y saldaría la enorme deuda que había acumulado.

Solo tenía que sobrevivir al resto del día y podría olvidarme de mi jefe durante todo el fin de semana. Tenía dos turnos como camarera, un catering el sábado por la noche y una clase de baile el domingo por la mañana. Además de un montón de maravillosas horas de reformas por delante para mantenerme ocupada.

El lunes llegaría desintoxicada de Dom y del queso y me mantendría en el buen camino.

Lo mejor de todo era que ese día cobraba. A lo mejor hasta podía comprar un poco de comida de verdad.

—Hola, soy Ally Morales —dije, presentándome a la mujer del primer mostrador—. Me habéis enviado un mensaje esta mañana para que me pasara por aquí.

Me dedicó una sonrisa compasiva. «Oh, oh».

—Ally, me temo que tengo malas noticias. Ha habido un error con la transferencia y no podremos solucionarlo hasta el lunes.

Mis oídos activaron el filtro «bum, bum, bum» mientras esa mujer vestida de Marc Jacobs me explicaba que había habido un baile de cifras en el código de identificación bancaria.

—¿Qué significa eso? —pregunté, saliendo de repente de mi estupor.

—Significa que no te ingresarán la nómina hasta el lunes.

Repasé mentalmente todos los tacos que me sabía, incluidos varios que no tenía muy claros.

—Puedo aceptar un cheque. O efectivo. —O una de esas pulseras relucientes que ella llevaba y que tintineaban cuando movía la mano.

Empezaron a sudarme las axilas de desesperación. Para que lo sepáis, el desodorante del todo a cien no funciona en situaciones de estrés.

La mujer vestida de Marc Jacobs volvió a mirarme con lástima.

—Ahora no puedo hacer nada. Tendrás que esperar hasta el lunes.

«Esperar hasta el lunes».

Había alargado el periodo de gracia de la residencia de ancianos todo lo posible sin que acabara rompiéndose como una goma elástica. Al día siguiente, a las nueve de la mañana, debía pagar los atrasos más una fianza. Tenía que apoquinar cinco mil trescientos veintisiete con noventa y cuatro dólares, si no...

Di media vuelta y me fui de allí sin mediar palabra para salir a un pasillo lleno de gente guapa vestida con ropa bonita que nunca había pasado hambre y que nunca había tenido que elegir entre la comida y la calefacción. O entre la comida y el bienestar de su padre.

Era increíble la cantidad de gente que no sabía lo que era la verdadera desesperación. Resultaba sorprendente que esa fuera la primera vez en mis treinta y nueve años que la estuviera sintiendo. En su día, yo tenía una vida. Un padre que me quería. Una carrera laboral. Ahorros. Dios. Parecía que habían pasado siglos, en lugar de seis meses.

Tenía casi dos mil dólares ahorrados. Se suponía que mi sueldo cubriría el resto. ¿Qué iba a hacer hasta el día siguiente para lograr reunir más de tres mil dólares en menos de veinticuatro horas? Podía probar a encomendarme a la misericordia de Deena La Recepcionista y suplicarle más tiempo.

En ese momento me sonó el móvil. Era de la oficina de la residencia de ancianos. El pánico me hizo cosquillas en la garganta.

—¿Sí?

—Señora Morales. —La voz de bruja malvada de Nueva Jersey de Deena me heló la sangre—. Llamaba para saber si tenía que dar instrucciones al personal de enfermería para que empiece a guardar ya las pertenencias de su padre. —Parecía encantada de la vida.

—No será necesario —repliqué, atragantándome con las palabras.

—Vaya, qué buena noticia —respondió, con un tono que dejaba claro que no me creía—. Si le va mejor, estaré encantada de recibir su cheque hoy.

Tragué saliva.

—Mañana está bien. —Necesitaba cada segundo disponible entre este momento y ese.

—La veré mañana a las nueve en punto —dijo Deena. Puede que fuera mi imaginación, pero me pareció oírle soltar una carcajada justo antes de colgar.

«Mierda. Mierda. Mierda».

Tambaleándome y cegada por las lágrimas no derramadas, me puse en marcha.

Doblé la esquina trazando una curva demasiado cerrada y reboté contra un pecho duro, como una bola de pinball. Pero su dueño no me sujetó. Fue la persona que iba al lado la que me agarró.

—Ally, ¿verdad? ¿Estás bien? —me preguntó Christian James.

Diseñador. Hoyuelos. Seguro que él no me rechazaba si le regalaba mis bragas. Mi cerebro era una montaña rusa de confusión y miedo. Había fracasado. Mi padre iba a perder su cama por mi culpa.

—Sí —mentí. La palabra salió como si me estuvieran estrangulando. Como si me estuviera ahogando en mi propio fracaso. Sentía calor y picor en el cuello.

—Ally, ¿qué pasa? —me preguntó Dominic, alejándome de las manos amables de Christian.

No podía respirar. Las elegantes paredes de *Label* se cernían sobre mí. Dominic me miraba preocupado con sus ojos azules.

Me zafé de él.

—Nada —dije con voz ahogada.

Él volvió a agarrarme y sacudí la cabeza antes de huir hacia la puerta de las escaleras.

Temiendo que me siguiera, en lugar de bajar, subí corriendo. Cuando llegué a la azotea y salí por la puerta bajo el frío cortante, estaba agotada. Mental, emocional y físicamente. Ya estaba. Había tocado fondo. Si se podía tocar fondo en lo alto de un rascacielos de Midtown en pleno febrero.

Respiré una bocanada de aire helado y exhalé una nube plateada. Repetí el proceso una y otra vez hasta que la opresión del pecho empezó a remitir.

—Es un ataque de pánico, no un ataque al corazón —susurré mientras me pegaba a la pared y esperaba a que se me pasara.

No podía permitirme sentir pánico. No había tiempo para lamentaciones. Necesitaba una solución. Necesitaba ayuda.

Me quedé allí un rato más, esperando la intervención divina de la diosa de los derrumbes de los rascacielos. Al ver que esta no aparecía, me incliné por la siguiente mejor opción. Saqué el teléfono y llamé a Faith.

La cara de mi mejor amiga apareció en la pantalla, con un antifaz torcido en la frente.

—¿Qué pasa? —dijo. Su cabello natural negro azabache era

ahora rubio platino con sutiles reflejos violetas y lo llevaba recogido en un moño torcido.

—¿Te has acostado tarde? —pregunté con un hilillo de voz.

—Soy dueña del cuarenta por ciento de un club de striptease. ¿Tú qué crees?

Ladies and Gentlemen era un club de striptease inclusivo al estilo Miami, con hombres, mujeres y unas cuantas drag queens con mucho talento. Era genial e incluso sofisticado, en el sentido más libertino y nudista de la palabra.

—Hoy es la noche abierta, ¿verdad?

Faith se sentó en la cama y posó el móvil. Me dejó mirando al techo durante unos segundos en los que vi cómo se le escapaba accidentalmente un pezón del picardías rosa porque, obviamente, mi mejor amiga dormía con lencería cara.

—¿Vas a venir? —chilló, volviendo a coger el teléfono.

—¿Cuánto habías dicho que podría ganar? —pregunté. Faith había estado tratando de convencerme para que fuera a la noche de los aficionados desde que había vuelto a casa.

—Todos los participantes reciben cien dólares y dos copas gratis. Luego, los tres primeros clasificados se reparten el dinero del premio. Con lo bien que se te da menear el culo, seguro que quedas primera, aunque yo no sea la jueza. Eso serán unos dos mil quinientos dólares, fácilmente. Más las propinas.

Ya me había convencido con lo de las copas gratis y los dos mil quinientos dólares.

Me entraron ganas de gritar de alegría. Y lo único que tenía que hacer era mover el culo. Ah, sí, y enseñar las tetas a un club lleno de desconocidos. ¿Cómo era posible que esa fuera mi vida?

—No tengo que hacer ningún baile privado, ni nada, ¿no? —pregunté para cerciorarme.

—No. A menos que quieras, claro.

—Vale —dije, cerrando los ojos.

«Pídele el dinero. Pídeselo. Díselo: "Necesito ayuda, Faith"».

Pero me había prometido ciertas cosas a mí misma. Y, llegada a ese punto, cumplir esas promesas era lo único que estaba haciendo bien.

—Debes de estar fatal de pasta —comentó mi amiga, antes de coger una lata de refresco que tenía abierta en la mesilla y darle un trago. Faith era una de esas personas asquerosas cuyo metabolismo se aceleraba a los treinta años.

—Voy un poco justita —dije tímidamente.

—En serio, cielo, si necesitas dinero…

—Estoy bien. No pasa nada. ¿A qué hora tengo que estar allí? —Faith me miró con incredulidad—. Lo digo en serio —insistí—. Será divertido. —«Vaya trola. Menuda sarta de mentiras cochinas».

—A las once.

Lo bueno era que al menos podría trabajar unas cuantas horas en la barra del Rooster's antes de mi humillación. En esos momentos, cada dólar contaba.

—¿Qué me pongo? —pregunté con voz de pito. Me aclaré la garganta.

—Por favor, cielo. Eso déjamelo a mí, yo te cubro. O más bien te descubro. ¿Lo pillas? —Faith sonrió.

El estómago se me revolvió de nuevo, pero no tenía elección. No me quedaban opciones, a menos que quisiera hacer realidad los peores temores de mi padre. Yo había organizado ese lío y yo lo solucionaría, costara lo que costara.

—Vale. —Inhalé otra bocanada de aire frío para armarme de valor—. Nos vemos a las once.

—¡Qué emoción! Lo vas a hacer genial. A las once en el *backstage* de Ladies and Gentlemen. Llega a tiempo y con el culo al descubierto —canturreó.

—Vale. Nos vemos, entonces —dije, antes de colgar.

Me llevé el teléfono a la frente en un vano intento de aliviar el dolor de cabeza que empezaba a taladrarme el cerebro.

Me permití otros treinta segundos de pánico y desesperación, mientras maldecía al universo por el plan absurdo que tenía para mí. Después recuperé la compostura y fui hacia la puerta.

Haría lo que fuera necesario. Así era como mi padre me había criado. Y, algún día, dentro de muchos, muchos, muchos años, podría mirar atrás y reírme de ese desastre.

31

Ally

Vance era un tío paliducho con una buena panza cervecera que vestía como un extra de *Corrupción en Miami* y hablaba como un Tony Soprano canadiense. Llevaba pantalones blancos y una camisa roja con loros y palmeras. Un trío de cadenas de oro se le enredaba en la generosa pelambrera del pecho.

—El agua y el café son gratis. El botiquín está en los vestuarios, por si te haces una rozadura con la barra o te salen ampollas con los zapatos y esas cosas —me explicó, mientras me llevaba por delante de una pared de espejos que reflejaban las luces rosas y moradas del escenario. Los tonos graves retumbaban y en el escenario había una mujer enroscada en la barra como un koala—. En las noches abiertas, salgo a comprar bagels para todas. Tienes una taquilla con cerradura de combinación. Está prohibido que las chicas salgan solas del edificio. Tenemos unos guardias de seguridad como armarios empotrados que no se cortan en dar un toque a los clientes. No se toca a las bailarinas, a las camareras de sala, ni a las de la barra.

Asentí con gravedad y fingí no ver el mar de hombres —salpicado por alguna que otra mujer— que inundaba las cabinas y se apiñaba alrededor de las mesas redondas que había a lo largo del escenario. Todos estaban allí para presenciar cómo renunciaba a mi última pizca de dignidad.

—Tenéis dos copas gratis por turno —dijo Vance, abriéndome una puerta en la que ponía «Solo empleados»—. No te aconsejo que te bebas las dos seguidas, porque Esther las carga mucho. Podrías caerte de la barra.

—Ja, ja —dije.

Seguí sus hombros cubiertos de loros rojos por un largo pasillo.

—La jefa me dijo que te trajera aquí directamente cuando llegaras —comentó, dando unos golpecitos rápidos en una puerta con un cartel en el que ponía CÓDIGO DE VESTIMENTA: OPCIONAL antes de abrirla—. Entrega especial, jefa.

La «jefa» era Faith Vigoda, mi mejor amiga desde quinto de primaria. Siempre me había recordado a una Gwen Stefani alta y negra que no sabía cantar, aunque a Faith eso no le hacía falta. Había nacido con una visión para los negocios alucinante.

El verano anterior a sexto de primaria, había ganado tanta pasta con su puesto de limonada que había conseguido una licencia y había contratado a dos empleados a media jornada. Se había pagado la universidad con el dinero que había sacado de un negocio ilegal de redacción de trabajos para otras facultades. Después de la carrera, se volvió legal y diversificó el negocio con el alquiler de propiedades y, por último, con el sector del ocio.

Llevaba cuatro años siendo socia de ese local y había duplicado los ingresos del club.

—¡Qué contenta estoy de que estés aquí! —chilló, saliendo de detrás de la mesa para abalanzarse sobre mí y darme un abrazo que yo necesitaba desesperadamente.

—Me alegro un montón de verte. —Y, a pesar de las circunstancias, era verdad.

—Has estado un poco ocupada últimamente —dijo Faith con indulgencia—. ¿Qué tal tu padre? ¿Cómo le va con la pierna? Háblame de tu trabajo.

Me acomodé en un sillón de terciopelo rosa y la puse al corriente de todo, menos de mi situación financiera y de lo de Dominic Russo, pintando un cuadro de hija obediente y empleada diligente.

—Nada de eso explica por qué de repente te ha dado por venir a la noche abierta.

—Ahora mismo estoy un poco pillada de dinero. El primer sueldo de la revista se ha retrasado, así que se me ha ocurrido...

—Me encogí de hombros, sin acabar la frase.

—Ya, bueno. Luego hablamos de todas las cosas que no me estás contando. Ahora vamos a buscarte algo de ropa. ¿Prefieres vaquera sexy o animadora profesional?

«Prefiero vomitar».

—¿Qué te parece? —pregunté, saliendo como pude del vestidor con unas plataformas blancas de charol de tacón de aguja de doce centímetros.

Faith giraba lentamente en círculos en una silla de peluquería que estaba frente a un espejo de maquillaje de estilo kitsch mientras hojeaba los informes de beneficios. Se detuvo, dejó los papeles y me hizo dar una vuelta sobre mí misma.

Esta no se parecía en nada al cambio de imagen que me había hecho Linus, mi hado padrino. Nada de nada. Esa particular transformación incluía una camisa de cuadros de manga larga con broches anudada entre los pechos, unos atrevidos vaqueros cortos que ya se me estaban metiendo por el culo y unas pezoneras azules con purpurina que esperaba que nadie más viera.

—No te saques el pantalón del culo, así conseguirás más propinas —me dijo mientras yo intentaba hacer precisamente eso. Suspiré apretando los dientes e intenté no pensar en lo que iba a hacer dentro de unos nueve minutos. «Uf»—. Te queda genial —me aseguró Faith.

Luego se levantó y me alborotó el pelo con los dedos.

—¿Debería maquillarme más?

«Tal vez como un payaso o un mimo, para al menos poder ocultar esa parte de mi cuerpo».

—No. La naturalidad triunfa en la noche abierta. Tienes pinta de alguien que le presentaría a mi madre si fuera hombre... o lesbiana.

—Tequila —dije con un hilillo de voz.

—Tequila, nena.

Ambas nos estremecimos.

—Siéntate —me pidió, señalando el sillón de maquillaje—.

Te traeré un poco de agua. Ahí arriba vas a sudar, así que es mejor que te hidrates.

Ya estaba empezando a tener sudores fríos.

En el circuito cerrado de televisión del camerino se veían las mesas que rodeaban el escenario y el bar. Había más gente que cuando había llegado. Intenté no calcular cuántos ojos verían mis tetas esa noche.

El *backstage* estaba más limpio y animado de lo que me esperaba. Me había imaginado prejuiciosamente a mujeres desnudas agotadas, desplomadas en sillas metálicas, fumando un cigarro detrás otro y echándose las unas a las otras purpurina por el cuerpo.

Definitivamente había brillos, pero la única bailarina que había visto había llegado en un monovolumen directamente de la clase de pilates, tomándose un batido de fruta natural. Ni siquiera había venido a bailar. Era la presentadora de la noche abierta. El resto de las participantes estaban apiñadas en otro vestuario para que yo pudiera sufrir mi crisis nerviosa en paz.

Había un sofá largo y bajo a lo largo de una pared, cubierto por un montón de cojines peludos de color rosa. Cinco tocadores decorados con fotos y objetos personales, como las taquillas del instituto, ocupaban la pared opuesta. Había una zona abierta de guardarropa, mucho más pequeña que el Armario de *Label*, pero igual de ordenada y con la misma cantidad de lentejuelas. La tenue luz rosada daba a las chicas un aspecto juvenil e ingenuo y los pulverizadores de aceite llenaban la habitación de delicados aromas de menta y eucalipto.

Faith volvió con un vaso de agua de pepino y limón y me bebí la mitad.

—No me encuentro muy bien —confesé.

Ella se agachó y apoyó las manos en los brazos de la silla.

—Escúchame, Ally. Mucha gente baila por dinero. Las primeras bailarinas de las compañías de ballet, Jane Fonda, las Laker Girls, las integrantes de los cuerpos de baile, las Rockettes... Todas ellas ganan dinero moviendo su cuerpo. Y no es algo de lo que haya que avergonzarse, ni muchísimo menos —aseguró Faith—. No estás haciendo nada malo. Y cualquiera que te diga lo contrario es...

—Un aliado del patriarcado —dije, acabando la frase en su lugar. Ya había hablado de eso con ella varias veces.

Pero nunca estando medio desnuda y con intención de despelotarme más.

—Esa es mi chica. —Me puso de cara al espejo—. ¿Te gusta bailar? —Asentí con la cabeza—. Quiero oírte, nena. ¿Te gusta bailar? —me volvió a preguntar.

—Me encanta bailar —dije. Y era cierto. Me encantaba. En realidad, la única diferencia, aparte del público salido con billetes pequeños a puñados y fantasías guarras, era que bailaría sin sujetador.

—Te encantan la música, las luces y el baile. Eso es en lo que tienes que pensar. Sal ahí y celebra tu cuerpo. Hazlo por ti, no por ellos. Ellos pueden mirar, pero tú eres lo importante.

—Yo soy lo importante —dije, esa vez con más firmeza. Me preguntaba si Faith se habría planteado alguna vez dedicarse al *coaching*.

—Bien dicho. A ver, ¿quién tiene el poder? —preguntó.

—Yo —susurré.

—No te oigo.

—Yo —repetí.

—Eso es. Tú. Así que sal ahí fuera y menea ese culo prodigioso. Y luego, ¿sabes lo que vas a hacer?

—¿Quemar esta ropa y emborracharme?

—No. Bueno, eso también. Pero antes irás a cobrar el dinero que has ganado. Y luego vendrás a la barra a tomarte una copa conmigo y a contarme de verdad hasta qué punto estás pillada de dinero.

Hice una mueca de dolor.

Sabía que podía pedirle lo que necesitaba. Y sabía que ella me lo daría sin hacer ninguna pregunta. Sin esperar que se lo devolviera. Pero se lo había prometido a mi padre. Y eso era lo único en lo que no lo había defraudado, de momento.

Le había prometido que nos enfrentaríamos a esto como nos habíamos enfrentado a todo lo demás: juntos. Como un equipo de dos personas luchando contra una enfermedad que ambos sabíamos que acabaría ganando.

Mi padre era un hombre orgulloso y me había inculcado ese

valor en concreto. Si aceptara dinero de alguien para ayudar a pagar sus cuidados, no solo se sentiría decepcionado, sino que se quedaría destrozado. Le había prometido que él nunca sería una carga, y me había prometido a mí misma que nunca le daría razones para sentirse como tal. Por eso le había estado mintiendo en sus días buenos, diciéndole que su seguro lo cubría todo.

Había hecho una promesa, y haría lo que fuera necesario para solucionar eso por mi cuenta. Aunque para ello tuviera que ponerme pezoneras. El orgullo de los Morales me arroparía en el escenario.

—¿Cuál podría ser mi nombre de bailarina? —pregunté, cambiando de tema antes de que Faith me exigiera un informe detallado de mis gastos mensuales.

—Hum… —dijo, metiéndose una piruleta azul de frambuesa en la boca, mientras me miraba concentrada. Finalmente sonrió—. Candie Couture.

—Ay, madre —gemí—. ¿Al menos puedo escribirlo con «y»?

—No. Es con «ie» —replicó Faith, con una sonrisita—. Y ahora cierra la boca.

—¿Qu…? —La asfixia y el atragantamiento que sufrí al tragarme la primera descarga de purpurina corporal que me disparó interrumpieron la pregunta.

32

Dominic

Iba a matarla. Pensaba sacar a rastras del escenario a la puñetera señorita Candie Couture, con su pobre excusa de trapitos, llevarla a un callejón y asesinarla. Pero antes me cargaría a todos y cada uno de los hijos de puta de esa sala que se atrevieran a mirarla. Empezando por ese gilipollas repulsivo de la esquina con dientes de oro que se estaba toqueteando los huevos por encima del pantalón de chándal. Él sería el primero.

Cuando escuché sin querer... Bueno, vale. Cuando escuché a escondidas su llamada en la azotea, pensé que estaba alucinando. Mi íntegra e intachable asistente no podía estar planteándose en serio quitarse la puta ropa delante de un montón de salidos anónimos por dinero.

Y sin embargo, allí estaba yo: sentado en el asiento de vinilo negro de un reservado con un expositor de mesa que anunciaba un dos por uno en champán para compartir con «tu bailarina favorita». Y allí estaba ella: en el escenario, con unos pantalones tan cortos que ni siquiera podían considerarse ropa, delante de ciento cincuenta gilipollas como mínimo, incluido yo mismo. Ally entornaba los ojos por culpa de las luces mientras un montón de hombres —y mujeres— que pronto estarían muertos le silbaban y le decían guarradas.

Si tuviera un día más benévolo diría que no podía condenarlos por ello, porque estaba tremendamente sexy.

Pero también parecía cagada de miedo.

Ya había tenido bastante. Empecé a salir del reservado con intención de sacarla del escenario. Ese no era lugar para ella y ya era hora de que me lo confesara todo. Pero en ese momento, la música empezó y el público se acercó todavía más. Cuando ella rodeó con una mano la barra de latón, olvidé mis intenciones y volví a sentarme.

La canción era lenta, pecaminosa y taciturna. Me gustaba. Me recordaba a mí.

Ally enganchó una pierna en la barra y giró alrededor de ella, bajando cada vez más hacia el suelo. El pelo se le alborotó y, cuando volvió a ponerse en pie, le cubría uno de sus ojos ahumados. Me entraron ganas de echárselo hacia atrás, enganchárselo detrás de la oreja y darle un beso.

Quería inspeccionar al público —y estaba siendo generoso con el término— en busca de amenazas, pero no podía apartar la mirada de la mujer obstinada, desesperada y deliciosa del escenario. Recé para que el personal de seguridad estuviera a la altura del desafío de esa noche. Porque si alguien le ponía una mano encima, aunque fuera un solo dedo, iba a ponerme hecho un basilisco.

Ally movió el cuerpo como si la estuviera tocando un amante, deslizando sus propias manos por aquellos pechos tentadores y por su vientre liso hasta enganchar los pulgares en la cintura de los pantalones cortos.

Contuve la respiración junto con el resto de gilipollas de la multitud. Entonces ella se bajó los pantalones por las piernas y se los quitó de una patada, dejando al descubierto un sencillo tanga negro.

Le compraría mil tangas si fuera mía. La ahogaría en lencería, vestidos, diamantes y putos pantalones de yoga. Le daría todo lo que quisiera.

Giró las caderas con un movimiento tan impío que la polla se me retorció dentro de los pantalones. Me di cuenta de que se me había puesto dura en cuanto había salido al escenario. Odiaba el poder que tenía sobre mí.

Lo único que la mantenía a salvo de mí era que mi madre firmaba sus nóminas.

Eso y el hecho de que fuera una buena persona, ingenua y dulce. No solo no era mi tipo, sino que la última pizca de decencia humana que había en mí no quería mancillar eso, destruirlo. No era tan malvado. Sin embargo, la mujer que se deslizaba por aquella maldita barra, la diosa que serpenteaba en el escenario convertida en la tentación personificada no era ninguna ingenua. Era deliciosamente obscena.

Y me moría por hincarle el diente. Por ponerle las manos encima y no soltarla.

Me dolía el pecho. No podía respirar. Me resultaba imposible mientras la veía bailar. Ella tenía los ojos cerrados, como si le importara un pito que hubiera una sala entera llena de hombres a los que había puesto cachondos. Como si le diera lo mismo. Como si fuera intocable.

Le estaba lloviendo el dinero en el escenario, pero yo no quería que lo cogiera. Quería que la ayuda que aceptara fuera la mía.

Se llevó la mano al nudo de la camisa. Sentí que aumentaba la tensión entre el público mientras mi entrepierna se ponía como el hormigón armado.

—Ni se te ocurra, Ally.

Deseaba ver sus pechos más que nada en el mundo. Pero no como parte de una multitud. Quería ser el único. El pánico me subió por la garganta mientras ella jugueteaba con el nudo.

Todos los hombres de la sala contuvieron la respiración, esperando. Yo hice lo mismo y recé para que parara. La canción estaba terminando. Era la última oportunidad. Cogí la botella de cerveza, agarrándome a ella como si fuera un arma.

—Así no, por favor —susurré.

Como si me hubiera oído, como si el ángel de la guarda de los clubes de striptease le hubiera transmitido mi mensaje, Ally alejó los dedos del nudo. El público emitió un gemido colectivo que pareció romper la pequeña burbuja que ella se había construido a su alrededor. Como si recordara que tenía trabajo que hacer, agarró la tela que le cubría uno de los pechos y tiró de ella hacia un lado.

—Joder.

La pezonera azul brilló bajo las luces del escenario y el público enloqueció.

El escenario se llenó de dinero mientras ella daba otra vuelta alrededor de la barra, arqueando la espalda y deslizándose cada vez más hacia abajo, con un pecho asomando por encima de la camisa.

Me las iba a pagar. Esa misma noche.

Le hice señas a una camarera con un billete de cien dólares.

—¿Quieres algo, guapo? —me preguntó.

—Sí —respondí, sin apartar los ojos de la chica del escenario—. A ella.

33

Ally

Los aplausos retumbaban en mis oídos mientras me bajaba con cuidado del escenario. Había tenido que luchar contra el impulso de recoger los billetes en los que prácticamente me había revolcado, pero en el club de Faith las bailarinas no tocaban el dinero. Dejarlo allí tirado era más impresionante y mucho más empoderador que arrastrarse por el escenario para recogerlo. Unos tíos sin camiseta con unos escobones subían entre número y número y barrían las ganancias de cada bailarina.

Me temblaban las rodillas cuando entré en el camerino vacío. Faith estaba fuera, probablemente animando al público a gastar más. Me dejé caer en una de las sillas giratorias de peluquería y esperé el dinero de la escoba. Aunque todos los billetes fueran de un dólar, tenía que haber al menos doscientos. Sumados a los ciento cincuenta pavos que había ganado antes en el Rooster's, me acercaba cada vez más a mi objetivo.

—Por favor. Por favor. Por favor —entoné.

Alguien llamó a la puerta y la abrió.

—Eh, chica nueva, tienes un baile privado en la sala VIP —dijo Vance, extendiendo sus manos gigantescas y frotándose las palmas—. Le has molado a un tío.

Negué con vehemencia mientras se me cerraba el estómago. Por muy desesperada que estuviera, no era ese tipo de chica.

—No me interesa —respondí, buscando mi ropa por la habitación. Cogería el dinero, me pimplaría todo el alcohol gratis que pudiera y me iría casa a quemar ese disfraz.

—Si aún no te he contado lo mejor. El tío ha ofrecido cinco de los grandes —dijo. Me quedé inmóvil y me giré poco a poco. ¿Cinco mil pavos?—. El club se queda con el cincuenta por ciento —añadió Vance—. No está mal, ¿no? Se mira, pero no se toca. Hay un botón de seguridad en la habitación y un gorila en la puerta. Ha pagado por adelantado.

¿Dos mil quinientos dólares en efectivo además de lo que ganara esa noche? Eso cubriría el resto del mes. Y me proporcionaría dos, o puede que incluso tres días libres. Podría comprar el resto de los puñeteros paneles de yeso y tomarme unos chupitos.

Lo único que tenía que hacer era vender mi alma al diablo pervertido que me esperaba en la sala VIP.

Me entraron ganas de echarme a llorar.

—Solo son tres minutos y doce segundos —dijo Vance—. Ha elegido él la canción.

—¿Dos mil quinientos? —repetí.

Asintió.

—En efectivo. Esta noche. Además de las propinas. Y seguro que has quedado entre las tres primeras. Una estudiante de Geología se acaba de caer del escenario, la pobre. Así que yo diría que estás entre las dos ganadoras.

Suspiré con tal fuerza que a Vance se le movieron los cuatro pelos del flequillo.

«Cinco de los grandes. Cinco de los grandes. Cinco de los grandes». Llegada a ese punto, no me quedaba otra opción.

—Venga, vale —dije, tragando saliva—. Pero como se saque la polla, le parto la cara.

Me hizo un gesto con los dedos para que lo siguiera.

—Si se saca la polla, cariño, pulsas el botón de seguridad y dejas que Chauncey le parta la cara por ti.

Asentí con la cabeza en lugar de contestar, porque estaba a punto de vomitar.

—Espera, ¿quieres alguna luz especial ahí dentro? —preguntó Vance, deteniéndose delante de una puerta forrada de cuero rojo—. La tenemos tipo bola de discoteca y estroboscópica. Y también ese filtro rosa tan chulo que te quita diez años de encima.

—Que esté oscuro —dije con resignación—. Lo más oscuro posible.

—Entendido, cariño. Y recuerda, si se pasa, pulsa el botón o grita. Las paredes son finas.

«Tres minutos y doce segundos. Tres minutos y doce segundos».

Vance se puso a trastear con las luces y levantó el pulgar alegremente.

Respiré hondo y entré en la habitación.

En el infierno.

El infierno en el que reinaba Dominic Russo.

Me ardían las mejillas de humillación. La rabia sustituyó a las náuseas.

Se había pasado tres pueblos. Se había pasado tres putos pueblos. No podía jugar con mi desesperación. No era una puñetera broma para echarse unas risas. Presentarse allí para ser testigo de mi perdición era una crueldad.

—¿Qué coño haces aquí, Dominic?

—He pagado por el baile —respondió con voz ronca y grave.

Me acerqué a él, decidida a cruzarle la cara. Cogería la mitad de los cinco mil pavos y se los metería por la garganta hasta que se ahogara con ellos.

Pero entonces me di cuenta. Estaba tan serio como siempre, con aquella maravillosa mandíbula apretada con frialdad y cubierta por una barba incipiente injustamente sexy, pero su mirada me llamó la atención. No era fría. Y tampoco burlona. Era ardiente. Feroz. Ávida.

¿Por fin se había rendido? ¿Había ganado yo?

Me detuve a medio metro de él.

Él inhaló con fuerza.

Me olvidé del dinero. La vergüenza desapareció. Estaba allí por una razón: hacer que Dominic Russo lamentara esa noche más que yo.

—Las manos quietas —le advertí.

—Haz lo que te he pagado por hacer —me exigió.

Su voz tenía un tono áspero que me infundió tanto placer como temor. Incluso en la penumbra, vi que estaba empalmado. Era peor ahora que había visto cómo era cuando la tenía fuera de los pantalones.

La música empezó a sonar y fruncí el ceño al reconocer la canción. Era de una coreografía del estudio de danza. Me entraron ganas de preguntarle cómo lo sabía, pero me dirigió una de esas miradas duras y arrogantes, y me propuse borrar esa expresión de su rostro perfecto.

Apoyé las palmas de las manos sobre sus muslos y me encantó que se pusiera tenso cuando lo toqué.

—Has dicho que no se podía tocar —me soltó.

—Tú no puedes tocarme a mí.

Me hundí entre sus rodillas, abriendo las mías. Me apoyé en sus piernas para mantener el equilibrio, para acariciarlo, para hacerle sufrir. Él estaba apretando tanto los dientes que seguramente necesitaría una cita con el dentista la semana siguiente. Levanté más las manos, rebotando, retorciéndome, girando. Restregándome.

¿No quería un baile? Pues le haría uno que recordaría el resto de su vida. Así ambos podríamos avergonzarnos al rememorar la noche en la que yo había vendido mi alma.

La música aumentó de intensidad.

Me levanté, eché las caderas hacia atrás y me incliné hacia él. El pelo me colgaba como una cortinilla sobre un ojo. Sentí su aliento en mi cara. Su mirada se clavó en mis pechos, que estaban a escasos centímetros de su boca. Entreabrió los labios lo justo para inhalar una pequeña bocanada de aire.

Sentí el ritmo dentro de mí. Aquella iba a ser mi forma de cambiar mi destino. Sobreviviría. Llegaría a fin de mes. Y, con el tiempo, volvería a pasar del dinero.

Pero antes haría sufrir a Dominic como él me había hecho sufrir a mí.

Le puse una mano en el pecho, lo empujé contra el banco de capitoné de vinilo y pasé por encima de sus piernas para sentarme a horcajadas sobre él. Ni siquiera me había sentado aún sobre su regazo, pero su erección ya estaba intentando por todos los medios salirse de los pantalones. Podía sentirla incluso a través de mi ropa interior, vergonzosamente fina. No quería ni pensar en la cantidad de bragas que me estaba echando a perder ese hombre.

Dominic curvó los dedos en el aire, deseando tocarme. Necesitándolo. No obstante, seguía prevaleciendo su insoportable autocontrol.

Contoneándome sobre su paquete duro, lo miré con los párpados caídos. Llevaba puesto otro puñetero chaleco. Y tenía las mangas de la camisa del traje remangadas hasta los codos, dejando a la vista los tatuajes de ambos antebrazos. Tan correcto y perfecto por fuera, pero lleno de tinta y con una polla como un monstruo hambriento por dentro.

¿De qué le servía seguir resistiéndose? ¿O de qué me servía a mí?

Qué injusta era la vida.

—¿Quieres que pare? —le susurré al oído.

—No.

Me impulsé sobre sus rodillas y le rocé con la curva del pecho la mandíbula áspera. Instintivamente, movió la cabeza hacia mí con la boca entreabierta.

—Eh. No se toca.

Se aferró con las manos al borde del banco y me sorprendió que no lo partiera en dos.

Decidí empeorarlo todavía más. Mucho más. Acerqué los dedos al nudo de mi camisa y vi que Dominic contenía la respiración. Lo aflojé y tragó saliva. Tiré de ambos extremos de la tela sobre los pechos, apretándolos antes de abrirla de un tirón.

Él emitió un gemido de dolor mientras miraba fijamente mis tetas. Sentí cómo su erección se sacudía debajo de mí.

—¿Por qué estás aquí, Dom? —susurré, antes de inclinarme y mordisquearle la oreja.

La canción. La oscuridad. Su boca tan cerca de la mía. Era embriagador.

—Porque no soy capaz de dejarte en paz, joder. —Su respiración era agitada.

Yo tenía el ritmo cardiaco por las nubes y mis hormonas revolucionadas me exigían cosas que no podía hacer.

—¿Por qué?

No pude evitarlo. Bajé la cabeza y le mordí el labio inferior con fuerza.

Emitió un gruñido, un sonido diabólico e inhumano, y me di cuenta de que, finalmente, había llevado a ese hombre al límite.

Soltó el cojín al que se aferraba con sus enormes manos y hundió los dedos en mis caderas. Me atrajo más hacia él, clavándome la erección entre las piernas.

—Contigo soy incapaz de controlarme. —Me embistió para demostrarlo.

—Desde mi punto de vista, tu autocontrol ha sido irritantemente admirable —susurré jadeando, mientras me retorcía sobre él.

La canción estaba llegando al clímax y era mi última oportunidad. Por más que me arrepintiera de todo lo que había hecho esa noche, no estaba dispuesta a arrepentirme de otra cosa más.

Moví las caderas para recorrer el largo de su polla a través de los pantalones.

—Ni se te ocurra, Ally —me advirtió Dominic.

Pero yo no le hice caso y él no me detuvo.

—Dime que no lo deseas. Dime que no quieres que esté justo aquí, en tu regazo, montándote. —Me moví de un lado a otro, al compás del ritmo que sentía en mi interior, de los latidos de mi entrepierna, tan vacía y necesitada—. Miénteme, Dom. Dime que no me deseas y pararé ahora mismo.

Aceleré el ritmo. Lo estaba masturbando a través de la ropa. Y no pensaba parar hasta que me lo pidiera, o hasta que fuera él quien acabara humillado.

Me agarró del pelo y me echó la cabeza hacia atrás para hundir la cara entre mis pechos.

—Te deseo tanto que no lo soporto —jadeó, acariciando mis curvas con la nariz y rozando las pezoneras con los dientes—. No aguanto el hecho de que seas lo único en lo que pienso.

Empecé a respirar entrecortadamente, y me di cuenta de que estaba peligrosamente cerca de correrme. Pero yo no era la protagonista, sino él. Ambos debíamos tener algo de lo que avergonzarnos esa noche. Algún trapo sucio que ocultar.

Me senté sobre él con más fuerza, aceleré el ritmo y sujeté su cara sobre mis pechos mientras lo montaba.

—Ally —dijo con voz grave—, cariño.

Dejó escapar un gruñido ronco y gutural mientras me agarraba el pelo con una mano y la cadera con la otra. Se puso completamente rígido y no me di cuenta de lo que había sucedido hasta que sentí el calor debajo de mí. Aquella humedad pegajosa que iba en aumento. Me abrazó con fuerza, temblando y estremeciéndose contra mí, abandonándose a su vergonzosa liberación.

—Ally —repitió, embistiéndome. Usando mi cuerpo para alargar el orgasmo.

Yo misma estaba al borde del clímax y me contuve por principios. No pensaba darle ese pedazo de mí. No se lo había ganado. Y si alguna vez tenía un primer orgasmo con Dominic, desde luego no iba a ser en un club de striptease en una noche abierta.

No es que necesitara champán y velas, pero sí que no me estuviera pagando.

Lo había dejado vulnerable, vencido. Había ganado, pero me sentía como si hubiera vuelto a perder, porque ahora lo deseaba todavía más.

Acababa de hacer que Dominic Russo, mi jefe, se corriera en los pantalones en un club de striptease.

No sabía si tirarme de un puente o darme una palmadita en la espalda. Puede que hiciera ambas cosas, pero solo después de esos chupitos.

Decidí que la situación exigía una retirada estratégica. Abandoné su regazo y me alejé antes de que volviera a atraerme hacia él para pedirme alguna locura que me hiciera pensar que yo le importaba.

—Ya me debes dos, Dom —dije.

Y me largué.

34

Ally

Ahí va una lección, amigos: es imposible correr con zapatos de stripper.

Me escabullí de la sala VIP antes de que Dominic consiguiera recuperar la cordura —o hacerse con un puñado de pañuelos de papel— y corrí hacia el camerino. Faith había dejado para mí un chupito de algo que no era tequila y que me tomé de un trago mientras intentaba ponerme los pantalones. Me di por vencida cuando tropecé y caí sobre una otomana de ante rosa. Así que opté por el abrigo. Era lo bastante largo para cubrirme hasta las rodillas.

«Ally, cariño». Las palabras que había pronunciado Dominic mientras se corría, mientras yo le hacía correrse, me retumbaban en la cabeza.

Oí un alboroto en la puerta de los vestuarios y supe que la cosa se estaba poniendo fea. Así que salí corriendo por la puerta de atrás y me adentré en la noche de febrero.

Y ahora me dirigía arrastrando los pies hacia la parada de autobús más cercana, preguntándome si perdería los dedos por congelación o por esos malditos zapatos.

La lista de estupideces que había hecho en la última hora se reproducía en mi cabeza como un vídeo casero mudo:

1. *Bailar semidesnuda en público.*
2. *Aceptar un baile privado.*
3. *Hacer que mi jefe se corriera en la sala VIP de un club de striptease. Uno con clase, pero aun así.*
4. *Entrar en pánico y salir huyendo del club sin coger el dinero del escenario y el resto que había ganado.*
5. *No quedarme para tomar la segunda copa gratis.*
6. *Anteponer mi puñetero orgullo al bienestar de mi padre. Debería habérmelo tragado y haberle pedido un préstamo a Faith.*
7. *No haber elegido el traje de animadora con aquellas zapatillitas de plataforma tan monas.*

—Mierda. Mierda. Mierda —susurré, con los dientes castañeteando.

El aire de febrero era tan frío que me abrasaba las piernas desnudas. Iba a acabar la noche con hipotermia y congelación.

Y al día siguiente podría ir a la residencia para ayudar a mi padre a hacer las maletas, porque no soportaba aceptar el dinero de Dom.

Una lágrima se me formó en el rabillo del ojo, se congeló y me pegó las pestañas postizas a las reales de abajo.

—Mierda. —Temblando, me la froté con la manga, pero no hice más que empeorarlo.

—¡Ally! —Conocía esa voz y ese tono.

Dominic Russo estaba cabreadísimo, y venía directo hacia mí.

—Oh, no, no, no —entoné, acelerando el paso, aunque más que correr iba dando saltitos.

Tardó cuatro segundos en atraparme.

Me agarró del brazo y me giró bruscamente. Perdí el equilibrio y caí sobre él. «Gracias, zapatos de stripper».

Dominic me sujetó contra su pecho. Fue la primera vez que le vi bien la cara e inmediatamente me arrepentí de haberlo mirado. Estaba furioso.

—Coge tu puñetero dinero, Ally —dijo, con los dientes apretados.

—¡Es *tu* puñetero dinero! ¡No quiero ni un centavo tuyo!

—¿Así que estás dispuesta a bailar para cualquier desconocido y aceptar lo que te pague, pero el mío es dinero sucio? Tu moralidad es un tanto confusa, Ally.

—Que te den, Dominic.

Intenté esquivarlo en la acera, pero no me dejó. Me estaba sujetando con fuerza por los brazos, dejando claro que no iba a librarme de esa conversación.

Estaba muy enfadado, pero había algo más. Podía verlo en esos ojos azules injustamente hermosos. Era dolor. Había herido a Dominic Russo.

Había querido hacerle daño, que se sintiera tan avergonzado como yo. Pero allí no había ninguna victoria. Solo otra derrota.

—Ilumíname —dijo con frialdad—. Dime por qué estás dispuesta a aceptar dinero de cualquier desconocido, pero no de mí.

—¡Porque por los desconocidos no siento nada, gilipollas estúpido y testarudo!

Genial. Ahora tenía ambos ojos llenos de lágrimas congeladas que ese imbécil no se merecía. Eso era lo peor: que sentía algo absurdo por un idiota que era demasiado estúpido como para sentir algo más que asco por su atracción hacia mí.

Dominic parecía aturdido.

Dejó de sujetarme con tanta fuerza y aproveché para clavarle el tacón de aguja en el pie y escaparme.

Me largué caminando un poco más rápido. No había nada más patético que una bailarina exótica corriendo por una calle oscura después de una noche abierta. Ahora sí que no podía caer más bajo.

Ni siquiera lo oí llegar. El estruendo de los latidos de mi corazón ahogaba todo lo demás mientras intentaba por todos los medios alejarme dando traspiés de aquel hombre que me hacía sentir cosas que no podía sentir y para las que no tenía tiempo.

Unas manos me pillaron, me frenaron en seco y me empujaron contra los ladrillos de un edificio. Una iglesia. Qué apropiado. Dominic me inmovilizó con las caderas, acorralándome. Estaba atrapada entre una pared y mi jefe furioso.

La hostia (con perdón, iglesia), ¡y el tío todavía la tenía dura!

Tal vez fuera su estado natural. Y seguía con los pantalones mojados por el orgasmo que yo le había proporcionado.

—Si crees que voy a permitir que te pongas a esperar el autobús o el metro vestida solo con un abrigo y un tanga a estas horas de la noche, tú sí que eres gilipollas, estúpida y testaruda —gruñó.

Me quedé callada. Dom estaba temblando de rabia. Y, por una vez, sentí que estábamos los dos exactamente en el mismo punto.

—¿Qué más te da? No te entiendo. No entiendo nada. ¿Por qué no me dejas en paz?

Me tapó la boca con una mano.

—Nada me gustaría más que dejarte en paz. Pero no sé cómo. Así que esto es lo que va a pasar: vas a subir a mi coche y te voy a llevar a casa. Y luego vamos a tener una larga conversación. —Cada una de sus palabras parecía una amenaza. Puse los ojos en blanco con insolencia, pero, al parecer, esa no era la respuesta que buscaba. Me dio una pequeña sacudida y luego la desvirtuó frotándome los brazos con las manos. Una vez más, el Príncipe Azul me enviaba mensajes contradictorios—. ¿Lo has entendido? —me preguntó, con una calma gélida—. Me quedaré aquí fuera hasta que la corrida se congele y me pegue las pelotas a la polla, si es necesario.

Je. Tenía que ser bastante incómodo ir por ahí danzando con eso en los pantalones.

Asentí lentamente, pero dejé que mis ojos llorosos y medio congelados telegrafiaran un «te odio» alto y claro.

Dominic me arrastró una manzana y media hasta su coche, un Range Rover de aspecto siniestro, y me metió en el asiento del copiloto. Me pregunté si estaría dejando un rastro de purpurina corporal tras de mí, como una Campanilla de dudosa reputación. Cuando me estremecí al sentarme sobre el cuero, Dominic me fulminó con la mirada y se quitó el abrigo.

—Toma —me dijo, tapándome con él y remetiéndolo bajo mis piernas—. Y como se te ocurra volver a escaparte, haré que te arrepientas.

Correr estaba descartado, así que esperé mientras él rodeaba el vehículo y se ponía al volante.

—¿Estoy despedida? ¿O me llevas a algún sitio para asesinarme? —pregunté.

—Aún no lo he decidido —respondió, pulsando el botón del climatizador de mi asiento. El cuero que tenía debajo se calentó al instante y cambié de posición el abrigo para protegerme el chichi, prácticamente desnudo.

Esas fueron las únicas palabras que pronunciamos durante todo el trayecto.

Hasta que me di cuenta de que no íbamos hacia Nueva Jersey.

—¿A dónde me llevas?

La escueta respuesta llegó en forma de gruñido.

—A casa.

35

Dominic

Era un cabrón en toda regla. Básicamente, había secuestrado a una empleada con la intención de mantenerla prisionera hasta que me contara qué coño sucedía, pero estaba demasiado cabreado como para preocuparme por las consecuencias.

Ally iba pegada a la ventanilla del copiloto, lo más lejos posible de mí. Encontré una plaza libre de aparcamiento al final de la calle y apagué el motor. Ella dejó de contemplar el exterior y me miró con la mandíbula tensa.

El hecho de que estuviera enfadada conmigo me cabreó todavía más.

—No me mires así. Soy yo el que está enfadado —dije, clavándome el pulgar en el pecho—. No podemos estar enfadados los dos.

—¡Me has secuestrado!

—Vale, sí, pero tú has intentado convertir mi pie en un kebab con esas armas que llevas en los pies —le espeté, saliendo del coche. La muy terca se quedó dentro hasta que le abrí la puerta de un tirón—. Sal de ahí ahora mismo.

—¿Dónde estamos? —preguntó, todavía sin moverse.

La hice levantarse del asiento medio tirando de ella, medio arrastrándola, y la sujeté cuando empezó a tambalearse sobre aquellos ridículos tacones.

—En mi barrio.

Ally miró a su alrededor.

—¿Y dónde están los rascacielos sin alma y las mazmorras espeluznantes? Esto es un vecindario normal. Aquí viven *seres humanos*.

—Muy graciosa. —La cogí del brazo y la empujé por la acera sin demasiados miramientos.

—Si es cierto que vives aquí, tus vecinos van a pensar que has traído a una prostituta a casa —susurró.

Parecía más preocupada por mi reputación que por la suya. Entonces me di cuenta de que nunca entendería a esa mujer.

Había empezado a cojear y yo me estaba debatiendo entre hacerle dar varias vueltas a la manzana para que aprendiera la lección o hacerla entrar lo antes posible.

Ally se tropezó, se le escapó un grito y tomó la decisión por mí. La cogí en brazos y eché a andar hacia mi casa adosada. Se quedó completamente rígida, pegada a mí.

—Nunca imaginé que me llevarías en volandas como a una recién casada —declaró.

—Ya, bueno, y yo nunca imaginé que me harías una paja en un club de striptease. Supongo que ambos estábamos equivocados.

Subí los escalones hasta la puerta principal y la dejé en el suelo con más cuidado del que me apetecía.

Al palparme los pantalones en busca de las llaves, me di cuenta de que estaban en el abrigo. Metí las manos en sus bolsillos.

—¡Oye! ¡Se mira, pero no se toca! —me espetó Ally.

—Creo que es un poco tarde para eso —dije con frialdad.

—Vete a la micrda.

Encontré las llaves, abrí la puerta y la empujé hacia el vestíbulo que tanto había entusiasmado a mi agente inmobiliario cuando había comprado la casa hacía cinco años.

—Puedes irte cuando quieras, pero si intentas largarte antes de que hayamos acabado de hablar, volveré a traerte aquí —le advertí.

—Esto no puede ser más retorcido —dijo, cruzándose de brazos.

Mi abrigo ondeó a su alrededor como una capa, envolviéndola. Estaba llenando de purpurina las baldosas blancas y negras. Joder, y yo también. Los de la limpieza iban a pensar que había organizado una fiesta de manualidades de las Girl Scouts. O una orgía.

—Al menos en eso estamos los dos de acuerdo. —Le quité mi abrigo y lo colgué en el armario. Dejé que se quedara con el suyo puesto, consciente de lo poco que llevaba debajo.

Se oyó un gemido lastimero al otro lado de la puerta principal.

—¿Tienes secuestrada a otra bailarina exótica? —preguntó Ally.

—Estoy montando un harén —le solté, antes de abrir la puerta.

Veintisiete kilos de labrador color chocolate se lanzaron a mis brazos. Brownie (eh, venía con el nombre, ¿vale?) y yo todavía nos estábamos conociendo, y yo aún estaba intentando entender la disciplina canina.

—Madre mía, si también has secuestrado a un perro.

Dejé a Brownie en el suelo y le rasqué todo el cuerpo antes de estrujarle la cara y darle un beso en la coronilla. Eso era lo mejor y lo más inesperado de adoptar improvisadamente a un perro: su recibimiento después de un día largo. A Brownie no le importaba que secuestrara a una subalterna. Me seguía queriendo igual.

—No lo he secuestrado, idiota. Lo he adoptado. —Mi perro trotó hacia ella, ajeno a la tensión. Meneó la cola y ladró alegremente—. Cállate, Brownie. Es más de la una. Vas a despertar a los vecinos.

Ally se agachó para saludarlo.

—¿Quién es el perrito más guapo del mundo? ¿Te han adoptado? ¿Sí?

Su cola era un borrón de felicidad.

—Vamos —dije, señalando la puerta principal—. Y quítate esos zapatos ridículos.

—Vale. Pero solo lo hago porque creo que he perdido algunas uñas de los pies, no porque lo digas tú —aclaró.

Su gemido cuando se los quitó fue lo suficientemente pecaminoso como para que el problema de mis pantalones se complicara todavía más.

Yo me quedé con mi calzado puesto —por si intentaba huir descalza— y entré en casa. Ally me siguió, no sé si por curiosidad o por la necesidad de soltarlo todo de una vez.

—¡Hala! —exclamó.

—¿Qué?

Señaló el vestíbulo y las escaleras. A la derecha había un despacho con chimenea y las paredes recubiertas de madera.

—No me esperaba esto. Suponía que vivirías en un…

—¿Rascacielos sin alma con mazmorra? —completé. Ally se encogió de hombros—. Ya, bueno, y yo suponía que serías lo suficientemente responsable con tu dinero como para no tener que despelotarte delante de desconocidos —le espeté.

—¿Por qué te importa tanto, Dom? No entiendo nada. Y hablando de mensajes contradictorios: dices que no me deseas…

—Que no *quiero* desearte, que no es lo mismo.

—Eres un capullo. No quieres desearme, pero escuchas a escondidas una llamada personal, me sigues a un club de striptease y me contratas para hacerte un baile privado. Y luego te pillas tal cabreo que me secuestras y me llevas a tu casa.

—Error. Ya estaba cabreado antes de llegar al club —repliqué.

—No tengo ninguna relación contigo, Dom. No tienes por qué preocuparte por mí.

Chasqueé los dedos para llamar a Brownie y este me siguió a la cocina.

Ally nos acompañó a un ritmo más pausado. Saqué una golosina del tarro que Greta me había conseguido e hice que Brownie se sentara. Era la única orden que ambos dominábamos.

—Cógelo con cuidado, colega. No me vayas a dejar manco —le dije, sosteniendo en alto la galleta con forma de huella. Pero Brownie tenía el típico brillo de determinación en la mirada y casi se lleva mi mano por delante—. Bueno, tenemos que practicar un poco más.

Ally suspiró resignada y se acercó al tarro.

—Se hace así —dijo, antes de hacer una demostración sujetando la golosina con el puño cerrado y una parte asomando por encima del pulgar—. Siéntate —le ordenó a Brownie. El perro plantó el culo en el suelo, encantado ante la perspectiva de recibir doble ración de galletas—. Con cuidado —le advirtió Ally. Cuando él se lanzó a por la chuche como un cocodrilo, ella se echó hacia atrás—. No. Sé bueno. —Esa vez, cuando extendió la mano, Brownie extrajo con cuidado la golosina del puño—. ¡Buen chico! —vitoreó Ally. Brownie se zampó la galleta y se contoneó encantado por los elogios. Ella se volvió hacia mí con suficiencia—. ¿Qué? Tenía perros de pequeña. Me ofrecería a ayudarte con este, pero te odio.

Ahí quedaba eso.

—Vamos —dije con cansancio.

—¿A dónde?

—Arriba, para que pueda quitarme estos puñeteros pantalones.

—No pienso acostarme contigo —dijo horrorizada.

Me tapé la cara con las manos y me las pasé por el pelo.

—Vas a hacer que pierda la puta cabeza, Ally. Solo quiero que hablemos, pero necesito quitarme estos pantalones.

—¿Por qué tengo que ir contigo?

—Porque en cuanto me gire, saldrás corriendo. Y hace frío, estoy cansado y no quiero tener que perseguirte alrededor de la manzana en plena noche.

—Vale. Usted primero, jefe. —Intentaba ser sarcástica, pero el tono fue más de hastío y resignación.

Llené dos vasos de agua y le di uno.

—Vamos. —Mi habitación estaba en el tercer piso. Brownie nos adelantó por las escaleras y volvió a bajar dos veces para asegurarse de que seguíamos avanzando mientras subíamos lentamente. Vi que Ally echaba un vistazo por encima de la barandilla del segundo piso—. Ese es el salón principal —le dije—. Donde están la televisión, la chimenea y la biblioteca.

Cuando llegamos a la tercera planta, fui hacia mi dormitorio, que estaba en la parte de atrás de la casa.

Había una cama enorme con dosel en el centro de la habitación, frente a una chimenea que nunca había usado. Esa cama no había visto ningún tipo de entretenimiento creativo al menos en el último año.

—Siéntate —dije, señalando la cama.

Brownie se subió de un salto y se acomodó sobre los cojines. Eso nos arrancó una sonrisa a ambos.

Ally se sentó con cautela en el borde del colchón y observó la habitación. Algo en la mesilla le llamó la atención y se inclinó para cogerlo. Levantó acusadoramente el ejemplar de *Orgullo y prejuicio*.

Me encogí de hombros.

—Es para decorar.

—El marcapáginas es un tíquet de té verde de la semana pasada —replicó ella.

—No soy yo el que tiene que dar las respuestas esta noche. —Entré en el vestidor y cogí dos sudaderas y dos camisetas—. Toma —le dije a Ally, entregándole un juego.

Ella abrió los ojos de par en par.

—No pienso quedarme a dormir aquí, Dom.

Eso ya lo veríamos.

—Vale. Pero ¿no estarías más cómoda gritándome con esto que con un tanga y unas pezoneras?

—Tiene su lógica.

Aceptó la ropa. Señalé una puerta.

—El baño está por ahí. Puedes ducharte, si quieres.

Bajó la vista hacia el rastro de purpurina que había dejado sobre mi cama y luego miró con anhelo el cuarto de baño.

—¿No te importa?

—No, siempre y cuando después esperes a que yo me duche para solucionar esto.

—¿No entrarás mientras esté dentro? —me preguntó en voz baja.

Se me retorcieron las tripas. No soportaba que sintiera la necesidad de preguntármelo.

—No voy a entrar —le prometí en voz baja.

—Vale —respondió ella, asintiendo.

—La puerta tiene pestillo.

Ally volvió a asentir y se levantó. Cerró la puerta del baño y esperé oír el chasquido de la cerradura, pero este nunca llegó.

Al menos no me consideraba tan desaprensivo.

Suspiré y volví a entrar en el vestidor. Me quité el chaleco y la camisa y me deshice de los calzoncillos asquerosos y de los pantalones con la explosión de semen medio congelado en la entrepierna.

El agua de la ducha empezó a correr y traté de no imaginarme lo que estaba sucediendo allí dentro. Sin embargo, yo no era un caballero, y en lugar de pensar en cualquier cosa menos en la mujer desnuda que había en mi ducha, pensé en su aspecto mientras cabalgaba sobre mí en el club, hasta hacerme llegar al clímax, con los párpados caídos y los labios entreabiertos. Una parte absurda y primitiva de mí quería correrse de forma salvaje y descontrolada dentro de ella. Empotrarla hasta que...

Hala, ya volvía a estar empalmado.

Tenía que hacérmelo mirar. Ya no era normal.

Me puse los pantalones de chándal, introduje la cabeza y los brazos por la camiseta y volví a la cama, donde me tumbé a esperarla.

Ally salió unos minutos después con la cara lavada, el pelo húmedo y mi ropa puesta. Las ganas de atraerla hacia mí y abrazarla eran abrumadoras y me hicieron volver a cabrearme.

Así que decidí ponerme a discutir.

—¿Cómo puedes tener tantos problemas económicos como para que lo de esta noche fuera tu única opción? —le pregunté—. ¿Tan irresponsable eres con el dinero?

—Qué alivio. Me preocupaba que te hubieras vuelto humano mientras estaba ahí dentro —replicó.

Luego se subió a la cama y se sentó con las piernas cruzadas lo más lejos posible de mí.

Quería tenerla más cerca. Quería abrazarla, acariciar con los dedos aquellas ondas húmedas y prometerle que lo arreglaría todo. Pero no podía hacer nada de eso.

—Vi tu expresión en la azotea y en aquel escenario. No querías estar allí. No querías hacerlo, pero lo hiciste de todos modos.

—No me quedaba más remedio.

—¿Por qué? —Mi frustración era obvia.

—*Label* se hizo un lío con mi nómina. No realizaron el ingreso y no podían arreglarlo hasta el lunes. Y necesitaba el dinero ya.

—¿Para qué?

Ally me dirigió una mirada larga y fría.

—Para pagar unas facturas.

—¿Qué tipo de facturas?

Se quedó callada durante un buen rato. Aburrido, Brownie reptó sobre la tripa para acercarse más a ella en la cama.

—¿Por qué te importa tanto? —me preguntó finalmente.

Luego le acarició la cabeza y la espalda a Brownie. Fueron unas caricias largas y lentas. Ojalá me estuviera tocando a mí.

—Porque me preocupo por ti.

—Tienes mucha suerte de que esté agotada, porque me encantaría decirte lo tremendamente estúpido que estás siendo ahora mismo —replicó.

—Cuéntame qué pasa —insistí.

Negó con la cabeza.

—No lo entiendes, ¿verdad?

—¿El qué?

—Dices que te importo. Está claro que te atraigo. Y por mucho que vayas por ahí lamentándote de que te estoy arruinando la vida, creo que en realidad te gusto. Aunque no lo suficiente como para que quieras estar conmigo, y por eso no puedo confiar en ti, Dominic. No pienso sincerarme y compartir la historia de mi vida contigo. No te lo has ganado.

Me pellizqué la nariz con el índice y el pulgar.

—Estoy tratando de hacer lo correcto, Ally.

—No sé a qué te refieres.

—Hay ciertas reglas. —Mi frustración estaba volviendo a aumentar. ¿Por qué no podía darme lo que quería?

—Eso ya lo sé, Dom —aseguró en voz baja—. Lo que no sé es por qué esas reglas significan tanto para ti. Porque no tienes pinta de ser de los que permiten que un trozo de papel les diga cómo deben vivir su vida.

—Esas reglas están ahí para protegerte —le espeté.

—¡Yo no necesito que me protejan! —Brownie levantó la cabeza y le dirigió una mirada confusa y bobalicona—. Perdona, amiguito —se excusó Ally con dulzura. Ya más tranquilo, él volvió a tumbarse con un gemido—. Lo que estoy diciendo es que no soporto más estos juegos, Dom. No quiero seguir jugando. Tengo demasiadas cosas en la cabeza y no es bueno para mí permitir que juegues conmigo. Me hace daño.

Cerré los ojos.

—Yo no quiero hacerte daño, Ally.

—Apareciste cuando quedé con aquel chico. Te has presentado en el club. Dices que no te intereso y, sin embargo, fue idea tuya que nos conociéramos mejor. Te pones chaleco solo para fastidiarme. Y encima tienes el morro de pedirme que deje un trabajo que necesito desesperadamente para sentirte mejor por querer follar conmigo.

—Soy un capullo. —No había otra forma de decirlo. Era un monstruo egoísta, fuera de control.

Ally extendió un brazo y, cuando me agarró la mano, me sentí el peor ser humano del mundo.

—Escúchame antes de empezar a fustigarte. Tú no me obligaste a subir a aquel escenario, ni a entrar en aquella habitación contigo. Yo quería bailar para ti. Quería hacerte sentir la frustración que tú me haces sentir a mí. Quería hacer que te corrieras y que te sintieras mal por ello. Tú no me obligaste a hacer nada de eso. A lo único que me obligaste fue a no esperar el autobús a no sé cuántos grados bajo cero. ¿Entendido?

Le apreté la mano y cerré los ojos.

—No soy capaz de dejarte en paz.

—Estás luchando muchísimo contra esta atracción mutua sin darme una razón real. Y si tú no puedes confiarme tus motivos para hacer lo que haces, yo no puedo confiarte los míos.

Odiaba eso. Me odiaba a mí mismo. Quería contarle mis motivos. Quería contárselo todo: que era culpa mía que mi padre tuviera carta blanca para causar el daño que había causado. Pero no podía explicárselo. Ni a ella ni a nadie. Los Russo no aireaban sus trapos sucios. Lo único que podía hacer era tratar de enmendarlo.

Como si percibiera mi autodesprecio, Brownie se arrastró hacia mí y apoyó la cabeza en mi regazo. Tener un perro era genial. Sin embargo, tener a Ally en mi cama era una tentación demasiado grande. Tenía que sacarla de allí antes de sucumbir.

—¿Cuánto necesitas? —dije bruscamente, soltándole la mano.

—¿Cuánto qué? —preguntó ella, perpleja.

—Dinero. Dime cuánto dinero necesitas. —Apoyé los pies en el suelo por el lateral de la cama. Tenía efectivo en la caja fuerte y un talonario de cheques en el escritorio. Solucionaría aquello.

—No pienso aceptar tu dinero.

—Estabas dispuesta a aceptarlo de desconocidos. No sabías que era yo el que esperaba en esa habitación y entraste voluntariamente. Ibas a aceptarlo de otra persona. ¿Por qué no de mí?

Ally se puso de rodillas sobre el colchón, como si fuera la diosa de la guerra. Casi me sorprendió que no le salieran llamas de los ojos y me calcinaran.

—Porque no quiero deberte absolutamente nada. Ni ahora ni nunca.

—Ya, bueno, pero te debo lo del baile. Te lo has ganado. —El ataque era mi defensa por defecto.

—Considéralo un regalo de despedida —dijo Ally, bajándose de la cama.

Me levanté y nos encontramos a medio camino de la puerta.

—¿Qué quieres de mí, Ally? —le pregunté con frialdad.

—La verdad —me soltó.

—¿La verdad? Vale. No ha habido un solo momento en el que no te haya deseado. Eres *lo único* que deseo. No soy mejor que ese imbécil con el que saliste. No quiero tener una relación contigo. Quiero un polvo rápido y sucio para dejar de pensar en ti. Pero ambos sabemos que no será suficiente. Me clavarás las uñas en el alma y…

—¡Déjate de gilipolleces! ¡No soy ninguna sirena mágica, imbécil! No te estoy lanzando ningún hechizo para seducirte.

La agarré con fuerza por los brazos.

—Claro que lo eres, joder —dije, apretando los dientes—. Te has restregado contra mí en un club de striptease hasta que me he corrido en los putos pantalones. Contigo no tengo ningún tipo de control, ¿y crees que sería divertido que tuviéramos un lío extraoficial sin importancia? ¿Y después qué?

—¿Cómo coño quieres que lo sepa? —Agradecí la insonorización de las paredes—. ¿Qué importa eso ahora? La opción ya no está sobre la mesa —dijo en un tono más bajo.

—Querrás decir sobre el escenario —dije con amargura. Sus ojos marrones se encendieron—. ¿Por qué coño has hecho eso? Si necesitabas un adelanto del sueldo, solo tenías que pedirlo. Te daré lo que quieras. Pero no vuelvas a subirte a un escenario para desnudarte. Ten un poco de amor propio, joder.

«Mierda».

Lo que acababa de decir era tan irresponsable y estúpido que me entraron ganas de darme un puñetazo a mí mismo en la cara. Por un momento, creí que Ally iba a hacerlo por mí. Pero seguía sujetándola por los brazos, así que como mucho podría darme un rodillazo en el estómago, algo que sin duda me merecía.

—Amor propio es *lo único* que tengo —replicó ella, en un susurro trémulo—. Lo único.

—¿Por qué? ¿Por qué es lo único que tienes? ¿Por qué estabas tan desesperada por conseguir ese dinero como para bailar delante de unos desconocidos?

Con manos temblorosas, apartó mis dedos de su piel.

—Como todo lo que tenga que ver conmigo, a partir de ahora, no es asunto tuyo —dijo fríamente.

—Ally…

—Así es como van a ser las cosas a partir de ahora: no quiero que vuelvas a hablarme. No quiero que vuelvas a pronunciar mi nombre. Si necesitas algo del equipo de asistentes, pídeselo a cualquier otra persona, porque nosotros hemos terminado. Se acabó el tonteo. Se acabó lo de conocerse mejor. Se acabó ese jueguecito de «quiero estar contigo, pero no puedo». Se acabó. Cuando me veas en el pasillo, mirarás hacia otro lado y echarás a andar en dirección contraria.

—¿Y si no lo hago? —Un frío pavoroso me lamió las entrañas.

—Le diré a Malina que has tenido un sueño erótico con ella. Y ahora me voy a mi casa. Así que, si tienes algo que decir, esta es tu última oportunidad.

Tenía muchas cosas que decir. Todas las razones que Ally merecía conocer, todo lo que sentía por ella, que no hacía más que pensar en ella por las noches, cuando estaba solo… Lo tenía todo en la punta de la lengua.

—Te pediré un coche —dije.

36

Ally

Deena La Recepcionista fue a por mí en cuanto se abrieron las puertas automáticas. Esa mujer tenía todo un armario de ropa festiva comprada por catálogo. Ese día llevaba un jersey de San Valentín con unos corazones asimétricos que le quedaban justo encima de sus generosos pechos.

—Señora Morales, quiero hablar con usted —dijo con severidad.

De mala gana, seguí su pechugona figura hasta el despacho rosa chicle que compartía con Sandy, la supervisora de enfermería, mucho más simpática y de pecho mucho más plano.

Pensé en huir. Pensé en aquel baile erótico y en Dom metiéndome en su coche y en su casa. Pensé en los gigantescos anillos de diamantes de la mano izquierda de Deena. A su marido debían de ponerle mucho las tetas para regalarle esos pedruscos que llevaba en la mano. Pensé en muchas cosas en los veinte segundos que tardó Deena en acomodarse detrás del escritorio y beber un censurador sorbo de té.

—La deuda de su padre ha vencido —dijo, asumiendo el papel de capitana general de la obviedad.

—Soy consciente de ello —dije, metiendo la mano en la mochila.

—¿Y qué vamos a hacer al respecto? —me preguntó, con una sonrisa tan falsa que sus labios ni siquiera se curvaron.

Sandy, la supervisora de enfermería que tenía la mala suerte de compartir despacho con Deena, puso en blanco sus ojos marrones detrás el escritorio.

—Si no logra reunir exactamente... —se giró hacia el monitor del ordenador. En el salvapantallas se veía a Deena en un universo alternativo, sonriendo de oreja a oreja y con el regazo lleno de nietos que no la consideraban un monstruo malvado y malencarado— cinco mil trescientos veintisiete dólares con noventa y cuatro centavos hoy mismo, lamentablemente nos veremos obligados a iniciar el procedimiento de desahucio de su padre.

No parecía lamentarlo en absoluto.

Sandy me miró con lástima y me pregunté cuántas de esas reuniones habría presenciado.

—Lo entiendo —dije.

Elevando una plegaria a la diosa de las loterías y del dinero caído del cielo, metí la mano en el bolso y saqué un cheque por valor de hasta el último céntimo que tenía en la cuenta bancaria y un montón de billetes arrugados llenos de purpurina.

Faith me había llevado el dinero del primer premio —¿era raro sentirse orgullosa de eso?— junto con dos botellas de vino tinto del bueno y unas alitas de pollo que recalentamos en el horno a las cuatro de la mañana.

También me había llevado un cheque por lo del baile privado. No lo acepté. Pero sí acepté un préstamo. Porque, cómo no, mi mejor amiga iba por ahí con unos cuantos cientos de dólares en efectivo encima.

Mientras le contaba el numerito con Dominic y le aseguraba, medio borracha, que la adoraba y que le devolvería el dinero, Faith había conseguido sonsacarme toda la historia. Y luego me había dicho que era una idiota estúpida, terca y orgullosa.

—Lo tengo todo aquí.

Deena entornó los ojos al ver el montón de dinero que puse sobre la mesa. No podía ser más evidente de dónde había salido. Además, yo aún llevaba en los ojos parte del maquillaje de la noche anterior. Las paletas de sombras del club de Faith eran un producto de calidad industrial, a prueba de sudor, duchas y bailes eróticos.

—¿Qué? —le pregunté—. No he atracado ninguna licorería.

Deena soltó una risita carente de alegría. Me entretuve fijándome descaradamente en que tenía un colmillo torcido.

—No aceptamos dinero en efectivo, señora Morales. No somos ese tipo de negocio. El hecho de que su padre sea uno de los favoritos del personal no significa que esto sea una institución benéfica —dijo, fulminando con la mirada a Sandy, como si fuera un delito tratar bien a los residentes.

—No espero caridad. Ha habido un problema con una transferencia que no ha sido culpa mía, pero tengo dinero en efectivo más que suficiente. —Lo empujé hacia ella.

Entrelazó los dedos como uno de los malos de James Bond.

—Bueno, pues desde luego tampoco es culpa mía. Si no puede pagar todas las cuotas atrasadas de la forma adecuada ahora mismo, además de una fianza de la factura de este mes, haré que el personal empiece a empaquetar las cosas de su padre.

—¿Es una broma?

Sin embargo, Deena la malvada no bromeaba. Amenazaba. Hundía. Destruía. Pero no bromeaba.

—No soy responsable de su incapacidad para leer los formularios y el contrato de admisión. No aceptamos pagos en efectivo.

—Pues iré al banco y lo ingresaré. Le extenderé un cheque ahora mismo y podrá cobrarlo el lunes.

—Esto no funciona así —dijo con maligno regocijo.

Entonces me di cuenta de que esa mujer no quería a mi padre allí.

—¿A dónde lo enviarán? —le pregunté, tratando de ganar tiempo. Tratando de encontrar alguna solución. Tratando de decidir si echarme a llorar o coger una de las pulseras de oro macizo de Deena y metérsela por la nariz.

Por cierto, ¿cuánto ganaba al año una malvada agente de cobros en la actualidad?

—El Estado tiene instalaciones para pacientes que no han planificado su futuro.

—Nada de esto es culpa de mi padre —subrayé. Definitivamente, optaba por meterle la pulsera por la nariz.

—Eso ahora no importa, ¿no cree? Si no paga el importe adeudado ya, su padre deberá abandonar la residencia hoy mismo. Nuestra lista de espera está llena de pacientes dispuestos a liquidar sus facturas a su debido tiempo.

Ahí estaba el quid de la cuestión.

—¿Le pagan por acosar a las familias de los pacientes? ¿Hay algún tipo de sistema de incentivos por evitar la morosidad?

Deena parpadeó como una lechuza y jugueteó con las pulseras de oro. «Bingo».

—No sé de qué me está hablando —mintió primorosamente—. Si no quiere llevárselo a casa, lo trasladaremos a un centro estatal a las afueras de Trenton.

Había muchísimas cosas que debería haber hecho de otra manera y que me habían conducido hasta ese preciso instante. Muchísimas decisiones que había tomado basándome en el orgullo, cuando en realidad no podía permitírmelo.

Y ahora mi padre iba a pagar por ello.

«Joder. Joder. ¡Joder!».

Me entraron ganas de vomitar. O de montar una escena. O de grabar a Deena La Recepcionista comportándose como una arpía desalmada y luego enseñarles personalmente a sus nietos lo gilipollas que era su abuela.

Todo se estaba desmoronando y ahora me encontraba en la peor situación posible. Mi pobre padre. Le había fallado cuando más me necesitaba.

Me sonó el móvil del trabajo en la mano. Un pequeño aviso en la pantalla captó mi atención. Parpadeé con rapidez. Era un correo electrónico del departamento de Recursos Humanos con el asunto: «Ascenso temporal y prima de contratación».

La esperanza alzó el vuelo enérgicamente.

—Disculpe un momento —dije, levantando un dedo (aunque no el que yo quería) hacia aquella mujer que me estaba diciendo tan alegremente que no tenía ningún problema en enviar a mi padre a alguna residencia de ancianos que había sido denunciada por el Ministerio de Sanidad tres veces en los últimos dieciocho meses.

Estimada señorita Morales:

Ha sido usted seleccionada entre los miembros de nuestro equipo de asistentes para ocupar un nuevo puesto durante sesenta días como asistente personal de uno de nuestros ejecutivos. Este cambio dentro de la empresa incluye un aumento de sueldo y una prima de contratación de cinco mil dólares, que se han transferido a su cuenta. Pase por aquí el lunes para conocer los detalles de su nuevo puesto. ¡Enhorabuena!

—La leche —murmuré entre dientes.

Cerré los ojos con un alivio tan evidente que el robot desalmado del otro lado de la mesa me preguntó si estaba bien.

«¿Cinco mil dólares? ¿Cinco MIL dólares? ¿Cinco mil DÓLARES?».

Ignoré a Deena y entré en la aplicación de mi banco. Virgencita de los ingresos de última hora. ¡Había cinco mil dólares en mi cuenta corriente!

Me levanté de la silla y levanté el puño.

—¡Tengo el dinero! Le extenderé un cheque.

—¿Un cheque? —se burló la grosera de Deena—. ¡Ja! ¿Espera que acepte un cheque suyo?

Le puse el teléfono delante de las narices.

—¿Esto le parece suficiente?

Refunfuñó mientras yo sacaba triunfalmente la chequera.

A veces a las personas buenas les pasaban cosas buenas. Mi padre estaría a salvo un mes más. Y, si me subían el sueldo, a lo mejor podía tomarme algunas noches libres entre semana y algunos findes para arreglar la casa. Se me llenaron los ojos de lágrimas. Ese ejecutivo anónimo acababa de salvar lo más importante de mi vida.

Lo conseguiría. Lo superaría. Saldría de esa.

Firmé el cheque con una brusca floritura, estuve una hora desayunando con mi padre, que creía que yo era una de sus alumnas del instituto, y luego me tiré diez minutos llorando en el aparcamiento, dejando que el viento de febrero congelara las lágrimas y el maquillaje de ojos industrial del club de striptease sobre mis mejillas.

El destino acababa de salvarme de una espiral de la que era imposible que me librara sola.

Sería la mejor asistente personal que ella o él hubiera tenido nunca.

37

Ally

—Tiene que haber un error —dije con voz ahogada, observando el acuerdo de confidencialidad que me tendía la empleada de Recursos Humanos, mucho más simpática y agradable
que la anterior.

—No, señorita Morales. Está todo ahí. Sustituirá a la asistente del señor Russo, Greta. Se ha tomado dos meses libres
para viajar por Europa. ¿A que es emocionante?

—Muy emocionante —repetí como un loro mientras la cabeza me daba vueltas.

Mi orgullo estaba luchando contra la pobreza.

Nada más levantarme esa mañana, había comprobado el saldo de mi cuenta y me había puesto a bailar en la cama al ver que
por fin me habían ingresado la nómina. Tenía dinero en el banco. El suficiente como para ponerme al día con algunas facturas, comprar otra caja de tornillos para los paneles de yeso y
puede que hasta para comprar algo de comida de verdad.

Ya me había gastado toda la prima de contratación en las
facturas atrasadas de mi padre y en la fianza. No podía permitirme rechazar el trabajo y devolverla.

Pero sí podía permitirme tocarle las narices a Dominic Russo.

Me estaba manipulando. No había logrado que me fuera de
la empresa desde una distancia prudencial, así que iba a intentarlo de cerca, personalmente.

Pues el Príncipe Azul no sabía lo que le esperaba. Si algo tenía yo era capacidad de resistencia. Mi obstinación era mucho más grande y profunda que el puto océano Pacífico. Hundiría mis garras en ese trabajo y en él. Puede que hasta le hiciera dimitir.

—Qué suerte tienes —me susurró la mujer con complicidad—. Es tan guapo que ni puedo mirarlo a la cara.

«No me digas. Pues inténtalo después de hacer que se corra y luego recuerda esos gruñidos y gemidos primitivos durante cuarenta y ocho horas seguidas sin sacar el vibrador porque de repente resulta que tienes principios».

Sabiamente, decidí no compartir ese pensamiento.

¿Lo veis? Tenía autocontrol. Podía hacerlo. Podía hacer mi trabajo, arruinarle la vida a ese hombre, acabar las reformas de la casa de mi padre y, cuando la vendiera, cuando la seguridad de mi padre estuviera garantizada durante varios años, me tomaría ese puñetero margarita de mango. O, a esas alturas, puede que me tragara directamente la botella entera de tequila.

—Y aquí está el contrato de trabajo —dijo, entregándome con alegría otro papel que me robaría un pedazo más de alma—. Puede leerlo, si quiere. Es bastante sencillo. La única cláusula nueva es la del apartado J.

Fui al apartado J.

«La trabajadora no ejercerá ninguna actividad profesional ajena a la empresa durante la vigencia del contrato».

Cabrón retorcido.

Tuve la breve pero divertida fantasía de coger los documentos y metérselos por el culo al Príncipe Azul, asegurándome de que se hiciera cortes con el papel, pero entonces empecé a pensar en su culo. Por suerte para todos, el apartado del contrato en el que se hablaba del sueldo captó mi atención y me demostró que, efectivamente, mi dignidad tenía precio.

Firmé los papeles agarrando tan fuerte el bolígrafo que me dio un calambre en la mano y me obligué a sonreír alegremente mientras la mujer de Recursos Humanos me daba unas indicaciones que no necesitaba para llegar a mi nuevo infierno personal. Ya conocía el camino.

Mi primer impulso fue entrar allí hecha una furia. Pero eso le daría la satisfacción de saber que había conseguido tocarme las narices. Si tanto le fastidiaban los misterios a ese hijo de puta... Un momento, no. Su madre era una persona encantadora. Me corregí: ese puto macho alfa iba a sufrir. Yo misma me aseguraría de ello.

El señor Macho Alfa no se encontraba en esos momentos en su puesto.

Aun así, el mero hecho de mirar a través de la puerta abierta hacia sus dominios hizo que me sintiera un poco mareada. Supuse que se trataba de una combinación de la necesidad de hacer justicia y la falta de queso.

Me quedé allí de pie, mirando el escritorio vacío de Greta durante un buen rato. Iba a estar a solo unos metros del hombre al que quería evitar a toda costa. Todo el día, todos los días, durante dos meses. Uno de los dos terminaría rindiéndose, y ni de coña quería acabar siendo yo.

—Parece que la asistente Ally ha ascendido en el escalafón. —Linus apareció de repente, dándole palmaditas a un fajo de pruebas corregidas en rojo.

Resistí el impulso de coger la papelera de Greta y vomitar en ella.

—Eso parece. No sabía que Greta pensaba irse de viaje.

Él levantó los hombros, esculpidos a la perfección por un entrenador personal.

—Al parecer ha sido un viaje sorpresa de aniversario. Menudo regalazo. ¿Te encuentras bien? —me preguntó, mirándome a través de las gafas de carey—. Estás todavía más pálida que de costumbre.

—Sí —dije, con un hilillo de voz—. Está todo en orden.

Pero dejó de estarlo inmediatamente, porque Dominic Russo vino hacia mí con un puñetero chaleco y las mangas de la camisa remangadas, como si fuera el dueño de medio mundo. Puede que necesitara la papelera, después de todo.

—Hola, Ally —saludó con voz rasposa.

Me quedé mirándolo embobada y maldije a mis partes femeninas por estallar en un coro de ángeles mientras recordaban la noche del viernes con todo lujo de detalles. La sensación de sus dedos clavándose sin piedad en mi cadera. El sonido que emitió, ese gruñido largo y prolongado cuando se corrió. El fruto cálido y húmedo de su orgasmo esparciéndose debajo de mí. El aroma a sándalo de su gel de ducha.

—Hola, Linus —dijo Dominic, saludando con la cabeza al hombre que estaba a mi lado.

Chirrido de disco rayado.

—¿Buenos días? —Me salió como una pregunta porque Linus nos miraba a ambos como si estuviéramos disputando un partido de tenis invisible. Si el tenis se jugara con una pelota de odio golpeada por raquetas de angustia. Entonces, estaríamos en pleno Wimbledon.

—Esto es para ti, de arriba —dijo Linus, entregándole las pruebas.

Dominic apartó de mí sus malvados ojos azules de macho alfa gilipollas y bajó la vista hacia los papeles.

—Esta vez hay muchas menos marcas rojas. Considéralo una victoria —comentó Linus. Dominic asintió, pero no dijo nada—. Bueno, os dejo para que sigáis con… lo que sea esto —añadió antes de alejarse a toda prisa.

Volvimos a clavarnos la mirada. El aire que había entre nosotros estaba lleno de todas las cosas que no nos estábamos diciendo. Tenía tantos sentimientos encontrados que temía acabar implosionando, literalmente. Dediqué una cantidad de tiempo absurda a pensar cuánto tardaría en limpiar de la moqueta los restos de mi cuerpo reventado.

Llegué a la conclusión de que seguramente sería más fácil cambiar todo el suelo.

—Pasa, Ally —dijo Dom, entrando en su despacho.

Estuve a punto de partirme la lengua por la mitad de un mordisco, pero hice lo que ese imbécil me mandaba. ¿Lo veis? Era capaz de fingir.

Señaló una de las sillas que había delante de su mesa. Yo esperaba que se sentara detrás. Poner objetos grandes entre nosotros había sido su *modus operandi* hasta la fecha. Así que me di cuenta de que estaba en un lío cuando, en lugar de eso, se sentó en la parte delantera del escritorio.

«Fuera barreras».

Me puse detrás del sillón orejero para defenderme.

Él sonrió y se cruzó de brazos.

Intenté no fijarme en los tatuajes de sus antebrazos. Por fuera tenía un aspecto impecable y elegante, pero si le quitabas un par de capas, Dominic Russo era un dios del sexo primitivo y tosco.

—Gracias por aceptar la sustitución —dijo.

Yo me quedé pasmada y negué con la cabeza, segura de no haberle oído bien.

—¿Por aceptarla? —repetí.

—Vaya, si sabe hablar.

Ese hombre no era capaz de dejar pasar cinco segundos sin tocarme las narices.

—No va a funcionar —dije con altivez.

—¿Qué es lo que no va a funcionar? —El tío todavía tenía la tremenda desfachatez de cachondearse.

—No pienso dimitir. Puedes hacer lo que quieras, Príncipe Azul. Aguantaré. Me dan igual los hilos que hayas movido para hacerme venir aquí cuando te dejé bien clarito que no quería volver a ver esa cara de idiota que…

—Pero ¿qué crees que he hecho? ¿Que he mandado a Greta dos meses de vacaciones pagadas? —se burló.

—Me has elegido a dedo para esta ridícula farsa de sustitución.

—Pues sí —reconoció. Esperaba que lo negara y tuve que esforzarme por encontrar el siguiente punto de mi argumentación. Me quedé en blanco—. Eres la única persona de la que me fío —declaró, como si fuera de lo más normal.

—¿Te fías de mí? ¿Qué clase de relaciones enfermizas tienes, Dom?

—Hemos compartido varios momentos… íntimos —dijo él, eligiendo cuidadosamente las palabras—. Y no has divulgado una sola vez esa información, ni la has utilizado para aprovecharte de mí.

De repente, sentí un cansancio abrumador. Dejé caer los hombros a medida que la gravedad aumentaba su atracción sobre mí.

Ese cabrón observador se dio cuenta y se alejó de la mesa.

—Siéntate. Ya no te aguantas de pie y todavía es lunes por la mañana. —Me sentó en una de las sillas. Apoyé la cara entre las manos y me concentré en respirar de forma lenta y tranquila mientras él hacía no sé qué en un rincón—. No hago esto para que dejes el trabajo —dijo tranquilamente.

—Lo haces para controlarme. He visto la cláusula de empleo ajeno a la empresa en el acuerdo. Si hago algún turno en un bar o decido volver a participar en la noche abierta del club, me despedirás por incumplimiento de contrato.

Quería autoconvencerme de que se trataba de algún estúpido entretenimiento psicológico para él, que le divertía jugar a las marionetas con mi vida. Pero, en el fondo, me preocupaba que se tratara de algo muchísimo peor: que Dominic Russo estuviera intentando cuidar de mí.

—Puedes seguir dando clases de baile —dijo.

Hijo de puta controlador, protector y manipulador.

—Ah, ¿sí? Qué generoso.

—¿Quieres el trabajo o no?

Volvió a ponerse delante de mí y me entregó una taza y un platito. El tío me había hecho un té y me iba a pagar una cantidad astronómica de dinero por gestionar su agenda y recoger sus puñeteros trajes de la tintorería. Y lo único que yo tenía que hacer era renunciar a mi alma.

—¿El trabajo? Sí. ¿Tu compasión? No. ¿Tu agradecimiento por restregarme contigo hasta que te corriste? Para nada. ¿Ponerme a tu merced para que me despidas cuando se te antoje? Ni de coña.

—Tú eliges, Ally.

No estaba bromeando. Lo estaba dejando en mis manos. Podía aceptar el trabajo y dejar mi orgullo en la puerta. O podía salir de allí con la cabeza bien alta… e ir a hacer las maletas de mi padre, porque ningún sueldo de asistente normal, turno en el bar o clase de baile conseguirían que se quedara donde debía estar.

Y entonces sucedió lo peor que podía suceder: se me llenaron los ojos de lágrimas.

Me obligué a beber un sorbo de té.

—No hagas eso —dijo él, con dureza.

—¿Que no haga qué? —Me aclaré la garganta.

—No hagas eso, Ally.

—¿Qué? ¿Llorar? ¿Y por qué coño no iba a hacerlo? Hasta ahora no he hecho más que humillarme ante ti. No veo por qué ninguno de los dos debería esperar otra cosa. —Solté una risa patética y llorosa.

Aunque veía tan borroso como cuando un aguacero caía sobre un parabrisas, me di cuenta de que Dominic estaba a punto de entrar en pánico.

Extendió una mano hacia mí, pero se lo pensó mejor y se guardó las dos en los bolsillos. Volvió a sacar una inmediatamente para frotarse la cara.

—Tú eres más fuerte que todo esto, Ally. Actúa en consecuencia.

Aquel recordatorio de idiota prepotente bastó para hacerme contener heroicamente mis emociones. Tuve que tirarme un minuto entero mirando al techo sin parpadear para reabsorber la humedad de mis ojos, pero lo conseguí.

Dominic parecía aliviado.

Me puse de pie con la taza de té en la mano porque, por mucho que me fastidiara, estaba delicioso y no pensaba devolvérselo.

—No me toques los cojones, Príncipe Azul —le advertí. Él no me prometió nada. Se limitó a asentir bruscamente con la cabeza—. Seré la segunda mejor asistente que hayas tenido jamás, pero las cosas ya nunca volverán a ser como antes. Puedes confiar en mí para guardar tus secretos, pero yo nunca te confiaré los míos.

Sus ojos se volvieron tormentosos. Parecían más grises que azules en ese momento. Tenía pinta de querer soltar algo.

—En cuanto a lo del viernes por la noche… —empezó a decir.

Levanté una mano.

—Jamás vuelvas a mencionar eso. Para nosotros, lo del viernes por la noche nunca ocurrió.

—Y nunca volverá a ocurrir —dijo él, con severidad—. Tu contrato no lo permite.

En el acto, hice un juramento de sangre imaginario prometiéndome que ese gilipollas prepotente lamentaría el día que había entrado en George's Village Pizza.

—Pídeme algo para desayunar. Y elige algo para ti también. Estás palidísima. Tenemos una reunión a las diez —me dijo.

38

Dominic

Ally me pidió de desayuno unas gachas de avena sin ningún tipo de acompañamiento.

El martes instituyó la norma de comunicarnos únicamente por correo electrónico. El miércoles le di un bagel de la panadería de la esquina y lo tiró directamente a la basura. El jueves hizo que un barista escribiera la palabra «capullo» en la espuma de mi chai *latte* cuando salimos de la oficina para ir a una reunión.

Los días iban pasando y era a la vez un alivio y una tortura tremenda tener que mirar a través de la puerta abierta y verla allí. El primer día habíamos establecido contacto visual accidentalmente tantas veces que ella había cambiado el monitor del ordenador al lado opuesto de la mesa y se había sentado de espaldas a mí.

El día de San Valentín compré arreglos florales para todas las asistentes de la planta solo para poder regalarle algo a ella. Firmé la tarjeta como «Linus» para que se quedara con las puñeteras flores.

La primera semana dio paso a la segunda y Ally seguía manteniendo una fría actitud profesional hacia mí. Nos evitábamos todo lo posible. Nada de correos electrónicos hostiles ni de mensajes sugerentes. Si ella necesitaba que firmara algo, enviaba a un becario a mi despacho. Si yo necesitaba hacerle alguna pregunta, ponía en copia a la mitad del equipo.

Mantuve las manos alejadas de la puñetera polla. No me parecía adecuado, con ella justo delante de mi despacho. Cada noche revivía su baile erótico, pero aun así seguía sin tocarme. Ya no me iba a valer con nada que no fuera Ally. Sobre todo después de que se hubiera contoneado y frotado contra mi pene como si fuera su juguete sexual particular.

Estaba acabado y, en cierto modo, me aliviaba reconocerlo.

Pero fueron su silencio y su absoluto desdén los que empezaron a hacer mella en mí. A la tercera semana, estaba hecho polvo. No podía trabajar con ese nivel de tensión. Necesitaba desarrollar un problema con la bebida de inmediato.

Lo único que me hacía seguir adelante era que las ojeras que había bajo aquellos ojos color miel estaban desapareciendo. Y los huecos de las mejillas tampoco se le notaban tanto. Ally seguía trayéndose el almuerzo de casa, pero ahora era comida de verdad. Sin embargo, había un nuevo misterio por resolver: había empezado a llegar al trabajo con extraños moratones y vendajes.

¿Qué haría en su tiempo libre? Mi cerebro daba vueltas obsesivamente al problema una y otra vez. ¿Sería una sumisa? ¿Cuidaría de un perro grande y torpe? ¿Se habría aficionado a tallar tótems?

Desperdiciaba horas y horas pensando en preguntas que nunca podría hacerle. Inventaba excusas para pasar cerca de su mesa. Cada noche la veía marcharse sin mediar palabra y deseaba que se fuera a casa conmigo. No sabía qué era peor, si verla todos los días y no hablar con ella o verla marcharse sin saber a dónde iba.

¿Cómo iba a sobrevivir al evento de esa noche?

Christian James, el diseñador que se había atrevido a tontear con Ally, lanzaba su nueva línea y nosotros, como muchas otras personas del equipo de *Label*, estábamos invitados al desfile y a la fiesta posterior.

Preferiría arrancarme los ojos con una cuchara que ver a Ally vestida de gala, luciéndose en una fiesta, pero tampoco pensaba dejarla ir sola. Y menos con ese diseñador mujeriego brindando por sí mismo con champán y mostrándole sus ridículos hoyuelos.

Hablando de la reina de Roma. La mujer en la que no podía dejar de pensar en todo el día estaba en la puerta.

—¿Sí? —le pregunté con brusquedad.

Mi mala leche parecía no surtir efecto con ella. No hacía más que envalentonarla.

Entró en el despacho con unos tacones de aguja nuevos de ante gris que asomaban bajo los amplios bajos de sus pantalones rojos. Agradecí estar viéndola de frente, para no tener que fingir que no le miraba el culo.

—Son de Dalessandra —me dijo, dejando caer un montón de pruebas sobre mi mesa.

Parecían masacradas por un bolígrafo rojo muy afilado. Había una nota en el margen de la primera página: «Ven a verme».

Me iban a poner las pilas.

Cualquier progreso que hubiera logrado antes de trasladar a Ally arriba se había esfumado, porque estaba demasiado ocupado intentando no desear a mi asistente como para centrarme en el trabajo que tenía entre manos.

Maldije en voz baja.

—¿Tienes algún problema? —preguntó Ally.

Aún no había salido corriendo hacia la puerta. Supuse que querría asistir en primera fila a mi crisis, y estaba encantado de complacerla.

—¿Uno solo? No, Maléfica. Más bien tengo varios. Entre ellos, el de no poder parar de pensar en la señorita Rottenmeier, mi nueva asistente desalmada, o el de ser incapaz de hacer mi trabajo acercándome siquiera a la altura del listón que el gilipollas de mi padre ha dejado.

Ally me observó durante un momento largo y cargado de tensión, y después puso los ojos en blanco.

—Pfff. No te muevas —dijo. Salió de la sala y, rindiéndome, le miré el culo. Joder. Volvió a entrar con una carpeta en la mano y el ceño fruncido—. Por cierto, me cabrea mucho que me obligues a hacer esto.

—¿El qué? —Estaba tan contento de que me estuviera hablando con palabras de varias sílabas que habría dejado que me diera un carpetazo en la cara. Era patético.

—Este es un artículo de doble página sobre abrigos de invierno horripilantes de hace dos años, firmado por tu padre.

—Le eché un vistazo a la maqueta. Parecían sacos de dormir en tonos beis y grises. Las modelos estaban despatarradas con poses extrañas dentro de ellos sobre un sucio fondo gris—. Y este es uno de los tuyos —dijo, sacando la siguiente maqueta de la carpeta. Era parecido al primero, solo que ese lo habíamos dedicado a las botas de invierno. Las modelos estaban en el estudio sobre un decorado construido con plataformas cuadradas de madera. Había sido uno de los primeros reportajes que yo había dirigido tras ocupar el puesto de mi padre.

—¿Qué me quieres decir con esto?

—No te hagas el tonto. No eres lo suficientemente guapo —replicó ella—. Está claro que el tuyo es mucho mejor.

—Porque me aconsejaron Linus y Shayla —alegué.

—¿También te aconsejaron para vestirte esta mañana o para decorar tu casa?

—No —murmuré.

—Pues tú, Linus y Shayla, lo hicisteis muchísimo mejor —dijo, dándole unos golpecitos a la maqueta que yo había hecho—. Estás haciendo bien tu trabajo, Dominic. Tu padre tenía un gusto de mierda y se creía la leche. Tú tienes un gusto de la leche y te crees una mierda.

—Me apoyo en las opiniones de los demás para hacer mi trabajo.

—¿Quién ha dicho que esto tenga que ser una dictadura? Claro que *debes* apoyarte en la experiencia de los demás. Lo estás convirtiendo en un trabajo en equipo, en lugar de en una oda al egocentrismo. Y funciona. Mira la siguiente página. —Era una hoja de cálculo en la que se hacía un seguimiento de las ventas de las marcas de los productos destacados—. Tu reportaje vendió más del doble que el de tu padre.

—El número de lectores es mayor que cuando él estaba al mando —argumenté.

—Oye. Si quieres revolcarte en tu propia mierda, adelante. Pero, tarde o temprano, tendrás que ir haciéndote a la idea de que eres capaz de hacer este trabajo. Tu padre reinó con mal gusto y mano de hierro, y tu madre se lo permitió. El hecho de que tú hagas el trabajo de otra manera no significa que no puedas ser tan bueno como él, o incluso mejor.

Pasé a la siguiente página. Eran las estadísticas del tráfico de algunos de los contenidos web de los que yo me había encargado. El vídeo de Brownie besándome con lengua era uno de los más populares de los últimos doce meses.

—¿Por qué tenías todo esto recopilado y preparado? —le pregunté, confuso.

—Te dije que iba a ser la segunda mejor asistente que hubieras tenido nunca. ¿Qué tipo de ayudante sería si no tuviera un archivo para las crisis de confianza del jefe? —Ally fue hacia la puerta.

—¿Significa esto que vas a volver a hablarme de nuevo? —quise saber.

Ella ni siquiera se detuvo. Se limitó a levantar un dedo corazón vendado por encima del hombro.

—No. Vuelve al trabajo. Tus lloriqueos están interfiriendo en mi lista de tareas pendientes.

39

Ally

—¿Qué imagen queremos dar esta noche? —reflexionó Linus, pegándose golpecitos con el dedo en la barbilla.

Estábamos inmersos en las profundidades del Armario de *Label*. Normalmente me valía cualquier cosa, con tal de que me cerrara la cremallera y me sujetara las tetas. Pero esa noche deseaba algo más.

—Queremos estar deslumbrantes y sentirnos poderosos —decidí—. ¿Tienes algún as guardado bajo la manga para conseguirlo? —Iba a necesitar uno. Y de los buenos, teniendo en cuenta que en los últimos meses me sentía como una piltrafa humana.

Primero había sido stripper, luego había estado a punto de dejar que echaran a mi padre de la residencia y, por último, había hecho un pacto con el diablo para poder mantener a flote a mi pequeña familia.

Linus me miró de arriba abajo y levantó una ceja escéptica depilada a la perfección.

—¿Te conformarías con moderadamente atractiva y razonablemente segura de ti misma?

—No.

—Hum.

—No digas «hum» fingiendo que haría falta un milagro, Linus. Sé que tienes algo guardado en esa manga prodigiosa.

Con un brillo perverso en los ojos, sacó un portatrajes de un perchero.

—Bueno, ahora que lo dices...

—¿Qué es?

—No hagas preguntas. Ve a vestirte. Sabes que vamos a necesitar al menos una hora para el maquillaje y para ese nido de ratas al que llamas pelo.

Poniendo los ojos en blanco, acepté el portatrajes y la crítica y me fui al baño.

Cualquier pensamiento cruel sobre que en una vida anterior seguramente Linus había sido una animadora malvada de una hermandad a la que habían expulsado de la facultad por hacer novatadas se esfumó cuando abrí la cremallera de la bolsa.

—Qué pasada.

Aquello era un milagro dentro de una bolsa y Linus Feldman era mi hado padrino.

Volví a la sala sintiéndome como Cenicienta. Eso si su hada madrina le hubiera regalado un vestido ajustado sexy y rojo como el carmín, claro. O, como yo prefería pensar, rojo como el corazón aplastado de Dominic Russo.

—No está mal —dijo Linus mientras giraba lentamente sobre mí misma delante de él. Extendió la mano. De sus dedos colgaban un par de tacones de aguja dorados—. Te vas a poner esto y nada de quejarte de que te hacen daño.

Asentí con diligencia. Era una Cenicienta obediente.

Después de una visita rápida a la sala de maquillaje y de media hora en la silla de una hacedora de milagros con rizador, parecía una persona totalmente distinta. No quedaba ni rastro de aquella chica nueva, triste y pobre que se moría por su jefe.

Nada. Me había transformado en una diosa imponente digna de la más exquisita lujuria.

Y menudo vestido. Madre mía, qué vestidazo. Era supersuave y de un color rojo de lo más atrevido. La falda tenía una abertura que me dejaba a la vista la pierna derecha. El tejido era liviano, varias telas ligeras de gasa superpuestas que ondulaban tras de mí como una capa cuando caminaba, o más bien cuando pisaba con fuerza, como Linus me había ordenado. El top me quedaba un par de centímetros por encima del ombligo y dejaba entrever un trocito de abdomen y de piel pálida por el invierno neoyorquino. Tenía manga casquillo y cero escote, pero la forma en la que se me ajustaba en el pecho era casi pecaminosa. Un lazo de seda en la parte de atrás del top lo mantenía ceñido bajo mis pechos y, cuando me movía, era como una caricia.

Sin embargo, lo importante no era solo la ropa. Ni los elegantes ojos ahumados. Ni los labios atrevidos y el pelo sensualmente despeinado. Estaba empezando a recordar cuál era mi esencia. Lo que había por debajo del estrés, de las uñas rotas, de las prendas baratas y de las horas de sueño que estaba empezando a recuperar. Yo era Ally Morales y mi valía estaba muy por encima de la aceptación o el rechazo de un hombre.

—Caray —dijo Linus.

Y tanto que caray. Asentí al ver mi reflejo.

—¿De dónde narices has sacado este vestido? —le pregunté.

Él me quitó una pelusilla de la manga casquillo.

—Es de una sesión de fotos del año pasado. Al final no lo usamos. Ninguna de las modelos podía ponérselo porque estaba hecho para alguien con… —Señaló mis tetas. El vestido estaba hecho para ellas—. Es de Christian. Le gustará verte con él esta noche.

Me pareció detectar una pizca de picardía en su tono.

—¿Qué estás tramando, Linus?

Él abrió las manos en un gesto que hubiera sido de inocencia absoluta de no ser por la sonrisa de sus labios.

—Tu hado padrino no tiene por qué tener ningún interés oculto.

—Ahora sí que no me fío un pelo.

—Venga, lárgate y no te caigas de bruces —me ordenó.

—¿Tú no vas a ir? —le pregunté.

—¿Así? —se burló, señalando con la mano su traje y su camisa negros e impecables.

—Pues… ¿Sí?

—No puedo. Mis hijos tienen un evento en el colegio.

—¿Tus hijos? ¿Tienes hijos?

—¿Por qué a todo el mundo le sorprende tanto?

Linus sacó el móvil y se pasó cinco minutos enseñándome fotografías de los pequeños Jasper, Adelaide y Jean-Charles.

Todavía estaba impactada cuando llegué abajo. Si había algo que me encantaba de ese trabajo era el servicio de chófer. No fue Nelson sino una conductora la que me abrió la puerta trasera. Y en el asiento de atrás estaba una Dalessandra muy elegante.

—He pensado que estaría bien ir juntas para poder charlar —dijo, dando una palmadita sobre el asiento.

Todo el mundo tiene momentos en la existencia en los que hace una pausa, respira y se pregunta de quién demonios es la vida que está viviendo. Pasearse por Midtown en una limusina sentada al lado de uno de los iconos más influyentes de la industria de la moda, ataviada con un diseño que obviamente habían hecho en exclusiva para ella, era uno de esos momentos.

—Estás guapísima —dijo Dalessandra—. Qué vestidazo.

—¿Yo? Usted sí que va impresionante.

Incluso sentada y bajo la tenue luz interior, tenía un aspecto espectacular. El vestido estaba formado por capas y capas de color plata, gris y crema que parecían plumas de cisne. Unas botas de ante holgadas por las que yo habría vendido un ovario asomaban bajo el dobladillo.

—Ventajas del oficio —dijo, restando importancia al cumplido—. A ver, ¿cómo va todo?

—Bien —mentí. Me empezó a picar el cuello.

—¿Bien? Toda la gente a la que has conocido. Todo el personal con el que has hablado. ¿Están todos bien?

No estaba mentalmente preparada para esa conversación. En absoluto. Para lo que había estado todo el día preparándome era para ver a Dominic fuera del trabajo.

«No tocaré de forma inapropiada a mi jefe esta noche».

«No tocaré de forma inapropiada a mi jefe esta noche».

Llevaba todo el puñetero día repitiendo ese mantra.

Las últimas semanas habían sido una tortura tremenda. Todas las mañanas, cuando él llegaba y pasaba por delante de mi mesa, olía su gel de baño y me transportaba inmediatamente a su casa, a su ducha, a la razón por la que había estado en ella.

Y entonces tenía que recordarme a mí misma por qué apenas le dirigía la palabra.

—¿Y Dominic? —me preguntó Dalessandra, frunciendo sus labios rojísimos.

—¿Qué le pasa? —disimulé.

Ella me miró con complicidad.

—Estáis muy unidos.

Sacudí la cabeza con tal vehemencia que una horquilla salió disparada y aterrizó sobre mi regazo.

—Para nada.

—Claro que sí —insistió ella—. ¿Está contento? ¿Me odia por lo que le he pedido?

Me aclaré la garganta, con la sensación de estar traicionando a un hombre que, definitivamente, no se había ganado mi lealtad.

—No creo que a nadie le parezca que Dominic está contento —me atreví a decir.

—Pero tú ves lo que hay debajo de toda esa fanfarronería —dijo Dalessandra, como si fuera un hecho—. ¿En serio no es feliz? ¿Ha sido demasiado pedir que interviniera para arreglar el desaguisado de su padre?

Me entraron ganas de arañarme el carmín con los dientes, pero decidí que no merecía la pena que Linus me echara la bronca si veía las fotos.

—No sé exactamente qué pasó hace un año —dije con un suspiro—. En realidad parece que nadie lo sabe, salvo usted y Dom. Y puede que, en parte, ese sea el problema. Pero no, no la odia. Detrás de todos esos chalecos tan sexis y esos gruñidos malhumorados, hay una persona que se preocupa por los demás. Quiere que sea feliz. Quiere hacerla feliz. Y creo que usted lo sabe. Como también creo que debería tener esta conversación con él.

—Los Russo no tenemos conversaciones —dijo Dalessandra, sonriendo con tristeza.

«Dígamelo a mí».

—Pues a lo mejor deberían intentarlo. Sobre todo si está satisfecha con el trabajo que su hijo está haciendo para usted.

—Dominic ya sabe que estoy satisfecha —replicó ella, con altivez.

—¿Igual que todos los de la oficina saben que esa cosa tan

misteriosa que sucedió el año pasado, fuera lo que fuera, no volverá a ocurrir porque cuentan con su protección y no piensa permitir que nadie vuelva a aprovecharse de su posición de poder?

La esmeralda de la mano de Dalessandra brilló cuando esta cerró el puño sobre la falda.

—Tengo una reputación que mantener —dijo con frialdad—. En este mundo no se sobrevive aireando los trapos sucios.

—Una reputación no se forja barriendo las cosas debajo de la alfombra —le recordé—. Se forja a base de argumentos. Usted decide cuáles son sus argumentos y cómo los expone... o no.

—¿No estarás sugiriendo en serio que vaya pregonando por ahí lo tonta que fui y hasta qué punto me cegó la ambición como para no darme cuenta de lo que estaba pasando en mi propia oficina y en mi propio matrimonio?

—Por muy tonta que fuera o muy ciega que estuviera, y que conste que yo no creo que fuera así, es agua pasada. Y su gente merece saberlo.

—Mi gente —repitió Dalessandra en voz baja—. ¿Y si mis argumentos no son solo cosa mía? ¿Y si hay otros que no quieren que se expongan?

—Creo que ahí es donde entra en juego lo de las conversaciones —dije, dándome una palmadita en la espalda por la réplica. Esa noche lo estaba petando con mis sabios consejos. Seguramente era cosa del vestido.

—Está claro que opiniones no te faltan —comentó Dalessandra.

—Eso dicen. Sobre todo su hijo. No para de repetírmelo.

—Hablando de mi hijo, le gustas mucho.

—Más bien lo cabreo mucho —la corregí.

—Le he pedido demasiado —dijo ella.

—Pues sí.

—Espero que no crea que pretendo que renuncie a su vida por mí, por este trabajo.

«Ve con cuidado», me advertí a mí misma.

—No creo que usted sea la Russo que le está impidiendo a Dom sacarle partido a la vida —dije con cautela.

Dalessandra me miró en silencio en la oscuridad.

—¿Le has dejado algún mensaje más en la comida? —me preguntó, cambiando de tema.

—De hecho... —respondí, sacando el móvil para enseñarle el «capullo» de espuma.

40

Ally

Dalessandra y yo nos separamos para que ella pudiera desfilar por la alfombra roja de la moderna galería mientras yo permanecía entre bambalinas.

Había estado en ese barrio unas cuantas veces. Era curioso hasta qué punto unos cuantos metros de acera que de día estaban llenos de chicles pegados y bolsas de comida rápida desperdigadas podían cambiar por la noche gracias a una escoba, unos cuantos caballetes y un poco de tela roja.

El dinero tenía la capacidad de transformar temporalmente cualquier cosa.

Dejé el abrigo en el ropero, encantada de no tener que preocuparme por la propina más tarde, y seguí mi olfato hasta la barra. La galería era un espacio enorme con suelos de hormigón, techos altos industriales y paredes provisionales. En esos momentos había una exposición de arte moderno que no conseguí entender. Franjas de colores, cuerdas absurdas pegadas en lienzos y una escultura especialmente confusa que parecía creada por un grupo de niños de una guardería el día de la plastilina.

Pero la música retumbaba con un latido seductor, la iluminación era tenue y un murmullo de excitación circulaba entre los elegantes asistentes.

«Toma ya. Barra libre».

—¿Qué le pongo?

El camarero era inofensivamente mono. Necesitaba que volviera a resultarme atractivo eso en lugar del perturbador poderío de aquel hombre creado por los ángeles y rematado por el demonio.

El camarero me miró de arriba abajo sin prisa y me acordé del vestido.

—Un vino blanco. No, un momento. Mejor champán —decidí. Si se me caía no me mancharía y las burbujas evitarían que me lo bebiera demasiado deprisa.

—Hecho —dijo él.

—Qué bien te queda el vestido. —Aquella voz me sonaba.

Me di la vuelta y me encontré detrás de mí a Christian James, diseñador excepcional, con una sonrisa pícara en su bonita cara. Se puso una mano sobre el corazón y movió los dedos simulando latidos.

—Dicen que el diseñador es un genio.

—Claramente —replicó él, con una sonrisa cegadora. Y ahí estaba el hoyuelo. Ñam.

Desde una distancia objetiva, estrictamente científica, sopesé mi reacción ante ese hombre. Encantador. Divertido. Un puñetero genio con la aguja y el hilo. Estaba ligando conmigo, y yo lo estaba disfrutando.

Hasta que de repente vi a Dominic al otro lado de la sala y el corazón me dio un vuelco. Estaba charlando con un grupito de gente glamurosa, pero me miraba a mí.

Bastó un vistazo a sus vaqueros, sus botas y a ese puto chaleco que sabía que llevaba solo para cabrearme para que mi ritmo cardiaco se acelerara a un nivel más propio de la clase de spinning.

¿Es que me ponía que me rechazaran? Bebí apresuradamente un sorbo de champán.

En cualquier caso, los rechazos se habían acabado, porque no quería saber nada más de Dominic. No podía haber sido más claro, y yo tampoco. Además, como fuera lo suficientemente tonta como para insinuarme una vez más, perdería la poca autoestima que me quedaba.

Ojalá pudiera borrarlo de mi mente. Incluso en ese momento podía sentirlo fulminándome con la mirada. Aquel cosquilleo de incomodidad entre los omóplatos, aquel escalofrío de desazón en la espalda. Casi me resultaba… excitante. Y eso me revolvía el estómago.

A lo mejor no era demasiado queso. A lo mejor era algo muchísimo peor.

—¿Te importa? —me preguntó Christian, tendiéndome la mano—. Para ver el movimiento del tejido. Además, me encanta mirarte.

—Es tu fiesta —dije, coqueteando con un poco más de empeño.

Dejó mi copa en la barra y me agarró de la mano.

—Estás preciosa. Te imagino con uno igual en blanco. En una boda en la playa. Con flores en el pelo. Muy bohemia. Después de la ceremonia, te meterías en el mar con el afortunado novio. —Me estaba ruborizando—. La preciosa novia se sonroja —murmuró—. ¿Qué piensas?

—Que no tengo ni tiempo ni intención de casarme en un futuro próximo.

Él volvió a sonreír.

—Me refería al vestido. Si este fuera tu vestido de novia, ¿qué le añadirías? ¿O qué le quitarías?

—Añadiría brillos.

—Por supuesto —dijo, complacido—. Algo sutil que captara la luz del sol y te diera un aspecto…

—Mágico.

—Exacto —dijo él, arqueando una de sus elegantes cejas—. ¿Te importaría girar un poco?

Me encogí de hombros. Él me atrajo como si estuviéramos en la pista de baile y luego me empujó con suavidad. Giré como la bailarina sin rostro del joyero que mi padre me había regalado al cumplir cinco años para guardar todos mis anillos y pulseras de plástico.

Luego volvió a tirar de mí. Con una sonrisa traviesa, aprovechó el impulso y me inclinó hacia atrás sobre una de sus piernas, en una pirueta exagerada.

Los invitados que nos rodeaban aplaudieron de forma espontánea y yo me eché a reír. Dios, qué bien sentaba reírse.

Detrás de nosotros, en la barra, alguien posó un vaso de cristal con tanta fuerza que se hizo añicos.

—Permítame ayudarle, señor —dijo el camarero, recogiendo el vaso roto de Dominic.

Su mirada era mucho más devastadora de cerca. Tuve la sensación de que mi vestido iba a empezar a arder, de que se incendiaría sobre mi cuerpo y me dejaría allí desnuda. A lo mejor debería haberme vuelto a poner pezoneras.

—Dominic. —Christian se giró hacia mi jefe y le dio uno de esos amistosos apretones de manos que se daban los hombres, con palmada en el hombro incluida—. Me alegro de verte. He oído hablar muy bien de tu trabajo en *Label*.

En los ojos de Dom había un brillo que era incapaz de identificar. No dejaba de mirarme.

—¿Tienes un momento? Me gustaría hablar contigo de unos temas de logística. —La pregunta era para Christian, pero los ojos de Dom se hundieron en mi piel como un hierro al rojo vivo. La mano que tenía sobre el hombro del diseñador no parecía nada amistosa mientras alejaba a mi pareja de baile de mí.

—Cariño, no sé de qué iba eso, pero yo diría que el del chaleco no sabe muy bien si darte unos azotes o comerte enterita —dijo el camarero, mirándolos fijamente a ambos.

Me quedé perpleja.

—Entonces, ¿no son imaginaciones mías?

—Eso ha sido un código rojo en toda regla. Si yo me llevara a ese tío a la cama, me preocuparía que mi vagina entrara en combustión espontánea, si tuviera.

Era una preocupación legítima.

—Creo que necesito otra copa.

—Yo también lo creo —dijo él, mientras ponía otra copa de champán en la barra y la llenaba—. Toma, para aliviar el efecto del tío del chaleco revientavaginas.

—Gracias.

—De nada, bombón.

Hice unas cuantas rondas para ver qué tal le iba a Dalessandra y acabé con un grupito de comerciales al lado de la cocina. Habíamos descubierto astutamente que podíamos ser los primeros en catar los aperitivos si acechábamos de forma activa a los camareros.

Vigilé de cerca a Dominic mientras este se paseaba por la sala. Cada vez que parecía que venía hacia mí, me iba rápidamente a cualquier otro lugar. Hasta me escondí en el baño durante veinte minutos para intentar calmarme. Me estaba rondando. No dejábamos de dar vueltas el uno alrededor del otro y yo no tenía energía para una discusión más o para escuchar otras diez razones por las que no era lo bastante buena para él.

—¿Podemos hablar de lo impresionante que está Dominic Russo esta noche? —suspiró Nina, la de Publicidad, bebiendo un trago de vino. Era alta y delgada, con una melena rizada indomable y unos ojos azules siempre brillantes.

—Sí, por favor —dijo Ruth, fingiendo que se iba a desmayar.

—No es justo que alguien tan atractivo no salga con nadie. O, mejor dicho, que no salga conmigo —dijo Missie, una de las redactoras. Missie era menudita y le daba por canturrear cuando estaba nerviosa.

—¿Cuál es su rollo? —preguntó Gola, que estaba absolutamente espectacular con un vestido lencero azul marino que resaltaba sus hombros maravillosos.

—Eso, Ally. ¿Cuál es su rollo? —preguntó Ruth.

Todos me miraron.

—¿Y yo qué sé?

—Trabajas a metro y medio de él. ¿Cómo es posible que te siga funcionando el cerebro? —preguntó Nina—. El mío ya se habría convertido en puré de hormonas.

—¿Has probado a dejar el queso? —le propuse.

—Ally es inmune a ese tío —aseguró Gola.

—¿Inmune? Tampoco te pases —dije, fingiendo no recordar que hacía poco había apuntado en la lista de la compra pilas nuevas para el vibrador.

—No se parece en nada a su padre. Es decir, de no ser por el físico, nadie diría que fueran de la familia —comentó Missie.

—Ya, Dominic Russo nunca acorralaría a nadie en la sala de las fotocopiadoras y le enseñaría la polla —dijo Gola, dándole la razón.

No, no lo haría. Aunque ella lo deseara. Es decir, yo.

—¿No es una pena? —dijo Missie.

Nos echamos a reír y se me coló un poco de champán por la nariz.

—Es un poco irónico, ¿no? Que lo que es acoso por parte de un imbécil pueda ser deseable si viene de otra persona —reflexionó Gola.

—El consentimiento es lo que lo hace sexy —dijo Ruth.

—Por el consentimiento —dije, levantando la copa.

—Yo se lo consentiría todo a Dominic Russo, si me dejara —dijo Missie, que llevaba un puntillo muy divertido, dándole un trago al cóctel.

—¿Eso pasó de verdad? Me refiero a lo de la sala de las fotocopiadoras —pregunté, reconduciendo la conversación hacia el lugar del que había venido.

—Buf, Paul Russo era un asqueroso —dijo Nina—. El día que se fue, algunas quedamos para comer y compramos champán barato para celebrar que nadie volvería a tocarnos el culo.

—Y lo volvimos a hacer cuando Dominic se incorporó —añadió Missie, con aire soñador—. Porque es guapísimo.

—¿Alguna vez se os ha ocurrido decírselo a él? —pregunté.

—¿Qué? ¿Que pensamos que está buenísimo, tanto que parece creado por el mismísimo diablo? —Nina frunció el ceño.

—No. Lo de que os alegráis de que esté aquí y que os gusta trabajar con él.

—¿Te refieres a hablar de verdad con ese pedazo de hombre? De eso nada. Ni soñarlo. Una vez me choqué con él al salir de una sala de conferencias y, en lugar de disculparme, me metí corriendo en el baño. En el baño de hombres —confesó Missie—. Es tan guapo y tiene un aire tan melancólico que me entran ganas de llevármelo a casa y enseñarle lo que es el amor —añadió, cantando las últimas palabras como si estuviera en Broadway.

—Pero es inalcanzable. Creo que eso es lo que más me gusta de él. Para echarle el lazo, tendría que ser guapísima, superespecial y, obviamente, una fiera en la cama, porque él no es de los que se conforman con menos —dijo Ruth, suspirando.

Disimulé una risita bebiendo otro trago de champán. Dominic se moriría, literalmente, si pudiera oír esa conversación.

—¿Cómo es ser su asistente? —me preguntó Gola.

—Eso, suéltalo. Queremos todos los detalles.

¿Por qué todo el mundo me pedía información sobre ese hombre, esa noche?

—Uf. No sé. Le gusta el té. De entrada parece un poco cascarrabias, pero es bastante buena gente. —Ellas esperaron embelesadas más chismes sobre Dominic—. Me escucha cuando hablo. Es prudente y meticuloso. Y le importa lo que hace. Definitivamente, no es su padre. En general, es un buen jefe.

—Pues discutís muchísimo. Y reconozco que eso me parece supersexy. De mayor quiero ser como tú —dijo Missie.

—Bueno, tenemos nuestros roces. Y solo estaré con él hasta que vuelva Greta, su asistente. Ya me gustaría a mí que mi marido me regalara un viaje sorpresa de dos meses por Europa. —Ellas se miraron—. ¿Qué?

—No fue una sorpresa de su marido —dijo Nina—. Fue un regalo de Dominic.

41

Ally

Estaba parpadeando tan rápido que mis pestañas parecían las alas de un colibrí.

—¿Dominic le regaló el viaje a Greta? —le pregunté a Nina, fingiendo indiferencia.

—¿Alguna de estas encantadoras damas quiere probar...?

—¡Ahora no, Carl! —le grité al camarero que se acercaba con una bandeja de gambas a la gabardina. El hombre salió corriendo con los aperitivos.

—Pues sí —dijo Nina, agitando una mano—. Me lo contó el amigo del amigo de un amigo. Dominic organizó personalmente las vacaciones con Recursos Humanos. Llamó un viernes por la noche a las dos de la mañana a casa de Jasmine, esa borde que no tiene ni idea de hacer fotos, y le dijo que necesitaba que lo solucionara durante el fin de semana.

—En realidad no estaba en casa. Estaba de fiesta con un cantante de jazz superguapo que había conocido por ahí de copas —la interrumpió Missie.

—Un momento. ¿Jasmine, la borde de Recursos Humanos experta en inmortalizar estornudos, sale de fiesta con cantantes de jazz? —pregunté—. Bueno, da igual. Continúa, por favor.

—En fin, él le dijo que era para agradecerle que llevara aguantándolo tanto tiempo. Y pagó de su bolsillo la baja temporal y el viaje. ¿A que es flipante? —dijo Nina con entusiasmo.

—¿Un viernes a las dos de la mañana? —dije.

—¿Qué estaría haciendo a esas horas, para decidir que necesitaba mandar a su asistente de viaje durante dos meses? —preguntó Gola.

—A lo mejor ella lo vio cometiendo un asesinato —dije, nerviosa.

Sabía perfectamente lo que Dominic estaba haciendo ese viernes por la noche. Unos diez minutos antes, yo me había largado de su casa hecha una furia.

Necesitaba que el camarero potencialmente bisexual me pusiera otra copa.

A la mañana siguiente, ya había recibido el ascenso y la «prima de contratación». Sabía que me había manipulado para que aceptara, pero no me había dado cuenta de lo maquiavélico que había sido. Imaginaba que se estaba aprovechando de la situación, no que la hubiera orquestado regalándole a su asistente sesenta días de vacaciones pagadas.

—No es por cotillear, Ally, pero creo que le gustas. Y mucho —dijo Nina, sacándome de mi amarga ensoñación.

—O eso o te odia —opinó Missie—. La verdad es que no lo tenemos muy claro. No logramos decidirnos. Personalmente, espero que te odie y que esté guardando todo su amor para mí. Pero te mira como si quisiera estrangularte, tirarte de un vehículo en marcha o…

—Matarte a polvos —dijo Nina, acabando la frase por ella con amabilidad.

Me atraganté con mi propia saliva.

—Chicas, os aseguro que no soy de las que se tiran al jefe para ascender. Y Dominic no tiene ningún interés por mí.

—En primer lugar, tú no eres Malina. Sabemos que no te tirarías al jefe en plan trepa. Te lo tirarías porque está tan bueno que se aprovechan de él hasta las raspas —declaró Gola—. ¿Te ha dicho él que no le interesas?

Cerré los ojos.

—Un montón de veces.

—Pues está mintiendo. Miente descaradamente —chilló Ruth.

—Nunca había visto a un hombre mirar así a una mujer. Igual que mira un niño delante del escaparate de una tienda de golosinas, mientras se plantea romper el cristal para poder coger el caramelo y zampárselo —aseguró Missie, con los ojos vidriosos.

—Esa comparación es un poco incómoda —dije.

Un escalofrío me recorrió de arriba abajo.

—Ahora mismo te está mirando —dijo Nina sin mover los labios, lo que lo hizo todavía más sospechoso.

Todas menos yo se giraron para mirar a Dominic.

—Definitivamente, quiere tirarla desde una azotea.

—Después de hacer que tenga como diez orgasmos.

—Por favor, ¿cuando sea mayor puedo ser tú? —susurró Missie.

—¿Por qué no sales con él? —preguntó Ruth, abanicándose con una servilleta de cóctel.

—¿Además de porque no soy su tipo, él no es el mío, no está interesado en mí y porque acostarse con compañeros de trabajo no es una buena idea?

—Sí. Además de por todo eso —dijo Ruth.

—Por su padre —respondí.

Las cuatro me miraron sin entender nada.

—No lo pillamos —dijo Gola.

—Él cree que no sois capaces de mirarlo a los ojos y que salís corriendo como locas a esconderos en el baño de hombres porque le tenéis miedo. Porque pensáis que él también es un pervertido.

—¡¿Estás de coña?! —gritaron todas a coro de inmediato y lo suficientemente alto como para que la mitad de la sala se girara para ver a qué venía tanto alboroto.

—¡Madre mía! ¿Queréis tranquilizaros? —les pedí, tratando de hacerlas callar.

—Bueno, si bajáramos un poco la guardia, a lo mejor se atrevería con Ally —dijo Ruth.

—¿Bajar la guardia? Chicas, no creo que debamos conspirar contra la dirección.

—Estamos conspirando *a su favor*, no en su contra —aclaró Gola—. Si Dominic supiera que nos parece un buen jefe y que no lo comparamos con su padre, a lo mejor rompería el cristal y se comería el caramelo.

—No, no, no. No. De eso nada. Nadie va a conspirar en contra o a favor de nada. Nadie se va a comer ningún caramelo.

—Ally, tú eres el cuento de hadas que todas necesitamos —insistió Nina—. Una pobre pueblerina…

—Oye, que soy de Jersey, idiota.

Nina me hizo callar con la mano.

—¡Chist! Que estoy contando una historia. «Una pobre pueblerina de Jersey llega a la gran ciudad y llama la atención del jefe buenorro y cascarrabias que se niega a enamorarse de nadie. Pero ella tiene algo especial. Algo que él nunca ha visto antes en ninguna mujer».

—Yo quiero ser especial —lloriqueó Missie.

—Tú ya eres especial. Todas somos especiales —aseguré.

Volví a sentir el escalofrío. Esa vez empezó en los dedos de los pies y se extendió por todo el cuerpo.

—Viene hacia aquí —canturreó Missie.

—Tranquilas, chicas. Por lo que más queráis, tranquilas —susurré.

—Prácticamente está apartando a la gente de su camino —observó Ruth.

Esperaba de corazón que estuviera exagerando.

—Hola, preciosa. ¿Te apetece liarla un poco? —me preguntó Christian, apareciendo a mi lado de repente y causándome un infarto.

Me llevé la mano al corazón.

—¡La madre del cordero! Pero ¿de dónde has salido?

—Del bar —respondió sonriendo y agitando un vaso con hielo—. Tengo una idea. Ven conmigo.

Era una opción más segura que el torpedo de deseo que se dirigía hacia mí. Así que acepté la mano que me tendía y dejé que me arrastrara.

Cinco minutos después, un diseñador emergente estaba de rodillas frente a mí entre bastidores, con las manos sobre mi pecho.

—Ay. Eso era mi teta —susurré—. ¿Me estás tatuando o qué?

—Lo siento —dijo Christian, con la boca llena de alfileres—. Si te estuvieras quietecita, no te pincharía tanto.

—Suelo esperar al menos hasta la cena y las copas para dejar que un tío me meta mano.

—Esto es estrictamente profesional. Te lo prometo —me aseguró, con un guiño lascivo—. No porque no seas perfecta, obviamente.

—Claro, obviamente. —Puse los ojos en blanco.

—Es que solo tengo espacio para cierto número de obsesiones. Tengo un ancho de banda limitado. Ahora mismo, la principal es esta línea. ¿Cuál es la tuya? —Se sentó sobre los talones y admiró su obra.

—Uf, no creo que tengas tiempo. Además, esta es tu noche.

Levantó la capa superior de la falda y la ahuecó.

—¿Sabes lo que veo cuando hay un montón de tela delante de mí y una mujer guapa?

—Supongo que no solo un montón de tela y una mujer guapa. Me apuntó con el dedo índice.

—Bingo, listilla. —Le ayudé a ponerse de pie—. Veo una historia e intento contarla con el corte y el color, el hilo y los accesorios.

—Me gusta —murmuré dentro de la copa de champán, ya tibio y apenas sin gas. Había decidido usarlo como accesorio. Además, no quería pillarme un pedo en un evento de trabajo y acabar lanzándome a los brazos de Dominic, o tirándolo desde una azotea.

—¿Quieres saber lo que veo en ti?

—Definitivamente, no.

—Veo sensualidad. Conflicto. Alguien que no está viviendo la vida que se propuso construir —especuló.

—¿Eres como uno de esos adivinos que sueltan chorradas genéricas hasta que aciertan? —bromeé.

Él sonrió y continuó.

—Veo a una mujer que haría cualquier cosa por la gente que se ha ganado su lealtad. Alguien que defiende a los que no pueden defenderse. Veo a alguien que está luchando con uñas y dientes por algo… o por alguien. —Fruncí el ceño mientras bebía otro sorbo de champán—. Y veo que tienes una relación muy complicada con Dominic Russo.

—Venga ya. Tú también, no. ¿Es que hay luna llena esta noche? Toda la ciudad está obsesionada con ese tío.

—Desde mi punto de vista, ese tío está obsesionado contigo —declaró Christian.

—Vale, basta de charlas artísticas. Estás empezando a asustarme.

—No te sientas incómoda. Eres increíble. Asúmelo.

—Ahora mismo no puedo permitirme asumir nada.

—Pues ahí es donde entra en juego este vestido. Eres impresionante. Y muy valiente. Y dentro de media hora, a tu jefe le va a dar un infarto.

—Me importa un comino que Dominic no vuelva a mirarme nunca más —mentí. Inmediatamente me empezó a picar el cuello. La sonrisa de Christian reveló que no se lo creía—. En serio —le aseguré—. Ya ha tenido su oportunidad y yo tengo demasiado amor propio. Lo único que quiero es hacerle sufrir. Mucho. Pero no tanto como para perder mi trabajo. Hay que hilar muy fino.

Los hoyuelos de Christian hicieron acto de presencia.

—Pues hagamos que sufra.

—¿Seguro que esto está bien? No soy nadie en el mundo de la moda y no me parezco en nada al resto de esas mujeres.

Miré a las modelos que se estaban peinando, maquillando y probando ropa. Estaban todas medio desnudas y tenían pinta de aburridas. «Un día más en la oficina».

—De eso se trata. Además, nunca he cerrado un desfile sin ir acompañado. Dará que hablar a la prensa. No te importa, ¿verdad?

—Podría cargarme tu desfile, arruinar tu lanzamiento, tu carrera y luego tu vida. Últimamente no tengo demasiada suerte.

—Me arriesgaré. Y tal vez tú deberías hacer lo mismo.

Si todo iba bien, en unos cuantos meses la casa estaría vendida, las facturas de mi padre pagadas y podría permitirme correr algunos riesgos. Tal vez empezar una nueva vida en algún lugar lejos de Dominic Russo. Quizá en la costa oeste. No sé, ¿o qué tal en Tailandia? Aunque no me sentiría cómoda separándome de mi padre en este momento. ¿E irme a Tailandia, pero solo de vacaciones?

Total, que un poco de especulación del mundo de la moda no afectaría en nada a mi vida.

—Venga, vale. Vamos a liarla —decidí.

—Genial. Será divertido —me prometió.

42

Dominic

El desfile por fin estaba a punto de empezar, algo que agradecía muchísimo porque significaba que, dentro de treinta minutos:

A) Podría dejar de hablar de chorradas y de lamerle el culo a la gente.

B) Me daría tiempo a tomarme una última copa.

C) Podría irme a casa y olvidarme de Ally y de su puñetero vestido rojo.

Mentirme a mí mismo era mi nuevo pasatiempo favorito.

¿Cómo no iba a tener ese aspecto vestida de alta costura? Mitad ángel, mitad demonio, vestida de rojo pasión. Aunque seguiría sin poder dejar de mirarla desde el otro lado de la sala incluso si se hubiera presentado en pantalones de chándal y una sudadera de «I love NY».

Era como un imán para mí. Inexplicablemente. Injustamente. Absurdamente.

Y tenía que hacer algo para sacármela de la cabeza. No era sano. Esa semana había consultado el horario de la academia de baile en la que daba clases y hasta me había planteado pedirle a Nelson que me llevara por allí a la hora de la salida. Luego había pensado en lo que probablemente sentirían los acosadores hacia sus víctimas y en lugar de ello le había pedido que me llevara a un bar.

Esta noche estaba bebiendo demasiado, pero la culpa era de mi madre. Al parecer, mi yo borracho era más majo que mi yo sobrio. Mi madre siempre me animaba a tomar unas cuantas copas antes de los eventos sociales para no espantar a los anunciantes.

Si me pasaba —y, últimas noticias, me había pasado cinco pueblos—, me iría a casa en Uber y haría que algún becario me llevara el coche.

Dejé el vaso vacío sobre la barra y esperé. El camarero, que llevaba un chaleco de lamé dorado, me lanzó una mirada de complicidad.

—¿Una noche dura? —preguntó, sirviéndome otra.

—Y tanto —respondí.

Mierda, ya empezaba a ser amable. Cogí la copa nueva y me giré para echar un vistazo a la sala. ¿Dónde se había metido?

No veía a ninguna diosa vestida de rojo. Se había hecho fuerte delante de la cocina para conseguir más aperitivos, lo que me había hecho pensar que no estaba invirtiendo el sueldo nuevo en comprar comida de verdad. Pasaba mucho tiempo preocupándome por ella y haciéndome preguntas.

¿Qué comería los fines de semana? ¿Qué haría de madrugada, cuando no podía dormir? ¿Pensaría en mí la mitad de lo que yo pensaba en ella?

No la veía desde que me había armado de valor para entablar conversación con las mujeres con las que ella estaba hablando. Tenía sentido que le preguntara a la comercial de Publicidad por los nuevos tamaños de los anuncios digitales que íbamos a lanzar. E igual podría haber mirado a Ally. O incluso haberle sonreído.

Pero había desaparecido. Se la había llevado ese puñetero diseñador, que debería estar más preocupado por el éxito de su línea que por una mujer con un vestido.

Aunque fuera Ally. Sobre todo si era Ally.

Ese rollo frío y profesional con ella me estaba matando. Echaba de menos que se sentara en mi mesa y se peleara conmigo. Echaba de menos las chispas que saltaban cuando discutíamos. La echaba de menos a ella.

Las luces de la sala empezaron a atenuarse. Se produjo un murmullo de excitación mientras la gente se sentaba junto a la pasarela en unas sillas con fundas blancas.

Seguía sin ver a Ally y dejé de fingir que no la estaba buscando. Intercepté a Irvin cuando iba hacia la primera fila.

—¿Has visto a Ally? —le pregunté.

—¿A quién?

—A mi asistente —repliqué con frialdad. En mi mundo, todos deberían conocerla.

—Me ha parecido verla en un corrillo de las Naciones Unidas —respondió, riéndose entre dientes.

Otro comentario que me sentaba mal. Tenía que volver a hablar de Irvin con mi madre cuanto antes.

—Me refería a hace poco.

—¿Con ese vestido? Si es un poco avispada, seguramente se estará pegando el lote con alguien en un rincón oscuro.

De repente me entraron ganas de vomitar los tres o cuatro whiskies que me daban vueltas en el estómago vacío como si fueran un parásito estomacal antes de pegarle un puñetazo a alguien. O viceversa. No lo tenía muy claro.

—¡Dominic! —Mi madre nos hizo señas y ocupamos nuestros asientos de primera fila—. —¿Estás bien? —me preguntó.

Había tenido días mejores.

—Genial —murmuré.

—Apestas a destilería —susurró.

—No como tú, que hueles de maravilla —dije alicaído.

Ella sonrió, complacida.

—Gracias.

Al menos mi madre pensaba que estaba siendo un empleado eficiente y no un acosador obsesivo y asqueroso. No creía que pudiera soportar que los dos hombres de su familia directa la decepcionaran.

El desfile empezó y fingí un mínimo de interés mientras observaba atentamente los rostros del público al otro lado de la pasarela elevada. Ni rastro de vestido rojo, ni de Ally.

El problema de los desfiles de moda era que requerían mucho tiempo, dinero y energía para solo unos cuantos minutos de recompensa. Las modelos fueron pasando por delante de mí una a una. Todas mujeres preciosas con ropa preciosa, pero ninguna le llegaba a la suela de los zapatos a mi asistente personal desaparecida.

Finalmente, las luces se encendieron y por fin la encontré.

Iba del brazo de Christian James, que estaba a punto de convertirse en hombre muerto.

Ambos recorrieron la pasarela agarrados, riéndose de un chiste privado que no deberían compartir. Se produjo un revuelo a mi alrededor. No sé si por el vestido, por el diseñador o por la chica. Mi chica.

Al final de la pasarela, él hizo una pirueta con Ally como si fuera una puñetera bailarina y el público estalló en aplausos, encantado.

Mi madre me dio un codazo.

—Aplaude, zoquete —me ordenó entre dientes.

Me puse a dar palmas con una falta de entusiasmo obvia, imaginando que aplastaba la cara de Christian entre las manos. La ovación continuó mientras ellos daban media vuelta, todavía riéndose, seguidos del resto de las modelos, a las que yo ya ni siquiera veía porque estaba completamente concentrado en el pequeño corazón blanco nacarado que Ally llevaba cosido en la parte de arriba del vestido.

Justo sobre el pecho.

Partido por la mitad.

Como iba a acabar la cara de Christian como se lo hubiera cosido él personalmente.

43

Ally

Vale. Había sido bastante guay desfilar en la pasarela con un vestido precioso, del brazo de un hombre superatractivo, delante de las narices del tío que tantas veces me había rechazado.

Cuando volví a la fiesta, casi me sentía feliz. Y también agotada, de repente. Solo quería irme a casa, acurrucarme en la cama y recordar la cara de sorpresa de Dom una y otra vez. Me quedaría otros veinte minutos, me despediría y estaría en pijama en menos de una hora.

—Madre mía. Ha sido espectacular. ¡Has estado increíble! —chilló Gola.

—Estoy considerando la posibilidad de asesinarte y suplantar tu identidad —trinó Missie. Me dio la sensación de que solo lo decía medio en broma.

—Eso no es para nada espeluznante —dije.

—¡Ha sido la leche! —exclamó Ruth, rodeándome con los brazos y abrazándome con fuerza.

—Gracias. Me vendría bien beber algo.

Fuimos en tropel hacia la barra. Cuando pedí un agua, el camarero sonrió con picardía y se inclinó hacia mí.

—Alguien con un chaleco casi tan sexy como el mío te estaba buscando desesperadamente hace un rato.

Sonreí. La victoria era mía. Era una buena noche.

Una mujer muy joven que no conocía apareció a mi lado y empezó a chillar.

—¡Chica, te has hecho viral!

Levantó el móvil y me lo puso delante de la cara. Una bloguera de moda había tuiteado una foto del final del desfile en la que salíamos Christian y yo riéndonos en el extremo de la pasarela.

Christian James cierra el desfile del brazo de una misteriosa mujer con un #vestidorompecorazones

Estaba prácticamente eufórica.

Entonces me pregunté dónde se encontraría Dominic. Y me entraron ganas de abofetearme a mí misma por hacerlo.

Iba a tener que ponerme una goma en la muñeca y tirar de ella cada vez que pensara en él. A ese paso, me amputaría la mano en veinte minutos.

Desmontaron la pasarela convirtiéndola en unos sofisticados cubos y los reubicaron para transformarlos en incómodos asientos. Todo el mundo estaba exprimiendo la barra libre como si no hubiera un mañana y los minúsculos aperitivos no servían de nada a la hora de absorber el alcohol. Era entretenido, pero algo me decía que así era como ocurrían los desastres en las fiestas de empresa navideñas. La gente se desinhibía, se iba de la lengua y las cosas se torcían.

Quería largarme de allí antes de que eso sucediera. Le había restregado mi genialidad a Dominic por las narices, y había llegado el momento de marcharme a mi casa y comer algunas sobras en la cama.

Quince minutos más y podría escabullirme e irme a dormir con un aspecto increíblemente glamuroso para el transporte público.

Fui cojeando hacia uno de los cubos con mi agua, preguntándome cómo demonios iba a llegar a la estación de metro más cercana con aquellos zapatos. No tenía ni idea.

Un juego de llaves apareció delante de mi cara, tan cerca que me rebotaron en la nariz.

Iban pegadas a un Dominic algo inclinado que llevaba nuestros abrigos encima del hombro.

—¿Estás haciendo de Oprah? ¿He ganado un coche? —pregunté con recelo.

—Has ganado el honor de llevarme a casa. —Ladeó la cabeza, haciendo que su sonrisa se viera torcida—. Qué guapa eres, Meláf... Maféli... Ally. ¿Tu verdadero nombre es Ally, o te llamas Allison?

Ay, madre. Había oído rumores sobre el Dominic borracho, pero no me habían preparado para vivirlo en directo. Estaba tan mono... y totalmente inhabilitado para ejercer de director creativo en esos momentos. Tenía que llevarlo a casa.

—Vamos, jefe —dije, quitándole las llaves de la mano.

—¡Viva! —exclamó él, como un bobo. Su sonrisa era tan dulce que me dolieron los dientes.

Ah, no. No. De eso nada. Eso no iba a pasar. No iba a dejarme embaucar por el Dom adorable y borracho. ¡No! Perseveraría en mi... determinación, entre otras palabras elegantes.

—Vamos, grandullón —dije, llevándomelo de la fiesta para ir hacia la salida lateral.

Fuera hacía un frío de mil demonios y el Dominic borracho insistió en ponerse mi abrigo sobre los hombros porque «olía bien». Así que, una vez más, me puse su abrigo de lana y remolqué a aquel hombre hacia el aparcamiento. Al menos en esa ocasión llevaba algo más que unas pezoneras y un tanga debajo.

—¿Por qué no has venido con chófer? —le pregunté.

—En primer lugar, porque Nelson está en una feria de ciencias esta noche con su nieta. Y en tercero, porque si lo hiciera no volverías a casa conmigo —reveló, echándome un brazo por encima del hombro y acariciándome la oreja.

—Te voy a llevar a casa, no me voy a ir a casa contigo —le corregí.

Las llaves eran del Range Rover y, gracias al «pi, pi» del mando a distancia —que Dominic recreó amablemente una docena de veces— encontré el todoterreno en la segunda planta.

Le abrí la puerta del copiloto, dado que él parecía incapaz de hacerlo, pero no entró. En lugar de ello, me rodeó con los brazos.

—¿Qué estás haciendo? —Su pecho ahogó mis palabras.

Me pasó una mano por el pelo con más fuerza de la que probablemente pretendía. Sus dedos se engancharon con torpeza en las horquillas.

—Abrazarte.

—Eso ya lo veo. Pero ¿por qué?

—Porque siempre he querido hacerlo —confesó.

Mi corazón se derritió como mantequilla salada. El Dom borracho era el Dom que decía las verdades. Ese viaje iba a ser muy divertido.

Valoré mis opciones, pero finalmente sucumbí y le rodeé la cintura con los brazos. Él apoyó la cara en mi cabeza.

—Qué maravilla —balbuceó, feliz.

«Joder. Y tanto».

Empezó a dejar cada vez más peso sobre mí, hasta que fui la única que sostenía sus cien kilos de músculo.

—Vale, colega. Vamos a meterte en el coche.

—Yo no soy tu colega. Buddy es tu colega —aclaró—. A la doctora Chopra le cae muy bien Buddy.

—Sí, ¿no? —dije, ayudándole a subir al asiento del copiloto.

—Sí —respondió él, asintiendo con energía—. Dice que su mujer está mejorando mucho.

—Me alegro. Cuidado con la cabeza.

Se dio un cabezazo al entrar.

—Ay.

—¿Estás bien? —le pregunté, sujetándole la cabeza entre las manos y buscando algún rastro de sangre.

Sus ojos eran casi de color añil bajo aquella luz.

—¿Puedo abrazarte en el coche? —susurró.

—Casi mejor que no. Voy a estar conduciendo.

Se puso tan triste que me partió el corazón por la mitad.

—Ah —dijo—. ¿Puedo tomar un batido? —preguntó, animándose.

Suspiré. El paréntesis lácteo no había resuelto mis problemas. Y, en ese momento, un batido me vendría fenomenal.

—Claro. ¿Por qué no?

Le abroché el cinturón, descubriendo por casualidad que tenía cosquillas, y me puse al volante. Pulsé el botón de arranque y encendí la calefacción de los asientos. Entonces me quedé parada.

—Dominic Russo.

Él ladeó la cabeza y me miró con cariño.

—Ese soy yo.

—¿Cómo es que conoces a la fisioterapeuta de la mujer de Buddy? —le pregunté.

Se inclinó hacia delante.

—¿Cómo sabes que la conozco? —replicó.

—Me lo acabas de decir.

—Ah, ¿sí?

—Estás borracho, pero no tienes un pelo de tonto. Suéltalo, Príncipe Azul.

—Se supone que no debo contarlo.

—¿Quién lo ha dicho?

—Yo. Es un secreto.

—¿Has contratado a la doctora Chopra para Buddy?

—De eso nada —dijo muy serio. Luego se echó a reír—. La he contratado para su mujer porque tú no parabas de decir: «¡Buddy es el mejor ser humano del mundo mundial!». —Dominic enfatizó una imitación mía bastante precisa con un gesto de la mano que casi le hizo acabar atravesando la ventanilla con el puño—. Ay.

—Dom, intenta no moverte tanto.

—Vale.

—¿Por qué has hecho eso por Buddy? ¿Es que lo conoces?

—Lo he hecho por ti —declaró. Mi muro se estaba derrumbando ladrillo a ladrillo y me negaba a dejarlo caer. Di marcha atrás y salí del aparcamiento—. No le cuentes mi secreto a Buddy —me pidió cuando salimos a la calle.

—¿Por qué no quieres que lo sepa? Estás haciendo algo increíble por su mujer.

—¡Chist! —Me puso un dedo en los labios y me acarició un poco la nariz—. No puede saberlo. Así es *él* quien se lo ha ganado. *Él* es el héroe.

—Ay, Dom. —Mierda. Mi corazón roto en mil pedazos estaba empezando a recomponerse solo para volver a entregarse a él.

—Prométemelo —me pidió, clavándome el meñique cerca del ojo.

—¡Au! —me aparté para no perder la córnea. El Range Rover hizo lo mismo y se desvió hacia el otro carril. Respondí al claxon cabreado de un taxista enseñándole el dedo corazón—. Vale, vale. Yo he estado a punto de perder un ojo y tú has tenido que pisar el freno. Menudo problemón.

—Ally —susurró Dominic.

—Dom, estoy un pelín ocupada intentando que no nos matemos.

—Todavía no me lo has prometido con el meñique.

—Joder. —Enganché el meñique en el suyo e intenté no enamorarme de ese idiota cuando posó los labios sobre nuestros dedos unidos.

44

Dominic

Estaba calentito, cómodo, seguro y feliz. Y muy muy borracho.

No podía abrazar a Ally porque iba conduciendo, pero sí podía envolverme en su abrigo. Así que metí los brazos por las mangas y me lo puse como si fuera una manta.

—¿De qué quieres el batido? —me preguntó, aparcando en doble fila y poniendo los intermitentes delante del logotipo de los arcos dorados. Qué guapa era.

—Pfff —resoplé—. De lo único que existe.

Ella levantó una ceja.

—¿De chocolate?

—Claro. Ni se te ocurra pronunciar la palabra que empieza por uve en mi presencia —le advertí. Ally me dedicó una sonrisa de «qué tonto eres» y, dado mi estado de embriaguez, decidí atesorarla para siempre—. Me encanta cuando me sonríes. —La sonrisa desapareció de sus labios y me di cuenta de que lo había dicho en voz alta—. Uy. Se supone que no debo decir esas cosas.

—¿Qué otras cosas se supone que no debes decir? —me preguntó.

—Que pienso en ti todo el rato y que me muero de ganas de verte desnuda.

En algún lugar de las profundidades de mi cerebro al que todavía no había llegado la obscena cantidad de whisky que había consumido, me estaba gritando a mí mismo, pulsando botones de alarma y tecleando en código Morse: «Tío, cierra la puta boca».

—Madre mía —suspiró Ally—. Espera aquí. Voy a por el batido.

Salió del vehículo y pasó trotando por delante del capó. Pulsé todos los botones de la puerta antes de conseguir bajar la ventanilla.

—¡Trae también unas hamburguesas, esos aperitivos de cucharita eran ridículos! —grité. Me hizo un gesto con la mano por encima del hombro y la vi desaparecer dentro del McDonald's. Me entretuve inventando canciones sobre ella—. «Ally me mata con su vestido escarlata» —le canturreé a través de la ventanilla abierta.

Un tipo con un anorak me lanzó un dólar.

Estaba trabajando en la segunda estrofa cuando Ally volvió con una bolsa grasienta de comida rápida y dos batidos de chocolate. Parecía diminuta, empequeñecida por mi abrigo.

—¡Mira! —Levanté el dólar triunfante—. Estaba cantando y un tío me ha dado esto.

—Qué pasada, Dom. A lo mejor puedes dejar el trabajo que tienes durante el día. —Me pasó la bolsa y uno de los vasos por la ventanilla abierta y se puso al volante.

—Si dejara el trabajo, no podría verte —le recordé.

—Vaya por Dios. Qué pena.

—Me echarías mucho de menos. Muchísimo.

Sabía que era verdad. Y en esos momentos no quería ni plantearme no poder verla cinco días a la semana. En esos momentos, cinco días a la semana no eran suficientes.

—¿Le pagaste a Greta dos meses de vacaciones para que se fuera? —me preguntó.

Las sirenas de alarma sonaron alto y claro en mi cabeza, pero estaba demasiado borracho como para prestarles atención.

—Sí. Se lo merecía, después de tantos años aguantándome.

—¿Largaste a tu asesora para darme el trabajo a mí? —«Peligro. Dominic idiota. Peligro».

—Pues sí.

—¿Porque necesitaba el dinero o porque querías manipularme?

—Pfff. No puedo manipularte. Eres una persona, no una maro... marino... Pinocho. Estabas agotada. Y asustada. Y yo tengo dinero, pero nunca lo aceptarías. Así que te obligué a hacerlo.

—Ahora mismo te mataría —dijo.

—Vamos a casa. Puedes matarme en casa. Brownie está allí y me adora. —Suspiré, antes de coger un puñado de patatas fritas y metérmelas en la boca. Ella me miró y negó con la cabeza—. ¿Qué? —pregunté mientras se me caía una patata frita de la boca al regazo.

—Nada.

—Eh, ¿ves toda esta purpurina de aquí? —pregunté.

—Cierra la boca, Dom.

Parecía que lo decía en serio, así que me callé. Me bebí el batido enterito y me zampé las patatas fritas —las mías y la mitad de las suyas, accidentalmente— hasta que entró en mi calle.

Encontró un hueco al final de la manzana y yo me bajé —o, mejor dicho, me caí— del todoterreno. Ally, que llevaba el resto de la comida y su batido, se apresuró a levantarme.

Se empezó a reír y no podía parar.

—¿Qué? —le pregunté.

Sacudió la cabeza.

—Es que no puedes estar más mono.

—¿Mono? ¿Yo? —Fruncí el ceño—. De eso nada. Soy supersexy y guapo todo el rato.

Me acompañó escaleras arriba hasta la puerta principal.

—Ya te digo. Y, ahora mismo, también eres supermono. Debe de ser porque todavía llevas puesto mi abrigo.

—¿Puedo quedármelo? —le pregunté.

—No. Es invierno. Lo necesito.

—Podríamos intrecambiar... intre... intercambiarlo. Nadie tendría por qué saberlo. Tú podrías ponerte mi abrigo y yo podría ponerme el tuyo, y sería un secreto. Podríamos volver a hacer otra promesa con el meñique.

—Yo diría que alguien podría darse cuenta de que llevas un abrigo de lana de chica del revés.

—¿Tú crees? —Qué decepción.

—Dom, ¿te han echado algo en la copa esta noche? ¿Ha aparecido Malina disfrazada con los bolsillos llenos de burundanga? Las llaves, por favor.

Rebusqué en los bolsillos del abrigo de Ally y luego en los míos antes de sacar el llavero.

—Las he encontrado —canturreé. Pero esa vez nadie me dio un dólar.

—Buen trabajo, Príncipe Azul —dijo Ally, quitándome las llaves. Me apoyé en ella mientras abría la puerta—. Espera, grandullón. Creo que estos zapatos tienen un límite de carga —dijo, poniéndome contra el marco de la puerta.

Se quitó los tacones de aguja y consiguió arrastrarnos a mí y a la comida hasta el vestíbulo, antes de cerrar con llave.

Se oyó un revuelo al otro lado de la puerta principal de mi casa.

—¡Brownie! —Había olvidado temporalmente que tenía un perro. Ese era un recordatorio excelente. Abrí la puerta de golpe y una bola de pelo marrón salió disparada hacia mí—. ¡Hola, colega! ¡Hola! ¿Me has echado de menos?

Calculé mal la velocidad del rayo a la que se movía un labrador color chocolate excitado y acabé cayéndome de culo mientras Brownie me devoraba la cara.

—¡Ay! ¿Qué dijimos de lo de pisarme las pelotas?

Ally emitió un sonido ahogado y levanté la vista.

—¿Estás bien? —le pregunté, cerrando un ojo para enfocarla.

Ella se aclaró la garganta, evitando mirarnos a Brownie y a mí.

—Sé fuerte, Ally —murmuró.

Al ver que había un ser humano que no le estaba ofreciendo todo su amor, Brownie fue danzando hacia ella y plantó el culo en el suelo.

—¿Quién es el chico más guapo del mundo? —canturreó Ally, rascándole las orejas.

—Yo —respondí—. Aunque Brownie tampoco está nada mal.

Mi perro me miró como si me riera la gracia antes de seguir seduciendo a mi chica con aquellos ojos castaños enormes y bobalicones.

—Búscate tu propia chica, perro.

—No hagas caso a tu papá —dijo Ally, estrujando la cara extasiada de Brownie entre sus manos.

De repente, me entraron unas ganas tremendas de decirles a todas las mujeres de mi vida lo mucho que les agradecía que me soportaran.

—¿Qué vas a hacer, Dom? —me preguntó Ally al verme sacar el teléfono del bolsillo del pantalón.

—En primer lugar, voy a enviarle un correo electrónico a Shayla, esa que tanto me odia, para felicitarla por su trabajo. Y después voy a grabar una canción para mi madre y enviársela. —La pantalla de mi teléfono parecía inusualmente pequeña y desenfocada.

—Vale. Vamos a dejar eso antes de que tengas un desprendimiento de retina —dijo ella, quitándome el móvil—. Ahí va un consejo gratis: enviar mensajes de texto borracho nunca tiene el resultado esperado.

—¡Pero tengo que felicitarla por su trabajo!

—Lo que tienes que hacer es irte a la cama —replicó ella.

Lo de irme a la cama sonaba muy bien. Sobre todo con Ally. Pero seguía estando borrachísimo, como ya había comentado anteriormente, y no confiaba demasiado en mi capacidad de rendimiento.

—Puede que necesite unos minutos, un poco de té y quizá una ducha antes de poder..., ya sabes...

Las dos Allys me miraron como si me hubiera puesto a hablar en suajili.

—No me voy a acostar contigo, Dominic. Te estoy mandando a la cama para que puedas dormir la mona.

—¿Quieres dormir la mona conmigo? —Intenté guiñarle un ojo y mostrarle mi infrautilizado lado ligón.

—¿Te pasa algo en los ojos? —preguntó.

Volví a intentar lo del guiño.

—No.

—Pues estás parpadeando raro.

—No estoy parpadeando. Te estoy guiñando un ojo.

Brownie llamó nuestra atención con un gemido quejumbroso.

—¿Tienes que salir, colega? —Me levanté y les abrí la puerta teatralmente a ambos, al perro y a la mujer.

—Puedo llevarlo a dar un paseo —se ofreció Ally.

—¿Por qué eres tan amable conmigo? —me pregunté en voz alta—. Yo estoy siendo un capullo y tú te ofreces a pasear al perro.

—Brownie no tiene la culpa de que su padre sea así —señaló.

Me dio la sensación de que tras esas palabras había un mensaje más profundo, pero me distrajo su vestido rojo y aquel ligero aroma a limón que la seguía a todas partes.

Fui hacia la cocina, ignorando la preocupación de Ally de que me cayera en el jardín trasero y me diera un golpe en la cabeza.

—Pfff. Tengo un equilibrio perfecto —me burlé.

Tropecé con la pata de una mesa y estuve a punto de estamparme de morros contra el suelo.

El jardín era una extensión de césped —ahora un poco muerto— con un paisajismo perfecto, y estaba rodeado por una valla lo suficientemente alta como para que el entusiasta de mi perro no pudiera saltarla. Eso era algo que se empeñaba en tratar de hacer desde que los vecinos de al lado, los Vargas, habían comprado a Cornelius, su beagle. Brownie fue trotando hasta el centro del jardín para hacer sus necesidades como un perro bueno y, ya que estaba allí y también era un hombre, lo acompañé en una meada comunitaria.

Cuando volví adentro, me encontré a Ally emplatando las hamburguesas en la cocina.

—Tienes una casa muy bonita, Dom —dijo, pasándome un vaso grande de agua.

«Pues claro».

—Eres muy guapa —suspiré, sentándome en un taburete—. No solo porque lleves el vestido de ese idiota, sino todo el tiempo. Cada vez que entras en un sitio, lo iluminas. Es como si saliera el sol. Cuando te veo, me siento mejor. Me encanta verte entrar.

—Dom.

—Estoy superborracho, Ally. No me lo tengas en cuenta.

—Lo sé —dijo, pasándome una mano por el pelo—. No volveremos a hablar de esto.

Se sentó a mi lado en la cocina y nos comimos las hamburguesas grasientas en un silencio muy agradable. Puede que fuera el whisky, pero me sentía bien. Quería más de eso. Más Ally Morales en mi casa.

Cuando acabamos, dejó los platos en el fregadero, rellenó el cuenco de agua de Brownie y volvió conmigo.

—Vamos arriba —dijo.

—Vale.

Me ayudó a subir los dos tramos de escaleras, aguantando que me detuviera a descansar cada poco tiempo hundiendo la cara en su pelo. Estaba perfectamente, pero esa borrachera vergonzosa me proporcionaba la excusa perfecta para olerle el cabello.

No necesitó indicaciones para llegar a mi habitación, y esperé que eso significara que había dedicado tanto tiempo como yo a pensar en la noche que había estado allí.

—¿Te quedas? —susurré, dejándome caer en la cama. Me pesaban muchísimo los párpados.

Encendió la lámpara de la mesilla y la sentí caminar alrededor del colchón. Me desató uno de los zapatos.

—Dom, no puedo hacerlo. Y tú tampoco quieres que lo haga.

Por supuesto que quería.

—Esta cama es enorme. Y Jersey está muy lejos.

—Ya, bueno, me llevaré el coche.

—Vale. Todo lo que quieras es tuyo —le aseguré. Era un borracho muy generoso. Sobre todo cuando se trataba de la mujer en la que no podía dejar de pensar.

—Menos tú —replicó ella. Estaba demasiado borracho como para saber si bromeaba o hablaba en serio.

—Menos yo —dije, dándole la razón—. No puedo ser como él. Es decir, más de lo que ya lo soy.

—¿Como quién? —preguntó.

—Como mi padre. Es asqueroso. Lo odio.

—Lo sé —dijo Ally, mientras me quitaba el zapato de uno de los pies.

—Soy hijo de mi padre —balbuceé.

El otro zapato desapareció.

—También eres hijo de tu madre. Y, además, creo recordar que eres un hombre independiente, de los que toman sus propias decisiones.

—Ya, bueno, pues decido que no quiero ser como él. No puedo acostarme contigo, Ally. No importa cuánto lo desee. No importa cuánto me gustes. No importa cuántas veces te haya imaginado aquí debajo de mí. Te deseo muchísimo, pero no puedo hacerlo.

—¿Por qué, Dom? —me preguntó con dulzura, volviendo a juguetear con mi cabello. Decidí que esa era mi nueva sensación física favorita. Los dedos de Ally en mi pelo.

—Porque él lo habría hecho. Siempre hacía lo que le daba la gana. No quiero ser él.

—Ay, cielo. Ya te digo yo que no lo eres. —Me gustaba su voz. Me gustaba que me llamara «cielo».

—Eso lo dices tú. Pero soy exactamente como él. Me masturbo en el baño pensando en ti. Bueno, ya no.

Ally se quedó inmóvil un momento, antes de posar los dedos sobre mi corbata.

—¿Por qué no?

—Porque no me parece correcto. Estás justo al otro lado de la puerta. Es una falta de preste… de respre… de respeto —dije, vocalizando con claridad. Estaba agotado.

—Tú no eres responsable de los actos de tu padre. Lo que él hizo no es culpa tuya.

Me cubrí la cara con las manos.

—Sí que lo es. Es culpa mía que estuviera allí y pudiera hacer las cosas que hizo.

—¿Por qué?

—Da igual. Olvida lo que he dicho. —No quería seguir hablando del tema. Me entristecía y me ponía enfermo, y solo quería sentirme bien. Aunque no me lo mereciera—. Además, de todos modos, no te merezco.

Mi corbata se aflojó, luego desapareció y esos dedos maravillosos empezaron a desabrocharme los botones de la camisa. Me estaba encantando.

—Dom.

—¿Qué?

—Abre los ojos un momento. —Hice lo que mi ángel Ally me pedía—. Tú no eres como tu padre ni de lejos. Nunca lo has sido y nunca lo serás. Eres buena persona. Te ocupas de la gente que lo necesita. La proteges y la ayudas a salir adelante. Y algún día harás muy afortunada a alguna mujer.

—Ojalá fuera a ti.

Ally posó una mano fría sobre mi cara y me froté la mandíbula descaradamente contra ella. Ese afecto tan natural y físico que me estaba proporcionando era algo que yo no sabía que necesitaba. E iba a tener que volver a vivir sin él.

—Duerme un poco, cielo —dijo con dulzura.

No volví a abrir los ojos. Sentí el peso de la manta que me echó encima y el salto de Brownie al subirse a la cama.

—Gracias por cuidar de mí, Ally.

—Lo mismo digo, Dom.

45

Ally

Tenía los pies y el cerebro entumecidos. Seguro que ir por ahí presumiendo con unos tacones de aguja que me apretaban me había dañado de forma irreversible las terminaciones nerviosas de los dedos. En cuanto a lo del cerebro, era mi jefe el que lo había dejado inutilizable.

Aparqué el Range Rover en la entrada y me quedé sentada en la oscuridad. Las imágenes de esa noche se reproducían en bucle en mi mente.

El vestido.

La pasarela.

Dominic Russo con el alcohol como suero de la verdad.

Tenía muchos pensamientos confusos y contradictorios, pero todo se reducía a una sola cosa: él no quería ser como su padre. Era tan simple y complejo como eso.

Las noches como aquella cambiaban vidas y se convertían en historias que se contaban durante años. Pero yo no sabía cuál sería la mía. ¿Sería la de aquella vez en la que un diseñador emergente me había hecho temporalmente semifamosa? ¿O sería la de la noche en la que por fin me había dado cuenta de que mi corazón pertenecía a un hombre con el que nunca podría estar?

Por fin lo entendía todo. Por fin entendía a Dominic.

Me deseaba, pero no lo suficiente como para hacer algo que,

en su mente, lo pondría a la altura de su padre. Yo tenía experiencia en esas lides y respetaba su decisión.

Ojalá esa revelación hubiera acabado con la atracción que sentía por él. Ojalá me hubiera sentido aliviada. Pero solo me sentía triste. Profundamente triste, hasta el fondo de mi alma.

Mi móvil viejo sonó alegremente imitando un timbre antiguo.

Faith. Mi guardiana nocturna.

—Hola —dije.

—¡Estoy flipando! ¡Menos mal que estás despierta! —chilló—. ¡Nena, apareces en todas las redes sociales como la misteriosa mujer que le ha roto el corazón a Christian James! Dime que estás de juerga con gente sofisticada. ¿Vas en una limusina, de camino a una fiesta en el ático de algún famoso?

La vida de Faith era bastante más glamurosa que la mía. Era un gustazo tener por fin una historia digna que contarle.

Me reí.

—Estoy sentada delante de mi casa en el Range Rover de mi jefe, que no sé si he robado o no.

—¡Sabía que en el fondo eras una chica mala! ¿El mismo jefe que te sacó del club después de que te negaras a aceptar su maravilloso dinerito?

—El mismo. Ha sido una noche muy rara.

—Necesito que me cuentes todos los detalles. —La oí abrir una lata, probablemente de Red Bull, su bebida favorita después de la una de la madrugada, porque era inmune a las calorías, el azúcar y la cafeína.

Como en el todoterreno hacía más calor que en mi casa, me quedé allí y le conté lo del vestido, lo de la presentación y lo de la fiesta.

Faith reaccionó alucinando como era debido.

—¿Estás colada por ese tal Christian?

—Es superinteligente, encantador y atractivo —dije.

—¿Pero?

Sonreí. Faith era una experta en calar a las personas.

—Pero no hay química.

—Qué pena. Es guapísimo y te regalaría cositas de diseño durante toda la vida, hasta que tuvierais un divorcio dramático.

A lo mejor deberías presentármelo —bromeó. «Hum. Eso podría ser interesante», pensé. ¿Dos espíritus libres y creativos igualmente apasionados?—. Así que pasas del diseñador buenorro. Entonces, ¿estás liada con el borde del baile erótico?

Yo no era de las que besaban a un tío y se iban corriendo a contarlo. O de las que le robaban el coche y se iban corriendo a contarlo. O de las que le ayudaban a quedarse en calzoncillos, escuchaban sus confesiones, lo dejaban durmiendo la mona en la cama y se iban corriendo a contarlo. Yo era una buena persona, por el amor de Dios. Y aquella era una historia que le correspondía contar a Dominic. No a mí.

—Rotunda y definitivamente, no. —Suspiré, recordando aquel pecho desnudo con la cantidad justa de vello y aquellos brazos con la cantidad justa de tatuajes.

—¡Qué decepción! —se lamentó Faith.

«Dímelo a mí, hermana».

—Solo tú eres capaz de estar rodeada de tíos buenos que se mueren por arrancarte la ropa y aun así acabar completamente vestida y sola en casa un viernes por la noche.

—Creo que el universo me está diciendo que, ahora mismo, tengo demasiadas cosas en la cabeza como para preocuparme por los hombres —respondí. Aunque probablemente dicho universo también me estaba dando una patada en el culo para recordarme que un hombre cuyo principal vínculo afectivo era el odio que sentía por su padre no sería un buen enemigo íntimo con derecho a roce.

El universo estaba en lo cierto. Solo tenía tiempo para centrarme en mi trabajo, en mi padre y en su casa. Hasta que pudiera arreglarla y venderla, hasta que las facturas de mi padre estuvieran pagadas, no tenía derecho a dispersarme.

—¿Sabes, nena? A veces nos toca decirle al universo lo que queremos y no al revés.

—Dice mi amiga, sabia dueña de un club de striptease.

—Cuando pasas tanto tiempo como yo rodeada de gente en pelotas, aprendes muy rápido a ver lo hay bajo la superficie. ¿Qué tal tu padre?

Eso me animó.

—Esta semana tuvimos un día bueno. Cenamos juntos y se

acordó de mí. Y hablamos de los vecinos actuales, no de los que murieron o se mudaron hace veinte años —le conté.

—Nena, eso es genial.

—Cada vez tiene menos días buenos. —Suspiré y alejé la melancolía que amenazaba con asfixiarme—. Pero pienso aprovechar al máximo cada uno de ellos.

—Qué mierda —se limitó a decir Faith.

—La verdad es que sí.

—Oye, además de para preguntarte por tu fama recién adquirida en las redes, te llamaba para decirte que mañana tengo el día libre y unos músculos a los que les vendría bien un poco de ejercicio. ¿Quieres que te ayude con la casa? Podríamos sacar la bañera a la acera y arreglar el suelo. He estado viendo vídeos de bricolaje.

Ese sí era un vínculo afectivo con el que podía contar. Faith siempre me había apoyado y me sentía tremendamente afortunada por ello. Puede que no tuviera a Dominic Russo de rodillas delante de mí, pero tenía a Faith.

—Te adoro.

—Y yo a ti. Aunque vayas por ahí rechazando a machotes buenorros.

—Nos vemos mañana.

—Yo llevo el café —dijo alegremente.

Al colgar, vi que tenía un mensaje nuevo en el móvil del trabajo. Era de Dominic:

Eres preciosa. Y no lo digo solo por esta noche

El muy imbécil de mi corazón dio un vuelco patético.

Los músculos de los que me había hablado Faith resultaron no estar pegados a su propio cuerpo. Apareció acompañada por un bailarín bajito muy cachas llamado Rocco y por un camarero patilargo que durante la semana se llamaba Rick y los fines de semana P. Rita N'Dulce.

—Como me salgan hemorroides por culpa de esto, me voy a cabrear mucho —refunfuñó Faith, apretando los dientes.

—¿Por qué pesan tanto las bañeras? —pregunté, jadeando.

Rocco y Rita habían sacado a pulso la bañera de hierro fundido del salón al porche y estaban subiendo la caja de la nueva al piso de arriba, donde acamparía en el pasillo hasta que arreglara el suelo y pudiera permitirme contratar a un fontanero de confianza.

Mientras tanto, Faith y yo intentábamos no reventarnos el bazo bajando la vieja por las escaleras de la entrada.

Faith se había puesto sus mejores galas de reina del bricolaje invernal: unos vaqueros anchos lo suficientemente caídos como para poder lucir el piercing del ombligo —con una calavera y dos tibias cruzadas— bajo el dobladillo recortado de una camiseta térmica de manga larga que ella misma había tuneado añadiéndole un cierre tipo corsé con cordones fucsia. Una estilizada coleta de punta rosada se balanceaba en lo alto de su cabeza.

Tras una cacofonía de efectos sonoros y varias pausas, por fin conseguimos dejar la bañera en la acera. Un amigo del señor Mohammad que era anticuario pasaría más tarde a recogerla con una furgoneta y unos sobrinos forzudos. Intentando recuperar el aliento, me metí en la bañera y saqué las piernas por encima del borde.

—¿Qué vas a hacer con el Range Rover? —me preguntó Faith, tumbándose a mi lado.

Me quedé mirando el todoterreno.

—Devolvérselo sin avisar.

Los bonitos y enigmáticos ojos de Faith adquirieron ese brillo que siempre hacía acto de presencia cuando se le ocurría alguna maldad.

—Seguro que cabría mucho más material de construcción en el maletero de ese mastodonte que en mi coche —dijo, señalando con el pulgar el llamativo Mercedes biplaza aparcado delante de casa.

Me mordí el labio, valorando la idea.

—Me ahorraría los gastos de envío.

Ese tío había elegido la venganza contra su padre antes que sus sentimientos por mí. Su todoterreno pijo me vendría de maravilla para transportar material.

—Por cierto, ¿sabías que mi ferretería favorita está justo enfrente de mi taquería preferida? —comentó Faith.

—¿Alguien está hablando de tacos? —Rocco asomó la cabeza por la ventana del segundo piso.

Salir a comprar tacos y material de construcción con una empresaria, un bailarín exótico y una drag queen en su día libre. Otro día más en mi vida rebosante de glamour.

46

Dominic

Lo malo de tener más de cuarenta años era que la resaca te duraba casi tanto como una gripe.

El sábado por la mañana me salté el entrenamiento habitual para caminar dos manzanas hasta una cafetería y zamparme bochornosamente dos sándwiches grasientos, engullendo electrolitos y té detrás de unas gafas de sol.

De nuevo en casa, alguien llamó a la puerta justo cuando estaba volviendo al piso de arriba para dormir y olvidar mis malas decisiones vitales.

—Hola, Dominic.

Mi risueña vecina Sascha llevaba puesta una parka acolchada de color verde lima y me sonreía por encima de una bandeja tapada. Su hijo de seis años, Jace, estaba a su lado vestido con un pijama de Spiderman y un abrigo de invierno. En su sonrisa había un hueco que no estaba allí el fin de semana anterior, la última vez que lo había visto. Conocía ese ritual.

—Sascha… —dije con voz ronca. Fingir que no tenía resaca se me daba casi tan bien como fingir que no estaba borracho.

—Vengo a quedarme con usted, señor Dominic —anunció Jace alegremente.

Su madre le dio un codazo en el hombro.

—Antes tenemos que pedírselo educadamente, ¿recuerdas? —masculló, mientras seguía sonriéndome como una zumbada.

—Señor Dominic, hemos hecho sus galletas favoritas. ¿Puedo quedarme a jugar con Brownie?

Sascha levantó el plato.

—De canela y caramelo. Y solo serían cuarenta minutos. Una hora como mucho.

Las galletas de caramelo y canela no eran mis favoritas. De hecho, odiaba cualquier cosa que llevara caramelo. Pero el día que me mudé, Sascha, su marido, Elton, y su entonces recién adoptado bebé, Jace, se habían «dejado caer» con un plato de galletas y la esperanza de que su nuevo vecino no fuera tan capullo y borde como el anterior.

Por alguna razón no quise decepcionarlos y desde entonces vivía en una mentira, fingiendo ser una buena persona a la que le encantaban las galletas de caramelo y canela.

A veces volvía a meterles en casa el cubo del reciclaje el día que recogían la basura. A veces me tomaba un whisky en el jardín trasero con Elton. Y a veces cuidaba a Jace cuando no le apetecía quitarse el pijama y a sus padres no les apetecía pelearse con él.

—Siempre y cuando no tengas intención de moverte mucho y hables en voz baja —le dije a Jace.

—Una noche dura, ¿eh? —comentó Sascha.

Asentí con la cabeza y luego hice una mueca de dolor.

—No te preocupes. Créeme, te entiendo. Por eso nunca hablamos del día de Navidad de 2015. Puedo llevar a Jace a casa de la tía abuela Alma.

Pero ese era el problema de saber cosas sobre tus vecinos. Jace odiaba la casa de la tía abuela Alma. Olía a pis de gato y aquella mujer le hacía comer zanahorias al vapor. La última vez que se había quedado con Jace, le había obligado a barrer el suelo de la cocina fingiendo que era un juego. Cuando «ganaba», le «permitía» barrer el pasillo delantero.

—¿Tiene la gripe de las malas decisiones? —me preguntó el niño, con una mirada triste y solemne en sus grandes ojos.

—No pasa nada —mentí—. Estoy bien. Jace puede quedarse conmigo.

—¡Yupi! —El niño agitó un puño enfundado en una manopla en el aire.

—Chist. Celébralo más bajo, colega —le advirtió Sascha, tapándole la boca con una mano.

—Lo siento —susurró él a través de los dedos de su madre.

—Una hora como mucho —me prometió ella—. Solo tengo que ir a recoger un vestido para la cena sorpresa de aniversario, algo para lo que prometo no pedirte que hagas de canguro.

Todos los años, Elton sorprendía a Sascha por su aniversario con una cena sorpresa en algún restaurante nuevo de los caros. Ese año, en mi papel de buen vecino, le había sugerido que contratara a un chef que fuera a su casa y recreara el plato favorito de su luna de miel. Al parecer, no había sido una idea totalmente descabellada, porque Elton había localizado a un chef especializado en cocina caribeña y llevaba dos semanas enviándome mensajes de texto con recetas y maridajes de vinos.

Cogí las galletas y al niño y, después de que él y el perro se pasaran diez minutos saludándose encantados, le enchufé a Jace unos auriculares y la Xbox que había comprado para esas ocasiones. Yo me quedé tumbado en el sofá, a su lado, leyendo *Orgullo y prejuicio* e identificándome con el pobre e incomprendido Darcy.

Para comer, preparé unos sofisticados sándwiches a la plancha de tres quesos con carne asada, los favoritos de Jace. El niño se comió dos. Yo me comí uno. Y Brownie se comió seis lonchas de rosbif antes de que lo pillara olisqueando la encimera. Sascha volvió cincuenta y nueve minutos después de haberse marchado y se llevó a su hijo y el plato de galletas vacío. Puede que no odiara tanto el caramelo como pensaba.

Me pasé el resto del día en el sofá, lo que hizo las delicias de Brownie. Vimos toda la primera temporada de *The Great British Baking Show* y luego tres episodios de *Queer Eye*. Después me vine arriba, pedí un bizcocho a una pastelería que había a tres manzanas y me lo zampé enterito antes de plantearme dejarme barba.

Luego reflexioné sobre lo que Ally pensaría de las barbas.

Y la espiral de vergüenza empezó de nuevo.

Brownie me arrastró fuera de casa para dar un paseo a primera hora de la tarde y me encontré las llaves del Range Rover dentro del buzón con una nota que decía: «Gracias por el viaje».

El todoterreno estaba aparcado en la calle y sobre el asiento del copiloto había un pack de seis bebidas isotónicas con un lazo de la Navidad reutilizado pegado. También había una bolsita de golosinas para perros en el portavasos.

Eso me emocionó y me molestó a partes iguales.

Ally todavía no había respondido a ninguno de los mensajes que mi yo borracho le había enviado, quedando en evidencia. Tras echar un vistazo al teléfono, al menos entendí por qué. Cubrían un amplio espectro, desde la adoración más absoluta, en plan, «tu pelo es como un nido de pájaros supersensual», hasta «mejor no volver a hablar de esto».

Los fragmentos que recordaba de la noche anterior se fundían en una imagen desagradable e inapropiada de un jefe propasándose con su empleada. Una vez más, había demostrado que era la sangre de mi padre la que corría por mis venas.

Dejé que Brownie eligiera el recorrido por el barrio y, cuando se detuvo ante su árbol favorito, saqué el móvil.

MALÉFICA

> Gracias por devolver el coche
> y no llevártelo a México

Fui a México a comprar tacos de verdad antes
de devolvértelo
Por cierto, tienes poca gasolina y diecisiete
multas de tráfico en Tijuana

> Podías haber entrado

No, no podía

> Lo siento

No pasa nada, es mejor
Además, así podremos probar algo nuevo

Para mí, «algo nuevo» significaba quitarle toda la ropa y lamer, besar y morder cada centímetro de su cuerpo. Pero tenía la sensación de que eso no era lo que ella tenía en mente.

Nuevo?

Ser amigos

Querrás decir amienemigos

Veo que controlas la jerga
Enhorabuena, colega

Que sepas que no me gusta nada

Buen fin de semana.
Y no olvides hidratarte

—¿«Amigos»? ¿Cómo coño va a funcionar eso? —le pregunté a Brownie.

Él desenterró la cara de la nieve que estaba olisqueando y me miró. Al parecer, mi perro tampoco sabía la respuesta.

Nos hice un favor a ambos y evité escribirle mensajes de texto o correos electrónicos durante el resto del fin de semana. Obviamente, cogí el teléfono setecientas veces para hacer justo eso, pero me las arreglé para evitar la tentación. Me había pasado tres putos pueblos con ella. Se merecía un descanso.

El lunes por la mañana, casi recuperado de la intoxicación de whisky, estaba convencido de que podía hacerlo. Podía ser su jefe y su amigo. Podía mantener las puñeteras manos quietas.

Recuperaría ese autocontrol del que antes estaba tan orgulloso y haría uso de él. Y, en cuestión de cien años, más o menos, hasta sería capaz de superar que ella conociera a otros tíos. Que saliera con ellos. Que se los tirara. Que se enamorara.

La idea hizo que se me revolviera aún más el estómago, todavía un poco perjudicado, cuando entré en el ascensor y salí disparado hacia la planta cuarenta y tres.

Vale. Ese día aún no había llegado.

Decidí concentrarme en pensar de dónde podría venir el extraño olor de mi coche. Olía a tacos y a... ¿qué coño era aquello? ¿Cemento? ¿Pladur?

—Buenos días —me saludó Ally, con una alegría irritante.

Di gracias a los puñeteros dioses del invierno por el jersey de cuello alto que se había puesto. Aunque era ajustado en todos los puntos estratégicos, al menos no dejaba nada a la vista. Llevaba el pelo parcialmente recogido en un moñito en lo alto de la cabeza y unos pendientes de aro de oro pulido con piedrecitas que no podía dejar de mirar. Se había pintado los labios del típico rojo que decía «fóllame» y me entraron ganas de besarla hasta que los dos acabáramos embadurnados de carmín.

Cuando ladeó la cabeza, me pregunté cuánto tiempo llevaría allí plantado valorando lo mucho que me gustaba su aspecto.

—Buenos días —dije, entregándole con retraso el café y el envoltorio con el desayuno que le había traído.

Sus ojos se iluminaron de esa forma que siempre hacía que mis entrañas frías y muertas cobraran vida.

—¡Gracias! No tenías por qué hacerlo. —Me sonrió, convertida en la viva imagen del amor platónico. Estaba poniendo demasiado entusiasmo en ese rollo de la «amistad».

Gruñí a modo de respuesta. Quizá no pudiera llevar a esa mujer al orgasmo, pero sí que podía llevarle comida hasta que estuviera convencido de que había salido de la absurda situación económica en la que se había metido.

Llevaba un nuevo vendaje en el dedo anular izquierdo, pero parecía descansada.

—¿Qué tal el resto del fin de semana? —me preguntó.

Sin prisa por dejarla, posé mi té en su mesa y me quité el abrigo. Me di cuenta de que lo miraba y tuve un vago recuerdo de haberle sugerido cambiárselo por el suyo. «Joder, qué puto gilipollas».

—¿Sabías que una resaca de whisky puede durar tres días? —le pregunté como quien no quiere la cosa.

Ella se estremeció, cerrando aquellos ojos rodeados de pestañas oscuras.

—Deberías probar el tequila. La última vez que Faith y yo nos dimos a la bebida en plan «los hombres son asquerosos, deberíamos explorar el lesbianismo», hubo un montón de tequila de por medio. Me pasé vomitando cinco días seguidos.

Parpadeé y, por supuesto, me lo imaginé. «Por favor, ten piedad de mí. Mi última interacción con una mujer fue un baile erótico en... ¡Abortar! ¡Abortar! ¡Abortar! Ni se te ocurra empalmarte el primer día de la Operación Amigos».

Apreté los dientes esperando que el gesto pasara por una sonrisa, fingiendo que no me estaba imaginando a Ally enrollándose con otra mujer. Y me di cuenta de que estaba fatal cuando la fantasía de dos chicas montándoselo no hizo más que ponerme celoso. «Bueno, señorita Morales, aquí tiene su desayuno. Un revuelto hecho con mis propios huevos. Puede quedárselos para siempre».

Ally hizo una mueca de dolor.

—Lo siento. Me pone un poco nerviosa lo de ser amigos e intentar fingir que no pasa nada.

—¿Lo dices por lo del lesbianismo? —le pregunté, exasperado—. Tal vez deberíamos tomarnos esto con más calma y dejar de hablar del todo.

Ella enterró la cara entre las manos y me quedé mirando sus dedos sin anillos como el puto imbécil salido que era.

—Empecemos de nuevo —sugirió, bajando las manos.

—¿Qué tal el fin de semana?

—Bien —mentí—. ¿Y el tuyo?

—Bien —repitió ella, como un loro.

—Genial.

—Estupendo.

—Pues vale.

Yo aún seguía allí de pie, asintiendo y gritándome a mí mismo que me largara, cuando un repartidor se acercó a toda prisa, haciendo estallar un globo de chicle y dándole a Ally un repaso demasiado minucioso para mi gusto.

—¿Puedo ayudarle? —le pregunté con frialdad. Ese tío estaba invadiendo mi territorio y no tenía ningún problema en hacérselo saber.

Ally me miró como si me hubiera vuelto loco de remate.

—Tengo un paquete para Ally Morales —dijo.

«El clásico "tengo un paquete". Venga ya. Capullo».

—Esa soy yo —dijo ella alegremente.

—Aquí tienes. —El tío le entregó una caja enorme con un llamativo lazo rojo, guiñándole un ojo como un gilipollas—. Nos vemos —dijo, retrocediendo sin darse la vuelta, como un cabrón engreído. Deseé estar detrás de él para empujarlo contra una papelera... o por las escaleras.

—¿A qué viene esa mirada de malas pulgas, Pitufo Gruñón? —me preguntó Ally.

—Ese tío estaba tirándote los tejos —le espeté.

La muy desvergonzada se tosió la palabra «amigos» en la mano. La fulminé con la mirada.

—Colegas —dijo, volviendo a toser.

—¿Tienes bronquitis? —le pregunté.

—No, pero tengo un regalo misterioso —dijo, sacando un sobre blanco de debajo del ridículo lazo—. No has sido tú, ¿no?

Negué con la cabeza e inmediatamente deseé haberlo sido.

No debería importarme lo que había en la caja ni quién se lo había enviado. Pero parecía que los «debería» no tenían cabida en mi realidad. No pensaba moverme de allí hasta que lo supiera. A los amigos les importaba que otros amigos recibieran regalos, ¿no?

A la mierda. Me quedaba.

Abrió la tarjeta y no le di importancia a la forma en la que sus labios se curvaron hacia arriba. Era una sonrisa femenina de agrado y satisfacción. Una que yo sabía que un ser humano con polla y deseos de llamar su atención había provocado.

Sin mediar palabra, dejó la tarjeta a un lado y desató el llamativo lazo de la caja.

—¿Qué es eso, Al?

Ruth, la pelirroja, asomó la cabeza por la esquina. Vaciló un momento al verme, pero sonrió con valentía y se acercó.

—No tengo ni idea —respondió Ally, deslizando los dedos bajo la tapa.

—Hola, Dominic —dijo Ruth.

Un miembro del personal llamándome por mi nombre de pila. Por fin, joder.

—Hola, Ruth. ¿Qué tal el fin de semana?

Me sonrió.

—Genial. ¿Y el tuyo?

Una explosión de tela me salvó del segundo asalto de la conversación sobre la resaca de whisky y el lesbianismo. Era rosa, brillante y, para mi eterna condenación, me di cuenta de que tenía el tono exacto de los labios de Ally cuando no estaban pintados de rojo pasión.

Las dos mujeres exclamaron admiradas y acariciaron el tejido que Ally estaba sacando de la caja.

Cogí la tarjeta que estaba sobre la mesa, mientras ella se ponía el vestido de cóctel delante del pecho.

Ally:
Lo he hecho pensando en ti.
Christian

Dios, cómo odiaba a aquel tío.

Entretanto, mi «amiga» daba vueltas sobre sí misma, encantada. Si fuera generoso, tendría que darle la razón a ese capullo. El vestido era totalmente del estilo de Ally. La falda, amplia y sedosa, se ceñía a la cintura con un cinturón dorado trenzado. El top era blanco como la nieve y tenía un solo hombro, dejando el otro desnudo. Llamativo, suave y sexy. Como ella.

—¡Madre mía! ¡Si tiene bolsillos! —chilló Ruth.

Estaban atrayendo a una multitud. Un montón de mujeres —y Linus— aparecieron como salidos de la nada para quedarse extasiados con el vestido.

—¿Quién lo ha enviado?

—¿Quién lo ha hecho?

—Buenos días, Dominic.

—¡Tienes que ponértelo!

—Mucho mejor que unas flores. ¿Vas a casarte con él?

Me metí en mi despacho y cerré la puerta.

—Solo somos putos amigos —murmuré en la oficina vacía.

La racionalización no ayudó. Yo quería que fuéramos algo más. Y eso era imposible mientras ella siguiera trabajando en la empresa.

Oí una carcajada procedente de la mesa de Ally y el caverní-cola gilipollas que llevaba dentro salió de su estado de hiberna-ción. Con un plan en la cabeza, me senté delante del ordenador y busqué el documento que necesitaba.

Estaba dando los últimos retoques a mi obra maestra en la pantalla cuando alguien llamó alegremente a la puerta y la abrió.

—Hola, Irvin —dije, levantando la vista.

Él entró en la habitación con ese aire despreocupado que tenía cuando se topaba con un cotilleo especialmente jugoso. Seguía tratando de convertirme en una versión de mi padre.

Cerró la puerta y me sonrió con suficiencia.

—Menudo jaleo hay ahí fuera —comentó.

—Eso parece —dije con frialdad, repasando los cambios que había introducido en el documento.

A diferencia del redactor jefe, yo no tenía tiempo para chá-charas. Tenía una relación en ciernes que arruinar y una larga lista de asuntos de trabajo pendientes para ese día.

—Siempre es inteligente recompensar a una chica cuando hace las cosas bien —dijo Irvin, sentándose frente a mí sin ser invitado. Levanté una ceja sin pizca de interés—. Me refiero a tu asistente —aclaró—. Tengo entendido que «llevó al jefe a casa» el viernes por la noche. —Pronunció aquellas palabras como si estuvieran entrecomilladas.

Se me revolvieron las entrañas y un abrasador fuego infer-nal las sustituyó.

—¿Eso dicen? —pregunté, inexpresivamente.

—Bah, no hay de qué preocuparse. Algunos de los blogs de cotilleos se hicieron eco este fin de semana y lo publicaron de re-lleno. Bien hecho, chaval. Ya era hora de que te divirtieras un poco en el trabajo.

Me entraron ganas de agarrar a aquel hombre por la puta corbata de Gucci, levantarlo de la silla y obligarlo a disculpar-se con Ally, antes de lanzarlo desde la azotea y quemar todos los blogs que se atrevieran a insinuar que yo me parecía en algo a mi padre o que Ally se estaba abriendo camino a base de favo-res sexuales.

—De casta le viene al galgo, ¿no? —dijo Irvin, complacido.

Luego se dio una palmada en la rodilla—. Bueno, tengo que volver al trabajo.

—Te agradecería que tuvieras más cuidado con la reputación de nuestros empleados, Irv —le sugerí, en un tono de voz que pretendía congelarle las pelotas.

Pero él hizo un gesto de desdén.

—Los secretos de los Russo siempre estarán a salvo conmigo. —Me guiñó un ojo con picardía y se levantó de la silla.

Me quedé mirándolo mientras se iba, tamborileando con los dedos sobre la mesa. Irvin Harvey me estaba tocando las narices y tenía que solucionarlo. Era astuto y falso, y yo estaba seguro de que sabía perfectamente lo que mi padre había estado haciendo aquí a puerta cerrada.

Tenía que hablar con mi madre sobre él de inmediato.

Pero antes cogí un bolígrafo rojo y subrayé el texto nuevo que había añadido a la Política de Confraternización.

«Los empleados no fomentarán relaciones con diseñadores u otros proveedores».

Ya estaba de pie cuando Ally asomó la cabeza por la puerta.

—Dom, diez minutos para salir hacia la reunión que tienes al otro lado de la ciudad. Dalessandra está bajando al coche.

Asentí enérgicamente, poniéndome el abrigo.

—Toma —dije, entregándole el papel.

—¡Eres un capullo, Príncipe Azul! —me gritó mientras me dirigía a los ascensores.

Pues sí. Y cuanto antes lo asumiera, mejor.

47

Ally

Estaba embadurnada en masilla para paneles de yeso hasta los codos, sintiéndome como una reina del bricolaje, cuando el tono de llamada que había asignado a la residencia de mi padre interrumpió una canción de Maren Morris sobre huesos y cimientos.

Contesté a la llamada con el codo y apoyé la cara sobre el teléfono, que estaba encima de la tapa del inodoro. La última vez que había estado en esa posición había sido en la infame «Noche Lésbica del Tequila». Me concentré en ese hecho en lugar de en el miedo instintivo que se apoderaba de mí cada vez que me llamaban de la residencia.

—¿Ally?

—¿Sí?

—Soy Braden. Tranquila, no es ninguna emergencia. Nos está costando un poco tranquilizar a tu padre para que se duerma. ¿Podrías pasarte por aquí?

—Claro —respondí, mirando el reloj—. ¿Se encuentra bien?

—Sí, solo está un poco alterado.

—Llego en media hora.

Mi padre, un hombre que solo levantaba la voz cuando jugaban los Mets o para gritar «¡bravo!» en una sala de conciertos, se ponía a veces tan nervioso que no había forma de calmarlo, salvo con los somníferos más fuertes.

La residencia estaba a un kilómetro y medio de casa. Los autobuses no pasaban tan a menudo por las noches entre semana y era demasiado tarde para llamar al señor Mohammad y pedirle prestado el coche. Tendría que ir andando. Me envolví en el anorak viejo de papá, me puse los calcetines más gruesos que pude por debajo de las zapatillas y eché a andar por la acera.

Hacía tanto frío y tanto viento que me picaba la cara.

Al menos mi padre no se había caído. Al menos no estaba enfermo. Al menos yo tenía un trabajo temporal con el que hacer frente a gran parte de los gastos. Por fin estaba haciendo progresos en la casa. Hice un listado de cosas positivas mientras caminaba a buen ritmo por Foxwood.

Habían cambiado mucho las cosas desde mi infancia. Esa era la calle que veía por la ventanilla del autobús escolar en octavo, mientras hacía planes para cuando fuera mayor. Alerta de spoiler: mis fantasías no se parecían en nada a esto. Mi yo de octavo sí habría aprobado mi vida en Boulder. Allí tenía amigos. Novios. Trabajos que me apasionaban y tiempo libre para disfrutar.

Cuando vi el caserón de la esquina, totalmente iluminado tras las columnas de ladrillo y la vegetación, sentí aquel pinchazo de nostalgia tan familiar. Toda la vida me había encantado esa casa y lo que representaba. Allí vivía una familia. Unos padres con unos niños que jugaban al aire libre, trepaban a los árboles y vendían limonada en la acera. Las luces de Navidad atraían multitudes todos los años.

Ahora había nietos, brunch dominicales y celebraciones navideñas.

Me detuve en la acera.

Esa noche tenían invitados. Una cena entre semana que probablemente se alargaría porque todos se lo estaban pasando demasiado bien como para marcharse. Copas de vino. Velas. Desde el exterior, pude oír las notas apagadas de un disco de jazz.

Una nostalgia brutal me sobrevino con tal fuerza que sentí la tentación de dar media vuelta. Quería un hogar, una familia y unos amigos a los que no les importara tener resaca de vino un martes por la mañana porque querían seguir divirtiéndose.

Echaba de menos mi antigua vida. Echaba de menos la tranquilidad de saber que mi padre era feliz y estaba sano. Echaba de menos poder respirar. Ser egoísta. Echaba de menos poder salir de copas un miércoles o invitar a un amigo a cenar. Echaba de menos cocinar para algún chico mono con el que me hiciera ilusión salir. Joder, echaba de menos el sexo. Echaba de menos no tener que saberme de memoria el saldo de mi cuenta corriente hasta el último centavo.

Le di la espalda a la mansión y seguí caminando por la acera, alejándome de la vida perfecta de otra persona.

Tenía treinta y nueve años, pero para mí no existía el futuro. Solo el presente. Y debía agradecer cada minuto que pudiera pasar aquí con mi padre.

Las luces de la residencia aparecieron ante mí. En el fondo, tenía la esperanza de que los enfermeros hubieran conseguido tranquilizar a papá. Que pudiera sentarme tranquilamente con él mientras dormía. Pero Braden me estaba esperando y me interceptó en la entrada principal.

—Gracias por venir —dijo, dirigiéndose rápidamente hacia el Módulo de Memoria—. No suele causarnos muchos problemas, pero esta noche está bastante alterado. Le ha dado un puñetazo a la enfermera cuando le ha llevado las medicinas.

—Lo siento mucho —dije jadeando, mientras intentaba seguir el ritmo de sus zancadas.

—No es culpa tuya, ni tampoco suya —me tranquilizó Braden.

Culpa, no. Pero si hablábamos de responsabilidad, la cosa era diferente. Los pacientes violentos podían ser expulsados de las instalaciones para ser reubicados en módulos seguros de Salud Mental. Y Deena estaba deseando tener una excusa para echarlo. Adiós a las clases de punto, a las de baile, al yoga en silla y a la comida casera en unas instalaciones seguras. No habría ningún piano que mi padre pudiera tocar los días buenos. Y ningún enfermero le llenaría el calcetín con sus golosinas favoritas en Navidad.

Era tarde y la iluminación del pasillo tenue, por lo que el estruendo procedente de la habitación de mi padre me resultó aún más estremecedor. Adelanté a Braden y me apresuré a entrar en el cuarto.

Mi padre estaba de pie, con la escayola, sacando la ropa de la cómoda y apilándola en el suelo. En el montón se encontraba ya todo lo que antes estaba encima del mueble, incluidos el altavoz Bluetooth, un marco digital con toda una vida de recuerdos y una foto enmarcada de ambos el día de mi graduación en el instituto.

El cristal estaba roto y había una grieta irregular sobre mi rostro radiante. Entonces todo un mundo se abría ante mí. Ahora era otro tachón más de la única certeza absoluta de mi vida: el amor de mi padre.

—¡Fuera de aquí, Claudia! —Mi padre vino cojeando hacia mí y aplastó la foto con el yeso—. ¿Es que no me has quitado ya lo suficiente?

—Papá. —Levanté las manos—. No soy mamá. Soy Ally. Tu hija.

—Lo has robado, ¿verdad? —preguntó. El sonido del cristal hecho añicos bajo sus pies me hizo estremecer.

—Papá, ven aquí para que pueda recoger eso —le pedí.

—¡Te has llevado el reloj de bolsillo de mi padre! Lo tenía en ese cajón y ya no está. Devuélvemelo, Claudia. ¡Devuélvemelo todo!

—Señor Morales, ¿por qué no buscamos el reloj en la mesilla de noche? —le sugirió Braden, tratando de persuadir a mi padre para alejarlo de los cristales.

Pero este no estaba abierto a sugerencias.

—¿Crees que puedes irte así como así y llevártelo todo? Quiero que me lo devuelvas. ¡Lo has echado todo a perder!

Sentí que unas lágrimas ardientes surcaban mis mejillas, todavía frías.

—Papá, por favor.

Dio otro paso hacia mí y tropezó.

Extendí la mano para sujetarlo, pero para él no era yo, la chica que lo había querido toda la vida. Era la mujer que había construido una familia y un futuro sobre mentiras y luego lo había abandonado todo.

Vi que echaba la mano hacia atrás y escuché el chasquido del golpe antes de sentir el dolor candente brotando con fuerza.

Ese hombre, que se empeñaba en cazar a las arañas para liberarlas en el jardín trasero, me dio un bofetón del revés con todas las fuerzas de su frágil cuerpo.

Aturdida, me tambaleé hacia atrás.

Braden entró a toda prisa, con otra enfermera de noche pisándole los talones.

—¡No! Esperad —les pedí, interponiéndome entre ellos.

Intentar contenerlo solo empeoraría las cosas. El ojo y la mejilla me ardían. La vergüenza y la tristeza se mezclaron en mi estómago dando lugar a un desagradable brebaje. Estaba siendo egoísta, pero sabía que ver cómo lo sujetaban seguramente me destrozaría.

Cogí el teléfono del trabajo y, con manos temblorosas, puse la canción. El maltrecho altavoz del suelo reprodujo la melodía de piano y esta empezó a sonar sobre las pequeñas esquirlas de cristal.

Mi padre respiraba entrecortadamente. Sus ojos seguían llenos de rabia y subí el volumen. Nos clavamos la mirada durante un buen rato, mientras esa canción tan familiar nos envolvía. Entonces bajó los hombros y la violencia y la agitación empezaron a abandonar lentamente su cuerpo, como si fueran algo ajeno a él.

Empezó a mover los dedos con ritmo sobre el pantalón del pijama. Las lágrimas resbalaron por las comisuras de sus párpados y sentí que mi corazón se rompía una vez más en fragmentos microscópicos.

Me giré hacia los enfermeros.

—Es él tocando —les expliqué.

Con cuidado, lo agarré de nuevo del brazo. Esa vez no se resistió y pude alejarlo de los cristales y llevarlo hacia la cama. Le quité las zapatillas y las gafas. La enfermera me ayudó a arroparlo con el edredón que su madre había hecho hacía décadas.

Siguió acompañando la canción con las manos por encima de los desgastados parches azules y marrones.

—Creo que mañana me gustaría tocar el piano —susurró.

—Claro que sí, mañana podrá tocarlo —le prometió la enfermera, apartándole un mechón de pelo de la frente.

Pero las promesas ya no significaban gran cosa hoy en día.

Me quedé con él una hora más para asegurarme de que dormía bien. Mientras roncaba suavemente, dejé la bolsa de hielo que me había dado Braden y saqué el teléfono.

La necesidad de llamar a Dominic era abrumadora y desconcertante. No tenía sentido. Él no sabía nada de mi padre. No teníamos ningún tipo de relación. Pero el mero hecho de pensar en oír su voz trasladó el impulso al territorio de la compulsión.

Me mordí el labio y seguí debatiéndome durante un rato, antes de decidirme por un mensaje:

> Hola
> Quieres que te compre algo para
> desayunar de camino al trabajo?

Le di a enviar e inmediatamente me sentí como una idiota. Era mi jefe. No mi novio.

El corazón me dio un vuelco cuando su respuesta iluminó la pantalla.

Depende
Se puede escribir "vete a la mierda" con
bollería?

Mis labios se curvaron en una sonrisa y sentí que el pecho se me relajaba un poco.

> Te sorprendería lo que soy capaz de escribir
> con las cosas del desayuno

Tu talento no tiene límites
Pero ya he pensado lo que vamos a desayunar
Solo necesito tu incómoda presencia

> Vale
> Abrazos a Brownie

Respondió con una foto de Brownie tumbado sobre sus piernas en el sofá. Dominic llevaba puestos unos pantalones de chándal y tenía la chimenea encendida. Aquello parecía tan acogedor. Tan seguro. Se me puso un nudo en la garganta y tuve que tragar saliva. Pero a mí no me esperaba ningún sitio acogedor ni seguro. Solo un largo camino de vuelta a casa en una noche de invierno.

Dejé la bolsa de hielo en la recepción vacía y fui hacia la puerta principal con la ropa sucia de mi padre en una bolsa.

Hacía un frío que pelaba y era casi medianoche. Los nubarrones ocultaban el cielo nocturno.

Las puertas se cerraron tras de mí, privándome del calor, y respiré hondo una bocanada de aire frío que me paralizó los pulmones.

—Eh, Ally.

Braden estaba apoyado contra un coche en el aparcamiento. Levantó una botella.

Encorvé los hombros para protegerme del frío y me acerqué arrastrando los pies.

—Tenemos esto en el vestuario para después de los turnos difíciles —dijo, echando un chupito de whisky en un vasito de papel.

—Acepto ese chupito de emergencia —dije.

—Lo de ahí dentro ha sido muy duro.

—Sí. —La respuesta me salió como un jadeo. La deliciosa quemazón que sentí en la garganta era mucho mejor que la sensación asfixiante de seis meses de lágrimas reprimidas acumuladas—. Ha creído que era mi madre, su exmujer..., o más bien su mujer.

—Me he fijado en que nunca ha venido a verlo —dijo Braden de esa forma tan amable y discreta que lo caracterizaba.

—Nos abandonó hace mil años. Siempre hemos estado los dos solos.

Nos quedamos callados durante un buen rato. Los perezosos copos de nieve caían silenciosos desde el cielo nocturno.

—¿Tenéis que informar sobre lo de esta noche? —No quería pedirle que no hiciera su trabajo, pero tampoco creía que pudiera soportar volver a poner en peligro la residencia de mi padre.

—No vamos a informar de nada —me prometió. Dejé caer los hombros, aliviada—. Oye, sé que esta situación es una mierda. Y que estás haciendo todo lo posible para hacerle frente. Pero todos queremos que sepas que, cuando no estás aquí, nosotros cuidamos de tu padre. Somos su familia y también la tuya. Y haremos lo que sea necesario para que esté feliz y seguro.

—Gracias —susurré.

Las lágrimas me nublaron la vista y lucharon contra el frío por la supremacía. Se me iban a congelar las pestañas, se me pegarían y tendría que volver a casa a ciegas, dando tumbos. Pero mi padre tenía gente que lo protegía y eso bien valía una córnea temporalmente congelada.

—El resto del personal quiere que sepas que no importa lo que diga la bruja de Deena, nosotros queremos que tu padre siga aquí. Y que aunque dejes de pagar o te retrases en los pagos, vamos a seguir tratándolo lo mejor posible.

—Joder, Braden —dije, secándome una lágrima descarriada con la manopla.

—Y otra cosita.

—No sé si podré soportar nada más.

—Dame la puñetera colada.

—Me ahorro dinero haciéndola yo —expliqué.

—¿Tienes lavadora y secadora en casa? —me preguntó.

Me planteé mentirle. Pero solo de pensarlo me puse colorada.

—No. Pero hay una lavandería con wifi a un par de manzanas...

—Tienes mejores cosas que hacer que perder el tiempo sentada en una lavandería. A partir de ahora, nosotros nos ocuparemos de la colada de tu padre. Sin cargo alguno.

—No puedo pediros que...

—Tú no nos has pedido nada. Y nosotros no te lo hemos ofrecido. Te lo estamos diciendo. Deja la puñetera colada en paz.

Le di un golpecito en el hombro con el mío.

—En estos momentos eres mi héroe —dije.

Él bajó la vista hacia sus pantalones.

—¿Crees que una capa me quedaría bien con el uniforme?

—Pues claro.

—Guay. Ahora sube al coche para que pueda llevarte a casa antes de que te mueras congelada aquí fuera.

48

Ally

—Parece que me he metido en una pelea en un bar —me lamenté, mirándome al espejo.

Me dolía un montón la cara. O peor aún, tenía pinta de dolerme.

Las películas en las que a la protagonista le daban una torta del revés y esta se levantaba de un salto para limpiarse la sangre de los labios en plan macarra, antes de sonreírle al malo, eran una auténtica patraña.

Probé con maquillaje. Ni echándome toda la base y el corrector que tenía en casa podría disimular la hinchazón y los moratones más oscuros. No había forma de que Dominic a) no se diera cuenta de que la mitad de mi cara estaba más grande y morada que la otra mitad, y b) me dejara irme de rositas sin explicarle lo que había pasado.

Hice una mueca de dolor al pensarlo y luego otra por la osadía de atreverme a tener expresiones faciales.

Por más que me fastidiara, tenía que llamar y fingir que estaba enferma. No me quedaba más remedio.

Era muy temprano, así que él no llegaría a la oficina hasta dentro de una hora. Me repetí a mí misma que no me estaba cagando por la pata abajo mientras marcaba la extensión de su despacho, en lugar de llamarlo al móvil. No quería molestarlo con algo tan insignificante como mi ausencia de hoy.

Mis mejillas se cubrieron de manchas rojas en el espejo.

—Hola, Príncipe Azul. Soy yo... Ally. Estoy enferma. Hoy no puedo ir a trabajar. Pero prometo recuperar las horas. Puedo quedarme mañana hasta más tarde, ir el fin de semana o... Bueno, eso. —Me acordé de toser, pero más bien sonó como el graznido de un ganso herido.

Tenía la cara ardiendo por las mentiras. El teléfono se me escurrió de la mano y aterrizó en el fregadero.

—¡Mierda! —murmuré, antes de recogerlo y colgar.

Estaba claro que necesitaba aprender a mentir mejor, pero, por el momento, me quedaba un montón de pladur resistente a la humedad que colocar.

Me pasé el día instalando y pegando pladur en el baño, sin contestar al teléfono. Dominic me llamó tres veces y todas ellas dejé que saltara el buzón de voz. Aunque, por supuesto, escuché los mensajes inmediatamente después.

Parecía preocupado, preguntándome si necesitaba sopa, y luego enfadado porque ¿quién coño se suponía que se iba a ocupar de todo el trabajo que yo tenía que hacer? Típico de Dominic Russo.

No le contesté, pero el sentimiento de culpa por haberme perdido un día entero de trabajo empezó a agobiarme. Intenté ahogarlo con un sándwich de pavo como los que le gustaban a mi padre: con unas rodajitas finas de manzana y queso cheddar. Era agradable que el queso volviera a formar parte de mi vida.

Según la enfermera de recepción, mi padre tenía un buen día, lo que significaba que no podía ir a verlo. No con la cara así. No si existía la posibilidad de que se diera cuenta de que él me había hecho esos moratones.

A primera hora de la tarde, no pude soportarlo más. Había visto cómo mi buzón de entrada se desbordaba con el frenetismo habitual durante todo el día, sin que yo estuviera allí para ocuparme de nada. Las tareas pendientes me estaban generando ansiedad. Decidí ir a trabajar unas cuantas horas por la noche y retomar la actividad normal al día siguiente... si mi cara me lo permitía.

Me duché, me vestí y me fui a la ciudad. El aire de la noche era frío y estimulante y parecía que iba a nevar. Ya eran más de las nueve cuando entré en la oficina con mi tarjeta. Toda la planta estaba a oscuras y en silencio. Parecía una ciudad fantasma, comparada con el ambiente de productividad diurno.

Para no alterar el silencio abrumador —vale, y para asegurarme de que Dominic no estaba haciendo horas extras en su despacho— fui de puntillas hasta mi mesa.

En el despacho no había nadie, así que estaba sola. Suspiré aliviada y me dejé caer en la silla. Sobre mi escritorio había una montaña de archivos nuevos. La bandeja de entrada del correo electrónico reclamaba mi atención y solo tenía unas cuantas horas para avanzar un poco.

Conecté los auriculares, me puse una de mis listas de reproducción favoritas de música para bailar y me enfrasqué en el trabajo.

Media hora después, alguien me puso una mano en el hombro y me dio un susto de muerte.

—¡Ay, joder!

—¿Quién coño te ha hecho eso? —me preguntó alguien a gritos por encima de la música. Estuve a punto de caerme de la silla, pero él me sujetó. De pronto, me encontré mirando fijamente a los ojos a un Dominic Russo furioso. Me puse una mano sobre el corazón para asegurarme de que seguía funcionando. Él me quitó los auriculares—. ¿Quién coño te ha pegado, Ally? —me preguntó, pronunciando cada palabra con una ira candente que resultaba a la vez aterradora y conmovedora.

Una ira que no se transfirió en absoluto a las yemas de sus dedos, mientras inclinaba suavemente mi barbilla para poder verme mejor.

—Nadie —mentí, intentando zafarme. Tenía las mejillas ardiendo. ¿Cómo se me había ocurrido esa estupidez? Debería haberme quedado en casa—. He tenido un pequeño accidente mientras arreglaba la casa. Además, no es de tu incumbencia.

—Tienes la puta marca de una mano en la cara, Ally. No me mientas. —Parecía dolido.

Mi cuello era una baliza palpitante de ronchas que delataban mis mentiras.

—Dom, no es asunto tuyo —dije, tratando de retroceder para poner distancia entre ambos, pero él se aferró a los brazos de la silla y mis pies patinaron inútilmente sobre la alfombra.

—No me vengas con esas, Ally —replicó, enfadado.

—Y tú no hagas preguntas sobre cosas que no te incumben.

—Eres mi empleada. Claro que me incumbe. ¿Has vuelto a bailar?

Puse los ojos en blanco. Lo cual fue un error porque *a*) me dolió la cara, y *b*) cabreó un montón a Dominic.

—Repito: no es asunto tuyo. Y no, no he vuelto a bailar. Ha sido un accidente. Él... —La palabra se me atragantó y me callé de repente.

—*Él.* —Dom repitió el pronombre con voz rabiosa.

—Dominic, para. No hay de qué preocuparse. Es cosa mía —dije, con voz quebrada.

Me di cuenta con horror de que se me estaban llenando los ojos de lágrimas. Creía que ya tenía controlado lo de las lloreras, pero parecía que alguien hubiera activado un puñetero géiser.

—Ally —susurró Dominic. Fue como si me acariciara.

Negué con la cabeza.

—No me hagas esto, Dom. No seas amable conmigo. No me hagas preguntas. Estoy pendiendo de un hilo.

Me levantó de la silla para atraerme hacia él.

Me abrazó. Un abrazo fuerte, de los que te dejan sin aliento. Y eso fue lo que me desarmó. El contacto firme de su cuerpo pegado al mío, sus brazos rodeándome con fuerza, haciéndome tener la certeza de que estaba a salvo.

—Ya no lo soporto más, Ally —susurró sobre mi cabello—. No puedo seguir manteniéndome al margen, fingiendo que no me mata no poder tocarte, joder.

Yo no me fiaba de mi propia voz. De todos modos, no había nada que mereciera la pena decir. Lo único que quería era que me siguiera abrazando así.

Las lágrimas que había estado conteniendo durante tanto tiempo rompieron el dique. Mis muros defensivos temblaron una última vez antes de pulverizarse bajo el peso del alivio. Iba a estropearle aquella camisa preciosa con mis lagrimones silenciosos.

—Cariño —susurró sobre mi coronilla—. Cuéntamelo, por favor. —Sacudí la cabeza y él me abrazó con más fuerza—. Joder, ¿por qué tienes que ser tan terca?

Volví a negar de nuevo.

—No quiero contártelo. No puedo hacerlo —dije entre hipidos.

—Me estás matando, Ally. Ahora mismo, solo quiero cargarme a la persona que te ha hecho eso en la cara sin tener que soltarte.

Eso me hizo llorar más todavía.

En un momento que habría sido increíblemente romántico si yo no hubiera estado moqueando y llorando como una Magdalena, Dominic me cogió en brazos, apoyó la barbilla sobre mi cabeza y me llevó a su despacho. Cerró la puerta de una patada, echó el pestillo y fue hacia el sofá.

Se sentó conmigo en el regazo. La sensación era muy diferente a la de la última vez que había estado encima de él. Aun así, a pesar de mis sollozos e hipidos, me las arreglé para activar el Localizador de Polla de Dominic y constatar que la tenía dura.

Definitivamente, era su estado habitual.

—No puedes matarlo —dije, afligida.

—Dame una buena razón para no hacerlo.

—Es mi padre.

Su cuerpo se puso tenso pegado al mío.

Las lágrimas siguieron brotando. El dolor, la angustia y el miedo acumulados durante seis meses fluyeron por mis mejillas y acabaron sobre la camisa blanca almidonada de Dominic.

Él me apretó con más fuerza. Me susurró suavemente al oído, haciéndome promesas que ambos sabíamos que no podría cumplir, mientras me acariciaba el pelo y la espalda con movimientos largos y reconfortantes. La dulzura y la delicadeza de sus caricias, cuando todavía podía sentirlo hervir de rabia debajo de mí, me tranquilizaron.

—Cuéntamelo, cariño —me pidió.

Así que lo hice. A trompicones, mientras aquellas lágrimas silenciosas resbalaban por mis mejillas.

—Cuando venda la casa, el dinero será para la residencia y

él estará a salvo al menos durante un par de años más. Eso me dará tiempo para pensar en una solución. No quiero tener que trasladarlo a otro centro si puedo evitarlo. Pero es carísimo. No me quedará otra si no consigo poner a la venta la casa.

Dominic no dijo nada, pero me estrechó con más fuerza entre sus brazos.

Cambié de posición para sentarme en su regazo. Él me acarició la cara y me apartó el pelo de los ojos. Estaba muy serio.

—Gracias por contármelo —dijo por fin.

—Mi padre no es una persona violenta —dije, muy seria. Necesitaba que lo entendiera—. Es por la enfermedad. Ha dejado de ser él mismo. Bueno, todavía queda algún rastro suyo. Pero, básicamente, mi padre ya no está.

—Lo siento mucho, cariño —susurró Dominic, limpiándome las lágrimas nuevas de las mejillas con los pulgares.

—Deja de ser amable conmigo, Dom.

—Esta vez no.

Nos miramos fijamente durante un buen rato. El horizonte nocturno de Manhattan resplandecía al otro lado del ventanal, al fondo de la habitación, mientras la nieve pronosticada caía sin cesar. Respiré de forma lenta y profunda unas cuantas veces, robando con egoísmo el calor de Dominic y quedándomelo para mí.

—Es mejor que me vaya. Tengo que ponerme al día con el trabajo y necesito llegar a casa antes de que la nevada empeore.

—No.

—¿No? —Me reí—. Es increíble que sigas creyendo que puedes influir en mis decisiones.

—Lo que es increíble es que tú sigas creyendo que te voy a dejar salir de aquí esta noche —replicó él.

Intenté abandonar su regazo, pero me agarró con más fuerza.

—Dominic.

—Bésame, Ally. Déjame hacerte sentir mejor.

Vacilé, haciendo equilibrios al borde de un precipicio muy peligroso. Ya me había pasado de la raya esa noche. Le había contado demasiadas cosas, había bajado demasiado la guardia.

—No creo que sea una buena idea —murmuré.

Si me besaba en ese momento, cuando tenía el corazón hecho un millón de pedacitos, acabaría haciendo alguna estupidez tremenda…, como enamorarme de él.

—Dame permiso —dijo con solemnidad.

Aunque hasta el momento habíamos intimado de diversas formas, nunca nos habíamos besado. Nunca había tenido su boca sobre la mía.

—No sé si seré capaz de dar marcha atrás cuando tenga que hacerlo —confesé, entrando en pánico.

—Ya no hay marcha atrás, Ally.

Lo dijo como si fuera un hecho, como si mi destino hubiera quedado sellado por sus palabras.

—No estoy buscando nada —insistí, con los nervios a flor de piel.

—Yo tampoco te estaba buscando. Pero aun así te encontré.

—¿Qué quieres decir? —le pregunté con un hilo de voz.

—Quiero decir que te he encontrado. Y que no pienso seguir resistiéndome. Eres mía.

Me sentó a horcajadas sobre él, igual que en el club. Solo que, esta vez, yo era la vulnerable.

—Me estás asustando, Dom —admití, clavándole los dedos en los hombros, en el calor que emergía bajo su puñetero chaleco y su camisa.

—Yo también me estoy asustando a mí mismo —reconoció, acariciándome la mandíbula y el cuello con la nariz y moviendo los labios sobre mi piel—. Estoy acojonado.

Se me puso la piel de gallina. De repente estaba cachonda, tenía frío, la cabeza me daba vueltas y era incapaz de moverme. Dominic pasó la boca suavemente sobre el moratón de mi cara, borrando el dolor a su paso. Yo estaba a horcajadas sobre su entrepierna, con su erección encajada en el punto que más lo deseaba.

—No quiero nada serio —susurré estremeciéndome cuando me rozó la comisura de los labios con un beso. Mi boca se moría de ganas de sentir la suya.

Él se rio con dulzura, pero aun así pude oír el sonido de las puertas de la prisión cerrándose de golpe.

—Corazón, ya no tienes elección.

Entonces me besó. Me devoró con sus labios firmes y exigentes hasta que claudiqué y abrí los míos para él. Se abrió paso con la lengua, invadiéndome, arrebatándome el aliento, las palabras y cualquier rastro de conciencia que no estuviera ya completamente centrada en él.

Me sentía como si estuviera volando y, a la vez, anclada a ese lugar por su cuerpo y sus brazos. Me agarró por las caderas y me frotó contra su erección, adelante y atrás.

—Dame permiso, Ally —volvió a pedirme con rudeza.

—Sí.

Y con esa única palabra, nos liberé a ambos.

49

Dominic

Le quité el jersey por la cabeza y cuando me di cuenta de que lo único que había entre los pechos perfectos de Ally y mi boca era una fina camiseta blanca de tirantes, sentí que un gruñido primitivo me subía por la garganta.

Tenía los pezones duros bajo el sencillo algodón. Le acaricié los pechos con las manos y me encantó sentir cómo se endurecían todavía más.

Ella intentó quitarme la corbata y desabrocharme la camisa, pero se desconcentró cuando tiré del cuello redondo de su top hacia abajo, dejando al descubierto una de sus tetas. Me detuve durante el tiempo justo para que pudiera sentir mi aliento caliente sobre la piel antes de lamerle el pezón rosado y firme.

Su gemido de placer, junto con la sensación de aquel delicioso rosetón frunciéndose contra mi lengua, hicieron que cada segundo angustioso de los últimos dos meses mereciera la pena. Ese instante de gloria compensaba toda una vida de sufrimiento. Succioné con más fuerza, abrazándola. Ella movió las caderas sobre mí y la fricción hizo que mi polla se estremeciera. Se había puesto unos leggings y, a juzgar por el calor húmedo que notaba a través de ellos, no llevaba absolutamente nada debajo.

Necesitaba desnudarla. Eliminar todas las barreras que había entre nosotros.

—¿Por qué llevas tantas puñeteras capas? —me preguntó con voz temblorosa mientras me bajaba el chaleco por los hombros.

—No volveré a hacerlo —prometí, trasladando mi atención a su otro pecho y succionando con fuerza.

—Por favor, no dejes de ponerte chaleco —me pidió.

—Haré todo lo que quieras, Ally. Solo tienes que pedírmelo. —Volví a succionar con fuerza el pezón y tuve que contener al lobo que llevaba dentro cuando la oí gemir. La ayudé a librarse de mi camisa y luego abandoné de mala gana sus pechos para quitarle la camiseta por la cabeza. La tiré al suelo, sobre un montón de ropa cada vez mayor—. Ven aquí —susurré excitado, atrayéndola hacia mí y disfrutando del tacto de sus pezones duros y húmedos sobre mis pectorales.

—Pelo en el pecho. Qué bien —susurró ella entre dientes.

Me entraron ganas de reírme, pero hasta la última célula de mi ser estaba concentrada en su cuerpo y en la lista interminable de cosas que quería hacerle. En la cantidad de formas en las que pensaba hacer que se corriera.

«Por fin. Por fin. Por fin».

—Cariño, vamos a tener que levantarnos para quitarnos el resto de la ropa —le advertí.

—No quiero dejar de tocarte —confesó, acariciándome el pecho y los hombros, antes de bajar hacia los brazos y los abdominales. Me sentía… venerado. Amado.

—Solo será un segundo —le prometí. A pesar de las protestas de mi entrepierna, la levanté de mi regazo.

—Desnúdate más rápido —me pidió, quitándose los leggings a toda prisa.

Estaba imponente, desnuda bajo las luces de la ciudad, con la nieve cayendo a su espalda. Ally Morales era lo más hermoso que había visto en toda mi vida.

Maravillado y aturdido, empecé a pelearme con mi cinturón. Ella intervino y me lo desabrochó. Entre los dos, tiramos los pantalones al suelo. Ally temblaba y se estremecía mientras me miraba fijamente. Nuestro problema era la distancia. Todo tenía sentido cuando nos tocábamos. Entonces todo parecía posible.

Intentó ponerse de rodillas, pero se lo impedí. No sería capaz de soportar esa boca sobre mí aquella primera vez. Tenía demasiadas fantasías grabadas a fuego en mi cerebro. Además, le debía una. Mejor dicho, dos.

—No. Ahora te toca a ti, cariño. —La atraje hacia mí. Noté su piel suave y tersa sobre la mía. Mi pene estaba atrapado entre nosotros y exigía más.

Me estrechó la cara entre las manos y me miró fijamente a los ojos.

—No quiero tu lengua y tampoco tus dedos. Lo primero que vas a meter dentro de mí va a ser tu polla, Dom.

La aludida se sacudió entre nosotros, encantada.

«Joder, me cago en la puta».

—No tengo condones —confesé. No tenía por qué tener preservativos en la oficina. No era mi padre.

Ally cerró los ojos y volvió a abrirlos.

—Esta noche no los necesitas —susurró—. Tomo anticonceptivos y estoy sana.

Me sorprendieron dos cosas. La primera, que me diera carta blanca para hacer realidad mi fantasía más perversa: follármela hasta que se cerrara alrededor de mí y me corriera dentro de ella. Hacerla mía.

Y la segunda, la advertencia que intentó colarme.

—Esto no es un rollo de una noche, Ally. Así que vete acostumbrando. Una vez que entre en ti, no habrá vuelta atrás.

«Nunca».

Ojalá estuviéramos en una cama. En la mía, para poder abrirle las piernas y observar cómo la penetraba. Para tomarme mi tiempo saboreándola. Pero me moriría si esperaba un segundo más y me decidí por el sofá. La tumbé en él y separé las rodillas con una de las mías.

Antes de ceder a sus codiciosas demandas, agaché la cabeza y me acerqué de nuevo a sus pechos. Se estaban convirtiendo rápidamente en mi nueva obsesión. La punta de mi pesada erección pintó el vientre de Ally con el líquido preseminal que salía descaradamente de su hendidura.

Ally causaba ese efecto en mí: reducía mi cuerpo a una serie de reacciones biológicas y químicas en cadena.

Ella respiró de forma entrecortada mientras yo acariciaba

con la nariz aquellas puñeteras tetas perfectas. Quería morirme con su pezón en la boca.

Me rodeó la cintura con las piernas, intentando pegarse más a mí.

—¿Estás preparada para recibirme, cariño? —susurré, agarrándome por la base. Ella asintió en silencio, con los ojos muy abiertos. Yo tenía un montón de sentimientos encontrados. Me sentía fuerte. Vulnerable. Excitado. Aterrorizado. Y me hervía la sangre cada vez que reparaba en aquel moratón. Nunca superaría haber visto aquella marca en su cara—. ¿Seguro? —le pregunté, en cierto modo deseando que cambiara de opinión. Porque nada iba a ser igual—. ¿Confías en mí?

—Sí. ¡Dom, por favor!

Alineé la cabeza húmeda de mi erección con su apertura. Joder, estaba tan mojada que pensé que me iba a morir. Quería provocarla un poco, prepararla para mí, pero no pude contenerme y me introduje superficialmente, metiéndole de golpe los gruesos cinco primeros centímetros.

Su gemido resonó en mis entrañas. Apretando los dientes, intenté mantener la cordura mientras ella se comprimía en torno a mi invasión.

—Dime que lo entiendes, Ally. Dime que sabes que esto te hace mía.

Su cuerpo temblaba alrededor de mi capullo palpitante y, si no respondía en los próximos cinco segundos, la penetraría de todos modos y la obligaría a decirlo después. No sería capaz de aguantar mucho más. Era humano.

—Dom... —jadeó ella entrecortadamente.

—Dilo. Dímelo, Ally.

Sabía que aquello no tenía sentido. Había pasado los últimos dos meses diciéndole, diciéndome a mí mismo, que esto nunca sucedería. Y ahora pretendía hacerla mía. No sabía lo que eso significaba. Ni lo que me costaría. Pero sabía que estaba dispuesto a pagar cualquier precio.

Ella cerró los ojos con fuerza.

—Soy tuya —gimió.

El nudo que tenía en el pecho se aflojó y, en cuanto volvió a abrir los ojos, me hundí en su apretado interior con una embestida larga y firme. Aguanté mientras ella se revolvía debajo de mí, abriéndose un poco más, y luego deslicé mi último centímetro en su interior. Me detuve al tocar fondo.

Joder. Podía sentir cómo se estremecía a mi alrededor. Piel con piel. Sin nada que nos separara. Estaba ensartada en mí, con esos ojos preciosos de color whisky abiertos de par en par. Grandes y vidriosos.

—Respira —murmuré—. Respira un momento.

Tenía las tetas pegadas a mi pecho desnudo. Oprimía con tal fuerza mi erección y yo la tenía tan dura que estaba viendo las estrellas. Ally respiró hondo y juro por Dios que sentí su inhalación en la polla.

Mi frente se perló de sudor.

—¿Estás bien? —le pregunté, intentando controlarme para no empezar a follármela como un loco.

—Como te muevas, me corro —me advirtió.

—Esa es mi chica.

Volví a besarla, provocándola con la lengua, y cuando empezó a relajarse, retrocedí y la penetré de nuevo.

—Dios.

—Es «Dom», cariño —la corregí.

Tras cuatro gloriosas embestidas, se estremeció, estrujándome como una abrazadera de terciopelo.

—¡Dominic! —exclamó, clavándome los dedos en la espalda.

Me encantó esa jodida punzada de dolor. Seguí penetrándola, mordiéndome el labio hasta hacerme sangre, empujándome con el pie en el reposabrazos para embestirla cada vez con más fuerza, decidido a alargar la experiencia más alucinante que había vivido nunca dentro de una mujer.

Ally se retorció debajo de mí como cuando me había hecho el baile y, en ese momento, me consideré el hombre más afortunado del mundo. Sentí sus apretones y sus sacudidas mientras la acompañaba en su orgasmo.

Estaba sudando. Mis pelotas empezaban a pedir socorro. No iba a ser capaz de aguantar mucho más pero, en ese momento, tenía que ser su puto superhéroe. La besé y, cuando ella exhaló un suspiro sobre mi lengua, le mordí el labio inferior.

—Eres mía, Ally.

—Soy tuya —aceptó.

Eso me proporcionó otra dosis de superpoderes. Luchando contra la amenaza de mi propio orgasmo, la levanté para sentarla en mi regazo.

—Llevo pensando en esto desde aquella noche —reconoció con un gemido, apoyando las manos sobre mis hombros.

—Quiero mirarte mientras te montas en mi polla. Quiero ver tus ojos vidriosos y tu cuello palpitando. Quiero ver rebotar tus tetas mientras te digo que nunca te abandonaré.

—Dominic —susurró ella.

—Nunca te abandonaré, Ally.

—No puedes decirme esas cosas —protestó.

Le di una palmadita en el culo y repetí porque me gustó cómo había sonado.

A ella también le gustó, porque se contoneó sobre mí como lo había hecho en aquel club que yo todavía tenía ganas de reducir a cenizas. Pero, esta vez, yo estaba donde debía estar. Enterrado en su interior.

Decir que Ally estaba húmeda era poco. Parecía una puñetera selva tropical y me ponía a cien. Quería tirarla al suelo y devorarla. Darle la vuelta y follármela desde detrás. Quería tirármela en la posición del misionero, y contra la pared. En todas las posturas imaginables. Quería pasarme años descubriendo todas las formas posibles de hacer que se corriera. Lo convertiría en mi búsqueda del tesoro personal.

Ella cabalgaba sobre mí como si no hubiera nada en el mundo que deseara más. Como si no tuviera un padre enfermo o unas facturas médicas apabullantes, o como si el hombre que tantas veces la había rechazado no la estuviera reclamando de repente.

Volví a sentir ese temblor eléctrico mientras sus músculos se estremecían alrededor de mi polla. Era mágico. Un milagro. Ella era mi puto milagro.

—Puedo sentirlo, Ally. Sé que quieres correrte otra vez. Dámelo todo, corazón.

Porque podía, volví a meterme uno de sus pezones en la boca y succioné con fuerza. Mi mundo resplandecía con un brillo candente y me fustigué por haber estado a punto de perder la oportunidad de saber lo que se sentía cuando Ally Morales llegaba al clímax sobre mí.

Me aferré a sus caderas para calibrar la velocidad y empecé a embestirla hasta el fondo una y otra vez. Cada vez se me ponía más dura, y ella cada vez estaba más mojada. Moví mis manos hacia atrás y le apreté las nalgas mientras me hundía en ella.

Y así se corrió, con mi polla en su interior, mi lengua rozando su pezón y mis manos abriéndola por detrás.

Ally tembló, balanceándose mientras sus músculos, esos delicados milagros, se aferraban a mí con desesperación. Entonces sentí que mi propio orgasmo me subía a los huevos, poniéndomelos como piedras.

—¡Ally!

Esa vez, cuando me corrí gritando su nombre, ella estaba presente. Rodeándome. La descarga me atravesó, consumiéndome mientras derramaba hebra tras hebra de mi ardiente clímax dentro de ella. Por fin.

Llenar a esa mujer con mi semilla era una experiencia religiosa, un despertar espiritual. Y con ello cumplía mi destino y la marcaba como mía, al igual que ella había grabado sus iniciales en mi corazón.

Mi vida nunca sería la misma. Nunca la dejaría escapar. Pasara lo que pasara.

Ally se retorció contra mí, todavía corriéndose, todavía gimiendo mi nombre, sujetando mi cara contra su pecho.

Nos quedamos así hasta mucho después de que los temblores finalizaran. El sudor hacía que su piel brillara como la miel bajo la tenue luz. No quería despegarme de ella. No quería volver a estar fuera de ella nunca más. Sentí cómo se estrechaba a mi alrededor un par de veces, como si me hubiera leído el pensamiento.

Le acaricié el pezón una última vez con la lengua, antes de dejar caer la cabeza sobre el sofá.

—Tres a dos —jadeé.

—Madre mía, ¿todavía no estamos empatados? —Ally se rio sofocada y pude sentir su risa en mi polla, que aún seguía dura.

—Dame un par de minutos.

«Y el resto de tu vida».

50

Ally

Dom me llevó a su casa. Brownie nos estaba esperando dentro, no muy pacientemente. Me quedé en la cocina, me serví un vaso de agua y me senté en la encimera mientras Dominic sacaba al perro al jardín trasero.

Minutos después, hombre y perro regresaron llenos de energía. Como era obvio, habían estado jugando en la oscuridad. Brownie metió la cara en el bebedero, salpicando agua por todas partes. Pero Dominic se centró en mí.

Se me acercó despacio con los ojos brillantes y sentí un maravilloso cóctel de nervios y excitación mezclándose en mi interior. Tenía un aspecto francamente diabólico y estaba segura de que mi expresión también era bastante depravada.

Se colocó entre mis piernas, posó sus manos enormes en mis muslos y fue subiendo hacia las caderas, apretándome y amasándome. Me quedé sin respiración porque, al parecer, los dos orgasmos más intensos, explosivos, violentos y devastadores que había tenido en mi vida no habían sido suficientes.

Y, a juzgar por la sutil tensión de su mandíbula, no era la única que lo pensaba.

—Esta era una de las fantasías que tenía contigo —dijo Dominic con una voz ronca y melosa en la que me daban ganas de bañarme,

«¿Orgasmos? ¿Qué orgasmos?». Estaba claro que mi vagina tenía problemas de memoria a corto plazo.

Dom deslizó las manos por mis caderas hasta mi culo y me atrajo hacia él. Definitivamente, su gigantesco pene también tenía amnesia, porque estaba duro como una piedra.

Teníamos que hablar. Teníamos que mantener una conversación sobre qué narices significaba todo aquello. Sobre por qué de repente había tirado sus principios por la ventana y había cruzado una línea que, para él, lo acercaba demasiado a su padre.

Pero, en lugar de ello, enganché los talones en su espalda y rodeé aquellos hombros fuertes y firmes con los brazos.

—No soporto que te hayan hecho daño, Ally —dijo, extendiendo una mano para acariciar con ternura el moratón de mi cara.

—A todo el mundo se lo hacen, tarde o temprano —repliqué, restándole importancia.

—A ti no volverán a hacértelo. No podría soportarlo.

Apoyé la frente en la suya.

—Hay cosas que ni siquiera tú puedes controlar, Príncipe Azul.

—Me niego a aceptarlo.

Me di cuenta de que solo lo decía medio en broma.

—Tu padre... —empezó a decir. Me incliné hacia atrás para ver su expresión. Tan dura, tan seria. La mandíbula angulosa, el ceño fruncido. Y los sutiles hoyuelos de sus mejillas, que hacían que me derritiera. Era la cara de un guerrero, de un dios. Y, en ese momento, sus ojos azules eran de todo menos fríos. Como si una hoguera se hubiera encendido en su interior—. ¿Te molesta hablar de él? —preguntó.

Negué con la cabeza.

—No. Es la situación, la enfermedad, lo que me resulta difícil... —Verbalizar. Asumir. Afrontar.

—No puedo ni imaginármelo —dijo él en voz baja. Volvió a abrazarme, acariciándome la espalda de arriba abajo. Con esas manos tan reconfortantes. Tan tranquilizadoras. Me estaba poniendo cachondísima.

—Él ha sido la única persona que nunca me ha fallado —le

dije—. La única persona que yo sabía que me quería de forma incondicional. Que me quiten eso, que él siga estando ahí pero sin todo aquello que lo convertía en mi padre, es devastador hasta un punto que no sabía que podía existir.

Dom me abrazó y Brownie decidió participar también. El perro se irguió sobre las patas traseras para darme un lametón baboso en la rodilla.

—¿Cómo acabaste haciéndote cargo de él? —quiso saber Dom antes de acariciarme el cuello con los labios.

—Viví en Boulder unos cuantos años y tardé en notar los primeros síntomas. Siempre había sido despistado y olvidadizo. Pero la cosa fue empeorando. Los vecinos me hacían el favor de echarle un ojo. Ninguno nos dimos cuenta de lo rápido que se estaba deteriorando hasta que desapareció el verano pasado. —Dom se puso tenso, pero sus manos no perdieron un ápice de dulzura—. Yo estaba volviendo a casa en avión cuando la policía lo encontró en un parque, a diez manzanas de casa. No recordaba dónde vivía. Lo internaron en un centro público horrible. —Me estremecí al recordar las sábanas sucias, el hedor y las habitaciones sin ventanas—. Cada día que pasaba era una tortura tremenda, porque sabía que esa persona a la que tanto quería estaba sufriendo y siendo ignorada. Lo saqué de allí en cuanto pude conseguirle una plaza en un sitio más agradable. Aunque era carísimo.

—¿No tiene seguro o plan de jubilación? —me preguntó Dominic.

Acaricié el suave pelaje de Brownie y suspiré.

—Los seguros médicos normales no cubren ese tipo de centros. Su pensión y lo de la Seguridad Social van directamente a la residencia. Que, no sé si te lo he dicho ya, pero es carísima. La cobertura de los servicios de enfermería especializados de la sanidad pública es aleatoria y escasa. Y, encima, resulta que mis padres siguen casados. Algo que no sabía hasta que me puse con todo el papeleo.

—¿Qué significa eso? —preguntó Dominic.

—Que la situación financiera de mi madre, si se molestara en responder a mis correos electrónicos, perjudicaría a mi padre, y no puedo completar el papeleo sin esos datos. Además, por si fuera poco, un año antes de que todo esto ocurriera, mi madre, utilizando el término en el sentido más genérico posible, se dio cuenta de que seguía teniendo acceso a todas las cuentas de mi padre —dije, y Dom curvó los dedos sobre mi espalda—. Se quedó con todo lo que él había ahorrado. Se lo llevó todo.

—¿Cómo se puede ser tan hija de puta?

Me reí sin ganas.

—Tú lo has dicho. Aunque, de puertas para fuera, es una santa. Va por el mundo haciendo pozos, recaudando dinero para vacunas, dando conferencias. No he hablado con ella desde el día en que se fue, cuando yo tenía once años. Aunque, de vez en cuando, normalmente si hay tequila de por medio, la busco en Google.

—Te abandonó —dijo Dom.

—Pues sí. Nos dejó a mi padre y a mí, con la excusa de que tenía una labor en el mundo mucho más importante que la de ser esposa y madre.

—Que se joda.

Su reticencia a darle un voto de confianza a la mujer que me había dado a luz me resultó muy tierna y gratificante.

—Lo irónico es que hace cosas buenas.

—Seguramente porque le gusta llamar la atención —dijo Dom.

Lo premié con una sonrisa.

—Le concedieron un doctorado *honoris causa* por recaudar fondos para Sudán. Ahora se hace llamar «doctora Morales». Dio una charla TEDx sobre la empatía en el mundo. Las organizaciones sin ánimo de lucro le pagan como consultora para que les diga cómo hacer que la gente se involucre.

—¿Por qué se quedó con el dinero? —preguntó Dom.

Me encogí de hombros.

—Es prácticamente una desconocida para mí. Pero investigué un poco por encima y descubrí que había fundado la empresa de consultoría justo en la misma época en la que le había robado los ahorros a mi padre. Ah, y también descubrí que su novio había ganado el Premio al Servicio Público de las Naciones Unidas.

—Y, entretanto, su marido está a punto de ser expulsado de una residencia por impago. ¿Qué piensas hacer al respecto?

—No puedo permitirme hacer nada. Al menos de momento. Lo primero es poner la casa de mi padre a la venta. Cuando se venda, el dinero bastará para que pueda seguir en la residencia unos años más. Estará a salvo. Y si sobra dinero suficiente, contrataré a un abogado. No me interesa verla, hablar con ella, ni escuchar un apasionado discurso sobre que se merecía más que nadie ese dinero. Lo único que quiero es recuperar hasta el último centavo de los ahorros de mi padre.

—¿La casa está muy mal? —me preguntó Dom.

Hice una mueca de dolor.

—No demasiado —respondí, sintiendo cómo el calor inundaba mis mejillas—. A ver, todavía no está lista para venderse ni por asomo. Ha habido un pequeño problema de fontanería. Estoy haciendo yo misma todo el trabajo que puedo.

—Ally —dijo. Y me di cuenta de que el Príncipe Azul que se preocupaba por los demás se moría por que le diera carta blanca para solucionarlo todo.

—No pasa nada. Este trabajo me ha salvado, ha salvado a mi padre. El sueldo ayuda mucho y tu cláusula absurda de no trabajar en ningún otro sitio me está proporcionando tiempo para dedicar más de media hora seguida a lijar suelos y poner masilla en el pladur. Todo saldrá bien.

—Quiero ver la casa —insistió.

Para distraernos a ambos, apreté las caderas de Dominic entre mis piernas y sentí el latido de respuesta de su polla contra mí.

—Ahora mismo, preferiría ver otras cosas, Dom. Por favor.

—Era injusto y lo sabía. Pero, si se lo pedía, él lo haría.

Me respondió quitándome el jersey por la cabeza y lo lanzó hacia atrás por encima del hombro. La carcajada que se estaba gestando en mi interior desapareció para convertirse en un jadeo cuando me chupó un pezón a través de la camiseta.

—Sí —susurré.

Eso era lo que más necesitaba en ese momento. Que las sensaciones físicas de la lujuria y el deseo eclipsaran todo lo demás. Enganchó con los dedos la cintura de mis leggings y me los bajó rápidamente por las piernas, añadiéndolos al montón de ropa que había en el suelo.

Decidiendo que ya me preocuparía más tarde por los fluidos femeninos sobre las superficies, eché mano a su cinturón. Entre los dos, conseguimos abrir a tientas sus pantalones. Cuando se sacó la polla y se la agarró para pasar su punta aterciopelada sobre mis pliegues resbaladizos, todo mi cuerpo se estremeció.

Brownie se dio cuenta de que íbamos a dejar de hacerle caso en breve y abandonó la habitación moviendo la cola, llevándose con él mi jersey. Ya pensaría luego en eso, al igual que en lo de los fluidos y en todo lo demás que iba mal en mi vida.

Dominic me besó como si se muriera por comerme entera.

—Quiero sentir tu sabor —susurré mientras nos besábamos con la boca abierta—. Quiero estar de rodillas delante de ti.

—¿Era eso lo que deseabas aquella noche? ¿En mi despacho, después de la cita? —me preguntó, tirando con una mano del cuello de mi camiseta hacia abajo para dejar al descubierto mis pechos, mientras con la otra me provocaba acariciándome desde aquel hambriento cúmulo de terminaciones nerviosas hasta mi punto de entrada, una y otra vez. Adelante y atrás, con un ritmo martirizante.

—Sí —jadeé sobre su boca, deteniéndome un instante para mordisquearle el labio inferior y la mandíbula—. Quería chupártela. Que vieras cómo te hacía correrte. Tener tu polla en la boca mientras decías mi nombre.

Dom emitió un sonido inhumano, un profundo gruñido de dolor que despertó algo primigenio dentro de mí.

—¿Utilizaste mi ropa interior esa noche? —Hacía tiempo que deseaba saber la respuesta a esa pregunta.

—Sí. —Me besó con violencia, renunciando a cualquier rastro de dulzura. Nuestros dientes chocaron, sus manos se aferraron a mi pelo, a mis caderas, a mis pechos, como si no fueran capaces de decidir con qué quedarse—. Me masturbé con tus bragas envueltas en la mano. —Soltó un gemido entrecortado muy poco sexy—. Me corrí sobre la zona que habías humedecido.

Estaba tan mareada que temí desmayarme antes de que me hiciera correrme otra vez.

—Mira hacia abajo —me ordenó.

Hice lo que me dijo. Y vi cómo introducía la punta de su erección en mi cuerpo. Estábamos conectados, unidos. Podía sentir cómo mis músculos se agitaban alrededor de su capullo, tratando de atraerlo más hacia mi interior. Las venas de su polla estaban tensas, abultadas, y tenían un aspecto feroz, como si lo que me estaba haciendo fuera un acto de violencia y no de belleza.

Dom emitió un gruñido gutural.

Me sentía sucia, obscena y depravada. Y quería más.

—Inclínate hacia atrás —dijo Dom. Me dejé caer sobre los codos, exhibiendo mi cuerpo ante él. Mis pechos sobresalían por el escote de la inútil camiseta, con los pezones erectos y duros. Estaba jadeando—. Mira cómo te follo, Ally. Mira cómo te hago mía.

Desenganchó mis piernas de su cintura y me apoyó los pies en el borde de la encimera. Lo único que me sujetaba era su erección. Casualmente, también era lo único que me anclaba al plano gravitatorio.

—Deja de hablar y fóllame de una vez —jadeé, con los dientes apretados. Necesitaba que me diera más. Que me lo diera todo.

—¿Estás preparada, cariño?

—¡Dominic, por favor!

Con la súplica todavía flotando en el aire, observé fascinada cómo introducía su grueso pene en mi interior.

Placer. Dolor. Sensaciones abrumadoras de plenitud y culminación. Todo ello inflamando mis nervios y enviando mensajes confusos a mi cerebro. Aquello lo era todo. Él lo era todo. No existía nada más allá de ese hombre, de esa habitación.

Si alguna vez hubiera tenido complejos sexuales, el rugido de satisfacción de Dominic habría acabado con ellos. Quería todo lo que él pudiera darme. Quería que conociera y venerara cada centímetro de mi cuerpo.

Se retiró antes de lo que me habría gustado y volvió a penetrarme antes de que estuviera preparada. Su mandíbula apretada y el pulso en la base de su cuello eran un regalo para mí. Mi cuerpo estaba volviendo loco a Dominic Russo. Yo estaba volviendo loco a Dominic Russo.

—Quiero ir despacio para saborearte —dijo, excitado—.

Quiero que te corras en mi puta boca, Ally. Quiero pasarme horas adorando tus tetas. Pero no puedo. Dejar. De follarte. —Enfatizó las palabras de su confesión con unas embestidas cada vez más rápidas y violentas. Regresando a mi cuerpo, a mí.

No sabía qué iba a acabar antes conmigo: si la conversación obscena o el orgasmo inminente.

—No te atrevas a parar —susurré—. No pares nunca.

Él agachó la cabeza y se metió uno de mis pezones en la boca. Sentí el eco de su succión en los músculos que rodeaban y abrazaban su erección.

Entonces gemí, suspiré o emití algún sonido propio de un animal que, al parecer, dio al traste con su determinación. Me soltó el pezón con un chasquido y arremetió contra mí para metérmela hasta el fondo. Empezó a follarme con tal ferocidad que lo único que pude hacer fue enganchar los dedos en el borde de la encimera y agarrarme con fuerza.

Mis músculos hicieron lo mismo con su polla. Se cerró a su alrededor como un sistema de alerta. ¡Peligro! ¡Orgasmo inminente! Él reconoció las señales. Ese hombre ya me conocía lo suficiente como para darse cuenta de que estaba a unos segundos de la detonación.

Apretó los dientes y siguió entrando y saliendo de mí como si fuera su único objetivo en la vida, como si estuviéramos en una carrera hacia la cima. Mientras su pene me inhabilitaba para cualquier futura pareja sexual, Dominic me agarró los pechos, apretándolos. Luego metió las manos bajo mi cuerpo para tantear y acariciar con los dedos el anillo prohibido de músculos que había entre mis nalgas.

Definitivamente, debería estar preocupándome por la desinfección de la encimera. Debería estar preguntándome por qué él sabía que me gustaba eso. Debería estar valorando si iba a necesitar una píldora anticonceptiva extrafuerte para combatir lo que seguramente sería un superesperma.

Pero no lo estaba haciendo. Estaba moviendo las caderas contra él con avidez, pidiéndole más.

—Quiero tocarte por todas partes —dijo con voz ronca. El sudor le inundaba la frente y le empapaba la camisa—. No quiero que me quede un centímetro de ti por conocer.

Su dedo volvió a presionarme y sentí una nueva palpitación, un nuevo vacío esperando a ser llenado.

—Hazlo.

Se llevó el dedo a la boca y lo lamió. Me moría de ganas de tener esa lengua sobre mí en algún momento, antes de que ambos volviéramos a la realidad. Me erguí y hundí las uñas en sus hombros. Nuestros labios se encontraron en un beso feroz mientras su dedo me penetraba. Un dedo. Un beso. Y con eso ambos perdimos el control.

—Necesito más —declaró. El ángulo era demasiado superficial. Tenía que darme más. Más de aquello que yo estaba deseando.

Con un brazo, me levantó de la encimera y me pegó la espalda contra el frío acero del frigorífico. Me penetró una, dos, tres veces, mientras flexionaba el dedo dentro de mí. Pero seguía sin ser suficiente.

Nos tiramos al suelo. Se arrodilló, puso las manos sobre mis muslos y los empujó hacia arriba, separándolos. Me abrí para él como un desvergonzado banquete de deseo carnal. Aquel brillo sucio y maligno había vuelto a sus preciosos ojos azules.

Volvió a meterme el dedo y me observó con los párpados caídos mientras lo deslizaba hasta el fondo. Una sensación de plenitud de lo más satisfactoria recorrió todo mi cuerpo y mis músculos lo celebraron tensándose.

—Dom, me voy a…

—Lo sé. Puedo sentirlo.

Respiramos entrecortadamente mientras sus embestidas descontroladas nos destrozaban a ambos. Los azulejos fríos se me clavaban en la espalda, mientras aquel hombre pecaminoso y delicioso cabalgaba sobre mí, dentro de mí. Embistiéndome una y otra vez, haciendo temblar mis pechos con cada acometida.

Seguramente era demasiado. Seguramente al día siguiente caminaría como John Wayne, debido a las agresivas estocadas de la polla de Dom. Y me importaba un carajo.

Mi orgasmo brillaba en los límites de la realidad, convirtiéndose con lentitud en algo real y tangible. Podía sentir cómo me contraía alrededor de su pene, de su dedo. La implosión estaba garantizada. Esos iban a ser sin duda mis últimos momentos en este mundo.

Entonces me penetró de golpe hasta el fondo y se mantuvo ahí un instante. Sentí el primer chorro de su orgasmo en un lugar tan profundo de mis entrañas que era territorio desconocido. Ese latido, ese gruñido impío de placer tan agudo que casi resultaba insoportable, me precipitó al abismo. Me aferré a él como si fuera un toro mecánico un miércoles de borrachera.

Mi interior recibió con avidez la siguiente descarga, cerrándose alrededor de él con fuerza. Latido tras latido. Empujón tras empujón. Sacudida tras sacudida. Íbamos a la par. Abriéndonos y cerrándonos. Corriéndonos y ahogándonos juntos.

Dominic me embistió por última vez y permaneció dentro de mí mientras nuestras secreciones se mezclaban y se confundían, hasta que las convulsiones se suavizaron, se ralentizaron y, finalmente, desaparecieron.

51

Dominic

—Dom.

Me sobresalté al oír mi nombre salir de su boca.

—¿Hum? —Le acaricié el pelo.

—Necesito una cosita —susurró.

Joder. Como me pidiera que lo hiciéramos otra vez, me iba a morir. Después del último asalto, ni siquiera tenía claro si mi polla volvería a funcionar algún día. Y también estaba la posibilidad de que mi corazón se rindiera.

Me consideraba bastante bueno en la cama, pero tres veces en una noche ya era pedirle demasiado a mi potencia de cuarentón. Aunque hubiera sido un superhéroe, como fuera a por la cuarta, seguramente me rompería algo importante.

—¿Qué quieres, cariño?

—Una bolsa de hielo.

Me reí en voz baja, aliviado.

—Menos mal. Creía que me ibas a pedir otra ronda. Algo de lo que no seré físicamente capaz hasta que me hayan puesto al menos dos bolsas intravenosas de fluidos.

Su risa se convirtió en un bostezo.

—Estoy pegajosa y sudada —murmuró sobre mi almohada.

Al final, habíamos conseguido llegar hasta la cama. Y habíamos hecho buen uso de ella, pero mi virilidad sobrehumana se había agotado definitivamente.

—Creo que he vertido la práctica totalidad de mis líquidos dentro de ti. Ahora mismo soy una mojama humana, básicamente.

—Gracias por el sacrificio —bromeó ella.

Levanté la cabeza y giré a Ally hacia mí. Sus preciosos pezones rosas eran hipnotizadores, y la idiota de mi polla, ignorando consecuencias como irritaciones o posibles gatillazos, se sacudió al verlos asomar entre las sábanas blancas arrugadas.

«Abajo, amiga».

—Te traeré una bolsa de hielo y un vaso de agua —dije, dándole a Ally un beso en la frente y otro en la mejilla. También le mordisqueé el cuello, por si acaso.

Ella soltó una carcajada y decidí que era el mejor sonido que había oído jamás en aquella casa.

—Somos gilipollas —declaró.

—¿En qué sentido? —pregunté, cediendo a la tentación y dándole un largo lametón al pezón que tenía más cerca.

Todo su cuerpo se estremeció contra mí.

—Podríamos llevar semanas haciendo esto —respondió, acariciándome el pelo con los dedos.

—Ya, si tú no fueras tan testaruda —le recordé, inclinándome para dedicarle las mismas atenciones a su otro pecho.

La imbécil de mi polla ya estaba otra vez a media asta.

—¿Yo? —Ally resopló—. Por cierto, sigo sin querer dejar el trabajo.

—Tenemos muchas cosas que resolver —les dije a sus pechos.

Ella se sentó y me golpeó con una almohada.

—¡Dominic Russo! No puedes obligarme a dimitir.

Con actitud servicial y juguetona —unos adjetivos que jamás habían encajado conmigo—, la inmovilicé sobre el colchón.

No me apetecía pensar en las consecuencias de esa noche. Quería quedarme a vivir en aquel espacio donde solo existían el presente... y las tetas perfectas y respingonas de Ally acariciándome el pecho. A pesar de eso, había cosas que resolver inmediatamente.

—¿Vuelves a estar empalmado? —exclamó ella, con un asombro que me pareció de lo más lícito.

—No del todo —dije, riéndome con modestia.

—Claro que sí —dijo Ally, bajando la vista hacia donde mi polla descansaba sobre su vientre.

—Necesitas una bolsa de hielo. Y yo necesito cuatro litros de electrolitos. Además, tenemos que hablar.

Hizo un mohín.

—¿No son las mil de la mañana? —Eran más de las tres.

—Ya dormiremos después. Antes tengo que llevarte a casa. —Ella puso mala cara y mi yo cabrón se hinchó como un gallo al ver que me había entendido mal y que estaba decepcionada ante la perspectiva de no pasar la noche conmigo—. Para coger tus cosas. Esta noche duermes aquí.

—Dom, mis cosas están en Nueva Jersey. Para cuando las tengamos y volvamos, ya será hora de irnos a trabajar.

—Ambos trabajaremos desde casa mañana. Desde la mía.

—¿Tan mala cara tengo? —bromeó.

Me acerqué a ella y me puse muy serio.

—Pues sí. —Ally volvió a darme en la cabeza con la almohada y sonreí—. Y hablando de caras, no habría forma humana de que pudiéramos entrar en la oficina sin que se nos notara lo que acabamos de hacer.

—¿Crees que con un día más se te borrará el marcador de orgasmos que llevas grabado en esa cara bonita? —se burló ella, apretándome las mejillas con la mano hasta que mi boca hizo esa mueca ridícula de labios de pato.

—Puede que tengamos que desaparecer durante el resto del año —murmuré a través de sus dedos.

Su risa aflojó varios nudos en mi pecho que no sabía que tenía.

Y supe que nunca volvería al antes.

Al antes de esa noche.

Al antes de verle los moratones en la cara.

Al antes de saber cómo era Ally realmente.

Al antes de que se riera desnuda debajo de mí.

Era incapaz de hacerlo.

Con extrema reticencia, me alejé de ella, la agarré por los tobillos y la arrastré hacia el borde de la cama.

—Venga, Maléfica. Vamos a buscarte unos pantalones.

Circular por la carretera de madrugada con Ally vestida con otro de mis pantalones de chándal y Brownie acurrucado en su regazo me parecía algo de otro mundo. Se había sentado descaradamente sobre una bolsa de judías congeladas que había encontrado en el congelador mientras yo me tragaba mi segunda bebida isotónica.

—Se supone que el sexo a los cuarenta es todavía mejor —comentó, acariciando la cabeza de Brownie y mirando por la ventanilla—. Aunque no creo que sobreviva a los treinta y nueve.

—¿Cuándo es tu cumpleaños? —le pregunté, aunque ya me sabía la respuesta gracias al archivo de Recursos Humanos que había memorizado. Puede que fuera una prueba para comprobar si ver a Ally Morales sin su máscara era algo que empezaba y acababa con sexo.

—En mayo.

—¿Y cómo planea Maléfica celebrar los cuarenta? —Quería saber todo lo posible sobre esa mujer.

Ella arrugó la nariz.

—La celebración queda suspendida hasta que se resuelva lo de mi padre.

Me llevé sus dedos a la boca y le besé los nudillos.

—¿Y después?

—Por ahora, lo único que se me ha ocurrido es un margarita de mango en una playa que requiera pasaporte. Quiero sentarme al sol y contemplar un océano tan azul que parezca irreal. Sin tener que preocuparme por si puedo permitirme darle propina al camarero.

Me parecía un buen plan. Sobre todo si incluía a Ally en biquini y a mí en la tumbona de al lado.

La agarré de la mano mientras ella me guiaba, primero hasta una tienda de ultramarinos para comprar un té verde sorprendentemente bueno y un montón de tentempiés para calmar el hambre provocada por la maratón sexual y luego hasta la casa de su padre.

Todavía era de noche cuando entré en el estrecho camino de acceso, pero respiré aliviado. Google Street View no había mentido. El barrio no estaba tan mal y la casa en sí parecía... có-moda.

—Es mejor que Brownie espere en el coche —dijo Ally, desa-brochándose el cinturón.

Sospeché de inmediato.

—¿Por qué?

—Dentro está todo un poco manga por hombro. No quiero que pise un clavo ni nada por el estilo.

Se bajó del coche y le cerró con cuidado la puerta en las na-rices a mi perro.

Brownie se quedó cabizbajo durante un par de segundos, antes de recordar que era una hora intempestiva en plena noche, acurrucarse y quedarse dormido detrás del volante.

—¿Soy yo o hace más frío aquí en Jersey? —pregunté, si-guiéndola por el camino.

—Yo te haré entrar en calor, grandullón —respondió Ally, guiñándome un ojo de forma exagerada.

Le di una palmadita en el culo. Aunque no tardé en cambiar de actitud, dispuesto a soltarle un sermón sobre seguridad, con unos cuantos gritos de por medio, cuando la vi abrir la puerta principal y me di cuenta de que no tenía pestillo.

Lo del sermón pasó a un segundo plano en el momento en el que la seguí hasta el interior.

—Pero ¿qué...? Dime que en realidad no vives aquí.

Lo que supuse que en algún tiempo habría sido una sala de estar se había convertido en una especie de ruinas ordenadas.

—No es para tanto —dijo Ally, poniendo los ojos en blan-co. No podía echarle en cara que no se lo tomara en serio. Lo más seguro era que siguiera en una nube tras el impresionante número de orgasmos, cortesía de un servidor, y no se había dado cuenta de lo cabreado que estaba—. Ten cuidado —me advirtió.

—Hay un agujero en el techo. —Ese fue solo el primero de los numerosísimos problemas que localicé en aquella habi-tación.

Era un boquete enorme. Y había una mancha de humedad de dos metros de diámetro en el suelo de contrachapado. En al-gún momento habían quitado la moqueta, pero las tiras de tachuelas seguían allí, ofreciendo un maravilloso viaje al universo del tétanos a cualquiera que se aventurara a acercarse demasiado. El lugar de la pared en el que seguramente había estado la televisión estaba vacío, y el pladur de detrás, sucio y combado. Unos cables tapados colgaban de un agujero.

—Antes estaba mucho peor —dijo Ally con tranquilidad—. Justo ahí había una bañera —añadió, señalando hacia un punto en concreto. En la casa hacía muchísimo frío. Me quedé de piedra al ver el termostato: once putos grados—. Fue por algo que pasó justo antes de que diagnosticaran a mi padre. Se dejó el grifo abierto. El agua se desbordó y se quedó corriendo toda la noche. La bañera se cayó al piso de abajo. Destrozó todo el baño y parte del pasillo y del dormitorio de arriba. Y aquí... Bueno, ya lo ves. Lo peor fue lo del piano —comentó con tristeza, señalando el instrumento hecho trizas—. A mi padre le encanta la música. Solíamos tocar juntos e inventarnos canciones tontas. Los dos solos. En sus días buenos, bromeábamos diciendo que no podría haber causado más daño aunque lo hubiera intentado.

—¿Por qué vives así? —le pregunté.

—No creo que quieras escuchar otra triste historia de la familia Morales —repuso ella, quitándole hierro al asunto, aunque percibí la tensión de su voz. Claro que quería. La miré fijamente—. Caray. Vale. El hecho de que mi madre le robara los ahorros a mi padre solo fue el primero de los problemas.

Necesitaba moverme, así que me puse a dar vueltas por la habitación mientras Ally hablaba. Me detuve junto al piano.

—Hay que joderse —dije. Me cabreaba muchísimo que la mujer que me había pasado las tardes deseando desde mi cálido y cómodo adosado del Upper West Side hubiera estado viviendo allí. Así.

Ally cogió una caja de tornillos para pladur y la dejó sobre una mesa auxiliar.

Dejé de caminar y me apoyé en la pared.

—Hace mucho mucho tiempo, yo también tenía ahorros —dijo, suspirando. Me quedé callado. No estaba seguro de poder contener la ira que bullía en mi interior—. Cuando volví, busqué a un contratista. Encontré a uno que me dio un presupuesto un veinte por ciento más barato que los demás. Pensé que estaba aprovechando bien el dinero, pero... —Ally hizo un gesto con la mano, señalando la habitación—. Fue lo peor que pude hacer. Cogió el cheque y se largó. Veinte mil dólares.

Me cagué hasta en lo más sagrado. Además de volver a acariciar a Ally, mi segunda prioridad era encontrar a ese contratista y molerlo a palos hasta dejarlo hecho puré.

—Sí, yo opino más o menos lo mismo —comentó ella—. Cuando me quedé sin ahorros, recuperé lo invertido en mi pensión de jubilación para pagar la residencia de ancianos. Pero eso también se ha acabado.

—Quiero el nombre del contratista y sus datos de contacto. Y también los de tu madre —le dije.

—Pues buena suerte. El teléfono de la empresa está desconectado y su página de Facebook está llena de mensajes de gente reclamando que le devuelvan el dinero. Y mi madre está fuera del país construyendo escuelas o plantando cultivos. Total, que el resto de mis ahorros fueron a parar a la residencia de mi padre. Que, repito, es astronómicamente cara, pero él se merece los mejores cuidados que pueda proporcionarle y no pienso permitir que vuelva al otro sitio.

Ya había oído bastante. Pensaba dar caza a ese puto contratista y a la choriza santurrona de su madre y estrujarlos hasta que me devolvieran hasta el último centavo que le debían a Ally.

—Recoge tus cosas. No vas a volver aquí.

—Dom. Estás exagerando.

—¡Hace un frío de cojones! ¡Hay un puto agujero en el techo! ¡Si das un paso a la izquierda, acabarás con las putas tachuelas sucias clavadas en el pie! —Ahora que había empezado a gritar, no sabía si sería capaz de parar.

—Oye, ya sé que esto no es el Four Seasons —me espetó Ally.

—¿El Four Seasons? Ni siquiera es la estructura calcinada de un motel de mala muerte frecuentado por prostitutas desdentadas y yonquis adictos a las metanfetaminas. No vas a quedarte aquí.

Ally me clavó un dedo en el pecho.

—Noticias de última hora, Dom: no puedes decirme lo que tengo que hacer.

Me estaba poniendo enfermo al pensar en todas las noches que había pasado fantaseando con ella en mi cama grande y caliente, en mi cómoda casa con comida en la nevera, calefacción y dinero, mientras ella estaba allí. Pensé en el saldo de mi fondo fiduciario, que había usado en una sola ocasión y que podría haberle ahorrado todo eso.

—Ally, no me lleves la contraria en esto. No vas a pasar otra noche bajo este techo. ¡Si parece un queso suizo!

—No está tan mal.

—Si un inspector de vivienda apareciera ahora mismo, no te dejarían volver a entrar. No te vas a quedar aquí. Coge tus cosas inmediatamente.

—Que nos hayamos acostado no te da derecho a decirme lo que tengo que hacer.

La alejé un poco de la hilera de tachuelas que tenía demasiado cerca. Estaba tan cabreado que empezaba a verlo todo rojo.

—Escúchame, Ally. Me importa una mierda que esto te parezca inapropiado, prepotente o controlador. No te vas a quedar aquí. No estoy de coña. Y esta vez no te vas a salir con la tuya.

—Sé que tú nunca has tenido problemas de dinero, pero irme a un sitio mejor implica pagar un alquiler. Eso es mucha pasta. Y cuanto más me gaste en cosas así, menos tendré para mi padre.

Cerré los ojos. Apreté los dientes e intenté contar hacia atrás desde veinte. Estaba tan sumamente cabreado con ella, conmigo mismo y con los cabrones que la habían jodido, que no me fiaba de lo que podía soltarle.

—Dom...

—Me importas, Ally. ¿Lo entiendes? Me importas. Y aun así insistes en no aceptar lo que puedo ofrecerte. Necesito que estés a salvo. Necesito que no pases frío, que estés feliz, bien alimentada y descansada. Maldita sea, Ally. Ese estúpido orgullo tuyo me está matando. —Ella me miró aturdida, con los ojos muy abiertos—. No puedes obligarme a dejarte aquí. Tienes que entenderlo, Ally.

—¿Por qué estás tan enfadado? —susurró.

—¿Por qué? Porque vivo en una casa con más habitaciones, calefacción, comida y putos suelos de madera maciza de los que necesito. Y todo este tiempo tú has estado aquí. La puerta principal ni siquiera cierra.

—No me cargues con tu sentimiento de culpa por ser un privilegiado. Yo nunca te he pedido...

—Nada. Nunca me has pedido absolutamente nada. Puedo hacer que todos tus problemas desaparezcan. Puedo arreglar todo esto, ¡y tú no me dejas hacerlo! —Necesitaba dar un paso atrás. Necesitaba un poco de espacio para calmar esa rabia de pura impotencia que me subía por la garganta, pero no podía renunciar a tocarla.

—¿Por qué iba a dejar que me ayudaras? —Parecía realmente confundida y no era de extrañar. No había hecho más que enviarle señales contradictorias—. Este es mi problema, Dom. Es mi responsabilidad.

Apoyé la frente sobre la suya.

—Déjame arreglar esto, Ally.

Parecía desolada.

—¡No! Dominic, te has hartado de repetirme que no podíamos estar juntos. Que no te permitirías desearme. Y yo lo respeté. ¿Por qué no puedes respetar tú esto?

Me daba igual que tuviera razón. Ahora todo había cambiado. Lo nuestro había cambiado.

—Me estaba mintiendo a mí mismo, y te estaba mintiendo a ti. Sabes perfectamente que lo de esta noche lo ha cambiado todo.

Ella me miró asustada, con aquellos ojos de color miel abiertos de par en par. Genial. Ya era hora de que se acojonara por algo.

—¿Qué quieres decir con «todo»?

—Todo, Ally. Todas las putas cosas.

—El sexo ha estado bien, pero eso no significa que tengamos...

—Una relación. Eso es exactamente lo que significa.

—De eso nada, Dominic Russo. No puedes obligarme a tener una relación contigo. No tengo tiempo para eso. ¡Yo no quiero tener ninguna relación!

—Pues mala suerte, porque ahora tenemos una.

—¡Así no es cómo funcionan! ¡No puedes obligar a nadie a tener una relación contigo! ¡Por eso existen las órdenes de alejamiento!

Parecía presa del pánico. Y me alegré, porque no quería ser el único con el estómago revuelto por el miedo.

—Muy bien. Pues sé mi novia.

Ally levantó las cejas casi hasta el nacimiento del pelo.

—¿Qué?

—Que seas mi novia. Sal conmigo. Ten una puta relación conmigo, Ally.

Ella abrió la boca, pero lo único que le salió fue un chillido. No era precisamente una reacción que te subiera el ego.

—Tú... Yo..., no puedo... —Al parecer, había surgido una barrera lingüística entre ambos.

—¿Dónde está tu habitación? —le pregunté.

Su mirada se desvió hacia las escaleras y subí a toda velocidad. Ella me siguió, pisándome los talones.

—Ten cuidado con el suelo. Aún no lo he cambiado —me advirtió, sujetándome del brazo mientras pisaba el rellano podrido.

Tuve que contenerme para no agarrarla por los hombros y zarandearla. En lugar de eso, la aparté para entrar en un dormitorio diminuto con corrientes de aire. La cama de noventa estaba cubierta por tres edredones cutres. Había unos pantalones de chándal —míos—, una sudadera con capucha —también mía— y una camiseta de manga larga perfectamente doblados junto a las almohadas. Dormía con varias capas, acurrucada bajo mantas baratas para no pasar frío.

Se me revolvió el estómago.

—¿Qué haces? —me preguntó cuando me acerqué al armario, que parecía de juguete, y empecé a sacar ropa.

—Coger tus cosas.

Me arrancó una falda de las manos.

—Ya basta, Dom. Estás empezando a cabrearme.

—Te quedas conmigo —decidí.

Ally me golpeó con la falda.

—¿Perdona? No pienso mudarme a tu casa. —Parecía horrorizada.

—Tengo habitaciones libres. Puedes quedarte en una de ellas.

—Estás como una puta cabra. ¡Que no pienso irme a vivir a tu casa!

—Muy bien. Entonces me quedo aquí contigo.

Dejé la ropa que había amontonado sobre la cama y fui hacia las escaleras. Prepararía una maleta para mí y para Brownie y haría algunas llamadas. Para empezar, me pondría en contacto con un contratista y con algún cerrajero de guardia.

Ally salió corriendo detrás de mí.

—¡No puedes quedarte aquí!

La esquivé y ella se detuvo bruscamente en el escalón que estaba por encima del mío.

—Métetelo en esa puta cabeza dura, Ally. Si tú te quedas, yo también.

—Ya me estoy ocupando de esto. No te necesito.

—Lo que necesitas es darte cuenta de que estás sobrepasada y de que no solo estoy dispuesto a ayudarte, sino que te estoy suplicando que me dejes hacerlo.

Sus dulces ojos marrones seguían llenos de pánico.

—Dominic, no puedo permitirme deberte nada más.

Abrumado, la arrastré hacia mis brazos.

—Cariño, escúchame. Lo que tú sentías cuando tu padre vivía en esa pocilga es justo lo que siento yo al saber que vives aquí. Esto no es un favor que tengas que devolverme. Es un acto puramente egoísta por mi parte. No puedo vivir tranquilo si te quedas aquí.

—Ya has hecho más de lo que jamás podría agradecerte. Ese trabajo y ese sueldo han salvado a mi padre. Y no sé si alguna vez podré compensártelo. —Se le quebró la voz y eso me dolió tanto como imaginármela acurrucada bajo las sábanas mientras yo le enviaba mensajes de texto desde mi casa cálida y segura. La abracé con fuerza—. Le prometí que solucionaría esto. Que él nunca sería una carga. No puedo decepcionarlo. Se sentiría humillado.

Apreté su cara contra mi pecho.

—Por favor, Ally. ¿Cómo crees que se sentiría si te viera vivir así? ¿Si supiera lo duro que trabajas y lo poco que comes? Dime, ¿qué sería peor para él?

—No lo va a saber nunca —replicó con firmeza.

—Si no piensas contárselo, ¿por qué tiene que enterarse si te ayudo?

¡Toma ya! La había pillado. El problema era su orgullo, no el de su padre.

—Pues...

Obviamente, mi implacable lógica la había dejado sin palabras.

—Ya no estás sola en esto, Ally. Entiendo que creas que se trata de otro engaño, viniendo de mí. Lo entiendo. Y lo siento mucho. Pero estoy en tu equipo, me quieras o no. No vas a volver a quedarte aquí sola nunca más.

—¡Toc, toc! —Alguien llamó animadamente y con fuerza a la puerta principal, que seguía abierta.

Agarré a Ally y la puse detrás de mí para enfrentarme a esa amenaza que atacaba justo antes del amanecer.

La mujer no debía de medir más de metro y medio. Era rechoncha y mayor, con una sonrisa radiante y curiosa. Llevaba una cazuela azul en las manos.

—He oído muchos gritos y he venido a investigar.

—Señora Grosu, son las cuatro y media de la mañana —dijo Ally con un nudo en la garganta.

—Pues sí. Y estás teniendo una discusión con un hombre muy apuesto. Espero que sea una pelea de enamorados, aunque los ladrones guapos también se merecen un poco de amor.

—No es una pelea de enamorados —le aseguró Ally, tratando de esquivarme en las escaleras—. Siento haberla despertado.

—¡Tonterías! —La mujer sonrió—. Siempre es un buen momento para una bandeja de torrijas. Vamos, preséntame a este amigo tuyo tan guapo y ruidoso.

Bajamos juntos las escaleras y, cuando Ally intentó poner distancia de por medio, la arrastré hacia mí.

—Señora Grosu, este es mi...

—Novio —dije, terminando la frase por ella.

—Jefe —dijo ella.

Nos miramos enfadados. Uno de los dos tenía que ganar. Y no iba a permitir que fuera Ally.

—¿Qué te ha pasado en la cara? —le preguntó la señora Grosu.

52

Dominic

Llevamos a Brownie a la casita cálida y acogedora de la señora Grosu, que vivía al lado, y comimos torrijas mientras esta nos ponía al día de lo que parecía todo un ejército de hijos y nietos.

Me aproveché del agotamiento de Ally y la ayudé a guardar ropa para dos días —un acuerdo al que accedí magnánimamente— antes de volver a la ciudad, que empezaba a desperezarse.

Había sido una noche larguísima, pero estaba lleno de energía. Por primera vez desde que había ocupado el puesto de mi padre en *Label*, tenía claro lo que debía hacer.

Mientras Ally le preparaba el desayuno a Brownie, encendí la tetera y le mandé un mensaje a mi madre.

Tenemos que hablar
Es importante
Puedes venir a mi casa?

Tú sí que sabes asustar a una madre
antes de las siete de la mañana
Brownie está bien? Y tú?

Lo siento
Brownie y yo estamos bien
No pasa nada, solo quiero hablar contigo

Puedo estar ahí a las ocho
Pero si piensas darme malas noticias,
exijo desayunar

Hice un gesto de dolor.

Ally bostezó y se agachó para mirar debajo del fregadero.

—¿Qué haces? —le pregunté mientras admiraba su culo enfundado en mi pantalón de chándal.

—Buscar algún desinfectante. ¡Bingo! —Sacó una botella, triunfante.

La observé mientras cogía el papel de cocina y rociaba abundantemente el lugar donde hacía solo unas horas habíamos follado como adolescentes salidos. Por alguna razón, me hizo gracia y me reí.

Ally se giró hacia mí y arqueó una ceja. Brownie levantó la cara del cuenco y se me quedó mirando con la cabeza ladeada. ¿Es que nunca me había reído delante de mi perro? ¿De verdad era tan desalmado?

—¿Qué? —me preguntó ella, limpiando la encimera—. Tarde o temprano, alguien hará un sándwich aquí.

Le quité la botella y el papel de cocina.

—Sube a ducharte.

—Eres un mandón —se quejó, bostezando de nuevo—. ¿No podemos volver a la cama?

—Todavía no. Va a venir mi madre.

—¿Qué? —exclamó, abriendo los ojos como platos—. Un momento, ¿vas a contarle a Dalessandra que nos hemos acostado?

Volví a reírme al ver su expresión horrorizada. Había sido mucho más que eso y ambos lo sabíamos.

—Mi padre le ocultaba muchas cosas.

—Pero solo ha sido…

Le tapé la boca con la mano.

—Como intentes decir que lo de anoche fue «solo sexo», me emplearé a fondo para demostrarte lo equivocada que estás.

Me apartó la mano y me dio una palmada en el pecho.

—Perdona. ¿No crees que deberíamos tener esa conversación en privado antes de compartirlo con tu madre, es decir, con nuestra jefa?

Esa mujer estaba obsesionadísima con la jerarquía. Aunque también tenía una pizca de razón, prácticamente infinitesimal.

—Vale, Ally. Anoche todo cambió entre nosotros y no estoy dispuesto a volver a una relación estrictamente profesional.

—Hay un abismo entre tener una relación estrictamente profesional y salir juntos, Dom.

—En este caso, no. ¿Estamos juntos?

—¿Y la política de la empresa?

—Olvídate de todo lo demás ahora mismo. Olvídate de la política de la empresa. De mi madre. De tu padre. Olvida esa ruina de Nueva Jersey. —Ally puso los ojos en blanco—. Olvídate de todo, salvo de ti y de mí. Céntrate en el aquí y el ahora. —Poder abrazarla era un gustazo después de todas esas putas semanas que había desperdiciado rechazándola—. ¿Estamos juntos? —Ella me miró en silencio. Detrás de esos ojos de whisky se estaba librando una guerra—. Podemos hacer que funcione. Te lo prometo. Solo necesito que digas las palabras mágicas, Maléfica.

Ally se mordió el labio mientras dibujaba con los dedos pequeños círculos sobre mis bíceps. Le estaba pidiendo que confiara en mí cuando nunca le había dado una razón para hacerlo. Pero necesitaba que lo hiciera.

—Déjame pensarlo —me pidió.

Agaché la cabeza y le pasé la lengua por el lóbulo de la oreja.

—Recuerda lo de anoche, Ally. Fue auténtico. Lo nuestro es auténtico. Podemos hacer que esto funcione, si tú quieres.

—Pero ¿cómo?

Negué con la cabeza.

—El cómo no importa ahora mismo. Lo que importa es si tú quieres. Si quieres que estemos juntos.

En ese momento preciso, mi inteligentísimo perro metió la cabeza entre nosotros.

La estaba presionando demasiado. Podía verla haciendo equilibrios sobre la cuerda floja y pasaron unos segundos eternos en los que no sabía hacia qué lado se inclinaría la balanza de Ally. De mi Ally. En realidad, no tenía elección. Y yo tampoco. Y creo que ambos lo sabíamos.

—Cuando dices «esto», ¿a qué te refieres? —me preguntó.

—A lo nuestro. A nuestra relación.

—¿A una relación monógama?

La fulminé con la mirada.

—Sí. Así que ni se te ocurra volver a pensar en ese gilipollas de Christian James.

—Los dos en una relación monógama —repitió.

—Pues claro.

—¿Qué más? —insistió.

—Ally, no tengo ni puta idea. Ya lo resolveremos. Ambos queremos seguir acostándonos solo el uno con el otro, ¿no?

—Eso no es muy romántico que digamos —señaló.

—Ya, bueno, es que no soy muy de corazones y flores. —Era más de follármela en un rincón oscuro hasta que gritara mi nombre.

—Esto es una locura —murmuró.

—Pues sí.

—Además de una irresponsabilidad y una estupidez. Lo más seguro es que sea por el efecto del sexo.

—Un sexo que nos ha cambiado la vida y ha dejado el marcador a cero —señalé.

Sus labios temblaron y luego se curvaron hacia arriba.

—Seguramente me arrepentiré. —Contuve la respiración y le apreté los brazos. «Dilo»—. Pero vale. Vamos a darle una oportunidad a este desastre en potencia. —La sensación de alivio junto con otra más alegre, cálida y feliz me iluminaron por dentro. La levanté en el aire, girando sobre mí mismo. Ally me rodeó el cuello y me abrazó con fuerza—. Esto es una locura —dijo, riéndose.

Lo era. Y, por primera vez en mi vida, la decisión descabellada me pareció la correcta.

Cuarenta y cinco minutos más tarde, mi madre llegó envuelta en una sutil nube de Chanel N°5, oculta tras unas gafas de sol enormes.

Le cogí el abrigo mientras ella colmaba de mimos a su nieto canino.

—Todavía no me creo que tengas un perro —dijo, recuperando su postura elegante y correcta.

—Soy un padre perruno excelente —señalé, abriendo la puerta e invitándola a entrar.

—No lo dudo —dijo mientras me acariciaba la mejilla—. Simplemente me sorprende que te hayas comprometido. Me alegra que no te hayas sentido obligado a hacerlo con todos los bichos a los que has besado con lengua.

—Hablando del tema...

Mi madre se detuvo en seco en la puerta de la cocina.

—Hola. —Ally la saludó con expresión culpable desde su puesto de centinela delante de los fogones, con una espátula en la mano.

—¡Anda! —exclamó mi madre, girándose hacia mí. Su expresión era indescifrable, pero no percibí ninguna vibración hostil, de momento—. Hola, Ally —dijo.

—Mamá, siéntate —le pedí, guiándola hacia la mesa que Ally había puesto en el comedor mientras yo cocinaba.

Ella se sentó y le hice un gesto a Ally para que hiciera lo mismo. Retiré la sartén del fuego y emplaté los huevos con espinacas, acompañándolos con unas rodajas de tomate.

Llevé los platos al comedor, sintiéndome extraordinariamente tranquilo para lo que estaba a punto de hacer. Eso confirmó mi decisión. Era hora de establecer nuevas prioridades.

Me senté en la silla que estaba al lado de la de Ally y cogí el té.

—Mamá, dimito.

53

Ally

Dejé caer el tenedor en el plato con un sonoro estruendo.

—¿Qué? —exclamamos Dalessandra y yo al unísono.

Dominic posó una mano sobre la mía, pero su atención estaba centrada en su madre.

—Desde anoche, Ally y yo tenemos una relación. Eres la primera en saberlo. Bueno, sin contar a una mujer rumana que apareció en casa de Ally.

Me sentía como si estuviera viviendo una experiencia extracorpórea. Salí flotando hacia el techo y observé la escena, más perdida que un pulpo en un garaje. Seguramente, la gente a la que atropellaba un autobús de sopetón sentía el mismo desconcierto y la misma desconexión al abandonar este mundo.

—No vas a dimitir —dije, unos decibelios más alto de lo que pretendía.

Brownie entró trotando en la habitación, con la ropa interior de Dominic en la boca.

—Está decidido —declaró Dominic—. Ally conservará su puesto actual, trabajando para quien tú decidas que ocupe mi lugar, hasta que Greta regrese. Si Greta decide marcharse o jubilarse, Ally podrá continuar en el puesto de forma permanente. Si Greta prefiere quedarse, buscarás un puesto adecuado para Ally con el sueldo que tiene ahora.

—No puedes tomar decisiones como esa sin consultarlo

conmigo —dije sofocada, intentando apartarle la mano con valentía para poder darle una bofetada.

—Ni conmigo —añadió Dalessandra, cortando una porción de tomate y huevo. Parecía llevarlo mejor que yo.

—¡Hace falta ser cabezota, mandón, machista y…! ¡Deja eso, Brownie! —El perro me lanzó una mirada de culpabilidad y salió corriendo de la habitación, agitando la ropa interior—. Así no es cómo funcionan las relaciones. ¡No puedes tomar tú todas las decisiones y esperar que te siga el rollo tan contenta!

—Ally tiene toda la razón del mundo —dijo Dalessandra, cogiendo su té.

—Es la única manera de que esto funcione —aseguró él—. No estoy dispuesto a hacerte pasar por otro escándalo. Ni a ensuciar la reputación de Ally.

—Una relación consensuada entre dos personas que se gustan mucho no es ningún escándalo —replicó mi madre.

—Sigue siendo carne de cañón. Habrá rumores. La gente hablará —señaló Dominic.

—Claro que hablarán —le espeté—. No puedes controlar las reacciones de las personas.

Ambos me ignoraron y me pregunté si realmente había dejado de existir. Puede que un autobús se hubiera empotrado contra la casa de Dom y yo fuera la última en enterarme.

—Rechazo tu dimisión —anunció Dalessandra.

—Ni de coña vas a despedir a Ally —dijo Dominic.

—Por supuesto que no —replicó ella.

—¿Alguno de los dos puede verme? ¿Soy invisible? —Me zafé de la mano de Dominic, pero este me agarró el muslo por debajo de la mesa para que me quedara en mi sitio.

—En primer lugar, ¿cómo de seria es la cosa? ¿Es solo sexo o va más allá?

—¡Vuelvo a repetir que esa es una conversación que deberías tener conmigo primero, no con tu madre, ni con nuestra jefa! —Estaba chillando.

—Ya hemos tenido esa conversación. Estamos juntos.

—Querido, si no estás dispuesto a aguantar a unos cuantos bocazas y sus especulaciones sin fundamento, me veré obligada a preguntarme hasta qué punto te tomas en serio esta relación —dijo Dalessandra.

—Vamos totalmente en serio. Fin de la historia —dijo Dom con calma—. Anunciaré mi dimisión hoy mismo.

—Ni se te ocurra, cerdo egoísta —le espeté.

—No harás tal cosa —aseguró Dalessandra, mucho más educadamente—. Supongo que mantenerlo en secreto no es una opción.

—En unos instantes ya no habrá nada que mantener en secreto —aseguré, con los dientes apretados.

Iba a ser la relación más corta de mi vida.

—No pienso ocultarlo —dijo Dom en voz baja—. No creo que pudiera, aunque me lo pidieras.

Vale, viniendo de Dominic Russo, puede que esas palabras fueran bastante románticas. No era una declaración de amor, pero lo decía de corazón. Sus sentimientos parecían auténticos.

Pero eso era otro tema.

Dalessandra asintió.

—Bueno, eso aclara las cosas.

Aparté su mano de mi muslo y me levanté.

—Escuchadme bien, familia Russo. No soy ningún títere. Soy un ser humano con sentimientos, opiniones y capacidad de decisión.

—Tu capacidad de decisión hace que vivas en una nevera llena de humedades —me soltó Dominic.

Muy bien, si quería pelea, por mí genial, encantada de entrar al trapo.

—¡Hasta ayer por la noche, estabas empeñado en no tener nada conmigo!

—Intento salvaros a las dos de otro escándalo —gruñó.

—Yo no necesito que nadie me salve. —Dalessandra y yo nos miramos sorprendidas cuando esas palabras salieron de nuestras bocas al unísono.

Dominic respiró hondo y exhaló lentamente.

—Estoy proponiendo una solución que pondrá fin a todos los problemas —argumentó.

Dalessandra fue la primera en hablar.

—Esa política está pensada para proteger a los empleados

del abuso de poder y para evitar desastres en el entorno laboral como el que causó tu padre el año pasado. —Dalessandra me miró.

—¿Y qué sugieres tú, exactamente? —le preguntó Dominic, molesto.

—Sugiero que comuniques tu relación a Recursos Humanos y al resto de la directiva de *Label*, yo incluida. Deja que nosotros decidamos cómo actuar al respecto.

—He ignorado conscientemente la Política de Confraternización. ¿Cómo crees que van a actuar? Es motivo de despido para ambos. Y Ally no puede permitirse el lujo de perder el trabajo. Si yo me voy, nadie tiene por qué saber el motivo.

—Todo el mundo sabrá el motivo —dije, recuperando la voz—. ¿Crees que porque no hayáis confirmado los rumores sobre Paul Russo van a desaparecer sin más? Ese es el problema. Esconder los secretos debajo de la alfombra no ayuda a nadie. Normalmente, los rumores son peores que la realidad. La gente sabe lo de tu padre y acabará enterándose de lo nuestro. —Dalessandra se puso pálida.

—¿Crees que los rumores son peores? —me preguntó Dominic con frialdad—. ¿Los rumores son peores que mi padre encerrando a una becaria en una sala de conferencias y metiéndole mano por debajo de la falda hasta hacerla llorar? Ya han pasado tres años y sigue yendo a terapia porque él creyó que tenía derecho a hacer lo que le diera la gana. Yo leí todas las declaraciones juradas y, créeme, los rumores ni siquiera empiezan a hacerle justicia a ese cabrón. —Aquella fragilidad rabiosa me pilló por sorpresa y me encogió el corazón. Me acerqué a él para ponerle una mano en el hombro, pero se levantó—. Voy a sacar al perro —dijo, desapareciendo por la puerta de atrás con Brownie, que seguía llevando sus calzoncillos como trofeo.

Se hizo un silencio incómodo.

Dalessandra se fue con su té hacia la ventana que daba al jardín trasero de Dominic.

—Le importas mucho —musitó. Yo resoplé—. Ojalá puedas ver más allá de su arrogancia —añadió—. No hay ninguna persona en este mundo a quien prefiriese tener a mi lado antes que a mi hijo. Es tremendamente leal y protector. —Había visto esas dos caras de él.

—Espero que no vea su intento de dimitir como que me ha elegido a mí antes que a usted. —Los lazos entre padres e hijos no deberían ser tan frágiles.

Dalessandra se volvió hacia mí con una sonrisa en los labios.

—Querida, creo que es la primera vez que Dominic se elige a sí mismo. Estoy encantada.

Me reuní con ella al lado de la ventana.

—No quiero que se vea obligado a dejar *Label*. Y menos por mí —dije.

—Tengo en mente una posible solución que voy a plantear a la directiva.

—¿Me va a despedir? —Lo entendería. Había causado un montón de problemas innecesarios para ser una simple asistente. Y había seducido a mi jefe, pasando olímpicamente de la política de la empresa.

—No —respondió, riéndose—, pero si estás dispuesta a cambiar de puesto dentro de la compañía, conservando tu salario actual, creo que podríamos minimizar el escándalo.

Una chispa de esperanza se encendió en mi interior.

—¿Haciendo que Dominic deje de ser mi jefe directo?

—Exacto.

Suspiré y asentí encantada.

—Eso sería genial.

—No sé si lo permitirán. Lo que hizo Paul estuvo a punto de destruirnos y esto podría levantar ampollas entre el personal. Empezarán a hablar y a especular. Siempre hay interés por las mujeres con las que sale Dominic, pero esta situación es bastante jugosa —dijo, eligiendo sus palabras con cuidado.

—Podré soportarlo —le aseguré—. En cualquier caso, es mejor ser sincero. Se lo pone más difícil a los cotillas.

—Supongo que eso ya lo averiguaremos —le susurró Dalessandra—. No todo el mundo es capaz de aguantar los chismes.

Eso me llamó la atención. Algunos de sus comentarios anteriores se fundieron en una especie de nebulosa. Dalessandra estaba insinuando algo.

—Creo que los Russo ya han hecho suficiente penitencia, ¿no? —Ella me miró y arqueó una ceja interrogadora—. Me refiero a que los dos han trabajado duro para enmendar el desastre que él causó y asegurarse de que no vuelva a ocurrir.

—Hemos avanzado mucho, pero no creo que eso baste —declaró.

—Si alguien tiene alguna deuda, es Paul. Él fue el que cometió el delito, aunque Dominic y usted estén pagando los platos rotos.

—Mi hijo no se merece cargar con los errores de su padre.

—Tal vez deberían empezar a pensar en el futuro, en lugar de en el pasado —le sugerí. Dalessandra me miró extrañada y se giró hacia la ventana. Vimos cómo Dominic cogía una pelota de tenis y la lanzaba al otro lado del jardín helado mientras el perro la perseguía, eufórico—. ¿Le habría permitido ocultarlo, si hubiera querido hacerlo? —le pregunté.

Ella suspiró.

—Me había prometido a mí misma no volver a mentir por los hombres de la familia Russo. Pero Dominic no es su padre.

—Definitivamente, no. —Estaba de acuerdo con ella—. No fue él quien empezó todo esto, Dalessandra. Quiero que lo sepa. Él no me persiguió, ni me presionó. En todo caso, fui yo la que intentó convencerlo.

—Haría cualquier cosa para proteger la felicidad de mi hijo. Tengo un buen presentimiento sobre lo vuestro, pero... —Se giró para volver a mirarme, manteniendo el contacto visual para que entendiera claramente su mensaje—. Dominic es un hombre maravilloso con un corazón demasiado frágil oculto bajo unas cuantas armaduras y, si le haces daño, te aprovechas de él o juegas con sus inseguridades, me sentiré muy decepcionada. Y me enfadaré mucho.

No pretendía sonreír, pero lo hice.

—Me alegro de que lo quiera tanto. Y le prometo que haré todo lo posible por proteger ese corazón frágil que intenta ocultar. Es una buena persona. Ha criado a un buen hombre.

Ella asintió con la cabeza.

—Bien. Entonces lo protegeremos juntas.

—Equipo Dominic —dije, aceptando la propuesta—. A no

ser que él se empeñe en seguir dándome órdenes. No existen jerarquías fuera de la oficina.

—Asegúrate de recordárselo —dijo Dalessandra, con otra sonrisa—. Y ahora, ¿hablamos de lo que le ha pasado a esa carita tan mona?

54

Dominic

Cuando me desahogué lo suficiente con el bobo de Brownie y la asquerosa pelota llena de babas que él tanto adoraba, volví a entrar, y me encontré a las dos mujeres más importantes de mi vida con unas caras de arrogancia tremendas.

—¿Qué?

—Nada, cariño —dijo mi madre, levantándose de la silla—. Tengo que irme a la oficina. Envíame un comunicado hoy y lo difundiré. Los dos deberíais quedaros en casa todo el día. Parece que os vendría bien descansar. —Eso último lo dijo levantando una ceja.

La acompañé hasta la puerta principal.

—Siento todo esto —dije, ayudándole a ponerse el abrigo.

Ella se dio la vuelta y me acarició la mejilla.

—¿En serio? Pues yo no. En absoluto.

—No hace falta que digas eso. Soy consciente de que esto es una putada para ti. Sé que es como si estuvieras volviendo a vivir algo por lo que ya has pasado.

—Dominic, mi único hijo, está perdidamente enamorado de una mujer que se lo merece y que le hace sonreír. Me alegro por ti.

Mis tripas dieron una voltereta y se estrellaron al aterrizar.

—Un momento. Aquí nadie ha hablado de amor —repliqué, sintiendo los gélidos lengüetazos del pánico.

Ella sonrió.

—Eres un hombre bueno y testarudo que, con un poco de suerte, algún día dejará de autosabotearse. Fíate de tu madre. Nunca has mirado a ninguna mujer como miras a Ally.

Sentía muchas cosas por Ally que nunca antes había experimentado, y la obsesión hambrienta por su cuerpo desnudo no era precisamente la menos importante. Pero no estaba dispuesto a compartir eso con mi madre.

—Todavía es muy reciente. Yo no iría por ahí poniendo etiquetas —dije con frialdad.

—Son demasiadas molestias por una mujer que simplemente te gusta. Disfruta de tu día libre, cariño.

Se marchó despidiéndose con los dedos con un gesto de suficiencia y cerré la puerta tras ella.

«¿Amor?». No entendía cómo una mujer que había sido sistemáticamente humillada por su marido durante décadas podía seguir creyendo en algo tan absurdo. Y de todas formas, si Ally supiera el papel que había jugado yo en ello, dudaba que fuera capaz de corresponderme.

Con absolutamente nada resuelto, al contrario que si me hubieran dejado elegir la obvia solución que yo había propuesto, volví a la cocina.

Ally estaba fregando los platos mientras mantenía una conversación unilateral con Brownie. Los rechonchos copos de nieve caían cada vez más deprisa al otro lado de los ventanales. Era una escena doméstica entrañable. Una imagen habitual en muchos hogares del país y del mundo entero. Pero no en el mío.

Algo extraño e incómodamente cálido floreció en mi pecho.

Mi primer impulso fue ahogarlo, y eso hice. No pensaba dejarme seducir por el encanto de la vida doméstica. Y menos cuando seguía enfadado con ella.

—¿Prefieres primero discusión o siesta? —le pregunté bruscamente.

Ally levantó la vista del lavavajillas y se cruzó de brazos.

—¿Qué tal una discusión abreviada y luego una siesta? —le sugirió—. Podemos acabar de discutir cuando estemos más descansados.

—Como desees.

Rodeé la isla pero mantuve las distancias. Ella asintió.

—Si quieres que esto, sea lo que sea, funcione más allá del dormitorio...

—«Relación», Ally. Pronuncia la puñetera palabra.

Me fulminó con la mirada.

—Relación —dijo con tanta ironía que me entraron ganas de besarla para cerrarle la boca de una puñetera vez—. Si quieres que funcione, necesito sentirme como tu igual. Lo que significa que quiero participar en la toma de decisiones y me niego a estar en deuda contigo económicamente.

—Me parece bien. —Era justo. Tenía sentido. Pero faltaba el cómo.

—Vaya, gracias. Tu aprobación lo es todo —replicó Ally con sarcasmo, acercándose poco a poco—. Dominic, para mí no eres ningún billete de lotería premiado. Esto no puede basarse en que te conviertas en el benefactor de una pobre chica.

Seguramente no lo estaba diciendo en el sentido en el que yo me lo estaba tomando, pero me apetecía seguir cabreado.

—Siento mucho que creas que no soy ningún premio —le solté.

—Deja de malinterpretarme aposta. Sabes perfectamente que lo que quería decir es que para mí no eres un cajero automático. No me interesa tu dinero. Me interesas tú. Quiero que haya un «nosotros». Y, para que lo haya, tengo que poder opinar.

Bueno, puede que eso me apaciguara un poco.

—Vale. ¿Y cómo coño propones que lo hagamos?

Ally se acercó a mí y se me pasó por la cabeza la posibilidad de que fuera a darme una patada en los huevos.

—Vaya, mira quién está interesado de repente en el cómo.

Di un respingo cuando se movió y una sonrisa de suficiencia se dibujó en su rostro un instante antes de que me rodeara la cintura con los brazos. Estaba acostumbrado a las peleas y a las charlas, pero eso del afecto físico era... diferente. Además, acababa de temer por mis pelotas.

—No seas cabrona. —La abracé y apoyé la barbilla sobre su cabeza—. ¿Cómo hace la gente normal? ¿Quién se encarga de qué? ¿Cómo hacen con las deudas o cómo son capaces de tener cada uno lo suyo sin enfadarse?

Ally suspiró pegada a mí.

—Sé que intentas hacerte el listillo, pero la verdad es que no sé muy bien cómo hacer funcionar una relación a largo plazo. Ninguno de los dos tuvimos un buen ejemplo al respecto. Puede que la clave sea mantener una comunicación constante.

—Vale. Nos estamos comunicando. ¿Sobre qué quieres opinar?

—Sobre todo lo que me afecte que no tenga que ver con tu dinero —me soltó.

—Ally, no quiero que mi..., que tú te desveles por las noches intentando averiguar si necesitas saltarte las comidas para llegar a fin de mes. —Quería cuidar de ella. Quería coger sus preocupaciones, inquietudes y problemas y resolverlos todos para que pudiera centrar su atención en mí. Y en Brownie, por supuesto. No era tan egoísta. Ally estaba dispuesta a seguir discutiendo, pero de repente me sentía demasiado cansado para contestarle—. Oye, ¿podemos resolver esto más tarde? —pregunté. No quería que trazara líneas cuando yo no pensaba con suficiente claridad como para redibujarlas correctamente.

Se quedaría a vivir conmigo. Tendría absolutamente todo lo que necesitara. Nadie volvería a aprovecharse de ella, ni a ponerle la mano encima nunca más. Fin de la puta historia. Yo era su puñetero Príncipe Azul.

—Vale. Pero solo porque estoy tan cansada que te veo doble —claudicó con un suspiro.

—Vamos —le dije, agarrándola del brazo y llevándola escaleras arriba.

Brownie se nos adelantó.

—Pero solo dormir, ¿vale? —dijo Ally cuando entramos en el dormitorio.

—Solo dormir —acepté, quitándome la camiseta por la cabeza—. Dormir desnudos.

—¿Cómo vas de hidratación? —me preguntó, quitándose la sudadera y dejando al descubierto a los protagonistas estelares de todas mis futuras fantasías: sus pechos desnudos.

—Genial. Estoy completamente rehidratado —mentí—. ¿Y tu irritación?

—Apenas me molesta —mintió. Me di cuenta de que no era verdad porque se puso roja como un tomate.

Cuando me quité los pantalones, mi polla ya estaba a media asta.

—Solo dormir —le prometí, observando cómo se quitaba los leggings y la ropa interior.

Nos miramos fijamente, desnudos y puede que sintiéndonos incluso un poco vulnerables, desde los lados opuestos de la cama. Las sábanas estaban hechas un desastre por el ejercicio de hacía unas horas. Habían cambiado muchas cosas muy rápido y faltaban muchas más por venir, pero no iba a decírselo todavía. Ya había tenido suficiente para un día... o para doce horas.

De momento, me conformaría con abrazarla mientras resolvía cuáles tendrían que ser los siguientes pasos.

Nos metimos debajo de las mantas y Brownie se acomodó a nuestros pies. Y cuando Ally vaciló, yo tomé la decisión por ella, acercándola a mí. Poniendo su espalda contra mi pecho y mi cara contra su pelo.

Ella suspiró y soltó una risa incrédula cuando su culo se topó con mi erección.

—Solo dormir —le prometí de nuevo.

—La irritación no va a durar eternamente —señaló.

—Chist. —Prefería no poner a prueba mi caballerosidad y mis niveles de hidratación.

Ella se acomodó pegada a mí, suspiró y se durmió en cuestión de minutos.

Tenerla entre mis brazos, en mi cama, me resultaba extraño. Familiar. Correcto. Incorrecto. Y todo lo que había entremedias.

Dormimos tres horas.

Cuando me desperté con sus nalgas redondas y suaves pegadas a mi erección, agradecí mi buena estrella. Cuando se dio la vuelta y me miró con ojos soñolientos y un «por favor» en los labios, prometí entregar mi alma a la deidad que la había llevado hasta mi cama. Y cuando la penetré lenta y dulcemente, mientras ella suspiraba mi nombre, me pregunté si finalmente mis pecados habrían sido absueltos.

Lo único que tuve claro cuando sentí que se rendía a mí fue que yo solucionaría todos sus problemas. Quisiera ella o no.

55

Ally

Definitivamente, estaba viviendo en un universo paralelo. No solo había pasado la noche en la cama de Dominic Russo —y entre sus brazos sorprendentemente cómodos—, sino que ahora estaba yendo con él en coche al trabajo. Habían limpiado las calles tras la modesta nevada del día anterior, dejando la calzada limpia y húmeda. Un nuevo comienzo. Un lienzo en blanco.

Y parecía que también habría uno para nosotros. Su madre nos había llamado. No sabía si eso era bueno o muy muy malo. Recursos Humanos y los miembros de la directiva podrían decidir despedirnos a ambos. O a uno de los dos.

Y yo ya sabía a cuál.

El hecho de que *Label* hubiera avanzado desde el reino del terror de Paul Russo no significaba que fueran a juzgar al hijo de la redactora jefa como si fuera una humilde asistente. Y menos si esta había admitido haber buscado y seducido a su jefe... cubierta de purpurina corporal y vergüenza en un club de striptease.

Técnicamente, en teoría, yo era una Malina. Una idea que me ponía los pelos de punta.

Me incliné hacia delante para comprobar mi maquillaje en el espejo. Al bajar la hinchazón, los moratones habían sido más fáciles de ocultar bajo una capa gruesa de corrector y una raya en el ojo bien marcada.

—¿Pasa algo? —me preguntó Dominic desde el asiento del conductor.

El único signo externo de su nerviosismo era el tamborileo constante y silencioso de su pulgar sobre el volante.

—Qué va. Solamente tengo la sensación de estar yendo hacia un pelotón de fusilamiento.

—Nadie te va a disparar —me aseguró.

—No hacia ese tipo de pelotón de fusilamiento. A un pelotón de fusilamiento en plan «ya no tienes trabajo, recoge tus cosas».

Sin dejar de mirar hacia la carretera, Dominic me agarró la mano y me la apretó.

—Deja de preocuparte —insistió.

—Ah, es verdad, qué fácil. ¿Cómo no se me habrá ocurrido a mí? Qué guapo e inteligente eres —dije con sarcasmo.

—Oye, yo podría haber arreglado esto fácilmente —me recordó.

—Tu solución era dimitir. ¿En qué planeta era esa una opción aceptable?

—En el planeta en el que quiero poder desnudarte sin sentirme culpable mucho más de lo que quiero este trabajo.

Mis partes femeninas se estremecieron de una forma desconcertante. Mi entrepierna era muy fan de Dominic Russo.

—Yo nunca te pediría eso. Te gusta trabajar allí —señalé.

Me miró con escepticismo.

—¿Qué te hace pensar eso?

—Creo que estás mucho más cómodo en *Label* de lo que crees —le comenté—. No te has quejado ni una sola vez de que la moda sea aburrida, innecesaria o superficial. Es más, creo que la aprecias. Está claro que disfrutas trabajando con tu madre y con Linus. Y he visto tu cara cuando recibes las maquetas finales para el número. —Él gruñó en lugar de admitir que tenía razón—. Además, eres un Russo. Dalessandra y tú estáis construyendo un legado. Yo soy la que no tiene ni idea de lo que hará cuando las cosas estén más asentadas con mi padre.

—Te quedarás aquí —dijo Dominic con esa seguridad tan molesta, como si ya hubiera tomado la decisión por mí.

—Aún no lo he decidido. —Resoplé discretamente mientras él entraba en el aparcamiento.

—Sí lo has hecho. No vas a meter a tu padre en una residencia y luego largarte.

Ese sabelotodo engreído me había pillado y lo sabía.

Aparcó y nos quedamos un rato en silencio.

—No me gusta que te preocupes —dijo. Esa era una sensiblería extrañamente dulce viniendo de él. Abrí la boca para decírselo, pero me interrumpió—. Sobre todo cuando hay una solución obvia.

Los diminutos corazones de dibujos animados que orbitaban alrededor de mi cabeza estallaron como globos.

—¿Estás intentando cabrearme? —le pregunté.

—Solo estoy diciendo que, al ignorar mi solución, te estás exponiendo a una incomodidad innecesaria. Pase lo que pase, la gente hablará.

Cambié de posición sobre el asiento de cuero calefactado para mirarlo.

—Dom, claro que la gente va a hablar. Intentar no ser un tema de conversación es una forma bastante patética de vivir la vida. A veces, aceptando la incomodidad es como se consiguen las cosas buenas.

—No quiero que te sientas incómoda. O asustada. O herida. *Quiero* protegerte de todo eso. *Puedo* protegerte de todo eso. Lo que pasa es que eres demasiado terca para ver la luz.

Extrañamente, los corazoncitos de dibujos animados reaparecieron.

—Dom, por mucho que quieras, no puedes protegerme de todo. Y si la gente quiere cotillear y especular sobre nosotros, sobre nuestra vida sexual o sobre lo que haré cuando acaben despidiéndome, que lo haga. No pienso mentir, ni ocultar nada para evitar que Malina me insulte a mis espaldas.

«O más bien en las narices».

—Quiero que esto merezca la pena para ti —dijo, mirando fijamente a través del parabrisas.

—¿Estás hablando conmigo o con esa columna de hormigón?

Él puso los ojos en blanco.

—No vayas de listilla.

—¿Por qué iba a dejar de hacerlo ahora? —pregunté, ya un pelín más contenta.

—No te preocupes por lo de hoy. Decidan lo que decidan, encontraremos la forma de que yo pueda seguir viéndote desnuda y tú puedas seguir pagando las facturas.

—Y dicen que el romanticismo ha muerto —dije con frivolidad.

Dom me estrechó la cara entre las manos y me besó con fuerza.

—Haremos que esto funcione —me prometió.

Y yo le creí.

Ruth se quedó plantada detrás del mostrador de recepción, ruborizada y aterrorizada, mientras Dominic me abría la puerta de la oficina. Esa mañana las había avisado a ella y a Gola.

> Yo
> Tengo novedades y puede que me despidan
> No digáis nada todavía
> Os lo contaré en cuanto pueda, a menos
> que los guardias de seguridad
> me escolten hasta la salida

Sus ojos parecían el doble de grandes de lo normal.

—Dalessandra lo espera en su despacho, señor Ru… Dominic —balbuceó. Luego empujó un portabebidas en nuestra dirección—. Les he pedido un té y un café.

Dom se detuvo, frunciendo los labios, desconcertado.

—Gracias, Ruth. Eres… muy amable.

Ruth hizo una especie de minirreverencia y se puso roja como un tomate. Dominic se aclaró la garganta y cogió la bandeja.

—¿Preparada? —me preguntó.

—Qué remedio —respondí con desánimo.

Él dio media vuelta y echó a andar por el pasillo.

—Gracias por las bebidas —le susurré a Ruth.

—¡No puedo creer que le haya hecho una reverencia! Es tan guapo que me vuelve idiota.

—Únete al club, amiga mía.

—Buena suerte ahí dentro. ¿Tomamos algo esta noche, después de baile?

Pasara lo que pasara en el despacho de Dalessandra, iba a necesitar una clase de baile sudorosa y un poco de alcohol.

—Vale, me parece bien. Te mando un mensaje.

Encontramos a Dalessandra sentada en el sofá blanco de seda junto a la jefa de Recursos Humanos, una mujer con unas profundas arrugas de desagrado a ambos lados de la boca. Resultaba obvio que Jasmine también había hecho la foto de su identificación. Salía con un ojo cerrado y la boca torcida, como si estuviera gruñendo.

—Buenos días a los dos —dijo Dalessandra, dejando la taza de té sobre la mesa de centro de cristal ovalada—. Por favor, sentaos. —Señaló los sillones de cuero blanco que tenían enfrente ella y doña Ceño Fruncido.

—Buenos días —dijo Dominic, tan cordialmente como un lobezno cabreado.

—Creo que ambos conocéis a Candace, de Recursos Humanos —continuó Dalessandra.

Lo cierto era que yo no la conocía, pero no me pareció un buen momento para comentarlo.

No había ni una pista de qué tipo de zapato estaba a punto de aplastarme. ¿Sería una bota con punta de acero perfecta para despachurrarme contra la alfombra? ¿O tal vez me ensartarían en un tacón de aguja de diseño?

—Hola —balbuceé a regañadientes.

Dominic me lanzó una mirada de «¿qué coño te pasa?» antes de agarrarme la mano y apretarla con fuerza. No tenía claro que fuera buena idea restregarle en las narices nuestro afecto físico a la mujer de Recursos Humanos, pero su contacto me tranquilizó. Estábamos juntos en eso.

Dalessandra esbozó una sonrisa.

—Voy a poner fin a esta angustia de una vez —anunció Candace, sacando de una carpeta lo que parecían unos contratos legales.

—¿Estoy despedida?

—Por Dios —murmuró Dominic entre dientes, poniendo los ojos en blanco.

—Nadie está despedido —dijo Candace inexpresivamente, tendiéndonos un par de contratos. Cogí el mío y mis dedos sudorosos dejaron manchas sobre el cristal impoluto que había debajo. Hojeé la primera página buscando palabras como «rescisión», «recoge tus cosas» y «llamaremos a seguridad»—. Dado que esta relación incipiente se ha gestionado de forma profesional, el departamento de Recursos Humanos no se opone a permitir que continúe, con unas cuantas salvedades.

Dominic me apretó la mano con fuerza. «¿De forma profesional?». Debió de olvidar mencionar en su comunicado que lo vi masturbarse en su despacho fuera del horario laboral, o que le hice un baile erótico en un club nocturno.

—¿Cuáles son? —preguntó él con frialdad.

—Ally será trasladada de su puesto actual a otro con el mismo sueldo y beneficios y usted dejará de ser su jefe directo.

—¿De verdad es necesario? —preguntó Dom, con cara de fastidio.

—Muy necesario —declaró la mujer.

Yo estaba ocupada revisando mi documento en busca de información importante. Artes Gráficas. Me trasladaban al departamento de Artes Gráficas. Iba a trabajar para una de las principales publicaciones del mundo como diseñadora gráfica y podía quedarme con mi novio buenorro.

—Acepto —dije rápidamente.

Los tres me miraron levantando las cejas. Me entraron ganas de reírme y lo disimulé atragantándome con el café. Parecía que a Dalessandra también le hacía gracia la situación.

—En ese caso, Dominic, se le asignará una nueva asistente hasta que Greta regrese —continuó Candace, mirándolo por encima de las gafas—. Esperamos que usted y la señorita Morales se comporten de forma profesional en todo momento durante el horario laboral —dijo, mirando fijamente nuestras manos entrelazadas. Cuando hice ademán de zafarme, Dom se limitó a apretarlas con más fuerza.

—No nos interesa montar ningún escándalo en la oficina

—dijo Dominic tranquilamente—. Los dos nos tomamos muy en serio esta relación. Estoy seguro de que podremos seguir haciendo nuestro trabajo sin permitir que nuestras vidas personales interfieran.

—Sí. Eso —dije, asintiendo con efusividad.

Dominic esbozó una sonrisa y supe que iba a burlarse de mí sin piedad por esa interacción tipo alumna-directora.

—Entonces, les sugiero que hablen lo menos posible del tema. Lo último que queremos es sentar un precedente que haga creer al resto del personal que las normas son relativas.

Nos habían dado todo lo que podíamos desear, pero seguía pareciendo una reprimenda, y yo no estaba hecha para ser la novia secreta de nadie. No pensaba mentirles a mis amigos solo para que los de Recursos Humanos se sintieran más cómodos. Ya se habían guardado suficientes secretos entre esas paredes.

Yo ya estaba negando con la cabeza cuando Dominic me miró a los ojos y suspiró.

—Ally y yo preferiríamos ser sinceros sobre esto con nuestros compañeros de trabajo. No queremos mantenerlo en secreto.

«Ya no». Esas dos palabras que se había saltado quedaron suspendidas en el aire entre nosotros, brillando como un letrero de neón que yo esperaba que Dalessandra y Candace no vieran, por temor a que empezaran a interrogarnos sobre los detalles de nuestra relación.

Las dos mujeres se miraron.

—Aunque preferimos que nuestros empleados se guarden para sí mismos sus vidas privadas, puede que un comunicado sencillo dando a conocer la relación y el cambio de puesto evite cualquier especulación innecesaria —sugirió Dalessandra.

Dominic volvió a mirarme y yo asentí enérgicamente.

—Vale —refunfuñó él—. Redactaré un comunicado y se lo pasaré a Recursos Humanos.

—Me parece bien —dijo Candace—. Ahora, si pueden firmar esos contratos para asegurar que no permitirán que su relación afecte al ambiente laboral, todos podremos volver al trabajo.

Tenía la sensación de que a Candace le molestaba que mi es-

túpida vida amorosa la alejara de las reprimendas a los empleados y del papeleo de las nóminas.

Apresuradamente, garabateé mi firma en el documento intentando no preocuparme por frases como «quedará rescindi-
do», «incumplimiento de contrato» o «si por cualquier motivo
cree que no puede cumplir las condiciones de este contrato,
póngase en contacto inmediatamente con un representante de
Recursos Humanos».

Dominic firmó el acuerdo sin ninguna reacción aparente.

—¿Volvemos todos a nuestros asuntos? —preguntó Dalessandra con una sonrisa.

56

Todos

Gola

Oye, guapa, por qué soy la nueva asistente
provisional de Dominic Russo?
Le has escrito algo en el burrito del desayuno?

Ruth

Ahora mismo toda la oficina está
cuchicheando!
Rumores más populares:
Ally le dio un puñetazo a Dominic en la cara
Dominic le pidió a su madre que eligiera entre
él o tú, ella te eligió a ti y ahora él está
haciendo las maletas

Gola

Puedo confirmar que el jefe no está
haciendo las maletas
Repito: no está haciendo las maletas
Y además se sabe mi nombre

Ruth

Hay un vídeo de Malina en la sala de asistentes
afilando las garras para una nueva cacería

Gola
Estoy preocupada
Nadie ha visto a Ally en esta planta desde que
salió del despacho de Dalessandra

Ruth
No estará muerta en una cuneta, no?
Al final Malina ha saltado?

Gola
ALLY, DÓNDE ESTÁS? NECESITAS AYUDA?

Ruth
Voy a mirar en las escaleras

Gola
Y yo en mis antiguos dominios...
Es decir, en la planta cuarenta y dos

Ruth
Informe de avistamiento de Ally!
Mis fuentes me confirman que acaba de
incorporarse al departamento de Artes
Gráficas

Gola
Está contenta?
Está llorando?
Parece que la estén reteniendo en contra
de su voluntad?

Ruth
Esperando confirmación...

Ally
Chicas!
Había perdido el móvil en la minicaja de
pertenencias que he llenado y vaciado cuatro

veces desde que he llegado aquí
Todo va bien
Me han cambiado de puesto porque...
pasando por un túnel

Gola
?

Ruth
Como se te ocurra dejarnos así, vamos
al departamento de Artes Gráficas
y te hacemos soltarlo todo!

Ally
Jeje
Era broma
Señoritas, me gustaría que fueran
las primeras en saber que Dominic Russo
y yo vamos a...

Gola
Ir a la cárcel?

Ruth
Ser despedidos por malversación?

Gola
Donar vuestros sueldos a una buena causa?

Ruth
Mudaros a Kentucky para abrir una
destilería de bourbon?

Ally
Empezar a salir
Madre mía!
Ruth, esa has sido tú gritando?

Ruth
Uy
Me has oído?
He leído tu mensaje en la escalera
Ha sido más bien un chillido.

Gola
Dominic acaba de salir a preguntarme
si estaba bien porque me he atragantado
con el zumo al leer tu mensaje
Casi intenta despejarme las vías respiratorias
Luego me ha dicho que a lo mejor debería
empezar a llamarle Dominic

Ruth
Ahora sí que tenemos que irnos
de copas esta noche

Gola
Copas después de baile? Contad conmigo.

***

Dominic
Supongo que ya se lo has contado a tus amigas

Ally
Quería avisar a Gola y a Ruth. Por?

Dominic
Casi tengo que hacerle a Gola la
maniobra de Heimlich

Ally
Por casualidad has oído también un
grito escalofriante en la escalera?
Era Ruth

Dominic
Dominic y Ally: casi matando amigos a base
de buenas noticias desde hoy.

***

Harry
Hace mucho que no nos vemos.
Unas copas esta noche?

> *Dominic*
> No sé
> Estoy muy liado

Harry
Tengo dos niñas de menos de cuatro años que
acaban de coger el pintalabios de doscientos
dólares de su madre y lo han usado para
decorar nuestra ropa de cama pija
Yo sí que estoy liado

> *Dominic*
> Cómo de pija?

Harry
No sé qué sobre unos gusanos de
seda orgánicos y unos monjes

> *Dominic*
> Uy

Harry
Así que nos vamos de copas
No vale decir que no

> *Dominic*
> Vale. A qué hora?
> Puedo llevar a alguien?

Harry
Si ese alguien se identifica como mujer
y tu objetivo principal es meterla en tu cama
o que siga en ella, me llevaré a Del
Así podrá asegurarse de que no sea otra Elena

Dominic
El que ríe el último ríe mejor
Del ya la conoce

Harry
Nombre?

Dominic
Ally

Harry
Un momento, por favor
Del dice textualmente: «Lo sabía. Lo sabía.
Lo sabía. SABÍA QUE LE GUSTABA.
Tu mujer es la tía más lista del mundo.
Chúpate esa»

Dominic
Vosotros dos sois lo que los niñatos
llaman #relacionideal

Harry
Por favor, dime que esa mujer no tiene menos
de treinta años y que por eso estás
desempolvando tus hashtags
Porque si voy a sacar a mi mujer y
emborracharla para que no se dé cuenta de
que las niñas se han cargado el edredón, no
quiero tener que escucharla quejándose de
que los hombres adultos se empeñan en salir
con mujeres que podrían ser sus hijas

Tiene treinta y nueve años
Yo tenía cinco cuando nació

Harry
Gif de ovación
Gif de lágrimas de gratitud

Dominic
Sabes que se pueden enviar gifs de
verdad en lugar de explicarlos?

Harry
Déjame en paz
Soy viejo y mis hijas demasiado pequeñas
para enseñarme a instalar el teclado de
los gifs en el teléfono

Dominic le envió el selfi en el que salía haciendo una peineta.

Harry
Ese es el espíritu

***

Para: Personal de la sede de *Label* en NY
De: Dominic Russo
Asunto: Política de RRHH 135 Secciones B-D

Ally Morales y yo hemos iniciado una relación sentimental. Para
evitar cualquier posible favoritismo o fricción en el lugar de
trabajo, la señorita Morales ha sido trasladada al departamento de
Artes Gráficas. No se admiten preguntas ni comentarios.

Atentamente,
DOMINIC RUSSO
DIRECTOR CREATIVO

Ally
Bonito «asunto», jefe
Solo una de mis nuevas compañeras
ha abierto el correo de momento
Se ha girado en la silla tan rápido que
ha tirado un cuenco entero de ramen

Dominic
Por favor, otra pobre no

Ally
No era ramen para pobres
Era ramen del caro
Ahora mismo lo peta

Dominic
Añadiré eso a la lista de cosas
que preferiría no saber

Ally
Eres un gilipollas entrañable

Dominic
Eso, volvamos a mi polla, que se está
recuperando de maravilla de su uso excesivo
Pero antes, salimos a tomar algo esta noche
después de tu clase de baile?

Ally
Vale, pero solo si no te importa
que vengan Ruth y Gola
Uy, espera
Más sillas girando
Y ahora algunos susurros descarados
En el email insinuabas que era sorda?

Dominic

En el email insinuaba que todos
deberían meterse en sus putos asuntos
y dejarnos en paz
Lo de tus amigas me parece bien si no te
importa que vengan también Harry y Delaney

Ally

Míranos, haciendo de novios
Qué será lo siguiente?
Cenas con comida casera y fiestas del bebé?

Dominic

Espero de todo corazón que no
Por cierto, ni se te ocurra hablarle a Delaney
de pintalabios o edredones

Ally

No quiero ni que me des el contexto
Así será más divertido

Dominic

Salimos a comer?
Quiero tocarte sin cien personas fisgando

Ally

Hecho
Todos me están mirando mientras
comen palomitas

Dominic

Quieres que vaya ahí y les dé algo que mirar?

Ally

A la parte de mi cerebro que te ha visto
desnudo durante las últimas doce horas le
gustaría decir que sí, pero a lo mejor
deberíamos intentar cumplir las directrices de

Recursos Humanos al menos durante dos
horas seguidas, antes de cagarla

Dominic
Pongo la alarma para dentro de dos horas
y un minuto

Ally

Bajé a la cafetería a tomarme un café y un descanso de las miradas de mis nuevos compañeros.

Estaba admirando la espectacular pirámide de pasteles, de los cuales no pensaba comprar uno bajo ningún concepto, cuando una presencia oscura proyectó su sombra maligna sobre mí.

—Anda, si es el nuevo juguete de Dominic —dijo Malina con sarcasmo.

Llevaba puesto un traje de pantalón azul hielo con un escote en uve que casi le llegaba hasta el ombligo.

—Siempre es un placer verte, Malina —suspiré.

—¿Cómo lo has hecho?

—¿Cómo he hecho qué? —pregunté sin ganas.

Debería haberme quedado arriba. Al menos los del departamento de Artes Gráficas estaban demasiado acojonados como para hacerme preguntas directas.

—¿Cómo convenciste a Dominic Russo para que arriesgara su trabajo por *ti*? —El énfasis en esa última palabra dejaba claro que Malina no creía que valiera la pena arriesgar nada por mí.

—Eso es algo personal y estamos en el trabajo. No pienso hablar contigo de mi relación. Además, no somos amigas. A estas alturas, prefiero hacerme colega de la tarántula de Missie que de ti.

Missie, la redactora creativa, tenía como mascota una tarántula llamada Hércules.

—¿Crees que tienes lo que hay que tener para conservar a un hombre como Dominic Russo?

En realidad, no tenía ni idea de lo que había que tener y de si yo lo tenía o no.

—¿Nunca te lo has hecho mirar? —le pregunté.

—¿Qué?

—El palo que tienes metido por el culo.

—Los débiles nunca entienden nada —se burló.

—¿Los débiles? —Me reí. En serio, alguien había visto *Chicas malas* demasiadas veces.

Me miró de arriba abajo.

—Los débiles. Los patéticos. Los que se cuelan en un sitio en el que no encajan. No encajas agarrada del brazo de Christian James más de lo que encajas en la cama de Dominic Russo.

—¿Con quién estás hablando, Mal? ¿Conmigo o contigo misma? —le solté.

Ella me enseñó los dientes. Me di cuenta de que la mujer que estaba delante de mí tenía años de práctica como matona dominante. Me estremecí al imaginarme a Malina como reina del baile del instituto.

—Te crees muy especial —susurró entre dientes.

—Todos somos especiales —repliqué, exasperada—. Esa es la cuestión. Que yo sea especial no te hace menos especial a ti. El hecho de que te comportes como una imbécil con todo bicho viviente ya es otra cosa.

—Que te den, Ally.

—No, que te den a ti, Malina. No estamos en ninguna competición en plan *Los juegos del hambre* para ganarnos la atención de los hombres —le espeté—. ¿No crees que mereces algo más que ser la mujer florero de algún capullo rico? —Aunque la verdad era que no las tenía todas conmigo. No parecía que hubiera un ser humano debajo de todas aquellas capas de maquillaje y bótox.

—¿A quién quieres engañar? —replicó ella—. Habló la que va detrás de Dominic como una gata en celo.

Uy. Eso me dolió.

—Deberías dejar de actuar como si los hombres fueran lo más valioso del mundo y largarte por ahí a ver si encuentras tu alma, porque eres una persona malísima y, ahora mismo, no sé si habrá alguien en toda esta puñetera isla a quien le diera pena que te atropellara un autobús esta noche.

—¿Me estás amenazando? —Malina entornó los ojos hasta que se convirtieron en dos rendijas.

La miré desconcertada.

—No, idiota. No te estoy amenazando con robar un autobús urbano y atropellarte. Estoy intentando darte un consejo. Eres joven, lista y guapa, y lo estás desperdiciando todo comportándote como una gilipollas con mala leche. ¿De verdad tu objetivo es recibir una pensión alimenticia de alguien como Paul Russo? ¿De un hombre que te utilizó y que solo te consideraba un accesorio? ¿O prefieres vivir, amar y encontrar un poco de felicidad o cualquiera que sea su equivalente vampírico?

No tuve energía para esquivar la bofetada. Además, acababa de echarle el ojo a un bollo de queso que me estaba llamando a gritos y me perdí la preparación del golpe, digna de una diva. La muy cabrona me dio de lleno en los moratones que ya tenía.

—Que sea la última vez que me tocas a mí o a cualquier persona que me importe, Malina. Llévate tu culo plano y tus codos huesudos de aquí y piensa largo y tendido sobre lo que quieres en la vida —dije entre dientes.

Parecía que se estaba planteando volver a pegarme y localicé la silla más cercana para darle en la cara con ella si era necesario. Pero entonces, aquella belleza rubia y desalmada se alejó de mí y se dirigió furiosa hacia el vestíbulo.

Me dio pena. Aunque también la odiaba a muerte, por supuesto. Pero, por alguna extraña razón, el hecho de que yo saliera con Dominic Russo le había hecho perder el norte. No es que estuviera enamorada de él. Simplemente deseaba tener una vida más glamurosa. Y, en su mente retorcida y desnutrida, yo le había arrebatado esa oportunidad.

—Caray, nena. Eso debe de haber dolido —dijo la cajera—. ¿Te apetece un helado? Te lo regalo.

—La verdad es que sí.

—Elige el que quieras, cielo. Esa tía es una serpiente de cascabel.

—¿Le importaría ser mi testigo si intenta demandarme o hacer que me despidan?

—Encantada —respondió la mujer, asintiendo con la cabeza—. Llévate dos helados —dijo—. Así puedes ponerte uno en la cara.

57

Ally

La clase de baile transcurrió entre una amalgama de sudor, ritmos machacones, pulsaciones aceleradas y buen humor. Mi pequeño grupo crecía cada semana. Las ventanas se empañaban, las caras brillaban y los bailarines, de todas las edades y tamaños, se chocaban los cinco al salir por la puerta.

—Ha sido una pasada —declaró Gola, secándose la cara con una toalla.

—Ya te digo. Venga, cuéntanoslo todo —me pidió Ruth, agarrándome por la parte delantera de la camiseta empapada en sudor.

—Secundo la moción —dijo Missie, entre trago y trago de agua.

—No hay mucho que contar —mentí.

—Embustera —murmuró Ruth.

—¿Os habéis acostado? —quiso saber Missie.

—No pienso responder a eso.

—Una pregunta: ¿el Dominic Russo desnudo tiene la misma capacidad para derretir cerebros que el Dominic Russo vestido, o más aún? —me preguntó Ruth.

—Definitivamente, a eso tampoco voy a responder.

—¿Cómo te invitó a salir? ¿Fue muy romántico? —preguntó Gola.

—A eso sí puedo contestar. Más que pedírmelo, me comunicó que estábamos saliendo oficialmente y me dijo que si tenía algún problema, peor para mí, porque íbamos a seguir adelante.

—¡Eso es superromántico! —canturreó Missie.

Nos pusimos los abrigos y las bufandas para dirigirnos dos manzanas hacia el norte, hacia el bar en el que habíamos quedado. Durante el trayecto, desvié sus preguntas como una ninja.

—¿Sabíais que Malina se ha peleado esta tarde con alguien en la cafetería? —comentó Ruth, mirando fijamente el teléfono.

Decidí no contarles nada.

—Dicen que volvió llorando a la sala de asistentes y se marchó —dijo Gola.

—Pues yo he oído que alguien le dio un golpe en la cara con una bandeja y la llamó gilipollas.

—No creo que eso sea cierto —intervine.

Mis amigas siguieron entreteniéndose con más preguntas absurdas e ignorando mis respuestas, todavía más absurdas.

—¿Es un tigre en la cama?

—¿Quién quiere acostarse con un tigre?

—¿Cómo sucedió?

—Fui a una sacerdotisa vudú y pagué para que le echara un hechizo de amor.

—¿Estáis enamorados?

—¿Qué tal si primero averiguamos si nos gustamos?

—¿Os pasáis el día discutiendo?

Vale. A esa podía responder con sinceridad.

—Sí.

Obtuve mi venganza al abrir la puerta del local, una especie de bar clandestino muy molón con una pared entera llena exclusivamente de bourbons. El calor y las risas llegaron al exterior y Gola entró con rapidez, pero se quedó plantada en la puerta y Ruth chocó con ella por la espalda. Las tres formaban ya un montón cuando todas se dieron cuenta de que Dominic Russo estaba esperando en la barra.

Parecía que Dominic había invitado a algunos amigos más. Aparte de Harry y Delaney, había otros tres agentes de bolsa trajeados que competían por contar el mejor chiste.

—Oye, doña Lianta, he sobrevivido a duras penas a un día

entero con ese hombre como jefe, ¿y ahora esperas que me tome una copa con él? —me susurró Gola al oído.

—Sí —respondí, pero mi atención estaba puesta en Dominic.

Abandonó la conversación que mantenía con Delaney y con un tío que llevaba una corbata de Garfield y vino hacia mí. Nos atraía una fuerza magnética que, desde mi punto de vista, debería haberse reducido un poco cuando por fin sucumbimos a la tentación.

Me miró lentamente de arriba abajo, deteniéndose en los puntos que yo sabía que eran sus lugares favoritos: la curva de mis caderas, la franja de piel que quedaba al descubierto entre mis pantalones y la sudadera corta… y mis pechos, aunque estuvieran bien apretados y aplastados por un sujetador deportivo.

Yo también le di un buen repaso. Llevaba unos pantalones grises de traje tan ajustados que rozaban la indecencia, una corbata azul marino que pretendía enrollar alrededor de mi puño lo antes posible, la camisa arremangada y su maravillosa mata de pelo castaño peinado con naturalidad. Me moría por alborotárselo mientras me recordaba a mí misma que ese hombre era mío.

Nos encontramos a medio camino. Nuestros acompañantes nos miraron con interés a nuestras espaldas.

—Veo que has traído refuerzos —susurré, pero pareció más bien un jadeo porque solo podía pensar en lo mucho que deseaba tener su boca sobre la mía.

Me había dado un beso de infarto antes de dejarme en clase. Me había recorrido con las manos y me había mordisqueado con los dientes; unas promesas deliciosas y llenas de deseo de lo que estaba por venir.

Y me moría por que me hiciera más.

Se acercó a mí y mi ritmo cardiaco recuperó los niveles posteriores a la coreografía «Uptown Funk». Sin embargo, se limitó a rozarme la sien con los labios. Oí a una o dos de las chicas suspirar a mis espaldas, a punto de desmayarse.

—Cinco minutos y pasamos de esta gente para echar un polvo en el coche —me susurró al oído.

—Una hora —repliqué.

Me miró entornando los ojos azules.

—Treinta minutos, pero te quitas la ropa interior ahora en el baño para que no perdamos tiempo después.

Me pasé la lengua por los labios y él siguió el movimiento.

—Trato hecho.

Dom se relajó y sonrió.

—Somos buenos negociando.

—Y dicen que las relaciones son difíciles —bromeé.

—Cinco minutos para que digas adiós a tu ropa interior —me recordó—. Ahora, cometamos un error monumental y presentemos a nuestros amigos.

Estos se tiraron un buen rato mirándonos como si fuéramos líderes extraterrestres enviados para esclavizar a la raza humana antes de acabar relajándose. Dominic incluido.

Su actitud era más distendida y alegre cuando estaba con sus colegas. Tenía muy buen rollo con sus antiguos compañeros de trabajo. Me gustaba verlo así y, a juzgar por las miradas reveladoras que estaban intercambiando Gola, Ruth y Missie, a ellas también.

Me reencontré con Harry y Delaney, que ya habían bebido una cantidad ingente de vino.

Mike, el amigo de Dominic que llevaba la corbata de Garfield, hizo buenas migas con la pequeña Missie. Ruth se enzarzó en una discusión sobre el envejecimiento de las barricas de bourbon con otro de los financieros. Luego apareció el nuevo novio de Gola y observé emocionada su saludo tierno y nervioso.

Dominic estaba enfrascado en una discusión con uno de sus excompañeros de trabajo sobre unos informes que parecían muy aburridos y le dio unos golpecitos sutiles al reloj sin mirarme siquiera.

Sonreí. Si quería jugar a un jueguecito privado, estaba más que dispuesta a darle una paliza. Me excusé ante Gola y su novio y fui por el pasillo de servicio hasta un tramo corto de escaleras con carteles que señalaban los aseos. Encontré el baño de chicas escondido en la segunda planta, justo a la salida de un comedor privado en penumbra.

Una vez dentro, me quité con éxito las mallas de deporte y la ropa interior antes de hacer una foto de mi bonito tanga rosa y adjuntarla a un mensaje: «Misión cumplida».

Envié una segunda foto. Esa de..., bueno, digamos que de lo que mi ropa interior estaba cubriendo. Sonreí para mis adentros mientras me vestía de nuevo, imaginando la cara de Dominic cuando lo viera.

Sintiéndome todavía superorgullosa de mí misma, salí del baño.

Y de repente la pelvis de Dominic me acorraló contra la pared.

Estaba muy excitado. Podía sentir su insistente erección sobre la piel suave de mi vientre. Más promesas.

Me besó como si fuera lo único en lo que pensaba desde hacía años. Con ansia. Con urgencia. Con desesperación.

—Dámelas, Ally —dijo, con un gruñido sucio y carnal. Si me lo hubiera ordenado completamente desnudo, apuntándome con la polla, no me habría excitado más.

Respirando de forma agitada, metí la mano en el bolsillo de la sudadera y le entregué las bragas.

Mirándome fijamente, se acercó el encaje barato rosa arrugado a la nariz. Me quedé boquiabierta y, una vez más, me pregunté si estaba en un hospital, a punto de despertarme de un coma.

Dios, esperaba que no fuera justo en ese momento, porque Dominic tenía planes para mí.

Medio arrastrándome, medio empujándome, me metió dentro del comedor oscuro y me dio la vuelta para ponerme de cara a la pared.

Tenía el corazón en la garganta y la boca seca de deseo. Lo único que quería en el mundo era a ese hombre. Nada más existía cuando él me acariciaba así.

—No puedo dejar de tocarte, Ally —susurró en mi oído, mordisqueándome el lóbulo de la oreja mientras metía la mano por la parte delantera de mis mallas.

Apoyé las palmas en la pared mientras él descargaba su peso sobre mí.

—Sí —dije, pero sonó como un hipido porque el muy per-

verso me metió dos dedos maravillosos hasta el fondo y me olvidé de hacer cosas innecesarias como respirar—. Dominic...
—Metió y sacó los dedos una y otra vez de mi interior mientras mi carne ávida se aferraba a él. Las piernas me temblaban como si fueran de gelatina—. Necesito tenerte dentro de mí, Dom.

—Joder, cariño.

No sabía lo que estaba diciendo y muchísimo menos esperaba qué él fuera a hacer en serio nada al respecto, pero extrajo de mi interior aquellos dedos estupendos y me bajó las mallas hasta la mitad del muslo. Seguí creyendo que era una broma hasta que oí la puñetera cremallera.

—¡Dom! —susurré.

—Tú me lo has pedido, corazón, y te lo voy a dar. Tus deseos son órdenes para mí, Ally. —Pronunció esas palabras con un gruñido sobre mi cuello, mientras doblaba las rodillas y alineaba el extremo de su erección, suave como el satén, con mi apertura—. No te muevas —me ordenó.

Me quedé inmóvil y contuve la respiración. Él se hundió en mí con un empujón breve y enérgico. El ángulo solo permitía una penetración poco profunda, pero, joder, para mí era más que suficiente. Al parecer, también lo era para él, porque puso una mano sobre mi vientre y la otra bajo la sudadera para colarla por debajo de mi sujetador deportivo.

Me provocó con embestidas superficiales mientras me pellizcaba un pezón.

—Me encanta que me desees tanto —me gruñó al oído—. Siempre estás empapada, como si pensaras en mí tanto como yo en ti.

—Lo hago —le aseguré.

Era verdad. Seguramente incluso más.

Sus embestidas eran cada vez más rápidas, movimientos cortos y bruscos que me excitaban al máximo. Esa posición no era del todo satisfactoria para mí, pero sabía que Dominic no me dejaría a medias.

—Quiero correrme, Ally. ¿Puedo? —jadeó.

—Sí —susurré.

Era todo lo que necesitaba oír. Me soltó el pecho, me pegó contra la pared y apoyó el antebrazo sobre mis hombros. Sentí cómo salía de mi interior, con un movimiento resbaladizo y húmedo. Ignoraba qué estaba haciendo con la mano libre hasta que sentí el encaje sintético pegado a mi culo y lo supe.

Dominic Russo se estaba masturbando con mi tanga enrollado alrededor de la mano.

Me fallaron las rodillas, pero él me sujetó contra la pared.

—Esta noche voy a hacer que te corras como nunca, Ally. Mi Ally —me susurró al oído. El sonido de sus caricias violentas y bruscas sobre su carne me puso a mil.

Estaba viviendo una turbia fantasía que había causado estragos en mi imaginación desde la noche que me lo había encontrado en el lavabo. Eso era lo que deseaba en aquel momento.

—Ally —jadeó, con voz ronca y gutural, deslizando la punta de la polla por mis pliegues.

Y entonces se corrió con fuerza. Sentí el primer chorro caliente sobre mi clítoris, y después él se metió entre mis nalgas para alcanzar aquel hambriento manojo de terminaciones nerviosas. Repitió la maniobra un par de veces y, de repente, un orgasmo brutal se apoderó de mí.

Siguió acariciándome el clítoris mientras se corría, marcándome con su semilla y moviéndose adelante y atrás. Todo lo que no manchó mi ropa interior se quedó empapándome la entrepierna y los muslos.

—Cariño —dijo, mientras yo sentía la descarga final de su orgasmo vibrar contra el apretado anillo de músculos que había entre mis nalgas. Aquello era obsceno, hedonista y francamente incorrecto. Me encantaba—. No podía esperar más —jadeó, sin apartarse de mí. Tenía la polla metida entre mis muslos y seguía embistiéndome con empujones breves y suaves.

—Ni yo.

Para mí, volver con los amigos a los que habíamos abandonado hacía unos instantes con aquella lujuria impúdica y sudorosa escrita en la cara fue una versión nueva e interesante del paseo de la vergüenza. Ni siquiera Dominic, histórica y heroicamente inescrutable, era capaz de ocultar su sonrisa.

La conversación se interrumpió de golpe cuando regresamos con nuestro grupo. Alguien había pedido unas botellas de vino y todos interrumpieron la cata para mirarnos.

—Te dije que deberías haberme dejado bajar a mí primero —susurré entre dientes.

—Cariño, ni lo sueñes. No vas a alejarte ni cinco pasos de mí hasta que haga que te corras otra vez —replicó.

—¿Qué tal el baño? —preguntó Harry, con una sonrisa cómplice.

—Ally, ¿has planeado algo para el cumpleaños de Dominic? Es el mes que viene —dijo Delaney, inclinándose peligrosamente hacia la izquierda en el taburete—. ¿Lo has convencido para hacer una fiesta?

—¡Es tu cumpleaños! —Me giré hacia él, con un montón de imágenes de tartas bailando en mi cabeza.

—No. Ni de coña —se opuso con rotundidad.

—¿No, qué?

—Que nada de cumpleaños.

—Russo tiene miedo a envejecer —se burló su amigo Kevin.

—Si cada vez es más guapo —dijo Missie, a la que el vino le había soltado un poco la lengua—. Si yo fuera él, celebraría cada año como un hito de sensualidad.

—¿Cuánto tiempo hemos estado ahí arriba? Están todos pedo —le susurré a Dominic.

—Delaney, quería preguntarte dónde compras la ropa de cama —dijo él.

Harry lo fulminó con la mirada mientras Delaney se llevaba las manos al pecho.

—He encontrado unos edredones y unas sábanas que son una pasada —respondió.

—Gif de peineta —murmuró Harry, fingiendo que tosía.

58

Dominic

—Tienes un poquito de masilla ahí —dijo Ally, raspándome delicadamente el cuello con un dedo, justo bajo la oreja. —No pretendía ser una insinuación, pero mi entrepierna, como hacía con la mayoría de las cosas relacionadas con Ally, se lo tomó como tal—. ¿Por qué me miras así? —preguntó ella con suspicacia.

—Por nada —mentí, tirando de la correa de Brownie para que sacara la cabeza del parterre del vecino—. ¿A dónde decías que íbamos?

—A tomar un helado —dijo, agarrándome alegremente la mano que tenía libre y tirando de mí por la acera.

—¿Quién se toma un helado en pleno invierno? —refunfuñé.

Llevábamos cinco horas seguidas enyesando el cuarto de baño de la casa de su padre porque la única ayuda que aceptaba de mí era la de mis propias manos y no la de mi cuenta bancaria. Podría haber contratado a alguna persona, a un grupo de ellas, y lo habrían solucionado mientras yo se lo comía todo a mi novia. Pero no, Ally Morales, alias la Reina del Bricolaje, había trazado una línea roja sobre mi cartera. Así que, en lugar de pasar el valioso fin de semana desnudos en la cama, como yo quería, nos habíamos transformado en dos manitas del canal de reformas.

En realidad, no se me daban nada mal los paneles de yeso.

Sin embargo, seguía prefiriendo el plan A. Lo de estar desnudos en la cama.

—Hace casi dos grados. Esto es prácticamente una ola de calor —dijo ella, sonriéndome—. Considéralo una celebración por haber sobrevivido a los efectos secundarios.

Habíamos superado la primera semana tras el anuncio de la relación. Durante los últimos días, la mayoría de las conversaciones se interrumpían cuando yo entraba en la habitación y me preguntaba cuándo empezarían a llegar las reclamaciones por latigazo cervical de la gente que fingía no mirarnos.

Pero estábamos saliendo oficialmente y ambos seguíamos trabajando. Aparte de las reformas de la casa, que nos quitaban tiempo para estar desnudos, todo iba bien.

Desde luego, Ally no se quejaba. Le encantaba el trabajo nuevo, y había sido una gran incorporación al departamento gráfico. No es que estuviera controlando cómo le iba.

De acuerdo: sí lo estaba haciendo. Quería asegurarme de que nadie decía o hacía nada que pudiera herirla o cabrearme.

Se habían publicado algunos artículos sobre nosotros en los blogs de cotilleos. Alguien había filtrado el comunicado de la oficina y se había difundido por todas partes. Aun así, no se había armado demasiado alboroto.

Todavía.

Ya llegaría. Siempre lo hacía. Y cuando lo hiciera, no sería un «les deseamos lo mejor» amable y discreto.

Ally se detuvo en la acera.

—Eso no parece una heladería —comenté, fijándome en la casa de ladrillo de tres plantas que había tras una verja de hierro y un seto perfectamente recortado.

—No lo es —respondió ella—. Es la casa grande de la esquina.

—Eso ya lo veo.

Se abrazó a sí misma y me acerqué para protegerla del viento.

—Cuando era pequeña, soñaba con vivir aquí. Pondría el árbol de Navidad ahí —dijo, señalando la gran cristalera de la fachada—. Y el piano allí, en aquella ventana que da hacia el norte.

—Parece que le has dado muchas vueltas.

Ally sonrió.

—Llevo obsesionada con esta casa desde que tenía once años.

Justo cuando su madre se fue. Supuse que no era una coincidencia.

—¿Qué es lo que tanto te gusta de ella? —pregunté, y Brownie se sumó al examen inmobiliario olfateando la valla.

—Creo que la vida que llevaban dentro. Aquí vivían unos niños unos años mayores que yo. Tenían madre, padre y amigos. Había una canasta en la entrada y, en verano, ponían puestos de limonada. Siempre me pareció idílico. Aún me lo parece. Sus hijos crecieron. Ahora son los nietos los que juegan al baloncesto. Suelen celebrar cenas y se reúnen la mañana de Navidad. —Ally se encogió de hombros—. Ya sé que es una tontería.

—No es ninguna tontería —le aseguré, volviendo a agarrarla de la mano. Yo también había sentido algo parecido, aunque no lo admitiera. Me gustaría haber tenido hermanos. Y unos padres que estuvieran ahí para apoyarme y que no se pelearan o se ignoraran en medio de un silencio sepulcral. Una familia que me arropara.

Echamos a andar de nuevo, pero me di cuenta de que Ally siguió mirando fijamente la casa hasta que cruzamos la calle.

—¿Aún tocas el piano?

—La verdad es que no. Si mi padre tiene un buen día, me siento con él, pero hace siglos que no practico. ¿Tú lo has tocado alguna vez?

Negué con la cabeza.

—A mí me gustaba el béisbol.

—Seguro que los pantalones del uniforme te hacían un culito monísimo —bromeó ella.

—A mi culo le sientan bien todos los pantalones.

—Hablando de cumpleaños...

—No estábamos hablando de cumpleaños.

—Pues ahora sí —dijo, guiándome por la manzana hacia el cartel de los helados—. ¿Por qué los odias tanto?

Puse los ojos en blanco.

—No odio los cumpleaños. —«Solo los míos».

—Solo los tuyos —dijo, como si me hubiera leído la mente.

—Se trata simplemente de un día más —señalé.

—Se trata del aniversario de haber sobrevivido otro año entero en este planeta. Es una celebración por estar aquí. ¿No te encantaban las fiestas de cumpleaños cuando eras niño?

—A medida que me fui haciendo mayor, dejaron de ser una celebración y se convirtieron en un día más para que mi padre me decepcionara o compitiera conmigo.

Ally se detuvo delante de la colorida heladería, que tenía un letrero escrito a mano en el escaparate en el que anunciaban chocolate caliente casero.

—Qué mal.

—Ally, voy a cumplir cuarenta y cinco. No necesito ni quiero ninguna celebración. No me gusta recibir regalos. Si quiero algo, me lo compro. Mi peor pesadilla es un montón de gente que tiene cosas mejores que hacer cantándome «Cumpleaños feliz».

—Pero Dom...

Negué con la cabeza.

—Deja de mirarme con cara de cordero degollado —dije. Ally tenía los ojos abiertos de par en par y me observaba con tristeza, compadeciendo a ese pobre niño rico que nunca había conocido.

—¿Me dejas que haga algo para ti en tu cumpleaños? Por favor.

No iba a aceptar un «no» por respuesta. Y dejarla hacer algo para mí la haría feliz, lo cual me haría feliz a mí. Esa era una de esas estúpidas concesiones de las que tanto hablaba.

—Vale —dije—. Solo una cosa. Una cosa pequeña y barata.

—¡Sí! —Me echó los brazos al cuello y me estampó un ruidoso beso en la mejilla.

Me di cuenta de que iba a estar dispuesto a decir que sí a muchas otras cosas, si siempre obtenía esa reacción por su parte.

—Pero nada de cantar —le advertí.

—Sin cantar —aceptó.

—Y nada de gastar dinero en mí.

—Perdona, ¿por qué tú puedes poner esa norma y a mí me han aparecido una docena de tangas de La Perla como por arte de magia en el cajón?

—Porque yo tengo dinero de sobra y para mí será un placer poder quitarte esos tangas. Considéralos un regalo de cumpleaños para mí.

—Bueno, pues considera tú esto —dijo, acercándose a la puerta—. Ahora mismo, llevo puesto uno de tus regalos de cumpleaños.

Esa noche preparé la cena mientras Ally trabajaba con el portátil en la isla de la cocina, tomándose una copa de vino. Era una escena agradable y normal a la que todavía me costaba adaptarme.

—¿Qué tal Gola? —me preguntó.

—Nos llevamos bastante bien. No me grita tanto como su antecesora.

El trabajo iba bien. Como consecuencia imprevista del anuncio de mi relación, las mujeres de *Label*, con algunas excepciones notables, parecían haberme aceptado por fin como ser humano. Nina, la de Publicidad, hasta me había contado un chiste un día que habíamos llegado temprano a una reunión. Y yo me había reído.

—Ja, ja —respondió ella—. ¿Sabes algo de Greta?

Suspiré y eché una pizca de hierbas frescas sobre la pasta que acababa de emplatar.

—Greta ha decidido retirarse definitivamente. —Todavía no estaba preparado para pensar en una vida sin ella. No llevaba bien los cambios. Sobre todo aquellos que no podía controlar.

—Parece que haberla mandado de viaje a Europa ha sido contraproducente —comentó Ally, mirándome por encima del borde de la copa de vino.

—O puede que yo haya conseguido lo que quería. —Me sonrió y le acerqué el plato—. ¿Aquí o en la mesa?

—Oh, oh. Espera —dijo, mirando la pantalla.

—¿Qué?

—Faith acaba de enviarme esto. —Giró el portátil para que pudiera verlo—. Es sobre nosotros.

Era un popular videoblog de cotilleos del mundo de la moda dirigido por una mujer a la que yo consideraba un puñetero grano en el culo.

—No pierdas el tiempo con eso.

—Demasiado tarde. Ya lo he puesto.

«Se rumorea en las pasarelas que Dominic Russo, que enlazaba una novia modelo tras otra, por fin ha sentado la cabeza con una bailarina que acaba de conocer. Fuentes internas aseguran que Russo estaba tan encaprichado con sus "movimientos" que creó un puesto exclusivamente para ella en el imperio de la moda de su madre».

—¿Será idiota? ¡Qué mentirosa! Me pinta como si fuera una stripper —exclamó Ally, indignada.

—Bueno…

—Ni se te ocurra acabar esa frase si no quieres empezar a respirar por el cuello —dijo ella, blandiendo el tenedor.

—Y por eso no vemos esas mierdas —dije, disponiéndome a cerrar la pantalla.

Ella me lo impidió de un manotazo.

«La mayoría de vosotros recordaréis el tórrido romance de Russo con la modelo Elena Ostrovsky, una belleza rusa conocida por su contrato con Calvin Klein».

Uy. Mierda.

Ally se giró lentamente para mirarme.

—¿Has olvidado contarme algo?

Retrocedí levantando las manos.

—En primer lugar, no fue ningún romance tórrido. Fueron más bien unos cuantos acercamientos tibios…

—¿Me estás diciendo que tuviste una relación con la chica de la portada de mayo? ¿Y me entero ahora?

—Cuando dices «relación»…

Ally esbozó una sonrisa.

—Relájate, Príncipe. Es broma. Ya sé que has salido con modelos y que son asquerosamente guapas. No es ninguna novedad. Madre mía. ¿Cuánto mide? ¿Un millón de metros? —Ally se quedó mirando la pantalla mientras la idiota de la vlogger ponía un montón de imágenes mías con Elena durante nuestra breve pero insatisfactoria relación.

—No íbamos en serio —le aseguré. Al menos no lo suficiente como para hacerme sentir algo más que un cabreo monumental cuando descubrí exactamente cuáles eran sus intenciones.

La última foto era de hacía dos años, en la Semana de la Moda de Nueva York. La llevaba de la mano entre una multitud de fotógrafos a la salida de un restaurante. Yo tenía el ceño fruncido. Ella sonreía con suficiencia. Tenía motivos para fruncir el ceño. Curiosamente, los paparazzi averiguaban dónde estábamos cada vez que salíamos. A mí no me gustaba que me pusieran cámaras en la cara y me hicieran preguntas, pero parecía que a Elena no le importaba.

Un par de semanas después, descubrí que ella era la razón por la que siempre sabían dónde estábamos. Que me había estado utilizando para tener más seguidores y, a la vez, aumentar su visibilidad. Ella había sido la última persona que me había usado de una larga lista.

—Aunque es un reportaje sobre nosotros, publican muchas más fotos tuyas con Elena, la gacela patilarga. Ay, espera, aquí estoy yo —dijo, animándose.

Ahora me tocaba a mí enfadarme.

«Ally Morales es la misteriosa mujer fotografiada con el diseñador Christian James. Así que la pregunta es: ¿se trata de amor verdadero o volveremos a tener el Delena en nuestras vidas? Emite tu voto a continuación».

—¿«Delena»? Puaj. Voy a potar. ¡Eh! —se quejó Ally cuando le cerré de golpe la tapa del portátil.

—Fin de los cotilleos cutres. Es hora de cenar.

—Vale. Pero antes tengo que hacer una cosa —dijo, volviendo a abrir el portátil.

—¿Qué?

—Voy a escribirle a esa videoblogger un correo electrónico poniéndola a caer de un burro y adjuntándole algunas fotos nuestras desnudos —dijo, con un brillo en sus ojos marrones—. Ah, y necesitamos un nombre de pareja famosa. ¿Qué te parece «Alominic»?

Suspiré.

—Cómete la pasta, rarita.

59

Dominic

La mañana de mi cuadragésimo quinto aniversario en este circo ambulante empezó con mi novia desnuda poniéndose encima de mí para follarme hasta hacerme perder el sentido y dejarme sin palabras. Fue, desde mi punto de vista, el mejor regalo de cumpleaños recibido hasta la fecha.

Aunque, al parecer, la cosa no había hecho más que empezar. Ally insistió en que paráramos a tomar un «té de cumpleaños» de camino al trabajo. Y luego me dio un beso de cumpleaños totalmente inapropiado justo delante de la puerta de la oficina.

De hecho, me flaquearon un poco las rodillas cuando se marchó. Atribuyéndolo a más deshidratación, observé cómo se movía su impresionante culo dentro de la falda ceñida de Dior que le había colado en su lado del armario.

Gola me esperaba delante del despacho con una sonrisa y una puñetera magdalena que tenía una vela de verdad. Me sentí extrañamente conmovido y lo disimulé amenazándola con despedirla si cantaba un solo compás de «Cumpleaños feliz». Hacía un par de meses, esa amenaza habría hecho salir corriendo a todas las mujeres —y a muchos hombres— en un radio de seis metros a la redonda para ponerse a cubierto. Ahora, Gola se rio y me recordó que tenía agendado un plan especial de cumpleaños con Ally a la hora de comer.

¿Un plan especial de cumpleaños?

Ramen de puesto ambulante. Ese era el plan especial. O puede que fuera ir con Ally de la mano durante el paseo de tres manzanas. O escucharla hablar de los gráficos que estaba diseñando para un artículo de junio sobre alpargatas. O tal vez ese olor a primavera que ya casi flotaba en el aire. Abril estaba a la vuelta de la esquina.

En cualquier caso, me sentía casi... relajado.

Ella me miró con los ojos entrecerrados.

—¿Qué te pasa en la cara?

Pensé que estaba teniendo una reacción alérgica al ramen. Levanté la mano para tocarme la mejilla y ella soltó una risita. Entonces pillé el chiste.

Lo que me pasaba en la cara era que estaba sentado en un murete con una mujer a la que había llevado al orgasmo con la lengua antes de que la mayoría de la gente hubiera abierto siquiera los ojos. Una mujer que estaba haciendo todo lo posible para que mi puñetero cumpleaños fuera especial.

Así que yo, Dominic Russo, estaba sonriendo.

Aquella extraña contorsión facial me acompañó durante todo el camino de vuelta a la oficina. Y también mientras rozaba con un beso los labios de Ally un par de veces en la acera, delante del edificio.

Su sombrero —un fedora de fieltro verde esmeralda que yo había birlado en una sesión de fotos para ella— hacía que sus ojos marrones parecieran aún más cálidos.

—Qué guapa eres.

Se le tiñeron de rosa las mejillas, y no creía que fuera por el viento. Sentí una especie de emoción en el pecho y volví a notar aquella sensación extraña, como de acidez. Me di cuenta de que me conformaría con quedarme allí de pie con Ally Morales mirándome así durante el resto del día. De la semana. Qué coño, me tomaría libre todo abril si eso significaba poder seguir sintiéndome así.

—Dominic.

Dios, ¿llegaría el momento en el que mi nombre en sus labios no fuera un puto chute de adrenalina?

—Ally.

—Cuando me miras así, me falta el aire —confesó.

—Me alegro —respondí.

No quería ser el único que se sintiera así. Lo que había entre nosotros ahora era algo... diferente, casi reconfortante. Iba más allá de la obsesión instigada por el deseo a la que estaba acostumbrado. Joder, esperaba no estar imaginándomelo.

Por la tarde, Linus me regaló una botella de whisky muy bonita con un lazo negro. La reunión con el equipo de contenidos online empezó con tés y magdalenas caros. Incluso Shayla murmuró un «feliz cumpleaños» antes de insistir en que íbamos en la dirección equivocada en el diseño de un banner lateral sobre bolsos tipo saco.

Mi madre me envió un ramo enorme de vistosas flores blancas, un ridículo gorro de fiesta de papel dorado —que me hizo poner los ojos en blanco— y una chaqueta de Armani preciosa que no me molestó en absoluto recibir. Se pasó todo el día fuera de la oficina, trabajando con diseñadores y coordinadores para la próxima gala de mayo. Todos los años era una de las noches más importantes de la moda neoyorquina y, como siempre, se esperaba mi asistencia.

Me preguntaba si a Ally le gustaría ir y de qué forma creativa abordaría la temática. O, mejor dicho, de qué forma creativa me haría abordarla a mí.

Y entonces me di cuenta de lo rápido que había empezado a hacer planes que giraban en torno a ella. Cada noche era menos complicado conseguir que se quedara. Tenía cosas en mi casa, espacio en mi armario. Insistí en que empezara a hacer la colada allí para no tener que perderme unas cuantas horas con ella cada fin de semana.

Ya teníamos rutinas. Los paseos matutinos y nocturnos alrededor de la manzana con Brownie. El brunch desnudos de los domingos. Y sabía dónde estaban todas las ferreterías en un radio de ocho kilómetros de la casa de su padre, porque pasábamos gran parte de los fines de semana metidos en ellas.

Fue desconcertante despertarme un día y encontrarme..., bueno, ahí. Haciendo planes para dos en vez de para uno. Deseando compartir cosas como camas, fines de semana y espacio en el armario. Había salido con otras chicas antes, pero nunca habíamos profundizado tanto en tan poco tiempo. Nunca había hecho espacio en mi casa para una mujer. Las cosas estaban cambiando y no sabía cómo sentirme al respecto.

¿Me gustaba o me aterrorizaba? ¿Debería empezar a pisar el freno?

En realidad, nunca habíamos hablado de futuro, al menos no como era debido. Ally simplemente trataba de sobrevivir a los próximos meses. Las cosas serían diferentes cuando vendiera la casa. Cuando la situación de su padre fuera segura. Cuando tuviera opciones y los recursos necesarios para decidirse por unas u otras.

¿Seguiría eligiéndome cuando no dependiera de mí para tener un techo? ¿Para comer buenos quesos, salir por las noches y tener ropa que no se hubiera puesto antes media ciudad?

¿Yo la quería, o quería que alguien me necesitara?

Ahí estaba ese gélido resquicio de duda, al acecho. Había aprendido una y otra vez a ser cauto. A no entregarme demasiado, porque nunca parecía suficiente. Por eso hacía cosas de forma anónima. Como lo de la fisioterapia de la mujer de Buddy. Él no sabía que había sido yo, lo que significaba que no podía pedirme más.

¿Cuándo empezaría Ally a pedir más?

Me llegó un mensaje al móvil.

ALLY

Por aquello de conocer mejor a tu versión cumpleañera: si te pusieran una pistola en la cabeza y te hicieran elegir entre una tarta de vainilla con glaseado de chocolate o una de chocolate con glaseado de crema de cacahuete, cuál elegirías?

Y ahí estaba otra vez esa estúpida sonrisa en mi cara.

No te había dicho que no usaras la palabra que empieza por v en mi presencia?

Entré en el vestíbulo, dejando atrás el frío de la noche. Me había quedado trabajando hasta tarde para mantener una teleconferencia bastante poco fructífera con la costa oeste. Lo único que deseaba era pasar una velada tranquila con mi perro y mi chica. Ally me había prometido una cena de cumpleaños hecha en casa y un regalo para desenvolver.

Brownie vino corriendo hacia mí.

—Hola, colega. ¿Qué haces aquí fuera? —Me incliné para rascarle las orejas y descubrí que llevaba una pajarita verde con purpurina—. Déjame adivinar. ¿Una pajarita de cumpleaños? —Él dio un salto y me lamió la cara desde la barbilla hasta el nacimiento del pelo—. Definitivamente, voy a tener que llamar a ese adiestrador —suspiré, entrando en casa. Estaba a oscuras por completo, pero olía muy bien. Como a comida casera—. ¡Maléfica! —grité.

Absolutamente todas las luces se encendieron de golpe.

—¡Sorpresa!

—Hay que joderse —gemí.

Odiaba las sorpresas.

La cocina estaba llena de gente. Estaban Harry y Delaney con sus hijas, que en ese momento estaban gritando «¡Feliz cumpleaños, tío Dominic!» con todas sus fuerzas. También Linus, su mujer y sus tres hijos, que iban vestidos de negro y estaban soplando a pleno pulmón por esos chismes insufribles que hacían tanto ruido. Y Gola y Ruth estaban sirviendo champán.

Mis vecinos, Sascha y Elton, me saludaron desde los fogones, donde estaban sirviendo unos cuencos de algo. Jace abrazaba a Brownie y dejaba que el perro le lamiera la cara. Mi madre, que en ese momento se suponía que debería estar en un avión, me sonreía sentada al lado de la isla, con un gin martini delante. Su mejor amiga de toda la vida, Simone, se encontraba a su lado. Ambas se reían. Y la señora Grosu y el señor Mohammad, los vecinos de Ally de Nueva Jersey, estaban encendiendo las velas de una tarta de chocolate. Cuatro compañeros de mi antigua oficina merodeaban cerca del alcohol. Típico de ellos. La mejor amiga de Ally, Faith, hacía de DJ en un rincón con mis altavoces inalámbricos. Y el puñetero Christian James estaba al acecho cerca de la tabla de quesos. Todos llevaban un ridículo gorrito de fiesta dorado como el que me había enviado mi madre.

Y luego estaba Ally.

Impresionante, con el vestido negro de Valentino que le había metido en el armario hacía solo dos días y que se le ceñía a los pechos y a la cintura antes de abrirse en una coqueta falda corta. Mi intención era que se lo pusiera expresamente para mí y así poder quitárselo, algo que por desgracia tendría que esperar hasta que consiguiera echar a toda aquella gente de mi casa. Llevaba el gorrito de fiesta torcido sobre las ondas gruesas y sueltas que tanto me gustaban, pero fue su sonrisa lo que más me impactó.

Estaba radiante de felicidad. Y era solo para mí. Toda para mí.

Se acercó bailando y me echó los brazos al cuello.

—Feliz cumpleaños, Príncipe —me susurró al oído—. ¿Sorprendido?

«Sorprendido» era decir poco.

—Más bien consternado —respondí—. ¿Qué coño hace Christian James en mi casa? Odio a ese tío.

—En realidad solo crees que lo odias —se burló ella—. Tengo un motivo oculto. No dejes que tu linda cabecita de cumpleañero se preocupe por eso.

—¿Cada uno ha traído un plato? ¿En serio? —bromeé, observando los cuencos y las bandejas desparejados que había sobre la isla.

Ally me sonrió por haber recordado nuestra pequeña broma interna.

—Comida casera y alcohol. Y nada de regalos. Lo único que vas a desenvolver esta noche es a mí y no llevo nada debajo del vestido.

—Te has metido en un buen lío —le advertí.

—Podrás castigarme más tarde —prometió, echándose hacia atrás y poniéndose de puntillas para darme un beso en la boca.

Eso no era suficiente. Nunca lo era.

—Dalo por hecho.

60

Ally

La música estaba sonando, la iluminación era tenue y los niños y Brownie se pasaban la mitad del tiempo pegados a la tele de la sala de arriba, viendo una de las películas que Delaney había traído previsoramente, y la otra mitad corriendo escaleras abajo para comer a escondidas.

Los adultos convertimos la cocina y el comedor en nuestro territorio. Los platos de comida iban de aquí para allá, la gente se servía bebidas y una docena de conversaciones tenían lugar al mismo tiempo.

La sonrisa que Dom tenía en la cara mientras charlaba con la señora Grosu y Harry hacía que cada hora de conspiración hubiera valido la pena con creces.

—Esto sí que es un milagro —comentó Dalessandra, acercándose a mí en la cocina—. Has logrado sorprenderlo y hasta parece que podría estar pasándoselo bien.

Me gustaba verla salirse de su papel de jefa ingobernable.

—No podría haberlo hecho sin ti y sin esa reunión telefónica urgente de última hora —le recordé.

—Preséntame a tu hacedora de milagros —le pidió Simone, acercándose a Dalessandra.

Era encantadora. Nacida de padre chino y madre nigeriana hacía casi setenta años, Simone, o tenía unos genes increíbles, o un médico muy bueno a su servicio. Su brillante cabello de ébano colgaba en una cortina que le rozaba los hombros. Había sido modelo desde los dieciséis años y conseguía que la sencilla blusa de seda blanca y los pantalones estrechos negros que llevaba puestos resultaran elegantes sin ningún esfuerzo aparente.

Me sentí un poquitín abrumada.

—Simone, te presento a Ally. Ally, te presento a Simone, mi mejor amiga de toda la vida.

—Gracias por venir, Simone.

—No me lo habría perdido por nada del mundo. Conozco a Dominic desde niño y lo adoro —dijo, mirándome por encima del cóctel rosa con burbujas que Faith había preparado.

—Yo también —admití, clavando los ojos en el hombre que se encontraba al otro lado de la habitación, sirviéndose un whisky y sonriendo por algo que estaba diciendo Elton.

—Señoritas. —Christian se unió a nuestro corrillo. Simone lo miró con admiración de arriba abajo, como hacían todas las mujeres.

Dominic entrecerró los ojos y le guiñé un ojo.

—Christian, me alegro de que hayas podido venir esta noche —dije—. ¿Conoces ya a mi amiga Faith?

Dalessandra y Simone se miraron con picardía.

—No —respondió Christian.

—Es esa mujer despampanante que se parece a Gwen Stefani y que ahora mismo está informando a los niños de que Papá Noel no existe —dije, yendo hacia mi amiga, que les estaba contando a los hijos de Linus una historia que los tenía alucinados—. Perdonad, chicos. ¿Os importa que os robe a esta señorita un momento?

—¡Ooohhh! —exclamaron contrariados.

—Tomad, cinco pavos para cada uno —dijo Faith, abriendo la cartera.

—¡Bien!

Los niños se olvidaron por completo de Faith y salieron corriendo con la paga.

—Faith, este es Christian. Christian, esta es Faith. Tenéis muchas cosas en común. Ambos pasáis mucho tiempo rodeados de gente guapa semidesnuda para ganaros la vida.

Christian levantó una ceja.

—¿Modelo?

—Propietaria de un club de striptease. ¿Cirujano plástico?

—Diseñador.

—Faith no tiene intención de sentar la cabeza —añadí— y no tolera que nadie juzgue su estilo de vida. Christian carece totalmente de tiempo para tener una relación de verdad porque está enamorado de su negocio. He pensado que deberíais conoceros.

—Cuéntame más sobre lo del club de striptease —le pidió él a Faith, agarrándola por el codo para llevarla hacia la barra.

Misión cumplida. Si esos dos guaperas no se animaban a darse un revolcón sin compromiso, era que el mundo estaba fatal.

—¿Cuándo podemos echar a todo el mundo? —La voz sensual de Dominic llegó acompañada de un mordisco en el punto donde mi cuello se unía a mi hombro.

Me di la vuelta y lo rodeé con los brazos. Llevaba la corbata floja. Se había quitado los zapatos y tenía una galleta de caramelo y canela en la mano.

—Es tu cumpleaños, Príncipe —dije con malicia—. Podemos fingir una intoxicación alimentaria en cualquier momento.

Empezó a sonar uno de los grandes éxitos de Frank Sinatra y me di cuenta de que empezábamos a movernos a su ritmo.

—¿Sigo estando en un lío? —le pregunté.

Se oyó una carcajada detrás de nosotros cuando el señor Mohammad acabó de contar un chiste. Brownie pasó corriendo a nuestro lado con un calcetín de niño en la boca. A nuestra espalda, unas cuantas personas brindaron por un tal Dave. La puerta de atrás se abrió y una pizca del humo dulce de un puro se coló en la habitación.

—Por supuesto. El hecho de que esta no esté siendo una experiencia tan horrible no significa que te vayas a librar del castigo —dijo Dominic, acariciándome la oreja con la punta de la nariz.

Un escalofrío de placer me recorrió la espalda.

—Me gustas mucho, Dom. Muchísimo. —Encandilada y eufórica. Así era exactamente cómo me sentía. Sus ojos, esos ojos de color azul como el tejido vaquero, recorrieron mi cara con atención—. Me ha parecido buena idea que lo supieras —añadí, empezando a sentirme avergonzada.

Él me estrechó con más fuerza y bailó conmigo describiendo un pequeño círculo.

—Tú también me gustas mucho, Ally. —Su voz era ronca y gutural. Y me pareció detectar en ella un pequeño rastro de emoción.

Cuando la cerradura de la puerta principal se cerró con un chasquido detrás del último invitado, el Dominic encantador y civilizado se transformó en un animal que me empujó contra la pared.

—Llevo toda la noche deseando hacer esto —gruñó sobre mi pelo mientras frotaba su erección contra mis nalgas.

—Sí —jadeé.

—¿Sabes sobre cuántos muebles te he inclinado y contra cuántas paredes te he follado en mis fantasías?

—Dímelo.

Pero estaba demasiado ocupado mordiéndome y pellizcándome la nuca.

Introdujo bruscamente una mano por la parte superior de mi vestido y me agarró un pecho.

Me alejé de la pared, me giré entre sus brazos y le hice darse la vuelta para ocupar mi lugar.

—¿Qué haces? —protestó mientras le desabrochaba el cinturón.

—Recrear una de mis pequeñas fantasías —susurré. Le rocé la mandíbula con los dientes y luego me aparté para ponerme lentamente de rodillas.

—Joder —murmuró.

—Sácatela, Dom, y dime qué quieres que te haga.

Si apretaba más los dientes, se cargaría el esmalte y se rompería la mandíbula. Cómo me gustaba provocar al cumpleañero.

—Ally. —La forma en la que dijo mi nombre sonaba a advertencia. Decidí ignorarla.

Esperé allí, de rodillas. Con el escote del vestido ahuecado en el pecho y el pelo revuelto por sus manos. Sabía perfectamente qué tipo de imagen le estaba regalando.

—Ven aquí —dijo con brusquedad.

Me acerqué, disfrutando al ver sus fosas nasales dilatadas y sus puños apretados. El sonido de la cremallera fue como música para mis oídos.

Me quedé inmóvil frente a él y lo miré mientras se agarraba el pene por la base. Me relamí.

—Pruébalo —me ordenó.

Obedientemente, me llevé el extremo caliente y aterciopelado a la boca y dibujé sobre él un círculo con la lengua.

Dom dejó escapar un jadeo y me agarró el pelo con una mano.

—La imagen que estoy viendo ahora mismo es una puta maravilla, Ally.

Como recompensa, lo introduje un poco más en mi boca. Él se golpeó la cabeza con la pared que tenía detrás. Esperaba que no tan fuerte como para acabar con una conmoción.

Gemí de placer sobre su miembro. Notaba su sabor. Sentía el latido de la sangre bajo su piel en la lengua.

Me metió otro centímetro en la boca, agarrándome por el pelo.

El gruñido gutural que salió de su pecho me hizo apretar los muslos para aliviar parte de la tensión que se estaba acumulando entre ellos. Llegué a la conclusión de que esa no era mi vida. De que en cualquier momento me despertaría en una cuneta, tras haber sido atropellada por un autobús, sin saber el poder que se sentía al tener la polla de Dominic Russo en la boca.

Pero, hasta entonces, pensaba saborear cada puñetero segundo.

Me lo metí todo lo que pude sin atragantarme, hasta rozar sus dedos con los labios.

—Ally —volvió a gruñir. Me encantaba que dijera mi nombre. Si ya me había parecido excitante oírselo susurrar mientras se masturbaba a escondidas, eso era un infierno en toda regla y yo estaba ardiendo en llamas.

Me balanceé hacia delante y hacia atrás, lamiendo el tronco, la punta roma y la sensible hendidura con la lengua. Mientras se la chupaba, él murmuraba entre dientes cosas tan sucias como halagadoras. La tela del vestido me acariciaba los pezones, dejándolos con ganas de más.

Los ruidos que ambos estábamos haciendo eran inhumanos y si Brownie no hubiera estado desmayado boca abajo en el sofá, estaría gruñendo en la puerta del vestíbulo.

Necesitaba tenerlo dentro de mí. Necesitaba tirarle del pelo y morderle el cuello. Necesitaba correrme. Sin embargo, más que nada, necesitaba saborearlo.

—Tienes que ir más despacio —me advirtió con voz temblorosa mientras yo me mecía cada vez más deprisa y chupaba con más fuerza.

Pero yo no pensaba aflojar el ritmo, y mucho menos detenerme.

Sentí que empezaban a temblarle las piernas mientras lo introducía más profundamente. Cuando pegó de golpe las palmas de las manos contra la pared, le agarré la base del pene, moviendo a la vez los dedos y la boca en unas caricias largas y húmedas.

—Cariño, vas a hacer que me…

No fue capaz de acabar la frase porque empezó a correrse con fuerza, derramando violentamente lo que parecía un puñetero batido de proteínas entero que cayó directo a mi garganta. Madre mía, me estaba ahogando. Y él seguía corriéndose, imparable.

Se deslizó por la pared sin parar. Yo seguía intentando no morirme con valentía mientras los ojos se me humedecían y se me desbordaba la boca.

Acabamos enredados en el suelo, con las baldosas refrescando muestra piel acalorada y los músculos todavía temblorosos. Dominic me acarició la cadera.

—Creo que me ha dado un tirón —susurró.

—Creo que me has encharcado los pulmones.

—Es el mejor cumpleaños de mi vida —declaró Dom, todavía jadeando.

—La mamada de cumpleaños de la victoria —dije, inhalando una bocanada de aire sin semen.

—Voy a necesitar diez minutos, un ibuprofeno y un vaso de agua. Y luego te devuelvo el favor —me prometió.

61

Ally

PRÍNCIPE AZUL

Me aburro tanto que hasta me he planteado
incendiar este lugar para no dormirme

Pobrecito mío, en Los Ángeles,
tan bonito y soleado, rodeado
de famosos con ropa maravillosa

Qué llevas puesto?

Me reí y vi a Nelson mirarme de reojo desde detrás del volante. Levanté el teléfono.

—Es Dominic desde Los Ángeles. Está refunfuñando.

Nelson esbozó una sonrisa por debajo del bigote. Dominic le había asignado la tarea de «pasear a Miss Ally» mientras él no estaba. Estábamos volviendo a casa después de mi clase de baile vespertina, a la que Nelson se había negado amablemente a asistir, prefiriendo en su lugar esperarme en una cafetería a una manzana de distancia.

Una parka
Te estás perdiendo la peor ola de frío
de la historia

Era una gélida noche de viernes y Dominic llevaba cuatro días fuera por la Semana de la Moda de Los Ángeles. Al principio no me había parecido para tanto. ¿Seis días fuera? Pfff. Sin problema. Tenía un montón de cosas con las que entretenerme. Y no hacía tanto tiempo que ese tío formaba parte de mi vida como para haberme acostumbrado a su presencia, ¿no?

Error garrafal, colega.

Lo echaba muchísimo de menos, de una forma obsesiva. Todas las mañanas hacía té sólo porque el olor me recordaba a él. Todas las noches, antes de salir del trabajo, iba a su despacho y me sentaba detrás de su mesa porque me parecía que iba a entrar por la puerta en cualquier momento. Por el amor de Dios, si hasta Brownie (que estaba prácticamente inconsolable) y yo dormíamos con camisetas de Dom. Yo porque lo echaba de menos y Brownie porque estaba graciosísimo.

Para no pensar en lo mucho que lo extrañaba, metí a Brownie en la residencia de ancianos de mi padre y lo hice pasar por un perro de terapia. Un perro de terapia que se comió el sándwich de rosbif de una enfermera cuando ella no miraba. Le eché la culpa descaradamente a la señora Kramer, una famosa ladrona de meriendas. Hasta había acompañado a Faith a una grabación de contenidos online a la que Christian nos había invitado en su estudio. Definitivamente, saltaban chispas entre la dueña del club y el diseñador. Aunque ambos se estaban haciendo los duros.

Pero nada de eso me hizo extrañar menos a Dominic.

Ojalá estuviera ahí para hacerte
entrar en calor

Suspiré y resistí el impulso de llevarme el móvil al corazón.

Lo único que hacía casi tolerable la ausencia de Dom eran los mensajes que me enviaba constantemente para contarme todos los detalles del viaje. Para algunos, la Semana de la Moda era un sueño. Para Dominic Russo, era una pesadilla. Millones de desfiles, fiestas y cambios de vestuario. Alfombras rojas por todas partes. Personas cuyos nombres debía recordar y ante las que debía mostrarse impresionado.

Una pregunta
A quién echas más de menos,
a mí o a los chalecos?

No había metido ni uno en la maleta, algo por lo que le estaba infinitamente agradecida.

Así que, cómo no, yo me había entretenido —y lo había torturado— probándome toda su colección y enviándole selfis sin nada más puesto, salvo una llamativa barra de labios. Fijarme en todas las fotos y vídeos para ver si tenía una erección visible en alguna de las imágenes era mi nuevo juego favorito.

Hablando de fotos: a Dominic no le habían hecho ninguna abrazando a las impresionantes modelos que inundaban la ciudad. De hecho, salía en todas con el ceño fruncido y las manos en los bolsillos. Yo no le había pedido que no abrazara a mujeres guapas, pero se había abstenido igualmente.

Empezaba a pensar que le gustaba. Que le gustaba de verdad.

Por supuesto, para que no me confiara demasiado, había habido unos cuantos comentarios sobre que Dominic estaba volando en solitario y especulando que nuestra relación tenía los días contados. Me tomé las pullas casi como algo personal, pero traté de no darles demasiada importancia.

El teléfono volvió a vibrar.

A ti con mis chalecos
El año que viene te vienes conmigo

Sentí un escalofrío que no tenía nada que ver con el climatizador de asiento.

¿De verdad estábamos hablando de dentro de un año? ¿Eso me parecía bien? Consulté a varios de mis órganos. Afirmativo. La mayoría de ellos respondieron con un sí rotundo. Mi cerebro fue un poco más pragmático. Aún había muchas cosas en el aire. Seguía llevando retraso en el pago de las facturas. Las reformas estaban paradas hasta que Dom volviera, porque me había prohibido ir sola a la casa. Total, por un simple pinchacito con la moqueta y una vacuna contra el tétanos. Pero

Dom había reaccionado como si me hubieran atracado a punta de pistola.

Aunque solo era cuestión de tiempo que la casa estuviera terminada, que se pusiera a la venta y que..., vale. Se me estaba yendo demasiado la olla. No habíamos definido qué había entre nosotros, aparte de «una relación», y desde luego tampoco habíamos hablado del futuro.

Cuenta con ello

Te echo de menos

Me alegro

A la mañana siguiente me desperté temprano, con el cálido cuerpo peludo de Brownie acurrucado a mi lado y una figura observándonos a ambos.

El perro y yo éramos unos compañeros de sueño excepcionales. Era difícil sacarnos de nuestro letargo.

Mi chillido confuso y mis posteriores sacudidas para liberarme de las mantas y las almohadas despertaron a Brownie, que refunfuñó perezosamente y pasó de ponerse en modo ataque.

Oí una risa claramente familiar.

—¿Dominic? —Él se acercó y me dio un beso en la boca. Me daba igual el aliento matutino o que estuviéramos aplastando a Brownie. Lo único que quería era arrastrar a ese hombre a la cama—. ¿Cómo? ¿Cuándo? ¿No ibas a quedarte dos días más? ¿Qué hora es? ¿Va todo bien?

—Cuántas preguntas —se burló, acariciándome el costado y estrujándome la cadera.

—Un momento. ¿Qué día es hoy? ¿Es que Brownie y yo hemos dormido sin querer dos días seguidos?

—Es sábado por la mañana, demasiado temprano. He cogido un vuelo nocturno. Tienes quince minutos para hacer las maletas.

—¿Las maletas? —chillé.

Aquello era un sueño. Uno del que iba a estar muy muy decepcionada al despertar.

—Las maletas —repitió él con una sonrisa. También parecía cansado—. Nos vamos de fin de semana.

Brownie se coló entre los dos y se puso patas arriba al lado de Dom, expectante.

—Tú también, colega —dijo, dándole al perro las palmaditas de rigor.

Me incorporé.

—Madre mía. Estás aquí de verdad. ¡Esto está pasando de verdad!

Se echó a reír y yo lo rodeé con los brazos, llenándole de besos la cara y el cuello.

—Cariño, puede que nunca vuelva a repetir estas palabras, pero necesito urgentemente que salgas de mi cama.

Empecé a dar botes sobre las rodillas, con la adrenalina por las nubes.

—¿A dónde vamos?

—Déjate de preguntas y saltitos y ponte a hacer la maleta —respondió él, mirándome los pechos.

Mis pechos y yo dejamos de saltar y empezamos a hacer el equipaje. La única pista que Dom me dio fue: «Lleva ropa de abrigo». Al otro lado de la cama, él cambió sus elegantes trajes por prendas más cálidas y cómodas. Las miraditas sensuales que nos estábamos lanzando me hicieron desear que el viaje hasta el destino fuera breve, y la cama, enorme.

Entre que eran las mil de la mañana y que no había tenido el pene de ese hombre dentro de mí en cinco días, seguramente estaba metiendo en la maleta cosas por completo inútiles. Pero me daba igual. Iba a pasar todo un fin de semana fuera con el hombre al que…, con el hombre que me gustaba. Eso, que me gustaba.

Con las maletas llenas, las cremalleras cerradas y sin dejar de echarnos miraditas, bajamos el equipaje y Dom se puso a empaquetar la comida y las golosinas de Brownie, que, por supuestísimo, no le dábamos todas las noches a las siete en punto.

—¿Puedes coger el libro que he dejado en el estudio? —me preguntó.

Debería haber sospechado. Su tono era demasiado casual, y ¿cuándo había sido la última vez que había estado leyendo en el estudio? Normalmente lo hacía en el sofá, mientras yo añadía ideas de reformas para la casa de mi padre al tablero de Pinterest. Pero no estaba pensando en nada de eso cuando entré prácticamente corriendo en la pequeña habitación de la parte delantera.

—Madre mía. —Me detuve en seco. Brownie entró a toda velocidad en la habitación antes que yo, con la nariz pegada al suelo, analizando los nuevos olores. Faltaban el sofá y la silla. Y en su lugar había un impresionante piano vertical nuevecito—. ¡Dom!

Me puso las manos sobre los hombros y apoyó la barbilla en mi cabeza.

—Sé que no es el de tu padre —dijo mientras yo seguía abriendo y cerrando la boca como un pez—. El tipo que fue a la casa le echó un vistazo y dijo que era irrecuperable, pero se supone que este modelo es bueno. —Joder. El piano que tenía delante empezó a desdibujarse. Lo veía todo borroso. No. No. No. No. No. Yo no era de las que lloraban. Era de las que sufrían en silencio—. ¿Te gusta? —me preguntó en voz baja.

El tío me había comprado un piano. Un piano carísimo y reluciente. Solo porque yo recordaba con cariño el de mi padre.

Asentí muy despacio.

—¿Cómo lo has metido aquí?

Noté por su voz que estaba sonriendo.

—Brownie y tú sois capaces de dormir en cualquier situación. Entregas de pianos de madrugada incluidas.

Me iba a estallar el corazón de felicidad.

Me alejé del piano y me lancé a los brazos de Dom.

—Te quiero… dar las gracias. Gracias.

Él me acarició la cara y me besó con tal dulzura que me temblaron las rodillas.

—Te he echado de menos esta semana —susurró.

—Me alegro —respondí.

62

Ally

La cabaña, el bungaló, o como fuera que los ricos llamaran a sus refugios de montaña, estaba escondida en medio de una pista de esquí de la nevada Connecticut.

El humo salía alegremente por una chimenea de piedra. Las tejas de cedro verde oscuro y los detalles de madera en color caramelo le daban al exterior un aire de casita de pan de jengibre de lujo.

—¿Sabes esquiar? —me preguntó Dom, apagando el motor y agarrándome de la mano.

Tímidamente, negué con la cabeza.

—Nunca he probado.

Ni cuando vivía en Colorado me había asomado jamás a una pista de esquí. Sobre todo porque era más de chocolate caliente y calcetines peludos junto a la chimenea que de «venga, vamos a tirarnos por la ladera de un acantilado sobre unos palillos de dientes resbaladizos».

—Mejor —replicó él, dándome un beso en los nudillos—. Así podremos pasarnos todo el fin de semana delante del fuego.

Casi me desmayo.

Pues sí, parecía que estaba empezando a pillarme un pelín.

Brownie, que no quería quedarse al margen, metió la cara entre los dos asientos y lamió nuestras manos entrelazadas.

—Hay que llamar urgentemente al adiestrador de perros —dijo Dominic, con un suspiro.

—Cuando volvamos —prometí.

Salimos del todoterreno y subimos al porche en tropel.

—Esta casa es de mi madre —me explicó Dom, abriendo la puerta principal. Brownie se precipitó al interior para olisquearlo todo—. Por cierto, los dos tenemos el lunes libre. Lo he hablado con tu supervisora. Y los de la residencia te mantendrán informada. Si tu padre tiene un buen día, organizarán una videollamada.

Sacudí la cabeza. Dominic el solucionador.

—Ya sabes cómo me siento cuando no puedo participar en las decisiones —objeté.

—¿Pero...? —Me lanzó una mirada lasciva mientras me arrastraba hacia el salón.

El sello de Dalessandra estaba por todas partes. Había una cocina moderna de cuarzo y acero que se abría a un comedor con una mesa en la que cabían tranquilamente doce comensales. El punto focal del salón de doble altura era una imponente chimenea de piedra. Los sofás eran profundos y supermullidos.

Había mantas y cojines de colores por todas partes.

—Pero, en este caso, puede que me parezca bien —añadí.

—Si todavía no lo tienes claro, deja que te convenza.

Me llevó al dormitorio que estaba al lado del salón. Desde la pared acristalada se veían los espectaculares picos nevados, además de kilómetros de bosque. En la habitación había otra chimenea y una suntuosa cama con dosel enterrada bajo una pila de sábanas y almohadas de color marfil. La puerta del baño estaba abierta y vislumbré suelos de mármol, toallas esponjosas y una enorme bañera exenta de cobre martillado.

—Hala —susurré.

Dom bostezó con fuerza.

—Voy a darme una ducha para refrescarme después del vuelo. Tú ponte cómoda y prepárate para pasarte el fin de semana recuperando el tiempo perdido estos días. He hecho que el personal haga acopio de guisantes congelados y Gatorade —añadió, guiñándome un ojo.

El corazón volvió a darme un molesto vuelco y esperé a oír el grifo de la ducha antes de lanzarme sobre la montaña nevada de ropa de cama. Tardé cinco minutos en abrirme camino bajo las sábanas como si fuera un topo.

Acurrucada bajo veinte kilos de lujo, cogí el móvil y le escribí a Faith.

> Cómo es posible que esta sea mi vida?

Adjunté una foto de la habitación con vistas.

> Cielo, disfrútalo
> Por cierto, mis vistas tampoco
> están nada mal...

Ella también me envió una foto. Era de Christian James sin camiseta, sonriéndole perezosamente.

Di un saltito sobre el colchón.

> Lo sabía
> Sabía que le prenderíais fuego a la cama

> Y a mi despacho
> Y al asiento trasero de su coche
> Ah, y a su estudio, después de que te fueras de
> la sesión del miércoles

> Me alegro mucho por ti

> No le des tanta importancia
> Solo estamos disfrutando mutuamente de
> nuestra desnudez

> No descartes divertirte vestida con él

> Ya veremos
> Por ahora, el señor James me está llamando
> con un dedo de una forma supersexy
> Tengo que ir a hacer que su universo se
> tambalee

Creo que hace tiempo que ambas
pasamos de eso

Eso era cierto. Yo no había tenido ninguna intención de empezar a salir en serio con nadie, y mucho menos con el borde de mi jefe. Y, sin embargo, ahí estaba. Viviendo un momento «te echaba tanto de menos que he cruzado todo el país para llevarte a un refugio de lujo en la montaña».

No nos vendría mal hablar. Parecía que las cosas se habían puesto serias sin que nos diéramos cuenta. Bostecé, me di la vuelta y me acurruqué sobre una almohada que seguramente estaría rellena de plumas de ganso orgánicas y polvo de oro.

Estaba dormitando cuando Dominic volvió a la habitación, recién salido de una ducha caliente.

Dejé que me atrajera hacia su cuerpo desnudo y me rodeara con los brazos. Ese era mi sitio.

—Solo quiero abrazarte un rato —dijo, bostezando.

Y eso fue lo último que oí.

—No puedo creer que nos hayamos pasado durmiendo todo el fin de semana —dije, apoyándome en el reposacabezas y admirando el perfil ya descansado de Dominic mientras nos llevaba de vuelta a casa.

—No ha sido todo el fin de semana. También ha habido sexo y algo de comida —dijo él con ironía—. La próxima vez, me aseguraré de que estemos descansados e hidratados para el viaje.

A Dominic le había dado un calambre bastante gracioso en la cadera durante su último orgasmo, pero se había sobrepuesto heroicamente para empotrarme contra el colchón hasta hacerme perder el sentido.

«La próxima vez». De nuevo sentí ese aleteo en el pecho.

—¿Estás de coña? Ha sido perfecto. ¿Cuántas personas pueden irse de «siestaciones»?

De camino a casa tuvo una teleconferencia y escuché en silencio mientras su equipo se devanaba los sesos, negociaba y tomaba decisiones que afectarían a la opinión de las mujeres de todo el mundo sobre las joyas de rafia y los impermeables.

—Estás empezando a disfrutarlo —dije cuando colgó.

Él me miró de reojo.

—¿Qué?

—Has escuchado las opiniones de tu equipo, has tomado varias decisiones y no has tenido ninguna crisis de confianza.

Él respondió con un sonido impreciso y me fijé en que estaba tamborileando con el pulgar sobre el volante.

—¿No vamos a tu casa? —le pregunté con el ceño fruncido, al ver que se saltaba la salida.

—Quiero pasarme por la de tu padre para ver los avances —dijo.

Resoplé.

—Más que avances, verás un caos. En serio, ¿quién iba a decir que reformar una casa podría ser tan coñazo?

—Cualquiera que haya intentado hacerlo por sí mismo —respondió Dom inexpresivamente.

—Ja, ja. Bueno, no te hagas ilusiones. Está un poco peor que cuando te fuiste. Aunque es parte del proceso —dije con confianza—. Me vine un poco arriba al pensar que podría tenerlo todo listo para finales del próximo mes. Pero espero poder dedicarle algunas noches y fines de semana más para acabarla en junio y ponerla a la venta. —Tocando madera.

Dom no estaba muy hablador, así que aproveché su silencio para empezar a hacer una lista mental de proyectos que todavía tenía que terminar... o empezar. Uf.

Entró en la calle de mi padre y me estiré. A lo mejor, como era lunes por la tarde, podía convencerlo para que nos quedáramos unas horas y me ayudara a averiguar dónde me había equivocado al colocar los azulejos de la pared de la bañera.

Acababa de decidirme por el mejor soborno —mamadas, siempre mamadas— cuando se detuvo delante de la casa.

Fruncí el ceño.

—¿No te parecen diferentes las columnas del porche? —le pregunté, mirándolas con los ojos entrecerrados a través del parabrisas. Parecían más limpias. Más blancas. Y las ventanas también parecían más brillantes. ¿Acaso había asaltado mi casa un maníaco de la limpieza zumbado?

Dominic se quedó sospechosamente callado y evitó la pregunta dejando salir a Brownie del asiento trasero.

Subí las escaleras del porche y me di cuenta de que el último escalón no chirriaba como lo había hecho durante los últimos diez años. Y, definitivamente, estaba más limpio. La pintura de la puerta tampoco estaba descascarillada.

—¿Qué has hecho? —le pregunté, observando su cara inexpresiva con los ojos entornados.

Saqué el llavero del bolso, pero la llave no encajaba en la cerradura.

—Prueba con esta —dijo, levantando una llave nueva y reluciente.

—Dominic Russo.

Un montón de sentimientos encontrados bulleron en mi interior. Lo único que tenía claro era que se había metido en un buen lío. Y yo también.

Cogí la llave y la introduje en la cerradura. El pomo también era nuevo. De bronce aceitado, a juego con las nuevas lámparas del porche que había a ambos lados de la puerta.

—Ay, madre. ¿Qué has hecho? —gemí.

Olía a pintura fresca y a moqueta nueva. La madera contrachapada desnuda y las tachuelas del suelo habían desaparecido. En su lugar había un precioso parqué de cerezo macizo que parecía el original. El techo estaba parcheado a la perfección. Ni siquiera se notaba dónde había estado el agujero. La pared estaba arreglada; era una prístina superficie de yeso pintada de un cálido tono dorado. El piano destrozado había desaparecido. Ahora, el hueco vacío lo ocupaban dos sillas supermullidas.

Me tapé la boca con la mano y giré sobre mí misma lentamente.

Era como volver a casa, pero mejor. Todo estaba más limpio. Más reluciente. Actualizado. Como si los recuerdos y el dolor del último año hubieran sido borrados de la estructura de la vivienda.

—Hay encimeras nuevas y un fregadero a estrenar en la cocina —dijo Dominic, dándose golpecitos en el muslo con el pulgar—. Y también han cambiado el calentador.

Anonadada, miré hacia las escaleras. Estaban recubiertas por una suave moqueta beige.

—Adelante —dijo Dominic, señalando con la cabeza hacia el segundo piso.

Subí muy despacio, deleitándome con el tacto suave de la barandilla bajo la mano. Los barrotes ya no se tambaleaban. Nada chirriaba y el rellano ya no cedía bajo mis pies. Más moqueta nueva.

El cuarto de baño parecía sacado de una revista, con un tocador de madera recuperada, un gran espejo redondo y una bañera rodeada de azulejos de cristal. Las paredes eran de un bonito tono de gris que hacía juego con el nuevo suelo de baldosas.

No podía respirar. Me dolía el pecho.

Las habitaciones estaban vacías y, por un instante, sentí vértigo al darme cuenta de que pronto, muy pronto, la casa de mi infancia desaparecería. Sus paredes absorberían los recuerdos de otras personas y acogerían las mañanas de Navidad de otros.

Mi padre y yo ya no vivíamos allí. Y solo uno de nosotros conservaría aquellos recuerdos.

—He hecho que trasladaran todo lo de aquí arriba a un trastero para que puedas revisarlo y decidir con qué quieres quedarte —dijo Dominic, que estaba detrás de mí—. También han hecho algunas actualizaciones estéticas en el baño principal.

—¿Cómo? —susurré.

—Llamé a una cuadrilla de albañiles. Tardaron cuatro días.

A mí me habría llevado cuatrocientos. Y él lo sabía.

Me giré hacia Dom y su expresión se volvió más dulce.

—No, eso no, cariño —me dijo, secando con el pulgar las lágrimas ardientes que rodaban por mis mejillas—. Por favor, no llores. Si te hubiera preguntado, habrías dicho que no. —Tenía toda la razón, habría dicho que no. Me habría aferrado a mi plan. A mi calendario. A mi presupuesto. Y, al hacerlo, habría seguido poniendo en peligro el futuro de mi padre—. Sé que llevas retraso otra vez con los pagos de lo de tu padre. Esto agilizará las cosas y te permitirá dejar de estar en números rojos ya, en vez de dentro de unos meses.

—Ni siquiera sé qué decir.

—Si estás enfadada, dilo. Podré soportarlo —dijo, atrayéndome hacia su pecho para abrazarme—. Tengo preparados varios argumentos bien razonados.

Me aparté y le estreché la cara entre las manos.

—Te devolveré hasta el último centavo —dije con voz ahogada.

Él puso los ojos en blanco, dándome a entender exactamente lo que opinaba de esa idea.

—Cállate —dijo, con la voz cargada de emoción.

—¿De verdad has hecho esto por mí? —le pregunté, con un nudo tan grande en la garganta que las palabras sonaron estranguladas.

Asintió con la cabeza.

—No sé si podré…

—¿Perdonarme? —dijo él, intentando adivinar.

Negué con la cabeza.

—Agradecértelo. No sé si seré capaz de agradecértelo lo suficiente. Esto es muy importante para mí. Y estoy cabreadísima contigo. Entre muchas otras cosas. No me lo esperaba, Dom.

—No quiero que me lo agradezcas. Solo quiero que recuperes tu vida.

—Me has dado mucho más que eso —susurré. Tenía la garganta tan cerrada como si me hubiera tragado un puñetero enjambre de avispas—. Te quiero… agradecer que hayas hecho esto. Aunque también estoy muy enfadada. Nunca nadie había hecho algo así por mí. Ha sido un gesto enorme. Gracias por…

Pero él me tapó la boca con la suya y me hizo callar a base de besos.

63

Dominic

—No olvides la reunión del viernes con el agente inmobiliario —le recordé a Ally, cerrando la carta y dejándola a un lado.

Nos habíamos escapado de la oficina para salir a comer.

Ella rebotó en la silla al compás de un ritmo que solo ella podía oír.

—Estoy tan emocionada y nerviosa que no sé si llegaré viva a ese día. ¿Y si la tasan en más de lo que pensaba? ¿Y si la tasan en menos? ¿Y si el mercado se desploma y no vale nada? ¿Y si los compradores son unos monstruos que quieren usar el sótano como zona de exterminio para su negocio de asesinatos en serie?

La miré exasperado.

—Se te pasan demasiadas cosas por la cabeza —comenté.

Ella me lanzó una mirada muy reveladora y se mordió el labio inferior.

—No tienes ni idea.

Sonreí cuando me acarició el tobillo con el pie por debajo de la mesa.

—¿Has elegido ya alguna partitura? —le pregunté. Había estado buscando algunas de las piezas favoritas de su padre para tocarlas.

—Pues sí. He descargado un par de obras y todas parecen mucho más complicadas de lo que pensaba.

—Como la mayoría de las cosas —reflexioné.

Pedimos la comida y, cuando el camarero se fue, Ally se inclinó hacia mí.

—No he podido contarte lo de la sesión de Christian para el canal de YouTube de *Label* mientras estabas fuera. —Pasé de admirar el brillo de sus ojos a sentirme un poco contrariado.

—No me gusta nada que te relaciones con ese tío —le dije.

—Dominic Russo, tú te fuiste a Los Ángeles y estuviste rodeado de algunas de las modelos más guapas del mundo en las fiestas de después de los desfiles. ¿Me has oído quejarme?

—Pues sí. En este preciso instante.

—Christian y yo somos amigos. Y será mejor que te acostumbres a su presencia, porque...

—¡Dominic!

Aquella voz, aquel tono tan familiar, me heló la sangre.

Tenía el mismo aspecto de siempre. Elegantísimo, con su traje de Armani y el pelo plateado peinado meticulosamente con el mismo estilo que había llevado desde que yo tenía uso de razón. Si algo caracterizaba a Paul Russo era su constancia. Tanto con relación a su apariencia como a su repugnante gusto por coger cosas que no le pertenecían.

Tuvo la osadía de acercar una silla y tenderle la mano a Ally. El anillo de ónice negro que llevaba en el meñique brilló de forma siniestra.

—Tú debes de ser Ally. He oído hablar mucho de ti.

Noté que me miraba y cuando ella hizo ademán de aceptar su mano, yo se la estreché en su lugar. Ese hombre no iba a tocarla. No pensaba permitir que dejara sus huellas en ella.

—¿Qué quieres, papá? —le pregunté con frialdad, sin apartar la vista del rostro de Ally.

Ella abrió los ojos de par en par, pero no dijo nada.

—Siempre con prisas —dijo él, riéndose, con un falso afecto paternal que no engañaba a nadie—. De acuerdo, hijo mío. Iré al grano.

—Ya estás tardando.

Ally me apretó la mano.

—Necesito una ayudita para ir tirando hasta que se solucione lo del divorcio. Ya conoces a tu madre. Lo está alargando solo para fastidiarme. Me basta con unos cientos de miles.

Ally abrió los ojos como platos.

—¿El sueldo de *Indulgence* no es suficiente? —pregunté.

El encanto de mi padre desapareció. *Indulgence* era una publicación conocida, pero no era *Label*. Ambos lo sabíamos.

—Eso no viene a cuento —replicó.

El único momento en el que algo importaba, el único momento en el que se suponía que el mundo debía estar interesado, era cuando Paul Russo ganaba.

—Vamos a hacer una cosa, papá. Te daré el dinero —dije.

Ally levantó las cejas. Mi padre puso cara de sorpresa y luego de suficiencia.

—Te lo agradezco, hijo.

—Aún no he terminado. Te daré el dinero cuando nos devuelvas a mamá y a mí las indemnizaciones en metálico que les pagamos a tus víctimas.

Nuestras manos entrelazadas estaban temblando, no sabía si por el miedo de Ally o por mi rabia.

—Por favor. Ambos sabemos que esas chicas solo querían conseguir dinero rápido…

Me levanté tan deprisa que estuve a punto de tirar la silla.

—Te acompañaré a la salida —dije fríamente—. Ya va siendo hora de que te vayas.

Se levantó y se alisó la chaqueta. Luego volvió a mirar a Ally con lascivia.

—Si alguna vez te cansas de Dominic…

Le puse una mano en el hombro y lo acompañé al exterior del restaurante, resistiendo a duras penas el impulso de empujarlo contra la jardinera de la entrada.

—No necesito escolta, necesito dinero —me soltó.

—Me importan una mierda tus necesidades. Aléjate de mamá. Aléjate de mí. Y aléjate de Ally, o te arrepentirás de haber tenido un hijo.

—No me gustan las amenazas —se burló.

—Esto no es una amenaza. Es una promesa. Recuerda que la única razón por la que todavía tienes un trabajo en esta industria es porque mamá y yo mantuvimos la boca cerrada sobre tu incapacidad patológica de entender qué es el consentimiento. Y ya estoy empezando a hartarme de guardar secretos.

—Todos tenemos nuestros deslices. Tú mismo te estás follando a una secretaria. De tal palo, tal astilla, chaval.

Una rabia gélida me oprimía el pecho. Necesitaba hacerle daño físicamente. Hacerle sentir una milésima parte del dolor que él había causado a los demás.

—¿Deslices? Fueron *agresiones* —le espeté—. Indemnizamos a esas personas por el sufrimiento que les causaste. Y como pretendas sacarle un céntimo más a mamá, yo mismo me encargaré de que todas y cada una de tus víctimas presenten denuncias penales y demandas civiles contra ti. No descansaré hasta que el mundo sepa que no eres más que un pedazo de mierda.

—No seas tan ingenuo, Dominic —masculló—. Ellas no son ningunas víctimas inocentes. Las mujeres se sienten atraídas por el poder, por lo que puedes proporcionarles. ¿Qué te ha sacado esa chica a ti? ¿Unas cuantas baratijas bonitas? ¿Algo de alta costura para su armario? ¿Ha hecho que pareciera idea tuya? Despierta, hijo. Lo único que hacemos es utilizarnos mutuamente.

—Aléjate de nosotros —repetí, tratando de evitar que sus palabras se colaran en mi cerebro, pero ya se estaban abriendo paso y liberando su veneno—. No pienso seguir protegiéndote. Ensuciaré nuestro apellido si es necesario.

—Será mejor que te replantees la estrategia, hijo mío. Puedo hacerle mucho daño a tu madre. ¿Crees que fui el único que descarriló? ¿Que era el único que tenía predilecciones?

Negué con la cabeza.

—No creo ni una palabra salida de esa boca de embustero.

Se acercó y pude oler su aliento a whisky. Porque, por supuesto, ya se había dado el gusto de tomarse una copa. Paul Russo era incapaz de no hacerlo.

—Tu madre, esas chicas, esa secretaria de ahí dentro… Son todas unas mentirosas. Y tú eres el tonto que se ha tragado sus embustes.

Hice lo que llevaba tanto tiempo deseando. Cogí impulso y le di un puñetazo en toda la cara. Su nariz crujió, pero el sonido no resultó tan satisfactorio como esperaba.

—Aquí el único puto mentiroso eres tú —le dije, de pie a su lado, deseando poder seguir pegándole hasta que sintiera una fracción del dolor que él había infligido.

Un portero salió corriendo de su puesto y ayudó a mi padre a levantarse mientras me miraba con recelo.

—¿Hay algún problema?

—Ya no —dije.

Mi padre se acercó a mí, con un pañuelo de lino bajo la nariz para contener la sangre.

—Créeme, Dominic. Como no me consigas lo que quiero, me veré obligado a recordarte lo importante que sigo siendo para ti y para tu madre.

—Inténtalo, vejestorio —dije, desafiándolo.

El portero se debatía entre meterse o no entre nosotros. Los transeúntes nos evitaban al pasar. Eso era lo que tenía la gente normal, que era capaz de percibir la maldad. Y entre mi padre y yo se arremolinaba un vórtice de ella.

—Acabas de cavar tu propia tumba —dijo—. Te he dado una oportunidad. La próxima vez que tu padre te pida algo, te acordarás de esto.

—Nunca has sido un padre para mí.

—Qué coincidencia. Tú para mí siempre has sido una decepción.

Se alejó con el abrigo ondeando al viento, como el villano que era.

Yo estaba tan cabreado que temblaba.

—Dom.

Ally. ¿Qué habría presenciado? ¿Hasta qué punto me habría visto reflejado en él?

—No quiero hablar del tema —declaré, negándome a mirarla. No quería meterla en aquello. En lo que mi padre me había hecho sentir. No quería contaminarla.

Me agarró de la mano y la apretó con fuerza, pero yo me zafé.

—Dominic, escúchame. No te pareces en nada a él —dijo en voz baja.

—He dicho que no quiero hablar del tema —le solté, con la vista perdida en el infinito por encima de su cabeza. No era capaz de mirarla a los ojos. Nos había visto uno al lado del otro. No había forma de negar las similitudes.

—Vamos adentro —dijo.

La seguí, cuidándome de no tocarla. Y, cuando nos sentamos, pedí una copa bien cargada.

Si él podía, yo también.

64

Ally

Decidí concederle a Dominic un poco de espacio esa noche. A veces, solo el tiempo y la distancia podían curar el dolor. Así que invertí unas horas en mi segundo pasatiempo favorito. Hice una coreografía exigente en la clase de baile que los dejó a todos exhaustos y sudorosos, pero nos salió genial, y todos, incluida yo, nos fuimos sonriendo.

Era la última sesión de la noche y, en lugar de volver rápidamente a casa con Dominic, como solía hacer, puse una nueva lista de reproducción.

La canción empezó y dejé que mis caderas y mis hombros encontraran el ritmo.

Bailar me ayudaba a superar físicamente las cosas que me molestaban. Como el hecho de que Dominic se tomara la libertad de meterse en mi vida y de resolver todos mis problemas, pero que no quisiera o no pudiera compartir los suyos.

Ya, bueno. Era el típico «no quiero hablar del tema» que debía de venir codificado por defecto en el cromosoma Y. Aunque sus ajustes predeterminados eran un poco diferentes. Porque su «no quiero hablar del tema» venía teñido de un «no confío en ti».

Me sentía herida. Y, lo más importante, estaba preocupada.

Conocía mejor que nadie las cicatrices que los padres podían dejar en sus hijos. Aun así, tampoco me sentía preparada para tener una conversación sobre el futuro, de momento.

Giré y di una patada alta a la derecha. Bailé, me sacudí y me arrastré durante toda la canción y durante varias más, hasta que empapé la camiseta en sudor y los músculos empezaron a dolerme. Seguí hasta que me sentí relajada y fuerte. Hasta que volví a sentirme feliz.

Me llevé esa felicidad a casa. Dominic estaba en el despacho del segundo piso con la puerta cerrada, así que subí al dormitorio y me duché. Brownie no apareció por ninguna parte, lo que significaba que seguramente estaría mirando con devoción a su malhumorado dueño.

La puerta seguía cerrada cuando bajé en albornoz. De modo que calenté algo para cenar y me lo comí sola en la cocina. Le di otros diez minutos y no pude soportarlo más.

Llamé a la puerta y la abrí al oír su lacónico «¿sí?».

Parecía preocupado. Brownie estaba tirado a sus pies, con ojos tristes.

—¿Dom? —Me quedé en la puerta.

Levantó la vista y vi que le brillaban los ojos.

Dio una palmada en la mesa y crucé la habitación para acercarme a él. Me situé entre sus piernas abiertas y él apoyó la frente en mi barriga, jugueteando con el cinturón del albornoz.

Tenía los nudillos de la mano derecha enrojecidos y magullados, pero sabía que lo que había salido peor parado era su corazón.

—¿Puedo hacer algo por ti? —le pregunté en voz baja.

Me miró. Sus ojos y su amago de sonrisa rezumaban tristeza.

—Sí.

—Dime.

Me agarró por las caderas y me sentó sobre el escritorio.

—Puedes pedirme algo.

—¿Algo en particular?

—Quiero que me pidas algo que solo yo pueda darte. Algo que necesites. Quiero que me necesites. —Como pillara a Paul Russo, no pararía hasta hacerle picadillo la cara. Luego le depilaría con cera toda la cabeza, le metería un cartucho de dinamita en los pantalones y lo tiraría desde algún muelle a unas aguas infestadas de tiburones—. ¿Qué significa esa mirada? —me preguntó, con una sonrisa más cálida.

—No creo que quieras saberlo.

Metió las manos bajo el albornoz y me tocó el exterior de los muslos. Ese pequeño roce, leve como el de una mariposa, hizo que mis partes femeninas, adictas a sus caricias, levantaran las orejas.

¿Qué podía pedirle? Algo que no implicara desnudez, ni orgasmos que rozaran la indecencia.

—¿Me llevas a cenar mañana? —dije con dulzura.

Dominic me miró sorprendido.

—Por supuesto. —Me acarició las caderas arriba y abajo y me abrió el albornoz. Se acercó a mí y me dio un beso en la parte superior de uno de los muslos—. Esperaba algo más —admitió.

¿Algo más? Ese hombre me había regalado un trabajo, un piano, una casa acabada y un futuro en el que no tendría que deslomarme trabajando. ¿Qué más podía pedirle?

Cambié de postura para que pudiera abrirme del todo el albornoz.

Aburrido, Brownie salió a hurtadillas de la habitación y bajó las escaleras.

Dom se quedó mirando fijamente el vértice que había entre mis muslos y observé, casi hipnotizada, cómo levantaba dos dedos y los deslizaba con lentitud entre mis pliegues. Dejé escapar un suspiro entrecortado.

—Quiero que me necesites, Ally. Me da igual que lo que quieras sea dinero, sexo o que te acompañe a la boda de tu prima el verano que viene. Pídeme algo. Déjame hacer algo por ti.

Sentí su aliento cálido sobre los muslos. Aquellas largas caricias con las yemas de los dedos me hacían vibrar el cuerpo y hervir la sangre.

—¿Puedo presentarte a mi padre? —le pregunté con timidez.

Dejó de observar fijamente mi sexo para mirarme a los ojos.

—¿Quieres hacerlo? —Dom buscó con los dedos mi abertura, ya resbaladiza, y ejerció una suave presión.

¿Quería?

—Sí.

—Pues será un placer —replicó, mirándome fijamente mientras me penetraba con aquellos dedos maravillosos. Observé cómo me contemplaba mientras los curvaba dentro de mí y me aferré al escritorio con tal fuerza que se me pusieron los nudillos blancos.

—¿Este fin de semana? —conseguí preguntarle entrecortadamente.

—Vale.

Dom me lamió la curva de la cadera, poniéndome la piel de gallina y haciéndome desear que fuera mi clítoris lo que estuviera chupando.

—Estás empapada —murmuró, volviendo a mirar sus dedos, que se movían dentro de mí.

—La culpa es tuya —susurré.

—Pídemelo —dijo excitado, arañándome la suave piel del interior de los muslos con su barba incipiente, mientras seguía moviendo los dedos rítmicamente.

—Dominic.

—¿Sí, cariño?

—¿Puedes hacer que me corra, por favor? —El «por favor» fue apenas un susurro.

—Haría lo que fuera por ti, Ally. ¿Me entiendes?

Asentí, pero no estaba pensando en sus palabras. Estaba pensando en lo poco que me gustaba que hubiera sacado los dedos de mi interior. Pero sus manos estaban ahora sobre mis caderas, arrastrándome hacia el borde del escritorio.

—Túmbate —me ordenó. Me recosté sin ninguna delicadeza sobre los codos y observé cómo me abría las piernas de par en par.

Emitió un gruñido de satisfacción. Sabía lo que estaba viendo. Mi carne hinchada, rosada y resbaladiza por la excitación.

—Siempre me deseas así —dijo.

Era verdad. Había delegado cualquier tipo de responsabilidad relacionada con mi satisfacción sexual en mi jefe. No tenía ningún interés en...

Mis pensamientos se interrumpieron cuando sacó la lengua para lamer aquel exigente racimo de terminaciones nerviosas.

Era como si acabara de descubrir que mi cuerpo venía con

un interruptor de «presione aquí para follar» y Dom fuera la única persona en el mundo que sabía cómo activarlo.

—Una vez soñé con verte así, con las piernas separadas para mí. Completamente abierta. Deseándome —dijo, entre las caricias largas y lentas de su lengua. Me lamió desde el clítoris hasta el centro y viceversa, una y otra vez.

Tragué saliva, incapaz de responder. Estaba claro que me había caído de algún andén, me había golpeado la cabeza y los últimos tres meses de mi vida habían sido una alucinación. En cualquier momento me iba a arrollar un metro.

Sin embargo, ahí estaba yo, en su escritorio. Con su cara hundida entre mis piernas. Cada vez que intentaba cerrarlas para protegerme, él me las abría más. Era un juego al que me encantaba perder.

Me froté con descaro contra él.

Dominic me buscó de nuevo con los dedos. Introdujo dos en mi interior y los sacó. Luego tres. Cuando los curvó ligeramente, dejé caer la cabeza hacia atrás.

Dom gruñía sobre mi carne, penetrándome con la lengua y con los dedos, y yo estaba por completo desatada, retorciéndome sobre unos papeles que esperaba que no fueran importantes.

La primera convulsión me pilló por sorpresa. Ya estaba casi a punto de correrme. Ese hombre era un maestro. Un experto. Un puñetero mago que se sacaba orgasmos de la manga con un simple movimiento de muñeca.

Él jadeó y detuvo el delicado asalto de su lengua.

—No te corras —me ordenó.

—Pues deja de hacer eso —gemí.

Se levantó y la silla de oficina chocó contra las estanterías que estaban detrás. Me sujetó contra la mesa poniéndome una mano en el centro del pecho mientras con la otra se sacaba su enorme erección de los pantalones.

Yo no había suspendido biología. Sabía cómo funcionaban los penes. Aun así, el de Dom parecía hacerse más grueso y largo cada vez que se acercaba a mí.

—Quiero sentir cómo te corres. Quiero notar cómo me la aprietas con fuerza mientras te corres, cariño.

Pues sí. Definitivamente, estaba al borde de la muerte en

una estación de metro. Las personas reales no hablaban así. Las personas reales no estaban desesperadas por meterse dentro de mí. Por follarme.

Pero Dominic sí.

Apretó los dientes y se agarró la polla. Mientras se la acariciaba y se la frotaba con la mano, situó la punta donde yo más lo deseaba.

La deslizó adelante y atrás por el mismo camino que antes había recorrido con la lengua, entre mis pliegues húmedos. Mi clítoris estaba al borde del colapso y mi interior no soportaba más aquel vacío.

Dom rezumaba líquido preseminal como si fuera un deporte de competición.

Y yo estaba encantada de recibirlo.

Alargó la siguiente caricia, separándome las nalgas con la punta de la polla y entreteniéndose para juguetear con aquella otra abertura.

—¿Sin lubricante? Ni se te ocurra, amigo —dije estremeciéndome. El hecho de que quisiera tocarme por todas partes hacía que me excitara que lo hiciera—. Y recuerda que ya has tenido tu oportunidad.

—Joder, Ally —gimió.

—Eso. Jode a Ally ya.

Se inclinó hacia delante, alineando la cabeza roma de su pene con mi entrada. Me mordió el pezón y me estremecí.

—Adoro tus tetas, cariño.

—Adóralas con la polla dentro de mí.

Estaba completamente vestido, tan solo se había bajado un poco los pantalones para que su miembro erecto pudiera salir a jugar.

Me encantaba. Me encantaba que me deseara tanto.

Sin previo aviso, sin aquella delicadeza a la que apenas había tenido tiempo de acostumbrarme, Dom me embistió, separándome las rodillas. Necesitaba mejorar urgentemente la flexibilidad de mis caderas.

Emitió un gruñido largo y victorioso. Yo me tiré otros diez o veinte segundos arqueándome sobre el escritorio, con un grito silencioso de éxtasis.

—Si sigues apretándome de esa manera tan maravillosa con el coño, no voy a aguantar mucho —me advirtió.

—Cierra la puta boca y fóllame, Dom.

Me embistió sin preocuparse por los objetos que caían del escritorio y se estrellaban contra el suelo.

—Esa es mi chica. Sé que te estás conteniendo. —Era verdad. Estaba evitando el orgasmo por avaricia, para que me follara durante un rato más, pero él no tuvo piedad y me empotró contra el escritorio—. Córrete de una vez.

Abrí la boca para decirle que la cosa no funcionaba así, que las mujeres no se corrían por arte de magia porque un tío bueno se lo pidiera, pero estaba demasiado ocupada retorciéndome debajo de él mientras me penetraba, llevándome directamente al borde del abismo y, por fin, a la explosión nuclear. Lo sentí hasta en los dedos de los pies. Hasta en las raíces del pelo. Todo mi ser se estremeció, se contrajo y alcanzó el clímax.

Y él me acompañó, embistiéndome y corriéndose con fuerza. Emitiendo gruñidos guturales mientras cada acometida húmeda le arrebataba algo más de sí.

Antes de estar con él, nunca había sentido nada igual. Era como el estallido de una tormenta. Como si las nubes desaparecieran mientras nos lanzábamos juntos al abismo.

65

Dominic

Esperé a ser capaz de dominar las emociones relacionadas con la petición y el pequeño chantaje espontáneo de mi padre antes de hacer lo que había que hacer. Era viernes a última hora y los asistentes de mi madre ya se habían ido a casa.

—Adelante —dijo cuando llamé con suavidad a la puerta.

Me la encontré en el sofá, con los zapatos bajo la mesita de cristal y los pies descalzos metidos bajo una de las piernas de Simone, que estaba sentada a su lado. A juzgar por el olor, estaban bebiendo un tequila muy caro.

Tuve la clara impresión de que acababa de interrumpir algo.

—Dominic, cariño. Únete a nosotras —dijo mi madre con recelo—. Sírvete una copa. —Conocía esa mirada. Y sabía qué era lo que siempre la causaba. O, mejor dicho, quién.

Simone me sonrió con lástima. Una advertencia de que la cosa era grave.

—¿Qué ha hecho ahora ese cabrón? —pregunté, cogiendo un vaso de la camarera bien surtida que mi madre tenía en un rincón.

Simone me quitó el vaso y me sirvió un buen trago.

—Esta vez no ha sido él —dijo.

—Acabo de hablar con el abogado de Elena —me comunicó mi madre.

Fruncí el ceño, incrédulo.

—¿Para qué?

—Al parecer, ya no está interesada en salir en la portada de mayo —me explicó mi madre, sin dejar entrever ni un atisbo de las emociones que yo sabía que se arremolinaban bajo su pétrea fachada.

—Ya estamos imprimiendo la primera tirada —dije, apretando el vaso.

—Ha amenazado con demandarnos, así que el lanzamiento queda pospuesto hasta que exploremos otras opciones —dijo mi madre.

—Hay que joderse. Otra puñetera artimaña publicitaria. —Nunca le había contado a mi madre por qué lo había dejado con Elena, y ella nunca me lo había preguntado. No solíamos contarnos nada, a menos que no quedara más remedio. Como lo del despido de mi padre y lo del divorcio.

—El contrato está firmado. Legalmente, puedes seguir adelante —dijo Simone.

—No me apetece poner en la portada a alguien que no reconoce el honor que supone salir en ella. Si lo hiciera, le concedería ese prestigio, y el medio para quejarse de que la malvada Dalessandra Russo no le permitió cambiar de opinión.

Mi madre hizo girar la esmeralda que tenía en el dedo corazón.

—¿Había algún indicio de que pudiera echarse atrás a última hora? —pregunté. Algo me rondaba por la cabeza.

—En absoluto. De hecho, me envió una tarjeta con una cantidad excesiva de signos de exclamación hace dos días, agradeciéndome de nuevo que le hubiéramos dado la oportunidad.

Me pellizqué el puente de la nariz. Cada vez era más difícil ignorar el mal presentimiento que me rondaba.

Bebí un trago de tequila, cagándome en todo. Su suave ardor alivió el nudo que tenía en la garganta.

—Hablaré con ella.

Mi madre arqueó las cejas.

—¿Vuestra separación no fue un poco... dramática?

—Para mí no —repuse con frialdad. Las dos mujeres se miraron—. Hablaré con ella —repetí—. Mientras tanto, empieza a pensar en un plan B. ¿Quién se merece esa portada?

Si estaba en lo cierto, ninguna conversación haría que Elena cambiara de opinión.

Seguía viviendo en el mismo edificio. Un sitio pijo con apartamentos que daban a Central Park. Elena sabía perfectamente que, con la portada de *Label*, podría haberse comprado un ático unas cuantas manzanas un poco más al norte. Era una mujer fría y calculadora. Nunca habría renunciado sin ton ni son a la portada por la que se había metido en mi cama hacía dos años.

Tuve suerte y llegué a la puerta cuando salía una mujer con dos perros enormes que llevaban correas de brillantes. Me detuve para darles unas palmaditas señoriales, antes de coger el ascensor hasta la cuarta planta. Recorrer el soleado pasillo amarillo hasta el 4.º C fue como un *déjà vu*. La última vez que había estado allí, Elena me había abierto la puerta vestida con la camisa de otro hombre.

Algo que apenas me había importado entonces y, desde luego, tampoco me importaba ahora.

Llamé a la puerta.

Esta vez, me abrió envuelta en una nube de perfume y con su propia ropa puesta. Elena Ostrovsky era una mujer guapísima y lo sabía. La gente llevaba diciéndoselo desde que tenía catorce años. Solía ponerse nerviosa si pasaban demasiado tiempo sin recordárselo.

Para una tarde ociosa en casa, llevaba el pelo demasiado bien peinado en unas ondas gruesas y lustrosas recogidas a un lado en una coleta baja. Tenía los ojos pintados de color cobre y bronce. Nunca la había visto sin maquillaje. Nunca habíamos pasado una noche entera juntos y solo ahora me resultaba extraño.

—Dominic. —No me gustaba cómo sonaba mi nombre en sus labios—. Me alegro mucho de que hayas venido.

—Ah, ¿sí? —repliqué.

—Entra —dijo, apartándose de la puerta y abriéndola un poco más. Llevaba unos pantalones rojos de cuero, una blusa negra transparente y unos tacones de aguja dorados. Lo normal para un día casero de relax.

—¿Interrumpo algo? —le pregunté, medio para indagar, medio preocupado de verdad.

—¡No, no! Claro que no —exclamó ella, ignorando el insulto, u olvidándose de que la última vez había sido una pregunta muy lícita. No lo tenía muy claro, porque no la conocía.

Entré. Me fijé en que los muebles eran diferentes. Habían subido de nivel desde mi última visita. Sofá blanco. Sillas blancas. Una cosa que seguía igual era el «altar de Elena», lleno de retratos enmarcados, portadas de revistas, fotos de pasarela y de alfombras rojas. Todas las imágenes habían sido recortadas y editadas para que se la viera solamente a ella.

Cuando salíamos juntos, me había parecido «interesante» que añadiera una foto de ambos durante la Semana de la Moda de Nueva York y luego recortara todo excepto mi brazo. Pensé en la caja de fotos enmarcadas que Ally había rescatado del trastero, de entre las cosas de su padre, y se había llevado a casa.

Imágenes espontáneas en marcos desparejados de las personas a las que más quería en la vida. No había ni una sola foto glamurosa.

—Podrás imaginar por qué he venido —dije, guardándome las manos en los bolsillos.

Elena me dedicó un mohín ideal.

—¿No has venido porque me echas de menos?

—No. He venido por lo de la portada, Elena.

Se acercó pavoneándose al sofá bajo y se sentó cruzando las piernas y estirando los brazos sobre el respaldo. Posando.

—Ya no me interesa. —Pero su mirada no expresó la misma mentira que sus palabras.

—Claro que te interesa. Siempre has querido esa portada. Por eso empezaste a salir conmigo.

Puso los ojos en blanco.

—Siempre con la misma cantinela. —Cogió el paquete de tabaco que había sobre la mesa.

—Supongo que por eso cambiaste de pareja en mitad del baile.

—Dominic, eso fue hace siglos —dijo, encendiendo un cigarrillo fino—. Vamos a olvidarlo —añadió, dando unas palmaditas en el sofá, a su lado.

Ignoré la invitación.

No me gustaba estar allí. No me gustaba estar cerca de Elena. Los tremendos contrastes entre ella y Ally, entre mi pasado y mi presente, eran vertiginosos.

—La portada —repetí—. ¿A qué estás jugando?

Volvió a apartar la mirada y acarició con una mano un cojín peludo, tirando con los dedos de los mechones color marfil.

—He cambiado de opinión —dijo con menos énfasis.

—¿Has cambiado de opinión o alguien te ha hecho cambiar de opinión?

—¿Qué más da?

—No hay nada que nos impida publicar la portada y el artículo. Tú firmaste el acuerdo —le recordé—. Incumplir un contrato con Dalessandra Russo no será beneficioso para tu imagen.

Elena dio un respingo. Ya tenía fama de difícil. Llegaba tarde, se iba pronto y se pasaba la mayor parte de las sesiones quejándose. Su representante y su físico eran lo único que la hacían seguir trabajando y ganando dinero.

—No hará nada al respecto —dijo, mirándose las uñas—. Se portará bien y me dejará salirme con la mía.

—Me extraña que digas eso, Elena. Recuerdo que me confesaste que mi madre era tu ídolo cuando eras una modelo adolescente que trabajaba en exposiciones de coches y sesiones fotográficas para catálogos. ¿Sabes a quién me suena todo esto que dices ahora? —Ella se encogió de hombros, como si le importara un pimiento, pero aquellos ojos verdes sobrenaturales empezaron a humedecerse—. A mi padre —le dije.

Ella me miró, francamente sorprendida.

—¿Lo sabes?

—Lo he adivinado. ¿Qué te ha prometido?

Elena se desplomó sobre el cojín.

—La portada de *Indulgence*. No puedo hacer las dos cosas.

—¿Por qué ibas a preferir *Indulgence* antes que *Label*? Ni siquiera juegan en la misma liga.

—Es una buena oportunidad —repitió como un loro.

—Eso lo dice mi padre, que acabó consiguiendo trabajo allí y ahora le roba contenidos a *Label*. Repito: ¿por qué estás haciendo esto?

Se mordió el labio inferior con tanta fuerza que me preocupó que se le saliera el relleno.

—Tiene algo mío —reconoció.

—Joder. —Me pasé la mano por el pelo—. ¿Qué es?

—Una grabación —respondió con un hilillo de voz.

—¿Qué clase de grabación?

—¿Tú qué crees? Un vídeo sexual.

Suspiré.

—Venga ya, Elena. Tú no eres tan tonta. —Conocía personalmente a su representante, una mujer sensata que se encargaba de alertar a sus pupilos de todas las formas en las que el mundo podía masticarlos y escupirlos si no eran muy listos y muy cínicos.

—No lo sabía. No sabía que la había grabado.

—Eso es ilegal.

—No puedo demostrarlo y él lo sabe —dijo, mientras unos lagrimones conseguían por fin abrirse camino entre aquella jungla de pestañas.

—¿Cómo consiguió mi padre la cinta? ¿Se la vendió alguien? —Puede que finalmente encontrara una manera de acabar con Paul Russo. Chantajear a la familia era una cosa, pero eso ya era pasarse.

Elena negó con la cabeza.

—¿No lo sabes? —Respiró entrecortadamente—. La grabó él.

66

Dominic

Mi madre seguía en la oficina cuando volví. Había reunido a las tropas en su despacho. Estaban Linus, Irvin y Shayla, además de unos cuantos editores. Había cajas de comida tailandesa y botellas de vino encima de todas las superficies planas. La gente se paseaba, se sentaba y lanzaba ideas mientras mi madre hacía girar sus gafas de lectura, agarrándolas por la patilla, y las iba echando por tierra una a una. Irvin estaba recostado en una silla, con el teléfono pegado a la mano.

—Mamá, ¿puedes venir un momento? —le pedí, señalando hacia atrás con el pulgar por encima del hombro. No quería airear los trapos sucios de los Russo delante de todos.

Ella cogió su té y me siguió hasta la puerta.

—Vamos, chicos, concentraos —dijo Linus, dando unas palmadas mientras salíamos—. Tenemos setenta y dos horas para idear un plan, hacer la sesión de fotos y escribir el puñetero artículo.

—¿Has hablado con Elena? —me preguntó mi madre.

Asentí con la cabeza.

—Tenemos problemas más graves que una modelo egocéntrica.

—¿Qué?

—Más bien quién. Elena se ha comprometido a hacer la portada de mayo de *Indulgence*.

—Eso es absurdo. Si su tirada apenas llega al sesenta por ciento de la nuestra.

—La están chantajeando para que lo haga.

Mi madre cerró los ojos y exhaló un suspiro.

—Paul.

—Al parecer, la está chantajeando con un vídeo de contenido sexual.

Mi madre abrió los ojos de par en par.

—Eso es un golpe muy bajo incluso para él.

—Pues eso no es lo peor. Tiene la cinta porque él la grabó.

—¿A qué te refieres?

—Estuvo liado durante un año con Elena, una aventura que casualmente se solapó tanto con tu matrimonio con él como con mi relación con ella.

Era la camisa de mi padre la que llevaba puesta cuando me presenté en su apartamento hacía dos años.

Mi madre se quedó mirando la taza de té que tenía en la mano durante un buen rato y luego la lanzó contra la pared. Todo el mundo se quedó callado. Parecía que los Russo empezábamos a tener problemas para controlar nuestro temperamento.

—¿Va todo bien? —preguntó Linus lentamente, acercándose con cautela.

Mi madre sonrió de oreja a oreja.

—Sí, es que se me ha caído el té. De todos modos, es hora de tomar algo más fuerte.

—Mamá.

Levantó el dedo índice para hacerme callar. Los Russo no discutíamos las cosas. Tampoco admitíamos que nos habían traicionado. Y, por supuesto, nunca mostrábamos debilidad.

—Ven conmigo, Dominic. Vamos a pensar qué dirección podemos tomar.

Suspirando, entré detrás de ella y saqué el móvil para escribirle a Ally.

Saldré tarde
Estoy con mi madre en una sesión estratégica
urgente sobre la portada de mayo

Elena?

No pienso irme a dormir, mantenme informada

Te guardo la cena en la nevera y saco a pasear
a Brownie

Avísame si necesitas algo.

A lo mejor debería contárselo. Los secretos acababan enquistándose.

Cogí una cajita de tallarines picantes y me uní al resto del equipo.

Una hora más tarde, seguíamos sin encontrar una solución.

Linus se levantó del sofá en el que estaba recostado.

—¡Ya lo tengo! ¿Por qué no ponemos a Ally en la portada? Últimamente parece que está de moda —bromeó.

Mi madre se relajó soltando una carcajada.

—Desde luego, la foto es impactante —asintió.

—¿Qué foto? —pregunté.

—La del Instagram de Christian James —respondió Linus, moviendo los dedos rápidamente sobre la pantalla del teléfono—. No puedo creer que aún no la hayas visto —dijo, pasándome el móvil.

Mi torpe corazón dio un traspié mientras un escalofrío me recorría el pecho.

—¿Qué es esto? —pregunté, mirando la foto con el ceño fruncido.

—¿No lo sabías? —dijo mi madre.

—No tenía ni idea —repliqué, sintiendo cómo el puñal se retorcía. La traición era el tema del día. ¿Cuántas veces se podía tirar a un hombre al suelo hasta que no volviera a levantarse?—. Tengo que hacer una cosa —dije, poniéndome de pie bruscamente.

—Qué a gusto estás —le dije, en un tono demasiado amable como para que fuera capaz de percibir la rabia que me estaba ahogando.

Ally levantó la vista desde el sofá, donde estaba acurrucada, y sonrió.

—La culpa es tuya por tener unos sofás tan cómodos —bromeó—. ¿Quieres traerte aquí la cena y relajarte mientras me cuentas todos los cotilleos?

Su falso afecto me revolvió el estómago.

Le tiré el móvil sobre el regazo.

Ella lo cogió y sonrió. Y el puñal clavado en mis entrañas volvió a retorcerse.

—Caray. No salgo nada mal.

—¿Te importaría explicármelo? —le pregunté, en un tono engañosamente tranquilo.

Quería que me mintiera para poder echárselo en cara. Porque solo había dos razones por las que podía salir en una cama en una foto de Christian James, con un vestido desabrochado y mirando a la cámara como si fuera su amante. Como si fuera yo.

—Bueno, todavía no puedo contártelo todo porque es una sorpresa —dijo—, pero era de lo que te estaba hablando el miércoles en la comida. Faith y yo fuimos a su estudio para esa sesión de fotos.

—¿Te lo estás follando o me estás utilizando? —le pregunté, con la garganta en carne viva.

Ally se quedó callada y vi que se ponía pálida.

Bien. Quería que le doliera como me dolía a mí.

Cogió aire y lo soltó.

—Voy a pasar eso por alto porque estás estresado y agotado. Pero no puedes ir por ahí acusando así a la gente, Dom —susurró.

—Ah, ¿no puedo preguntarte por qué estabas en su cama, medio desnuda? ¿Te lo estás tirando o me estás utilizando?

Ally se quitó la manta y se puso de pie.

—No ha pasado nada —dijo con frialdad—. ¿De dónde has sacado eso?

—Del puto Instagram. De ahí lo he sacado. Parece que te estás volviendo muy popular.

—No hay nada entre Christian y yo. Solo somos amigos. Él me hizo un favor y yo le he hecho uno a él.

—¿El favor era posar medio desnuda en una cama o follártelo?

Ally no era de las que le cruzaban la cara a nadie. Y, cegado por la rabia como estaba, ni siquiera vi venir la mano hasta que chocó contra mí.

El dolor físico supuso un alivio agradable de la herida que tenía dentro.

—¿Cómo te atreves? —murmuró.

La agarré de la muñeca y la atraje hacia mí.

Dio un respingo cuando nuestros cuerpos chocaron y me odié cuando se me puso dura como una piedra al estar pegado a ella. Mi polla tenía cero amor propio. Y el resto de mí..., pues tampoco lo tenía muy claro.

—¿Qué hacías a solas con él, en una habitación con una cama? —Imaginármela con ese hijo de puta engatusador y baboso en una habitación me estaba matando. Aunque solo le estuviera haciendo unas fotos.

—¿Te das cuenta de lo absurdo que es esto? No estaba *a solas* con él. Y si no estuvieras tan ocupado intentando mandarme a la horca por unos delitos imaginarios, te darías cuenta de que es el mismo set en el que el equipo de contenidos online grabó el vídeo la semana anterior. Era un decorado.

Estaba intentando que le soltara el brazo, pero al mismo tiempo me estaba agarrando la camisa con la otra mano para mantenerme pegado a ella. Noté que me caía un poco de sangre por la comisura de la boca y saqué la lengua para saborearla. Los ojos de Ally siguieron el movimiento. Le tembló el labio inferior y me entraron ganas de mordérselo. De besarla hasta que le doliera como me dolía a mí.

Y yo me quejaba de mis padres... Nosotros éramos los trastornados que estábamos convirtiendo una pelea en un juego preliminar.

La solté y retrocedí con prudencia.

—¿De verdad crees que sería capaz de engañarte? ¿Que significas tan poco para mí que estaría dispuesta a tirarlo todo por la borda? —preguntó.

Lo de pensar había quedado en un segundo plano. Estaba demasiado ocupado sintiendo miles de emociones diferentes. Pero ¿de verdad creía que Ally habría permitido que otro la tocara cuando estábamos tan... conectados?

—No —gruñí. Ella relajó un poco los hombros—. Pero está claro que te ha hecho más mediática. —Escupí la acusación, asombrado por haber caído de nuevo en la trampa. Solo que esa vez sí me dolía. Me dolía de verdad.

—¿Más mediática? ¿Te has vuelto loco? ¡Yo no soy mediática! Soy la novia de Dominic Russo y una vez me puse un vestido bonito delante de un par de cámaras.

—Pues ahora tendrás un montón de oportunidades, gracias a este momento de fama.

—Espero que fueras más benévolo con la profesión de tu exnovia la modelo —replicó Ally.

—No vuelvas a mencionármela —le espeté. Había metido el dedo en la llaga, recordándome algo que quería olvidar.

Tenía el estómago revuelto y me sentía vacío, como si ya no mereciera la pena seguir esforzándome para mantenerme en pie. Me apoyé en la pared y me deslicé por ella hasta llegar al suelo.

Me quedé mirando el techo fijamente, visualizando la habitación que estaba sobre nosotros. Mi cama. Nuestra cama.

Ahí era donde todo había empezado. Donde dábamos lo mejor de nosotros mismos. Era el eje central de nuestra puñetera relación. Pero eso no me había preparado para esto. Estaba temblando, literalmente.

—Dom —dijo Ally, en un tono de voz más dulce del que me merecía, arrodillada frente a mí. Debería estar dándome patadas y lanzándome cosas, no mirándome a los ojos.

—Se la tiraba mientras yo salía con ella.

—¿Quién?

—Mi padre. Mi relación con Elena nunca fue nada serio. Me utilizaba para llamar la atención. Avisaba a los paparazzi cuando salíamos. Lo descubrí y, cuando fui a enfrentarme a ella, me abrió la puerta vestida con la camisa de otro hombre. Él todavía estaba allí y no me importó lo suficiente como para averiguar quién era.

—¿Era tu padre? —me preguntó Ally, lentamente.

—Le encantaba robarme cosas. Siempre estaba compitiendo conmigo.

Ally me puso una mano en el hombro y me lo apretó.

—Tu padre es un cabrón loco.

—No sabes ni la mitad. Grabó una cinta. Un vídeo sexual. Por eso ella se ha echado atrás. La ha amenazado con publicarlo. Su reputación se vería muy perjudicada. —Sin embargo, eso no haría más que engrandecer la leyenda de mi padre. Un hombre de sesenta y ocho follando con modelos cuarenta años menores que él.

—¿Te lo ha contado ella? —me preguntó Ally.

Asentí con la cabeza.

—Fui a verla. Estaba cabreado. Pensé que se había echado atrás para llamar la atención. Y me lo contó. Luego me suplicó que la ayudara. Me pidió que la llevara a cenar, que nos dejáramos ver para que la gente hablara de los dos y no solo de ella. Pensó que nadie creería que ese vídeo de contenido sexual existía si yo estaba dispuesto a retomar la relación.

Quería volver a utilizarme, como todo el mundo. Y, por mucho que yo les diera, nunca les parecía suficiente.

—No sé con quién estoy más enfadada ahora mismo, contigo, con tu padre o con Elena. Y créeme, eso es mucho decir —declaró Ally.

—Supongo que así son las mujeres que me gustan —dije con amargura. Ella me fulminó con la mirada, retándome a decir las palabras que tenía en la punta de la lengua—. Unas manipuladoras —añadí.

La mano que tenía sobre mi hombro se convirtió en un puño antes de alejarse de mí.

—Yo alucino. ¿Primero me acusas de engañarte y, como no cuela, me metes directamente en el saco de las personas que te han utilizado? ¿Pues sabes qué te digo? Que tú ganas. Con quien más cabreada estoy es contigo.

—En realidad no es culpa tuya —dije. Ella no me había obligado a darle nada. Simplemente lo había hecho fácil, incluso divertido.

—Dominic, te estoy ofreciendo la oportunidad de cerrar la puta boca. Sé que estás dolido. Sé que estás muy tocado. Pero no sé si podré perdonarte por lo que ya has dicho hasta ahora.

—No necesitaba su perdón. No lo quería. Era yo el que había sido agraviado—. ¿Era eso lo que estabas haciendo? ¿Ponerme a prueba con todos esos regalos, para ver si los aceptaba? —preguntó.

—Y vaya si los aceptaste. Ya ni siquiera te resistes a quedarte aquí. Llevas semanas durmiendo en mi casa.

—¡Porque tú me lo has pedido!

—¿O lo haces porque te conviene? Así puedes dormir en una casa agradable y calentita y no tienes que levantarte a las mil para ir a trabajar. ¿Por eso estabas dispuesta a presentarme a tu padre, por fin? ¿Esperabas que entrara allí y decidiera magnánimamente saldar su deuda?

Las palabras salían de mi boca como si no fuera capaz de controlarme. Antes era capaz de hacerlo. Antes de conocerla.

Ally retrocedió como si le hubiera pegado.

—Soy un puto idiota —murmuré para mis adentros.

—Pues sí. En eso te doy la razón —replicó. Le castañeteaban los dientes y estaba abrazándose a sí misma—. Hay cosas que no se pueden retirar, ¿sabes?

—Puedes quedarte con los regalos.

—No, imbécil. Me refiero a lo que estás diciendo. No puedes retirar lo que has dicho. No puedes borrar nada de esto. Me estás acusando de utilizarte. No puedes intentar hacerme daño porque tengas un mal día. Las relaciones no son así. No me lo merezco.

Empecé a vacilar, a dudar que mi rabia fuera justificada, pero eso no hizo sino que me agarrara más a ella. El sexo me había cegado. Había sido solo sexo. Puede que nos hubiéramos estado utilizando el uno al otro. Yo a ella por su cuerpo, y ella a mí por todo lo demás que podía ofrecerle.

¿Qué tipo de cimientos enfermizos eran esos?

Estábamos condenados desde el principio.

—Será mejor que te vayas —dije—. Puedes venir a recoger tus cosas mañana, cuando me haya ido a trabajar.

67

Dominic

No tenía un buen día. Me había pasado toda la noche atormentado por la cara cubierta de lágrimas de Ally, el dolor de sus dulces ojos marrones y el temblor de sus manos.

«No sé si podré perdonarte por esto».

Bajo la luz de esa desagradable mañana gris, ya no me sentía tan seguro de mí mismo, ni confiaba tanto en mi decisión de protegerme.

El teléfono fijo empezó a sonar.

—¿Qué?

—¿Qué le has hecho a Ally? —exigió saber mi madre en mi oído.

Al llegar al trabajo, había descubierto que mi asistente había llamado para decir que estaba enferma y que alguien había agitado una varita mágica y me había degradado de nuevo de «Dominic» a «señor Russo».

—Buenos días, madre. Yo estoy bien. ¿Y tú?

—No muy contenta.

—No pasa nada. Considéralo una vuelta a la normalidad.

—Ally me ha enviado su dimisión esta mañana, con efecto inmediato.

—Puede que se haya cansado de trabajar aquí —dije con hastío. Ya no necesitaba el trabajo, ahora que tenía la casa lista para poner a la venta.

—¿Qué has hecho, Dominic Michael?

—¿Por qué crees que es cosa mía?

—Porque te conozco. Y conozco el peso que arrastras.

—¿De dónde crees que viene ese peso? —le pregunté sin piedad.

—Cariño, tienes cuarenta y cinco años. Esa excusa dejó de funcionar a los veintitantos, cuando te convertiste en un adulto responsable de tus propios actos.

Mi madre tenía parte de razón. Una parte infinitesimal y muy molesta.

—Ha sido por un asunto privado. Yo no le he pedido que se fuera. No me habría importado seguir trabajando con ella.

—Dominic, te digo esto desde el cariño: estás siendo tonto de remate. —Dicho lo cual, colgó con un brusco chasquido.

Definitivamente, todas las mujeres del edificio me odiaban a muerte, incluida mi propia madre.

Esa mañana habían tenido que sujetar a Nina, la de Publicidad, en el ascensor. Decidí bajarme en el piso treinta y tres y subir por las escaleras, donde me topé con Missie, la redactora, que me miró y se echó a llorar.

Bajé a comer a la cafetería y un montón de gente me dio la espalda cuando pasé por delante de sus mesas. Linus me devolvió el «buenas tardes» poniendo los ojos en blanco y haciéndome una peineta. Ni siquiera Buddy fue capaz de mirarme a los ojos. Buddy, el ser humano más entrañable del mundo, pensaba que yo era Satanás. Cogió su bolsa de papel marrón con el almuerzo en cuanto hice ademán de sentarme en su mesa.

—Que tengas un buen día —murmuró al irse.

Ya era hora de que las cosas volvieran a la normalidad. Lo normal era conocido. Y cómodo.

Volvía a estar soltero.

Mi casa volvía a ser mía.

Y podía volver a lo de siempre.

Apuñalé el pollo de forma violenta con el tenedor y me comí lúgubremente el almuerzo a solas.

Christian James, ese hijo de puta engreído, entró en mi despacho dándose aires de grandeza, como un gallo. O como un pavo real. El ave de corral que fuera la más molesta de las dos.

Lanzó una bolsa de ropa marrón oscura por encima del respaldo de la silla de las visitas.

—La única razón por la que te doy esto es porque va a hacer que te sientas como una mierda —declaró.

—Dudo que haya algo que puedas hacer para hacerme sentir de ninguna manera —dije, ignorándolo y volviendo al puto artículo de las narices que no podía concentrarme en escribir porque todo iba mal en el mundo.

—Qué hombre más grande eres, escondiéndote detrás de tu escritorio. Seguro que eres más valiente cuando le gritas acusaciones a una mujer de la mitad de tu tamaño —me espetó.

—Ten mucho cuidado, James —dije con frialdad, olvidándome del documento que tenía en el monitor.

Él soltó una risa acerada, carente de alegría.

—Nunca la has merecido.

—Me gustaría recordarte que *Label* y la familia Russo han sido unos de tus mecenas más generosos. Y que ese mecenazgo puede ser retirado fácilmente.

Si esperaba que diera el brazo a torcer y se disculpara, me equivoqué.

—Que te den, tío. Ese es tu problema, que crees que todo el mundo quiere utilizarte y sacar algo de ti. ¿Es que nunca se te ha pasado por la cabeza que a lo mejor Ally te quería?

«Te quería».

«Te quería».

«Te quería».

Mi corazón se hizo eco de las palabras con indolencia.

—Algunas personas son incapaces de amar —dije, como un hijo de puta apático.

—Pues sí. Tengo delante a una de ellas. No puedo creer que le importaras. Habías conseguido engañarla, por si no lo sabes. Eres un puto iceberg sin emociones.

—Y tú eres el tío que se ha follado a mi novia. Enhorabuena a los dos.

—Levántate de una puta vez.

Volví a ponerme las gafas de leer para concentrarme de nuevo en el monitor.

—Sal de mi oficina, James. Tengo mucho trabajo.

—Levántate y oblígame.

Yo le sacaba unos diez kilos de ventaja, pero él era diez años más joven. No estaba seguro de que no pudiera hacerme papilla.

—Fue un trueque, por cierto. Le hice lo que hay en la bolsa y ella hizo un poco de promoción para mí. No nos acostamos y tú eres el cabrón más gilipollas del planeta si crees que Ally sería capaz de hacerte eso. No sé si estás proyectando tus propios pecados o qué.

—No miré a ninguna otra mujer mientras estábamos juntos —gruñí, quitándome las gafas. Necesitaba que ese idiota saliera de mi despacho inmediatamente.

—¿A que jode que te acusen de algo que no has hecho?

—Lárgate de una puta vez, James. Estoy perdiendo la paciencia.

—Lo que has perdido es la puta cabeza. Es una chica maravillosa y pienso hacer todo lo posible para convencerla de que salga corriendo cuando te des cuenta del gran error que has cometido y trates de recuperarla.

—Y de paso puedes convencerla de que se meta en tu cama —dije con frivolidad.

—Se acabó, me toca a mí. —Faith, la amiga de Ally, irrumpió en mi despacho. Llevaba unos leggings de cuero fucsia, una especie de jersey corto de lana blanco y el pelo recogido en la coronilla en una coleta tirante.

—Está todo controlado, cariño —dijo Christian, calmándose al instante.

Ella se detuvo un momento para agarrarle la cara con una mano.

—No quiero que te hagas daño en esas manos tan estupendas y talentosas al partirle la cara a este cerdo asqueroso.

—¿Puedo ayudarte en algo? —le pregunté con frialdad.

Ella me fulminó con la mirada y rodeó tranquilamente mi mesa. Giré la silla para recibirla, pero me negué a levantarme.

Me dedicó una sonrisa aterradora y me dio una bofetada

con la mano abierta. A Ally no le salía natural dar guantazos, pero Faith lo hacía como si fuera un deporte olímpico y hubiera ganado la medalla de oro.

Mi oído empezó a sonar como el timbre de una escuela.

—Le has hecho daño a mi amiga y por eso tengo ganas de asesinarte. Quiero meterte la mano en el pecho, arrancarte ese patético intento de corazón que tienes y lanzarlo de una patada al otro lado del Hudson, cabrón hijo de puta. Me da igual los traumas con los que cargues. No es excusa para tratar como una mierda a una de las personas más buenas y maravillosas del mundo —murmuró delante de mis narices.

—Muy bien, cariño. Vamos a sacarte de aquí antes de que el cobarde este llame a seguridad —dijo Christian, tirando de Faith para alejarla de mí.

—Te espero en la calle —dijo ella, deteniéndose para besarlo con fuerza en la boca y, al salir, hacerme la peineta más violenta que jamás me habían dedicado.

Christian la observó mientras se marchaba, con los ojos de un hombre medio enamorado.

Joder.

Había olvidado lo que Ally me había dicho en la fiesta de cumpleaños.

Unos puñales invisibles se introdujeron en mis entrañas.

—Bueno, ha sido divertido. Espero que estés orgulloso de ti mismo, tío —dijo él, volviendo a centrar su atención en mí.

—Ha sido maravilloso —refunfuñé.

—Todos tenemos nuestros problemas, Russo. Aunque la mayoría de nosotros somos lo bastante listos como para no echarle la mierda encima a la gente que queremos. —Le dio una palmada a la funda de traje—. Aquí tienes el puto chaleco a medida que Ally me pidió que te hiciera. Espero que no te consuele lo más mínimo por su pérdida.

Mi mundo empezó a derrumbarse sobre mí. Las paredes de mi despacho se acercaban cada vez más.

¿Había tirado por la borda algo verdadero o mi desconfianza estaba justificada?

Ally no era Elena. Odiaba las artimañas. Enseñaba a las mujeres a bailar y a amar su cuerpo. Creaba belleza con el color y el diseño. Inspiraba bondad y generosidad a todo el mundo, hasta a mí mismo. Había hecho un paréntesis en su vida para solucionar la cagada de otra persona.

Y yo no era mi padre.

No, yo había elegido herir a la gente de otras formas.

La realidad se me estaba viniendo encima como un muro de ladrillos, cuando un nuevo correo electrónico apareció en mi buzón. Ally Morales.

Lo abrí antes incluso de ser consciente siquiera de haber cogido el ratón.

«Asunto: Hoja de gastos detallada».

El mensaje estaba en blanco, pero había una hoja de cálculo adjunta con el importe estimado de la comida, los servicios, el gas, el trastero que había alquilado para los muebles de su padre y la factura total de la reforma de su casa. Al final, había una nota: «Primer pago: cincuenta dólares».

Porque, gracias a mí, Ally ya no tenía trabajo. No tenía nada hasta que la casa saliera al mercado y se vendiera. E incluso entonces, ese dinero sería para la residencia.

Maldije en voz baja. Era un capullo. Lo puto peor.

La situación de Ally Morales había empeorado por mi culpa.

Me levanté de un salto para coger el abrigo. Había cometido un grave error y no me creía capaz de vivir con él.

Volvieron a llamar a la puerta.

—Largo —gruñí.

Pero una de dos, o la persona que estaba llamando se creía muy valiente, o había subestimado mis ganas de pegarle a alguien.

Malina la devorahombres entró en mi despacho.

—Ahora no, Malina —le solté. No tenía tiempo para rechazar a otra de las examantes de mi padre.

—Es importante —dijo.

Lo dudaba mucho. Pero cuando la miré y me fijé un poco más, me di cuenta de que había algo raro en ella. En primer lugar, llevaba vaqueros. En segundo, no iba maquillada. Parecía más dulce, más joven y menos cabreada.

—¿Qué pasa? —le pregunté.

—Bueno, para empezar, dejo el trabajo.

—¿Y por qué me lo dices a mí?

—Tú sígueme el rollo. Estoy cerrando un círculo. He rechazado el puesto que tu padre me ha ofrecido en *Indulgence* esta mañana.

Eso captó mi interés.

—Te ha ofrecido un trabajo, tú lo has rechazado, ¿y ahora dejas este?

Asintió con la cabeza.

—Me han hecho darme cuenta de que mis prioridades no son demasiado sanas —dijo, aclarándose la garganta—. Me voy de Nueva York, pero antes quería que supieras algunas cosas de las que no me siento orgullosa.

Cerré los ojos.

—Malina, no es necesario que me cuentes tu vida personal. Sé que mi padre y tú estabais… liados.

—No es eso. O no es solo eso. Le di información después de que se fuera. Sobre *Label* y… sobre tu madre —dijo, desviando la mirada hacia el techo.

Dudaba que una asistente pudiera descubrir demasiadas cosas sobre mi madre que mi padre no supiera ya.

—Vale —dije lentamente.

—Yo no era la única que seguía siendo amiga suya —reveló.

—¿Quién más? —le pregunté.

—Irvin. Salimos a cenar los tres varias veces. Tu padre le había prometido convertirlo en el redactor jefe de *Indulgence*. Es verdad que Irvin no mojaba la pluma en el tintero de la empresa, tú ya me entiendes, pero eso no significa que fuera inocente.

—¿Qué quieres decir, Malina?

Parecía incómoda.

—No creo que me corresponda a mí contarlo —dijo, finalmente.

La exasperación era mi nueva y fiel compañera.

—¿Y a quién le corresponde? —le pregunté.

—Empieza por Gola y Shayla —me sugirió—. Y habla con tu madre. Dile que Paul lo sabe y que piensa usarlo en su contra.

68

Ally

Dejé la llave, el teléfono del trabajo y el portátil sobre la mesa del vestíbulo de Dominic. Todos los regalos que me había hecho se quedaron donde estaban. Lo único a lo que de verdad me dolía renunciar era al brillante piano negro con el que acababa de empezar a familiarizarme.

Y a Brownie. Mi pequeñín, que, en ese momento, me estaba mordisqueando la correa de la bolsa de deporte.

—Ven aquí, amiguito —le dije, arrodillándome para abrazar su cuerpo cálido y peludo mientras él medio me tiraba al suelo de la emoción y me metía quince centímetros de lengua dentro del oído—. Te voy a extrañar mucho —susurré sobre su pelaje suave—. Sé el mejor perrito del mundo, échame de menos y no te comas el piano, ¿vale?

Él golpeó alegremente mi bolsa de deporte con el rabo y me pregunté si cabría dentro. Podía decir que se había escapado cuando me iba..., pero entonces Dominic volvería a estar solo. Y por más que se lo mereciera, no podía dejarlo sin su Brownie.

Un último beso en la cabeza, un último bocado accidental de lengua de perro, y cogí la bolsa y me fui.

El resplandor cegador de la luz del sol me arrancó una risa lúgubre. Ese día había casi diez grados de temperatura. Pero, por dentro, yo estaba congelada y muerta como el invierno.

Debería haberlo visto venir. No debería haberme involucrado tanto.

Había muchas cosas que tendría que haber hecho. Reflexioné largo y tendido sobre cada una de ellas durante el viaje en tren.

Sentí que mi insensibilidad empezaba a remitir para dar paso a una sensación de dolor, de dolor real, bajo la superficie helada. Como medida preventiva, puse la lista de reproducción «Los hombres son unos cerdos asquerosos». Necesitaba pasar las siguientes dos horas de mi vida como un ser humano funcional antes de ceder a la ola de emociones de mierda que amenazaba con aplastarme.

—Aguanta —me susurré a mí misma.

Pero debí de decirlo en voz alta, porque la mujer que estaba a mi lado me miró de reojo.

—Perdón —dije.

—Tranquila, no pasa nada. Los hombres son unos capullos —replicó ella.

Cerré los ojos. Estaba volviendo a casa, a Jersey. O más bien a la de mi padre. En realidad, yo no tenía hogar.

Mi hogar había sido su casa. Y luego la de Dominic. Desde que había vuelto, no había tenido nada propio.

Tal vez era hora de solucionarlo. Tenía un montón de decisiones que tomar, pero eso sería después de mi colapso inminente.

La reunión con el agente inmobiliario fue bien. Mejor que bien. Aunque yo era la carcasa destrozada de un ser humano que apenas lograba mantenerse en pie.

Se me llenaron los ojos de lágrimas al enseñarle el cuarto de baño en el que Dominic me había ayudado a nivelar el tocador. Porque, claro, todo el mundo se ponía sentimental con los baños.

El agente era un chico muy mono de treinta y pocos y, cuando me dijo a qué precio creía que debíamos vender la casa, me eché a llorar y lo abracé. Él me dio una torpe palmada en la espalda y luego anunció en voz muy alta que había quedado para comer con su novia.

Cuando se marchó y me quedé sola en una casa que ya no

me parecía mi hogar, me entró ansiedad. Aproveché que hacía buen tiempo y fui andando hasta la residencia. Encontré a mi padre en una silla del salón, mirando por la ventana, pero, cuando le hablé de la casa, me llamó por el nombre de mi madre y me preguntó si había visto sus trabajos trimestrales.

Me fui de allí sintiéndome abandonada por los dos hombres que más quería.

Y por eso me dolía tantísimo esa devastación que hervía a fuego lento en mi interior y que estaba a punto de estallar.

Estaba enamorada de Dominic Russo.

Y él me había dejado como si nada. Menos mal que había sido demasiado cobarde como para decirle que lo quería.

Busqué un salvavidas.

FAITH

Sé que juré no volver a decir esto,
pero creo que necesito tequila

Para eso estoy aquí

Llegó una hora más tarde con una botella mucho mejor que la de la última vez, que casi nos deja ciegas.

—Mi novio le gritó al tuyo y luego yo le crucé la cara, moló un montón —exclamó Faith, entrando y cerrando la puerta.

Decidí obviar la última parte de la frase, de momento.

—¿Tu novio? Espera, ¿qué ha sido de ese rollo de «solo estamos disfrutando de unos buenos polvazos» y «somos demasiado diferentes para ir en serio»?

—Oye, no he venido a restregarte por las narices mi estupenda relación nueva. Estoy aquí para que te pilles un pedo.

Asentí con amargura.

—Pero que esté triste no significa que no pueda alegrarme por ti. ¿Estás contenta? ¿Te gusta mucho?

Faith me agarró una mano y me la apretó.

—Estoy muy contenta. Me gusta mucho. Y está espectacular sin camiseta. Pero ¿cómo estás tú? ¿Con ganas de hablar? —me preguntó, quitándole el tapón al tequila.

«Uf, el sonido de las malas decisiones».

Negué con la cabeza. Tal vez tragarse la mierda no fuera lo más adecuado. Pero le había confiado demasiadas cosas a Dom: mis miedos, mis secretos, mi corazón.

Y mira lo que había pasado.

—El de la inmobiliaria va a poner la casa a la venta el lunes. Y necesito encontrar un trabajo decente.

—Christian me comentó que estabas haciendo alguna movida de promoción para él, ¿no? Aunque creo que lo dijo sin camisa, así que no le presté mucha atención.

Asentí.

—Era la otra parte del trato por lo del chaleco de Dominic. —Antes, su nombre significaba muchas más cosas. Su definición y mi relación con la disposición de esas siete letras había cambiado irremediablemente.

—Christian dijo que los conceptos eran muy buenos.

Me encogí de hombros. Por lo visto, que te pisotearan el corazón hacía que todo te diera igual.

—¿Te apetece vengarte? ¿Pasamos por su casa y le prendemos fuego al seto? ¿Embadurnamos su Range Rover con mierda de perro? Podríamos reunir a todas las chicas de la oficina y hacer camisetas en las que ponga «Dom Cabrón».

Debería haberme reído. Pero las grietas ya no podían seguir conteniendo el dolor. Gracias, tequila.

—Lo quería, Faith. Lo quería muchísimo. De verdad.

Ella me pasó la caja de pañuelos de papel para emergencias y me apartó el pelo de la frente.

—Lo sé, cielo. Lo sé —dijo con tristeza.

69

Dominic

Como si quisiera dejar claro que yo era un capullo, Christian publicó un nuevo post en Instagram con una foto de Ally y Faith vestidas de alta costura, riéndose, tumbadas sobre aquellas mismas sábanas arrugadas. Y luego otra de él y Faith besándose.

Era un gilipollas de campeonato. La noche anterior me había tirado demasiadas horas escuchando a personas que, para empezar, deberían sentirse cómodas hablando conmigo. Pero, al parecer, yo no fomentaba la comunicación abierta y la sinceridad. Mi actitud hacía que la gente creyera que me importaba una mierda y que tenía que arreglárselas sola.

Pasé con Shayla una hora muy incómoda y luego fui a Recursos Humanos a pedir la dirección de Gola. Por segunda vez, me presenté sin avisar en la casa de una mujer para hacerle preguntas difíciles sobre abuso de poder y confianza.

Aún seguía dándole vueltas a la cabeza cuando mi madre me llamó a su despacho para hablar sobre la portada.

—Lo de Amalia no puede ser —dijo—. Va a estar fuera seis días, rodando un vídeo musical. Así que queda descartada.

Se encontraba sentada, completamente inmóvil, observando la pizarra que alguien había llevado a su despacho. Las ideas para la portada estaban ordenadas según su potencial. Más de la mitad estaban tachadas.

—Mamá, no puedo hablar contigo de reportajes —dije, agotado—. No tengo ni idea de esas cosas. ¿Sabes de lo que sí sé un montón? De secretos. Sé cómo ocultar verdades oscuras e inmorales. Y cómo avergonzarme de ellas.

—Por el amor de Dios, Dominic, ya solo me faltaba que tuvieras una crisis existencial justo ahora —dijo mi madre, con un suspiro—. Tenemos un problema que resolver.

Se refería a la revista.

—En realidad, tenemos varios problemas que resolver —repliqué, recostándome y pasándome una mano por el pelo.

«Problemas. Reportajes. Secretos. Ally».

Me senté un poco más erguido, cavilando. Luego me levanté de la silla y fui hacia la pizarra.

—Secretos y reportajes —dije, cogiendo el borrador.

—¿Qué mosca te ha picado? ¿Te está dando un ataque de nervios?

—Seguramente —dije, empezando a borrar la lista.

—¡Dominic! —Mi madre vino corriendo hacia mí, mientras yo garabateaba las palabras «secretos» y «reportajes» en la parte de arriba del espacio que acababa de dejar en blanco.

—Nosotros fomentamos los secretos. Hacemos que la gente guarde secretos y oculte cosas, y estas son las consecuencias. Todo acaba pudriéndose por dentro.

—¿De qué estás hablando?

—De papá. De Irvin, al que pienso despedir en veinte minutos, por si te apetece estar presente. De mí. De ti. De Simone. —Mamá volvió a quedarse inmóvil—. Todos hemos estado guardando secretos —dije—. Pero ¿qué pasaría si dejáramos de hacerlo? ¿Qué pasaría si los contáramos en un reportaje?

Veinte minutos después, ya había vuelto a mi despacho para llamar a Recursos Humanos, al consejero general de la revista y al abogado de la familia. Mi madre estaba haciendo milagros con sus diseñadores y fotógrafos favoritos. Había una energía nueva, la gente estaba emocionada. Pero yo solo podía verlo desde fuera.

El móvil sonó y lo cogí al vuelo, con la esperanza de que

hubiera pasado algo y Ally me hubiera perdonado por arte de magia.

HARRY

Me ha escrito Del
Ha leído que has dejado a Ally porque
estaba embarazada de otro

Dile a Del que no lea esas mierdas

Entonces, no la has dejado?
Puedo decirle a mi mujer que deje de llorar
delante de la botella de Merlot?

Ally y yo hemos decidido que lo
nuestro ya no tenía sentido

Gif de vino en vena
Qué coño ha pasado?
Gif de carita muy cabreada
Me estás vacilando?

El teléfono sonó. Sabía que era demasiado optimista al esperar que Harry se rindiera y me dejara en paz.

—Tío. ¿En serio?

Por el ruido de fondo, parecía como si estuviera en el ring de un combate de lucha libre profesional.

—¿Dónde estás?

—En casa. ¿Por qué?

—¿Y ese ruido? ¿Qué son, arpías? ¿Alguien pasando gatitos por una trituradora de madera?

—Ah, ya —dijo él, como si nada—. Son las niñas. No sé si están enfadadas o contentas. No sé distinguirlo solo por el sonido. Los gritos son más o menos iguales.

Se oyó otro chillido espeluznante.

—Ah, bien. Están contentas. Cuéntame, tío. No te pongas en plan Cámara Acorazada conmigo.

—¿«Cámara Acorazada»?

—Es el apodo perverso que te ha puesto la encantadora y siempre acertada Delaney a tus espaldas —explicó. Harry había perdido una vez una apuesta contra su mujer. La apuesta consistía en referirse a ella al menos una vez al día como «la encantadora y siempre acertada Delaney». Suspiré con fuerza—. Todos tenemos uno —añadió—. El mío es Finge que Escucha. Y no insultes a nuestras limitadas inteligencias pidiéndome que te explique por qué tú eres Cámara Acorazada y yo Finge que Escucha. Limítate a contarme lo que has hecho y yo te diré cómo arreglarlo. O meteré a Delaney en el ajo, si es una cagada grave.

Era una cagada grave. Una imposible de arreglar.

—Creo que ni siquiera Delaney podría solucionar esto —declaré.

—¿Tan serio es? —me preguntó Harry.

—Piensa en lo peor que le hayas hecho nunca a tu mujer —respondí.

—Ya. Vale. Lo pillo.

—Y ahora multiplícalo por diez.

Harry silbó en voz baja.

—Pues sí que es serio. ¿Le has amputado alguna extremidad sin querer?

—Peor.

—Ya. Te entiendo, tío. Todos la hemos cagado alguna vez. Venga, suéltalo.

Se me pasaron un montón de cosas por la cabeza. Mi madre, mi padre. Ally y las mujeres a las que mi padre había acosado y utilizado. Elena, Gola, Harry y Delaney. El imbécil de Christian y Faith. El hecho de que nunca había sido capaz de confiar en Harry, mi mejor amigo.

Así que se lo conté todo. Desde las terribles inclinaciones de mi padre, hasta mi imperdonable metedura de pata, pasando por mi ruptura con Elena.

—Puto gilipollas —dijo Harry, sin entusiasmo, cuando por fin terminé.

—Ya lo sé, soy un monstruo —reconocí—. Solo que de un tipo diferente al de mi padre.

—No, idiota. Deberías haber tenido esta conversación conmigo o con cualquier otra persona hace un año.

—No me digas que no es lo peor que le podría haber hecho.

—Lo peor, no. Podrías haberla engañado en su propia cama y, cuando te pillara, podrías haberle cortado un par de extremidades. O podrías haber atropellado sin querer a su abuela con el coche hace ocho años y hacer que toda la familia pasara Acción de Gracias en urgencias.

—Eso último suena un poco específico para ser una moraleja inventada.

—Ya, es que una vez atropellé sin querer a la abuela de Delaney con el coche. En mi defensa he de decir que esa mujer me odiaba y que se metió detrás de mí en el último momento, te lo juro. La tía sería capaz de romperse un fémur solo para llamar la atención. Pero bueno, al final no le pasó nada y Delaney y yo lo superamos. Y tú también puedes hacerlo.

—La he abandonado, Harry. No solo he hecho lo mismo que su mierda de madre, sino que encima la he acusado de utilizarme.

Harry suspiró.

—Mira, el objetivo de una relación no es esconder nuestras puñeteras heridas e imperfecciones. Es mostrárselas a la otra persona y dejar que nos siga queriendo. Tú has podido hacerle daño porque ella te dejó entrar en su corazón.

—¿Se supone que esa es una buena noticia?

—Yo diría que sí, pero ahora mismo estoy teniendo *flashbacks* de la abuela Mabel tirada sobre el asfalto. Voy a tener que llamar a la artillería pesada.

Me pellizqué el puente de la nariz mientras mi mejor amigo ponía al corriente a su mujer.

—Es un puto gilipollas. —Delaney no se anduvo con rodeos.

—Eso ya lo sabe, Del —intervino Harry—. ¿Cómo lo arregla?

—¿Arreglarlo? Ha metido el dedo en la llaga y se ha puesto a hurgar en ella. Engañó a Ally para que se encariñara con él y para ganarse su confianza y luego la abandonó, igual que su madre. —«Joder»—. Todos queremos a alguien a quien poder confiar nuestras pesadillas, no solo nuestros sueños. Ella te contó que era lo que más temía y tú te largaste —me soltó Delaney.

—Cariño. Céntrate. ¿Cómo lo soluciona?

—Oye, no sé qué pensará Ally, pero para mí no tendría arreglo.

—¿Estás diciendo que esto es peor que lo de la abuela Mabel?

—Harry, cielo, podrías haber atropellado a la abuela Mabel seis veces al dar marcha atrás y esto seguiría siendo peor.

Tenía llamadas entrantes en el teléfono fijo. Varias.

—Me habéis ayudado mucho, chicos, pero os tengo que dejar.

Alguien dio unos golpecitos en la puerta e Irvin entró.

—¿Qué puedo hacer por ti, chaval? —preguntó.

—Irvin, estás despedido.

70

Dominic

Para: Ally
De: Dominic
Asunto: Lo siento mucho

Dato de interés: se me da fatal disculparme.

Las palabras «lo siento» no significaban nada cuando era pequeño. Solo querían decir: «Ojalá no me hubieran pillado» o «pienso volver a hacerlo».

Sé que es patético tener cuarenta y cinco años y seguir sin saber pronunciar esas dos palabras. Pero lo siento, Ally. Estoy profunda, dolorosa e imperdonablemente arrepentido. No merezco tu perdón.

Pero eso no impide que tenga la esperanza de obtenerlo.

Tuyo siempre, aunque no te merezca,
Dominic

Para: Ally
De: Dominic
Asunto: Para que me conozcas mejor

Hace poco me he enterado de que me han puesto el mote de Cámara Acorazada. Me cuesta confiar en la gente. Me cuesta abrirme. Y, al parecer, siempre espero que se aprovechen de mí, algo que hiere considerablemente mi orgullo masculino. Todo esto debería haber surgido en la etapa de «conocernos mejor», que nos saltamos porque yo estaba demasiado centrado en «desnudarnos mejor», aunque tampoco es que me arrepienta de ello.

Pero te hice un flaco favor, Ally. Te regalé cosas, pero no me abrí. Te obligué a desvelar tus secretos, pero me negué a compartir los míos. Nunca fue un intercambio equitativo. Tú siempre me diste más.

Por eso, entre muchas otras cosas, te pido perdón.

Tuyo,
Dom

Para: Ally
De: Dominic
Asunto: Para que me conozcas mejor

No soporto el olor del humus. Me da arcadas.

Tuyo,
Dom

Para: Ally
De: Dominic
Asunto: Para que me conozcas mejor y ampliación de la lista de fobias

No soporto no estar al tanto de tu vida, de tu día a día. En lugar de saber cómo te ha ido en la clase de baile, qué has comido o al menos dónde estás trabajando ahora, lo único que sé de ti es que he perdido el derecho a enterarme de cosas nuevas.

No soporto que se acerque tu cumpleaños y no tener derecho a participar en él.

No soporto que no estés aquí para preguntarme por dónde voy en *Orgullo y prejuicio*. Ya lo he acabado, por cierto, y he visto una de las adaptaciones.

No soporto no poder preguntarte quién es tu señor Darcy favorito en pantalla.

No soporto haber estropeado lo nuestro justo cuando tú me estabas ayudando a cambiar. Por aquí estoy haciendo algo bueno. Muy bueno. Y mi madre también. Algo que nunca habría sucedido de no ser por ti. Y no soporto no poder compartirlo contigo.

No soporto dejar que las cosas malas antiguas se carguen las cosas nuevas buenas.

No soporto encontrar rastros de ti por toda la casa. Me recuerdan que no solo no vas a volver, sino que yo soy la razón por la que no lo harás.

No soporto esos cincuenta dólares que me envías cada semana y sé que por eso me los envías. No quiero tu dinero. Solo te quiero a ti.

Y no soporto pensar que tú sintieras lo mismo por mí y que no fuera capaz de verlo.

Tuyo,
Dom

Para: Ally
De: Dominic
Asunto: Para que me conozcas mejor

Sin ti, no puedo respirar. Ya nada tiene sentido. Sin ti, soy un capullo. Pregúntale a Gola. Ella es #EquipoAlly. Como el resto del edificio.

Al final, Buddy se sintió lo suficientemente mal como para comer conmigo. Me dijo que le habías presentado a su mujer a Christian y que le está asesorando en algunos de sus diseños adaptativos. Eso es algo muy tuyo, unir a las personas.

A veces tengo la sensación de que me paso el día conteniendo la respiración, esperando a que alguien diga tu nombre.

No quiero una vida sin tu nombre.

Tuyo,
Dom

Para: Ally
De: Dominic
Asunto: Para que me conozcas mejor

Te he copiado con Brownie. Como te echa de menos casi tanto como yo, le he puesto la sudadera que te dejaste. Te mando una foto. Anoche me tomé unas copas en el porche con Elton, que confirmó mi diagnóstico de gilipollez profunda. Puede que bebiera demasiado e intentara ponerme tu Halston para dormir.

Se me atascó sobre la cabeza y los hombros, y por un momento creí que iba a morir asfixiado.

Por cierto, te debo un vestido nuevo, entre muchas otras cosas.

Sé lo que aportaste a mi vida. Sé que nada de lo que te di es comparable con eso, pero pienso arreglarlo.

Mientras tanto, Brownie y yo seguimos esperando que vuelvas a nuestras vidas. Él no sabe que no te merezco.

Por favor, no se lo digas.

Tuyo,
Dom

Para: Ally
De: Dominic
Asunto: Para que me conozcas mejor

La primera vez que te vi (antes de que me gritaras y me escribieras «que te den» con peperoni, con toda la razón del mundo) me encaprichó de tu pelo. Te llamaba Pelo Sexy en mi cabeza porque me moría por enredar mis manos en él mientras te besaba.

Tuyo,
Dom

Para: Ally
De: Dominic
Asunto: Para que me conozcas mejor

En el primer año de universidad, mi compañero de piso me mintió diciéndome que no tenía a dónde ir en Navidad, así que lo invité a la fiesta de Año Nuevo que mis padres celebraban anualmente en casa. Imagínate: modelos, champán, caviar y fuegos artificiales. Él coló a veinte amigos gilipollas en el evento y tuve que partirle la cara a uno de ellos porque no dejaba salir de una habitación a una modelo de diecisiete años.

Elena salió conmigo pensando que yo podría hacerla famosa y, al ver que avisar a los paparazzi cada vez que salíamos no funcionaba, decidió tirarse a mi padre.

Mi madre sabía que haría cualquier cosa por nuestra familia, así que lo utilizó para hacerme abandonar un trabajo en el que de verdad encajaba para solucionar el marrón de mi padre.

Tú no me utilizaste ni una sola vez. Ni una sola vez me pediste nada. Y yo te eché toda mi mierda encima porque creía que no sabía tener una relación sana. Desde entonces, Harry y Delaney me han informado de lo contrario.

Tuyo,
Dom

Para: Ally
De: Dominic
Asunto: Para que me conozcas mejor

Ayer en la cama me puse a pensar en todas las cosas que echo de menos de ti. Aquí están las diez primeras de una lista infinita:

10. Que duermas como un tronco. Podría pasar una banda de música y no oirías ni las tubas.

9. La forma en la que tocas el piano (mal, pero con un entusiasmo entrañable).

8. Tu gusto pésimo para los helados.

7. Tu optimismo. Nunca había conocido a nadie que creyera que, al final, las cosas siempre salen bien. Espero no haberme cargado eso, porque tu optimismo es lo más bonito que he visto nunca.

6. Que escribas cosas con peperoni.

5. Tus pechos. Seamos sinceros, no te creerías esta lista si no estuvieran entre los cinco primeros puestos.

4. Tu forma de bailar. Que enseñes a otros a hacerlo. Que siempre te muevas al compás de un ritmo.

3. La forma en la que dices mi nombre, sea cual sea tu estado de ánimo. Con sueño. Con hambre. Enfadada. Con deseo. Lo echo tanto de menos que a veces todavía me parece oírte pronunciarlo.

2. No solo que me convencieras para adoptar un perro, sino que me enseñaras a crear un hogar para él.

1. Tu corazón.

Tuyo,
Dom

Para: Ally
De: Dominic
Asunto: Para que me conozcas mejor

Pienso arreglar esto. Y además, he decidido seguir enviándote correos electrónicos a diario durante el resto de mi vida. Si te molesta, no dudes en comunicármelo. Por favor, di algo. Lo que sea.

Tuyo,
Dom

Para: Ally
De: Dominic
Asunto: Para que me conozcas mejor

Cuando estaba en el último curso del instituto, tuve una novia que salió conmigo solo para conocer a mi madre, con la esperanza de que la descubriera como modelo. Ella no la descubrió, pero mi padre sí.

Me los encontré en el garaje la víspera de mi decimoctavo cumpleaños. Mi padre estaba «enseñándole el coche que me habían comprado». La había arrinconado y le estaba metiendo mano por debajo de la camiseta.

En ese momento, pensé que ella tenía tanta responsabilidad como él. Lo empeoré todo aún más al culparla. Ahora tengo las cosas más claras. El año pasado quise ponerme en contacto con ella, después de que echaran a mi padre a patadas. Después de leer las declaraciones juradas de sus víctimas. Después de que yo pagara sus inmoralidades con el fondo fiduciario que él había creado para mí y que nunca había tocado.

Solo entonces comprendí el daño que él y yo le habíamos causado a aquella chica de diecisiete años. Pero nunca llegué a ponerme en contacto con ella. No me creía capaz de escuchar su historia porque yo mismo seguía guardando secretos.

No era la primera vez que sorprendía a mi padre con alguien que no era mi madre. La primera, tenía trece años. Estaba con la mujer de un vecino en el flamante sofá que mi madre había comprado en Milán.

Me dijo que, si se lo contaba a mi madre, acabaría con nuestra familia. Que si guardaba su secreto, seguiríamos todos juntos. Prometió que haría las paces con ella y que no volvería a cometer ese error. En ese momento, pensé que quería decir que no volvería a engañarla. Entonces no me di cuenta, pero lo que quería decir era que no volvería a cometer el error de dejarse pillar.

Si se lo hubiera contado a mi madre la primera vez que ocurrió, mi padre no habría estado en *Label* para acosar y agredir a esas mujeres. Si yo hubiera revelado su secreto, nada de eso habría pasado. Nunca se lo he contado a nadie, Ally. Tú eres la primera. Ojalá fuera un secreto más alegre y sano. Pero una mujer muy sabia y cabreada me dijo una vez que compartir lo bueno no sirve de nada si no estás dispuesto a compartir lo malo.

Así que ahí va lo malo: yo tengo la culpa de que mi padre pudiera aprovecharse de esas mujeres y las agrediera, y no soy capaz de perdonarme por ello.

Tuyo,
Dom

71

Ally

Marzo dio paso a abril, el invierno fue remitiendo poco a poco hasta convertirse en primavera y los correos electrónicos de Dominic seguían llegando. Cada noche había uno nuevo, a pesar de que yo no le había respondido ni una sola vez. Y cada noche los releía todos de nuevo en el sofá que había vuelto a sacar del trastero para llevarlo a casa de mi padre.

Llamadme adicta a la fustigación. Masoquista. O idiota con mal de amores. Elegid la que queráis.

Mi corazón destrozado se desangraba por el niño al que habían cargado con la responsabilidad de mantener unida a una familia. Aunque había sido el hombre en el que ese niño se había convertido quien había causado los destrozos anteriormente mencionados. E igual que a Dominic no se le daba bien abrirse, a mí no se me daba bien perdonar.

Desde luego, no había perdonado a mi madre por abandonarnos y mucho menos por haber acabado con la seguridad económica de mi padre. No había perdonado al contratista por haberme robado el dinero. Y tampoco había perdonado a Deena La Recepcionista por disfrutar amenazándome con la expulsión de mi padre.

No se me daba bien perdonar, se me daba bien seguir adelante. Y eso era lo que estaba haciendo.

Solo me ponía en contacto con Dominic para enviarle un

cheque a la semana con lo que era capaz de ahorrar para saldar mi deuda con él. Y el muy cabrón nunca los cobraba.

Todo era una mierda. Absolutamente todo.

En muchos sentidos, volví al principio. A mi vida AD (Antes de Dominic). Volví a trabajar de camarera y a evitar a Deena La Recepcionista. Lo único diferente era que ahora sabía lo que se sentía cuando Dominic Russo te sonreía. Te follaba. Te abrazaba.

Menuda jugarreta del destino.

Vi a lo lejos la residencia e hice todo lo posible para contener mi negatividad. Mi padre no se merecía una visita de Myrtle la Llorona, heraldo de la depresión y la angustia.

La puerta lateral estaba abierta —gracias, dioses de los morosos y sanitarios que salís a hurtadillas para fumar—, así que entré y me dirigí al Módulo de Memoria.

Braden estaba al teléfono detrás del mostrador y pulsó el botón para dejarme entrar.

Lo saludé con la mano y fui hacia el pasillo, pero él me hizo detenerme levantando un dedo.

—Sí, acaba de entrar. —Mierda. ¿Habría descubierto Deena que me había colado de extranjis en el edificio? Apuradísima, le hice un gesto con la mano como si me estuviera cortando el cuello. No tenía ni el dinero que debía ni la energía necesaria para aguantar a esa mujer. La sonrisa de Braden me confundió—. Vale. No hay problema —dijo, antes de colgar.

—¿Qué? —pregunté, preparándome con amargura para lo que se me venía encima, fuera lo que fuera.

—Tranquila, es algo bueno —dijo él—. Muy bueno.

«Sí, claro. Como que iba a tragármelo».

—Caray, qué tarde es. Tengo que irme —dije, fingiendo mirar la hora en mi muñeca desnuda. Empecé a ruborizarme mientras daba media vuelta para ir hacia la puerta.

Pero una pequeña multitud de personas con bata que estaba entrando me cortó la retirada. Sabía que la ventana de mi padre no se abría lo suficiente como para que cupiera un cuerpo por ella, por cuestiones de seguridad. Además, su habitación daba al patio interior y yo no llevaba puestos los pies de gato.

Estaba acorralada.

Una enfermera con una bata rosa de corazones me entregó un globo en el que ponía «Felicidades». Otra, con una trenza de espiga y gafas de bibliotecaria, me dio un colorido ramo de claveles. Todos sonreían.

Estaba claro que me habían confundido con otra persona.

—Ally Morales —dijo Sandy, la supervisora de enfermería, poniéndose al frente de aquella pequeña muchedumbre sonriente. Vale. Definitivamente, esa era yo—. En nombre de toda la Residencia Goodwin Childers...

—¡Menos de Deena! —gritó alguien desde el fondo.

—... nos gustaría felicitarte por ser la primera beneficiaria del Subsidio para la Asistencia de Personas con Demencia de la Fundación Lady George.

Sandy me entregó una carta y, a pesar de la emoción, me las apañé para leer lo esencial.

«Enhorabuena [...] primera beneficiaria del Subsidio para la Asistencia de Personas con Demencia de la Fundación Lady George [...] encantados de informarle de que los gastos de los cuidados de su padre [...] quedarán cubiertos en su totalidad durante los próximos doce meses [...]».

Un papel cayó al suelo y me agaché para recogerlo. Era un cheque para pagar la residencia durante un año.

Me había quedado sin respiración, así que permanecí en esa postura, con la cabeza apoyada en las rodillas, y cogí aire.

—¿Cómo es posible? —pregunté, con un hilillo de voz.

—La Fundación se puso en contacto con nosotros. Te propusimos para el proceso de selección y te lo han concedido, Ally.

Los cuidados de mi padre estaban garantizados durante doce meses. Eso era... una pasada.

Renuncié a lo de intentar respirar y ponerme de pie y me senté en el suelo mientras todo un equipo de enfermeros lloraba conmigo.

Tras haber recuperado un poco la dignidad y después de abrazar a cada uno de los miembros del personal allí presentes y de limpiarme los mocos en cada uno de ellos, pasé una hora maravillosa con mi padre. Aunque no me reconoció, estaba de buen humor y me contó historias sobre su hija Ally.

Cuando empezó a preguntarme cuándo iba a llegar su alumno de piano, decidí que era hora de volver a casa y prepararme para el turno de camarera.

Caminaba más ligera que hacía una hora, pero, por muy aliviada que me sintiera por aquella inesperada respuesta a mis plegarias, seguía doliéndome el corazón.

Echaba de menos a Dominic. Y eso no me gustaba nada. Me recordaba a cuánto había extrañado a mi madre durante el primer año, después de que se marchara. Cuando aún tenía esperanzas. Nunca había dejado de echar de menos el hecho de tener una madre. Pero, cada vez que surgía aquella punzada de dolor, iba acompañada por una punzada de culpabilidad mucho mayor y más cruel.

¿Cómo podía echar de menos a alguien que me había hecho tantísimo daño?

Estaba tan ocupada sintiéndome como una mierda que estuve a punto de pasar por delante de la casa grande de la esquina olvidándome de soñar despierta, como de costumbre. Aunque ese día no tenía ganas de hacerlo. Ni siquiera sabía si creía en los finales felices, como los que había entre las paredes de aquella casa.

Para colmo de males, una pareja de ancianos apareció en una de las ventanas delanteras. Se estaban fundiendo en un puñetero abrazo nada propio de dos abuelos.

Vale, muy bien. Al parecer, los finales felices existían. Aunque a mí no me tocara. El graciosillo que decía que era mejor haber perdido un amor que no haber amado nunca era un auténtico capullo, desde mi punto de vista.

Le di la espalda a la feliz escena y estaba echando a andar calle abajo cuando me sonó el móvil en el bolsillo.

Pude distinguir a duras penas el nombre de mi agente inmobiliario en la pantalla poco iluminada.

—Hola, Bill.

—Tenemos sobre la mesa una oferta en efectivo por el precio acordado, Ally —me comunicó Bill, entusiasmado.

Frené en seco y sacudí la cabeza a ver si dejaban de pitarme los oídos. Llevaba todo el día soñando. En cualquier momento me despertaría en mi puñetera cama de noventa y sería un drama.

—Perdona. ¿Te importaría repetirlo?

—Oferta en efectivo por el precio acordado. Quieren firmar a finales de semana. Sé que es un poco precipitado, pero…

—Acéptala. Madre mía. ¡Acéptala! —exclamé, bailando en círculo en la acera. Pero entonces me quedé paralizada, mientras un pensamiento terrible me venía a la mente—. Un momento. Dime que el comprador no es Dominic Russo.

—¿Quién? No. Ni siquiera es una persona. Es un fondo de inversión. El agente dijo que su cliente se había enamorado de la casa.

—Ah, ¿sí? —susurré.

—En realidad en el email ponía que se había enamorado en la casa, pero supongo que sería una errata. Así que vas a tener que empezar a hacer las maletas.

No había mucho que guardar. Un sofá y una bolsa de deporte con ropa de baile y uniformes de trabajo. Hasta ahí llegaban mis bienes terrenales. Pero, para empezar de cero, era mejor hacerlo sin mucho equipaje.

72

Ally

Siguieron pasando cosas. Cosas buenas.

El martes, la policía de Foxwood me llamó para comunicarme que el cabrón de mi contratista había sido detenido por fraude, robo y otros cargos que sonaban a capullo integral. Al parecer, yo no había sido la única clienta a la que había dejado plantada. La agente de policía no creía que me fuera a devolver el dinero, pero había recuperado el reloj de bolsillo de mi padre que aquel tío había birlado.

El jueves recibí un correo electrónico de una empresa de diseño de Manhattan. Habían visto mi trabajo en *Label* y habían hablado directamente con Dalessandra, que me puso por las nubes. Querían saber si me interesaba un puesto de diseñadora.

El viernes fue un día agridulce. La venta de la casa de mi padre se cerró sin contratiempos. Los compradores habían firmado un poder notarial de representación para su agente, así que no pude conocerlos. Sobre una mesa de roble bañada por el sol, intercambié las llaves por un cheque que no solo mantendría a mi padre en Goodwin Childers durante los próximos años, sino que además me permitiría recuperar parte de mis ahorros y saldaría mi deuda con Dominic.

Pasé por el banco e ingresé el cheque antes de que alguien cambiara de opinión. Después extendí otro por cada centavo que le debía a Dominic Russo, lo eché al correo y cogí un Uber para ir a casa de la señora Grosu. Me quedaría en su cuarto de invitados durante unos días, hasta que decidiera cuál sería mi próximo movimiento.

Además, tenía la esperanza de poder ver a los nuevos compradores de al lado.

Iba de camino a casa de la vecina en un Prius impecable cuando me sonó el móvil. Al tono de llamada normal y corriente lo siguió una vibración poco entusiasta. Era un número de la oficina de *Label*. Dudé. Llevaba un mes ignorando las llamadas, temiendo que fuera Dominic. Temiendo que no lo fuera.

Estaba harta de tener miedo. Estaba harta de echarlo de menos.

—¿Sí?

—Ally, soy Jasmine, de Recursos Humanos —anunció enérgicamente la persona que llamaba.

Jasmine la gruñona, la pésima fotógrafa.

—Hola —dije.

—Te llamo para saber a dónde enviarte la última nómina.

Estaba demasiado triste y deprimida como para emocionarme por un dinero que había olvidado.

—Ah, claro —dije, antes de darle la dirección de la señora Grosu.

—Estupendo. Por cierto, me he enterado de algo que podría interesarte.

Lo dudaba mucho.

—En realidad, Jasmine, no creo que…

—Me ha llamado Mickey, ese auxiliar tan guapo de Contabilidad con el que me enrollo a veces.

—Ah. —Definitivamente, Jasmine la gruñona acababa de hacer que me explotara la cabeza.

—Me estaba hablando de una auditoría de los extractos de las tarjetas de crédito o de alguna de esas cosas aburridas a las que no suelo prestar atención porque estoy demasiado ocupada mirando sus bíceps. —Al parecer, a Jasmine le ponían los brazos musculosos—. Da igual, el caso es que mencionó que había algo raro porque el director creativo compraba comida constantemente para la sala de asistentes.

—¿El director creativo? —pregunté muy despacio.

—En enero, Dominic empezó a comprar comida para los asistentes casi todos los días.

—Espera. ¿No era algo habitual? Algo que ya se hacía antes de...

«¿Antes de qué? ¿Antes de que yo llegara? ¿Antes de que esta miserable apareciera en la oficina con sus ensaladas caducadas y sus sobras racionadas?».

—No. Empezó a hacerlo el día después de que te contrataran. —Me iba a dar algo. Vale, así que Dom compraba comida. Pues vaya cosa. Eso no compensaba que no confiara en mí—. Y luego está lo del móvil y el portátil —continuó Jasmine.

«Uf, mierda».

—¿Qué pasa con el móvil y el portátil?

—¿Nunca te fijaste en que al resto de los nuevos no les daban aparatos electrónicos gratis?

«Sí».

—La verdad es que no.

Empezaron a arderme las mejillas.

—No había registro de la compra. Así que le pregunté a Gola, que se ocupa de algunas de las facturas personales de Dominic. Los compró de su bolsillo e hizo que el departamento de Informática te los preparara.

Pensé en Buddy y en su mujer. En que seguían sin saber que Dominic Russo era el Papá Noel secreto del seguro médico.

—No lo entiendo —dije.

—Oye, puede que sea una romántica. —Lo dudaba mucho—. Ese tío ha metido la pata hasta el fondo, pero los números no mienten. Está claro que le importas. En fin, esta semana voy a ir a tu clase de baile. ¡Nos vemos allí!

—Vale. Hasta luego —dije, con un nudo en la garganta.

Entonces se me ocurrió una cosa que ya no fui capaz de quitarme de la cabeza.

Casi todo lo bueno que me había sucedido desde enero había sido gracias a Dominic Russo. La comida. El móvil y el portátil que necesitaba desesperadamente. El trabajo. Las reformas. El armario lleno de ropa de diseño. El puñetero piano.

Era su *modus operandi*. Dominic siempre hacía lo mismo: identificaba una necesidad y la cubría discretamente.

Yo no era una persona con suerte. Nunca me tocaba nada en el «rasca y gana». Preferiría quemar el dinero antes que gastarlo en máquinas tragaperras que nunca daban premios. Y ni de coña era de las que ganaban subsidios que ni siquiera conocían.

Rebusqué como una loca en la mochila. Por fin la encontré, en el fondo de todo, debajo de un plátano y de la edición de *Label* del mes anterior.

La carta de la fundación.

«Subsidio para la Asistencia de Personas con Demencia de la Fundación Lady George».

«Lady». Como el club de Faith, Ladies and Gentlemen, donde él me había tocado por primera vez.

—No, por favor —susurré.

«George». George's Pizza, el lugar donde nos habíamos conocido. Me dio un vuelco el corazón.

«Asistencia». La sala de asistentes. Donde yo me había enamorado de él.

«No. No. No». Mi cabeza no quería creerlo. Pero mi corazón, ese traidor estúpido e indulgente, se aceleró con una ilusión absurda.

Llamé a la residencia.

—Con Sandy de Administración, por favor.

Esperé impaciente mientras me pasaban con ella.

—Hola, soy Sandy —respondió alegremente.

—Uf, menos mal. Soy Ally Morales. Tengo una pregunta muy importante.

—Dígame, señora Swanson. Será un placer ayudarla.

—¿Está Deena ahí? —adiviné.

—Por supuesto. Está confirmado.

—Seré breve. ¿Tuvo Dominic Russo algo que ver con el subsidio de mi padre?

—Hum… —La falta de respuesta de Sandy me lo dejó claro—. Creo que no dispongo de esa información ahora mismo —dijo en un tono de voz dos octavas más agudo de lo normal.

—Sandy, ¿ahora mismo me estás mintiendo a mí o a Deena?

—A veces ambas opciones son viables —respondió ella.

—¿Ha visitado Dominic Russo a mi padre? —le pregunté.

—Me temo que la ley de confidencialidad me impide responder a eso —dijo Sandy, tímidamente.

—Madre mía. —Puse los ojos en blanco—. Llámame cuando Deena haga un descanso para tomarse su ración de sangre de bebé.

Metí la cabeza entre las rodillas e intenté no ponerme a vomitar como una loca.

—¿Va todo bien ahí atrás? —preguntó el conductor, nervioso.

—Sí —mentí—. De maravilla.

Volví a incorporarme y saqué del bolso la documentación de la venta. La identidad del comprador aparecía arriba de todo.

«Fondo Alominic».

Solté un gemido quejumbroso.

El conductor paró a un lado de la carretera.

—Señora, por favor, no vomite en mi coche.

73

Ally

—Hola, Als. El de la mesa tres acaba de sentarse. Puedes tomarle la comanda —dijo Jorge por encima del zumbido del extractor cuando entré por la puerta de atrás para hacer el turno del sábado.

En mi opinión, la pizza en horno de leña de Jorge era mejor que la de George. Jorge era un tío risueño al que le gustaba tanto la gente como la pizza. Las propinas eran decentes. La pizza era muchísimo mejor. Y me daban una comida gratis, además de permitirme hacer tantas pausas para ir al baño como necesitara en cada turno.

Y, encima, desde la pizzería podía ir andando a la residencia de mi padre.

—Claro —dije, con una sonrisa forzada.

Todavía me estaba recuperando de los descubrimientos del día anterior. En la habitación de invitados rosa y amarilla de la señora Grosu, había hecho las cuentas de lo que costaban doce meses de asistencia geriátrica.

Si quería devolverle el dinero a Dominic, tendría que empezar a vender mis órganos.

Todavía no tenía ni idea de qué iba a hacer. Necesitaba hablar con él. Pero, si lo veía, no sabía si sería capaz de sobrevivir.

Su correo electrónico de la noche anterior había sido breve y superdulce.

Pensando en el peperoni, fiché y crucé la puerta de vaivén para entrar en el comedor. Era un sábado por la tarde muy concurrido. La mitad de las mesas ya estaban ocupadas.

La otra camarera me saludó con la mano mientras tecleaba un pedido.

Pero yo no le devolví el saludo, porque estaba mirando fijamente la mesa tres.

Aquellos ojos azules me atrajeron a través del suelo de damero como un imán de tamaño industrial.

Dominic Russo, vestido más informal que nunca con vaqueros, sudadera y gorra de béisbol, me clavaba la mirada con unos ojos tristísimos y llenos de esperanza.

Me detuve delante de él mientras el corazón intentaba salírseme por la garganta.

Lo echaba muchísimo de menos. Me moría por él. Por el sonido de su voz, por su ceño fruncido, por su olor al salir de la ducha, por el calor de su cuerpo, que me volvía loca.

—Ally —dijo con voz ronca, antes de aclararse la garganta.

—Hola, Dom —musité.

Tenía ganas de derrumbarme y echarme a llorar. De sentarme en su regazo, dejar que me abrazara y que me convenciera de que esa vez todo iba a salir bien. Tenía ganas de dejarle hacer mejor las cosas, curiosamente.

Me miró de arriba abajo, como si no pudiera creer que estuviera allí.

Recordando dónde me encontraba, saqué el bloc de notas del delantal, con un nudo en la garganta.

—¿Ya sabes lo que quieres?

Dom observó la carta intacta y luego volvió a mirarme.

—Estaba pensando en pedir una pizza de peperoni.

«Uf. Directo a la patata».

Me guardé el bloc.

—Vale. ¿Algo más?

Apoyó la mano en el borde de la mesa de formica verde. Tenía el meñique a un par de centímetros de mi mano, que pendía a mi costado. Aunque a veces un par de centímetros eran como un kilómetro. Y yo no sabía cómo cruzarlo. No sabía cómo pedirle lo que necesitaba, porque no sabía lo que necesitaba.

—Pues sí, muchas otras cosas —dijo en voz baja. Su mirada esperanzada buscó la mía y se quedó clavada en ella. Luego flexionó el meñique y, durante un instante perfecto y maravilloso, me rozó. Mi cuerpo se iluminó como un árbol de Navidad.

Lo amaba con toda mi alma.

Pero me había hecho muchísimo daño y ahora no sabía qué quería de él.

Di un paso atrás para protegerme.

—Me alegro de verte —dije, hablando para las zapatillas—. Voy a pasar la comanda.

Me miraba con tanta intensidad que me daba vueltas la cabeza. Estaba tamborileando en silencio sobre la mesa con el pulgar y ese gesto tan familiar me dejó sin sentido. Se me encogió el corazón, como me pasaba los días en los que mi padre me reconocía.

Puede que fuera así de sencillo. Cuando querías a alguien, lo perdonabas. A lo mejor la cuestión era dar la cara y ser lo suficientemente fuerte como para soportar el dolor.

Él asintió con la cabeza y bajó la vista hacia la mesa.

—Gracias —dijo en voz baja.

Salí corriendo hacia la cocina.

—Jorge, necesito una de peperoni volando, pero tengo que ponerle yo los ingredientes —anuncié.

Mi jefe se encogió de hombros y me pasó una base sin nada.

—Tú misma, Als.

Los tres minutos que pasé esperando que el horno de pizza

hiciera su trabajo fueron los más largos de mi vida. Casi me abraso la mano al sacarla y ponerla en una bandeja.

—Cálmate, o acabarás haciéndote daño —me regañó Jorge.

—Ya me han hecho daño. ¡Pero no pasa nada, porque estoy enamorada de él!

Jorge susurró un «estas mujeres están locas», o algo así. Yo estaba demasiado ocupada corriendo hacia el comedor.

Una vez más, me detuve en seco al ver la mesa tres.

Se había ido.

Eché un vistazo rápido al restaurante, pero mi cuerpo sabía perfectamente que Dominic Russo ya no estaba. En su lugar había un grueso sobre marrón bajo un billete nuevecito de veinte dólares. Dejé la pizza sobre la mesa, me senté y lo abrí.

Un cheque garantizado de una tal «doctora Claudia Morales» me cayó revoloteando sobre el regazo. Mi madre le había extendido a mi padre un cheque por la cantidad exacta que había sustraído de su cuenta. Además, había un segundo cheque para mí por una cantidad que me dejó a cuadros. En el concepto ponía: «Para los gastos incurridos».

—La leche —susurré.

—Cariño, ¿te encuentras bien? —me preguntó una mujer desde el otro lado del restaurante—. Parece que te está dando un ataque. —Negué con la cabeza en silencio—. ¿Que no estás bien o que no te está dando un ataque? —insistió.

Otros clientes empezaron a girarse para mirarme.

—No estoy bien. Y tampoco es un ataque. Es amor.

Ella asintió sabiamente.

—¿Estás enamorada del guaperas tristón que estaba ahí sentado?

—Sí.

Lo siguiente que había en el montón era la escritura de la casa de mi padre. Venía con una nota escrita a mano.

Ally:
Te pertenece. Nadie podrá quitarte nunca tus recuerdos.
Tuyo,
Dom

—Joder, Dom —susurré, medio llorando.

Después había una especie de informe de un investigador privado.

Asunto: Deena Smith, residencia Goodwin Childers

Pasé las páginas, hojeándolas rápidamente. Parecía una investigación sobre tácticas de cobro poco ortodoxas e ilegales. Se adjuntaba una queja formal al estado en la que se acusaba a Deena La Recepcionista de utilizar tácticas de acoso e intimidación para coaccionar a las familias a pagar las deudas de sus seres queridos incluso cuando no había ningún tipo de responsabilidad financiera.

Debajo, había un recorte de periódico. Un breve extracto del registro policial en el que se mencionaba a una empleada de una residencia investigada por intimidar a las familias de los pacientes para ganar grandes primas por conseguir que pagaran puntualmente. La empleada había sido suspendida sin sueldo.

—Bueno, eso explica lo de las puñeteras joyas.

—Eso no parecen ni joyas ni flores —dijo la mujer, estirando el cuello para ver lo que estaba mirando.

Lo último que había en el sobre era un ejemplar anticipado de la edición de mayo de *Label*.

Dalessandra, con actitud fuerte y desafiante, aparecía en la portada con otras cuatro mujeres junto al titular: «No más secretos: las supervivientes desvelan sus historias».

—Ay, madre.

—Bueno, ¿qué es?

—Una revista —dije.

—Ah. ¿El tipo ha creído que te apetecía un poco de lectura fácil? ¿Seguro que no hay un anillo de diamantes por ahí?

Pasé las hojas de la revista hasta llegar a las páginas centrales. Dalessandra y las otras cuatro mujeres habían escrito cada una un artículo. Y había una foto impresionante a toda página de Dalessandra y su amiga Simone... ¿abrazadas?

Ya me he hartado de guardar secretos. Estoy enamorada de Simone. Hace años que tenemos una relación.

—Joder —susurré, estupefacta.

Seguí leyendo hasta el final.

Nota de la editora: Paul Russo fue despedido de *Label*. Actualmente trabaja para otra revista. En su momento, *Label* cometió el error de no aplicar la cláusula de no competencia y exigir a las víctimas de acoso de Russo que firmaran acuerdos de no divulgación a cambio de indemnizaciones en metálico. Desde entonces, nos hemos replanteado nuestra postura sobre ambas cuestiones. Las víctimas nunca más volverán a ser silenciadas en nuestras dependencias. Es por ello que el redactor jefe, Irvin Harvey, ha sido despedido por incumplimiento de la política de acoso. Dominic Russo asumirá el cargo de redactor jefe y Shayla Bruno, redactora de Belleza, pasará a ocupar el puesto de directora creativa.

Estaba deseando leerlo enterito.

Pero antes tenía que entregarle la pizza a Dominic.

—¡Necesito una caja! —grité en medio del comedor.

—Eso. Una caja con un anillo —gruñó la señora de la mesa ocho.

—Una caja de pizza. ¿Alguien ha visto por dónde se ha ido?

Todas las mujeres del restaurante señalaron hacia la derecha.

La de la dos vació las sobras encima de la mesa vacía y me dio la caja.

—¡Gracias! —dije, metiendo mi obra maestra dentro.

—Ve a pescarlo antes de que lo haga otra —dijo la mujer.

Salí corriendo por la puerta con la caja de pizza en las manos.

—¡Dominic Russo! —grité con todas mis fuerzas, pero no vi su silueta familiar por ninguna parte.

Se había ido hacía rato. Seguro que ya había cogido el coche y se había largado para volver a salir de mi vida.

Seguí buscándolo, sin parar de correr.

—No sabía que Jorge's tenía entrega a domicilio —dijo un tipo con mono de trabajo cuando pasé a su lado.

—Y no la tiene —respondí por encima del hombro.

Fui corriendo hasta la siguiente manzana con el corazón a mil. ¿Dónde estaba? No podía ser que se hubiera ido justo en ese momento.

Me fijé en un grupo de gente que estaba delante de la señal azul de la parada de autobús que había al final del bloque y me detuve de repente.

¿Sería posible? ¿Era posible que estuviera allí?

Volví a salir disparada, con el corazón en la garganta.

El sol brillaba y me calentaba la cara, inundándome con una sensación muy parecida a la esperanza. Al amor.

Y allí estaba él. Sentado en un banco verde reluciente que había contra una valla, detrás de la parada de autobús. Estaba inclinado hacia delante, con las manos colgando entre las rodillas y los ojos clavados el suelo.

—Te has dejado la pizza —dije, jadeando.

Él se puso tenso y me miró tan esperanzado que se me ablandó el corazón.

—Ally.

Se puso de pie y vino hacia mí.

—Anda, Jorge's tiene entrega a domicilio —le dijo a su vecino una mujer con una chaqueta amarillo chillón.

—Ahora mismo me vendría de lujo una porción con peperoni —respondió él.

—Toma —dije, extendiendo la pizza hacia Dominic.

—Cariño, no quiero ninguna pizza. Te quiero a ti —dijo inexpresivamente—. Quiero decirte lo arrepentidísimo que estoy de todo. Quiero compensártelo. Quiero que me des otra oportunidad.

—Quieres esta pizza —insistí, agitando la caja.

—¡Oye, guapa, si él no la quiere, me la quedo yo! —gritó el tío desde el banco de la parada de autobús.

—¿Recuerdas cuando me dijiste que si quería algo, lo que fuera, solo tenía que pedírtelo?

Dominic asintió, mirándome muy serio.

—¿Qué quieres, Ally?

—Quiero que abras esta pizza. Por favor.

De mala gana, me soltó las muñecas y me quitó la caja.

Levantó la tapa y, por un momento, me pregunté si el peperoni se habría descolocado durante la carrera. Pero entonces vi que Dom apretaba los dientes y tragaba saliva, y me di cuenta de que mi mensajito estaba intacto.

Me dedicó una mirada azul, ardiente e intensa.

—No he traído las gafas. ¿Puedes leérmelo tú?

Los peperoni de Jorge eran enormes. Dominic sabía perfectamente lo que ponía.

Pero quería oírmelo decir a mí.

Nos quedamos allí plantados, separados por una caja de pizza.

Me humedecí los labios y respiré por última vez antes de armarme de valor.

—Pone: «Te quiero». Bueno, en realidad solo es un corazón, pero ya sabes lo que significa.

La caja de pizza salió despedida en dirección a la parada del autobús y yo salí volando por los aires para aterrizar exactamente donde debía estar: en los brazos de Dominic Russo.

—¡Genial! ¡Pizza gratis en la acera! —gritó alguien.

Pero yo estaba demasiado ocupada dejándome besar.

Me llovieron besos sobre las mejillas, la frente y la barbilla. Hasta que por fin, por fin, la boca de Dominic se posó sobre la mía.

Me agarró del pelo y me echó la cabeza hacia atrás. Un gesto que conocía tan bien y que había echado tanto de menos que se me saltaron las lágrimas.

—Te quiero, Ally.

—¿No tendréis por ahí también un poco del pan de ajo de Jorge's? A mí no me importaría.

Dom puso los ojos en blanco.

—Si me dejas en paz un momento, te pago el menú entero.

—¡Hecho!

Me reí por primera vez en lo que me había parecido una eternidad.

—Dilo otra vez, Maléfica. Por favor —me pidió Dom.

—Te quiero, Príncipe Azul. Y estoy deseando comer perdices contigo.

Me levantó del suelo y me hizo girar por el aire entre las ovaciones y los silbidos de nuestro pequeño público.

Yo lo abracé muy fuerte, para que nunca más se me escapara.

—Qué manía tenéis los Russo de cambiarme la vida en la parada del autobús.

Epílogo

Ally

—¿Qué haces?

—Chist. No me distraigas con tu semidesnudez. Estoy intentando comprobar si la pajita es lo suficientemente larga para llegar al fondo de la copa sin tener que sentarme —repliqué.

Pero era demasiado tarde. Ya me había distraído. Aquel paisaje impresionante de arena blanca como el azúcar y aguas turquesas había sido eclipsado por Dominic Russo en bañador y gafas de sol oscuras.

Me encantaba el hombre intenso con chaleco, pero su versión relajada, con protector solar y bronceado isleño, era probablemente aún más atractiva.

—Es tu cumpleaños, Ally. Me pasaré el día pidiéndote margaritas de mango para que nunca tengas que llegar al fondo de la copa.

—¿Intenta emborracharme, señor Russo? —Lo miré por encima de las gafas de sol, batiendo las pestañas.

Él esbozó una sonrisa perversa.

—Creo que es hora de volver a echártelo —dijo, cogiendo el bote de protector solar.

—La última vez que me lo «echaste» te pasaste diez minutos frotándome los pechos y me quemé todo el resto.

—Esta vez prometo prestar la misma atención a cada centímetro de tu precioso cuerpo —dijo con lascivia.

Sentí un hormigueo entre las piernas y me pellizqué. No. No estaba soñando. No estaba tirada por ahí, en coma. Y tampoco estaba alucinando tras un desafortunado accidente de autobús.

Esa era mi vida.

—¿Tienes ganas de ver tu regalo de cumpleaños? —preguntó Dominic.

Me reí.

—Creía que el regalo era este viaje. Y la colección de biquinis. Y la cena a la luz de las velas.

Por no mencionar el sexo de postre que habíamos practicado la noche anterior hasta que habían empezado a darnos tirones en los isquiotibiales. Ambos seguíamos cojeando.

—Cielo, esto no ha hecho más que empezar —dijo con malicia.

El corazón se me aceleró al instante. Porque regalar cosas le hacía muy feliz y porque no tenía ni la más remota idea de cómo iba a reaccionar con lo que yo iba a regalarle a él.

—Las vacaciones le sientan muy bien, señor director general —bromeé.

Se levantó de la hamaca para hacerse un sitio en la mía.

—Nada de hablar de trabajo —dijo muy serio.

Tras haber despedido sin contemplaciones a Irvin Harvey por ser un cabrón prejuicioso, Dominic había ocupado el puesto vacante y había ascendido a Shayla a directora creativa. Todo el mundo estaba encantado.

—Te quiero —le dije. A veces esas palabras me salían solas y no era capaz de contenerlas. Dom hizo lo que siempre hacía cuando no podía evitar decírselo: poner cara de bobo, como si él tampoco pudiera creer que esa fuera su vida.

—Me encanta oírte decir eso —murmuró con arrogancia.

Desde la reconciliación, habíamos empezado a jugar a un juego muy intenso para conocernos mejor… fuera del dormitorio. Era una conversación continua. Al igual que nuestra relación era una negociación continua. Había revelaciones grandes y pequeñas. Como cuando Dominic me había contado que había dedicado su vida a superar a su padre en todos los ámbitos posibles.

Teniendo en cuenta que a este lo habían expulsado de *Indulgence* por acoso y que se enfrentaba a varias demandas civiles y cargos penales, tuve que recordarle a Dom que ya había ganado.

Crucé los dedos para que la pequeña noticia que tenía que darle ese día le proporcionara una plaza más en la que ganar... en lugar de hacerle caer en barrena.

Enganchó un dedo en el cordón que había entre mis pechos.

—¿Te apetece otra copa? —me preguntó con voz sensual.

Yo asentí y me mordí el labio. Estaba lista para tirarme a la piscina.

—Pero que sea sin alcohol, ¿vale?

Él ladeó la cabeza. Luego se quitó las gafas, dedicándome una mirada más intensa que el sol de Canouan.

—Ally...

Le cogí una mano y la deslicé sobre mi tripa.

—Sé que no lo habíamos planeado —dije rápidamente—. Y sé que querer tener hijos es muy distinto a tenerlos de verdad, criarlos y convertirlos en seres humanos medianamente decentes. Y sé que ya tengo cuarenta añazos, pero estoy sana y en buena forma, y creo que puedo hacerlo. Quiero decir, espero poder hacerlo.

El camarero, con un polo azul del tono del océano, llegó con una bandeja de plata y una sonrisa.

—¿Están preparados para algo especial? —preguntó.

—Un momento —dijo Dominic, con la mano todavía sobre mi tripa—. Ally, ¿me estás diciendo que...? ¿Estamos...?

—Estoy embarazada. Vas a ser papá. Y, por favor, no te cagues por la pata abajo porque yo estoy acojonada y necesito desesperadamente que esto te haga feliz.

—¿Embarazada? ¿Vas a tener un bebé?

Asentí, deseando de repente poder beber alcohol. En grandes cantidades.

—¿Estás bien? —susurré. Parecía a punto de entrar en shock.

—Embarazada —volvió a decir.

—Voy a tener un bebé —repetí, por si se había perdido esa parte. Se tapó la cara con una mano—. Ay, madre. ¿Dom? ¿Príncipe? ¿Estás bien?

Me incorporé como pude y le aparté la mano de los ojos. De los ojos húmedos.

—Voy a ser padre.

Y entonces me eché a llorar como una magdalena.

Asentí, mientras las lágrimas rodaban por mis mejillas.

—Sí. Vas a ser padre —susurré.

Me cogió y me levantó de la tumbona. Le rodeé la cintura con las piernas y me agarré con fuerza a él.

—¿No estás enfadado? —pregunté para asegurarme, estrechándole la cara entre las manos.

—¿Enfadado? Estoy flipando. Y acojonado. Y emocionado. Y preocupado. Y encantado, Ally. Vamos a formar una familia.

«Una familia».

Pues sí. Ahora estaba llorando a moco tendido. Las dichosas hormonas me estaban convirtiendo en una lunática.

—Perdona, capullo. Se suponía que nos ibas a hacer una señal para que viéramos cómo te declarabas.

Me quité las gafas de sol, sobresaltada.

—¿Faith? ¿Christian?

Mi mejor amiga y su «amigo especial» estaban a los pies de la tumbona que yo había abandonado, con cara de malas pulgas.

—Aún no lo he hecho —gruñó Dominic.

—¿Te ibas a declarar? —chillé, intentando bajarme del tío bueno que iba a ser el padre de mi bebé.

—Uy —dijo Christian, enseñando los hoyuelos.

—Si no te has declarado, ¿de qué va todo esto? —preguntó Faith, antes de dibujar una «o» perfecta con la boca—. No me jodas. ¿Estás embarazada? —gritó.

Solo fui capaz de asentir con la cabeza y seguir llorando un poco más.

—¡Qué fuerte!

Se acercó a mí y la agarré del brazo.

—¡Ya!

Dominic se aclaró la garganta.

—Señoritas. Todavía tengo un pequeño asunto del que ocuparme.

Faith me soltó y se acurrucó al lado de Christian, fingiendo que se cerraba los labios con una cremallera.

—Por supuesto.

—Gracias —dijo Dom con frialdad. Luego se sentó en la tumbona y me acomodó en su regazo.

—Ally Morales, alias Maléfica —Extendió la mano y alguien le dio una cajita de terciopelo—. ¿Quieres casarte conmigo?

Asentí con energía.

—¿No quieres ver primero el anillo? —murmuró Dom, con una sonrisa en los labios.

Negué violentamente con la cabeza.

—¿Pero dices que sí?

—¡Sí! —grité—. ¡Sí! ¡Sí! ¡Sí!

Y luego me eché a reír porque sentí que sus pantalones se tensaban debajo de mí.

—No es culpa mía. Normalmente estamos haciendo otra cosa cuando dices eso —me susurró al oído.

—Te quiero, Dom.

—Te quiero, Ally. Te quiero muchísimo.

—Nos vamos a casar —dije.

—Y vamos a tener un bebé —añadió él.

Nos sonreímos el uno al otro y su entrepierna volvió a hacer presión contra mí.

—¿Puedo abrazarlos ya? —le preguntó Faith a Christian.

Tras una serie de abrazos y preguntas, una ronda de margaritas de mango sin alcohol y un polvo rápido en la cocina de la villa, Dominic Russo finalmente me puso un precioso anillo de diamantes en el dedo.

—Voy a tener que empezar a levantar pesas con la mano derecha para no ponerme cachas solo por un lado —dije, con un suspiro soñador, mientras el enorme diamante del anillo reflejaba la luz.

Dominic volvió a posar la mano sobre mi vientre. Mientras se recostaba contra los armarios de la cocina, vi una sonrisa en sus labios que no había visto nunca. Se trataba de satisfacción.

—¿Quieres que llamemos a tu madre y a Simone? —le pregunté.

Sonrió de oreja a oreja.

—Pues claro.

—¿Y podemos llamar también a mi padre? —añadí—. Bueno, puede que no lo entienda, pero quiero que forme parte de esto.

—Por supuesto. Pero antes quiero que veas una cosa —dijo, sacando el teléfono del bolsillo del bañador que se había quitado—. Tu padre nos ha dado su bendición —declaró, abriendo una foto.

—Dom... —dije, emocionada.

Era un selfi de Dominic con mi padre, que estaba sonriendo mientras sostenía la caja del anillo abierta.

—Fui a visitarlo a diario para pedirle su consentimiento hasta que tuvo un día bueno —susurró Dominic. Volví a asentir y me eché a llorar de nuevo—. Eso de las hormonas, ¿cuánto dura? —preguntó, secándome dulcemente las lágrimas de la cara con los pulgares.

—Supongo que ya lo averiguaremos —sollocé.

Epílogo de regalo

Ally

Un año después

—¿Qué es esto? ¿Un allanamiento de morada? —pregunté, envolviendo más a Maya en la manta, como cualquier madre primeriza y obsesiva preocupada por los posibles efectos del polen, el exceso de calor, el sol y una temperatura de diez grados en su niña perfecta.

—No es allanamiento de morada si tienes la llave —dijo mi marido con suficiencia, abriendo la puerta principal de la enorme casa de ladrillo con gesto triunfal.

—Dominic Russo, ¿por qué tienes la llave de la casa grande de la esquina? —susurré.

Brownie se paseaba nervioso por el porche de ladrillo, haciendo ruido con las uñas de los pies.

Dom solo me había dicho que quería llevar a su pequeña familia a dar un paseo en coche.

Me puse muy contenta cuando dejamos atrás el horizonte de Manhattan y cruzamos el río para llegar a mis antiguos dominios. Habíamos pasado por delante de la casa de mi infancia, ahora sede de un centro comunitario sin ánimo de lucro para adultos con problemas de demencia. Me había perdido la gran inauguración porque estaba pariendo a la señorita Cagaprisas, que había decidido presentarse con tres semanas de antelación.

Había una robusta verja alrededor del patio —que ahora era un pequeño pero colorido jardín de flores— y unas cuantas mecedoras en el porche. Dos de ellas estaban ocupadas. Saludé a sus ocupantes con la mano y ellos me devolvieron el saludo.

Después, Dominic nos había dado el gusto a Brownie y a mí de hacer una parada en nuestra heladería favorita, donde nuestra pequeña familia se había sentado al sol a devorar unos cucuruchos.

Y ahora estaban a punto de detenernos por allanamiento de morada en aquella casa que adoraba desde que era niña.

—¿Qué estamos haciendo aquí? ¿Por qué tienes la llave? ¿Dónde está la gente? —le pregunté.

—Cuántas preguntas —dijo mi marido, antes de darme un beso en la frente, repetir el gesto en la frente arrugada de nuestra hija y quitarme el carrito.

Ahora la dulzura era uno de sus rasgos. Como si los nudos del odio y la culpa se hubieran deshecho y solo quedara el amor.

—¿Dom? ¿Qué has hecho? —susurré mientras entraba.

La casa se encontraba vacía. Las habitaciones no tenían muebles, las paredes estaban desnudas y el sonido rebotaba contra los suelos de madera.

Me giré hacia él, que estaba levantando a Maya de la silla para acunarla contra el pecho.

Había sido un gran apoyo durante el embarazo y el parto, como era de esperar. Y cuando nuestra pequeña llegó al mundo berreando, mi maravilloso marido la cogió en brazos, apoyó la cabeza sobre la mía y se echó a llorar.

En ese momento, el corazón se me partió y volvió a pegarse solito diez veces más fuerte. Porque Dominic Russo, por fin, se había dado cuenta de que el amor que albergaba en su enorme y bondadoso corazón nunca le permitiría acabar como su padre.

La llegada de nuestra hija fue la prueba que había estado esperando toda la vida.

Lloré tanto que los médicos se plantearon sedarme. Palabra de honor.

Una semana antes, Gola y el equipo de asistentes le habían organizado a Dom una fiesta sorpresa de nacimiento. Greta abandonó su retiro para asistir. Dalessandra y Simone se presentaron en la habitación del hospital con una jirafa de peluche de dos metros y un arreglo floral que valía más que mi primer coche. Después de achuchar a su preciosa nieta, irrumpieron en nuestra casa con un equipo de decoradores y manitas para acabar de pintar las paredes y poner unos muebles carísimos en la habitación del bebé.

Nuestra hija era perfecta.

No lo decía solo porque fuera igualita a mí o porque tuviera el ceño fruncido de Dominic. Ni tampoco porque estuviera hasta las cejas de hormonas maternales que me impedían asesinar a mi propio retoño, que parecía que solo dormía a intervalos de quince minutos.

En parte era porque ya no estaba físicamente unida a mi cuerpo y me resultaba muy agradable recuperar cierta autonomía. El embarazo y yo no habíamos conseguido llevarnos bien. Cualquier mujer que asegure que la preñez es la máxima expresión de la feminidad miente descaradamente o es representante de cremas antiestrías.

La máxima expresión de la feminidad son los orgasmos, chicas. Tened todos los que podáis. Pero buscaos a vuestro propio Dominic Russo, este es solo para mí.

Creo que estoy divagando.

Total, que allí estaba yo, en la antesala de todos los sueños que había tenido, temiendo hacerme ilusiones.

Porque ese hombre ya me había dado demasiadas cosas.

Me miró con tal sinceridad y franqueza que se me encogió el corazón.

Y, cuando miré hacia el fondo de la sala, vi un instrumento musical solitario y conocido iluminado por un rayo de sol que entraba a través de las vidrieras.

Fui hacia el piano y acaricié las teclas.

—Ya la has comprado, ¿verdad? —musité.

Dominic se apoyó en una estantería de obra vacía, cubriendo con las manos los pies de nuestro bebé.

—Tal vez. Depende del lío en el que me meta.

—Ay, Dom. —Sacudí la cabeza con los ojos brillantes. Había llorado mucho durante los últimos meses, por las hormonas y todo eso. Pero aquella sensación era totalmente distinta.

—Hay que renovar algunas cosas, sobre todo la cocina. Tiene cinco dormitorios, tres baños y un despacho en la parte de atrás con espacio suficiente para los dos cuando trabaje desde casa —dijo—. Y el tercer piso es una sala diáfana. He pensado que podríamos convertirlo en un estudio para ti.

—Te adoro.

—¿No estás enfadada? —preguntó.

—Ahora mismo, tengo un montón de sentimientos encontrados. —Y era verdad. Una intensa maraña de ellos amenazaba con abrumarme.

Dom se encogió de hombros.

—Era tu sueño.

Esa era la única razón que necesitaba para hacerlo realidad.

Sacudí la cabeza mientras me clavaba las uñas en las palmas de las manos, porque ese hombre tan maravilloso y perfecto se merecía un descanso de las lloreras de la zumbada de su mujer.

—Mi sueño no era esta casa. Eras tú. Tú eras mi sueño.

—Ally. —Sonó como una caricia.

—Deja el bebé, Dom.

Me sonrió de forma pícara y sexy.

—¿Por qué?

—Porque voy a darte las gracias como es debido.

Unos minutos más tarde —todavía estábamos intentando pillarle el truco al sexo posparto, ¿vale?—, apoyé la cabeza en la barriga de Dom y me quedé mirando el techo de escayola. Nuestro techo de escayola.

Maya balbuceaba en la sillita del coche, al lado del montón de ropa y zapatos que acabábamos de quitarnos.

—¿Qué vamos a hacer con todo este espacio? —pregunté.

Dom me peinó perezosamente con los dedos.

—Llenarlo.

Ally

Casi diez años después

—¡Como no salgáis de entre mis pies, os voy a encerrar en el jardín de atrás! —grité, cabreada.

La casa grande, nuestra casa grande, había acabado llena hasta los topes. En ese momento, había dos perros ocupando toda la cocina. Pero el resto de nuestro hogar estaba repleto de arte y muebles, de música y amigos. De familia e hijos.

No, amigos, no tuve trillizos a los cuarenta y uno. Después de ese embarazo, ni loca se me ocurriría haberle pedido a Dom que me hiciera más bebés.

Por suerte, no tuve que hacerlo. Porque nuestros antiguos vecinos de Manhattan, la familia Vargas, nos dieron la solución. Resultó que un hermano y una hermana de Jace, el hijo adoptivo de Elton y Sascha, habían entrado en proceso de acogida. Y justo en esa época, ellos se enamoraron de una casa de nuestra manzana. Así que nuestros niños, cuatro en total, pudieron criarse juntos.

En nuestra gran casa no solo vivía una familia compuesta por cinco personas, sino también por dos perros (Brownie y Cookie), un conejo y siete peces de colores. Uy. Mejor dicho, seis. Esas paredes albergaban muchos recuerdos. De mañanas de Navidad y de cenas improvisadas entre semana que se alargaban demasiado, haciéndonos llevar resacosos a los niños al colegio. De mí volviendo a una vida profesional que me encantaba, creando mi propia pequeña empresa de diseño gráfico y dando clases de baile siempre que podía.

De lágrimas y de penas, grandes y pequeñas. Mi padre se había ido y yo seguía echándolo de menos a diario. Ojalá hubiera podido compartir mesa con nuestra ruidosa y cariñosa prole. Ojalá hubiera podido estar entre el público durante el solo de batería de Jack en el concierto de la banda del instituto, la noche anterior. Pero el señor Mohammad, la señora Grosu, Dalessandra y Simone habían estado allí.

Mediante pequeños detalles, mi padre seguía presente. Como en mi infancia, siempre había música en casa. Solo que mis hijos veían a sus padres bailando en la cocina entre los entrenamientos de fútbol y las galas de etiqueta. Jack y yo perpetuamos la tradición de la familia Morales de gritar delante del televisor durante los partidos de los Mets y Maya siguió mis pasos con el baile.

También le apasionaban las artes marciales, algo que Dom y yo no teníamos muy claro de dónde venía, pero que acabamos aceptando.

Oí la música y me acerqué a hurtadillas.

Dominic y nuestra hija de catorce años, Reese, estaban uno al lado del otro en el banco del piano, hablando en voz baja y jugueteando con una melodía. Ver a Dom con nuestros hijos era como un bálsamo. No se me ocurría mejor forma de honrar a mi padre que crear nuevos recuerdos con mi propia familia.

Dom tocó unas notas y le dio un golpecito con el hombro a Reese cuando ella respondió con otras. Me tapé la mano con la boca. Las hormonas de la adolescencia le estaban pegando duro. Recordé la angustia y la tristeza que yo sentía a los catorce años y recé a las diosas de la pubertad para que fueran benévolas con nuestra niña.

De momento, estaba aguantando.

—Papá, ya me sé todo ese rollo del consentimiento, las consecuencias y los anticonceptivos —dijo Reese, suspirando con dramatismo—. Caray, entre mamá y tú, soy prácticamente una enciclopedia andante de información sexual.

—Es que es algo importantísimo —dijo él—. Y depende exclusivamente de ti.

—Tengo catorce años. Los chicos de mi edad son asquerosos.

Tenía razón. Los chicos de catorce años eran asquerosos.

—Tu madre y yo solo queremos que estés preparada. Todo lo que tenga que ver con tu cuerpo debe ser decisión tuya.

—Ay, madre. Papá. Tengo más respeto por mi cuerpo que todas las chicas de mi clase juntas —le aseguró ella—. ¿Podemos hablar de cualquier otra cosa?

Respeta tu cuerpo y el de los demás. Nuestros hijos no estaban obligados a abrazar a nadie si no querían. Jack y su hermano Jace ya habían recibido el sermón de «si no es un sí rotundo, es un no», aplicable a todas las situaciones, desde cogerse de la mano hasta cosas más serias. Y nuestras hijas, bueno, acabáis de presenciar el resultado de años de educación sobre autonomía corporal.

No sabían mucho de Paul Russo. Que tenían un abuelo que no formaba parte de sus vidas. Y no solo porque hubiera ido a la cárcel. Nuestros hijos entendían que una familia no era una cuestión de sangre.

—¿Cómo lleva tu amiga Chloe lo del divorcio? —le preguntó Dom, cambiando de tema.

—Bien —respondió Reese, sustituyendo la melodía clásica por una canción pop. Dom la siguió.

Mi marido se tomaba muy en serio la paternidad. Conocía a los amigos de nuestros hijos, a sus padres y sabía quién se quedaba a dormir en casa de quién y cuándo. Sabía quién odiaba las frambuesas (Maya, la rarita) y quiénes necesitábamos más espacio cuando estábamos enfadadas (Reese y yo).

Satisfecha por estar criando a niños con valores, volví a la cocina y eché un vistazo a las galletas. Las de canela y caramelo eran las favoritas de Dom, y Sascha me había dado la receta. Esa noche íbamos a tener la casa llena, como siempre en el cumpleaños de Dom. Ya era una tradición.

Al igual que el vestido negro nuevo que me había encontrado esperándome en el armario.

En este caso se trataba de un Valentino ceñido. Estaba deseando ponérmelo. Y sabía que Dom estaba deseando quitármelo.

—¡Mamá! ¿Me das una galleta? —Maya, de nueve años, llegó corriendo desde el jardín trasero con las mejillas sonrosadas por el frío de marzo.

—¿Cómo sabías que ya estaban hechas? —bromeé, pasándole una mano por las ondas enmarañadas.

—Brownie ha salido comiendo una.

—Dichoso perro —dije, al darme cuenta de que faltaba una en el borde de la bandeja.

—Si le has dado una a Brownie, tienes que darme otra a mí —insistió mi hija.

—¡Mamá! ¿Están listas las galletas? —Jack entró corriendo, con Jace pisándole los talones. Ambos llevaban un monopatín bajo el brazo. Para Jack, que tenía quince años, las muestras de afecto espontáneas hacia sus padres ya casi habían pasado a la historia, así que, cuando apoyó la cabeza en mi hombro, tuve la sensatez de no reñirle por las manchas de hierba y el agujero en la rodilla de sus vaqueros nuevos.

Mis hijos también estaban creando recuerdos y a veces eso implicaba caerse y estropear cosas bonitas.

Precisamente por eso habíamos trasladado a la oficina aquella locura de sofá de seda blanca de ocho mil dólares que Dalessandra y Simone me habían regalado por mi último cumpleaños. Por supuesto que podíamos tener cosas bonitas. Solo que estas no podían estar en sitios donde se permitiera el paso a niños y perros.

—¿Alguien ha dicho «galletas»? —preguntó Reese, entrando en la cocina. Abrí la nevera y le ofrecí un agua con gas. Cosas de sus abuelas.

Sonrió de oreja a oreja y me dio un beso espontáneo en la mejilla.

Los niños y los perros se agolparon alrededor de la isla, comiendo galletas calientes recién sacadas del horno y discutiendo entre ellos inofensivamente. Solo faltaba una cosa. Cogí una galleta y salí de la cocina.

Encontré a Dom detrás de la mesa del despacho. Llevaba puesto un pantalón de chándal y una camiseta que resaltaba su injusto cuerpazo. Su pelo empezaba a volverse gris y tenía unas patas de gallo, cada vez más marcadas, que me volvían loca. Los cincuenta y cinco le sentaban bien.

—Feliz cumpleaños, Príncipe —dije, cerrando las puertas correderas y acercándome a su escritorio.

—¿Tienes algo para mí? —me preguntó con malicia.

Saqué la galleta de detrás de la espalda y se echó a reír.

—¿Qué es lo que te hace tanta gracia? —le pregunté.

Él negó con la cabeza y tiró de mí para colocarme entre sus piernas.

—Nada.

—¿Quieres la galleta o no?

—Te prefiero a ti —declaró, levantándose de la silla para acorralarme entre el escritorio y la inapropiada erección que intentaba escapar de sus pantalones—. Dime que has cerrado la puerta —pidió, acariciándome un lateral del cuello con la nariz.

—¡Señor redactor jefe! ¿Aquí? ¿Ahora? —pregunté con una voz de excitación vergonzosa—. ¿Y lo de después?

—Después es después —replicó él, metiéndome mano por debajo del jersey—. Los niños están distraídos con las galletas.

—Tenemos unos cuatro minutos antes de que empiecen a pelearse —le recordé, estremeciéndome, mientras me metía los dedos por debajo de la copa del sujetador y me pellizcaba el pezón, ya erecto.

—Pues entonces será mejor que seamos rápidos —replicó, tirando de él.

—Me gusta lo rápido —dije jadeando, mientras le bajaba el pantalón del chándal para agarrarle el miembro con entusiasmo.

—¿Suelo o mesa? —susurró excitado, levantándome el jersey y bajándome el sujetador.

—¿Mesa? —jadeé, mientras se metía uno de mis pezones en la boca.

—Silencio —me ordenó, antes de morderlo.

—Eres un mandón —murmuré.

Él gruñó y me dio la vuelta para inclinarme sobre el escritorio. Me bajó los leggings y me abrió las piernas, pero me acarició la cadera con una dulzura que casi parecía reverencia.

—Agárrate —me pidió con brusquedad.

Obedientemente, me aferré al extremo opuesto del escritorio.

Mi entrepierna empezó a palpitar con más fuerza mientras Dom me pasaba la punta húmeda de la polla entre las nalgas.

Gemí de deseo y desesperación. Él me dio una palmada en el trasero.

—He dicho silencio.

Cada puñetera vez que lo hacíamos era un juego de seducción, una clase magistral de placer. Daba igual cuándo, dónde o cuánto tiempo tuviéramos. Siempre, siempre era perfecto.

Un perro ladró. Un niño gritó: «¡Voy a decírselo a mamá!», pero decidí confiar en su capacidad para resolver conflictos.

Además, Dominic Russo me estaba llenando centímetro a centímetro mientras me decía que me amaba con locura.

Nota de la autora

Querido lector:

Este libro tiene un doble origen. Por un lado, mi curiosidad por saber cómo serían los rollos en las oficinas después de que el movimiento #MeToo pusiera en boca de todos ciertos temas como el consentimiento y el abuso de poder, y por otro, mi obsesión con *El diablo viste de Prada* (por cierto, no me hagáis hablar de lo que me cabrea que las amigas de Andy se emocionen tanto con la ropa de diseño que les regala y que luego le echen en cara que se tira todo el día trabajando).

Dejando a un lado mi rencor, no hay nada que me guste más que un héroe gruñón empeñado en hacer las cosas como es debido y una heroína ingenua convencida de que no necesita ayuda. Sobre todo si no se soportan el uno al otro. Me lo he pasado pipa escribiendo esta historia de amor cocinada a fuego lento y llena de conversaciones picantes.

Espero que Dominic y Ally (y Brownie) te hayan hecho disfrutar tanto como a mí. Si es así, no te cortes y deja un comentario chulo elogiando mi virtuosismo literario en Amazon o BookBub. Y si no quieres perderte ninguno de mis libros nuevos, entra en la página web y suscríbete a mi estupenda y maravillosa newsletter.

¡Gracias por leerme! ¡Eres genial!

Con cariño,

Lucy Score

Agradecimientos

Sin las siguientes personas (y cosas), no podría haber sido tu proveedora de ocio de calidad. Por favor, ponte en pie y dedica una ovación a:

Kari March Designs, por las dos cubiertas alucinantes que diseñó para este libro.

Jessica Snyder, Amanda Eden y Dawn Harer, por su buen ojo como revisoras.

Binge Readers Anonymous, por negarse a aceptar otro apodo que no fuera Pitufo Gruñón.

Jelly Krimpets.

Todos los miembros del Equipo Lucy, por quitarme todo el peso posible de encima para que yo pueda seguir dedicando cantidades ingentes de tiempo a inventar personajes y escribir historias sobre ellos.

Mi equipo callejero secreto, por ser las mejores animadoras de la historia.

El reciclaje de flujo único.

Todas y cada una de las personas que estuvieron al pie del cañón para que el mundo siguiera girando durante la pandemia de COVID-19. Sois nuestros héroes de la vida real y por ello os damos las gracias.

Señor Lucy, por ser mi propio héroe gruñón de instinto protector. Te adoro.

Queremos compartir más momentos contigo.

Únete a la comunidad de Penguin Libros y encuentra tu siguiente lectura.

Penguin
Random House
Grupo Editorial